耕读偶记

GENGDU OUJI

文学研究与教学

WENXUE YANJIU YU JIAOXUE

韩希明 ◎ 主编

中国出版集团

世界图书出版公司

广州·上海·西安·北京

图书在版编目（ＣＩＰ）数据

耕读偶记：文学研究与教学 / 韩希明主编 . -- 广州：世界图书出版广东有限公司，2012.3

ISBN　978-7-5100-4427-4

Ⅰ.①耕… Ⅱ.①韩… Ⅲ.①世界文学－文学研究－文集②文学－教学研究－高等学校－文集 Ⅳ.①I-53

中国版本图书馆 CIP 数据核字 (2012) 第 040902 号

耕读偶记——文学研究与教学

策划编辑	杨力军
责任编辑	杨力军
封面设计	陈　璐
投稿邮箱	stxscb@163.com
出版发行	世界图书出版广东有限公司
地　　址	广州市新港西路大江冲 25 号
电　　话	020-84459702
印　　刷	广州市佳盛印刷有限公司
规　　格	787mm×1092mm　1/16
印　　张	25
字　　数	520 千
版　　次	2013 年 1 月第 2 版 第 1 次印刷
ISBN	978-7-5100-4427-4/G・1034
定　　价	75.00 元

目 录
Contents

文化研究

教学研究

《左传》小题材的叙述功能与文化背景

刘成荣

【摘　要】《左传》小题材的运用很有特色，在成就《左传》经典化方面功效不可小视。《左传》叙述中小题材的大量引入，既体现了作者选材的独特视角，也反映出历史时代的变迁，还使得事件的叙述更接近历史的真实。这些小题材不仅传递出春秋时期社会变化的文化信息，还有着重要的文学功能，在成就《左传》文学经典地位方面也起到了十分重要的作用。

【关键词】《左传》　小题材　叙事　文化背景

读者在阅读《左传》时，对里面的人物和事件都能留有完整而鲜明的印象，并没有因为其时间的分割叙述所带来的零碎感，我们以为这正是该书叙事成功的表现。作者在叙述的时候注意抓住主要的部分，即主要的国家、主要的事件、主要的人物，以此作为全书的纲领来展开叙述，而那些次要的国家、人物、事件则被用来进行丰满和补充。这样的处理方式既使全书的情节相对集中，又消解了时间分割所带来的事件零碎的不足。着眼"大体"固然是《左传》叙事的高妙所在，但注重"小节"也是该书的一大创获。《左传》所记录小人物和小事件不但数量多而且也非常独特，它们在个体的塑造和表现上，往往较之前者似乎更能动人。小题材的叙述在《左传》中大量出现并非是一种偶然，而是作者有意经营的结果，它们不仅传递出春秋时期社会变化的文化信息，而且还有着重要的文学功能，在成就《左传》文学经典地位方面也起到了重要的作用。本文拟对此略作论述。

一

本文所谓的小题材，包括小人物和小事件。小人物则是指那些活动在主流的政治社会之外的低层人群，诸如卜竖、车御、妇女等。通常小事件与小人物是联系在一起的，但《左传》中的小人物却可以关乎大事，小事件也可能是出自大人物之手。小事件是相对于大的事件而言的，《左传》中所录用的多是邦国之间的政治战争或者是外交活动，即所谓的"国之大事，在戎与祀"（《左传》成公十三年）。这里的小事件是指个人的私下轶事，以及关乎生活起居的日常琐事，诸如饮酒、起居、男女等近乎是很轻松的话题。当然，我们这样的分类并不十分准确，为了叙述上的方便，本文拟采用人物和事件两条线索分别加以论述。

一般来说，史书对人物的取弃是十分讲究的，《春秋》有所谓的笔法，即"微言大义，一字褒贬"，孔子有"必也正乎名！"（《论语·子路》）的话，荀子也对"名"做了专门的分析（《荀子·正名》），我们从中均可见古人对于"名"的关注与重视。唐人刘知几云："至如不才之子，群小之徒，或阴情丑行，或素餐尸禄，其恶不足以暴物，其罪不足以惩戒，莫不搜其鄙事，聚而为录，不其秽乎？……若斯数子，或才非拔萃，或行不逸群，徒以片善取知，微功见识，缺之不足为少，书之唯益其累，而史臣皆责其谱状，征其爵里，课虚成有，裁为列传，不亦烦乎？"（《史通·人物》）他虽不是专论《左传》，但我们也可以从中一窥史书中人物登录的大略。《左传》叙述的人物很多，刘氏所论的上述种种情形，大都能在书中找到例证。较之后世的史书，《左传》的人物谱系显得更加庞杂。

对人物的成功刻画，无疑是《左传》文学成就的一个十分重要的方面。《左传》中记录的人物并非都是大人物，相反小人物占据了重要的地位。这些人物的出身乃至于职位大都很低下，作者记录他们的事件更近乎虚构，因之，书中对他们的叙述较之那些活跃在当时各国政坛上的贵族们，反而显得更为活泼而灵动。如果书中没有这些小人物的参与，《左传》的趣味和文采必然要大打折扣。我们所谓的主要人物，大都是王公贵族，他们也确是历史事件中的实际主体，加之他们参与的事件众多，因而花费了作者较多的笔墨，但这主要体现的是历史记录层面的价值，他们自身所呈现出来的文学价值，却并不与其叙述文字的多寡完全对称。就文学价值而言，这些大人物个体的形象虽然也比较鲜明，但我们以为它们更多的成就，与其说是表现了人物自身的状态，还不如说是体现在《左传》的整个篇章结构上更恰当，因为这些主要人物在某种程度上更多地担当了作者用以贯穿行文的提纲和线索。作者在对这些主要人物自身的个性发掘层面上面，反倒不如对书中的其他小人物来得具体和深刻。传中人物的成功塑造，毋宁体现在小题材、小人物上，而不是所谓的大事件、大人物。[1]

《左传》记录的小事件很多，以下几类值得我们特别注意。一是饮食报恩，即主人公无意间的举动而招致了意外的后果，也就是所谓的"无心插柳柳成荫"。如宣公二年，赵盾施舍给路边冻馁人酒食，而后有他在灵公发难时的倒戈相救；赵襄子不拘礼节与行炙人酒食，而后得其人的救护；楚庄王的赠酒获马人，而后在与晋国的战争中，因为这些人的援助而扭转局势等等。二是酒食致祸。如宣公四年，郑灵公因不予臣子鼋羹而被杀；宣公二年，宋国华元因不予其车御羊羹致其背叛而被敌国俘虏；成公十六年，楚司马子反因其仆毂阳竖之献饮而醉酒误事致自尽等。三是女人致祸。如宣公十七年，晋郤克使齐为齐王母萧同叔子所辱，继而挑起两国战端；成公二年，楚之君臣因争夏姬而致政乱；僖公三年，蔡女湖中荡舟激怒齐桓公致兴兵伐蔡等。四是女性论政。值得注意的是，《左传》中为那些无名的小人物留有不少的篇幅。如女子的形象在书中显得十分突出。昭公二十九年，京师杀召伯盈、尹氏固及原伯鲁之子。尹固之复也，有妇人遇之周郊，尤之曰：'处则劝人为祸，行则数日而反。是夫也，其过三岁乎！'夏五月庚寅，王子赵车入于郊以叛，阴不佞败之。五是太监作乱。如襄公二十六年，宋寺人惠墙伊戾，昭公七年，宋寺人柳之乱等。六是其他类型。如戏言丧命，庄公十一年，宋楚之战，宋败大将宋万被俘，放回后，宋公靳之，"始吾敬子，今子鲁囚也，吾弗敬子矣。"宋万怀恨在心，"十二年，秋，弑闵公于蒙泽"。僖公二年，虞公因好财而被晋所灭；僖公二十八年，楚晋城濮之战，楚将子玉因不舍玉冠而失去了神人的帮助而身死名灭；定公四年，楚国囊瓦贪蔡昭公的美裘而致拘留数年，有后来的蔡吴联手灭楚的后果等等。

从上述人物和事件叙述中，我们会得出这样一个印象，即小事可以致祸也可以造福，祸福殊难定论；大人物之于大事，小人物之于小事，有时也仅是一线之隔，这就使全书在对历史事件的阐释上带有很浓厚的神秘色彩。

二

《左传》叙述了很多的小题材，这些内容所居占的可观比重，使我们不能仅仅将它们视为消极的或偶然的存在，事实上它们既有文学上的表达需要，也是作者宣泄观念的重要手段。它们所传达出来的史观，较之书中那些主流的、或者主体中的观念体系更为真实。前者采用的是一种官方的、宏大的叙述话语，是一种观念体系制约下的规范文本；而后者在某种程度上更像是流行于民间的大众思想，是一种有别于官方强势思想的更具原生态的民间观念。张西堂在《春秋左氏考证序》中就说："左氏往往将当时侵伐的大事归之于儿女私情与其他琐屑的原因。程端学在这里所指摘的真是恰中肯綮。吕大圭《春秋五论》说：'齐桓将伐楚，必先有事于蔡；晋文将壤楚，必先有事于曹卫；此事实也，而左氏不达其故，于侵蔡则曰为蔡姬故，于侵曹伐卫则曰为观浴与块故。此其病在于推寻事由……未可尽据也。'"[2]他虽然也注意到了《左传》中这种小人物的叙事倾向，但对其中的意蕴似乎并不十分理解。

《左传》中所记录的事件不仅仅是为了再现人物的活动，因为作者并不完全满足于叙述故事和描绘情节，他有时还要借助书中庞大的评价系统，来传达出自己的历史观念。如宣公二年，郑宋交战，宋国华元被俘，《左传》叙述其原因在于，华元在战前犒赏将领时，没有分羊羹给他的车御羊斟，以致惹怒于他埋下祸根。宣公二年，赵盾在晋灵公的筵席上之所以能不死，也是由于受他恩惠的冻馁人拼死护卫。诸如此类的事件，作者都是将众多事件发生的原因，归结到了一些日常生活中的小事上面。作者在这里所传递出来的，是一种偶然性的、不确定性的历史因果观念，它们是消极的、被动的，因而也是神秘的。有时即便是在事件的原委已经十分明确的情况下，作者仍要补充一些轶事小说，似乎在有意对前面的宏大官方立场的叙述进行消解。一般来说，事件的发生都有其必然性，会受制于某种主要力量，因而会呈现出一定的趋势和规律，但作者却喜欢引入一些具体偶然的事件和人物，这就在一定程度上使得前面原本理性的规范叙述变得模糊了。如庄公三十二年，鲁国公子般的死是必然的，但死于荦人之手则是偶然的，荦之成为杀手，则与子般鞭打侮辱他又不杀的前因早定有关。这样一来，一件重大的政治变故就隐没在一次偶然性的个人行为的有失检点上了。

《左传》这种强调历史偶然性的倾向，还表现在对战争起落的叙述和人物生死观的评论中。战争在《左传》中占有很大的比重，它们的发生大都是出于各国功利的目的，比如秦、晋、楚、郑、齐等国之间的战争，也即孟子所说的"春秋无义战"，然而战争的消弭有时则带有很浪漫的色彩，很多并不是由于双方力量的对比所做出的决定，而是因为一些细小的事件或者是某个人物的行为，比如贤人政治之于政治的影响较之后世要显著得多。如桓公元年，楚武王侵随，"熊率且比曰：季梁在，何益？"僖公二年，晋荀息谋划假道虞国伐虢，"晋公曰：宫之奇存焉。"外交行人的片言消弭战祸、一言关乎国家兴亡的例子在书中也在在都是。如僖公二十六年展喜退齐师，僖公三十年烛之武退秦师，宣公十一年申叔时说楚庄王复封陈等等。这些或许是对当时社会政治生活的真实写照，但更可能是作者历史观念的一种理想化呈现。当然书中也有不以贤人为然的，如宣公十五年，晋灭狄人：

> 路子婴儿之夫人，晋景公之姊也。丰舒为政而杀之，又伤路子之目。晋侯将伐之。诸大夫皆曰："不可。丰舒有三俊才。不如待后之人。"伯宗曰："必伐之。狄有五罪，俊才虽多，何补焉？……怙其俊才，而不以茂德，兹益罪也。……夫恃才与众，亡之道也。……"

有时人们虽认同贤人能威慑他国，但却并不因此不作为。如成公十六年，晋楚鄢陵之战：

> 伯州犁以公卒告王。苗贲皇在晋侯之侧，亦以王卒告。皆曰："国士在，且厚，不可当也。"苗贲皇言于晋侯曰："楚之良在其中军王族而已。请分良以击其左右，而三军萃于王卒，必大败之。"

从书中来看，春秋人对于生死的态度似乎是很轻松的，一件在我们看来微不足道的小事就足以致他们于死地。应该说《左传》中的小事件和小人物，所具有的身份与所承担的任务，远较后来史书丰富，它们更像是一个原生态的文化系统，给后人留下多元化的解释空间。

春秋是一个动乱的年代，尽管作者具有远远超越时人的卓识，但也不能跳出时代的限制，书中对历史叙述中所存在的种种矛盾，也正是那个时代的真实写照。旧礼乐的神话体系正在被打破，新世俗的现实因素正在兴起，个体的独立性也在渐渐地取代此前宗法的家族集体的地位。如果说"君子曰"等所代表的是一种传统官方评价的话，那么小题材的运用则凸显的是一种个体的自觉，体现的是一种对现实更深层原因的思考，也是历史复杂性的真实反映。作者不再一味地借用"礼乐"和"天命"等观念，来对人物的具体生活进行模式化的概括，也不完全通过现实力量的权衡对比来进行分析历史的发展，毕竟事件的真实发生有着上述理性所无法把握的地方。比如楚晋之战，胜败的关键就在于后援的到来，并没有所谓的道义。从混乱到理性的明晰，再恢复到混乱，这实则是一种认识上的巨大进步。

对个体的关注，可以说是春秋时代的整体风气，周王室的衰败导致礼崩乐坏、政出多门以及邦国权力的下移，随之而来的，是传统贵族的没落和新兴士阶层的兴起，君子与小人间的距离正日益缩小，这使得官方的话语体系中开始有了小人的声音。伴随政治格局的松动而来的，就是整个时代观念也开始出现了巨大的变化。我们前面已经讨论了《左传》中儒家的评价体系的问题，《左传》主要传达的是儒家的观念，即它是按照儒家的观念来叙述的一部春秋历史，但我们又看到，时代的环境不可能允许只存在一种纯粹的观念体系，毕竟任何一种理论在现实面前都是无力的，儒家也不例外。

三

《左传》的这些小题材不仅传递出春秋时期社会变化的文化信息，而且还有着重要的文学功能。就其文学的功能来看，小题材类似于后来的细节描写，但两者又有所不同。《左传》中不乏细节处理得很成功的例子，如子产、管仲、赵盾、晏子等主要人物，都有出色的表现。书中对于他们相关轶事的叙述，在丰满人物形象方面发挥了很重要的作用，但我们又不能将它们的地位提得过高。毕竟在《左传》中，作者有意识地运用细节来塑造人物，还不多见。这些小题材并非是作者有意识地用来服务人物，它们是在不自觉地充当了塑造人物的辅助手段。它们是一个具有相对独立性的体系，其功能是大于细节的。它们近似于细节但又不尽相同，两者的范围不同，主体地位也各异，前者是自足的独立的系统，而后者则是一种辅助的手段，不具备独立性。当然这是就其总体上来说的，也不排除两者的重合之处。《左传》里面也有不少典型的细节运用的例子，如僖公二十三年，晋文公持戈追逐与咎范的情节；宣公十五年，楚庄王闻申舟被杀的描写；宣公十二年，晋楚两国交兵时的兵士间的对话等等，这些内容都很精彩，但我们不能将这种功能夸大了，因为传达史观才是作者的主要目的。

在众多的典籍中，运用大量的小事和小人物来进行历史事件的叙述，《左传》无疑是很有代表性的，成就也很高，在之后的典籍中我们也能看到类似的运用，但与《左传》之间的差别十分明显。以《史记》为例。该书主要是采用了纪传体，所录的大都是王侯将相，而小人物则集中到了游侠、货殖、滑稽等列传中。（在汉代以后的官方的史书中，这些关于小人物的内容都被一并删略去了，史书真正成立帝王将相的家谱。两相比较，更凸现出太史公的高明和卓识。）就其对小题材的处理来看，两者是不同的。《左传》中的小事件是独立的，具有独立的评价功能；而《史记》中的一切材料都是作为刻画人物的细节出现的，服从于表现人物的整个既定主题。如项羽，《本纪》中记录了项羽生平中的许多事件，如鸿门宴、巨鹿之战、垓下之围、自刎乌江等等，尽管内容很丰富，但这些情节都是统一协调的，旨在于共同表现项羽一生的功过，也就是司马迁在论赞中说的"而曰天亡我非用兵之罪也，其不谬哉"的论断，整个事件的叙述都是服从这样一个既定的主题。

《左传》中楚晋两国间的城濮之战，因为统帅子反的醉酒而致楚军败绩，子反醉酒纯粹是偶然的事件，这与他的人品能力是没有关系的，和战争的两国政治局势也没有关系，当然也就不能成为作者进行战前力量权衡的依据，它只是一个小意外，虽然显得很不合乎逻辑，但正是这个意外事件，却在整个战争中起了决定性的作用。即便是同样作为细节出现，《史记》中的材料处理也显得更加精致，情节更加集中，叙述更加理性明晰，它呈现出来的是一个封闭式的结构，当然也就更显示出作者主动干预的痕迹。相比之下《左传》的叙述则显得很不确定，是粗糙混乱的，是不自觉的，是开放式的。如《李斯列传》中记录他小时候的观仓鼠的情节，目的是表现他的性格，而《左传》中如对子产的描写，有的是很唯物，有的又很唯心，前后并不统一，显得更为原生态，因而也更显得真实可信。

除了在文学功能上的价值外，《左传》小题材的大量运用，所形成的叙述模式也对后世产生了重要的影响，诸如施恩报主、女色误国、寺人作乱等等情节，我们都可以在后世文集中见到，《世说新语》中就有不少例子，如顾荣赏行炙人，山涛之妇效仿僖负羁之妻：

> 顾荣在洛阳尝应人请，觉行炙人有欲炙之色，因辍己施焉。同座嗤之。荣曰："岂有终日执之，而不知其味者乎？"后遭乱渡江，每经危急，常有一人左右己。问其所以，乃受炙人也。（《德行》）

> 山公与嵇、阮一面，契若金兰。山妻韩氏，觉公与二人异于常交，问公，公曰：我当年可以为友者，唯此二生耳！妻曰：负羁之妻亦亲观狐、赵，意欲窥之，可乎？他日，二人来，妻劝公止之宿，具酒肉。夜穿墉以视之，达旦忘反。公入曰：二人何如？妻曰：君才致殊不如，正当以识度相友耳。公曰：伊辈亦常以我度为胜。（《贤媛》）

可以说《左传》中细节叙述的涓涓细流到后来便演成了泱泱大国了。后来的轶事小说，魏晋以来讲话的盛行，以及语类书籍的大量出现，未始不是发源于《左传》。清魏禧在《赵穿弑灵公》文后论曰：

> 观华元之羊羹，赵盾之箪食，知恩怨之于人甚也。中山君亦以羊羹失国，以壶飧免死，而顾荣、阴铿皆以分炙获免于难，故中山君曰：与不期众少期于当，怨不在大小，在于伤心，富贵之家轻忽微贱，而不恤其饥寒积习成性，虽数岁童子莫不尊己卑人，骄寒自奉者，一旦变举亲戚童仆无一足恃之人，合门骈首，以待诛戮而已，可不鉴哉！[3]

虽然只是从历史的角度来作判断，但我们也可从中一窥《左传》对后世文坛影响之一斑。（明代归有光、清代方苞、刘大櫆、姚鼐等人将小说、戏剧描写人物的方法运用到散文中，用来描写封建社会中的一些"小人物"或"中间人物"如象塾师、卖菜者、寡妇、婢女，从日常生活中表现人物的善良性格及其不幸遭遇。大体也是受到了《左传》重视小题材的叙事传统的影响。）

【参考文献】

[1]（清）刘逢禄 . 春秋左氏考证 [M]. 北京：朴社出版，1933:22.

[2]（清）魏禧 . 左传经世钞 [M]. 续修四库全书，经部春秋第 120 册。

[3] 孙绿怡 . 左传与中国古典小说 [M]. 北京：北京大学出版社，1992：33.

瞽史、音乐与《左传》口传说

刘成荣

【摘　要】《左传》成书的讨论很多，其中有瞽史口传一说。我们以为"瞽史"作为职位是不存在的，它是瞽矇与史官的合称，是二而非一，他们在职能上是有所区分的。而且在春秋时期，文字记录已经比较普遍，口头传述日渐淡出，瞽矇的地位也因之衰落，近似优伶。因此从瞽史口传来讨论《左传》之成书，我们以为并不妥当。

【关键词】《左传》　瞽史　口传　音乐

　　《左传》的成书历来说法不一，但大体上不外乎口传和文本两种观点。前者以为《左传》在成书之前经历了一个口耳相传的阶段，然后才被人诉诸文字，于是便有了书籍的体式。现代学者中支持这种观点的还颇不少，但他们所持具体理由则有所不同，其中最突出的是瞽史口传说。杨宽先生以为："我们认为《左传》一书，大概是战国初期魏国一些儒家学者依据各国瞽史所编著的《春秋》，如墨子所引的'百国春秋'，加以整理按年编辑而成，因以作鲁《春秋》的传的。"[1]徐中舒先生参照了国内一些少数民族的民俗，得出了大体相近的看法[2]。此外，阎步克等先生也有类似的论述。[3]我们以为《左传》主要是在参考了文献的基础上编辑而成的，书中虽然也包含了一些口传的内容，但它们远非本书的主体，并且这部分口传的内容也主要是来自史官，而非出自瞽史，上述学者所谓的《左传》出于瞽史口传的观点并不准确。

一　瞽史的界定及其史书传统

　　杨宽先生对"瞽史"作了如下的定义：

　　　　春秋时代有一种瞎眼的贵族知识分子，博闻强记，熟悉历史故事，又能奏乐，善于传诵历史或歌唱史诗，称为瞽史，也称瞽矇，他们世代相传，反复传诵，不断加工，积累了丰富的史实内容，发展成生动的文学作品。[4]

　　他将瞽史视为春秋时代的一种固定而重要的职位（王树民先生即认为"瞽史在古代

[1]　杨宽.战国史[M].上海：上海人民出版社，1998：664.

[2]　徐中舒.左传选[M].北京：中华书局，1963：355.

[3]　阎步克.乐师与史官—传统政治文化与政治制度论集[M].北京：三联书店，2001：94.

[4]　杨宽.战国史[M].上海：上海人民出版社，1998：664.

统治机构中是一个相当重要的官职"，但后来消失了，"春秋时久已无其职"。）[1]，然而在先秦的国家机构中并没有瞽史一职，与之相近的只有所谓的瞽矇，而且其地位并不高。《周礼·春官·宗伯》说：

> "大师，下大夫二人；小师，上士四人；瞽矇，上瞽四十人，中瞽百人，下瞽百有六十人，氏瞭三百人。府四人，史八人，胥十有二人，徒百有二十人。"

郑玄注云："凡乐之歌，必使瞽矇为焉。命其贤知者以为大师、小师。"《周礼》又说："瞽矇掌播、箫、管、弦、歌，讽诵诗，世奠系，鼓琴瑟，掌《九德》、《六诗》之歌，以役大师。"这里瞽矇是乐官，他们的工作主要是奏乐，连带诵诗，似乎还兼唱歌诗。如果真的存在一个瞽史传统的话，那么在先秦典籍中必定有许多相关的记录，但事实上其中相关的材料很少，直接称"瞽史"的仅见于《国语》。

《周语》中记录单子谓鲁成公曰："吾非瞽史，焉知天道？""瞽史教诲。"《晋语》中这一段材料最为著名："故天子听政，使公卿至于列士献诗，瞽献曲，史献书，师箴，瞍赋，矇诵，百工谏，庶人传语，亲戚补察，瞽史教诲，耆艾修之，而后王斟酌焉，是以事行而不悖。"另外还有几处，如《晋语》："齐姜曰：吾闻晋之始封也，瞽史之纪曰唐叔之世，将如商数。"《楚语》："临事有瞽史之惧，燕居有师工之诵，史不失书，矇不失诵。""昔卫武公临事有瞽史之导。"后人的"瞽史"之说往往由此而来。在他们的观念中，"瞽史"不但记录史事，而且还干预政治，是朝廷中很有身份的一群人。

《左传》没有关于"瞽史"的具体事件，有关瞽和史的事件都是分开叙事的。瞽者的记录数量不多，只有如晋国的师服、师旷，郑国的师茷、师惠、师悝、师觸、师蠲等寥寥数人（上述的诸人只有师旷、师伐、师慧等人传中有明文，可以肯定是瞽者，其余诸人是否为瞽者还不能确定，鉴于作者在传中的叙述中将他们视为同类，我们暂且也认为他们均是瞽矇）。而且他们在《左传》中只偶尔一见，与之相关的事件也大多为歌舞娱乐。《左传》也有瞽矇论政的例子，数量不多，主要集中在晋国，而尤以师旷最为突出。

> 师旷曰："史为书，瞽为诗，工诵箴谏，大夫规诲。"（襄公十四年）

> 丙寅晦，齐师夜遁。师旷告晋侯曰："鸟乌之声乐，齐师其遁。""晋人闻有楚师，师旷曰："不害，吾骤歌北风，又歌南风，南风不竞，多死声。楚必败。"（襄公十八年）

> 晋国叔向与行人相争，晋侯以为喜，师旷不以为然，曰："公室瞿卑。臣不心竞而力争，不务德而争善，私欲已侈，能无卑乎？"（襄公二十六年）

另外，在刘向所编辑的《说苑》中，也有不少关于师旷的内容，如：

> 晋平公问于师旷曰："人君之道如何？"对曰："人君之道，清净无为，务在博爱，趋在任贤，广开耳目，以察万方，不固溺于流俗，不拘系于左右，廓然远见，踔然独立，屡省考绩，以临臣下。此人君之操也。"平公曰："善！"（卷一，《君道》）

---

[1] 王树民.中国史学史纲要[M].北京：中华书局，1997.

在这些材料中，师旷虽然直接论政，但是他的身份很特殊。《楚辞章句》云："师旷，圣人，字子野，生而无目而善听，晋主乐太师。"《庄子·骈拇篇》，《释文》引《史记》云："冀州南和人，生而无目。"《淮南子·主术篇》、《文子·精诚篇》俱云："师旷瞽而为太宰。"师旷身为太宰，干政议事本就是分内之事，因此他不足以作为瞽史均干预政治的依据。（《诗经》中有《周颂·有瞽》记录的也是瞽矇表演的场景。"有瞽有瞽，在周之庭。设业设虡，崇牙树羽。应田县鼓，鼗磬祝圉。既备乃奏，箫管备举。喤喤其声，肃雍和鸣，先祖是听。我客戾止，永观其成。"）

值得注意的是，《左传》中所记叙的人物，无论大小都能干政议政，即便是如妇女、仆竖、巫医也不类外。如昭公九年，晋之膳宰屠朋谏晋侯：

晋荀盈如齐逆女，还，六月卒于戏阳。殡于绛，未葬。晋侯饮酒，乐。膳宰屠朋趋入，请佐公使尊，许之。而遂酌以饮工，曰："女为君耳，将司聪也。辰在子卯，谓之疾日，君彻宴乐，学人舍业，为疾、故也。君之卿佐，是谓肱股。肱股或亏，何痛如之？女弗闻而乐，是不聪也。"又饮外辟辟叔，……公说，彻酒。

医生论政也不乏其例，如昭公元年，晋侯求医于秦，秦伯使医和入视之，

医和曰："疾不可为也，是谓：'近女室，疾如蛊。非鬼非食，惑以丧志。良臣将死，天命不祐。'……"出告赵孟，赵孟曰："谁当良臣？"对曰："主是谓矣。主相晋国，于今八年，晋国无乱，诸侯无缺，可谓良矣。和闻之，国之大臣，荣其宠禄，任其大节。有灾祸兴，而无改焉，必受其咎。今君至于淫以生疾，将不能图恤社稷，祸孰大焉？主不能御，吾是以云也。"……赵孟曰："良医也。"

女子论政的例子就更多，她们很多是无名的，如成公二年，齐晋鞍之战，齐师大败：

齐侯见保者，曰："免之！齐师败矣。"辟女子，女子曰："君免乎？"曰："免矣。"曰："锐司徒免乎？"曰："免矣。""苟君与吾父免矣，可若何？"乃奔。齐侯以为有礼。

在民众议政十分普遍的背景下，即便出现一些乐师议政的现象，我们以为也是风气使然，不足以作为特例，更不能将之视为乐师的职业。《左传》中的乐师们虽然也偶尔议政，却不见他们记录和传播历史。倒是那些明眼的史官，他们不单记录历史，而且还是各国王侯的重要参谋。如：

鲁季武子曰："晋未可媮也。……有史赵、师况而咨度焉，有叔向、女齐以师保其君。其朝多君子，其庸可媮乎？勉事之而后可。"（襄公三十年）

邾文公卜迁于绎。史曰："利于民而不利于君……"（文公十三年）

左史倚相趋过，（楚）王曰："是良史也。"（昭公十二年）

秋，龙见于绛郊。魏献子问于蔡墨曰："……"（昭公十九年）

从上列所引来看，几乎各国都有供王侯咨询的史官，而且史官的地位很重要，远非乐师或瞽矇可比。如闵公二年，"狄人因史华龙滑与礼孔，以逐卫人。二人曰：'我大史也，实掌其祭。不先，国不可得也。'……"史官直接关系到国家存亡，其重要性不言

而喻。因此，我们赞同顾颉刚先生所谓的"瞽史"应该是二而不是一的观点，即"瞽史"是包含了"瞽"、"史"两类人，而并非存在一个"瞽史"的职位。顾先生认为："《周语下》：单襄公曰吾非瞽史，焉知天道？'瞽'焉知天道，实为'史'之事，瞽、史常联用故也。"[1] 顾先生看到了"瞽史"是两类的组合，但却将两者等同。他说："可见《诗》、《书》二者无绝对之分别，故瞽与史亦无严格之分别。"[2] 阎步克先生虽然看到了两者的差异，但却认为不必过分拘泥，所持理由和顾颉刚类似。[3] 他们都抬高了"瞽"的地位，坚持"瞽"能传诵"史"的观点，因此将两者等同。

二　瞽矇职能的考察

"瞽史"不但是分属"瞽"和"史"两类，而且他们之间的差别很大。我们并不否认瞽或者乐师具有传播史事的职能，而是强调瞽或者乐师在这种职能上的局限性。我们非但不能将瞽作为整个乐师体系的代名词，而且还应该区分他在早期和晚期的职能乃至于地位的差别。从《左传》中的材料来看，瞽的功能是很单一的，而且也比较明确。先秦典籍对包括瞽在内的早期乐官体系，也有十分清楚的区分。《周礼·春官·大司乐》中记录的大司乐，既是一个庞大的乐舞机构，同时又是一个掌管教育的机构。下面我们来看看这个机构中各个成员的具体分工与职能。

职称	表演	教育	对象
大司乐	帅国子而舞	教授乐德、乐语、乐舞	国子
乐师	帅国子而歌彻	教小舞、乐仪	国子
籥师	掌教舞羽籥		国子
大胥	掌学士之版，以待致诸子		不明
小胥	掌学士之征令而比之，觵其不敬者		不明
大师	帅瞽登歌，令奏击拊	教六诗	瞽矇
小师	登歌击扶拊	教鼓鼗、柷、敔、埙、箫、管、弦、歌	瞽矇
瞽矇	鼓鼗、柷、敔、埙、箫、管、弦、歌；讽诵诗、世奠系、鼓琴瑟；掌九德、六诗之歌		不明
视瞭	播鼗，击颂磬、笙磬		相瞽矇
典同	掌六律六同之和，以辨天地四方阴阳之声，以为乐器		不明
磬师	掌教击磬、击编钟		视瞭
笙师	掌教竽、笙、埙、籥、箫、篪、笛、管、舂牍、应、雅，以教祴乐		视瞭
钟师	掌金奏		不明

[1]　顾颉刚.春秋三传及国语之综合研究[M].成都:巴蜀出版社,1988:90.

[2]　顾颉刚.春秋三传及国语之综合研究[M].成都:巴蜀出版社,1988:90.

[3]　阎步克.乐师与史官[M].北京:三联书店,2001:92.

职称	表演	教育	对象
服师	掌奏金奏之鼓		不明
韦师	掌教韦乐		不明
旄人	掌教舞散乐、舞夷乐		不明
籥章	掌土鼓豳籥		不明
是楼氏	掌四夷之乐与其声歌		不明
典庸器	掌藏乐器、庸器		不明
司干	掌舞器		不明

从上面的表格中我们可以很清楚地看出，各部门人员的身份差异很大，他们或表演，或教授，或者集二者于一身。接受教育的有国子、瞽矇、视瞭，三者学习的内容和教授的对象都不相同。就国子而言，他们主要是接受乐舞的训练，这只是整个教育内容中的一部分，并没有如有些研究者所说的那样重要。盲人只有三种，即大师、小师、瞽矇，共计306人。他们三者之间关系密切，大体形成一个相对独立的体系，从教学到表演，都是联系在一起的。他们除了演奏之外，还有讽诵的工作。如瞽矇，其任务就是"讽诵诗、世奠系、鼓琴瑟"。在整个大司乐的机构中，似乎只有这三者有歌诵的任务，其余诸人包括国子，都只是或演奏、或舞蹈而已。瞽者讽诵的内容有六诗，即"曰风、曰赋、曰比、曰兴、曰雅、曰颂"，另外还有"世系"。郑司农曰："世奠系，谓帝系，诸侯卿大夫世本之属是也。小史主次序先王之世，昭穆之系，述其德行。瞽矇主诵诗，并诵世系，以戒劝人君也。故《国语》曰：'教之世，而为之昭明德而废幽昏焉，以休惧其动。'"（孙诒让《周礼正义》卷四五引俞樾说以为："世奠系"应为"奠世系"之误。）《左传》襄公十五年，就记录了卫国这样一件事情："卫献公戒孙文子，宁惠子食。……使大师歌《巧言》之卒章，大师辞。师曹请为之。初，公有嬖妾，使师曹诲之琴，师曹鞭之。公怒，鞭师曹三百。故师曹欲歌之，以怒孙子，以报公也。公使歌之，遂诵之。"在这里，师曹就是以宫廷乐师的身份出现的。

虽然瞽矇也有讽诵的职能，但是他们的讽诵主要是出于表演，是以仪式性的形式存在着的，与史官所记录的内容用于国家典藏截然不同。这种职能的分工，决定了这群瞽矇对于历史内容的叙述是有选择性的，当然也不可能是全面完整的。这种讽诵在瞽矇的整个表演程序中并不重要，很大程度上只是一种娱乐场上的陪衬。我们之所以这样说，是因为春秋时期瞽矇甚至乐师的地位已经十分低下了，甚至沦为列国在外交上往返赠送的礼品。如

> 郑人赂晋侯以师悝、师觸、师蠲，广车、軘车淳十五乘，甲兵备；歌钟二肆，及其鎛、磬；女乐二八。（襄公十一年）

> （郑人欲以赂换取居宋国之盗）纳赂于宋，以马四十乘与师茷、师慧。……师慧过宋朝，将私焉。其相曰："朝也"。慧曰："无人焉。"相曰："朝也。何故无人？"慧曰："必无人焉。若犹有人，岂其以千乘之相易淫乐之矇？必无人焉故也。"（襄

公十五年）

显然这时候的乐师已经沦为倡优的地步了，师惠的不满也无法改变整个乐师的衰败命运。在整个乐师阶层没落的时代，即便承认他们能够传诵诗史，我们也不能将他们传诵的内容作为历史的主体。从这种意义上讲，后人所谓的春秋瞽史口传之说，并不属实。

三　瞽矇与音乐的关系

音乐对于上古社会影响是极其深远的。从先秦的典籍中我们觉得似乎古人是无事不在用乐，音乐构成了先民生活的底色，也是他们的生存状态。关于音乐的起源，有很多种说法，诸如模仿说、游戏说、性本能说、中国儒家传统的情动说、劳动说等。杨华将"乐"划分分作巫祭之乐和民乡之乐两种文化趋向[1]，他认为巫祭歌舞来源于原始先民生产生活内容的民间俗乐，"中国古代的乐舞乃至所有的文化艺术就是在原始巫祝文化（巫史文化）时期氤氲弥漫和顶礼膜拜的神秘气氛中得以成长、成熟并传承、发展的。"[2]他强调了在音乐的产生发展过程中宗教、巫觋的重要地位，但在他所描述的上古音乐的文化体系中，我们却找不到瞽矇的位置，然而瞽矇与音乐的关系密切却是无可怀疑，众多先秦典籍的记载，都在显示着这个特殊群体的存在。瞽者在音乐体系中到底承担了怎样的任务？他们又发挥了怎样的作用？我们不得而知，但我们可以肯定的是，瞽者很早就与音乐结缘了。

瞽者之所以成为音乐的工作者，很大程度是受时代发展程度影响的。这种影响我们可以从两个方面来理解，一是社会生存能力的限制。早期社会还不足以有一个福利系统来保障这个弱势群体的生存，瞽者在失聪之后对于音乐较之常人更为敏感，成为乐官是他们很自然的选择。《汉书·艺文志》："六国之君，魏文侯最为好古，孝文时，得其乐人窦公，献其书，乃《周官·大宗伯》之《大司乐章》也。"（《六艺略》之乐）颜师古曰："桓谭《新论》云：窦公年百八十岁，两目皆盲。文帝奇之，问曰：何因至此？对曰：臣年十三失明，父母哀其不及众技，教鼓琴；臣导引，无所服饵。"二是文字记录手段的限制。早期历史乃至于事件的记录，在文字之前经历了很长一段时期的口传和结绳记事的过程。瞽者便具有更多的优势承担了记录的使命。他们的记录方式是背诵，是采用一种音乐话语的方式来背诵。或者正是这种诵的方式促进了音乐的繁荣？

瞽者是历史的产物，它在历史的发展中出现和淡出。到了春秋时期，随着书写记录手段的发展，瞽者在渐渐失去了他们自身背诵优势的同时，也在渐渐地失去其存在的价值，最终从历史舞台上淡出也就是必然的了。可以说瞽者的存在是以物质文明的不发达、书写记录的程度落后为前提的，这或者可解释《左传》中为何很少有瞽者备问的记

[1]　杨华.先秦礼乐文化[M].武汉：湖北教育出版社，1997:11.

[2]　杨华.先秦礼乐文化[M].武汉：湖北教育出版社，1997:37.

录。时的瞽者不单讽诵的功能在退化，连其音乐的职能也在渐渐的被剥夺。到了战国时期，即使是作为乐师的瞽者也不复见踪迹了，当然，这里是指他们在官方的或者是主流的社会生活中的淡出。

四 历史的口传与《左传》成书的关系

从上面的论述我们可以看出，瞽史的说法并不确切，瞽史口传的传统也不存在，至少对于《左传》而言，瞽史口传的说法很大程度上只是后人的一种悬想。当然，就一般的历史发展来看，在中国上古时期，也的确出现和存在口传的情况，大体上可以分为如下两种类型，一是原始的口耳传事，二是早期学术的传承。前者或同瞽史有关，但这种类型，随着社会的进步，很快地便消失了。阎步克先生认为中国先秦时期的历史主要是由乐师来完成的。[1] 我们以为这种观点用于早期的先民时期，或者可能是一种事实，但是用来描述春秋战国时期，则并不成立，因为此时的乐师和史官是明显分离的，而且前者的地位在日渐衰微。

就学术而言，在春秋战国之际又有了另一种口耳相传的可能，其契机就是周末的"礼崩乐坏，官学失守，私学兴盛"。知识从此走下贵族的神坛，散落民间，传播的方式就是学者的口耳相传。大抵从孔子之后，下至墨子、庄子，乃至于孟子、荀子等，无不开门讲学，门徒动辄成百上千，这样就在民间形成了一个庞大的传播系统，但这并不能说明口传仍然是这个时期学术知识传播的主体。事实上，近年来出土的大量春秋战国时的材料，足以证明在先秦时代将学术观念诉诸文字，也是很普遍的一种事实。[2] 另外，《左传》中还明确记载了各国官藏史书的情况，如昭公二年晋韩宣子适鲁，观书于大史氏。昭公十二年，"左史倚相趋过，（楚）王曰：是良史也。"均表明文本故事在先秦时期存在的可能性。然而这些文字的记录的保存者不是瞽者，而是史官，如闵公二年，"狄人囚史华龙滑与礼孔，以逐卫人。二人曰：'我大史也，实掌其祭。不先，国不可得也。'……"

我们以为《左传》的成书，并不是出于口传，而是在参考了大量文字材料的基础上完成的。比如《左传》中的大量的外交辞令，很明显就是文本化的，只能是对原始资料的借用。而且从《左传》的传播来看，我们也可以知道，该书在很早就已经有书本形式的流传。班固称《左传》记录事实，《公羊》等其他四传才是口传的（《汉书·艺文志》）。唐啖助认为：

> 古之解说，悉是口传，自汉以来，乃为章句……三传之义，本皆口传，后之学者乃著竹帛，而以祖师之目题之。（《春秋啖赵集传纂例》卷一）

从经典传授的角度来说，上述说法大体上是合乎事实的，但并不准确。比如《左传》

---

[1] 阎步克.乐师与史官[M].北京:三联书店,2001:92.

[2] 李零.简帛古书与学术源流[M].北京:三联书店,2004:273.

在何时成书？成书到底又如何来定位？是整体的流通还是局部的流传？唉助推测《左传》的成书时间在汉代，我们以为时间还应该前推。

《左传》中有没有参阅口传的内容？我们以为是有这样可能的。一般来说，口传说可以是包括瞽者口传，也可以是明眼人的口传，但是在文字繁荣的时代，后者的口传可能性就很小了。美国学者洛德在论述口传史诗时以为，口传和书面可以并行不悖。[1]他还探讨了口传史诗的衰微原因，认为口传史诗的衰微是从内部开始的，不一定是因为文本的流传，口头传承的死亡并非在书写被采用之时，而是在出版的歌本流传于歌手中间之时。洛德的上述观点只能供我们参考，因为他是就史诗这种特殊的文学体例来说的，与我们此处所讨论的历史叙述还有很大的差异。

【参考文献】

[1] 杨宽 . 战国史 [M]. 上海：上海人民出版社，1998.

[2] 徐中舒 . 左传选 [M]. 北京：中华书局，1963.

[3] 阎步克 . 乐师与史官—传统政治文化与政治制度论集 [M]. 北京：三联书店，2001.

[4] 顾颉刚 . 春秋三传及国语之综合研究 [M]. 成都：巴蜀出版社，1988.

[5] 杨华 . 先秦礼乐文化 [M]. 武汉：湖北教育出版社，1997.

[6] 李零《简帛古书与学术源流》，北京三联书店 2004 年版。

[7]（美）阿尔伯特·贝茨·洛德著、尹虎彬译 . 故事的歌手 [M]. 北京：中华书局，2004.

---

[1] 〔美〕阿尔伯特•贝茨•洛德著、尹虎彬译.故事的歌手[M].北京：中华书局，2004:194.

论"静女"之"静"

刘成荣

【摘　要】《邶风·静女》中的静女之静，就是文静的意思，并非指品德上的善或者淑。然静女的行止并没有"静"的特征，如此矛盾的叙述，乃是从男子的视角着眼，表现的是男子对女子的评价。静女不静，也是诗作反衬手法的巧妙运用，增强了作品的生动性和趣味性。

【关键词】　静女　文静　视角　反衬

> 静女其姝，俟我于城隅。爱而不见，搔首踟蹰。
>
> 静女其娈，贻我彤管。彤管有炜，说怿女美。
>
> 自牧归荑，洵美且异。匪女之为美，美人之贻。
>
> ——《邶风·静女》

《诗经·邶风·静女》描写的是一对生活在城市里的青年男女在城郊约会的情景，诗作不但感情鲜活健朗，而且极富喜剧色彩，这种效果很大程度上来自于女主人公"静女"。然而令人不解的是，诗作中的女子明明个性活泼，而且对男子多有挑逗，俨然是事件的主导者，但诗作者却称之为"静女"。前人也看到了这种矛盾处，但囿于诗教传统，均未能给出令人信服的解释。清人方玉润说："夫曰静女，而又能执彤管以为诚，则岂俟人于城隅者哉？城隅何地，抑岂静女所能至也？于是纷纷之论起。"[1] 到底是作者有意制造"静女"以期达到反衬效果，还是"静女"另有其他的含义？本文拟对此略作分析。

一　作品主旨与"静"释

本诗的主旨，前人讨论甚多，然意见却并不一致。《毛传》认为："《静女》，刺时也，卫君无道，夫人无德。以君及夫人无道德，故陈静女遗我以彤管之法德，如是可以易之为人君之配。"《正义》曰："此直思得静女以易夫人，非谓陈古也，故经云'俟我'、'贻我'，皆非陈古之辞也。"此说看到了诗歌在叙述时间上的变化，于是认为"静女"只是作者期望中的理想对象，借以反衬卫君夫人的失德。欧阳修率先否定了《诗序》的观点："《静女》一诗，本是情诗。"（《诗本义》）朱熹带着道学家的眼镜来读，于是从中看到了淫奔之意，他说："此淫奔期会之诗也。"[2] 方玉润认为："刺卫宣公纳伋妻也。"（《诗经原始》）方氏的解释又回到了《毛传》的旧辙，无非是一泛指，一具称，并无本质上的差别。综观上述所引数家之论，分析诗旨虽不乏细密，然对于我们理解"静女"的形象，并无多帮助。

对于"静"字的含义，古今注家的解释很多，总括起来大体有如下两种：一为文静，二是善良。前者以《毛传》为代表："静，贞静也。女德贞静而有法度，乃可说也。"《郑笺》曰："女德贞静，然后可蓄；美色，然后可安。"《正义》"言静女，女德贞静也。"《诗集传》"静者，闲雅之意。"王先谦："韩说曰：'静，贞也。姝姝然美也。'……《说文》'静，审也。'《周书·谥法》：'安，静也。''贞也者'……盖女贞未有不静。此依经立训。"[3] 余冠英先生将"静"理解"安详"（《诗经选》）。诸家意见大体相近，即不外乎是贞静闲雅，均旨在突出该女子兼具贤淑之德与文静之态。

我们在先秦典籍中也能找到不少佐证。如《国语·鲁语下》公父文伯卒，其母戒其妾曰："吾闻之：好内，女死之；好外，士死之。今吾子夭死，吾恶其以好内闻也。二三妇之辱共先者祀，请无瘠色，无洵涕，无搯膺，无忧容，有降服，无加服。从礼而静，是昭吾子也。"《晋语八》秦医和对文子曰："蛊之匿，谷之飞实生之。物莫伏于蛊，莫嘉于谷，谷兴蛊伏而章明也。故食谷者，昼选男德，以象谷明；宵静女德，以伏蛊匿。今君一之，是不饗谷而食蛊也，是不昭谷明而皿蛊也。夫文、虫、皿为蛊，吾是以云。"韦昭《解》曰："静，安也。"《老子·十六章》："归根曰静，是曰复命，复命曰常，知常曰明。"然而"文静"的理解，明显与女子在下文中的举动相违，"静女"与"动行"之间的矛盾依然存在。

清人马瑞辰读"静"为"靖"，将"静女"释为"善女"。他说："《郑诗》'莫不静好'，《大雅》'笾豆静嘉'，皆以'静'为'靖'之假借。此诗静女，亦当读靖，谓善女。犹云淑女、硕女也。"[4] 今人也有不少持此说者，如杨合鸣、赫琳二先生即认为："训'静女'为'善女'要比训'静女'为'美女'贴切得多。"[5] 他们均是根据诗中词义不应重复的原则作出如上的解释。

且不说"静"解为"善"的古例很少，也不论其是否合于诗作原意，单从"静"在《诗经》中诸多篇章的含义来看，仍以"安静"之意为多。如《邶风·柏舟》："静言思之，不能奋飞。"《卫风·氓》："静言思之，躬自悼矣。"《郑风·女曰鸡鸣》："琴瑟在御，莫不静好。"其中"静"字，显然即是"安静"之意。而且以"静"喻女子的传统，在中国由来已久。如《周易》《坤》《文言》"坤至柔而动也刚，至静而德方。后得主而有常，含万物而化光。坤道其顺乎？承天而时行！……阴虽有美，含之以从王事，弗敢成也。地道也，妻道也，臣道也。……"即便解"静"为"善"，实则"善"与"贞"义相近，均指向女子品行之贤淑，虽然没有解释为"文静"所带来的明显的重复弊病，但细细品味，仍觉与诗作中活泼动态的静女叙述相违。因之，此说也似乎并非完满之解。

二　女性主体与男性视角

无论是讨论诗作的主旨，还是对"静"字做词源上的分析，我们以为均难以对上述矛盾做出令人信服的解释。如果能够跳出《诗序》的传统，单从诗作自身的叙述形式来考察，似乎问题就不显得那么复杂，而且也更容易理解。历代的解说者在分析此诗的时候，虽然也注意到了此诗叙述主体的性别差异，但仅将此视为具体的历史人物，即将静女坐实为历史上的某位女子，而没有能够从一般叙述的层面上来进行分析，于是反而忽略了此条信息的重要价值。事实上，此诗就是从男子的视角展开的叙述，换句话说，此"静女"是男子对情人的特定称谓，因而"静"显然也是男子对女子的特定评价。从《诗经》中诸多描绘女子的篇章来看，此处的"静"也不一定关涉人物的德行，而多半只是一种程式化用语。（按：未知两人是何种关系，也不明其交往时间长短，若初次相见便夸其美德，则显非实写。）

诗歌以男子的视角来展开，叙述了男子与女子在城郊的一次约会。作品没有交代此次约会的发起人为谁，然诗作开篇即云"静女其姝，俟我于城隅"，从叙述的语气上来看，女子更像是倡导者。屈原《九歌·湘夫人》中也有类似的情景："闻佳人兮召予，将腾驾兮偕逝。"描述的就是湘君听从湘夫人的召唤，在洞庭湖畔苦苦守候的情景。从《诗经》整个国风部分来看，以女子为叙述主体的作品远多于男子。如《郑风·子衿》："挑兮达兮，在城阙兮，一日不见，如三月兮。"《齐风·东方之日》："东方之日兮，彼姝者子，在我室兮。在我室兮，履我即兮。"不管这些作品的实际作者是否为女子，女子在诸多诗作中以主导者的身份出现，则是十分显然的事实。据此，我们可以推断此诗中的女子，同样应该是整个事件的主导者。（按：《诗经》时代是否已经有了代言之作，现在还不能确定，然古注家或有持此说者。如《陈风·株林》："驾我乘马，说于株野。乘我乘驹，朝食于株。"诗中用"我"作为叙述的主体，此诗旧说以为是讥讽陈灵公君臣宣淫之事，据此则"我"指代的就是"陈灵公"，显然灵公自己不会写这样的诗，因此只能解释为他人代言。）

女子既为主导者，则其举止显然与"静女"的形象相左，然诗中之所以拟之以"静"，正在于此"静"乃是从男子眼中画出。毕竟，男女形象在对方的眼中，极易带上观者的主观色彩，对于处在恋爱中的青年男女来说尤其如此。《诗经》中以男性视角来叙述的篇章，但凡提及女子往往是贤良淑德，如："窈窕淑女，君子好逑"（《关雎》，朱熹《诗集传》：淑，善也），"有美一人，清扬婉兮"（《野有蔓草》），"彼美淑姬，可以晤歌"（《东门之池》），"月出皎兮，佼人僚兮。舒窈纠兮，劳心悄兮"（《月出》）等。很显然，《诗经》中男子描绘所见的女子，大都是类似的评语，无论是清扬、贤淑，还是窈窕、文静，看似是道德论断，但从诗作的具体叙述来看，不少篇章中的男女其实不过是初次相遇，所谓贤淑的道德之论，根本就无从说起。上述的美好评语，不过是当时的男子对于女子的习惯性称呼，多半只是一种程式化的论断。如果此说成立的话，则本诗中的"静女"之"静"，也如其他篇章中的女性形象一样，或者只是当时男子的一种习惯性描述，而不一定具有实际的道德评判意味。

三　显与隐的反衬之法

除了程式化的女性描述用语外，我们以为"静女之不静"矛盾现象的出现，或者还与诗人采用的叙述技巧有关，即诗人有意使用了对比反衬式的叙述形式，即以静女的"静"与其之后表现出来的"动"形成反差，正是这种反差生成的巨大张力，使整个诗歌的叙述活泼生动。事实上，《诗经》中类似的情况颇不少，《郑风·狡童》、《卫风·硕人》即是其例。

> 彼狡童兮，不与我言兮。维子之故，使我不能餐兮。
> 彼狡童兮，不与我食兮。维子之故，使我不能息兮。

与《静女》用男子的眼光来看女子不同，《郑风·狡童》是以女子的视角来描述男子，诗作表面上写女子责怪其情人久不赴约，呼之为"狡童"，但是此处女子的嗔怒，实则是她爱意正浓的异形，因为"使我不能餐"、"使我不能息"，已经泄露了女子全部的心意。因之越是嗔怒怪罪，越是见得女子对男子的用情之深。女子称男子为"狡"与男子称女子为"静"，在某种意义上，用意正相同，效果也正相似。

《郑风·山有扶苏》在男女情感的表现手法上也与此十分相近：

> 山有扶苏，隰有荷华。不见子都，乃见狂且。
> 山有桥松，隰有游龙。不见子充，乃见狡童。

朱熹曰："淫女戏其所私者曰：山则有扶苏矣，隰则有荷华矣，今乃不见子都，而见此狂人，何哉？"（《诗集传》）其说甚是。类似的写法，在之后的诗词中还常常可见。如《古诗十九首》："荡子行不归，空房难独守。"刘禹锡《竹枝词》："日出三竿春雾消，江头蜀客驻兰桡。凭寄狂夫书一纸，住在成都万里桥。"《浪淘沙》："鹦鹉洲头浪飐沙，青楼春望日将斜。衔泥燕子争归舍，独自狂夫不忆家。"女子口中的"荡子""狂夫"，与此诗中的"狡童"并无二致。比较而言，《卫风·硕人》中反衬叙事手法的使用，则显得隐晦很多。

> 硕人其颀，衣锦褧衣。齐侯之子，卫侯之妻，东宫之妹，邢侯之姨，谭公维私。
> 手如柔荑，肤如凝脂，领如蝤蛴，齿如瓠犀。螓首蛾眉，巧笑倩兮，美目盼兮。
> 硕人敖敖，说于农郊。四牡有骄，朱幩镳镳，翟茀以朝。大夫夙退，无使君劳。
> 河水洋洋，北流活活。施罛濊濊，鳣鲔发发。葭菼揭揭，庶姜孽孽，庶士有朅。

《左传》隐公三年，"卫庄公娶于齐东宫得臣之妹，曰庄姜。美而无子，卫人所为赋《硕人》也。"服虔曰："得臣，齐世子名，居东宫。"杜预："《硕人》诗，义取庄姜美于色，贤于德，而不见答，终以无子，国人忧之。"历来解释者对于《左传》此说均未怀疑，然我们将《左传》的解说与诗作的具体叙述相对照，就会发现两者之间的距离实在是很大。诗中的硕人，高贵美艳，而且勤于农耕，可谓贤德淑德，全诗只见赞颂。如果说诗中果真有所谓的怜悯之意的话，那也只能是透过与史实比对所呈现的巨大反差来张显，即如此秀外惠中之人，命运中却有严酷的不如意处，怎能不让人扼腕感叹。然这种悲悯之意，诗作本身并无丝毫表白，一切尽在言辞之外。这种效果就是通过隐晦的比较来实现的。

上述三首诗作，代表了三种不同的比较叙述形式：《硕人》的比较是来自于诗里和诗外，《狡童》、《静女》的比较全在具体的作品之中，但是此种差异只是形式上的，本质上均是通过比较反衬来达到表白诗意的目的，只不过一则明显一则隐晦罢了。

以上简单地分析了《静女》一诗中"静"之合理存在的多种可能性，我们以为传统的诗教说，囿于政治比附，很难自圆其说；对"静"作词源上的探析，看似客观，实则仍与诗教传统关系暧昧，解者往往按照《诗序》的框架来进行解经式的阐释，因之与诗教之说同属歧途。《静女》本是诗歌，诗歌除了所谓的背景本事分析之外，还有自身独具的一些表现特点，诸如程式化的术语、反衬对比式的叙述等，我们以为《静女》之"静"的矛盾性存在，正来自于此，而历来的注者试图从诗旨和词源的途径来解读，只能是南辕北辙难得正果。

【参考文献】

[1]（清）方玉润．诗经原始 [M]．北京：中华书局，1986.

[2]（宋）朱熹．诗集传 [M]．南京：凤凰出版集团，2007.

[3]（清）孙诒让．诗三家义集疏 [M]．北京：中华书局，1987.

[4]（清）马瑞辰．毛诗传笺通释 [M]．北京：中华书局，1989.

[5] 杨合鸣、赫琳．"静女"非"美女" [J]．武汉：华中师范大学学报，2004.7.

既"思公子"又何以"不敢言"

——读《九歌·湘夫人》

刘成荣

【摘 要】 《湘夫人》是以男子的口吻叙说对女性湘夫人的爱情故事。作品中的男子应女方之召唤,赴洞庭湖畔约会,然女子违约,两人相会无果。两人关系显然已非寻常,但是男子却说"思公子兮不敢言",对此闪烁之辞,我们或可解释为两人关系之非同一般,这种独特现象的背后,有着楚国文化的特殊风貌,而尤其与彼时盛行的奔女习俗渊源甚近。

【关键词】 湘夫人 爱情 楚国 奔女

屈原的作品历来被称为难读,除了里面许多古奥的楚地方言外,许多的南方风俗我们现在也多不得其解。如《九歌·湘夫人》:"沅有茝兮醴有蘭,思公子兮未敢言。"何以既思念公子却又不敢以言辞表达?毕竟下文又说:"闻佳人兮召予,将腾驾兮偕逝。"似乎两人之间的关系并非寻常,既然双方并不陌生,何以主人公在处理对方的态度上,如此暧昧迟疑?"未敢言"的背后,是否还隐藏着某种无奈,或有不可公开的东西?本文拟对此略作讨论。

"公子"的身份

王逸曰:"公子,谓湘夫人也。重以卑说尊,故变言公子也。言己想若舜之遇二女,二女犹思其神,所以不敢达言者,士当须介,女当须媒也。"五臣曰:"公子,谓夫人喻君也。未敢言者,欲待贤主。"洪兴祖曰:"诸侯之子,称公子。谓子椒、子蘭也。思椒、蘭,宜有蘭茝之芬芳。未敢言者,恐逢彼之怒耳。此原陈己之志于湘夫人也。《山鬼》云:思公子兮徒离忧。"(《楚辞补注》)朱熹曰:"所谓兴者,盖曰:沅有芷矣,澧则有兰矣,何我之思公子未敢言耶?思之切,至于荒忽,而起望则但见流水之潺湲而已。其起兴之例,正如《越人之歌》所谓'山有木兮木有枝,心悦君兮君不知'。"(《楚辞集注》)

上述诸家说法各异,问题的焦点集中在公子身份和叙述视角。在确定公子的身份之前,我们先得明白湘君和湘夫人之间的关系。关于湘君与湘夫人的身份,古今的观点甚多,陆侃如先生将历代异说归纳为九种(参见《中国诗史》)。现在学界比较认同清人王夫之的观点，即以湘君为湘水神，而湘夫人为其配偶（参见《楚辞通释》）。因之，此处的"公子"应该是湘水神与其夫人中的某一位，但是到底是男性还是女性，这便涉及到此诗的叙述视角，然而在这个问题上的争论，历来也是十分激烈的。

从上引诸家的观点来看，王逸认为"公子"即为湘夫人，五臣以为"公子"指湘君，洪兴祖将之解为楚国的公子子椒、子兰，朱熹的观点与五臣相近，也认为是男性。当然"公子"本身并非是男子的专用词，早期的文献中，"公子"也用之于女子。如《左传》桓公三年，"凡公女嫁于敌国，姊妹则上卿送之，以礼于先君；公子则下卿送之。"杜预注曰："公子，公女。"又《周易》《归妹》六五："帝乙归妹，其君之袂不如其娣之袂良。月几望，吉。"高亨先生注曰："王之后，诸侯之夫人亦称君。"（《周易大传今注》，中华书局）因之，我们对于文中"公子"的性别，还需借用新的手段，从另外的角度来考察。

褚斌杰先生认为："《湘夫人》与《湘君》原应是一篇而分为两章，前一章写湘夫人对所爱者湘君的思念与追寻，以及寻而不得的失望与哀怨；后章主要写久候不至的焦虑与期盼，以及在企盼中所产生的幻想。"（《楚辞选注》）褚先生的观点很有启发性，但是也有一个明显的问题没有解决，即如果两篇主角同为湘夫人，是否在叙述上有重复拖沓之嫌？因为《湘君》结尾时已经流露出决绝之意，"捐余玦兮江中，遗余佩兮醴浦"，诗意至此已经完结，不应该在接下来的一章中再次对此事加以叙述。此外，"玦"和"佩"（《湘君》）与"袂"与"褋"（《湘夫人》）也明显有别，不当是同一个湘夫人所为。因之我们还是倾向于认同金开诚先生的观点，《湘君》是饰为湘夫人的女巫的唱词。……可见《湘夫人》乃是饰为湘君的男巫的唱词。"（《屈原集校注》）既然《湘夫人》中的叙述者为男性，则他所思慕的对象自然是女子，所谓"公子"即指湘夫人。

"不敢言"释

从上面的分析来看，诗作中的"不敢言"，描绘的是湘君（男性）思念湘夫人（女性）的情感状态。王逸以为"不敢言"，是因为"言"则有悖于礼，即所谓"士当须介，女当须媒也"。洪兴祖认为，"未敢言者，恐逢彼之怒耳。"上述观点囿于儒家的诗教传统，均未免迂阔。男子思而"不敢言"，通常不外乎两种倾向：或者震慑于对方的美艳，而心存胆怯；或者有某种不可告人的内容，唯恐他人得知而生出顾虑。从上下文来看，所谓震慑对方的美艳之说，似无道理，因为下文很明白地交待了两人此次约会的情状，即女方是约会的倡导者，"闻佳人兮召予，将腾驾而偕逝"。既然是女方主动发出邀请，男方应该不会有惊艳震慑之感，自然也就无所谓"不敢言"。"不敢言"便只能另作他解，即两人关系或者另有隐情。

《湘君》一开篇就藉湘夫人之口，对于湘君迟迟不来赴约，进行一番很隐晦的揣测："君不行兮夷犹，蹇谁留兮中洲？"（明汪瑗《楚辞集解》："不行，犹不来也。不行，自离彼处而言；不来，自至处而言耳。"明郭正域《文选批评》："言不知其为谁而淹留于彼也。"）"心不同兮媒劳，恩不甚兮轻绝。"（金开诚《屈原集校注》："我俩彼此不同心，媒人就劳而无功；因为你恩爱之情不深，所以轻易地抛弃了我。"）"交不忠兮怨长，期不信兮告余以不闲。"（金开诚《屈原集校注》："结交而不忠诚，使人怨恨不已；约会而不守信用，却对我说没有空闲。"）女子的这些猜测之辞，含义十分丰富，既有对男子负心薄幸的埋怨，也有女子自己欲罢不能的矛盾。

男子为何没有赴约？原因是否果真如女子所猜想？他究竟为何事牵绊而"不闲"？《湘夫人》中这样写到："闻佳人兮召予，将腾驾而偕逝。""登白薠兮骋望，与佳期兮夕张。"（姚小鸥先生认为"佳"应为"佳人"的省写，其说甚是，曹丕《秋胡行》的"朝与佳人期，日夕殊不来"，似即从此诗中化出。见《简牍碑铭文献与＜九歌·湘夫人＞的若干解说》，《北方论丛》2003.6）对于女子的召唤，男方显然也是在积极回应，并没有出现上文女子所抱怨的情形，因为诗作接着即说："朝驰余马兮江皋，夕济兮西澨。"两情相悦，双方也都在为这次赴约积极行动。

女子对男子未能如约的种种猜测，想必只是她自己的一面之词，移之男子未必准确，毕竟诗中提到男子的不足之处，唯一能够坐实的便是"告余以不闲"。"不闲"既是男子未能如约的原因，也是女子种种猜测的依据。（按：女子何以得知男子"不闲"的消息，诗作中没有交待男子"告余"的情节，否则男子既然已经出现，女子又何至于苦苦久候呢？或者此处的"告余以不闲"，应该也是女子的自我揣想。）而据上面的分析看来，女子这个"不闲"的指责也是靠不住的。

于是男子所谓的"思公子兮不敢言"，便只能解释为两人背后另有隐情，所谓的湘君与湘夫人，或者只是一对并不合法的畸形恋人，而这次河边的约会，或者就是他们合约逃亡的一次预谋。而更可能的是男子或者已经有了家室，却恋于女子的美色，不惜抛弃家庭，而愿意与女子私奔，即所谓的"腾驾而偕逝"，而"筑室兮水中，葺之兮荷盖"，则是男子想象两人出走之后的情形，一种远离人世的山野生活。

综观《湘君》、《湘夫人》全文，两人这次约会之所以失之交臂，很可能是男女在时间上出现了错位，致使双方未能合拍，其源头很可能便是男子的"夷犹"，这也正好验证了女子之前的怨辞，即"心不同兮媒劳，恩不甚兮轻绝"，"交不忠兮怨长，期不信兮告余以不闲"。在这次预谋中，我们也看到了两种迥异的个性：女子态度决绝，为情不惜代价；而男子似乎有着太多的顾忌，以至于在行动上"夷犹"，"不敢言"便是他的证词。"夷犹"的态度源自于他们关系的不正当，这种心理的矛盾也使得他赴约的行动一再延宕，最后虽然也能够遵循情感的指引付诸行动，但为时已晚矣。

"奔女"情结

《湘君》、《湘夫人》叙述的这种男女关系，即便是在先秦时期，也算不得正当，对于深受周朝礼乐熏染的华夏民族而言，更是在被"放"之列。然而屈原却能够大大方方地加以叙述（据学界一般的观点，《九歌》组诗即是屈原为祭祀而作的），似乎当时的楚人也未对此有何指责，这便只能归结为楚国有着迥异于北方的独特风俗了。（《左传》成公四年，鲁国大臣季文子说："非我族类，其心必异。楚虽大，非吾族也。"《史记·楚世家》载楚武王语曰："我蛮夷也。今诸侯皆为叛，相侵或相杀。我有敝甲，欲以观中国之政，请王室尊吾号。"）我们以为此诗反映的可能即是楚国早期流行的奔女风俗，或者说屈原创作此诗的背景中有着某种类似的文化原型，即所谓的奔女情结。所谓的奔女，指的是那些主动追求自己的爱情而与心仪的男子私自结合的女子。

《诗经》中有不少类似的例子，如《周南·汉广》：

南有乔木，不可休息。汉有游女，不可求思。汉之广矣，不可泳思。江之永矣，不可方思。

翘翘错薪，言刈其楚。之子于归，言秣其马。汉之广矣，不可永思，江之永矣，不可方思。

翘翘错薪，言刈其蒌。之子于归，言秣其驹。汉之广矣，不可泳思，江之永矣，不可方思。

《诗序》曰："《汉广》，德广所及也。文王之道被于南国，美化行乎江汉之域，无思犯礼，求而不可得也。纣时淫风遍于天下，维江汉之地先受文王之教化。"方玉润说："《集传》以下诸家莫不本此，以为江汉游女，非复前日可求，以见文王之化之广矣。"（《诗经原始》）《诗序》之说未必尽合诗作原意，但诸家在游女的看法上分歧不多，均指向淫奔。其中的"汉"指的汉江，地域即为南方的楚地，似乎在汉水流域女子出游是很普遍的现象，否则《诗序》不会有淫奔之说。"汉有游女"何以"不可求思"？张震泽先生将原因归结为周、楚之间的文化差异，他说："从政治文化上看，汉水实为周、楚两国的大界，其南北两岸，族类不一，风俗习惯不同，两国统治阶级之间，敌忾之情悠久，了解这一点，对于解释《汉广》一诗，是有一定意义的。"（张震泽：《论汉广》，辽宁大学学报1987年5期）

《左传》记载了不少奔女或游女的例子，事件多发生在楚地。

宣公四年，生斗伯比。若敖卒，从其母畜於云阝，淫於云阝子之女，生子文焉。云阝夫人使弃诸梦中。虎乳之。云阝子田，见之，惧而归。以告。遂使收之。楚人谓乳穀，谓虎於菟，故命之曰斗穀於菟。以其女妻伯比。实为令尹子文。

昭公十九年，楚子之在蔡也，郹阳封人之女奔之，生太子建。及即位，使伍奢为之师。费无极为少师，无宠焉，欲谮诸王，曰："建可室矣。"王为之聘於秦，无极与逆，劝王取之。正月，楚夫人嬴氏至自秦。

其他的典籍如《国语》、《韩诗外传》等也有类似的女子游奔的记载：

（周）恭王游于泾上，密康公从。有三女奔之。其母曰：必致之于王。夫兽三为群，人三为众，女三为粲。……夫粲，美之物也，众以美物归汝，而何德以堪之？王犹不堪，况尔小丑乎！小丑备物，终必亡。康公不献。一年，王灭密。（《国语·周语上》）

郑交甫遵彼汉皋台下，遇二女，与言曰："愿请子之佩。"二女与交甫，交甫受而怀之，超然而去。十步循探之，即亡矣。回顾二女，亦即亡矣。（《文选·江赋》李善注引《韩诗内传》）

上述有关奔女或者游女的例子，发生地点多在汉水之畔，显然不是巧合。南楚风俗原本如此，先秦时已然，汉代而下此风仍不鲜见。班固说："初淮南王异国中民家有女者，以待游士而妻之，故至今多女而少男。本吴、粤与楚接比，数相并兼，故民俗略同。"（《汉书·地理志下》卷二十八下）范晔也说："然后方余皇，连舼舟，张云帆，施蜺帱，靡飏风，发棹歌，纵水讴，淫鱼出，菁蔡浮，湘灵下，汉女游。"（《后汉书·马融列传》卷六十上）"汉女游"似乎已经成为女子淫奔的一个定称。

屈原生活在这样的文化环境中，对于风行楚国的游女习俗十分熟悉，因之在具体创作的过程中予以表现，也是极自然的事情。《湘君》、《湘夫人》所写的未必就是游女，但我们以为其背后必有游女的风俗在作衬托。从游女的风俗，再进而到屈原之作，最后回应到男子的"不敢言"，我们对于《湘夫人》或者会有更深的理解。

【参考文献】

[1] （宋）洪兴祖.楚辞补注 [M].南京：凤凰出版社，2007.

[2] （宋）朱熹.楚辞集注 [M].上海：上海古籍出版社，2002.

[3] 金开诚.屈原集校 [M].北京：北京：中华书局，1996.

[4] 胡念贻.楚辞选注及考证 [M] 长沙：岳麓书社，1984.

从《世说新语》看魏晋时代家庭伦理观念

成 林

一 引 言

南朝刘宋时代刘义庆编纂的《世说新语》记载了汉末魏晋时期世族名士的逸闻趣事和风雅清谈，篇幅短小，语言简约，但"记言则玄远冷俊，记行则高简瑰奇"，被认为是中国古代志人小说的代表。同时，《世说新语》内容丰富，全书共36门，[1] 描绘出一幅幅生动的社会图景，可以说也是一部珍贵而重要的社会史料集。

魏晋时代社会动乱，在这个乱世中，有一个值得注意的现象，就是一些世家士族在政治上的势力不断壮大，社会影响不断增强。这些世族在汉末魏晋时代的生存和发展，形成了一种十分独特的国乱而家不乱、乃至国亡而家兴的独特局面。《世说新语》一书所记人物多达数百人，所记逸事1千多条，有很多涉及到家庭生活和家庭成员之间的关系，为我们探讨魏晋时期国乱而家不乱、国亡而家兴的原因提供了生动资料。本文意在从这些材料中，观察魏晋时代家庭、家族成员间的关系，并探究分析当时维系家庭和睦、和谐与发展的家庭伦理观念。

二 魏晋时代家庭伦理的观念和变化

家庭是社会结构的最基本单位，家庭成员关系的和睦融洽，关乎到家庭的稳定和家族的兴盛，进而影响社会的稳定。自周代实行一夫一妻制后，协调家庭成员关系、稳定家庭关系的家庭伦理逐渐形成，再经秦汉儒家思想的浸染，形成了传统的家庭伦理观念，以此确定家庭内部的长幼秩序、地位，保持家庭的稳定和睦，其主要内容就是父严、母慈、兄友、弟恭、子孝。从《世说新语》的记载中可以看到，当时人基本上仍是依照传统伦理来处理家庭关系，但也呈现出一些变化和时代特征。具体说来，主要表现在如下几个方面：

首先，为子尽孝仍为先

"父严、子孝"是处理父子关系的重要准则，也是中国古代家庭伦理最为重要的内容，这样的伦理观念即使在时局动荡、士人多以风流著称的魏晋时代也依然没有改变，

---

[1] 鲁迅《中国小说史略》第七篇《〈世说新语〉及其前后》，此篇中称"《世说新语》今本凡三十八篇"，"八"似是"六"之讹。

而后者则更受重视。在《世说新语》中，《德行》门位列三十六门之首[1]，有关孝行的记载虽然偶尔亦散见于其他门类，但主要集中在《德行》一门。这说明，"孝"仍是很被看重的一项德行，是当时人认为最重要的品质之一。有孝行的人不仅会受到别人的敬重，而且可以得到官方认可，因而入仕。《德行》第26条中的祖纳，"少孤贫，性至孝"[2]，平北将军王乂慕其孝名，赠给他两个婢女，并且"取为郎中"。祖纳不仅因孝行而得官，而且在官职之外还得到了其他实际的利益。同篇第47条中，吴坦之兄弟丧母，"朝夕哭临，路人感动"，韩康伯当时任丹阳尹，他的母亲告之此事，并叮嘱他以后如有机会，一定要选拔这样的孝子当官。韩康伯后来果然做了吏部尚书，立刻想起了这两位孝子，小吴在韩康伯的举荐下，"遂为贵达"。因孝行而做官发达，是在政治上对孝行表示肯定和褒奖。在后一个例子中，手握用人大权的韩康伯，听了母亲的话而提拔吴氏兄弟，其本身就是一个孝子。这正可以说是"以孝报孝"。

能被记入《德行》篇中的孝子，其孝行往往十分感人。第43条中，桓玄打败殷仲堪后，其咨议罗企生被俘，临刑前，桓玄问罗企生还有什么话要说，罗并没有为自己乞命，而是向桓玄"乞一弟以养老母"。念念不忘的仍是事母尽孝，这样的孝行被看作是纯孝。第45条中，陈遗也是一位"至孝"的人，他的母亲喜欢吃锅底焦饭，他便专门为母亲收集，盛在袋子里，带在身边。有一次打了败仗，逃命途中饥寒交迫，许多人因而饿死，陈遗却因为有随身带着的焦饭而得以活命。这样的纯孝，不但令人感动，也因为其纯粹，给自己带来了意想不到的幸运。这件事的因果虽然有很大的偶然性，但其鼓励孝行的导向性却是非常明确的。与以上几位相比，第14条中王祥的孝行更是感天动地。后母不仅虐待王祥，而且曾经想置他于死地，侥幸逃脱后，王祥依然恭敬事奉，毫无怨言，终于感动了后母。在这里，子辈对长辈尽孝是无条件的，不惜一切的，这样的孝是孝的极点，甚至可以说达到了"愚孝"的地步。对这种孝，我们应该剥离其具体形式，而肯定其精神价值。从以上诸例中不难看出，在魏晋时代，子辈对父母辈尽孝仍是家庭伦理的重要准则。

这里有必要提到《世说新语》中所记载的魏晋时代那些不同寻常的孝行。从表面上看，这一类孝行与传统的家庭伦理不相符合，也可以说是"不伦之伦"。比如，王戎、和峤同时遭遇大丧，但两人的表现不一样，和峤是"哭泣备礼"，悲痛至极。而王戎不但不沉痛致哀，反而"鸡骨支床"，大吃大喝（《德行》第17条）。照常理，王戎的行为有违人伦，但当时人对王的行为并未加指责。他们看到，王戎虽"鸡骨支床"，但却"哀毁骨立"，和峤虽"哭泣备礼"，却"神气不损"，认为两人都是孝子，和峤是"生孝"，而王戎是"死孝"。值得注意的是，这个故事是作为孝行载入《德行》门中的，这反映了当时人对这种孝行的肯定。《任诞》篇中所记阮籍的情况也与此类似。阮籍遭遇母丧，依然喝酒吃肉，司马昭好言相劝，他仍然饮食不停，神色自若。以致何曾建议司马昭把

---

[1] 《世说新语》三十六门排序之先后，暗寓高下抑扬的褒贬态度，这与汉魏晋以来盛行的"九品文化"的制度有关系，参看范子烨《世说新语研究》[M].哈尔滨：黑龙江教育出版社，1998:28-35.

[2] 本文所引内容依据的是余嘉锡《世说新语笺疏》本，上海古籍出版社1993年12月版。以下不再另注。

阮籍"流之海外，以正风教。"（《任诞》第 2 条）葬母时，阮籍仍蒸一肥豚，饮酒二斗。但是，在最后临别一刻，阮籍还是"都得一号，因吐血，废顿良久。"（《任诞》第 9 条）王戎、阮籍这些看似有违人伦的行为，只是外在的表现，实质上，他们内心还是以孝为准的。对阮籍的行为，当时的裴楷非常理解："阮方外之人，故不崇礼制，我辈俗中人，故以仪轨自居。"（《任诞》第 11 条）包括《世说新语》的作者，也都能理解这种行为，理解他们的孝心。应该说，这正是魏晋风流在家庭伦理方面的体现，传统的家庭伦理并未真正丧失，而是在特定的时代背景下形成自己的特色。因此，我们不能单凭他们表面上任诞的言行举止，就断定王戎、阮籍等人不孝，甚至以此作为魏晋时代家庭伦理沦丧的根据，而是应该将其置于特定的历史背景之下加以理解。

其次，父严转变为父慈

在传统家庭伦理观念中，子女对父母要尽孝，而父母对子女则是父严母慈。在家庭中，母亲给予子女更多的是慈爱和关怀，与子女之间是一种比父子关系更加亲密的依偎之情。这在《世说新语》中也得到了体现。《方正》第 4 条中，郭淮的妻子受其兄事株连，郭淮替妻子求情："五子哀恋，思念其母。其母既亡，则无五子。五子若殒，亦复无淮"，就是以母子息息相关为理由的。传统伦理中，父亲在家庭中一般比较威严，与子女保持一定的距离。但是，相对于传统的严父形象，《世说新语》中的父亲则更多地表现出对子女备加呵护，慈爱有加。《德行》第 24 条就记载了这样一则故事：在战乱中，郗鉴带着自己的儿子和外甥逃难，不得已向人乞讨，但施舍者说只能提供他一个人吃饭，不能带两个小孩来吃。郗公便在吃饭时将嘴里塞得满满的，回来后再吐出喂给两个小孩吃。慈爱之心，令人感动。父亲的慈爱不仅表现在对子辈的养育上，还表现在他们利用各种机会教育子女。如谢安利用寒雪天在家与儿女讲论文义（《言语》第 71 条）。在父母精心护养、教育之下，子辈知书达礼，常常小小年纪便机智过人。谢玄就在谢安的教导下，从小机敏过人，后以"神理明俊、善微言"著称（《言语》第 78 条）。父亲对子辈们的喜爱，不仅溢于言表，而且毫不避忌。王敦给人写信，称赞自己的儿子"风气日上，足散人怀"（《赏誉》第 52 条），就一点没有自谦或避嫌之意。

父辈对子辈的慈爱，使家庭中充满了和睦轻松的气氛。钟毓兄弟有一天趁父亲白天睡觉，一起偷服药酒，一个拜礼而饮，一个不拜而饮。事后，父亲没有严词诃责，而是和颜悦色地问两个儿子为何这样。（《言语》第 12 条）陈寔家来了客人，两个儿子只顾全神贯注地听他和客人的谈话，饭也没烧成，当父亲的一点也没责怪他们，而是问他们听到了什么，有没有收获。"二子俱说，无以遗言"，父亲反而感到高兴。（《夙惠》第 1 条）在这些家庭里，父亲非常注意教子的方式，和颜悦色，父子关系可谓其乐融融，用"慈"来描绘这些父亲的形象，应该是合适的。

第三，妇德中更重才识[1]

---

[1] 参见杨淑鹏《世说新语〈贤媛〉选录特色探析》，[J]. 太原师范学院学报（社会科学版），2006（1）：
97—99.。杨文认为《贤媛》篇中对女子价值评价准则与传统规范不同，受魏晋玄学与时代风气影响，旨在显现女子才智。

女性在家庭中担当妻子、母亲的角色，对家庭有着十分重要的作用。《周礼》云："九嫔掌妇学之法，以教九御：妇德、妇言、妇容、妇功"。郑玄注曰："德谓贞顺，言谓辞令，容谓婉娩，功谓丝枲。" 贞洁贤淑，恪守妇道，历来为家庭伦理观念中的妇道"四德"之首。但在《世说新语》中，妇德中最受重视的却是女子的才识[1]。在父亲"缺席"的场合，尤其是在攸关家庭命运的重要关头，如果没有才识，便不能为家庭把握方向，作出正确的抉择。在《贤媛》第1条中，陈婴之母就根据自己的人生经验和见识，劝陈婴不要出头作乱。陈婴未听劝告，终于招至杀身之祸，最终未能保全其家。桐乡令东郡虞韪妻赵氏，在女儿出嫁前，谆谆叮嘱女儿"慎勿为好"、"好尚不可为，其况恶乎"。（《贤媛》第5条）这些话语也是基于她的人生历练，饱含乱世慎行避祸的远见卓识。东晋名臣陶侃也有一个深明大义的母亲湛氏，湛氏剪发待宾的故事，为人熟知。不甚为人所知的是，在陶侃刚刚踏入仕途的时候，"尝以坩鲊饷母"，母亲写信责怪陶侃："汝为吏以官物见饷，非唯不益，乃增吾忧也"，（《贤媛》第19条）陶侃从此为官戒慎，终于成为东晋一代名臣。

就女德尤重才识这一点而言，许允妻的故事或许更为典型。许允妻子长相奇丑，却很有才识。在许允以"妇有四德，卿有其几"表达不满时，她巧妙地反驳："新妇所乏唯容耳，然士有百行，君有几许？"她主动反驳显然不尽符合"贞顺"的妇德，但她以自己出色的口才、非凡的勇气和识见，为自己争得了地位和和尊敬。（《贤媛》第6条）后来，许允因事被魏明帝治罪。许妻知道后，镇定自若，建议许允"明主可以理夺，难以情求"。许允听从其言，在魏明帝那里据理力争，证明自已用人得当，并无枉法，最终"诏赐新衣"，安然归家。（《贤媛》第7条）作为一位女性，她的才识不仅赢得了夫君的敬重，维护了家庭的和谐，而且保全了家庭，使自己在家族中也有了更高的地位。传统的"四德"规范强调妇女的贞洁、顺从、相貌以及手工，妇女的角色地位比较被动，其作用也有限。在《世说新语》时代，妇女以才识相夫教子受到空前重视，其对家庭也起到了更重要的作用。

第四，家族的荣誉高于一切

家族就是一个大的家庭，家族的声誉对于家庭家族的兴旺发展非常重要，而荣誉来自于家族每一个成员的行为和声名。因此，当时人特别重视家庭家族成员之的关系和睦，处处维护家庭家族成员的利益和声誉。家族成员常聚在一起读书、闲谈、讨论诗歌，其乐融融。同辈兄弟感情深挚的例子，更是不胜枚举。例如王徽之、献之兄弟二人都病重，献之先亡。徽之赶来奔丧，弹琴哀悼，慨叹"人琴俱亡"，随后"因恸绝良久，月余亦卒"。（《伤逝》第16条）兄弟情深至此，令人感动。还有一位名叫戴安道，其人淡泊名利，避世不就，其兄安丘却喜躁进，好功名，两人志向大相径庭，但即使这样，兄弟之间依然能相互包容，融洽相处。（《栖逸》第12条）这些本自同根生的兄弟们之间，

---

[1] 参见傅江《世说新语〈贤媛〉面面观》，[J]. 江苏教育学院学报（社会科学版），1996（1）：55—58。傅文认为《贤媛》篇中对女子之贤有了新标准，强调的是识，遇事有远见卓识。

都是友好相处，共同维护家庭。

另一方面，子女对父辈的孝心，不仅只是满足父母的具体要求（尤其是在物质方面），也表现在其他层面，如体现或转化为对长辈的敬佩和赞颂，对家讳的严格维护等。当有人问陈季方其父有何功德而名重天下时，陈季方毫不谦虚地对其父大加赞美："吾家君譬如桂树生泰山之阿，上有万仞之高，下有不测之深；上为甘露所霑，下为渊泉所润。"（《德行》第7条）更有意思的是，陈元方的儿子和陈季方的儿子争论各自父亲的功德，各不相让，只好求爷爷陈寔作仲裁，爷爷以一句"元方难为兄，季方难为弟"，巧妙地解决了这个难题，也维持了家内子孙之间的和睦。（《德行》第8条）在整个家庭家族成员的共同努力下，无论是长幼之间，还是平辈之间都非常注意处好相互的关系，共同爱惜、维护家族名声。

丞相陆凯家族兴旺，有"二相、五侯、将军二十余人"，究其原因，陆凯回答是："父慈子孝，家之盛也"（《规箴》第5条）。他的回答揭示了乱世家盛的一个重要原因。同时，如上所述魏晋家庭伦理观念中对女性才识的重视，兄弟、父子对家庭、家族的全力维护等也都起到了很大的作用。因此大家族人才辈出，家族兴旺不是偶然的。

三　魏晋时代家庭伦理观念的时代特征

《世说新语》中反映的这些家庭伦理观念，是有着其深刻的时代背景的。自秦汉以来，忠君思想不断强化，与孝道相结合，逐渐形成了"求忠臣必于孝子之门"的观念。到汉末，天下多乱，政局动荡，曹操奉刑名法术之学，"唯才是举"，儒家传统思想遭到颠覆。晋武帝时重又开始"以孝治天下"，在政治上肯定和提倡孝行，因此，因孝而得官的屡见不鲜。同时，魏晋以来，政权更迭频繁，一人历仕多朝的现象颇为常见。在这种时代背景下，"忠"因难以附丽其对象而被淡化，而孝行仍然是稳固家庭关系中的至上美德，为臣可以不忠，但为子却可以因孝得名。《德行》第42条中的王绥，其父王愉被殷仲堪、桓玄所逐，逃亡在外，生死未卜。王绥整天忧容满面，居处饮食"每事有降"，被称为"试守孝子"，后来因与父谋反被杀。王绥对父尽孝，对君王却不尽忠，但仍被记入《德行》篇中，作为孝子加以表彰。从中可以看出在那动乱的时代忠君观念的淡化，以及在人们价值观念中忠与孝的分离，不忠往往不足垢病。《政事》第1条记载有一个小吏，谎称母亲生病请假，事情被发觉后遭关押。当时陈寔任太丘长，命令手下将他杀了。他的理由正是："欺君不忠，病母不孝。不忠不孝，其罪莫大。"实际上，小吏"病母"，其主要罪名是不孝，而不忠则是由不孝推演出来的。反过来看，如果小吏真是为侍奉病母而请假，便是尽孝，天经地义，并无过错。

魏晋时代玄学兴起，崇尚自然，随着自我意识的觉醒，人们更向往于释放个性，流露自然真情。伦理是准则，是规定，如果在伦理中赋予真情，便注入了情的成份，有了感人之处，传统的"父严、母慈、兄友、子孝"的伦理中便多了父子之情、夫妻之情，而少了一些传统伦理中形式上的束缚。《伤逝》篇中王戎、王徽之等在儿子、弟弟的去世后表现出的深切哀痛，并不符合传统规定的长幼关系，但却是自然真情的流露。所以，《世说新语》中慈父的形象屡见不鲜，父与子、长辈与晚辈之间更多的是一种平等相处，和谐相容的亲情，没有传统伦理中严格的尊卑区分，而是发自内心的慈爱与孝心。这种自然真情同样体现在夫妻关系上，以现代人的眼光，总觉得古人的夫妻之间是没有那么多的真情和乐趣的，魏晋时代却颇有一些不同寻常的夫妇关系。王浑有一天见其子从庭前走过，高兴地对妻子钟氏说："生儿如此，足慰人意。"钟氏笑着说："若使新妇配得参军（指王浑弟王沦），生儿故不啻如此。"（《排调》第 8 条）夫妻间能开这样的玩笑，可见他们之间的融洽和谐。《惑溺》第 6 条中，王安丰的妻子常称丈夫"卿"，王觉得不合礼法，让她不要这样，但妻子却全然不顾："亲卿爱卿，以是卿卿，我不卿卿，谁当卿卿？"卿卿我我之情跃然纸上。《世说新语》中记载的这些家庭伦理真情，与当时崇尚自然、追求自我的思想潮流是分不开的，虽然还没有完全抛除某些虚伪的礼法形式，但已经在一定程度上打破了传统伦理观念中严格的长幼、尊卑秩序，进一步趋向人性的自然、真情甚至平等。这无疑增加了家庭家族内部的凝聚力，促进了家庭和睦和家族事业的兴旺。

四　结　语

家庭始终是社会组成的最基本单位，家庭的稳定与和睦直接关系到整个社会的稳定，所谓"家和万事兴"说的就是这个道理。在当今生活物质条件越来越好，科技越来越发达，社会竞争不断增强的社会里，如何处理好家庭内部的关系，保持家庭的稳定和睦，对文明社会与和谐社会的建设意义重大。因此，我们今天重新审视《世说新语》中所表现出来的魏晋时代的家庭伦理观念，是有现实意义的。我们既要继承传统的家庭伦理道德，同时也要随着社会的进步，赋予传统伦理以新的内容，促进家庭稳定和社会和谐。

【参考文献】

[1] 鲁　迅. 中国小说史略 [M]. 上海：上海古籍出版社，1998：37—43.

[2] 程章灿. 世族与六朝文学 [M]. 哈尔滨：黑龙江教育出版社，1998：3—12.

[3] 刘　强. 从世说新语看魏晋孝悌之风 [J]. 阴山学刊，2001 年（1）：26—30.

[4] 范子烨. 世说新语研究 [M]. 哈尔滨：黑龙江教育出版社，1998：28—35.

[5]（南朝宋）刘义庆. 余嘉锡，笺疏. 世说新语笺疏 [M]. 上海：上海古籍出版社，1993.

[6] 杨淑鹏. 世说新语贤媛选录特色探析，[J]. 太原师范学院学报（社会科学版），2006（1）：97—99.

[7] 傅　江. 世说新语贤媛面面观，[J]. 江苏教育学院学报（社会科学版），1996（1）：55—58.

刘瓛与南朝宋齐之际儒学复兴

成　林

一　引　言

汉陵淹馆芜，晋弥洙风阙。五都声论空，三河文义绝。

兴礼迈前英，谈玄逾往哲。明情日夜深，徽音岁时灭。

垣井总已平，烟云从容裔。尔叹牛山悲，我悼惊川逝。[1]

这是南齐竟陵王萧子良的一首五言诗，此诗完整的标题是《登山望雷居士精舍同沈右卫过刘先生墓下作》，诗题中的"刘先生"为刘瓛，沈右卫即沈约。诗题中已经明示了该诗写作的缘起，再结合其诗前小序，我们可以进一步了解该诗写作的背景。在萧子良作此诗前，他的弟弟萧子隆已先有作品《经刘瓛墓下》，并赠送给子良，萧子良受此诗触发，故"升望西山，率尔为答"。在萧子良写作此诗之后，又有沈约、谢朓、柳恽、虞炎等人相继奉和竟陵王过刘瓛墓诗[2]，这样一下子就有六首缅怀刘瓛的诗歌作品。同题奉和在南朝文学中经常出现，尤其在当时的文人集团中，同题奉和更是他们文学活动的一部分，沈约等四位诗人都是萧子良文人集团的主要作家[3]，他们同题奉和并不奇怪。但是，这样一组作品确实又是很扎眼的，不但有两位富有文才的藩王为同一个已经去世的人写诗，还有当时的文坛名人沈约、谢朓等同题奉和，评价很高，声势颇大。由于南朝文献多有亡佚，参预这次同题唱和活动的人可能还不止上述诸位。那么，这位诗中的主人公刘先生（刘瓛）究竟是何等人物，使得这些诸王大家都来作诗缅怀他呢？

对于今天的大部分人来说，刘瓛之名确实不太响亮，他也没有引起当代学者的注意，在文学和史学领域都未见有专门研究他的论文。但是，在南朝宋齐时代，他可以说是当时学术界最重要的人物之一，《南齐书》卷三十九和《南史》卷五十皆有他的传记。据本传，刘瓛字子珪，沛国相（今安徽濉溪西北）人，生于刘宋元嘉十一年（434），卒于南齐永明七年（489）。他一生基本上生活在南京，在南京办学授徒，宣讲礼学，弘扬儒学，去世之后，安葬于南京钟山西岩附近。他博通五经，成就主要在文化学术方面。当时一向恃才傲物的刘孝标曾在其《辨命论》中称赞刘瓛的学问和品行："瓛则关西孔

[1]　曹融南. 谢宣城集校注[M]. 上海：上海古籍出版社，1991：293.

[2]　曹融南. 谢宣城集校注[M]. 上海：上海古籍出版社，1991：291—301.

[3]　胡大雷. 中古文学集团[M]. 桂林：广西师范大学出版社，1996：P119—123.

子，通涉六经，循循善诱，服膺儒行。"[1]《南齐书》卷三十九"史臣曰"中，萧子显称刘瓛"承马、郑之后，一时学徒以为师范"，可见他的学问造诣与学术地位得到了当时学界名流的认可和尊敬。

南齐永明年间发生在南京的这次作家级别很高、唱和规模很大的文学活动，体现了刘瓛及其学术的不同寻常的社会影响。显然，对这样一个生活在南朝南京的学术界重要人物，我们理应加以关注并深入考察。本文将通过对刘瓛生平事迹、学术活动和文化贡献的考察，加深对南朝宋齐时代的学术和文学的了解。

二 刘瓛儒学的时代背景和特点

据本传，刘瓛是东晋丹阳尹刘惔的六世孙。刘惔，字真长，是当时著名的清谈家，《世说新语》中有不少关于他的清谈轶事的记载。到刘瓛时，当时任丹阳尹的袁粲还曾指着庭中柳树对刘瓛说："人谓此是刘尹时树，每想高风；今复见卿清德，可谓不衰矣。"[2] 可见尽管年代相隔已久，当年的丹阳尹刘惔的流风余韵仍未衰歇，直到南朝初年仍有影响。袁粲之语更是道出了刘瓛对家学家风的承继。刘瓛五岁时就跟着舅舅读《管宁传》，少年笃学，广读五经，博通训义，宋孝武大明四年（460）举秀才，其时才26岁，他的资质才学已为时人看重。东海王元曾写信给刘瓛的父亲刘惠，夸赞他"比岁贤子充秀，州闾可谓得人。"[3] 刘瓛除了从小笃志好学，博览群书外，还具有苦读精神。早年"除奉朝请不就"后，他与"兄弟三人共处一间蓬室"，即使房屋被风吹倒，无法修葺，他仍然"怡然自乐，习业不废"，毫不在意[4]，颇有当年颜回箪食瓢饮不改其乐之风，其固穷乐业根本上还是儒家安贫乐道的体现。正因为刘瓛才华风范直追其六世祖，才会有袁粲对其家风"不衰"的感慨。

刘瓛生活的宋齐时代是南朝政权建立和渐稳的时期，他的儒学成就也就具有时代的背景和特点。汉末动乱之后，儒学的正统地位不再，魏晋时期玄风盛行，儒学研究也受到很大冲击。萧子良诗中所谓"汉陵淹馆芜，晋弥沫风阙。五都声论空，三河文义绝"，正是此义。随着刘宋中央集权的建立，这种情况在南朝开始有了改变。宋文帝恢复了国子学，招雷次宗立儒学，与何尚之立玄学、何承天立史学、谢元立文学，形成四学（儒玄文史）并立的格局，至此，儒学开始逐渐恢复影响，成为当时学术思想领域多元并立局面中的重要组成部分。[5] 而儒学中的传统封建思想最适合集权统治的需要，这些又是玄学所不能做到的。因此到了刘宋萧齐之世，基于政治的需要，统治者经常问政于儒者，希望在政治上得到儒学的承认。由于统治者的重视，政治及社会的需要等因素，儒

[1] （梁）萧统. 文选（卷五十四）[M]. 北京：中华书局，1977：749.

[2] （唐）李延寿. 南史[M]. 北京：中华书局，1975：1236.

[3] （唐）李延寿. 南史[M]. 北京：中华书局，1975：1235.

[4] （唐）李延寿. 南史[M]. 北京：中华书局，1975：1235.

[5] 罗宗强. 魏晋南北朝文学思想史（第五章）[M]. 北京：中华书局，1996：175—179.

学出现了明显的复兴之势，习儒之士也日益增多。

刘宋萧齐时代，正是儒学复兴之时，刘瓛可以说是生逢其时。刘瓛的儒学成就，乃至在当时的影响、地位，都与当时儒学复兴的学术背景、统治者的重视、政治和社会对儒学的需求密切相关。《南齐书》和《南史》刘瓛本传中就记载齐高帝萧道成刚一即位，便约请刘瓛入华林园面谈，问以政道。萧道成想听听对他代宋而立的看法，刘瓛当即答道："陛下戒前轨之失，加之以宽厚，虽危可安；若循其覆辙，虽安必危。"刘瓛的回答谨慎而又机智，缓解了萧道成代宋而立在道义上的不安，得到了萧道成的赞许："方直乃尔。学士故自过人"。[1] 当时刘瓛并未有官方职位，只是一位民间儒者，萧道成专门向刘瓛问政，一方面说明萧道成很在乎儒学界的看法，另一方面也说明在萧道成眼里，刘瓛就是当时儒学界的代表。

在南朝儒学研究的内容上，研究三《礼》和《孝经》的较多，聂崇岐《补宋书艺文志》著录刘宋一代有关三《礼》著述 31 种，陈述《补南齐书艺文志》录礼学著作 21 种。[2]《礼》学大盛，是因为它符合当时的政治需求和社会需要。刘宋萧齐两代，皇权争夺激烈，皇位更迭频繁，政治斗争的腥风血雨，带来了社会的动荡不安。政权和社会都需要用礼乐制度来维持秩序、保持稳定。因此，在当时的儒学研究中这一方面的内容特别受到重视。刘瓛亦不例外，他博通五经，特别精通礼学，不仅有这方面的著述，还以宣讲《礼》学著名，是当时京城里最有名有讲《礼》者，并由此声名大震。他不仅受官方重视，在民间也倍受尊敬，跟随他学《礼》的人越来越多。史传上称其"儒业冠于当时，都下士子贵游，莫不下席受业，"当时，刘瓛住在南京青溪檀桥，学徒们都很敬慕他，不敢直呼其名，而是称他为"青溪"。[3]

刘瓛的儒学显然适应了当时政治和社会需求，具有着时代特点，同时也在汉魏六朝儒学传承中具有突出的作用和地位，这一点《南齐书》卷三十九"史臣曰"说得非常明白和准确："江左儒门，参差互出，虽于时不绝，而罕复专家。晋世以玄言方道，宋氏以文章闲业，服膺典艺，斯风不纯，二代以来，为教衰矣。……刘瓛承马郑之后，一时学徒以为师范。"[4] 东晋大扇玄风，刘宋四学并立，儒学至萧齐才真正复兴，刘瓛无疑是南朝宋齐之际儒学复兴的代表人物。

三　刘瓛的儒学成就

刘瓛的儒学成就首先是对儒家经书的潜心研读和研究阐释，他在这方面著述颇丰。《隋书·经籍志》载其所撰写的著作，就有《周易乾坤义》一卷、《周易四得例》一卷、《周易系辞义疏》二卷、《毛诗序义疏》一卷、《毛诗篇次义》一卷、《丧服经传义疏》

[1]　（梁）萧子显. 南齐书[M]. 北京：中华书局，1972：678.

[2]　罗宗强. 魏晋南北朝文学思想史（第五章）[M]. 北京：中华书局，1996：178—179.

[3]　（梁）萧子显. 南齐书[M]. 北京：中华书局，1972：679.

[4]　（梁）萧子显. 南齐书[M]. 北京：中华书局，1972：686—687.

一卷以及《刘瓛集》三十卷等七种。刘瓛的这些著述多已亡佚，[1] 但从书名上看，基本上是注解阐释五经之书，涉及《周易》、《诗经》以及三《礼》之学。建元三年（481），齐武陵昭王萧晔出任会稽太守，齐高帝派刘瓛随往，为萧晔讲解五经。[2] 这足以说明南齐统治者对他的经学的倚重。《南齐书》卷三十九"史臣曰"中，萧子显称刘瓛"承马、郑之后，一时学徒以为师范"，对其学术成就作了充分的肯定，认为他的学问继承马融与郑玄。《金楼子》卷一"兴王篇一"也同样将刘瓛比作马、郑："沛国刘瓛，当时马郑"。[3]《南史》本传也说："当世推其大儒，以比古之曹、郑。"据姚振宗推测，刘瓛的《易》学可能是"宗郑黜王"，[4] 也就是承东汉郑玄经义一派，而反对王弼以来的玄理解说。因此，史家强调刘瓛学术与郑玄的关系，可能不是偶然的。

在对儒学经典的研究中，刘瓛又以礼学方面造诣最为精深。《南齐书》本传称其"所著文集，皆是《礼》义，行于世。"其文集有三十卷，可见其有关《礼》义方面的著述还是很多的，而且当时颇为流行。可惜这些基本都没有流传下来，现在无法了解其具体内容了。我们只能根据文献中零散记载，还原一些历史情况。他曾对弟子讲授《礼记·月令》，并对弟子谦虚地表示："江左以来，阴阳律数之学废矣。吾今讲此，曾不得其仿佛。"[5]《隋书·牛弘传》曾引述他对《月令》一书的看法，《五礼通考》等书中也引录了他对《礼记·缁衣》的注释，《太平御览》卷五百八十二引述了一段刘瓛对于军礼的论述。这些虽然只是他的《礼》义的九牛一毛，但对于我们管中窥豹地了解他的学术不无帮助。

刘瓛的礼学不仅是纯粹学理性的经义之学，也是一门与当时政治密切关联的实用性很强的学问。这使他不仅得到学者名流的肯定，也开始得到了官方的重视。《南齐书·礼志》明确记载，建元二年（480），萧道成即位的第二年，就曾向其询问礼仪之事。《南史》四十二《齐高帝诸子传》载武帝曾问临川王映居家以何事最乐，萧映回答："政使刘瓛讲《礼》，顾恖讲《易》，朱广之讲《庄》、《老》，……，以此为乐。"[6] 武帝听了非常高兴，这其中可能有讨好武帝的成份，但也说明不仅齐武帝是刘瓛讲《礼》的热心听众，南齐诸侯王中也不乏刘瓛讲礼的忠实听众。刘瓛讲礼的影响由此可见一斑。

刘瓛在儒学方面另一个重大贡献就是聚徒讲学，宣扬礼学。刘瓛早年无心仕途后，便开始聚徒教授，学生常有数十人。到其被齐高帝派去为武陵王晔讲五经后，名声渐起，从学之徒越来越多。除了在会稽为武陵王晔讲五经，刘瓛的办学讲学都是在当时的京城南京，讲学的内容主要是五经，重点是礼学。其私人办学在儒学传播中具有不可忽视的地位。学生们不仅传承了他的礼学，也扩大了他的学术影响。《南齐书》和《南史》本传提到他的学生有彭城刘绘、从阳范缜和严植之，在其他传记中提到的

[1] （清）姚振宗. 隋书经籍志考证[M]. 二十五史补编[C]. 北京：中华书局，1955：5068—5072.

[2] （唐）李延寿. 南史[M]. 北京：中华书局，1975：1236.

[3] （梁）萧绎. 金楼子[M]. 文渊阁四库全书本. 16B.

[4] （清）姚振宗. 隋书经籍志考证[M]. 二十五史补编[C]. 北京：中华书局，1955：5072.

[5] （梁）萧子显. 南齐书[M]. 北京：中华书局，1972：680.

[6] （唐）李延寿. 南史[M]. 北京：中华书局，1975：1064.

受教于刘瓛或受刘瓛推荐的人还有杜栖、贺玚、司马筠、何胤、范元琰、王僧祐等人。这些人都好学博览，但同时又各具特点。刘绘是永明末年竟陵王西邸文人集团中的年青一员，后进领袖，谈吐顿挫有风采，当时人有"刘绘贴宅，别开一门"的说法。[1] 范缜从小孤贫，年未弱冠，就从刘瓛学习，他性格卓越不群，坚持已见，[2] 但刘瓛非常喜欢他，亲自为他行加冠礼。严植之字孝源，[3] 精通《孝经》、《论语》。杜栖是会稽杜京产之子，刘瓛在会稽讲学时，杜栖曾为其亲自下厨，表示尊敬。后来专程入京师跟随刘瓛学习。[4] 贺玚是当初刘瓛赴会稽为武陵王晔讲经时收的学生。刘瓛当时就惊异于贺的资质才华，对张融说："此生神明聪敏，将来当为儒者宗。"回到南京后，刘瓛便推荐其为国子生。[5] 司马筠孤贫好学，师从刘瓛，学习专精，深为刘瓛器重。[6] 何胤跟从刘瓛学习《易》、《礼记》、《毛诗》，但其为人性情放诞，刘瓛却一直对他非常欣赏。[7] 还有范元琰，博通经史，好学谦逊，不以所长骄人。刘瓛曾上表称赞他。[8] 总之，刘瓛教学不仅注重传授学问，更能以宽容的胸怀，不拘一格，识拔人才，象范缜、何胤这样富有个性才学，但性情不易被人理解接受的人，刘瓛能充分包容理解，并器重有加；对贺玚、司马筠这样资质过人、学习专精的人他能慧眼识人，加以延揽；对杜栖、范元琰这样谨行守孝、奉行儒道之人，刘瓛更是不遗余力地加以推荐提携。这些都显示出一种较开放、通达的教学态度，颇有当年孔子因材施教、有教无类之风。同时，刘瓛自已在行为上也尤重礼仪，《南齐书》、《南史》本传皆载其虽以儒学冠于当时，但不以高名自居，"游诣故人，唯一门生持胡床随后，主人未通，便坐问答"。[9] 因此，刘孝标在《辨命论》中称赞刘瓛"关西孔子，通涉六经，循循善诱"是对其教学的肯定，也反映了他作为一时儒宗的风度。

刘瓛的这些学生都学有所成，并很好地继承了刘瓛的儒学，例如，何胤专治《易》和《礼记》，后来被萧子良推荐为继王俭、张绪之后撰定新礼的人选，显示他在礼学领域中已经占据权威的地位。永明十年（492）升任国子祭酒。[10] 杜栖曾受到萧子良的礼遇，鉴于他很高的的礼学修养，国子监祭酒何胤治礼时也重用他，任用他为学士，掌管婚冠礼仪。[11]《梁书·儒林传》共为十三人立传，其中就有四人是刘瓛的学生，他们可谓得其师之真传，在礼学方面造诣突出。其中范缜不但精通三礼，还写出了著名的

---

[1]　（梁）萧子显. 南齐书[M]. 北京：中华书局，1972：841.

[2]　（唐）姚思廉. 梁书[M]. 北京：中华书局，1973：664.

[3]　（唐）姚思廉. 梁书[M]. 北京：中华书局，1973：671.

[4]　（梁）萧子显. 南齐书[M]. 北京：中华书局，1972：965.

[5]　（唐）姚思廉. 梁书[M]. 北京：中华书局，1973：672.

[6]　（唐）姚思廉. 梁书[M]. 北京：中华书局，1973：674.

[7]　（唐）姚思廉. 梁书[M]. 北京：中华书局，1973：735.

[8]　（唐）姚思廉. 梁书[M]. 北京：中华书局，1973：746.

[9]　（梁）萧子显. 南齐书[M]. 北京：中华书局，1972：679.

[10]　（唐）姚思廉. 梁书[M]. 北京：中华书局，1973：735.

[11]　（梁）萧子显. 南齐书[M]. 北京：中华书局，1972：966.

《神灭论》，在古代学术思想上具有独特的地位。司马筠博通经术，尤精三礼。天监七年（508）太妃去世后丧祭无主，对诸王如何服丧的礼仪问题，众说纷纭，司马筠参予提议，最终说服高祖定制，并确定为永久的制度。[1]贺玚精于礼学，入梁之后，曾为梁高祖讲礼仪，兼任五经博士，并受命为皇太子定礼，为高祖定礼乐之仪，他所提的礼仪方面的建议，多被采纳。[2]这些学生都凭借自己的学术造诣，不仅弘扬了刘瓛的儒学尤其是礼学，而且在现实政治中发挥了重要的作用。在传道授业方面，继承刘瓛衣钵的有贺玚、严植之。贺玚开馆讲学，《梁书》本传中称其"生徒常数百，弟子明经对策者数十人"。[3]梁武帝时，严植之兼五经博士，开馆讲学，生徒百人。他讲学时，常常是五馆学生都来听讲，多达千人，盛极一时。[4]可见，刘瓛聚徒讲学很有成果，在南朝儒学研究和传播中起了重要作用。同样，刘瓛本人的影响和声誉也通过讲学得以传播和扩大。

由此可见，刘瓛的儒学成就不仅有对儒家经义深入的研究和丰富的著述，更有其宣讲《礼》学的影响和聚徒办学的成果，还有其本人所具有的儒者风范。正因如此，刘瓛能在当时众多的习儒者中脱颖而出，成为当时最具影响的学者。

结　语

刘瓛虽不以文著称，但以好文著称的萧子良兄弟在当时就曾受教于刘瓛，萧子隆在《经刘瓛墓下》中，以"问道余未穷"一句表达了对刘瓛去世后自己不能再向其请益的怅惘，而萧子良更是曾亲自前往刘瓛住处修谒，在永明七年时，还上表求为其立馆，可谓敬重有加。[5]因此，萧氏兄弟同时写诗怀念刘瓛，乃至引起了本文开头提到的一场规模较大的诗歌唱和活动，看似偶然，但其实也是非常自然的，这些都充分说明了刘瓛儒学成就在当时具有的广泛的影响。以刘瓛的儒学成就和影响，"兴礼迈前英"一句并非萧子良个人的评价，而是当时的公论。梁朝天监元年，梁武帝"下诏为瓛立碑，谥曰贞简先生"。[6]立碑加谥，刘瓛身后这两项非同寻常的礼遇，更是他在南朝儒学学术史上的地位和影响的具体标志。刘瓛无疑是南朝宋齐时代儒学复兴时的重要代表人物，对他的生平学术的考察研究，有助于我们加深对当时的文学与学术活动的了解。

[1]　（唐）姚思廉. 梁书[M]. 北京：中华书局，1973：674—676.

[2]　（唐）姚思廉. 梁书[M]. 北京：中华书局，1973：672.

[3]　（唐）姚思廉. 梁书[M]. 北京：中华书局，1973：673.

[4]　（唐）姚思廉. 梁书[M]. 北京：中华书局，1973：671.

[5]　（唐）李延寿. 南史[M]. 北京：中华书局，1975：1237；（梁）萧子显. 南齐书[M]. 北京：中华书局，1972：679.

[6]　（唐）李延寿. 南史[M]. 北京：中华书局，1975：1238；（梁）萧子显. 南齐书[M]. 北京：中华书局，1972. P680.

【参考文献】

[1] 曹融南. 谢宣城集校注 [M]. 上海：上海古籍出版社，1991.

[2] 胡大雷. 中古文学集团 [M]. 桂林：广西师范大学出版社，1996.

[3]（梁）萧统. 文选（卷五十四）[M]. 北京：中华书局，1977.

[4]（唐）李延寿. 南史 [M]. 北京：中华书局，1975.

[5] 罗宗强. 魏晋南北朝文学思想史（第五章）[M]. 北京：中华书局，1996.

[6]（梁）萧子显. 南齐书 [M]. 北京：中华书局，1972.

[7]（清）姚振宗. 隋书经籍志考证 [M]. 二十五史补编 [C]. 北京：中华书局，1955.

[8]（梁）萧绎. 金楼子 [M]. 文渊阁四库全书本.

[9]（唐）姚思廉. 梁书 [M]. 北京：中华书局，1973.

有情望乡与帝王之州

——南朝诗人谢朓的建康论述

成　林

一　引　言

　　在众多的南朝诗人中，李白对谢朓情有独钟。他在多首诗歌中称道谢朓，表达了对谢朓诗歌的特殊喜爱，如《金陵城西楼月下吟》"解道澄江静如练，令人长忆谢玄晖。"又如《宣州谢朓楼饯别校书叔云》："蓬莱文章建安骨，中间小谢又清发。"这些都是大家耳熟能详的句子，难怪清人王士禛《戏仿元遗山论诗绝句三十二首》之三中称李白是"一生低首谢宣城"。然而，对于李白在什么地方、在何种情境之下怀想谢朓，人们却往往不去追究。实际上，只要稍作探究，我们便会发现，李白怀想谢朓之地，除了宣州及谢朓楼之外，其余都在金陵，即南朝都城建康，亦即今天的江苏南京。可以说，每当李白置身于谢朓曾经生活过的金陵，特别是当他立足于谢朓诗歌所吟咏过的地点，对谢朓的怀想即油然而生。如《秋夜板桥浦泛月独酌怀谢朓》"玄晖难再得，洒酒气填膺。"《三山望金陵寄殷淑》："三山怀谢朓，绿水望长安。"《新林浦阻风寄友人》："明发新林浦，空吟谢朓诗。"这些诗中提到的板桥、三山、新林浦等处，都是谢朓诗中写到过的金陵地名。换句话说，李白怀想的不仅有谢朓其人，而且是谢朓的诗，特别是谢朓书写南朝都邑建康的诗以及诗中所涉及的地点。在上述这几篇李白题咏金陵的诗作中，可以十分清晰地看到谢朓的影子，只要简单地看一下李白的诗题，就可以看到其与谢朓诗题的呼应关系：《三山望金陵寄殷淑》对应《晚登三山还望京邑》；《秋夜板桥浦泛月独酌怀谢朓》对应《之宣城出新林浦向板桥》；《新林浦阻风寄友人》对应《暂使下都夜发新林至京邑赠西府同僚》。对谢朓与金陵的追忆怀念，可以说是李白"金陵怀古"中的一项重要内容。李白对谢朓的这些追忆，也让我们看到了谢朓与金陵的密切关系。李白对六朝建康的回望，是站在谢朓的肩膀之上的。

　　的确，谢朓的生活、仕途和文学创作与建康密不可分，建康的山山水水留下了谢朓的足迹与诗篇，他的诗歌中诸多与建康有关的书写与论述，蕴藏着深厚的情意。正是有鉴于此，本文拟从以下三个方面探讨谢朓对南朝都邑建康的书写、想象与论述。

二 谢朓家世及其与建康的关系

谢朓出身六朝最著名的世家大族之一——陈郡阳夏（今河南太康）谢氏，东晋名臣谢安、谢玄是其族中高、曾祖辈，可谓名符其实的衣冠子弟。自西晋末年南渡建康以来，谢氏家族一直居住于建康城南乌衣巷，与同时同地居住的另一大家族琅邪王氏并称"乌衣王谢"。曾经有学者提出谢氏家族南渡后首居之地是永嘉（今属浙江），其根据是"永嘉流人"的名单中有谢朓曾高祖衷之名。这实在是一个误会，"永嘉流人"中的"永嘉"是西晋怀帝的年号（307-312），而不是地名。[1]如果说南渡之初的谢安一辈人，对侨居建康仍有一种惶恐不安，那么，到晋宋之际以后，聚居于乌衣巷的谢家子弟，在日常生活与交往中已经形成一个越来越紧密的群体。他们不仅对家族本身充满骄傲，对侨居地建康乌衣巷亦是满怀深情，有了深刻的家园认同。《宋书》卷五十八《谢弘微传》云："（谢）混风格高俊，少所交纳，唯与族子灵运、瞻、曜、弘微并以文义赏会。尝共宴处，居在乌衣巷，故谓之'乌衣之游'。混五言诗所云：'昔为乌衣游，戚戚皆亲侄'者也。"谢混是晋宋之际谢氏家族的政治领袖，他的诗句代表了那时谢氏族人对于建康、对于乌衣巷的依恋之情。

东晋一代，谢氏家族的政治影响与文化声誉盛极一时，金陵乌衣巷留下了谢朓的祖先们无数风流美谈。到谢朓时，谢氏家族在南方已经生活四代，时间长达一百多年。这个时候，经过刘宋时代的"土断"，以王谢二姓为代表的侨姓世族在南方这片土地上已经落地生根，在情感上更加皈依、也更加认同江南大地。而建康作为他们世代家园所在，同时又是南朝的都邑和政治文化中心，自然凝聚了他们对家国的想象与系念。对于谢朓来说，这时虽然已经不是谢氏家族在政治上的鼎盛时代，但是世族大家的余风犹在，作为后代子弟的谢朓对他的家族和先辈们仍是充满了骄傲、自豪和怀想。他对建康的深厚感情，无论从公（王朝政治）还是从私（家族家园）的角度，都是容易理解的。

建康不仅是其家族世居发达之地，也是谢朓出生的地方。关于谢朓的出生地，虽然正史中未有明确记载，但根据相关史料推考，可以确定他即出生在当时京邑建康。据《南齐书》、《南史》谢朓本传，谢朓卒于南齐东昏侯元年即 499 年，时年 36 岁，由此前推，谢朓当出生于刘宋孝武帝大明八年即 464 年。谢朓祖父谢述"字景先。……补吴兴太守，在郡清省，为吏民所怀。……三子：综、约、纬"。[2]谢述的妻子是当时的宣城太守、《后汉书》的作者范晔之姐，谢综兄弟三人都是范晔的外甥，其中谢综与范晔关系尤其密切。《宋书》卷六十九《范晔传》记："晔外甥谢综，雅为晔所知。"后来，谢综参与了舅舅范晔的谋反而被诛，谢约亦连坐被杀，只有谢朓的父亲谢纬因为"尚太祖第五女长城公主"而免于一死，"徙广州，孝建中还京师，……太宗泰始中，

---

[1] 洪顺隆《谢宣城集校注》[M]，台北：台湾中华书局，1969：3。

[2] 沈约《宋书》卷五十二《谢景仁传》。中华书局，1974年。

至正员郎中"。[1] 谢纬从宋孝武帝孝建（454—456_）中还京师，至宋太宗即宋明帝泰始（465—471）中官至正员郎中，这十余年时间居住在建康，而谢朓生于 464 年，正是在此期间。曹融南先生据此推断谢朓出生于建康，是很有道理的。[2] 除了这些史实方面的根据之外，谢朓集中还有很多诗句也可以作为辅证。例如，《京路夜发》诗云："故乡邈以复，山川修且广。"[3]《晚登三山还望京邑》诗云："有情知望乡，谁能鬒不变。"[4] 在这些诗中，谢朓都是把建康当作故乡来抒发自己的依恋之情。其实，我们从上引《宋书》中称其父谢纬"孝建中还京师"之"还"字中，亦可以确认谢纬徙广州之前也是居住于京师建康，否则便无所谓"还"。总之，谢朓家应该一直居于京师建康，他出生在其父从广州敕还京师期间，建康就是谢朓的故乡。

关于谢朓的故里，还有一种说法似是而非，需要在这里作一些辨证。有学者指出，谢朓"籍虽为陈郡阳夏，至其曾祖时已定居京师。惟所谓京师，其范围当包括丹阳郡周郊，而非狭指皇都所在。"其根据是谢朓《治宅》诗中有"结宇夕阴街，荒途横九曲"之句，而清人顾祖禹《读史方舆纪要》"江南镇江府丹阳县"下注："九曲河在县北"，于是认为谢朓"故里当在丹阳县附近"。[5] 其实，这也是一个误会。首先，《治宅》开头这两句诗的结构形式，与《晚登三山还望京邑》开头两句"灞涘望长安，河阳视京县"完全相同：谢朓分别借用有关长安和洛阳的两个典故来隐喻南朝都邑建康。曹融南先生指出，夕阴街在长安，《三辅黄图》："长安八街九陌，有香室街、夕阴室。"而九曲则是"指九曲渎，在洛阳东。（见《水经》谷水注）此系借指，或当时建康亦有是地名，所未详也。"[6] 从谢朓诗句修辞习惯来看，这里的"九曲"是用典，而不是实指建康或其周边的某一地名。其次，据《水经注》卷十六《谷水注》，"《河南十二县境簿》云：九曲渎在河南巩县西，西至洛南。又按傅畅《晋书》云：都水使者陈狼凿运渠，从洛口入注九曲，至东阳门。是以阮嗣宗《咏怀诗》所谓'朝出上东门，遥望首阳岑'，又言'遥遥九曲间，裴徊欲何之'者也。"则阮籍诗中的"九曲"也是指洛阳九曲渎。第三，见于《读史方舆纪要》的丹阳"九曲河"是明清以后才出现的，[7] 在唐宋以前的历史文献中从未见过，不能引据以诠释谢朓的诗。如果实在要指实谢朓诗中"九曲"借喻南京的哪个地方，笔者认为很可能是指青溪。据《建康实录》卷二载青溪之上有七桥，其中有青溪大桥："今县东出向句容大路经北桥，东即陈五兵尚书孙玚宅，西即陈尚书令江总宅，与玚对夹清溪，俱在路北。陶季直《京都记》云：典午时，京师鼎族，多在青溪左及潮沟北。俗说郗僧施泛舟青溪，每一曲作诗一首，谢益寿闻之曰：'青溪中曲复何穷

[1] 沈约《宋书》卷五十二《谢景仁传》："纬尚太祖第五女长城公主。太宗泰始中，至正员郎中。"按：这里的太祖指宋太祖即宋文帝刘义隆。

[2] 曹融南《谢宣城集校注》[M].上海：上海古籍出版社，1991：448-449.

[3] 曹融南《谢宣城集校注》[M].上海：上海古籍出版社，1991：276.

[4] 曹融南《谢宣城集校注》[M].上海：上海古籍出版社，1991：278.

[5] 洪顺隆《谢宣城集校注》[M]。台北：台湾中华书局，1969：3.

[6] 曹融南《谢宣城集校注》[M].上海：上海古籍出版社，1991：268.

[7] 后魏郦道元著，谭属春、陈爱平点校《水经注》[M].长沙：岳麓书社1995：248.

尽也！，"[1] 所以，在《景定建康志》卷十六中，就有了"旧称青溪九曲"的说法。[2] 既然当时京师鼎族多居于九曲青溪沿岸，那么，谢朓此次结宅很可能即在靠近钟山西麓的青溪一带[3]。

三　谢朓的生平、文学创作与建康

对于谢朓来说，建康不仅是世代居住的家乡，还是王朝的都邑和政治的中心。对家族显赫功业的自豪和向往也让谢朓对仕途充满了期待，期望能够延续家族的荣光，京邑建康便成为谢朓心中的政治圣地。他也正是从建康开始踏上仕途的。

齐高帝建元四年（482），年仅19岁的谢朓出任豫章王太尉行参军，开始了他的仕宦生涯。永明初年，谢朓凭借自己出类拔萃的文学才华，受到了喜爱文学的竟陵王萧子良以及随郡王萧子隆的赏识，并进入了萧子良、萧子隆的文学圈子，那时，他年方弱冠。大约在永明五年（485）左右，"竟陵王子良开西邸，招文学，高祖与沈约、谢朓、王融、萧琛、范云、陆倕等并游焉，号曰八友。"[4] 作为"西邸八友"之一，谢朓曾奉竟陵王之命作《七夕赋》、《拟宋玉风赋》、《高松赋》等赋，也与竟陵王圈子内的文士一起创作了《永明乐》十章、《奉和竟陵王司徒沈右率过刘先生墓诗》等。永明八年（490）秋，随郡王萧子隆出任荆州刺史，次年春，谢朓作为重要幕僚之一随之西行，任随王镇西功曹、转文学。永明十一年（493）冬，谢朓离荆入都，回到暂别两年多的南京，担任新安王中军记室，寻以本官兼尚书殿中郎，其后在朝任职，屡有迁转，直到建武二年（495）夏出任宣城太守。两年后，他从宣城返都，复为中书郎，旋即出为晋安王镇北咨议、南东海太守、行南徐州事。建武五年（498）四月，谢朓告发妻父王敬则谋反之事，有功，迁为尚书吏部郎，曾兼卫尉。不幸的是在第二年，年仅36岁的谢朓在齐末东昏祸乱中被收捕下狱而死。[5]

纵观谢朓短暂的一生，永明时代无疑是他人生最为顺利的时期。此时的谢朓可谓春风得意，凭借文才和家世，在仕途和文坛上一路顺风，崭露头角，成为建康西邸文人集团中的一个重要成员。他在永明时期创作了大量的诗赋作品，成为永明体的代表作家，得到了沈约等人的高度评价。建康不仅是他的故乡，亦是他的政治仕途和文学创作顺利起步的地方。他在建康期间，担任过王俭东阁祭酒、文惠太子长懋舍人，也与沈约、王融等人于竟陵王萧子良西邸相与讲解音律、酬答唱和，以自己的诗歌创作推广了永明声律学说的影响。在永明体诗歌发展的历史中，沈约、周颙的主要贡献侧

---

[1] 唐许嵩撰，张忱石点校《建康实录》[M]。北京中华书局，1986：49-50.

[2] 宋周应合撰，《景定建康志》，文渊阁《四库全书》本。

[3] 《治宅》诗云："迢递南川阳，迤逦西山足。"曹融南注："西山，当指钟山西麓。"见《谢宣城集校注》[M]。上海：上海古籍出版社，1991：268.

[4] 《梁书》卷一《武帝本纪》，中华书局排印校点本，1979年。

[5] 《谢朓事迹诗文系年》，曹融南《谢宣城集校注》[M]。上海：上海古籍出版社，1991：450-455.

重在四声八病等声律说的理论主张，而谢朓的贡献则主要表现于诗歌艺术实践。面对诸侯藩邸和前辈文士，年轻的谢朓当仁不让，一跃而为永明文学之翘楚，成为当时诗坛的典范。刘孝绰"当时既有重名，无所与让；唯服谢朓，常以谢诗置几案间，动静辄讽味"，[1] 梁武帝萧衍也特别重视谢朓的诗，以至"三日不读谢诗，便觉口臭"。[2] 谢朓身处南朝文学创作的中心，他在建康的文学创作显然更容易发挥广泛的社会影响。因此，建康既是谢朓文学创作的起点，亦是其扬名文坛的地方。建康可以说是谢朓文学创作的福地。

　　谢朓的文学创作与建康有着多层次的关系。首先，从现存的《谢宣城集》来看，谢朓很多重要的诗文作品都是在南京创作的。以《文选》一书所选录的谢朓作品为例。此书选录谢朓诗文共计 23 篇，其中至少有过半作品可以确定是在建康创作的。这些作品中，有的是在朝为官时奉命所作的公务应用文，但仍富有文采，如《文选》卷五十八所录《齐敬皇后哀策文》；有的从题目上即可看出是在朝任职时所作，如卷三十所录《始出尚书省》、《直中书省》；有的则是友朋别离唱酬之诗，如卷二十《新亭渚别范零陵》、卷二十六《暂使下都夜发新林至京邑赠西府同僚》、卷三十《和徐都曹》，等等。谢朓在短暂的人生中，曾有几次离开建康外出任职的经历，挥之不去的望乡情结，使他在这种时刻尤其抑制不住对京师的留恋不舍。《京路夜发》、《晚登三山还望京邑》、《将发石头望烽火楼》等都是这类例子。即使在京外州郡任职，他也时刻惦念着故乡。"远望"、"怅望"、"还望"、"怀归"往往是他居外任时所作诗中经常表现出来的一种具有代表性的抒情姿态，《后斋迥望》、《落日怅望》、《宣城郡内登望》、《冬日晚郡事隙》、《赛敬亭庙喜雨》等诗皆可以为证。《赛敬亭庙喜雨》诗云："福被延氓泽，乐极思故乡。登山骋归望，原雨晦茫茫。胡宁昧千里，解佩拂山庄。"即使在宣城治民有成之时，他也不免乐极生悲。《冬日晚郡事隙》则简洁地点明了其中的原因，云："已惕慕归心，复伤千里目。"这几篇都作于宣城太守任上，他在这里所"怅望"、"怀归"的也是家乡建康。

　　那么，除了怀恋故乡、怀恋京邑之外，谢朓的"望乡"还有其他原因和意义吗？笔者认为，谢朓的"望乡"一方面意味着向权力和政治中心的归趋，另一方面则意味着摆脱地方州郡繁剧的行政事务，向往山林高士和簪缨名士那种悠闲清逸的生活。表面上看，这两种心理倾向似乎相矛盾，而实际上，它们在具有特殊家世经历和性格特点的谢朓身上却有机地统一起来。谢朓虽然很早踏上仕途，但严格说来，他并没有足够的政治经验；他虽然有心弘扬家族声誉，但在尔虞我诈、机变权谋的政治斗争中，他也做不到左右逢源、胸有城府。父辈在政治斗争中遭遇惨痛的失败，他记忆犹新。面对一轮轮动荡而险恶的政治风浪，他凭着对朝廷的忠诚小心翼翼地应对，却又显得那么无奈、无力，最终还因此贾祸而死。他不喜欢政治，期盼能够过上清逸悠闲、没

---

　　[1] 王利器撰《颜氏家训集解》（增补本）[M]。北京：中华书局，1993：298.

　　[2] 宋李昉等编《太平广记》卷一百九十八《谢朓》（原出《谈薮》）[M]。北京：中华书局，1961：1483.

有政治是非的生活。他刚到宣城任职，就表示："弃置宛洛游，多谢金门里。""江海虽未从，山林于此始。"[1] 可是，政治却喜欢他，几乎每一次重要的政治事件都要牵连上他，因为他有陈郡谢氏的世族身份。在这种情况下，除了一再表达自己对建康朝廷的忠诚，同时表白自己对回归家园山林的高隐之志，还能做什么呢？

四 谢朓山林都邑诗与建康论述

明代著名的竟陵派诗人钟惺曾经这样评价谢朓《晚登三山还望京邑》："右丞以田园作应制语，玄晖以山水作都邑诗，非惟不堕清寒，愈见旷逸。"[2] "山水作都邑诗"确实揭示了谢朓建康诗作的重要特色，是一个很有启发性的观点。

为了配合东晋新政权在江南立足，南渡名士尤其是侨姓士族作家们，便积极以各种文体对新都城建康进行吟咏、题写，从政治和文化角度进行强化论述，着力塑造建康城的新形象，以增强南土人民对于建康都城以及东晋政权的认同。[3] 在这一过程中，擅长铺陈描写的赋体文学显得较诗歌更为活跃，也作出了更大的贡献。严格说来，这些赋属于《文选》所谓"京都赋"的范畴，亦不妨称为"京邑赋"。东晋以后，新的建康论述仍然层出不穷，而谢朓则是在这一方面用力最勤、贡献最大的南朝作家之一。与同族前辈谢灵运相比，谢朓对建康的兴趣和贡献都要大得多。值得注意的是，谢朓的建康论述主要选择的是五言诗体，而不是赋体。[4] 换句话说，他是用五言诗来表达东晋人习惯用赋来表达的那些内容。当然，诗体毕竟与赋体不同，一首诗的容量自然不能与一篇赋相比，面对这种情境，谢朓所采取的对策就是"以山水作都邑诗"。

所谓"以山水作都邑诗"，就是以山水诗的形式，来表达都邑赋的内容。这是谢朓山水诗与谢灵运最大的不同：前者聚焦于都邑，后者则聚焦于山野。由于诗体有特殊的艺术特点与要求，因此，谢朓的这些山水诗每一篇基本上都只能表现京邑的某一侧面或片断，如《始出尚书省》、《直中书省》二篇便只写都邑中之衙署台省，并与自然景色描写相结合。即使是描摹山川景色，也只是某一特定时间或场景里的山川景色。例如《观朝雨》只是描绘了一场京华的朝雨，烟雨迷蒙中的建康景色也呈现在读者面前："朔风吹飞雨，萧条江上来。既洒百常观，复集九成台。空濛如薄雾，散漫似轻埃。平明振衣坐，重门犹未开。"[5] 谢朓集中最典型的山水都邑诗是《入朝曲》，它最全面、也最集中地表达了诗人对建康的理解与感情："江南佳丽地，金陵帝王州。逶迤带绿水，迢递起

---

[1] 《始之宣城郡》，曹融南《谢宣城集校注》[M]。上海：上海古籍出版社，1991：222.

[2] (明)钟惺、谭元春辑《古诗归》卷十三，《续修四库全书》影印复旦大学图书馆藏明闵
振业三色套印本，集部第1589册，页491。参看《先唐诗人考论》[M]。长春：吉林文史出版社，2007：
244—255.

[3] 郑毓瑜《名士与都城——东晋"建康"论述》[A]。郑毓瑜《文本风景——自我与空间的相互定义》
[M]，台北：台北麦田出版社，2005：33-74.

[4] 谢朓集中只有《游后园赋》一篇与建康城题材相关。

[5] 曹融南《谢宣城集校注》[M]。上海：上海古籍出版社，1991：215.

朱楼。飞甍夹驰道，垂杨荫御沟。凝笳翼高盖，叠鼓送华辀。献纳云台表，功名良可收。"
开头两句发端有声，不仅写尽了京邑建康的秀美景色，而且从政治和历史的高度张扬了
建康的王者都邑之气，格局宏大，气势不凡。"逶迤"以下四句写上朝途经所见之景，
绿水、高楼、大道、垂荫，绿水环绕，朱楼连绵，移步换景，颇得赋体铺陈之妙。"凝
笳"两句写入朝时仪仗行进之声势，不同凡响。"献纳"二句表达了尽忠献纳，建立功
名之心。谢朓对家乡建康的热爱，对皇都建康的政治向心在这首诗中淋漓尽致地表现出
来。钟嵘在《诗品》中曾经称赞谢朓诗"善自发诗端"，"奇章秀句，往往警遒"，这一
特点不仅表现在《入朝曲》中，也表现在《暂使下都夜发新林至京邑赠西府同僚》："大
江流日夜，客心悲未央。徒念关山近，终知返路长。秋河曙耿耿，寒渚夜苍苍。引领见
京室，宫雉正相望。金波丽鳷鹊，玉绳低建章。驱车鼎门外，思见昭丘阳。驰晖不可接，
何况隔两乡。风烟有鸟路，江汉限无梁。常恐鹰隼击，时菊委严霜。寄言罻罗者，寥廓
已高翔。"此诗首二句"寥天孤出，正复宛诣，岂不复绝千古！"[1] 这类诗中所表现出
来的都邑城阙意象，往往具有一种"豪壮美"。[2] 显然，没有深厚的对于京邑建康的情感，
是不可能写出这样的"诗端"和"奇章秀句"的。

　　建康地处长江之南，山川秀丽，美景如画。谢朓不仅出生在建康，而且在建康东郊
还拥有山庄，对城中郊外的风光都了如指掌。《文选》卷二十二收录谢朓《游东田》诗，
李善注曰："朓有庄在钟山，东游还作。"其诗云："戚戚苦无悰，携手共行乐。寻云陟
累榭，随山望菌阁。远树暧仟仟，生烟纷漠漠。鱼戏新荷动，鸟散余花落。不对芳春酒，
还望青山郭。""鱼戏新荷动，鸟散余花落"二句是本诗中的秀句，"'落'字根'散'字，
说得花鸟相关有情。"[3] 正是因为对家园有情，对都邑有情，才能写出这样"相关有情"
的佳句来。坐拥如此美景，作者心满意足。除了《游东田》、《治宅》，谢朓的诗歌中还
有不少描写建康秀美风光的内容，石头城、烽火楼、新亭渚、新林浦、三山、板桥、刘
先生墓、琅邪城等地都留下了谢朓的身影足迹，也留下了他抒写都邑风光的诗篇。这些
充溢着谢朓对建康秀美风光的热爱的诗篇，引领一代代后人循着诗句寻访遗迹。

　　最后，谢朓对南京的称法也值得一提。他在诗中一般用比较虚泛的称呼，如
"京"、"都"、"京邑"等，只有一次用比较确定的称名："金陵帝王州"，而从来不
用这个城市当时的正式名称"建康"。金陵是南京的古称，这个名称不仅指向一段历
史悠久众所周知的传说故事，而且象征了都邑之城的历史和现实的荣耀。此外，谢朓
还特别喜欢用前代都城长安和洛阳来借指建康。除了前文提到的例子之外，《后斋迥
望》："巩洛常睠然，摇心似悬旆。"曹融南注谓："巩，周畿内邑。洛，洛邑，东周
所都。合指京畿，此借指建康。"[4] 其实，这里的"巩洛"，与其说是指东周都邑，不

　　[1]　清王夫之语，据曹融南《谢宣城集校注》页208转引。

　　[2]　参看王辉斌《先唐诗人考论》[M]，长春：吉林文史出版社，2007：266-270.

　　[3]　钟惺、谭元春辑《古诗归》卷十三，《续修四库全书》影印复旦大学图书馆藏明闵振业三色套印本，集
　　　　部第1589册，页490.

　　[4]　曹融南《谢宣城集校注》[M]。上海：上海古籍出版社，1991：230.

如说是指西晋都城洛阳。"巩洛"是偏义复词，其意义侧重在"洛"。《思归赋》亦云："考华城之直陌，相洛浦之迴阡。"曹融南注："古以京师为礼文昌盛之地，故称京师为华城。此指建康。洛浦，洛水之滨。天子所都每可言洛，此亦指建康。"[1] 所谓借指，就是用典，也就是借用历史文本为现实论述服务。归根到底，谢朓是要通过这种借指关系，来强化建康与中国文化历史传统的联系，从而奠定建康的正统都邑地位。在这个意义上，这种比喻写法与"金陵帝王州"式的直言铺陈是殊途同归的。

【参考文献】

[1] 洪顺隆《谢宣城集校注》[M]，台北：台湾中华书局，1969。

[2] 沈约《宋书》[M]。北京：中华书局，1974 年。

[3] 曹融南《谢宣城集校注》[M]。上海：上海古籍出版社，1991。

[4] 后魏郦道元著，谭属春、陈爱平点校《水经注》[M]，长沙：岳麓书社 1995。

[5] 唐许嵩撰，张忱石点校《建康实录》[M]。北京：中华书局，1986。

[6] 宋周应合撰《景定建康志》，文渊阁《四库全书》本。

[7] 《梁书》[M]。北京：中华书局，1979 年。

[8] 王利器《颜氏家训集解》（增补本）[M]。北京：中华书局，1993。

[9] 宋李昉等编《太平广记》[M]。北京：中华书局，1961。

[10] (明) 钟惺、谭元春辑《古诗归》，《续修四库全书》，影印复旦大学图书馆藏明闵振业三色套印本。

[11] 郑毓瑜《文本风景——自我与空间的相互定义》[M]。台北：台北麦田出版社，2005。

[12] 王辉斌《先唐诗人考论》[M]。长春：吉林文史出版社，2007。

---

[1] 曹融南《谢宣城集校注》[M]。上海：上海古籍出版社，1991：20.

"晦行属聚财"——王戎心灵隐曲试探

陈圣宇

一 引 言

王戎虽位列清誉极高的"竹林七贤",但后世个人名声不佳,被视为贪婪、吝啬的典型。余嘉锡先生认为:"濬冲(即王戎)居官则阘茸,持身则贪悋……斯真窃位之盗臣,抑亦王纲之巨蠹。"今人谈及王戎的文章不少,但对其往往无好评,如叶芝余认为:"譬如王戎,很难说出他贤在何处。他不但贪财,而且是一个典型的守财奴",更误会王戎"在他主持吏部期间……所有官吏的选拔调任,都由他在豪门子弟中拔来拔去"(《王戎不贤——读＜竹林七贤图＞之五》)。

王戎陷于后世如此尴尬的地步,笔者认为主要原因有二:其一,晚年身居高位而污秽避祸,导致后世的重重误解。其二,无作品流传后世,不像阮籍虽屈从司马氏,但凭借《咏怀诗》吐露心声,千载之下仍可解读其内心矛盾与痛楚,赢得后世之同情与谅解。王戎事迹,史籍记载寥寥无几,其内心矛盾痛苦又极其隐蔽,对其进行较为公正合理的评价并非易事,正如李泽厚先生云,"这些门阀贵族们就经常生活在这种既富贵安乐而又满怀忧祸的境地中,处在身不由己的政治争夺之中。……无论是顺应环境、保全性命,或者是寻求山水、安息精神,其中由于总藏存这种人生的忧恐、惊惧,情感实际是处在一种异常矛盾复杂的状态中"。本文力图将王戎置于当时的历史背景之下,揭示他内心隐秘的苦痛与矛盾,从而给出一个较为公正客观的历史评价。

二 王戎内心的苦痛与矛盾

详考史籍,不难发现王戎的贪鄙举动乃是其韬光养晦的自我污秽之举,深蕴着痛苦与矛盾。

首先,王戎的痛苦与矛盾来自其继承琅琊王氏家风家学,渴望建功立业,却仕途坎坷,一再遭受保守势力的阻挠与打击。

众所周知,琅琊王氏世代儒学,王戎深受王氏家风影响。他从小聪慧善谈,十五岁时就与嵇、阮等人在竹林中谈玄论道,获得崇高的声望。加之出生门阀士族琅琊王氏,出仕是必然的事情。因此王戎弱冠就受钟会的推荐,被辟为司马昭掾属。

踏入仕途后,他积极追求建功立业,《晋书》本传记载他,"袭父爵,辟相国掾,历吏部黄门郎、散骑常侍、河东太守、荆州刺史……迁豫州刺史，加建威将军，受诏伐吴"。伐吴一役充分展现他杰出的军事谋略，他迅速攻下武昌（今湖北鄂州），"吴将杨雍、孙述、江夏太守刘朗各率众诣戎降……吴平，进爵安丰县侯，增邑六千户，赐绢六千匹"。如果说王戎袭得父爵乃无功受禄，那么这个晋封的爵位，完全是他勇猛与智谋的成果。

除了出色的军事才能，王戎还有出众的政治手段。本传载："（王）戎渡江，绥慰新附，宣扬威惠。吴光禄勋石伟方直，不容皓朝，称疾归家。戎嘉其清节，表荐之。诏拜伟为议郎，以二千石禄终其身。荆土悦服。"通过推荐人才的手段，王戎顺利收服东吴人心。

但王戎"竹林之游"时期形成的旷达的作风显然为恪守儒家教条的人看不惯，易导致一系列的冲突。当他被征为侍中入朝后，即遭受政治打击。本传记载，"南郡太守刘肇赂戎筒巾细布五十端，为司隶所纠，以知而未纳，故得不坐，然议者尤之。帝谓朝臣曰：'戎之为行，岂怀私苟得，正当不欲为异耳！'帝虽以是言释之，然为清慎者所鄙，由是损名。"外官给朝官送礼是官场司空见惯之行为，刘肇确有给王戎送礼的举动，但王戎实际上并未受贿，"（王）戎虽不受，厚报其书"。但王戎此举仍被"清慎者"抓住把柄，肆意攻击，虽晋武帝为王戎开释，但其清名已损。

虽遭无端打击，但王戎依然兢兢业业。永康元年（公元 300 年），王戎因才干出众，受到皇帝赏誉，升任吏部尚书。他慧眼识人，做到人尽其材。傅畅《晋诸公赞》称赞："王戎为选官，时李重、李毅二人操异，俱处要职，戎以识会待之，各得其所。"同时他还改革不合理的旧制，创建新的选拔人才制度"甲午制"，注重考察官员实际治理能力，"凡选举皆先治百姓，然后授用"，力图选拔有真才实学的人。这严重触犯倚仗门阀地位攫取政治权力的世家大族，阎步克认为"这一制度显然不利于权贵高门子弟"。傅咸立即弹劾他，"不仰依尧舜典谟，而驱动浮华，亏败风俗，非徒无益，乃有大损。宜免戎官，以敦风俗"。王戎力图革除时弊，却再遭打击，从此动辄得咎，"司隶校尉傅咸劲直正厉，果于从政，先后弹奏百僚，王戎多不见从"。王戎屡遭打击的根源，可能就是他"竹林之游"时期养成的旷达的作风以及清通简要、力求实效的改革精神，而这正是墨守陈规的儒家卫道士难以容忍的，王戎成了他们的眼中钉。

屡遭沉重打击，王戎痛苦地发现早年建功立业的抱负已成泡影，此时贾后擅权，大动乱迫在眉睫，于是他明哲保身，"以晋室方乱，慕蘧伯玉之为人，与时舒卷，无蹇谔之节"。在残酷的政治斗争中，王戎女婿裴𫖳曾想有所作为，结果与张华一起被杀，还连累王戎丢官，"𫖳诛，戎坐免官"。面对八王之乱中你死我活的血腥争斗，王戎心寒胆战，厌倦官场，孔子称赞的"邦有道，则仕；邦无道，则可卷而怀之"的蘧伯玉成为他仿效的对象。但王戎身处政治漩涡中心的洛阳，位居三公，名高望重，"树欲静而风不止"，"齐王冏起义，孙秀录戎于城内，赵王伦子欲取戎为军司"。为避免引人注目，他唯有伪装平庸、无能，重任吏部尚书后，"未尝进寒素，退虚名，但与时浮沉，户调门选而已"。继而又伪装贪婪、吝啬，于是我们看到了一个为蝇头小利而孜孜不倦的王戎，"每自执牙筹，昼夜算计，恒若不足"，"家有好李，常出货之，恐人得种，恒钻其核"。虽家财万贯，王戎却从不像同时的石崇、王恺那般铺张豪奢、纵欲享乐。《晋书》本传说王戎"而又俭啬，不自奉养"，《世说新语·俭啬》篇引王隐《晋书》说"（王）戎性至俭，不能自奉养，财不出外"，又引《晋诸公赞》曰："（王）戎性简要，不治仪望，自遇甚薄。"对于王戎孜孜不倦积累财富却从不享受挥霍的矛盾举动，后人难以解释，只得归之为天性，如余嘉锡先生认为："观诸书及《世说》所言，戎之鄙吝，盖出天性。"但显然王戎绝非天性"鄙吝"，如果是这样，善鉴识人物的阮籍绝不会称赞他"濬冲（王戎字）清赏"，并在其十多岁时就引入著名的"竹林之游"。陈寅恪先生虽断定"王戎与嵇康、阮籍饮于黄公酒垆，共作'竹林之游'，都是东晋好事者捏造出来的"，但笔者不敢苟同，认为"竹林之游"是真实存在的，王戎与嵇康、阮籍的交游也是有确凿史籍依据的，只不过遭到了后世的曲解[1]。

笔者认为，王戎当时举世皆知的种种"鄙吝"举动，无非都是他向外界散布的信号，以平庸无能、贪婪吝啬来标明自己昏聩无能、胸无大志。这层伪装是在乱世中尽可能保护琅邪王氏政治利益采取的策略。这番伪装，目光锐利的时人看得很清楚，"赵王伦子欲取（王）戎为军司，博士王繇曰：'濬冲谲诈多端，安肯为少年用？'""谲诈多端"虽系司马伦党羽王繇对王戎的贬称，但也揭穿了他苦心的伪装。王戎此时根本无意参与政治斗争，司马氏自相残杀，争权夺利，又有何正义可言呢？

这层厚厚的伪装压得王戎心中充满痛苦与愤懑，他不像阮籍那样善用美酒和诗歌来浇胸中块垒，而是四处游玩加以排遣。本传记载他，"虽位总鼎司，而委事僚寀。间乘小马，从便门而出游，见者不知其三公也。故吏多至大官，道路相遇辄避之"。当他重经黄公酒垆，心弦被猛然拨动，尘封四十多年的往事涌上心头。想到当年与名满天下的嵇、阮共饮此垆，意气风发，如今却受制于险恶的政治环境，被迫扮演贪婪猥琐的角色，浑浑噩噩中消磨时光，不由得痛喟："自嵇生夭、阮公亡以来，便为时所羁绁。今日视此虽近，邈若山河。"一语道尽他内心的痛苦愧疚：从嵇、阮去世后，自己执着于功名利禄，希冀建功立业，却总为时势羁绊，身不由己，如今只能"与时舒卷"、"与时浮沉"，为保全家族利益而尸位素餐。嵇、阮何在？斯人已逝，再也无法寻回往日欢乐的时光！

王戎虽自我污秽，但其内心却始终渴望有所作为，能像当年征吴时再度驰骋沙场。晚年追随晋惠帝四处奔波时，他"在危难之间，亲接锋刃，谈笑自若，未尝有惧容"。也许只有在那一刻，王戎重觅年轻时那种挥斥方遒，无所畏惧的勇猛心态，也许只有那一刻，他除去了假面具，心中充满愉悦。王戎如果是一个平庸的守财奴，定会贪生怕死，留恋一辈子积聚的万贯家财。古人云"千金之子，坐不垂堂"，更何况他这样一个"既贵且富，区宅、僮牧、膏田、水碓之属，洛下无比"的人。但王戎在危难之间无所畏惧的心态，正反映出积累财富的举动只是一个障眼法，而他本人对财富并无多少留恋之意。

---

[1] 参见陈圣宇.王戎与嵇康、阮籍饮于黄公酒垆小考[J].中国典籍与文化，2006，（2）.

三　王戎当时是否算得上"贤"？

评判王戎当时是否算得上"贤"，应将其置于当时历史背景之下，结合其思想行为加以评判。

首先，从风神、清谈及人伦鉴识来看，王戎不愧为"贤"的称号。

王戎早年就以聪慧、勇敢著称，巧识道旁苦梨、见虎不惊等事迹在史籍中多有记载，尤其是他精爽的风神令时人惊讶，"裴令公目王安丰'眼烂烂如岩下电'"。戴逵《竹林七贤论》也说，"王戎眸子洞彻，视日而眼明不亏"。魏晋时，士人讲究外貌的修饰，但更追求自然之本色，所以嵇康"土木形骸，不自藻饰"，被誉为"龙章凤姿，天质自然"。王戎虽身材矮小，但双目炯炯有神，可弥补外貌缺陷，就像同为七贤的刘伶，虽外貌丑陋，但"悠悠忽忽，土木形骸"，也受时人盛赞。王戎旷达自然的风神更为后世激赏，"王长史、谢仁祖同为王公掾。长史云：'谢掾能作异舞。'谢便起舞，神意甚暇。王公熟视，谓客曰：'使人思安丰。'"谢尚旁若无人，翩翩起舞的旷达风度，让王导赞赏不已，令他不由自主想起先辈王戎。王戎昔日风神俊秀可以想见。

王戎善清谈，十多岁就受阮籍盛赞，延入竹林之游。他"善发谈端，赏其要会"，王济称赞他，"谈子房、季札之间，超然玄著"。

此外他善人伦鉴识，富远见。本传云："钟会伐蜀，问计将安出。戎曰：'道家有言，为而不恃，非成功难，保之难也。'及会败，议者以为知言。"又云："（杨）骏诛之后，东安公繇专断刑赏，威震外内。戎诫繇曰：'大事之后，宜深远之。'繇不从，果得罪。"又云："戎有人伦鉴识……族弟敦有高名，戎恶之。敦每候戎，辄托疾不见。敦后果为逆乱。其鉴赏先见如此。"王戎精准预见钟会、司马繇、王敦之败，其中王敦还是其族弟，王戎不因亲族而信口开河，谬加赏誉，其品行实属难得。

因此从当时盛行的玄学理想人格标准之风神、清谈和人伦鉴识来看，王戎无疑可算"贤"。

其次，从王戎军事政治才能和品德上来看，他也够得上"贤"的标准。

前已述王戎的军事政治才能以及创立"甲午制"的革新精神。王戎年轻时就流露出轻财的本色。本传说他父亲去世，"故吏赙赠数百万，戎辞而不受，由是显名"。对于钱财，王戎并不吝啬，《晋书》记载："永宁初，（华谭）出为郏令。于时兵乱之后，境内饥馑，谭倾心抚恤。司徒王戎闻而善之，出谷三百斛以助之。"王戎晚年的名誉早被伪装出的"贪婪吝啬"所玷污，但他对华谭抚恤民众的行为依然"闻而善之"，捐献财物，不经意间流露出慷慨善良的底色。

史籍中记载更王戎贪鄙之事，令人印象深刻，"（王戎）女适裴颜，贷钱数万，久而未还。女后归宁，戎色不悦，女遽还直，然后乃欢。后从子将婚，戎遗其一单衣，婚讫而更责取。"但仔细揣度，其中却存在难以解释的矛盾。一个对灾民慷慨解囊"三百斛"的人，为何对女儿、侄子如此吝啬？众所周知，王戎是极重亲情的人。儿子去世，他哀恸万分，宣称"情之所钟，正在我辈"。他与夫人感情真挚，夫人有名言，"亲卿爱卿，是以卿卿；我不卿卿，谁当卿卿？"留下一段"卿卿我我"的佳话。王戎晚年亦极重亲友之情，"时召亲宾，欢娱永日"。王戎对女儿、从子的吝啬，与他一贯注重亲情的言行严重矛盾，令我们愈加相信向女儿索钱、向从子索单衣等均属"自晦"之举。

这点，东晋孙盛、戴逵早已揭示。孙盛《晋阳秋》，"戎多殖财贿，常若不足。或谓戎故以此自晦也。"戴逵《竹林七贤论》"王戎晦默于危乱之际，获免忧祸，既明且哲，于是在矣。"或曰：'大臣用心，岂其然乎？'逵曰：'运有险易，时有昏明，如子之言，则蘧瑗、季札之徒，皆负责矣。自古而观，岂一王戎也哉？'"戴逵洞察王戎自晦之心，称赞他"既明且哲"。针对"大臣用心，岂其然乎"的责难，戴逵辩解"运有险易，时有昏明"，认为八王之乱政局混乱无度，王戎又能有什么作为呢？自古以来明哲保身之人很多，又怎能单单责怪王戎一人呢？萧统对王戎心态也有精准的把握，《咏王戎诗》："濬充如萧散，薄莫至中台。徵神归鉴景，晦行属聚财。"亦认为王戎聚财，不过是其"晦行"的一种手段。

事实上，王戎面对混乱的政局，并非完全明哲保身，消极面对，他依然窥伺时机，企图力挽狂澜。本传记载，齐王冏向他咨询，他劝说司马冏"以王归第，不失故爵。委权崇让，此求安之计也"，企图化解愈演愈烈的八王之乱，但反遭严斥，只得再次自我污秽免祸，"伪药发堕厕，得不及祸"。

王戎这种自我污秽避祸之法魏晋时期常见。阮籍酣酒避祸，众所周知。另如张翰看到"天下纷纷，祸难未已。夫有四海之名者，求退良难"，仿效阮籍酣酒逃避，宣称"使我有身后名，不如即时一杯酒"。再如阮裕"大将军王敦命为主簿，甚被知遇"，但他觉察"敦有不臣之心"，便自我污秽，"终日酣觞，以酒废职。敦谓裕非当世实才，徒有虚誉而已，出为溧阳令，复以公事免官。由是得违敦难，论者以此贵之"。可见自我污秽以求免祸，乃魏晋常见现象，同时也是容易获后人理解甚至得到赞美的行为。王戎自我污秽以避祸的举动，无疑也是时人觉得可以理解的，所以戴逵、萧统皆为其辩护，这样我们也能理解东晋时琅琊王氏为何仍将王戎作为家族先贤，大加赞美。

从时人最推崇的"孝"道方面看，王戎母丧饮酒食肉，似乎违背礼教，但这属于当时流行的旷达行为，且以内心的哀痛，博得"死孝"美称。刘毅对武帝说："和峤虽备礼，神气不损；王戎虽不备礼，而哀毁骨立。臣以和峤生孝，王戎死孝。"王戎由此得到高度评价，"世祖及时谈以此贵戎也。"《世说新语》将王戎"死孝"事迹列入"德行篇"，无疑是对其孝行的赞美。

综上所述，无论从风神、清谈、人伦鉴识，还是政治军事才能以及道德水准，王戎都完全够得上当时"贤"的标准。

在魏晋南北朝时期文学作品中，颜延之《五君咏》虽因"贵显"不取山涛、王戎，刘勰《文心雕龙》亦责备"王戎开国上秩，而鬻官嚣俗"，但我们检索这一时期大量诗文，却惊讶地发现其中的王戎绝大多数以正面形象出现，赞美其潇洒悠闲的风神、驭繁为简的干练以及慧眼识人的才能。如庾信《对酒歌》："山简接篱倒，王戎如意舞"。《蒙赐酒诗》:"忽闻桑叶落,正值菊花开。阮籍披衣进,王戎含笑来。"《答王司空饷酒诗》:"开君一壶酒,细酌对春风。未能浮毕卓,犹足舞王戎。"江总《洛阳道》"德阳穿洛水,伊阙迩河桥。仙舟李膺棹,小马王戎镳。"《后汉书·郭泰传》载"(郭)林宗唯与李膺同舟而济,众宾望之,以为神仙焉",江总将王戎与东汉大名士李膺对举,无疑是对王戎极高的褒崇。萧齐王俭《褚渊碑文》,"御烦以简,裴楷清通,王戎简要,复存于兹",用王戎驭繁为简的干练称赞褚渊。任昉《出郡传舍哭范仆射》,"濬冲(即王戎)得茂彦,夫子值狂生",以王戎为吏部尚书时善鉴识人才的典故,称颂范云。

著名史学家和文学家沈约《宋书》中对王戎也有较高评价,"史臣曰:'夫将帅者,御众之名;士卒者,一夫之用。坐谈兵机,制胜千里,安在乎蒙盾前驱,履肠涉血而已哉。……杜预文士儒生,射不能穿札,身未尝跨马,一朝统大众二十余万,为平吴都督。王戎把臂入林,亦受专征之寄。何必山西猛士,六郡良家,然后可受脤于朝堂,荷推毂之重。……仁者之有勇,非为臆说。'"俨然将王戎视为"仁者之有勇"的典型之一。

以上说明魏晋南朝时期,从精神风貌、政治军事才能和道德等诸方面,人们在批评王戎的同时,也曾给予其较高的评价,只不过在历史的长河中,王戎正面的一些史料渐渐湮没,不为人所知,后世往往仅凭浮光掠影的印象,加以不公正的评价。如何较为公正客观地评价古人,这是一个难题。我们要向陈寅恪先生学习,对古人抱以"了解之同情",当我们还原当时的历史背景下,拨开重重迷雾,触摸古人心灵,准确把握其思想,才能给他一个较为公平合理的历史评价。

【参考文献】

[1] 余嘉锡.世说新语笺疏 [M].上海:上海古籍出版社,1993.

[2] 李泽厚.美的历程 [M].北京:文物出版社,1981.

[3] 房玄龄等.晋书 [Z].北京:中华书局,1974.

[4] 萧统.文选 [M].北京:中华书局,1977.

[5] 阎步克.察举制度变迁史稿 [M].辽宁:辽宁大学出版社,1991.

[6] 汤球等.众家编年体晋史 [M].天津:天津古籍出版社,1989.

[7] 欧阳询.艺文类聚 [M].北京:中华书局,1965.

[8] 逯钦立.先秦汉魏晋南北朝诗 [M].北京:中华书局,1983.

[9] 詹锳.文心雕龙义证 [M].上海:上海古籍出版社,1989.

[10] 沈约.宋书 [Z].北京:中华书局,1974.

咏怀中的游仙与游仙中的咏怀

龚玉兰

【摘　要】　阮籍的《咏怀诗》和郭璞的《游仙诗》，前者关注人生而后者高蹈世外，其实咏怀和游仙只是题材有别，言志抒情的本质是相似的。他们都是把游仙当作排遣人生苦闷、实现理想的一种外在的手段，咏怀才是诗歌的精神实质。

【关键词】　阮籍　咏怀诗　郭璞　游仙诗　言志抒情

先唐时代的诗歌题材非常丰富，阮籍的《咏怀诗》和郭璞的《游仙诗》就是其中重要的两大类主题，它们本身所取得的成就确立了其在文学史上的地位，并对后来的文学创作产生了深远的影响。从表面上看，前者关注现实人生而后者高蹈世外，其实这两类诗是你中有我，我中有你，性质很接近，都是外表游仙，实质咏怀，这也揭示了中国古典诗歌抒情的特点。

一

谈游仙诗，先得对这个名词作一解释。广义上讲，只要有游仙内容的诗都是游仙诗。狭义上讲，指通篇体现了游仙意识的诗。本文中游仙诗是就广义而言。根据统计，阮籍的《咏怀诗》八十二首中有近四分之一的诗是有游仙内容的，刘勰在《文心雕龙·明诗篇》中说："乃正始明道，诗杂仙心，何晏之徒，率多浮浅。唯嵇志清峻，阮旨遥深，故能标焉。"这里的"诗杂仙心"，亦包括嵇康和阮籍的诗，但是他们在诗的思想深度、表达技巧上要高于时人。

阮籍的有游仙倾向的诗歌大致可以分成两类：一类是指整首诗基本上都是游仙内容的，另一类是诗末或其他部分夹杂游仙诗句或游仙词语的。先看第一类诗，这类诗包括《咏怀诗》其二，其二十二，其二十三，其三十五，其四十，其八十一等。其二曰：

> 二妃游江滨，逍遥顺风翔。交甫怀环珮，婉娈有芬芳。猗靡情欢爱，千载不相忘。倾城迷下蔡，容好结中肠。感激生忧思，萱草树兰房。膏沐为谁施？其雨怨朝阳。如何金石交，一旦更离伤。

这首诗描述的是江妃二女与郑交甫相遇相爱最终又分离的神话故事，而托意于男女情感以抒发人生感慨是古代诗歌常采用的艺术手法之一。该诗从情人间的"猗靡情欢爱，千载不相忘"的情深意长写到"如何金石交，一旦更离伤"的分离后的哀叹，抒发了诗人对世风浇薄，人情反复无常的感慨之情。此诗用游仙的形式来表达内在的情绪，这种情绪又深埋于仙境的离愁别绪之中，脱却了对现实生活的具体描摹，但我们仍能从诗的字里行间体会到诗人的某种情愫。钟嵘的《诗品》将阮籍的诗列入上品，曰：

> 晋步兵阮籍诗，其源出于《小雅》。无雕虫之巧，而《咏怀》之作，可以陶性灵，发幽思。言在耳目之内，情寄八荒之表。洋洋乎会于《风》、《雅》，使人忘其鄙近，自致远大。颇多感慨之词。厥旨渊放，归趣难求。

这段话指出了阮诗浑朴自然的风格，同时又抓住其诗意蕴幽远、难以辨清的特点。我们认为，将现实人生中的感慨寄托于虚幻飘渺的神话传说，是形成阮诗这种风格的重要因素之一。《咏怀诗》其二十三亦是游仙诗，云：

> 东南有射山，汾水出其阳。六龙服气舆，云盖切天纲。仙者四五人，逍遥晏兰房。
> 寝息一纯和，呼噏成露霜。沐浴丹渊中，照耀日月光。岂安通灵台，游瀁去高翔。

《庄子·逍遥游》中说："藐姑射之山，有神人居焉；肌肤若冰雪，淖约若处子，不食五谷，吸风饮露，乘云气，御飞龙，而游乎四海之外。其神凝，使物不疵疠而年谷熟。"阮籍根据这段描写而铺叙成这首诗，诗中仙者逍遥于飘渺仙乡，又采用道家的呼吸吐纳之法，使人产生成仙似乎有法可求的感觉。这种仙乡生活与阮籍在《大人先生传》中所描绘的"飘飘于天地之外，与造化为友，朝飡旸谷，夕饮西海，将变化迁易，与道周始"非常相似。张溥在《阮步兵集题辞》中认为："《咏怀》诸篇，文隐指远，定哀之际，多微辞，盖斯类也。履朝右而谈方外，羁仕宦而慕真仙，大人先生一传，甯子虚亡是公耶？"这段话抓住了阮籍处于仕宦之中，心中不平而心游神仙境界的原因，那就是诗人碍于社会现实，不便直抒胸臆而运用的曲笔而已。

《咏怀诗》其三十五，这首诗比较明确地指出世俗的险恶，表达了诗人追求仙境的强烈愿望。诗曰：

> 世务何缤纷，人道苦不遑。壮年以时逝，朝露待太阳。愿揽羲和辔，白日不移光。天阶路殊绝，云汉邈无梁。濯发旸谷滨，远游昆岳傍。登彼列仙岨，采此秋兰芳。时路乌足争？太极可翱翔。

"世务何缤纷，人道苦不遑"，反映了世事难卜，生命短暂的客观现实，由此诗人想摆脱束缚，可又无法遂愿，无可奈何之下，唯能幻想濯发旸谷，远游昆仑，采食芝草。"时路乌足争？太极可翱翔"，这里作者态度鲜明地表达了自己对纷争的俗世无所依恋，要追寻自由世界的决心。反映了诗人这种情绪的游仙诗还有《咏怀诗》其四十，除去该诗玄学的面纱之后，我们便能窥见作者的意图了。诗歌从宇宙这个大视角出发，感叹人生的渺茫与短暂，"修龄适余愿，光宠非己威"这句诗表达了诗人鄙视恩宠荣耀这些世俗之物而愿意延年益寿的美好愿望。诗末用孔子伤世无贤君，愿适东夷的典故表达了自己济世之志难以实现的苦闷，可见游仙方外只是他的托意而已。

这种情绪在他的另一类游仙诗中体现的就更为充分了。这类诗按内容大致可以分成以下几种。第一种，感叹生命短暂、时光易逝而产生避世游仙的诗句有"朝为媚少年，夕暮成丑老。自非王子晋，谁能常美好？"（其四），"人生若尘露，天道邈悠悠""愿登太华山，上与松子游。渔父知世患，乘流泛轻舟。"（其三十二）第二种，批评"轻薄闲游子，俯仰乍浮沉"（其十）的纵欲享乐、醉生梦死的颓废世风，劝戒人们要追求精神上的解脱而得长生，"独有延年术，可用慰我心。"（其十）第三种是由于当时社会环境的险恶，诗人产生了避世远祸思想。虽然阮籍佯狂酗饮，蔑视礼法，但处世态度不如嵇康那样刚烈，希望既不媚世俗又修身养性、全身而退，因而诗中有"都冶难为颜，修容是我常"（其七十六）之句。又如《咏怀诗》其四十一，诗人面对"生命无期度，朝夕有不虞"的残酷现实，表示"荣名非己宝，声色焉足娱"，要游仙养性的想法便占了上风，尽管他对此方法持怀疑态度。第四种，明确表示要抛弃名利、是非、得失、毁誉等俗累，追随仙人远游仙境。其二十八云："穷达自有常，得失又何求？""系累名利场，驽骏同一辀。岂若遗耳目，升遐去殷忧。"其五十七亦曰："翩翩从风飞，悠悠去故居。离麾玉山下，遗弃毁与誉。"阮籍的这一类游仙诗是对贤愚不分，祸福无常的现实人生有所不满而又惧祸的寄托之词，游仙只是他解决苦闷的一种方法而已。

阮籍对待游仙的态度是既相信又怀疑。如"采药无旋返，神仙志不符"（其四十一），用秦始皇派使者到海外仙山采长生不死之药而一无所获的典故，指出羽化升仙只是种幻想而已。又如其五十五"人言愿延年，延年欲焉之？黄鹄呼子安，千秋未可期。独坐山岩中，恻怆怀所思"，此诗亦质疑长生不死的理想，对于仙人子安乘黄鹄之事觉得千载难逢，既然成仙的机会如此之小，只有独坐伤怀了。其余质疑的诗句还有"可闻不可见，慷慨叹咨嗟"（其七十八），"三山招松乔，万世谁与期"（其八十）等。这种现象说明了阮籍欲游仙方外只是他对现实不满而采取的一种表达方式，并不是他果真笃信神仙。其实，"企仙求隐是魏晋时代的名士风度的一种表现，但在阮籍的诗中所表现的企仙求隐思想却不是为了追求这种风度，它有着深刻的社会背景，是诗人对现实的不满而发之于抗议的一种手段，是他对现实表示不合作的一种态度，当然，也是诗人消极避世愿望的表现。"[1]

以上粗略分析了阮籍的一些游仙诗，可以说他是用游仙诗的外在形式来表达自己内心情感的，或托意于缠绵的神话爱情故事，或钟情于仙者的逍遥飘渺的生活，或是不满人生的束缚，幻想超脱的心情独白，或对神仙世界笃信与怀疑的矛盾心理的流露，所以就题材而言，他的这部分作品是咏怀中的游仙诗。

二

郭璞的《游仙诗》历来为评论者所称道。刘勰曰："景纯仙篇，挺拔而为俊"（《文心雕龙·明诗篇》），钟嵘也把其诗列为"中兴第一"，足见他的成就之高。郭璞的《游仙诗》有的已经缺佚，完整保存下来的约有十首，其余佚句散见于《诗品》、《北堂书钞》

---

[1]　韩传达.阮籍评传[M].北京：北京大学出版社，1997:62.

等书中，全部加起来约有二十余首。逯钦立辑校的《先秦汉魏晋南北朝诗》中录其《游仙诗十九首》，收录较为全面，以下均以此本中所列之诗加以讨论。

关于郭璞的《游仙诗》，其中玄言的成分多些，因为他好用道家之言入诗。但其诗并不是"淡乎寡味"的玄言诗，其中倾注了诗人的真情实感，游仙只是他诗歌的外在包装。钟嵘将其诗列入《诗品》中品，评价说：

> 晋弘农太守郭璞诗，宪章潘岳，文体相晖，彪炳可玩。始变中原平淡之体，故称中兴第一。《翰林》以为诗首。但《游仙》之作，辞多慷慨，乖远玄宗。而云"奈何虎豹姿"，又云"戢翼栖榛梗"，乃是坎壈咏怀，非列仙之趣也。

这段话中所列的两句游仙诗，今已不存于完整的诗作中了。从钟嵘的这段话语可以知道，郭璞的《游仙诗》内容充实，情辞慷慨激烈，与玄言诗的旨趣大不相同。他的诗歌蕴含着困顿不得志的情绪，"坎壈咏怀，非列仙之趣"，指出了他的诗歌内容上最大的特点，即游仙中的咏怀。唐李善为《文选》作注的一段文字批评了郭璞的《游仙诗》：

> 凡"游仙"之篇，皆所以滓秽尘网，锱铢缨绂，飡霞倒景，饵玉玄都。而璞之制，文多自叙，虽志狭中区，而辞无俗累，见非前识，良有以哉！（《文选》卷二十一，郭璞《游仙诗七首》善注）

李善指出郭诗与正统的游仙诗不同，还不够超凡脱俗，联系现实太紧密，"文多自叙"，而这正点出了他诗歌的特征：游仙中的咏怀。下面来具体分析他的作品。

先看《游仙诗》其一，诗曰：

> 京华游侠窟，山林隐遁栖。朱门何足荣？未若託蓬莱。临源挹清波，陵岗掇丹荑。灵溪可潜盘，安事登云梯。漆园有傲吏，莱氏有逸妻。进则保龙见，退为触藩羝。高蹈风尘外，长揖谢夷齐。

这首诗表达了郭璞的人生态度，他认为尘世的荣华并不值得羡慕，而归隐山林、游仙方外才是人生的追求，理由是隐逸求仙可以长生，陷于世俗则可能如羝羊头触藩篱而进退两难。这两种情况形成鲜明对比。所以诗人推崇的是逍遥游的庄子和居乱世不愿为人所制而隐居的老莱子之妻。这些人并非仙人，只是高士，但同样得到了作者的推崇。实际上游仙与隐居山林密不可分，在许多游仙诗中仙境与幽林、神仙与隐士往往融入一个画面之中并不矛盾，因为

它们都代表一种自由、远离世俗的理想境界。那种仙境是作者在独处山林的感受基础上加以想象发挥而成的。因此整首诗突出了诗人孤高傲世、不拘世俗的情绪。又如《游仙诗》其八：

> 旸谷吐灵曜，扶桑森千丈。朱霞升东山，朝日何晃朗。迴风流曲櫺，幽室发逸响。悠然心永怀，眇尔自遐想。仰思举云翼，延首矫玉掌。啸傲遗世罗，纵情在独往。明道虽若昧，其中有妙象。希贤宜励德，羡鱼当结网。

此诗描述了幽静安逸的环境之中，诗人悠然自得、神游四方的心情，表现了孤傲的个性，这种神游是诗人摒除了各种杂念、放任性情的自由翱翔。诗人的这种形象与阮籍

《咏怀诗》其五十八首"危冠切浮云，长剑出天外。细故何足虑，高度跨一世"中的形象有相似之处。要实现这种神游，光有孤傲个性还不行，还要得其中的妙象，就得不断修行，完善德行。只有这样，才可以"寻我青云友，永与时人绝"（其十三）"永偕帝乡侣，千龄共逍遥"（其十）。《游仙诗》其九亦写出了郭璞游仙而难忘现实的情绪，诗云：

> 采药游名山，将以救年颓。呼吸玉滋液，妙气盈胸怀。登仙抚龙驹，迅驾乘奔雷。鳞裳逐电曜，云盖随风迴。手顿羲和辔，足蹑阊阖开。东海犹蹄涔，昆仑蝼蚁堆。遐邈冥茫中，俯视令人哀。

这首诗极写了游仙的惬意心情，显示了诗人开阔的胸襟和超凡的想象力。然而在这种欢快、轻松、自在的情境中，诗人笔锋一转，"遐邈冥茫中，俯视令人哀"，刚才那种逍遥游的感觉荡然无存，只增加了内心的哀伤。由此可窥出诗人快乐游仙时依旧忘不了尘世间的痛苦与束缚，那种神仙境界只是他对现实不满而幻想出的世界，是对人间世界的理想化。

就对游仙本身的态度而言，郭璞和阮籍一样也充满了矛盾，时而笃信，时而怀疑，产生矛盾的原因正如程千帆先生所说的"合诸诗以观，则谓景纯乃由入世之志难申，故出世之思转炽，因假《游仙》之咏，以抒尊隐之怀，殆无可致疑者。"[1] 可见，郭璞只是把神仙当作精神的寄托而已，出发点仍是社会现实。比如《游仙诗》其四：

> 六龙安可顿，运流有代谢。时变感人思，已秋复愿夏。淮海变微禽，吾生独不化。虽欲腾丹豁，云螭非我驾。愧无鲁阳德，迴日向三舍。临川哀年迈，抚心独悲咤。

诗中阐述了四时运转的自然规律，羡慕动物等能变化无穷，慨叹人被束缚住，虽想长生却难以乘风云驾螭龙，因而产生苦恼，用孔子临川叹息的典故抒发诗人在时光流逝中独自悲伤的心情。关于叹息生命短暂，时光易逝的诗句还有"静叹亦何念，悲此妙龄逝。在世无千月，命如秋叶蒂。"（其十四）这种游仙不得的苦闷还表现在他的《游仙诗》其五中，诗中仙者愿意高蹈仙游，而俗尘不能容忍其的逍遥之举，"珪璋虽特达，明月难闇投"，在这种不为世人理解的情况下，诗人感到无能为力，只好自我伤怀了。

以上的论述说明了郭璞的《游仙诗》是借游仙的形式来抒发自己的现实情怀，他不满俗世的荣华，追求那种飘逸洒脱的神仙的生活方式。正由于他不能忘情于现实，所以对神仙的态度也是矛盾的，这与阮籍《咏怀诗》中的游仙诗有异曲同工之妙。

三

阮籍的《咏怀诗》中的很多作品有游仙的倾向，而郭璞的《游仙诗》则有咏怀的意味，这种诗歌内容上的一致性，一方面固然有郭璞承继了阮诗的原因，但更重要的还是与两人生活的时代环境、社会风气所造成的士人心态有关。另一方面也说明尽管咏怀、游仙分为两类题材，但其本质有相近处，这意味着中国古典诗歌的本质是言志抒情，题材之别仅在外表。

---

[1]　莫砺锋编.程千帆选集[M].沈阳：辽宁古籍出版社，1996：1219，1199.

先分析两人所处的时代环境和社会风气对他们心态的影响。从汉末到魏晋时代，儒家的大一统观念正在逐渐消解淡化，忠君思想遭到整个社会空前的回避。再加上掌握了大权的司马氏为排除异己力量，大肆杀戮政敌和名士，借以打击不与他合作、指刺时政的名士们的对立情绪。因此，士人多有生命无常，旦夕祸福的恐惧感，为了远离政治，远离杀戮，就产生了玄谈、饮酒、求仙等生活方式。阮籍处于这种"但恐须臾间，魂气随风飘。终身履薄冰，谁知我心焦。"（《咏怀诗》其三十三）的社会现实之中，不可避免受到社会风气的熏染，他的《咏怀诗》有游仙的倾向也不足为奇。罗宗强先生分析阮籍的心态时认为"与嵇康不同，阮籍的一生，不是处于与名教完全对立的地位，不是以己之高洁，显世俗之污浊，不是采取一种完全超越世俗的人生态度。他的一生，始终徘徊于高洁与世俗之间，依违于政局内外，在矛盾中度日，在苦闷中寻求解脱。"[1] 此言精辟地指出了阮籍的矛盾心理，表现在行为上就是既谨慎小心又不拘礼法，既仕于朝政又游仙方外，既自命不凡又惧祸保身。他的不拘礼法的狂放之举，譬如青白眼对人，醉卧邻家当垆女之侧，索酒步兵厨人，哭兵家之亡女，恸穷途之车辙等等，并不触及当权者的政治利益，更何况阮籍不谈时事，发言玄远，即使对他不满的礼法之士拿他也无可奈何，《世说新语·任诞》注引《魏氏春秋》曰，阮籍为"文俗之士何曾等深所讎疾。大将军司马昭爱其通伟，而不加害也。"其《本传》亦曰："由是礼法之士疾之若讎，而帝每保护之。"帝王能容忍之，一是因为他不言时政，二是想借他的名声拉拢名士，所以虽在乱世之中阮籍却能终其天年。尽管避开了杀身之祸，可阮籍的内心始终处于不平衡状态，为了排遣痛苦，他只好幻想归宿于自由逍遥而又虚无缥缈的神仙境界。这种神仙境界明显带有老庄哲学的痕迹，因为阮籍对老庄是很有研究的，曾写《通老论》、《达庄论》、《大人先生传》等文章来阐述自己的理想，他推崇道家无为而治的原则，试图摆脱尘世的罗网，超越一切差别，追求一种主观精神上的绝对自由逍遥。他的《咏怀诗》中的主人公形象与"大人先生"的形象也是一致的，"大人先生被发飞鬓，衣方離之衣，绕绂阳之带。含奇芝，嚼甘华，噏浮雾，湌霄霞，興朝云，颺春风。奋乎大极之东，游乎昆仑之西，遗辔隤策，流盼乎唐、虞之都。"而且，他追求的"仍然是庄子的境界，它与现实人生还隔着一层，它还是一种幻境，它是庄子的翱翔于太空的大鹏，它是庄子的神游于无何有之乡。阮籍追求的，就是这样一个纯精神的自由的境界。"[2] 同时，阮籍还与道士、隐士有交往，《本传》记载他曾经与"真人"孙登商略终古及栖神导气之术，"栖神导气"是道士修炼的内容。阮籍的游仙诗把这种方法附于神仙的诗句很多，从而增强了神仙境界的真实性与可实现性，如"寝息一纯和，呼噏成露霜。"（《咏怀诗》其二十三）"乘云御飞龙，嘘嗡叽琼华。"（《咏怀诗》其七十八）"噏习九阳间，升遐叽云霄。"（《咏怀诗》其八十一）等。但是，阮籍有时又对这种游仙方式产生疑虑，这种矛盾的心理亦从一个侧面反映了他不能忘情现实的心态。

---

[1] 罗宗强.玄学与魏晋士人心态[M].杭州：浙江人民出版社，1991:126-127，138.

[2] 罗宗强.玄学与魏晋士人心态[M].杭州：浙江人民出版社，1991:126-127，138.

郭璞亦生活于一个动荡不安、战乱频繁的时代，他的心态与同时代的人相比，便显得与众不同。西晋是以名教立国的，但这种名教有较大的虚伪成分，除了孝之外，朝廷对忠的提倡则显得隐晦与含糊，政失准的，自然士无特操了，因此见利忘义、卖身求荣、纵情放荡等低劣的人品不为世俗所谴责，并形成一种普遍的风气。而到了东晋，士人大都追求一种宁静、优雅、淡泊的人生境界。郭璞的追求不同于时人，他有济世之志，虽处于恶劣的环境之中，却没有象张翰、左思、葛洪那样全身远祸，而是积极投身于政治，希望施展自己的才能，这一点与阮籍矛盾的处世态度截然不同。虽然为了获得入仕机会，郭璞也曾奔走于权贵之门，但他始终坚持自己的是非标准，决不妥协，最终为王敦所杀就是一个明显的例证。剔除《晋书·郭璞传》中夹杂的荒诞不经、迷信夸张的描述，我们可以窥见他的内心世界。比如本传中说他卜筮知道河东将有战乱，"于是潜结姻昵及交游数十家，欲避地东南"，占卜之术给他披上了一层神秘面纱，而隐藏其后的就是他对社会深刻的洞察力，所以他才能够准确把握住局势发展的征兆而屡屡应验。可见，卜筮只是他表达观点借助的一种外在手段而已。尽管郭璞很有才能，但他始终不得志，造成了他不拘礼法、高傲狂放的个性，这种情绪在《客傲》篇中表现得很突出，他推崇庄周、老莱、严平、阮籍等人，称"阮公昏酣而肆傲"。但他不走明哲保身、隐遁山林之路，希望张扬个性，游仙又是他的爱好，而游仙诗从内容到形式都贴近他的这种心理需求，成为其表达内心情感的一种方式。在追求神秘迷离、自由自在的理想世界中隐约流露出他对现实的不满情绪，这一点与阮籍的游仙诗是一样的。而且，郭璞很喜爱神话传说，曾为《山海经》、《穆天子传》等作注，以其中的故事和人物入《游仙诗》，更增加了神秘色彩。我们把两人的游仙诗对比后，会发现有一个明显的区别，那就是阮籍诗中的仙班人物常重复出现，而郭璞诗中的神人形象要丰富些。比如：阮籍诗中频繁出现浮邱公、赤松子、王子晋、安期生、西王母等形象，"自非王子晋，谁能常美好？"（《咏怀诗》其四）"焉见王子乔，乘云翔邓林。"（《咏怀诗》其十）"王子好箫管，世世相追寻。"（《咏怀诗》其二十二）"愿登太华山，上与松子游。"（《咏怀诗》其三十二）"安期步天路，松子与世违。"（《咏怀诗》其四十）"乘云招松乔，呼嗡永矣哉。"（《咏怀诗》其五十）"兹年在松乔，恍惚诚未央。"（《咏怀诗》其七十六）"三山招松乔，万世谁与期。"（《咏怀诗》其八十）"昔有神仙者，羡门及松乔。"（《咏怀诗》其八十一）等。出现这种区别大概有三方面的原因，一是阮籍更喜欢以传统游仙诗中的人物入诗。二是郭璞的游仙诗有的已经散佚了，无法统计其诗中仙人出现的次数。三是郭璞很熟悉《山海经》等书中的故事，以丰富的形象入诗，亦在情理之中。

可见，尽管咏怀和游仙分属两类题材，但是本质上有相似处，它们都体现了中国古典诗歌言志抒情的特点。《诗大序》曰："在心为志，发言为诗""情动于中而形于言"，指出"志"与"情"的萌发在诗歌创作中的重要性。沈祖棻先生在《阮嗣宗〈咏怀〉诗初论》一文中认为"情动于中而形于言，故古今作者，莫不在理与情、爱与恨、积极与消极、入世与出世之各种不平衡状态中，宣泄其内心，产生其作品。"[1] 此言点明了文学创作是诗人内在思想情感的艺术表现的特点。阮籍的游仙诗充分地体现了这一特点，它总结了魏晋时人共同的生活体验，尽管文多隐避，义存比兴，但我们依然可以从中窥见他游仙而难忘尘世的徘徊与苦闷的情愫。李善云：

> 嗣宗身仕乱朝，常恐罹谤遇祸，因兹发詠，故每有忧生之嗟。虽志在刺讥，而文多隐避。百代之下，难以情测。（《文选》卷二三李善注）[2]

"每有忧生之嗟"、"志在刺讥"说明了阮诗创作的起因与意旨，他的言志抒情难以揣测，是由于志向远大与惧祸求全的心态造成的。他的有游仙内容的作品是他解决不了现实苦闷而希望成仙和长生的无奈之辞，所以才会时而逍遥，时而怀疑。郭璞的《游仙诗》亦体现了这种矛盾情绪。曹道衡先生分析认为"历史上一些写'游仙'诗的作家，有不少人都不一定信神仙。他们多数是想借求仙来表示自己不关心现实，以求全身免祸，同时幻想仙境的自在，也多少能作为排遣生活中苦闷的一种手段。"[3] 郭璞的《游仙诗》也是言志抒情的作品，它摆脱了当时玄言诗的一些弊病，是他政治抱负无望实现下的产物，他用自己所偏爱的游仙题材来隐晦地抒发不满情绪，不再如传统的游仙诗那样简单描述仙人的生活和纯粹的谈玄说理，而是以仙喻俗，借仙讽俗，表达蔑视世俗、企慕隐逸的思想。由此可见，两人诗歌题材的不同，只是外在形式的差异，言志抒情的本质是一致的。

通过上面的论述，我们可以得出结论，咏怀和游仙只是题材有别，言志抒情的本质是相似的。阮籍《咏怀诗》中的游仙诗是借游仙的形式来表达自己情感的；郭璞的《游仙诗》虽主要内容是游仙方外，实质也是咏怀的。他们都是把游仙当作排遣人生苦闷、实现理想的一种外在的手段，咏怀才是诗歌的精神实质。

【参考文献】

[1] 韩传达. 阮籍评传 [M]. 北京：北京大学出版社，1997:62.

[2] 莫砺锋编. 程千帆选集 [M]. 沈阳：辽宁古籍出版社，1996：1219，1199.

[3] 罗宗强. 玄学与魏晋士人心态 [M]. 杭州：浙江人民出版社，1991:126-127，138.

[4] 任继愈主编. 中国哲学史 [M]. 北京：人民出版社,1996.

[5] 褚斌杰著. 中国古代文体概论（增订本）[M]. 北京：北京大学出版社,1990.

[6] 曹道衡. 郭璞和《游仙诗》[J]. 社会科学战线，1983(01).

[7] 范文澜著. 中国通史 [M]. 北京：人民出版社，1978.

[8] 刘大杰著. 中国文学发展史 [M]. 上海：上海古籍出版社,1997.

[9] 敏泽著. 中国文学理论批评史 [M]. 北京：人民文学出版社,1981.

[10] 郭绍虞撰. 中国文学批评史 [M]. 上海：上海古籍出版社,1979.

---

[1] 莫砺锋编.程千帆选集[M].沈阳：辽宁古籍出版社，1996：1219，1199.

[2] 此注文作者有两种说法，一为李善，一为颜延年。

[3] 曹道衡.郭璞和《游仙诗》[J].长春：社会科学战线，1983(01).

论柳宗元诗歌的"渔翁情怀"

——从柳诗渔翁形象的比照看柳宗元永州时期的心态

张映光

柳宗元一生共创作 164 首诗，其中两首以渔翁为题材的诗歌颇为引人注目，即作者遭遇"永贞事件"被贬永州期间所创作的《江雪》和《渔翁》。永州期间，柳宗元文学创作的动因多半是源于苦闷孤寂。在创作中，他将种种复杂心情打并入永州山水，这种情感寄托被世人提到最多的是不朽的散文游记"永州八记"，这方面的研究成果已十分丰厚。然而，学界从研究他的渔翁诗入手来考察其心灵轨迹方面似乎还不够充分。事实上，柳宗元的渔翁诗与他的山水游记一样，在思想内容和艺术表达上都有着很强的自叙性。永州期间的柳宗元，心态不是单一的，各种情感互相交织并发生着变化。他的两首渔翁诗，分别写于永州前期的元和二年（806 年）和永州后期的元和七年 (812)，诗歌创作风格和渔翁形象都大不相同。前后的这个变化，折射出作者心态的变化。在柳宗元诗中，其渔翁形象不仅包蕴了中国文学史上"渔父"形象所特具的象征性文化内涵，同时也是作者本人的自喻性形象。渔翁的精神面貌和生活面貌，均可视为柳宗元在永州期间精神与生活的折光。因此，考察柳宗元的"渔翁情怀"和渔翁形象的变化，有助于进一步探究柳宗元在永州期间的情感状态和心理轨迹。

一 以《江雪》抒写孤独迷惘、失路之悲的骚怨愁情

千山鸟飞绝，万径人踪灭。

孤舟蓑笠翁，独钓寒江雪。

——《江雪》

这首《江雪》诗乍看上去，俨然一幅生动的"寒江独钓图"。但在文学创作中，不存在纯粹的风景诗，它总或多或少地包含有作者的思想感情和现实内容。柳宗元这一幅江雪图景也不例外。关于这一首诗歌的内涵，在以前的研究中有种种不同的说法。代表性的有五种："清高孤傲说"、"佛禅说"、"政治批判说"、"希望援引说"、"抗争说"等 [1]。这几种说法虽说各有道理，但却未必是让人信服的、确切的解析。这些说法，有的是对历史正面人物在歌颂定式下的解读，有的是对作品作了太多的现代性的阐释。笔者认为，柳宗元在《江雪》中抒发的情感是复杂而深沉的，在多重情感的交织中，主基

调是孤独迷惘、失路之悲的骚怨愁情。在这首小诗中，作者塑造的渔翁形象，是一个苦闷孤寂、悲凉自哀、带有强烈自喻色彩的悲剧性形象。

1.《江雪》抒发了作者的失路之悲和和迷惘落魄之情

柳宗元在被贬永州之前，可谓是一个仕途畅达、人人羡慕的人物。贞元九年（793），21 岁的柳宗元进士及第，26 岁又中博学宏词科。在年轻有为的 31 岁上，他作为王叔文政治集团中的核心人物进入了权力中心。当时的柳宗元，"俊杰廉悍，议论证据古今，出入经史百子，踔厉风发，率常屈其座人，名声大振，一时皆慕与之交"[2]。柳宗元本人也踌躇满志，意气风发，准备大干一番事业。他将自己的政治理想表述在《寄许京兆孟容书》中："唯以中正信义为志，以兴尧舜孔子之道，利安元元为务"。正是怀着这个政治理想，他以青年朝官特有的朝气和锐气投身到轰轰烈烈的史称"永贞革新"政治活动中去。然而时隔不久，唐宪宗即位，保守派猛烈反扑，他们的政治改革即告失败。王叔文被处死，柳宗元等 8 个骨干分子随即被贬。柳宗元被贬永州司马，同时被贬为司马的另有 7 人，史称"八司马"。朝廷似乎嫌惩处不重，另又追加了对柳宗元诸人"纵逢恩赦，不在量移之限"的规定 [3]，也就是说，他们这一批人将终身不得赦免，永世不得翻身。这个严酷宣判，使得柳宗元等人的贬官成了一次无望的流放。

这些变故，对于正当盛年，怀有一腔政治理想与抱负的柳宗元来说，无疑是一个沉重的打击。正如柳宗元在《寄许京兆孟容书》中形容的那样："立身一败，万事瓦裂。身残家破，为世大僇。"年轻而没有受挫准备的柳宗元似乎被这突如其来的政治风暴打懵了，他的最初反应或许还不是切肤之痛，而是没有回过神的惊愕震恐，这从他自京城到永州辗转三千余里地竟没有一首诗作的反常中可以窥见。离开京城，对一个颇有政治才华、仕途原本一片光明的柳宗元来说，不仅意味着地理位置的变化，也意味着被政治和人群抛弃，意味着理想与实现之间由此划出一道不可逾越的鸿沟。从春风得意的朝官到偏远之地的闲官这样一个跌落，势必造成柳宗元心理上的巨大落差。而这些，必须靠他自己在相当一段时间里去消化排解。

因此，在贬谪次年创作《江雪》的柳宗元，情绪上是失意落魄的，状态上是低沉孤寂的。他不仅内心充满着苦闷，也夹杂着彷徨和恐惧。"千山鸟飞绝，万径人踪灭"，大雪压境，周天寒彻，不见一丝生机的肃杀和不见一条路径的茫然，就是柳宗元当时所面对的孤绝处境和心境。因此，作者在诗中用了"绝"和"灭"这样两个没有一点回旋余地的字眼，把自己内心"万罪横生，不知其端"[4] 的震恐和"路在何方"的失路迷惘全盘托出。有研究者将这首诗看成是作者心境的藏头诗[5]，表达的是作者内心的"千"、"万"、"孤"、"独"，这样的推论颇有几分道理。在二十字的小诗中，作者用了"尽"、"灭"、"孤"、"独"等词，渲染了"愁"、"幽"、"冷"、"寂"、"寒"、"峭"、"荒"、"僻"的情绪氛围，这与作者当时失意孤寂的情绪特征是一致的。

在受打击的震惊和惶恐中，在行之不得、更无援手的境地里，除了渔翁独钓般地困守，柳宗元还能做些什么呢？这是一种迷茫落魄下的无奈甚至幻灭，也是通常在面对人生剧变最初会产生的心理反应。它并非像有些解释分析的那样，说是有意识地以孤傲来表达愤怒和抗争。其实，即使旷达如东坡，在被贬黄州初期，不照样也有"惊起却回头，有恨无人省"的寂寞和悲凉吗？从柳宗元的个性来看，他尚不具备面对困厄灾难能泰然处之的旷达胸襟和气魄。所以，《江雪》中的渔翁，与其说是柳宗元视死如归、执着抗争的自喻，倒不如说是他极度孤独、四顾茫然、抑郁落魄的剪影。

2.《江雪》抒发了作者的骚怨愁情

自屈原以降，中国历史上许多政治家兼文学家都有过屈原"忠而见疑，信而被谤"和贬谪流放的遭遇。面对遭受同样打击的柳宗元，与当年的屈原一样，内心有着无限的委屈和失落。永州地处湘水之侧，柳宗元会很自然地将与自己命运相仿、地点相近的屈原联系在一起。于是"自放山泽间，其堙厄感郁，一寓诸文，信《离骚》数十篇，读者咸悲恻"[6]。在这一时期的作品中，柳宗元写有《吊屈原文》、《天对》等抒写骚怨愁情的骚体文，并直接将自己比作"楚客"、"楚臣"、"楚囚"。在柳宗元"投迹山水地，放情咏离骚"的背后，我们可以看到一个与屈原同病相怜，有着同样骚怨的悲剧诗人的伤感内心。不同的是，屈原自沉汨罗江葬身鱼腹，柳宗元却没去赴江流，他在一片无生机无路径的雪地里茫然彷徨。此间，他在中国文化那个远离庙堂、身处江湖的渔父传统中，在茫茫江面于孤舟中端坐的渔翁身影里，找到了精神痛苦的载体。不过，从当时柳宗元的许多作品来看，作者似乎过于投入并沉浸在屈原结局所产生的悲剧性氛围中，更多接受的是屈原骚怨传统而较少接受屈原的九死不悔的求索精神和决绝于人世的激烈。明人陆时雍一语道中此间柳宗元五言诗的特点是"深于哀怨"。清人沈德潜也评价柳诗"长于哀怨，得骚之余意。"

与《江雪》写于同期的另一首寓言诗《跛乌词》，可视作诗人此时心境的一个补充。诗歌记叙了一只足残的乌鸦不幸的遭遇和心有余悸的恐惧心理。诗歌末两句更具悲情，"左右六翮利如刀，踊身失势不得高。支离无趾犹自免，努力低飞逃后患。"面对着环视的敌手，这只跛乌自认已丧失了高飞的能力，不如效法支离和无趾，努力低飞以求自保。以跛乌自喻的作者，由身体到精神的伤残与悲怨于诗中可见一斑。

柳宗元在《江雪》中，把上述这些骚怨表达得比较含蓄。这些骚怨是透过"千山鸟飞绝，万径人踪灭"这样一幅寂静无声、凋零肃杀、与世隔绝的图景来传达的。《江雪》就像是一幅作者看不到出路、充满生命荒废感和被抛弃感的象征性图景。"孤舟蓑笠翁，独钓寒江雪"，独自垂钓，作为舒遣忧怀的一个有效手段，在诗中被作者借用了。其实，垂钓只不过是作者寂寥落寞的幌子，蓑笠也是他苦闷悲怨的遮蔽。许多文章都把渔翁岿然不动的独钓身影看作是一种孤傲坚持，这固然很积极，但按照作者当时的心态与境况来看，将其解释为茫然失路的无措与"无人信高洁，谁为表予心"的悲凉沉吟或许更符合作者自喻的实际。屈原当年是满怀幽怨地行吟泽畔，而与屈原心情一样的柳宗元，在"鸟飞绝"、"人踪灭"荒凉中，独自沉浸在被毁灭之悲凉中。孤舟中的渔翁，是一个屈原式的渔翁，是柳宗元借屈原之酒杯浇胸中块垒的产物。这个在茫茫一片中端坐孤舟中的执拗姿态，使得原本的凄凉带上了悲壮色彩。

于是产生了一个问题，即为什么这样一首抒写孤独迷惘、失路之悲的骚怨小诗在诗歌史上会有洪钟巨响的名声？为何它竟有着历久不衰、广为流传的强大生命力？这恐怕与文学作品"形象大于思维"的鉴赏规律有关。笔者认为，作者创作的主观意图与实际产生的客观效果之间在这一首诗中是存在着较大差距的。《江雪》犹如一幅图画，这幅画留给人以巨大的想象空间。从读者的角度来看，因为画面情境的极端和大反差的构图效果，给人以强烈的突兀感和冲击力。画面上的渔翁沉默独守，"孤舟"之孤与"独钓"之"独"，强烈突出了其形体上的孤独，在整个茫茫白雪冷寂天地的映衬下，显现出精神深处的悲壮与的孤寂。面对这样画面，那与世隔绝、生命被弃置所产生的悲剧感扑面而来，渔翁面临毁灭仍执拗独钓的凛然身影所激起的崇高悲剧精神亦油然而生。正是这份孤独中的凛然，这份不为外界所动的执着，使独钓寒江的渔父形象，再次显现了汨罗江边中国文人悲剧性的崇高。这些审美悲感，客观上在读者感知中产生震撼效应。因此，诗歌的内涵和外延在阅读中被不断地开掘不断地放大。且人们对于品格理想的追求与憧憬，诸如坚强执着的毅力、生命的期待追求、清高孤傲的品格、苦难中的淡定等等，都可以通过联想在《江雪》中一一找到美好的对应。这些，在读者这里，经过千百年的积淀，经过形象性的联想与放大，已然具有了象征性意义。这或许就是这一首小诗能够深得人心，流传广泛的一个重要的原因。

二　以《渔翁》抒写淡泊宁静、超脱闲适的人生理想

柳宗元在贬谪永州后期所创作的《渔翁》一诗，与其前期的《江雪》诗一样，都是寄寓诗人的心志与情怀之作。

> 渔翁夜傍西岩宿，晓汲清湘燃楚竹。
> 烟销日出不见人，欸乃一声山水绿。
> 回看天际下中流，岩上无心云相逐。
> ——《渔翁》

读完《江雪》再读《渔翁》，有一种豁然开朗的感觉。

柳宗元在《渔翁》中刻划了一个在青山绿水之中独往独来、自遣自歌、悠游岁月的渔翁形象，创造了一个闲逸悠然、明丽雅洁的意境。清晨时刻，沉睡的群山在晨光中苏醒，清澈的江面薄雾飘荡，夜宿西岩的渔翁清晨汲清湘燃楚竹，生起了炊烟。但等到炊烟以及江上的晨雾散去，却未见渔翁其人，空旷的江面上和静默的青山间只回荡着渔翁离去时一声声的橹桨声——"欸乃"、"欸乃"……诗歌最妙处在"欸乃一声山水绿"。山水应声而绿，仿佛被这一声"欸乃"唤醒，这"欸乃"的桨声以及应声而绿的山水，给诗歌注入了清新的气息和悠闲的意绪。橹声传来之时，渔翁已划舟顺江而下，画面上只留下水边的岩石和岩上的白云缭绕。白云自由舒展，一种闲淡自适的情趣就在这天地

江流间流淌。

相对于《江雪》,《渔翁》体现的已不是冰天雪地的寒峭,而是山青水秀的清丽。《江雪》的无声画一变为悦耳怡情的有声画。结尾两句写江流静淌白云悠悠,显出一种平淡悠远的意境。诗人通过对渔翁生活的描绘,抒发了自己孤高的品格及对闲适生活的向往。相比较而言,《渔翁》所写,偏向于一种隐士的生活情趣,其中的这个渔翁,更像是一个潇洒淡泊、宁静自适的智者形象。参看作者中后期的其他的诗文创作,可以感受到作者正力图做生命和文学的突围。

《渔翁》写于柳宗元的贬谪后期。柳宗元此时的心境,大致已从贬谪之初骤然打击的惊愕和痛苦中恢复过来,对永州的环境和山水也有了较多的熟悉,开始慢慢接受被政治和人群遗弃的现实,心态渐趋平和,似乎从哀怨愤懑走向安然恬淡。在这个接受现实的过程中,柳宗元从屈原式的悲剧心态转向了对陶渊明的追随,"甘终为永州民"的表白说明他希望过平静的陶渊明式的归隐生活。也有人把它看作是柳宗元在复出无望之下的无奈表白,但他迁居冉溪,萧散自放、纵情山水却是事实。在永州的后期生活,作者与陶渊明的隐居的确有几分相似。在《渔翁》中,柳宗元以渔翁自况,借纵情山水来冲淡与平衡内心的郁结与不平。从整个诗歌的格调来看,作者不再执拗不再冷峻,相反,却是有了一种松弛平和。此时的柳宗元,变得平稳、缓和、恬静、安祥。

到了《渔翁》中的渔翁,已与中国文化意义上的渔父相融通,具有了智慧的素质,显示出一种处世智慧的美感。中国文化意义上的渔父,是一个极具特征性的符号,因其高古、孤傲、潇洒、闲适、独立、自由、隐逸等形象内涵而逐渐成为了中国古代士子的隐逸理想和人格理想的一个重要的精神载体。渔父不与物争,"用舍由时,行藏在我"(苏轼《沁园春》),懂得进退和变通,柳宗元从中悟出解脱之道,学着像渔父那样与世推移,随遇而安。潮生理棹,潮平系缆,潮落浩歌归去。

《渔翁》结尾两句是理解全诗的钥匙:"回看天际下中流,岩上无心云相逐"。渔船进入中流,渔翁此时"回看天际",只见岩上缭绕舒展的白云仿佛尾随他的渔舟,好似无心无虑地前后相逐,诗境极为悠逸恬淡。关于这两句,文学史上还引起过争论。苏东坡认为诗歌结尾两句"虽不必亦可",宋严羽、刘辰翁,明胡应麟、王世贞,清王士禛、沈德潜等人也各呈己见,众说纷纭,但是他们的争论都局限在艺术趣味上,并没有从柳宗元作此诗的处境和心情上来分析。柳宗元被贬永州后,在"永州八记"开篇《始得西山宴游记》中曾自叙心境"自余为僇人,居是州,恒惴栗"。为在"恒惴栗"中求得平静,于是徜徉于山水,强求宽解。《渔翁》所显示的自由安适、无拘无束的生活和"岩上无心云相逐"的境界,对于处在内心压抑的诗人来说,是非常渴望和向往的。从末句化用陶潜《归去来辞》"云无心而出岫"的句意便可透视作者的这种憧憬心态,它类似王维"行到水穷处,坐看云起时"的境界,是一种淡定悠然看云卷云舒的心境。水穷山尽,云来云往,淡然地看云烟过眼,即便是自身荣辱,都可一笑泯之。故苏轼说"柳子厚晚年诗极似陶渊明",在思想情趣方面,柳与陶确实有相通之处。渔翁泛舟于烟波江上,摇橹追云自渔自乐，这种高蹈出尘的闲逸情怀，与他早期"恒惴栗"的如履薄冰的心境显然有着很大的差别。只有真正体会柳宗元的现实处境，才能理解他在诗歌结句中的用心。

从审美的角度来看，《渔翁》又像是一幅空灵雅洁、恬和散淡的山水画，画中的渔翁生活是如此随心任性，山水与他又是如此地融洽。诗人在这一幅冰清玉洁、脱尽尘埃的山水画中，以山水之美来稀释自己被贬永州的苦闷孤寂，并通过渔翁生活的描绘，表现出自己所向往的是一种"岩上无心云相逐"的自由生活。柳宗元永州后期所塑造的这个渔翁，典型地反映了传统文化中渔父形象随缘任运，独往于天地之间，追求宁静自由的精神特质。

三 两首渔翁诗的比较

柳宗元写于永州期间的《江雪》和《渔翁》，同是写渔翁，其人物形象和诗歌风格有着明显的差异。《江雪》一诗塑造的是一个在冰天雪地中独钓寒江的孤绝苍冷的渔翁形象，《渔翁》一诗中塑造的是泛舟于绿水青山，闲云野鹤般的渔翁形象。两位渔父在诗中行止不同，一静一动，一紧一松，《江雪》表露的是诗人孤怨的情怀，《渔翁》表露的是诗人恬淡的胸襟。两首诗歌一冷峻孤寂，一飘逸洒脱。前者是屈原式的渔翁，后者是陶渊明式的渔翁。前者有一种决绝的悲壮和沉重，后者有一种守拙的自尊和旷达。前者性格核心是"孤冷"，后者的性格核心是"自适"。柳宗元在不同的两首诗中，对同样的渔翁做了不一样的描写，他抓住人物性格的核心，运用行止描绘与环境烘托，把渔翁形象写得形神兼备。

渔翁形象在柳诗中何以会有这些差别？笔者认为，渔翁形象的这种差别，是柳宗元被贬前期和后期发生的心态变化造成的。

《江雪》写于元和二年，属贬永前期。诗中的渔翁形象，是诗人人格和心绪的化身。作为一个政治上的失败者，作者刚受到骤然跌落的沉重打击，从轰轰烈烈的政治改革中被抛弃到这个荒远的永州之地，内心抑郁、惊恐悲愤，饱受孤独寂寞和被抛弃的心灵折磨。这些，放在"性又倨野，不能摧折"（柳宗元《与裴埙书》）的柳宗元身上，形成了尖锐的心灵矛盾。《江雪》中渔翁的那一份独钓的孤绝愤懑，乃是柳宗元心中的一份屈原式的苦痛。然而，柳宗元又无力从失意的痛苦中挣脱出来重新寻找一条人生道路，这恐怕不仅是中唐柳宗元的悲剧，也是古代大多数文人的悲剧。而《渔翁》则是柳宗元贬谪后期的作品。这时作者的心境大致已已趋平和，虽然仍然落寞，但却不再慷慨；虽然仍然无奈，但不再悲愤执拗，从内心的极度冲突转向了包容和自我释怀。《渔翁》就像是一幅空灵澄澈、恬和散淡的山水画，在淡泊雅致、意旷境远的画卷中，流溢着平淡闲适的情调。诗歌结尾所点染里的在山水中纵情的渔翁和无心之云的相逐意味深长。

柳宗元真的像他笔下的渔翁那样释然了吗？其实没有。诗人并不是真正渔翁，希望自己真能拥有渔翁心态，也许是一直处于抑郁郁寡欢中的柳宗元的一个梦想。作者曾在

《潮口馆潇湘二水所会》写道："杳杳渔父吟，叫叫羁羁哀"。作者意在写潇洒自在的渔父，但在"叫叫羁羁哀"中还是露出了悲情的端倪。看来柳宗元自始至终悲愁之情仍挥之不去，《渔翁》中的渔翁虽然潇洒闲逸，但还摆脱不了孤寂落寞，即使诗歌字面上写得再冲淡闲逸，也仍有一个悲剧情结纠结其中，这是柳宗元的性格使然。相比于中晚唐张志和《渔父歌》中的那个"西塞山前白鹭飞，桃花流水鳜鱼肥。青箬笠，绿蓑衣，斜风细雨不须归"的大自在渔父，柳宗元的渔翁似乎欠缺了些发自内心深处的快乐和陶渊明全然放下的轻松。因此我们说，柳宗元在《渔翁》中描述的这种与自然山水融合为一的生活，只是作者本人所向往的一种理想生活状态。他是很想做那样的渔翁，然而，他又很难全部抛弃他的儒家理想，故一直在现实和精神的两极中挣扎。其实，作者笔下的渔翁，不过是他理想的化身。同样，诗中所展现的人与自然山水融合为一、物我两忘的境界，也只是柳宗元所向往的一种理想生活状态和精神追求。只要仔细分析柳宗元笔下的渔翁，其内心仕与隐二极间微妙的纠结状态和二者所构成的生命两难便可被我们捕捉到。推而广之，我们也可以从《江雪》渔父的寒江独钓、孤独不遇，再到《渔翁》悠游湘水间的与世无争、冲淡平和中，感受到中国古代文人几千年来对仕之理想的追寻以及寻而不得的隐痛。被贬初期悲情无限的柳宗元，最终以寄情山水的自我抚慰来回避自己无力改变的现实并寻求着解脱，这种转变很难说是可悲抑或可喜。

总之，《江雪》、《渔翁》两首诗歌的渔翁形象，是诗人被贬永州期间心灵变化的轨迹和其多元化心态的形象展现。将前后两个渔翁形象合而观之、相互补充，便是柳宗元心态全貌的缩影了。

【参考文献】

[1] 吕国康：《〈江雪〉诗的背景与寓意》，《柳州师专学报》2004年3月。

[2] （唐）韩愈：《柳子厚墓志铭》，《古文观止译注》，吉林人民出版社，1982年版。

[3] （后晋）刘昫：《旧唐书》，中华书局校点排印本，1975版。

[4][6] （宋）欧阳修、宋祁：《新唐书.列传第九十三》，中华书局校点排印本，1975版。

[5] 翟满桂：《柳宗元在永州期间的心境与诗歌创作》，《零陵学院学报》第24卷第3期2003年5月。

柳宗元贬谪后的朝廷颂歌研究

龚玉兰

【摘　要】　柳宗元生活的中唐，宦官专权，藩镇割据，唐宪宗统治时期，削藩行动取得了一系列胜利。贬谪后的柳宗元为之撰写了不少朝廷颂歌，其中虽有一些阿谀之词，但是充分肯定了朝廷巩固中央集权、维护地方治安的功绩，同时也表明自己希望得到引荐，重新启用的愿望。

【关键词】　柳宗元　贬谪　朝廷颂歌

柳宗元被贬谪后，虽身处蛮荒之地，但依然热切地关注国家的政治，特别是平定藩镇作乱的情况，每一次平定都带给他极大的鼓舞和振奋。在《柳宗元集》中，除去伪作[1]，柳宗元共上表38次[2]，奏状18篇[3]，名篇有《为裴中丞贺克东平赦表》、《为裴中丞谢讨少卿贼表》、《贺诛淄青逆贼李师道状》等，还有"雅诗歌曲"中的《献平淮夷雅表一首》、《平淮夷雅二篇》（并序）、《唐铙歌鼓吹曲十二篇》（并序）等等，大部分作品为贬谪后所作，可见他虽为"罪臣"，远贬蛮荒之地，但仍心系朝廷，对唐王朝采取的一系列的削藩行动以及取得的胜利唱出了自己的朝廷颂歌。

一

其实在柳宗元生活的中唐，宦官专权，藩镇割据，宫廷与地方内外勾结，民不聊生，他和刘禹锡等有识之士之所以参与革新运动，还是想革除社会弊病，但痼疾已不可除，连推行他们的革新主张有时甚至还得借助宦官的势力。当革新失败后，柳宗元远贬永州、柳州，虽然音信不通，但他并未就此消沉，而是对国家命运更充满了关切之情。在永州，他撰写了《唐铙歌鼓吹曲十二篇》（并序）：

　　　　负罪臣宗元。言：臣幸以罪居永州。受食府廪，窃活性命，得视息，无治事，时恐惧，小闲，又盗取古书文句，聊以自娱。

　　　　……汉歌词不明纪功德，魏、晋歌，功德具。今臣窃取魏、晋义，用汉篇数，为唐铙歌鼓吹曲十二篇，纪高祖、太宗功能之神奇，因以知取天下之勤劳，命将用

---

[1]　根据《柳宗元集》的《辨伪杂录》统计.北京：中华书局,1979.以下相关引文均出自该书。

[2]　剔除疑似伪作，《柳宗元集》卷三十七录"表"22篇，卷三十八录"表"16篇，共计38篇。

[3]　剔除疑似伪作，《柳宗元集》卷三十九录"奏状"18篇。

师之艰难。每有戎事，治兵振旅，幸歌臣词以为容，且得大戒，宜敬而不害。

臣沦弃即死，言于不言，其罪等耳。犹冀能言，有益国事。不敢效怨怼默已。谨冒死上。

在序言中，柳宗元自称"负罪臣"，行文一方面透露出自己在永州的凄清和寂寞，另一方面表达了对唐高祖、唐太宗立国之丰功伟绩的由衷钦佩，表达了"知取天下之勤劳，命将用师之艰难"的理解。他盼望当朝"每有戎事，治兵振旅"，歌唱自己的颂歌而凯旋。此类雅诗歌曲，强调了帝王的功德，宣扬了国家统一的思想。譬如：

隋乱既极，唐师起晋阳，平奸豪，为生人义主，以仁兴武。为晋阳武第一。

晋阳武，奋义威。炀之渝，德焉归？氓毕屠，绥者谁？皇烈烈，专天机。号以仁，扬其旗。日以昇，九土晞。诉田圻，流洪辉。有其二，翼馀隋。斮枭鷞，连熊螭。枯以肉，勍者赢。后土荡，玄穹弥。合之育，莽然施。惟德辅，庆无期。

这首雅诗是歌唱唐太宗在晋阳起义兵反隋炀帝的史实，诗歌痛斥隋炀帝的暴政，失德而亡其国，反复颂扬唐太宗德行高尚而得天下，一个"德"字反映了柳宗元的政治主张。

中唐时期，不断有地方节度使谋反，朝廷进行了多次征讨。柳宗元未贬谪前就在《辩侵伐论》中明确表达了自己对削藩的主张。其文对"伐"和"侵"进行了历史的辩证：

《春秋》之说曰："凡师有钟鼓曰伐，无曰侵。"《周礼·大司马》九伐之法曰："贼贤害人则伐之，负固不服则侵之。"

这是《左传·庄公二十九年》和《周礼·夏官司马》中认定的"伐"和"侵"的区别，前者倾向于形式后者倾向于行为，"贼贤害人则伐之，负固不服则侵之"，侵犯贤人、戕害百姓的定义为"伐"，仰仗自己险固不服统治作乱的叫"侵"。对于被讨伐的人，柳宗元认为得先"声其恶于天下"，"必有以厌于天下之心"，然后才能进行正义的讨伐。对于征伐的条件，柳宗元也进行了总结，他认为：

然犹校德而后举，量力而后会，备三有余而以用其人：一曰义有余，二曰人力有余，三曰货食有余。是三者大备，则又立其礼，正其名，修其辞。

柳宗元强调征伐的三个先决条件，必须是正义的立场，人力充裕以及财物齐备，三者必须具备。当然，其中最重要的一个条件就是"德"，它代表正义。因此，柳宗元在总结周代衰亡，春秋时期战乱频繁的原因时，也是用了"德"这个字眼：

是故以无道而正无道者有之，以无道而正有道者有之，不增德而以逞威者又有之，故世日乱。

"不增德"反映了他对春秋时期战乱纷纷现象的认识，正因为不重视德行的操守，没有正义的立场和正统的观念，因此各诸侯国各自为政，互相攻侵，世风日下。由此，我们可以看出，柳宗元把战争的"义"放在了首位。他也是按照这个标准来评价中唐政权和藩镇割据之间的征伐战争的。

譬如，唐宪宗元和十二年，朝廷派裴度平定了淮西镇吴元济的叛乱，这是削藩行动的重大胜利。柳宗元闻之，非常高兴，撰写了《献平淮夷雅表》和《平淮夷雅二篇》。

其《献平淮夷雅表》云：

臣宗元言：臣负罪窜伏，为尚书贱奏十有四年。圣恩宽宥，命守遐壤，怀印曳绂，有社有人。

柳宗元在文中自叙了自己十四年来的坎坷遭际，从朝廷重臣礼部员外郎的职位，贬谪为邵州刺史，又被贬为永州司马。元和十年，召回京师，不料又被贬为柳州刺史。柳宗元连贬三次，但他并不以为恨，还觉得"圣恩宽宥"。其实柳宗元并不认同自己是仕途冒进的人，参与永贞革新就该受惩罚，之所以这么说，想必是客套之辞。接着他对自己的写作目的做了交代：

臣伏自忖度，有方刚之力，不得备戎行，致死命，况今已无事，思报国恩，独惟文章。

对于平定吴元济的叛乱，柳宗元自然有君权神授的思想，言辞夸张得很，"金鼓一动，万方毕臣。太平之功，中兴之德，推校千古，无所与让。"但同时，柳宗元对于自己不得于沙场建功而悔恨，虽一心想着为国分忧，报答君恩，如今只得在穷乡僻壤作文章来报恩。

中唐的征讨行动很多，在《献平淮夷雅表》一文中，柳宗元列举了众多藩镇造反被平定的事例，文曰：

臣伏见陛下自即位以来，平夏州，夷剑南，取江东，定河北。今又发自天衷，克翦淮右，而大雅不作。臣诚不佞，然不胜愤懑。伏以朝多文臣，不敢尽专数事，谨撰平淮夷二篇，虽不及尹吉甫、召穆公等，庶施诸后代，有以佐唐之光明。谨昧死再拜以献。

唐宪宗即位后，永贞元年冬，夏绥银节度留后杨惠琳谋反，后被朝廷诛杀。永贞元年八月，剑南西川节度使韦皋死后，其行军司马刘辟自称留后，元和元年十月为朝廷讨伐伏诛。元和二年镇海节度使李锜造反，后被俘伏诛。元和四年，成德军节度使王承宗反，后投降。元和七年，魏博节度使田季安卒，其子怀谏自封承之，后军中之将田兴掌权，以六州归于朝廷。直到元和九年，彰义军节度吴少阳卒，其子吴元济自知军事，后伏诛。通过以上这五个例证，我们可以清晰感受到中唐社会地方藩镇拥兵自重的势力和野心，以及与朝廷作对而谋反的频率，王权受到了空前的挑战。可以说，中唐此时是内外交困，矛盾也日趋复杂，乃至激化。朝官往往结为朋党，专为私利，勾结宦官，外通藩镇，互相倾轧。藩镇谋逆成为这个混乱幽暗时代的视点。在文中，柳宗元强调自己并非佞臣，对于地方藩镇势力的强大和贰臣之心深恶痛绝。同时，他也指出，自己敬献的文章虽然比不上古代的贤臣，但也希望对唐朝的统治有所帮助。

二

柳宗元的《平淮夷雅二篇》（并序），其中《皇武》篇以宰相裴度挥师讨伐淮西为题材，称赏其用兵神勇。我们一方面称赏唐宪宗打击藩镇割据势力的勇气和决心，但另一方面我们更佩服裴度的杰出战功。他和武元衡都是主张坚决打击藩镇割据势力和朝廷佞臣的主将。因而像他们这样正直、忠诚之士便不断遭到黑暗势力的暗杀，宰相武元衡早朝途中遇刺身亡。

但是裴度从未惧怕，他对削藩的艰难有充足的思想准备。淮西吴元济叛乱，朝臣惧之，主和招降。但裴度绝不妥协。元和十二年，朝廷以宰相裴度为门下侍郎、同平章事，领淮西宣慰处置使，平定了吴元济的叛乱，这是他一生最辉煌的功绩。柳宗元与他交情笃厚，对他十分倾慕。在《皇武》篇中柳宗元借裴度宣扬"天子圣神"说，并对他理想的田园生活进行了描绘，当然不忘对皇恩浩荡的称赏：

> 淮夷既平，震是朔南。宜庙宜郊，以告德音。归牛休马，丰稼于野。我武惟皇，永保无疆。

《方城》篇以唐、邓、隋节度使李愬领兵入蔡为内容的，着重描述他足智多谋，如何克服重重困难，生擒吴元济的。文云：

> 其良既宥，告以父母。恩柔于肌，卒贡尔有。维彼攸恃，乃侦乃诱。维彼攸宅，乃发乃守。

李愬首先生擒吴元济的骁将丁士良，并亲为之解缚。丁士良为之动容，降之，并生擒贼将吴秀琳的谋士陈光洽，迫使吴秀琳投降。李愬厚待吴秀琳，与之谋取蔡州。吴指出取蔡州的关键是得到李祐这个人。后生擒李祐，用其策略，战无不胜。从这环环相扣的描述中，我们可以感知李愬用人的独特之处，征讨行动十分注重策略，表现了他对人才的重视程度。因而他才能在"雨雪洋洋，大风来加"，即风雪交加、旌旗冻裂、人马冻死的恶劣环境中赢得了平叛的最后胜利。因此，柳宗元对李愬赞不绝口：

> 蔡人率止，惟西平有子。西平有子，惟我有臣。畴允大邦，俾惠我人。于庙告功，以顾万方。

其实，韩愈曾以行军司马的身份亲随裴度参与了平定淮西，以功受刑部侍郎，并受诏令撰写了歌功颂德的《平淮西碑》，对裴度削藩的气度和功绩给予极高的美誉。柳宗元《献平淮夷雅表一首》"评注"引先儒穆伯长云："韩《元和圣德》、《平淮西》，柳《雅章》之类，皆辞严义伟，制述如经，能崒然耸唐德于盛汉之表。"可见韩、柳此类文章的艺术性和经典性。

韩愈在《平淮西碑》(并序)[1]中刻画了唐宪宗统治时期藩镇半独立性质的嚣张气焰，凸显了裴度等极少数朝廷要员革除时弊的决心，同时对唐宪宗改变对藩镇的姑息政策、坚决支持削藩征伐的气魄赞不绝口，其文云：

> 睿圣文武皇帝既受群臣朝，乃考图数贡，曰："呜呼！天既全付予有家，今传次在予，予不能事事，其何以见于郊庙？"

之后，唐宪宗陆续平定了一些地方节度使的叛乱。但是，对于军事力量强大的藩镇来说，这些行动还不足以震慑。元和九年吴元济叛乱，韩文对其叛乱的原因有精辟的说明：

---

[1] 韩愈撰，马其昶校注.韩昌黎文集校注[M]卷第七"碑志".上海：上海古籍出版社,1987.

> 九年，蔡将死；蔡人立其子元济以请，不许。遂烧舞阳，犯叶襄城，以动东都，放兵四劫。

吴元济的叛乱是藩镇长期割据与中央加强集权之间不可调和的矛盾。纵观中唐时期藩镇反叛的原因，不少情况都是身为节度使的父亡，其子妄图自命继之；或主将卒而军中夺权争斗，不听帝命。这些地方割据势力长期拥兵自重，导致他们权力欲望的极度膨胀，而朝廷原先对他们也是姑息忍让。

但是，在朝廷中像裴度这样身居高位、富有正义感、力主平叛的官员是占绝对少数的，大部分官员对吴元济的势力和兵力都非常惧怕。唐宪宗正是看到了裴度的决心和勇气，遂命讨伐之。韩文如实反映了当时朝廷中的两种观点：

> 皇帝历问于朝，一二臣外，皆曰："蔡师之不廷授，于今五十年，传三姓四将，其树木坚，兵利卒顽，不与他等。因抚而有，顺且无事。"大官臆决唱声，万口和附，并为一谈，牢不可破。

> 皇帝曰："惟天惟祖宗所以付任予者，庶其在此，予何敢不利！况一二臣同，不为无助。"

从中，我们可以窥见唐宪宗统治时为何会出现元和中兴的局面了，皇帝能够力排众议，支持削藩行动，加强中央集权统治。他任命裴度督战，李愬等人各以兵进战。当然，李愬"用所得贼将，自文城因天大雪疾驰百二十里，用夜半到蔡，破其门，取元济以献"的这段战绩成就了自己的功勋，蔡地恢复了往日的平静，老百姓无不欢欣鼓舞，终于告别了"夫耕不食，妇织不裳；输之以车，为卒赐粮"的艰难日子，因此"蔡之卒夫，投甲呼舞；蔡之妇女，迎门笑语"，反映了民众朴素的和平的愿望。四年时间，终于平定了强藩吴元济的叛乱，足见地方割据势力的强大，裴度等人当然都受到了朝廷极高的封赏。

其实，不管是韩愈的《平淮西碑》还是柳宗元的《献平淮夷雅表》等雅诗歌曲，都极力称赏了裴度主战、督战、平叛的功劳，未能把破贼、擒贼的李愬凸显出来，这种做法遭到非议。笔者认为，这种评价并不为过，原因有四：一是没有宰相裴度积极削藩的决心和倡议，唐宪宗就不可能下决心打掉强藩吴元济；二是在实际平叛的过程中，裴度被任命为淮西宣慰处置使，兼彰义军节度使等职，进行督战，这种地位决定了他的功勋；三是坚持不懈，隐忍苦战。他能顶住朝廷内外的压力，经过与吴元济残部四年不懈的战争，最终剿灭了这股强大的地方势力；四是柳宗元、韩愈等人与裴度的交情笃厚，关注点自然在主帅裴度身上，并非其好大喜功。总的来说，韩柳对裴度和李愬的评价还是客观公正的。

三

强藩吴元济被平定后，强藩淄青镇李师道惧，后起兵叛乱。朝廷派兵平定，元和十四年，叛军内部矛盾激化，淄青都知兵马使刘悟，斩杀李师道以降。李师道所管辖的十二州淄、青、登、莱、沂、密、郓、曹、濮、齐、兖、海被平定后，朝廷分李师道的领地为三道，各命节度使，朝廷下诏大赦天下。柳宗元又向朝廷上表《柳州贺破东平表》，还替桂管观察使裴行立写了表章《为裴中丞贺克东平敕表》、《代裴中丞贺分淄青为三道节度表》。我们从中能看出柳宗元的措辞虽然有些阿谀奉承，但对削藩和平叛的态度是十分明确的。如《柳州贺破东平表》曰：

> 帝德广运，唐命惟新，霾曀廓清，天地贞观，率土臣庶，庆抃无涯。

柳宗元提及"剪蜀平蔡"，将藩镇之恶比喻为"凶妖"。其"守在蛮荒，获承大庆，抃蹈之至，被万恒情"，突出了柳宗元虽身处僻远之地，却心系朝廷，表达了平定藩镇作乱后的欣喜之情。

这种情绪在《代裴中丞谢讨黄少卿贼表》、《为裴中丞举人自代伐黄贼表》文中都有体现。《代裴中丞谢讨黄少卿贼表》中的黄洞首领黄少卿，他曾拥兵自重，有扩张的野心，不断滋扰周围的州邑，还攻打邕、管等州，为害一方。唐宪宗统治时，桂管观察使裴行立与容管经略使阳旻争欲讨伐之，最后皇帝下诏裴行立平之。文章极力称赏唐宪宗的统治，"受命上玄，底宁下土"，虽有阿谀之嫌，但相比较而言，唐宪宗算是名至实归，他在中唐是削藩行动最为果敢和最有成效的一个帝王，极大地巩固了中央集权的统治，震慑了地方割据势力。文章把这些地方割据势力比成"疥癣"、"狐鼠"。柳宗元在《贺诛淄青逆贼李师道状》中对藩镇的批评亦十分尖锐：

> 蠢尔凶渠，敢行悖乱，缔交于雷霆之下，效逆于化育之辰，逞豺声以欺天，恣狼心而犯上。

对于这些地方割据势力，《代裴中丞谢讨黄少卿贼表》一文称赏裴中丞平乱的决心和信心：

> 尽瘁事国，期毕命于戈矛；不宿于家，思奋身于原野。即以今日某时出师就道，便披榛蹑石，摩垒陷坚，荡清海隅，永息边徼。

柳宗元在《为裴中丞伐黄贼转牒》中进一步揭示地方割据势力的暴虐、暴敛、滋扰百姓等危害，真切表达了自己的憎恶之情，其云：

> 黄少卿等历稔逋诛，举宗肆暴。恃狡兔之穴，跧伏偷安，凭藂狐之丘，跳踉见怪。以为威弧不射，天网可逃。侵逼使臣，骥犯王略，恣其毒虐，速我诛锄。

黄少卿等逆贼以家族为中心，横行暴敛，成为中唐时的边患，他们前后曾攻陷了唐十余州。柳宗元痛恨这些地方割据势力的恶行，将朝廷平叛的行为命之为"天讨之辰"、"鬼诛之罪"。对平叛有为的官员亦不吝辞藻：

> 孔大夫贞直冠时，清明格物，全体许国，一心在公，兵精食浮，为日固久。容府阳中丞以义烈为己任，勋袭太常；安南李中丞以英武为家风，业传彝器。并膺邦寄，克达皇威。南则浮海济师，共集堂堂之阵，东则横江誓众，用成善善之功。

文章对御史大夫岭南节度使孔戣、御史中丞容管经略使阳旻、御史中丞安南都护李象古等人一心为国、忠勇义烈、英武有力、无往不胜的功绩给予高度的评价和肯定。

可见，柳宗元虽然一贬再贬，长期处于永州和柳州等僻远之地，但他革除时弊的态度并未发生改变，他依然关注时事，为国分忧，不断地为唐王朝的削藩政策和胜利战果欢呼呐喊，特别是朝廷平定了强藩吴元济和李师道后，他为之兴奋不已，不但自己写了不少表和奏状，还为朋友上表呼号。孙昌武先生认为："柳宗元生当统一还是分裂两种势力激烈斗争的关键时期，他的有关议论就表现出更为强烈的现实感。"[1] 笔者认为，柳宗元撰写这些朝廷颂歌的目的主要有三个：一是由于自身长期目睹中唐时代中央集权的软弱，不满朝廷对藩镇割据势力采取的姑息态度，柳终于看到了唐宪宗执政后强有力的削藩行动和辉煌战果，由衷地表示高兴。这当然是最直接的感受。二是他的好友宰相裴度力主抗战，亲为督帅，经历了几年艰苦卓绝的征战，终于平定了一方霸主吴元济，震慑了其他地方割据势力，维护了社会的安定。三是希望通过这些表和行状等引起当权者的注意，更希望好朋友的推荐，能够重新启用被贬谪边远之地的自己，从而实现人生的抱负。正是基于这些目的，我们不可避免地会看到其中有些词句有阿谀之嫌，如经常称赞当朝帝王是天命所授，皇恩清明浩荡等等，其实古代官员上表朝廷一般都会有些客套话，这亦不足为奇。

【参考文献】

[1]（唐）柳宗元撰 . 柳宗元集 [M]. 北京：中华书局 ,1979.

[2] 吴文治著 . 柳宗元简论 [M]. 北京：中华书局 ,1979.

[3] 施子愉著 . 柳宗元年谱 [M]. 武汉：湖北人民出版社 ,1958.

[4] 孙昌武著 . 柳宗元评传 [M]. 南京：南京大学出版社 ,1998.

[5] 罗联添编著 . 柳宗元事迹系年暨资料类编 [M]. 台湾编译馆中华丛书编审委员会 ,1981 年。

[6]（唐）柳宗元著，王国安笺释 . 柳宗元诗笺释 [M]. 上海：上海古籍出版社 ,1993.

[7] 吴文治编 . 柳宗元资料汇编 [M]. 北京：中华书局 ,2006.

[8] 孙昌武著 . 柳宗元传论 [M]. 北京：人民文学出版社 ,1982.

---

[1] 孙昌武著.柳宗元评传[M]第五章.南京：南京大学出版社,1998: 264.

论柳宗元的"愚"性情结与渔翁情结

龚玉兰

【摘　要】 柳宗元志向高远，加上长期贬谪在僻远的永州和柳州，心境忧郁而怅然，形成了其"愚"性情结和渔翁情结。由于他有了"愚"性，才能不惧毁谤，积极投身革新运动；当革新很快失败后，他还能坚韧执着，绝无悔意。而渔翁情结帮助他于孤独、凄清中自我慰藉，或化为傲然独立、执着等待的寒江钓叟，或化为放歌山水、浪迹江湖的西岩渔翁，他在渔翁的表象中，用"愚"性抒写自己的人生。

【关键词】 柳宗元　"愚"性情结　"渔翁"情结

柳宗元历经代、德、顺、宪四朝，处于中唐各种矛盾激化的复杂环境之中，他积极追求自己的政治理想，虽然屡遭政治打击，被贬谪至僻远之地，却不因此而退缩和后悔，体现了政治上的激进和坚韧。究其原因，柳宗元性格中形成两种情结，一种是"愚"性情结，一种是"渔翁"情结，看似根本无关的两个词语，其中却有着深刻的内涵关联。

一

柳宗元立志高远，曾有永贞革新被重用时一飞冲天的热情，也有一贬再贬到如永州、柳州这样僻远之地的黯淡失神，他的心境可谓是高低起伏，落差悬殊。在贬谪地这种恶劣的生存环境中，柳宗元用"愚"性来修身养性，乐观地面对生活。他曾在《惩咎赋》中抒发自己的赤胆忠心，赋云：

> 惩咎愆以本始兮，孰非余心之所求？处卑污以闵世兮，固前志之为尤。始余学而观古兮，怪今昔之异谋。惟聪明为可考兮，追骏步而遐游。洁诚之既信直兮，仁友蔼而萃之。日施陈以系縻兮，邀尧、舜与之为师。上睢盱而混茫兮，下驳诡而怀私。旁罗列以交贯兮，求大中之所宜。曰道有象兮，而无其形。推变乘时兮，与志相迎。不及则殆兮，过则失贞。谨守而中兮，与时偕行。万类芸芸兮，率由以宁。刚柔驰张兮，出入纶经。登能抑枉兮，白黑浊清。蹈乎大方兮，物莫能婴。

其实，"惩咎"本意是反思自己的过错，欲更改之。但从文章的字里行间，我们发现他喜欢说反话，点出了社会环境的"卑污"，尽管自己才华出众，汇聚了一批有识之士，欲有所作为，可政治险恶，小人当道，"混茫"与"怀私"则概括了周围的不利环境。柳在此赋中对无咎获罪表达了强烈的不满之情。他用"愚者"自称，描述了革新派如何满怀热情，励精图治，但总被小人馋毁嫉妒，就是这样，他们也绝不后悔。同时，柳宗元感叹像王伾、王叔文这样行为端正的有识之士，上任不久就被罢黜贬谪。在他们周围，宦官当道，顺宗有病退位，宪宗主持朝政，而朝臣们的讥讽之声不绝于耳，其中也包括好友韩愈。韩也认为"二王、刘柳"等人都是激进分子，太追逐名利了。鉴于这种恶劣的政治环境，柳宗元在尽忠朝廷的同时，偶尔思想中会夹杂着知难而退、明哲保身的私念。在仕途"进"和"退"的矛盾纠葛中，柳宗元无力抗争。革新失败后，永贞元年九月，柳宗元初贬邵州刺史，同年十一月，再贬为永州司马。

柳宗元在贬谪之后，特别喜爱永州城西郊外的小溪，在《愚溪诗序》中，柳宗元对"愚"的情结做了充分的阐释，这条小溪原来是有名字的，叫"冉溪"或"染溪"，"冉溪"是由于所谓"冉氏"居住于此而得名，而"染溪"是指此溪水能染，有特别的功用。但柳宗元却将其更名为"愚溪"，其云：

> 余以愚触罪，谪潇水上。爱是溪，入二三里，得其尤绝者家焉。古有愚公谷，今予家是溪，而名莫定，士之居者犹龂龂然，不可以不更也，故更之为愚溪。

这里，柳宗元用一个字"愚"字概括了自己被贬谪的缘由，发人深省。像韩愈这样与柳宗元有相当交往的人，都不理解他，甚至批评他，认为其跟随王伾、王叔文这些小人，妄图超取显美，无非是自导塞涩，自取其辱。柳宗元认为只是自己的"愚"性，才得罪了朝廷。柳宗元所谓"愚"的内涵极其丰富：

第一，"愚"性的革新愿望。在饱读儒家圣贤之书，科举顺达的基础上，柳宗元要积极入世，推行自己对社会理想化的主张。柳宗元在贞元九年（793）21岁就高中进士科，与他同榜的还有他的至交好友刘禹锡。柳宗元受父亲柳镇的影响很大，柳镇曾入朝为官，也因反对权臣而被贬官，后来平反，父亲这种正直坦荡、不畏权贵的处世态度为柳宗元所认可和接受。事实证明，柳宗元一生的坎坷经历正是他坚持理想，不畏世俗的深刻反映。

第二，革新中坚韧的"愚"性。柳宗元少年得志，从集贤殿书院正字，调补京兆府蓝田县尉。贞元十九年（803）年入朝为监察御史里行，算是春风得意的仕途进取了。他在意气风发的时候，根本不顾及周围朝臣的诋毁、污蔑和嘲讽，而是要积极推行自己的革新主张，还为饱受非议的王伾、王叔文等人辩解。比如，他对王叔文非常钦佩，当王叔文母亲卒，柳宗元为之撰《为户部王叔文陈情表》，对王叔文不辞劳苦、兢兢业业、报效朝廷的态度予以全面的肯定。其实，柳宗元自己在革新过程中也是勇往直前，绝无退缩的。

第三，贬谪后的"愚"性凸显。柳宗元其实在贬谪后一直有所奢望，他并不承认自己有任何过错，相反，他重新审视自己，希望朝廷能重新启用自己。在《与裴埙书》中曰：

> 仆之罪，在年少好事，进而不能止。俦辈恨怒，以先得官。又不幸早尝与游者，居权衡之地，十荐贤幸乃一售，不得者譸张排摈，仆可出而辩之哉！性又倨野，不

能摧折，以故名益恶，势益险，有喙有耳者，相邮传作丑语耳，不知其卒云何。中心之衍尤，若此而已。既受禁锢而不能即死者，以为久当自明。今亦久矣，而嗔骂者尚不肯已，坚然相白者无数人。

在这篇书信中，柳宗元依旧强调的是自己的"愚"性。在久贬之地，对自己同情的人也就几人而已。他用"世所共弃"点明了目前窘迫的处境，而对自己之所以有这种惨况的解释表明了柳宗元决不妥协的勇气，"年少好事，进不能止"之语恰从一个侧面说明柳参与革新的积极性，而"性又倨野，不能摧折，以故名益恶，势益险，有喙有耳者，相邮传作丑语耳"则是充分证明了柳性格的桀骜不驯与坚强不屈，虽处于极其恶劣的政治漩涡与谣言惑众的舆论中心，他依然个性十足。他甚至在文中提出这样的反问，"圣上日兴太平之理，不贡不王者悉以诛讨，而制度大立，长使仆辈为匪人耶？"而现实又一次给柳宗元以巨大打击，真的使其在穷途之中消耗生命。

二

由此，我们理解柳宗元为何屡次称自己有"愚"性了。这种"愚"性情结是柳宗元展示自己人格的精辟概括，在继承父亲的耿直、磊落、坚韧品格的同时，他形成了自己直截了当、真率坦然、激进务实的性格特征，正因为这种个性，才能在改革中"超取显美"，成为革新派中的风云人物，也因为这种特立独行的个性，而遭受更多的非议和中伤。韩愈在《柳子厚墓志铭》中用"俊杰廉悍"、"踔厉风发"、"率常屈其座人"等字句来形容柳的个性，充分证明了柳十分张扬的性格。正是这种张扬的个性，显现了柳宗元的"愚"性，从内而外散发出的真诚与才气，有些咄咄逼人。

在柳宗元的《愚溪诗序》里，叙述的不过是一条普通的小溪，而这条小溪因为注入了柳的"愚"性而有了醇厚的内涵和审美的意义。从"愚溪"的更名，直到出现了"愚丘"、"愚泉"、"愚沟"、"愚池"、"愚堂"、"愚亭"、"愚岛"等景物意象，处处流露出愚性特征。文章无论引经据典，还是描述愚溪风物，短短的一篇序言，就出现了17处"愚"字，真可谓匠心独运。序文曰："嘉木异石错置，皆山水之奇者，以余故，咸以愚辱焉。"这当然是柳宗元的谦辞，哪里是"愚"字辱没了愚溪的风物，而是用"愚"字为当地山水、嘉木、怪石、山泉、丘陵、沟渠、池水、山亭、岛屿更增添了"大智若愚"的韵味和雅致。当然，之所以命之为"愚"，柳宗元在不经意间透露了心中的视角，虽然这种山水"不可以灌溉"、"大舟不可入"、"不能兴云雨"，在常人的眼中是一无用处。但柳宗元却认为"无以利世，而适类于余"，这条溪适合自己的审美标准，能让自己心情放松和愉悦就足够了：

> 溪虽莫利于世，而善鉴万类，清莹秀澈，锵鸣金石，能使愚者喜笑眷慕，乐而不能去也。余虽不合于俗，亦颇以文墨自慰，漱涤万物，牢笼百态，而无所避之。以愚辞歌愚溪，则茫然而不违，昏然而同归，超鸿蒙，混希夷，寂寥而莫我知也。

以上这段文字更进一步说明愚溪的魅力所在，愚溪“善鉴万类，清莹秀澈，锵鸣金石”，内心澄澈洁净，荡涤尘垢，无所避讳，勇往直前，美不可言，这正是柳宗元的内心写照。在他不媚于世俗的个性中，他和愚溪的孤独行径合二为一了，因此他眷恋它、欣赏它，用文墨慰藉自己寂寞而凄怆的灵魂。可见，“愚”是柳宗元遭受仕途挫折后的反思，即使在这种恶劣的环境中，孤芳自赏，独善其身，他也要如愚溪一般，荡涤世界，存有自己的美。柳宗元在《旦携谢山人至愚池》、《夏初雨后寻愚溪》等诗中亦提及“愚溪”的心理慰藉作用。

而柳宗元的好友刘禹锡并未亲眼目睹愚溪之美景，然而他深知柳子厚对愚溪的偏爱，在愚溪寄托了故人多少的愁绪伤感与坚韧执着。在柳子殁三年后刘禹锡撰写了感人至深的《伤愚溪三首》（并引）：

> 故人柳子厚之谪永州，得胜地，结茅树蔬，为沼沚，为台榭，目曰愚溪。柳子没三年，有僧游零陵，告余曰：“愚溪无复囊时矣。”一闻僧言，悲不能自胜，遂以所闻为七言以寄恨。

> 溪水悠悠春自来，草堂无主燕飞回。隔簾惟见中庭草，一树山榴依旧开。

> 草圣数行留坏壁，木奴千树属邻家。唯见里门通德榜，残阳寂寞出樵车。

> 柳门竹巷依依在，野草青苔日日多。纵有邻人解吹笛，山阳旧侣更谁过？[1]

从中，我们可以看出，柳宗元对愚溪的大力改造和修建，愚溪原来就具有得天独厚的自然风景，在这块“胜地”上倾注了诗人的一番心血，“结茅树蔬，为沼沚，为台榭”，因而草木繁盛、亭台池泉、曲径通幽。然而这一切在柳宗元卒后三年已经面目全非，柳宗元赋予生命意义的“愚溪”已杂草丛生，青苔覆地，墙垣破败，无人问津，只有山榴依旧盛开，偶尔有樵车出入。刘禹锡听说后“悲不能自胜”。这些曾经叱咤政坛、热衷革新的有为之士，不但遭受了贬谪边荒之地的痛楚，而且还要承受社会上的流言蜚语。在这种情况下，物是人非之感油然而生。其实，刘禹锡伤感的恐怕不单单是柳宗元卒后愚溪的颓败景象，更多的是友人“愚”性情结的寂寞和孤独。

可见，柳宗元的个性决定了其“愚”性，胆大倔强、坚韧执着，不圆滑，不通融，参与革新运动是他对现实不满的一种“愚”性爆发，而贬谪后遭受各种非议和诽谤，仍然不妥协退避，以“愚”自称的真情辩解，更是自己对人生之路百折不饶的信心和勇气。

三

柳宗元的“愚”性情结还表现在贬谪地的积极创作态度和创作成就上。他对屈原极其钦佩，因为他们都具有高尚的志向、正直的性情、曲折的经历以及不屈的个性。柳宗元承袭了屈原不懈追求真理的精神，并承继了司马迁等人发愤著书的传统，用自己的笔触刻画“愚”性。

---

[1] 卞孝萱校订.刘禹锡集[M]卷第三十.北京：中华书局,2000.

我们应该看到古代文人凭吊屈原出发点并不一致。在柳宗元的《吊屈原文》[1]注引晁无咎序此文于《离骚》曰:"谊愍原忠,逢时不祥","雄则以义责原,何必沉身?""及子厚得罪,与昔人离谗去国者异""故补之论宗元之《吊屈原》,殆困而知悔者,其辞惭矣。"晁补之认为,贾谊过沅湘之地时,怜悯屈原赤胆忠心却被疏远的遭际,为之作赋凭吊;而扬雄却认为屈原虽然君臣不合、怀才不遇,也不应该自投汨罗江而死,为理想殉身这根本不是道义所为。而柳宗元此文并非如晁补之所评价的那样"殆困而知悔者,其辞惭矣"。柳宗元并未因贬谪而有所检讨,相反他更加坚信自己所选择道路的正确性,在文中坦言"余再逐而浮湘",并用屈原不愿离楚、仲尼被迫离开鲁国、柳下惠三黜不去的事例充分说明自己对国家的忠诚,他羡慕屈原不随波逐流,能"不从世兮,惟道是就"。柳宗元对此赞不绝口,他反思自己,"独蕴愤而增伤",在僻远之地只是充满了怨愤而伤感,因此他要抗争:

> 吾哀今之为仕兮,庸有虑时之否臧。食君之禄畏不厚兮,悼得位之不昌。退自服以默默兮,曰吾言之不行。既喻风之不可去兮,怀先生之可忘!

柳宗元这段话语发人深省,如今的为官者很少去考虑政事的好坏。拿国家的俸禄唯恐不多,得到的官位唯恐不高。柳宗元劝诫自己,如果社会上苟且偷生的痼疾不去除,自己的主张、志向就无法推行,还是怀屈原之气度,退而自守沉默为好,保持自己高洁的品行。由此可见,柳宗元并不惭愧,而是在同样坎坷的人生经历中,他要"退自服以默默兮",在其看似消极的举措中,实际蕴涵着穷则独善其身的传统思想,这种思想表现了柳宗元对屈原精神的坚守和自我的肯定。

柳宗元喜欢用古代贤而不达的故事来表达自己怀才不遇的思想。比如《吊乐毅文》,乐毅本是燕国人,战功卓著,后为齐国离间谗毁,惧怕诛杀,而降于赵国。对于这样有争议的人物,若从忠君的角度看,根本没有什么可取之处。但柳宗元提出的问题是,什么原因造成了乐毅对故土的背离?毋庸置疑,乐毅本是位猛将,而不得不流亡他国,他的离去缘由和屈原如出一辙,都是离间计以及朝廷奸佞所为,只不过乐毅用另一种方式保存了自己。柳宗元"闻而哀之",曰:

> 嗟夫子之专直兮,不考后而为防。胡去规而就矩兮,卒陷滞以流亡。惜功美之不就兮,俾愚昧之周章。岂夫子之不能兮,无亦恶是之遑遑。

乐毅离开故国,是被诽谤和谗言逼不得已的结果,因此燕惠王后来使人责备乐毅,得知这个原因后也很懊悔。乐毅是"遭时之不然"的结果。柳宗元同情乐毅的遭遇,其实也是对自己遭受非议和流言的另一种辩解。柳宗元的"愚"性就是通过这样一些壮志难酬、有功而不见知的仁人志士凸显出来的。

柳宗元倾慕先贤,并用"文以明道"的方式体现出"愚"性。他倡导政治革新、文学革新,给整个中唐带来了前所未有的震撼。虽然,政治革新很快失败,证明柳宗元以"愚"性,即用理想化的方式妄图进行激烈的政治变革根本是行不通的,但他始终不

---

[1] 柳宗元集[M]卷十九..北京:中华书局,1979.

改变自己的初衷，他曾在《答周君巢饵药久寿书》中云："虽万受摒弃，不更乎其内"。在政治变革失败后，柳宗元把全部精力放在文学方面，他要用另一种方式实现自己的"愚"性理想。

在贬谪之地的十几年里，柳宗元著书立说，用自己的文学成就印证了发愤著书、不平则鸣的文学理论。他的游记散文、人物传记、寓言辞赋、诗歌碑志、骚文书序等等取得了突破性的成功。无论是描述"愚溪"的寂寥幽深，"渔翁"的悠闲自得，还是感叹"牛赋"的有功无益，讥讽蝜蝂的"不知为己累"，柳宗元一直用他冷峻、犀利、感性的笔触述说着自己的思想。

柳宗元的"愚"性情结，形成了他贬谪时期冷静淡薄、孤独执着、大胆刚毅的个性特征，他固守理想，坚持正义，倡导变革，关注民生，他用自己的人格魅力演绎着一个知识分子为官的轨迹。

四

柳宗元还具有另外一种情结，就是"渔翁"情结，关于这方面学界研究较多，大多认为所谓"渔翁"情结就是封建士大夫借鱼（或渔）来表达自己的隐逸之情，寻找一种自由、洒脱、独立的精神需求。笔者并不以为然。柳宗元的"渔翁"情结和唐代诗人张志和、王维等人的志趣并不相同。

张志和在仕途上亦大起大落，曾被贬官，后被赦。居于江湖，自号烟波钓叟。他的《渔父歌》五首[1]，着力描绘渔翁钓叟浪迹江湖的行为举止，用"青箬笠，绿蓑衣，斜风细雨不须归"刻画风雨渔翁的自在和惬意，用"钓台渔父褐为裘，两两三三舴艋舟"展示渔翁朴素的衣着以及高超的行舟本领，用"江上雪，浦边风，笑著荷衣不叹穷"称赏渔翁粗茶淡饭生活的自在，用"枫叶落，荻花干，醉宿渔舟不觉寒"描绘渔翁长期醉宿江湖之上的自然。从他的人生经历以及这些词的意象来看，张志和是位长期浪迹江湖，"乐在风波不用仙"，真正以渔翁角色生存的文士。

而王维则不然，经历了安史之乱的他，如惊弓之鸟，最后蜕变为半官半隐的诗人，他喜禅宗，其《山居秋暝》"竹喧归浣女，莲动下渔舟"只不过在静谧的山林中增添了一丝渔翁的气息而已，始终处于渔翁的表层意象之上。

当然，柳宗元喜爱渔翁这个意象的深层次原因与他们很相似，产生于贬谪之后的落寞心理，虽然他的体会比不上渔翁钓叟—张志和真正渔隐生活的深刻，但比王维的远观渔樵生活要真切得多，更可贵的是柳宗元用一种平和的心态、飘逸突兀的笔法展示自己对渔翁生活的欣羡和向往。其最有代表性的作品是《江雪》和《渔翁》诗，这两首诗分别塑造了寒江钓叟和西岩渔翁两个形象，从执着专注的神情刻画到放旷飘逸的行动描绘，无不透露出作者孤独、洒脱的人生追求，这种从朝廷高官变为罪囚的痛苦经历

---

[1] [宋]郭茂倩.乐府诗集[M]卷八十三《杂歌谣辞一》.北京：中华书局,1979.

促使诗人将目光注视到周围的山水，用传统的渔隐意向来表达自己高洁、坚韧的志向。其实，柳宗元执着坚韧与闲适自得这两种不同的心境与屈原在《渔父》中的表现有异曲同工之妙。屈原通过自己与隐者渔父的一番问答，表明了自己坚持真理、不畏艰险的决心。屈原所发出的"举世皆浊我独清，众人皆醉我独醒"的呼号，正是其不愿随波逐流、坚持正义的体现，柳宗元的"愚"性情结和《江雪》诗就体现了这种个性。而渔父所说的"世人皆浊，何不淈其泥而扬其波？""众人皆醉，何不餔其糟而歠其醨？"这两个反问句体现了隐者渔父的消极处世风格：入乡随俗，随遇而安，高蹈遁世。当屈原强调自己"宁赴湘流，葬于江鱼腹中。安能以皓皓之白，而蒙世俗之尘埃乎！"我们能够看到，屈原绝不妥协、执着抗争的勇气和决心，柳宗元的个性又何尝不是如此，在永州和柳州的十几年里，他丝毫也无任何悔意，对革新运动充满了肯定。一番对话的结果，渔父说服不了屈原，高歌"沧浪之水清兮，可以濯吾缨；沧浪之水浊兮，可以濯吾足"，飘然而去，这种态度与柳宗元《渔翁》诗中流露出的悠然自得的情绪很类似。而《渔父》中的对话，发人深省，此文是称赏屈原志向高远呢，还是称赏渔父怡然自得呢？我们不得而知。但有一点可以肯定，他们代表两种不同的生活态度，执着坚韧与旷达自由，而这两种生活态度在柳宗元"渔翁"诗中均有体现。

《江雪》一诗，约作于刚贬谪到永州时期，柳宗元的心情还未平静，他要用空灵静谧、毫无杂念的世界和人物形象来疏泄心中的郁愤。此诗虽只有二十字，却为我们立体地勾勒了一位寒江独钓老者的形象。老渔翁就在那个洁白无暇、冰凉透彻与世无争的幽静世界中，独自享受着生活的意蕴，他体现的就是柳宗元所追求的遗世独立、傲视一切、等待时机的个性，这种等待和蛰伏，正是他不能忘怀世事、期待重新启用思想的体现。

《渔翁》一诗的形象是柳宗元心情平静下的产物。元年元年（806）正月，尊顺宗为太上皇，并改元"元和"大赦天下；六月，"以册太后礼毕，赦天下系囚，死罪降从流，流以下递减一等"[1]；八月，参与永贞革新的八司马"左降官韦执谊，韩泰、陈谏、柳宗元、刘禹锡、韩晔、凌准、程异等八人，纵逢恩赦，不在量移之限。"[2] 这次下诏，柳宗元欲重返朝廷的希望彻底破灭了。激愤之余，他并未颓废，激愤的情绪转化为淡然自若的态度，从周围的山水意象中寻求心理的平静和平衡，其山水游记如《至小丘西小石潭记》中云："潭中鱼可百许投，皆若空游无所依。"《石渠记》中亦云："潭幅员减百尺，清深多鲦鱼。"鱼，渔也。在这种幽深空灵的自然之中，柳宗元的《渔翁》诗蕴涵着飘逸中的凄清之情。此诗刻画了一位徜徉在美丽的自然山水中，自怜幽独、孤高傲世、悠然自得的"西岩渔翁"形象。"回看天际下中流，岩上无心云相逐"，诗歌的结尾将诗人寄情山水，荡涤灵魂的目的显现出来，用"无心"二字揭示了渔翁古朴清雅，闲适旷达的生活情趣，同时从侧面反映了柳宗元矛盾的心理，一方面他对渔翁生活十分欣赏和羡慕，另一方面，在他的内心，又充满了政治上失意后的无奈、孤寂、惆怅以及凄

---

[1] 旧唐书[M]卷十四《宪宗纪》.北京：中华书局,1975年点校本。

[2] 旧唐书[M]卷十四《宪宗纪》.北京：中华书局,1975年点校本。

清的情绪。我们从柳宗元的经历来看，虽然他写了一些关于渔翁的诗篇，但其并无退隐山林的想法，因为他不愿远离社会，他只是用传统的渔翁意象隐晦表达自己的不满和理想而已。

综上所述，柳宗元的"愚"性情结和渔翁情结是他性格的两大特征：正因为有了"愚"性，他不计得失与成败，积极投身革新运动，并为之不懈努力；而当革新失败后，历经贬谪的痛楚，他还能百折不饶，坚韧执着。而有了渔翁情结，他才能在僻远之地，于孤独、凄清中自我慰藉，或化为傲然独立、超凡脱俗、执着等待的寒江钓叟，或化为放歌山水、浪迹江湖、悠闲自得的西岩渔翁。柳宗元不会退隐，他在渔翁的表象中，用"愚"性抒写自己的人生。

【参考文献】

[1] 卞孝萱校订. 刘禹锡集 [M] 卷第三十. 北京：中华书局,2000.

[2] 柳宗元集 [M] 卷十九. 北京：中华书局,1979.

[3] [宋] 郭茂倩. 乐府诗集 [M]. 北京：中华书局,1979.

[4] 旧唐书 [M]. 北京：中华书局,1975.

[5] 吴文治编. 柳宗元资料汇编 [M]. 北京：中华书局，2006.

[6] 章士钊著. 柳文指要 [M]. 上海：文汇出版社，2000.

[7] 孙昌武著. 禅思与诗情 [M]. 北京：中华书局,1997.

[8] 张伯伟著. 禅与诗学 [M]. 杭州：浙江人民出版社，1992.

庄子寓言对柳宗元寓言创作的影响

施常州

【摘　要】在唐代寓言文体独立化过程中，柳宗元起着主要的作用，他不但把先秦诸子散文中仅作讽喻用的寓言发展成独立完整的文学形式，而且给寓言文学注入了更为深刻的现实内容，使他的寓言成为富有战斗特色的讽刺文学。在创作上，他注意吸收前人著作中的精华，师承非常广泛。《庄子》的自然主义思想、民间生活题材的寓言和浪漫主义风格等对柳宗元的寓言创作影响很大，其浪漫主义笔法的影响具体表现在自我抒情、借梦说理和修辞手法等方面。

【关键词】庄子，柳宗元，寓言，浪漫主义

中国古代寓言产生于原始社会解体到春秋以前漫长的奴隶制时代，它是继神话之后出现的又一种口头文学形式。到了春秋战国时代，发展为书面文学形式，大都出现于先秦诸子百家著述中，并且广泛流传开来，形成我国寓言史上的第一座高峰。到了唐代，在古文运动的推动下，寓言从哲学和史学著作中分离出来，成为一种独立文体，并且被大量创作，形成中国寓言史上的又一奇峰。此后，明清两代作家继承并进一步发扬唐代的寓言传统，继续把寓言作为一种独立的文学样式进行创作。在唐代的这场寓言文体的独立化过程中，柳宗元起着主要的作用，他不但把先秦诸子散文中仅作讽喻用的寓言发展成独立完整的文学形式，而且给寓言文学注入了更为深刻的现实内容，使他的寓言成为富有战斗特色的讽刺文学。

柳宗元寓言创作能够取得如此卓越的成就，是与他善于吸收前人作品中的长处分不开的。佛经中的寓言故事，就曾对柳宗元的寓言创作有所启发。早在 40 年代，季羡林先生就曾翻译、介绍过巴利文《本生经》中"狮子本生"的故事，季先生认为柳宗元的《黔之驴》与这个故事很相似。孙昌武先生也提出"我们还可以发现《蝜蝂传》与《从旧杂譬喻经》卷上 216 条'蛾缘壁相逢诤共斗坠地'在比拟和寓意上也是相通的。"

柳宗元在创作上很注意吸收前人著作中的精华，他采取旁推交通的态度，师承非常广泛，在《答韦中立论诗道书》中说："参之谷梁氏以厉其气，参之孟、荀以畅其支，参之庄、老以肆其端，参之《国语》以博其趣，参之《离骚》以著其洁，"其中即包括参考庄、老使自己的文章内容和语言纵横博议、漫无涯涘。

《庄子》一书，"寓言十九"，计其数约 200 余则，且对后代影响甚大。闻一多先生说"寓言本也是从辞令深化来的，不过庄子用得最多，也最精；寓言成为一种文艺，是从庄子起的。我们试想《桃花源记》、《毛颖传》等作品对中国文学的贡献，便明了庄子的贡献……你可以一直推到《西游记》、《儒林外史》等等，都是庄子的赐予。"自然，庄子寓言也对柳宗元的寓言创作产生了较大的影响，其具体表现在如下几个方面。

一 《庄子》民间生活题材的寓言对柳氏寓言创作的影响

《庄子》中以民间生活为题材、以下层民众为歌颂对象的寓言作品很多，其中主要是从事手工劳动的巧匠和因病或受刑而身体畸形者较多。尤其是对能工巧匠的描绘和歌颂，在古代文学作品中很突出。《养生主》歌颂了善于解牛的厨师庖丁，《天道》赞扬了见解卓越、敢于把圣贤书看成糟粕的手艺高超的轮扁，《达生》刻画了善于游泳的吕梁丈夫以及善于削镰的梓庆，《徐无鬼》则渲染了能够运斤成风的匠石的形象。庄子对这些能工巧匠的歌颂和对其技艺出神入化的描写，在中国思想史和中国艺术史上留下了灿烂的一页。柳宗元的《梓人传》也刻画了一个"善度才，视栋宇之制、高深、圆方、短长之宜"的梓人形象。他超群的天才主要表现在其不同寻常的指挥艺术上，他"委群工，会众工"后，"左持引右执仗而中处焉。量栋宇之任，视木之能"，然后举杖挥舞一番，木工们即知道自己该干什么以及如何斧斫刀削了。梓子，唐代称都料匠。这个梓人具有非凡的观察判断能力和指挥才能，和轮扁、匠石、梓庆等一样，都是战斗于劳动现场的技艺非凡的劳动者。此为庄、柳寓言题材、人物相类处之一。其次，庄子同情备受苦难与歧视的畸人，注意发掘其内在精神的崇高与充实之美，在《德充符》中，他塑造了六个寓言人物形象，他们都具有超脱世俗的畸人美德，《达生》中的佝偻丈人身残而艺绝，捕蝉有如拾取一般容易。柳宗元也同情并赞扬了内美外残的畸人。他笔下的郭橐驼"病瘘"且"隆然伏行"，却精通种树之术，亦是身怀绝技的畸形异人。描写、同情并赞扬身残而艺绝的畸人，是庄、柳寓言题材上的又一相似处。

二 《庄子》自然主义思想对柳氏寓言创作的影响

庄子哲学的主要倾向是自然主义思想，主张"无以人灭天"，如《应帝王》中的"浑沌之死"和《养主》中的"庖丁解牛"等故事都说明做事情要"依乎天理"，顺其自然，而不要"以人灭天"，妄加干涉。柳宗元深受庄子自然主义思想的影响，在《种树郭橐驼传》中叙说橐驼所种树"无不活"，且"且硕茂早实以蕃"之事后，分析其奥秘在于"能顺木之天，以致其性焉尔"，意即顺其自然。庄子笔下浑沌之死的原因是"以人灭天"，柳宗元笔下"他植者"失败的原因所种树"根拳而土易"，植树者又"爱之太恩，忧之太勤，且视而暮抚"，甚至"摇其本而观其疏密"，这就人为地扰乱了树木成活的自然过程，违背了树木生长的自然规律，使"木之性日已离矣"。"他植者"所种之树焉能不死呢，其死因与浑沌之死于"以人灭天"的情形又何其相似。可见，柳宗元"木之性日己离矣"的思想和庄子"以人灭天"的思想何其相类。可以说，柳宗元"顺木之天"的思想和庄子"因其固然"（《庖丁解牛》）的思想有一脉相承的关系。柳宗元还把他顺木之天的养树术"移之官理"，悟得"养人术"—劝谕统治者"勿烦其政令"，让人民"藩其生"，"安其性"。这里需要补充说明的是，庄子"浑沌说"的本意是宣扬无所作为，他之所以提出这种绝圣去智的思想主张，是因为庄子感知到阶级社会里知识往往是为罪恶的目的服务，正如马克思在《剩余价值说》中所言：从亚当以来，难道罪恶的树同时不就是知识的树吗？而柳宗元生活在唐王朝衰落的年代，皇帝昏庸、藩镇割据、宦官专权、法纪败坏、人民遭殃。柳氏以种树比喻治民，主张让人民休养生息、反对生事扰民，具有强烈的时代色彩和讽刺意义。庄子自然主义思想的产生有其特定的时代背景，柳宗元顺应民性的主张亦因其特定的时代因素，这是庄子思想对柳宗元产生影响的社会基础。

三　庄子浪漫主义风格对柳宗元寓言创作的影响

郭沫若曾说："庄子思想的超脱精微，文辞的清拔恣肆，实在是古今无两。"庄子主张"任自然"，摆脱现实束缚，追求绝对精神自由，这种放荡超脱的人生态度和浪漫文风对柳宗元寓言创作的影响很显著。柳宗元主张为文要"倡狂恣肆'，韩愈亦说他"为辞章，泛滥停蓄为渊博，无涯埃"。柳宗元的文风及其主张与庄子颇类同。柳宗元介绍自己为文情况时还说"博如庄周"，又说"庄周屈原之辞，稍采取之"，既说明柳氏为文于立意、想象、藻饰等方面多奇变、避平庸、富有独创性的特点，同时也反映了柳文与庄子浪漫主义文风的继承关系。这种明显的承传关系，也突出地表现在寓言创作上。

（一）庄子浪漫主义的自我抒情笔法对柳氏的影响

庄子家贫，"处穷闾陋巷，困窘织屦，槁首黄馘"，曾到监河侯处借粟，遭到拒绝。《庄子·外物》记载说：

> 庄周家贫，故往贷粟于监河，而监河侯曰："我将得邑金，将贷子三百金，可乎？"庄周愤然作色曰"周昨来，有中道而呼者。周顾视车辙中，有鲋鱼焉。周问之曰："鲋鱼来。子何为者邪？"对曰："我东海之波臣也。君岂有斗升之水活我哉？"周曰："诺，我将南游吴越之王，激西江之水而迎子，可乎？"鲋鱼愤然作色曰："吾失我常与，我无所处。吾得斗升之水然活耳。君乃言此，曾不如早索我于鱼之肆！"

这则寓言揭露了监河侯那样的为富不仁者表面慷慨、实则吝啬的本质，说明任何直到将来才能兑现的美好许诺都解决不了眼前的实际困难。庄子借处于干涸的车辙中的鲋鱼，比喻处于因窘饥荒中的自我，抒发对自身遭遇的无比愤懑。这种自我抒情的笔法在柳宗元的寓言中也可以见到。譬如，柳氏的《谪龙说》记载曰：扶风马孺子十五、六岁时与一群年轻人在泽州效亭戏玩，忽有奇女子从天坠落，"被緅裘，白纹之里，首步摇之冠"，群儿既骇且喜，想狎昵女子。奇女怒斥道："吾故居均天宫，下上星辰，呼嘘阴阳，薄蓬来，羞昆仑，而不即者，帝以吾心侈大，怒而谪来，七日当复。今吾虽辱土中，非若俪也。吾复，且害若。"众人皆恐惧而退。这则寓言写于柳宗元被贬永州期间，联系作者当时屈辱的处境和坚贞不屈的表现，寓言中那个光彩夺目、孤芳自赏的谪龙形象，很显然是柳宗元本人的自喻。"帝以吾心侈大，怒而谪来"，与其永州革新失败后被贬远荒之事尤为酷肖。柳宗元借谪龙之口抒发了对自己遭贬及被群小戏侮的极大愤慨之情。庄子自比被困之鱼抒发对统治者的愤怒不平，柳宗元借被贬之龙抒写心中之愤，都采用了浪漫主义的自我抒情笔法，二者相似若此，正是庄、柳寓言承传关系的反映。

（二）《庄子》借梦说理的浪漫主义笔法对柳氏寓言的影响

"庄生梦蝶"是《庄子》中的名篇，庄子于其中借"不知庄周之梦为蝴蝶与，蝴蝶之梦为周与"的浪漫梦境的描写，阐说物我齐一的观点，颇为传神生动。柳宗元的《愚溪对》亦是通过梦中与愚溪的对话描写，抒写性灵，阐述事理，其对话的形式，以梦寄理的笔法，与"庄生梦蝶"极为相似。《愚溪对》篇末一晦一明，"觉而不知所之"的迷离梦境尤其近似于庄周梦醒后的恍惚感觉。此为庄、柳笔法的又一异曲同工之处。

（三）《庄子》夸张的修辞手法对柳宗元寓言的影响

夸张的修辞手法在《庄子》中随处可见，比如描述捕鱼的场面。"任公子为大钓"这则著名的寓言，夸说道："大鱼食之，牵巨钩韬没而下，骛扬而奋，白波若山，海水振荡，声侔鬼神，惮赫千里"，其声势之浩大令人毛骨悚立。柳宗元也有一篇《设渔者对智伯》，写渔者龙门之下捕鱼的盛况曰："鲔之来也，从鲂鲤数万，垂涎流沫，后者得食焉"，更令人惊骇的是"大鲸驱群蛟逐肥鱼于渤海之尾，震动大海，簸掉巨岛，一掇而食若舟者数十。北蹙于碣石，徒手得之。"这种高度夸张的雄阔场面和奇壮气势，和《庄子》中"任公子为大钓"的场面一样惊心动魄。柳、庄笔法酷肖若此，亦足令人叹嗟。

庄子寓言对柳宗元寓言创作的影响是多方面、多层次的，庄子寓言中清拨超脱的人生态度对柳宗元就产生了较大的影响。比如，庄子认为死乃是"以天地为棺椁，以日月为连璧，星辰为珠玑，万物为送葬。吾葬具岂不备邪？"他甚至"援髑髅，枕而卧"，在妻子死时"方箕踞鼓盆而歌"，何其放荡超脱。柳宗元由于境遇的坎坷，在其寓言等作品中也表现出一种放荡不羁的人生态度。其《愚溪对》云："吾荡而趋，不知太行之异于九衢，以败吾车；吾放而游，不知吕梁之异乎安流，以没吾舟；吾足蹈坎井，头抵木石，冲冒榛棘，僵仆虺蜴，而不知怵惕"，这种视死如归、无所顾忌的人生态度，固然是柳氏极度悲愤和不满的表现，有特定的时代色彩，但亦有庄子放荡无涯遗风影响的因素在内。

综上所述，《庄子》寓言对柳宗元寓言及其寓言体散文的创作产生了很大的影响。柳子厚正是在借鉴了以《庄子》寓言为代表的先秦诸子寓言传统的基础上，吸收了佛经寓言故事的某些题材，创作了许多优秀的寓言篇章，并把寓言发展为一种独立的文体，这个传统还被明清两代的作家继承并发扬光大。当然，这种文体的形成与柳宗元善于继承、勇于创新的精神分不开。

刘禹锡的文学理论与禅宗的关系

龚玉兰

【提　要】　刘禹锡自称"事佛而佞"，他比较明确地把禅宗的禅定和妙悟等思维方式运用到他的文学理论中的虚静说和境生象外说上，对中国古代以禅论诗的理论产生了很大的推动作用。并且，他对禅宗理论的理解与运用与其佞佛的心态有关。本文对刘禹锡的佞佛心态进行了分析，认为他一方面是受到了历史和时代风气的熏染，另一方面则是他对禅宗的社会作用有独到的思考和研究。正由于他的佞佛心态，所以才会将禅理渗透到文学领域，为文学理论研究提供了新的角度。

【关键词】　刘禹锡　禅　虚静　境生象外　事佛而佞

唐代中叶，禅宗盛行于世，帝王们大都信佛、尊佛，文人士大夫亦多研习佛典，喜与禅僧们交往。刘禹锡也不例外，他自称"事佛而佞"（《送僧元暠南游引》）。《刘禹锡集》中就有不少篇章涉及佛教，比如卷四为八篇禅师碑和释门铭记，卷二十九为二十四首送僧诗。尽管他不是虔诚的佛教徒，但是他对禅宗十分喜好，并把其中有关修行的一些思维方法引入到文学创作与欣赏中来，具体表现在他的虚静说和境生象外说，这些独到的见解为文学理论的发展起了推动作用。尽管只是散见在文集中的片言只语，但仔细分析，其理论内部自成一个系统，那就是从艺术构思直到作品的完成以及读者对作品的欣赏的这种完整的过程，刘禹锡"善于总结自己的实践经验，对它进行理性的概括和提炼，最终把它浓缩为深具会心的'说诗晬语'"。[1]我们从中也能发现他对禅宗理论的理解和运用是与他佞佛的心态分不开的。

一

"虚静"一词源于道家，是老庄用来释"道"的一个重要的哲学范畴。《老子》十六章云："致虚极，守静笃。万物并作，吾以观其复。夫物芸芸，各归其根。归根曰静，静曰复命。"《庄子·天道》篇："夫虚静恬淡寂寞无为者，万物之本也。"而儒家的荀子在《解蔽篇》中说："人何以知道？曰：心。心何以知？曰：虚壹而静。"虚则万物都能入心中，壹是把万物统一起来加以体察，静就是去除杂念，最终使思想归于平静，这里

---

[1]　肖瑞峰.刘禹锡诗论初探[J].杭州大学学报：哲社版，1987(06).

的"虚静"是作为思想活动前准备的状态。而佛教自西汉传入中国,它宣传的宗旨是要帮助芸芸众生达到佛的最高境界,涅槃境界,也就是寂然界,寂然界与老庄的虚静理论非常接近,并且对文学艺术有更深的影响。所以,魏晋时代"虚静"一词应该更多地接受了佛教的影响,且被引用到文学理论中,专指作家创作前所进入的一种精神状态。晋代陆机的《文赋》曰:"其始也,皆收视反听,耽思傍讯。精骛八极,心游万仞。"就是指创作构思时的凝神寂虑,思绪自由的状态,尽管这里未用"虚静"二字,实际的意思和"虚静"是一样的。梁刘勰在《文心雕龙·神思》篇里明确提到"虚静",曰:"是以陶钧文思,贵在虚静,疏瀹五藏,澡雪精神",他要求作家在酝酿构思时要凝神静思,内心要清净专一,从而自如地体验万事万物,产生丰富的联想、想象。王元化先生认为:"老庄把虚静视为返朴归真的最终归宿,作为一个终点;而刘勰却把虚静视为唤起想象的事前准备,作为一个起点。"[1]这就指出了两者相区别的实质。禅宗也是为了达到寂然界,不过它强调以心法相传,禅定后终归于心的寂静。唐代诗僧皎然就更多地把禅思的方法挪移到艺术构思方面,把虚静冥思当成诗歌成功与否的一个先决条件。他在《诗式·文章宗旨》中称赞"康乐公早岁能文,性颖神彻,及通内典,心地更精,故所作诗,发皆造极,得非空王之道助邪?"又有诗句"月彩散瑶碧,示君禅中境。真思在杳冥,浮念寄形影。"(《答俞校书冬夜》)这些都从一个侧面说明他重视禅的思维方法,把自然的静谧和心灵的虚空作为悟道及作诗的准备状态。他还在《诗式·取境》中说:"取境之时,须至难至险,始见奇句","有时意静神王,佳句纵横,若不可遏,宛如神助。""意静",意思和"虚静"相似,尽管皎然强调苦思,但是苦思和意静并不矛盾,在某种程度上意静是产生创作灵感的前提,苦思是意静状态之后产生的各种联想,从这一点上看,他是重视"意静"的作用的。

　　刘禹锡继承了前人关于"虚静"理论的精华。由于年少时曾师事皎然,他受皎然诗论的影响亦很大,更突出的是他把禅的思维方法明确地用于文学创作和文学评论中。刘禹锡曾精研佛典,受到了佛教思想的濡染,他在《大唐曹溪第六祖大鉴禅师第二碑》、《佛衣铭》等文中时而阐述禅宗的传承过程,时而撮其禅法要义分析顿悟与渐悟的同异,时而比较儒教和佛教的高低,并在一定程度上夸大了禅宗的社会作用。而且他与禅僧们的交往亦很密切,譬如皎然、灵澈上人、如智法师、日本僧智藏、景玄师、惟良上人等等。同时,他注意到禅宗的悟道方法的特殊性,并大胆地移用到艺术构思中来,达到了较好的效果。禅宗悟道,注重定慧双修。"定"是梵文的意译,是指内心专注于一境不散乱的一种精神状态,通过精神集中、观想特定对象从而获得佛教悟解的一种思维修习活动,在中国"定"常与"禅"连称。六祖慧能曰:"何名为禅定?外离相曰禅,内不乱曰定。"(《坛经》)[2]禅定就是要忘掉人世间的荣辱得失,用寂然之心去观照万物,进入一种空灵的状态。但是这种禅静并不是单纯的寂静,而是一种动静的结合,宗白华先生说:"禅

---

[1]　王元化.文心雕龙讲疏[M]附录三《刘勰的虚静说》.上海:上海古籍出版社,1992:119.

[2]　(唐)慧能著、郭朋校释.坛经校释[M].北京:中华书局,1983.以下出自《坛经》的引文均参见此书。

是动中的极静，也是静中的极动，寂而常照，照而常寂，动静不二，直探生命的本原。禅是中国人接触佛教大乘义后体认到自己心灵的深处而灿烂地发挥到哲学境界与艺术境界。静穆的观照和飞跃的生命构成艺术的两元，也是构成'禅'的心灵状态。"[1] 刘禹锡把这种方法运用到他的"虚静"论中。他在《秋日过鸿举法师寺院便送归江陵引》中曰：

> 梵言沙门，犹华言去欲也。能离欲则方寸地虚，虚而万景入，入必有所泄，乃形乎词。词妙而深者，必依于声律。故自近古而降，释子以诗名闻于世者相踵焉。因定而得境，故翛然以清；由慧而遣词，故粹然以丽。信禅林之葳蕤，而戒河之珠玑耳。

为什么僧人能写出清新秀丽、意境幽深的好诗呢？刘禹锡认为这是由于僧人们"去欲"的结果，他们禅定时，澄心静虑，虚怀以待，所以能够体验"万景"，产生丰富的联想。加上深厚的遣词造句的文学功底，作出的诗就自然清新、脱俗有味了。刘禹锡对许多僧人的诗都很喜爱，尤其是对皎然和灵澈的诗，他在《澈上人文集纪》中曰：

> 世之言诗僧，多出江左。灵一导其源，护国袭之；清江扬其波，法振沿之。如幺弦孤韵，瞥入人耳，非大乐之音。独吴兴昼公能备众体，昼公后，澈公承之。至如《芙蓉园新寺》诗云："经来白马寺，僧到赤乌年。"《谪汀州》云："青蝇为吊客，黄耳寄家书。"可谓入作者阃域，岂特雄于诗僧间邪？

他高度评价了皎然的诗歌，认为他各体都有佳作，在诗僧中独树一帜，灵澈的诗也不错。与前人相比，刘禹锡的"虚静"论有其独特之处，在艺术构思方面，他明确地运用禅定的思维方法来阐释，指出只有在这种状态下想象力才不受约束，从而突破了语言、物象、时空等限制，可以任意驰骋。但这只是构思的准备阶段，"樊高孕虚，万景坌来。词人处之，思出常格；禅子处之，遇境而寂"（《洗心亭记》）。产生联想后，还要对"万景"进行艺术的加工和提炼，然后用文学的形式表达出来。这种艺术加工是基于想象和凝练的语言的基础上的，"片言可以明百意，坐驰可以役万景，工于诗者能之"（《董氏武陵集纪》），"片言"就可表达出深刻的含义。"坐驰"指想象，"万景"指形象，足见想象的广度，就如"虚空能含日月星辰、大地山河、一切草木、恶人善人、恶法善法、、天堂地狱，尽在空中"（《坛经》）。

刘禹锡的关于艺术构思的"虚静"说，给后人的文学创作及文学评论以不少启迪。

二

境，在禅宗术语里指心之所游履攀缘者，也就是作者所能感受的妙象，这是"境"或"境界"的本来含义。"境生象外"的"境"是指意境。从理论上明确对"意境"这个概念加以探讨、并有代表性的是以署名为王昌龄的《诗格》一书，《诗格》将诗境分成三种：物境、情境、意境。这里"情境"与"意境"的区别并不大，对于艺术创造的主体来说，都属于审美客体。此"意境"与以后一般意义上的"意境"是不同的。在中

---

[1] 宗白华.美学散步[M].上海：上海人民出版社，1981:76.

国古代传统的文学理论中，意境是指作者的主观情意与客观物境互相交融而生成的艺术境界。继《诗格》之后，皎然对意境问题作了综合论述，尤重"取境"的重要性，他认为"夫诗人之思初发，取境偏高，则一首举体便高；取境偏逸，则一首举体便逸。"（《诗式·辩体有一十九字》）象，这个概念源于先秦哲学领域，老子《道德经》第二十一章云"道之为物，惟恍惟惚。惚兮恍兮，其中有象"，象指一种无形之象。而在《易》中，"象"是指抽象的卦之象。"象外之象"的提出源于魏晋时期的玄学和佛学中的"象外"，是指从有限形象中传出的真理、真意。玄学家王弼虽然未明确提出"象外之象"这个概念，但他的关于言、意、象之间的论述与此意类似。僧肇在《般若无知论》中云："穷神尽智，极象外之谈"。（《全晋文》卷一六四）亦是此意。后来"象外之象"这个词用于文学理论中，它有两层意思：一层是作品的表面含义和作者言外之意的关系，二是作者的理解和欣赏者的二次再创造之间的关系。而王昌龄所说的"意境"（见《诗格》）以及皎然《诗议》中"固须绎虑于险中，采奇于象外，状飞动之句，写冥奥之思。"的"象外"都只是指文学构思而已，还不包括欣赏，关于这一点，王运熙先生指出："王昌龄、皎然所谓境，是指诗人构思时头脑中涌现的意象和境界；刘禹锡所谓'境生象外'，则是指体现在作品中的言外之意了。"[1]

刘禹锡在前人关于"境"和"象外"论述的基础上，结合禅宗的悟道方式进一步来阐释"境生象外"的文学创作理论。《董氏武陵集纪》云：

> 诗者其文章之蕴邪？义得而言丧，故微而难能；境生于象外，故精而寡和。千里之缪，不容秋毫。非有的然之姿，可使户晓。必俟知者，然后鼓行于时。

"义得而言丧"、"境生于象外"与禅宗的悟道方式有关。禅宗的悟，是觉的意思，相对于迷而言，就是指自迷梦中觉醒，和觉悟同义。"觉"的意思相当于南宗禅的"顿悟"，"故知不悟，即是佛是众生；一念若悟；即众生是佛。故知一切万法，尽在自身中，何不从于自心顿现真如本性。"（《坛经》）"不立文字"是禅宗的特征之一，概源于"若大乘者，闻说《金刚经》，心开悟解。故知本性自有般若之智，自用智惠（慧）观照，不假文字"（《坛经》），可见它并非指不要文字等传授手段，而是要求人不要局限于表象，而要悟出表象之外的深层含义来。禅宗的顿悟相当于艺术创造中灵感的产生，创造出美妙的意境的含义，也包括欣赏者欣赏佳作时品出"言外之意"的含义。刘禹锡的"境生象外"理论就吸取了这种方法，强调妙悟，迸发出想象的灵感，创作或体会出诗歌的"韵外之旨"、"景外之景"、"弦外之音"来。所以他认为好的诗歌应该具有内蕴深远、意在言外和含蓄美的特点。

刘禹锡评论诗歌也是注重诗歌的韵味，用"境生象外"的标准衡量之。比如他在评价柳宗元的诗歌时，把重点放在柳诗含蓄的特点上："余吟而绎之，顾其辞甚约，而其味渊然以长"（《答柳子厚书》），"其词甚约"称赞柳诗语言精炼，"其味渊然以长"是品出柳诗无穷的韵味。刘禹锡自己的文学创作也是注重寓意婉曲，白居易评价他时道："杯酒英雄君与操，文章微婉我知丘。"（《哭刘尚书梦得》）刘禹锡引用柳宗元的话来阐释自

---

[1] 王运熙.刘禹锡的文学批评[J].殷都学刊:1992(02).

己的艺术追求，"昔吾友柳仪曹尝谓吾文隽而膏，味无穷而炙愈出"（《犹子蔚适越戒》）。
"微婉"、"隽而膏"概括了刘禹锡诗的艺术特征，那就是"境生象外"，读之须悟出其"言
外之意"来。但是刘禹锡的"境生象外"理论并不一味要求含蓄美、有韵味，而是追求
一种自然含蓄的美学风格。关于自然的美学追求，刘勰在《文心雕龙·明诗》里云："人
禀七情，应物斯感，感物吟志，莫非自然"。皎然称赞谢灵运时也用"自然"加以评价说：
"曩者尝与诸公论康乐，为文真于情性，尚于作用，不顾词彩而风流自然。"（《诗式·文
章宗旨》）刘禹锡在《送鸿举师游江南引》中表达了相同的意思：

> 始余谪朗州，尔时是师振麻衣斐然而前，持文篇以为僧赞，唧唧而清，如虫吟
> 秋，自然之响，无有假合。

这里称赞鸿举师的诗文不矫揉造作，清新自然。这种诗表达了诗人的真情实感，所
以很有境界。刘禹锡自己的创作也是追求如此，他在《刘氏集略说》中谈到自己的创作
成因时云："及谪于沅、湘间，为江山风物之所荡，往往指事成歌诗，或读书有所感，
辄立议论。"可见，他的绝大多数文学作品都是写真景、真情，颇有深度的，正如王国
维在《人间词话》中说的那样："能写真景物、真感情者，谓之有境界"。

刘禹锡的"境生象外"说对后世影响相当大，司空图的"象外"说、"韵味"说，
严羽的"妙悟"说，王士祯的"神韵"说，王国维的"境界"说无不师承其观点。

三

以上论述了刘禹锡的文学理论与禅理的内在关系，体现了他对禅宗理论的灵活运
用。那么他自称的"事佛而佞"，是否表示其真的皈依佛教，成为虔诚的佛教徒了呢？
他的佞佛心态与文学理论又是怎样的关系呢？

毫无疑问，跟同时代其他的士大夫一样，在刘禹锡的思想中，儒释道是完全融合在一
起的，儒教占绝对的地位，释道辅佐之，尽管李唐王朝尊奉老子，但实际上中唐时道教的社
会作用已经渐渐衰落了，远不如佛教的社会影响面大。刘禹锡"事佛而佞"的原因比较复杂，
一方面是受历史和时代氛围的影响，而另一方面他对佛教的社会作用有他自己的独特看法。

先看历史和时代氛围对他的影响。佛教传入中国后逐渐中国化的过程，就是儒释道
调和的过程。总体而言，儒家重现实；道家好神仙；佛教追求涅槃境界。帝王倾向于某
种思想，便大力扶植提倡，南北朝时期就出现了帝王出家入寺、皇后削发为尼的狂潮；
而帝王对己之不喜者则排斥，甚至禁止，历史上就发生过"三武一宗"灭佛事件。总之，
佛教以其独有的魅力受到人们的青睐与普遍信仰，唐德宗、顺宗、宪宗等中唐帝王对佛
教更是推崇备至，尤其唐宪宗恭迎佛骨带来崇佛的热潮，韩愈因上表阻谏而被贬。而唐
武宗灭佛时刘禹锡已不在人世了。刘禹锡深受时代风气的熏染，热衷于研佛，自称"事
佛而佞"。关于"佞"的含义，《说文·女部》解释为："佞，巧谄高材也。"可见佞本来是
个贬义词，有谄媚的意思。但实际上，为佞有善恶之分，根据具体语境，佞的含义有褒

贬之分。刘禹锡的佞佛并不是笃信佛教，而是喜爱它，这里的"佞"作喜爱讲，并无贬义。

尽管刘禹锡自称"事佛而佞"，但他并非困而信佛，因为从他贬谪时期和闲适东都时期创作的文学作品看，很少包含有消极的情绪。刘禹锡在《赠别君素上人引》中认为"不知予者，诮予困而后援佛"。对于儒学和禅宗，刘禹锡肯定二者均有教化作用，并且禅宗悟道的思维方式及其社会作用在特定阶段有其独特的效用。《送僧元暠南游引》有曰："予策名二十年，百虑而无一得，然后知世所谓道，无非畏途，唯出世间法可尽心耳。"这是刘禹锡回顾自己坎坷的人生经历后的感受，领悟到儒家所讲的"道"在现实中难以行得通，似乎只有通过"出世间法"才可解答他的困惑，这当然是他的愤激之语。刘禹锡之所以推崇禅宗，固然有夸大其辞的一面，但主要还是基于他把握了这样一种历史事实，那就是不同的时期，儒释所起的社会作用也不同。刘禹锡一再声称自己的祖上"世为儒而仕"（《子刘子自传》），"家本儒素，业在艺文"（《夔州谢上表》），"清白家传遗，诗书志所敦"（《武陵书怀五十韵》），这些都说明他强调儒学为根本。而刘禹锡在《袁州萍乡县杨岐山故广禅师碑》中对儒释有精辟的论述，他认为儒学和佛教正由于各自的特点，所以在不同的历史时期有不同的社会作用。儒学在世衰时似乎不起作用是因为它用"中道"教人，忽视了人的根本问题——性命问题。而佛教则不然，它立足于人生的"苦"，包罗万象，符合各个阶层人的心理认知特征，而解脱现实人生痛苦的方法是宣扬要普渡众生脱离苦海，这一点契合了人们的心理愿望，所以世道衰落时自然就得到人们的信仰。刘禹锡文集中记载的不少禅宗高僧由儒入佛的经历也从侧面证明了佛教在当时社会的影响。如牛头山法融大师"少为儒，博极群书。既而叹曰：此仁谊言耳，吾志求出世间法。"（《牛头山第一祖融大师新塔记》），遂出家为僧。还有乘广禅师"七岁尚儒"、"十三慕道"（《袁州萍乡县杨岐山故广禅师碑》）。这些都说明儒学和佛教的影响在个体身上交融在一起，而个体往往少时深受儒学濡染，而在现实的各种因素的影响下，一部分人沉迷于佛教，成为虔诚的佛教徒，而刘禹锡清醒地认识到这两者的不同的社会作用，所以他才会在人生的多年挫折中依然保持他的旺盛的生活激情和斗志，抒发自己"莫道桑榆晚，为霞尚满天"（《酬乐天咏老见示》）的豪情。

可见，刘禹锡既不是笃信佛教，也不是困而佞佛。作为文学家，他的这种佞佛的心态反映了文坛和禅宗的某种联系，并影响到他的文学理论。他对禅宗决不是肤浅的了解，而是深入地研究了它的历史和教义，在禅宗界享有盛誉。所以在元和十一年（公元 816），皇帝下诏追褒慧能谥号大鉴，柳宗元写了《曹溪第六祖赐谥大鉴禅师碑》。刘禹锡在连州刺史任上，僧道琳率领徒弟们还特地从曹溪来恳请其作第二碑，这就是《大唐曹溪第六祖大鉴禅师第二碑》。在此文中，刘禹锡认为慧能的"顿悟"说是继承了菩提达摩初祖的心法，它要求恢复人的自然天性，因为"口传手付"只会局限于外界的表象，而丧失了从内心悟得真如的机会，就如五祖的弟子们只想与慧能争佛衣，而不能悟得真如一样。由此，刘禹锡在《佛衣铭引》中一针见血地指出"佛言不行，佛衣乃争"、"俗不知佛，得衣为贵"。慧能的南宗禅就是要求排除各种欲念的干扰，达到"众音徒起灭，心在净中观"（《宿诚禅师山房题赠二首》其一）的境界。《坛经》十九云"外若著相，内心既乱，外若离相，内性不乱"，可见刘禹锡对于南宗禅特征认识之深刻。对于南宗禅与北宗禅的特点，作者在《袁州萍乡县杨岐山故广禅师碑》一文中描述了乘（故）广禅师悟禅的体会，所谓南北宗禅的顿悟、渐悟说，只是名称不同，其实质是一样的，那就是两者都强调自悟。只不过南宗禅重点放在悟的结果上，而北宗禅则侧重于强调修行的那种艰苦的过程而已。这些又何尝不是刘禹锡自己的参禅体会呢？正由于他对禅宗体会深刻，而且还把握了禅悟与诗思的内在联系，所以才能细致地阐述禅定对虚静论、禅悟对境生象外论的影响。

其实当时的文坛和禅宗界有着密切的联系，诗人可以论禅，禅僧也能作诗。由于刘禹锡对禅宗研究很有造诣，文学名气亦大，因而不少禅僧慕名而来与之交往，或谈禅说理，或诗词唱和，或留连山水，或奕棋切磋，无不气味相投，感情笃厚，这可从卷二十九送僧诗引中窥见出来。君素上人"一麻楼草，千里来访"（《赠别君素上人引》），元暠"雅闻予事佛而佞，亟来相从"（《送僧元暠南游引》），惟良上人也佩服刘禹锡"谬谓余为世间聪明，予予来访"（《送惟良上人引》）等等。另一方面，刘禹锡对禅僧的高深修行也颇为欣赏。在《送慧则法师上都因呈广宣上人引》中，刘禹锡赞扬慧则法师"思济劫浊"的博大胸怀和"业于净名，深达实相"的禅宗修养。"顾予有社内之因"指出刘禹锡曾与禅僧交往结社。他们一起谈禅说理，颇为投机。"相欢如旧识，问法到无言"（《赠别君素上人》），"语到不言时，世间人尽睡"。（《送惟良上人》）刘禹锡还与浩初禅师谈论嬉戏，泛舟湖上，奕棋林间，颇为知音（见《海阳湖别浩初师引》）。其余与刘禹锡交往的禅僧还有皎然、灵澈、僧仲剬、如智法师、日本僧人智藏，婆罗门僧，儇师、霄韵上人、义舟师、文约师、景玄师、宗密上人等。

与刘禹锡交往的这些僧人颇有文学才华，喜作诗，刘禹锡无形中也深受他们的影响。关于诗与禅的关系，元代大诗人元好问曾吟咏道"诗为禅客添花锦，禅是诗家切玉刀"（《赠嵩山隽侍者学诗》），可见诗思和禅悟有相通之处。少时，刘禹锡曾拜诗僧皎然、灵澈为师，《澈上人文集纪》中有记载。皎然和灵澈的诗写得都很好，刘禹锡对他们的评价很高，他认为"独吴兴昼公能备众体。昼公后，澈公承之……可谓入作者阃域，岂特雄于诗僧间邪？"对于他们的诗歌，历来有不少评论，权德舆称赞皎然"掇六义之清英，首冠方外"，称赞灵澈的诗"如风松相韵，冰玉相扣"。（《全唐文》卷四百九十三《送灵澈上人庐山回归沃州序》）苏轼也颇欣赏之，曰："沽酒独教陶令醉，题诗谁似皎公清？"（《全宋诗》卷八〇〇《与舒教授、张山人、参寥师同游戏马台，书西轩壁，兼简颜长道二首》）严羽在《沧浪诗话·诗评》中道："释皎然之诗，在唐诸僧之上。"可见，刘禹锡对于这两位诗僧的诗歌成就的评价是公允的。除了皎然和灵澈，刘禹锡对其他的禅僧的文学才华也颇为称赏，"释子工为诗尚矣。休上人赋别怨，约法师哭范尚书，咸为当时才士之所倾叹。"（《澈上人文集纪》）又如他称赞鸿举法师其诗文有"自然之响"（《送鸿举师游江南引》）。刘禹锡还在《送僧方及南谒柳员外引》中称赞僧方及"其词甚富"。此外，他认为庐山僧景玄的诗也不错："往往有句轻而遒。如鹤雏襹褷，未有六翮，而步舒视远，戛然一唳，乃非泥滓间物。"（《送景玄师东归序》）可见，禅僧的文学作品并非一味充斥禅理、枯槁晦涩，刘禹锡对他们诗歌的称道亦反映了坐禅与作诗并无矛盾，相反，它们在思维方式和表现方式上有着内在的联系。

刘禹锡好与禅僧们交往，或禅僧乐于拜谒诗人，这是时代风气的影响，同时双方都对禅理研究透彻，而且才华出众，故志同道合，建立了深厚的友谊。他们的交往亦从一个侧面反映了文坛和禅宗的密切关系。所以，刘禹锡的"事佛而佞"，并非他笃信佛教，也非他仕途困而佞佛，当然也不是如白居易那样的潜心佛教，连生活起居都染上了浓重的禅味，更不象柳宗元那样对各派教理的沉迷，他只是深入地研究了禅宗的义理，夸张地强调了其社会作用而已。并且刘禹锡在研究禅理的基础上，明确地将其典型的思维方式与文学理论结合起来论述，为文学研究提供了新的角度和思路。

综上所述，刘禹锡比较明确地把禅宗修行的禅定和妙悟方法运用到艺术创作中，更深入地阐释了虚静理论和境生象外说，他的这些文学理论描述了文学创作过程中的构思和欣赏的特点，已形成了一个较为完整的系统，对以后的文学创作和文学理论的发展均有重大的参考价值，所以在中国古代文论长河中亦占有一席之地。而且，刘禹锡的文学理论内蕴禅理，与他"事佛而佞"的心态有关，虽然刘禹锡曾说过"世间忧喜虽无定，释氏销磨尽有因"（《秋斋独坐寄乐天，兼呈吴方之大夫》）、"衔杯本自多狂态，事佛无妨有佞名"（《酬乐天斋满日裴令公置宴席上戏赠》）这类言辞，而且宗教都有让人们释放心理苦闷，追求心理平衡的作用，王维就曾声称"一生几许伤心事，不向空门何处销"（《叹白发》，《全唐诗》卷一百二十八），但刘禹锡的文集中绝大多数的作品非关佛教，并在总体上体现了他是以儒学积极入世的思想为指导的。他佞佛并非是仕途困窘产生的结果，当是指他对当时流行的一种社会思潮的思考和研究，而且他把这种研究渗透到与之关系密切的文学理论方面，取得了很好的阐释效果，开辟了禅与文学研究的新方向。

【参考文献】

[1] 肖瑞峰. 刘禹锡诗论初探 [J]. 杭州大学学报：哲社版，1987(06).

[2] 王元化. 文心雕龙讲疏 [M] 附录三《刘勰的虚静说》. 上海：上海古籍出版社，1992:119.

[3] （唐）慧能著、郭朋校释. 坛经校释 [M]. 北京：中华书局，1983.

[4] 宗白华. 美学散步 [M]. 上海：上海人民出版社，1981:76.

[5] 王运熙. 刘禹锡的文学批评 [J]. 殷都学刊 :1992(02).

[6] （清）沈德潜编. 唐诗别裁集 [M]. 上海：上海古籍出版社,1979.

[7] 程千帆著. 唐代进士行卷与文学 [M]. 石家庄：河北教育出版,2001.

[8] 范文澜著. 唐代佛教 [M]. 北京：人民出版社,1979.

[9] 陈寅恪著. 唐代政治史述论稿 [M]. 上海：上海古籍出版社,1997.

[10] 高步瀛选注. 唐宋诗举要 [M]. 上海：上海古籍出版社,1959.

论李清照咏花词中的自我形象

张映光

一 引 言

以词著称的宋代婉约派女词人李清照，是中国古典文学一个特别现象。清代李调元说，"易安词无一首不工，其炼处可夺梦窗（吴文英）之席，其丽处直参片玉（周邦彦）之班。盖不徒俯视巾帼，直欲压倒须眉。"①王士祯则进一步从宋词的流派进行概括："婉约以易安为宗，豪放惟幼安（辛弃疾）称首。"②纵观李清照词作，其在题材选择上对花木情有独钟。全宋词载录李清照词共47首，其咏物之作几占半数。而咏物词中，又以咏花词为最多，如采写梅、桂、菊、芍药等花卉的词篇就有11首，占了她全部词作的近四分之一。如再算上其笔涉花卉的词作，更是高达其所存全部词作的五分之四。可以说几乎到了无花则无词，有词就有花的境地。

在李清照11首咏花之作中，6首咏梅，3首咏桂，1首咏白菊，1首咏芍药。从其咏花品种的词篇量和称颂语词来看，梅和桂这两种花是李清照的最爱。钟情之处不仅在于词人爱花之姿质，赏花之神韵，借花以抒情，更在于其所钟爱的花卉，都有人品蕴含的象征意味。其咏花词所投射出来的清瘦素洁的审美品味、闲静淡雅的气质神韵、深婉细腻的情感和卓然超群的人格，就如同词人本人的一幅自画像。其状写花态之语，更像是喻己之词。词作赏花亦自赏，咏花亦自咏，处处透露出女词人的消息。从中我们可以看到一个"清丽其词，端庄其品"、亦花亦人、花与人浑然一体的女性词人的自我形象。

二 以花之形态写词人之形象

自我形象，最直接的是外表形象。李清照的形态外表如何，迄今除了李清照词集里的一张很清秀的画像外便无从知晓。此画像画的是李清照三十一岁的情形，上面有赵明诚的题词"清丽其词，端庄其品，归去来兮，真堪偕隐"，从中可隐约见出女词人的形态品格，这些正像她笔下常出现的花卉——外形与意态均清丽端庄、高雅美丽。

（一）花之形态的拟人化、肖像化

词人笔下之花卉，多半是按照亦花亦人的自画像的路子写来。有单纯描写花卉形态美的：如"柳眼梅腮"（《蝶恋花》）、"绿肥红瘦"（《如梦令》）、"宠柳娇花"（《念奴娇》），这些堪称形神俱传的咏花奇句，其描摹之笔精妙地捕捉并突出了花卉的鲜明特点，表现方法主要是：将花拟人化、肖像化。具体表现在不同的花卉中，又是各臻其妙、各具特色：

如写梅，就写有梅色、梅香、梅心、梅泪、梅腮、梅脸等等。写梅色："红酥肯放琼苞碎"；写梅香："不知酝藉几多香"（《玉楼春》）；写梅心："笛声三弄，梅心惊破，多少春情意"（《孤雁儿·藤床纸帐朝眠起》）；写梅腮："柳眼梅腮，已觉春心动"（《蝶恋花·暖雨晴风初破冻》）；写梅脸，则是"香脸半开娇旖旎"（《渔家傲·雪里已知春信至》）。梅花在词人笔下被展现得淋漓尽致、栩栩如生。种种形态的梅，在拟人化的神来之笔之下呼之欲出。

写白菊最生动之笔是在《多丽·小楼寒》一词中。词人反复多角度渲染，极尽了白菊风韵神态，所用也是拟人手法，如"琼肌"、"渐秋阑，雪清玉瘦，向人无限依依"，赞美白菊的花瓣像玉一般，在寒秋仍清白如雪，瘦姿如玉。同一首词中的另一咏菊词句："也不似、贵妃醉脸，也不似、孙寿愁眉。……"，既是拟人，又是用典，兼用多种艺术手法，赞美白菊"清水出芙蓉，天然去雕饰"的天生丽质和纯洁高雅的自然之美。

写海棠有著名的词句："知否，知否，应是绿肥红瘦"（《如梦令》）。这个拟人化程度极高的句子历来为人称道。词人把"红"同"瘦"联在一起，以"瘦"字状海棠的由繁丽而憔悴零落，形象凄婉而又楚楚动人，而且，以"肥""瘦"二字摹写风雨之后花和叶的外形和意态，极富形象美。

写芍药花又是另一番风采："容华淡伫，绰约俱见天真。待得群花过后，一番风露晓妆新。"（《庆清朝》）仪态端庄而又丰姿绰约，是人们审美理想中的美女形象。

写桂花，则写出了桂花的光泽和颜色："暗淡轻黄体性柔"（《鹧鸪天》），"暗淡轻黄"虽说光泽不鲜艳耀眼，但色彩却是令人赏心悦目的淡黄色。"体性柔"写的是桂花的纤薄柔嫩之态，读来似见柔弱女子让人怜爱。

（二）花之形态的时态化

从词人采写的梅、桂、菊等花卉形象中，读者的确不难看出词人本人的清姿丽影。不过，大自然有四季，花亦分四时。四时之花也可视为词人一生四季的形象写照。

1.年轻时的词人的形态——"犹带彤霞晓露痕"

年轻时的词人形态，就是在花的映衬下画出来的——

> 卖花担上，
>
> 买得一枝春欲放。
>
> 泪染轻匀，
>
> 犹带彤霞晓露痕。
>
> 怕郎猜到，
>
> 奴面不如花面好。
>
> 云鬓斜簪，
>
> 徒要教郎比并看。
>
> ——《减字木兰花》

小词写得活泼俏丽，无一句直接描写容貌，但词中女主人公如花美貌和娇憨纯真的情态跃然纸上。即使在"犹带彤霞晓露痕"的姿色动人的春花面前，也敢于比拼，这一定是缘于女主人公对自己美丽的十分自信。全词人与花交相辉映，妙趣横生，表现了年轻女词人天真爱美和自信好胜的脾性。美丽的花，成为年轻的清照绝好的映衬和绝好的写照。

2. 少妇前期词人的形态——"香脸半开娇旖旎"

咏梅词《渔家傲》中的梅花，可视为词人少妇前期自我形象的写照——

> 雪里已知春信至，寒梅点缀琼枝腻。
> 香脸半开娇旖旎，当庭际，玉人浴出新妆洗。
>
> 造化可能偏有意，故教明月玲珑地。
> 共赏金尊沉绿蚁，莫辞醉，此花不与群花比。

——《渔家傲》

此词创作正值词人沐浴爱河期间，其幸福自得之意溢于言表。词中词人以"香梅"自况，形神就如词中所描写的初开春梅一般，有一副半开却妩媚的"香脸"，尤如出浴新妆的"玉人"，在"造化可能偏有意"的恩宠中，出落得亭亭玉立。"拟人"的修辞方式，令雪中报春的腊梅更加人格化，且更逼近词人当时身世情状。词中"造化可能偏有意"和"此花不与群花比"二句，其表层是指腊梅得天独厚，胜过群花是显而易见的不争事实，故无意争春斗艳，而深层则是词人姣好无比、自矜自信之意的坦露。

3. 少妇后期词人的形态——"疏影尚风流"

中年词人的形态以"残花韵胜"来形容为妥。与前期咏花词相比，欢愉之辞渐少。较之早年咏花词的音节浏亮，节奏明快，多了几分深沉和婉曲。当与丈夫赵明诚聚少离多，在等待中红颜渐消之时，易安笔下的花与人皆走向寂寥落寞，其咏残梅的《满庭芳》带给读者的便是这样的感觉。可贵的是，不耐风揉的残梅，仍风雅依然、韵胜于形，当是从外美走向内美的一个过程。

> 从来知韵胜，难堪雨藉，不耐风揉。
> 更谁家横笛，吹动浓愁。莫恨香消雪减，扫迹情留。
> 难言处，良宵淡月，疏影尚风流。

——《满庭芳》

词人以梅残影疏却不改风流的梅花自况。虽难免被雨打风揉，也有失去白雪映衬而香消色褪、随风飘落的时侯，但因其浓香彻骨，疏影丽姿，即使落花扫去，也仍留有香气和情韵。这个特定时刻仍具"疏影尚风流"的梅花，是中年李清照自我形象的写照。

4. 中老年时期词人形态——"憔悴损"

家难国难使中老年时期的词人如凋零之花一样憔悴枯黄。这些反映在词人后期词作《声声慢》中，便有了对黄花的吟唱痛彻肺腑：

满地黄花堆积，憔悴损，如今有谁堪摘。

守着窗儿，独自怎生得黑。

梧桐更兼细雨，到黄昏、点点滴滴。

这次第，怎一个愁字了得。

　　　　　　　　——《声声慢》

写花写到凄厉，以此首为最。"满地黄花堆积"，菊花的凋零不是几瓣几朵，而是满地堆积，形象地表明了词人晚年憔悴不堪的生命状态。众所周知，黄花很早就是词人乐于吟咏的对象，比较著名的有《醉花阴》中的"东篱把酒黄昏后，有暗香盈袖。莫道不销魂，帘卷西风，人比黄花瘦！"过去，词人虽有相思寂寥，虽有雨打风吹的难堪，但枝头尚有黄花，瘦些而已。到了夫死国衰的寒天，黄花竟是凋残殆尽，即使是瘦花，也一朵难再。无限凄凉之际，发出难以回答的一问："如今有谁堪摘？"看似问花，实则问人，反诘句的语调满含着绝望。词作以花喻人，明写花，暗写人。黄花的惨境，是词人的遭遇命运的形象一笔。

三　以花之品相投射词人的审美取向

词人在咏花词中对花的品相的择取与追求，清晰地折射出词人的审美取向和审美品味，它是词人更具深度的自我形象的写照。

花的品相大抵是指花的形状、色彩、香泽、姿态等品质的外化。纵观李清照的咏花词便发现，词人所偏爱的并倾注感情描写的花卉，在品相上往往都带有一些共同的特点，即素雅香幽、清瘦癯形、神清骨冷、蕊小色淡，且花品均有超拔于春花时艳之上的风神格调。这反映出词人雅化、冷寂的审美倾向。

具体来看看李清照笔下花品相的林林总总：

（一）在形体上以"小而轻"为特征

词人笔下最常见的梅花和桂花，特点是花径较小，蕊微不显，貌不出众，平淡无奇。这种淡而无奇的品相，在三春姹紫嫣红、百媚千娇之中，该是一种特殊的品相。如咏桂词"暗淡轻黄体性柔，情疏迹远只香留"（《鹧鸪天》）中的桂花，不动声色之中自有三秋桂子的独特风韵。

（二）在味觉上以"香而幽"为特征

宋人描写梅之香味多取迹于疏影暗香，意在隐约朦胧、似有若无。最知名的是宋人林逋的疏影横斜、暗香浮动的梅形象，挖掘了梅花花品的两个最具鲜明个性的方面——"疏影"、"暗香"。在此基础上，李清照又把梅花的"暗香"个性加以了强调发挥——"不知酝藉几多香，但见包藏无限意"（《玉楼春》），突出了梅花的含蓄蕴藉。能欣赏并挖掘出梅花的暗香幽送，含蓄蕴藉之美，也体现了词人之闲静淡雅的气质神韵。

（三）在色彩上以"淡而素"为特征

写芍药花，"容华淡伫，绰约俱见天真。"（《庆清朝》）丰姿绰约、淡素端庄。写桂花，"暗淡轻黄体性柔"（《鹧鸪天》），"暗淡轻黄"是桂花的光泽和颜色，其光泽不鲜艳耀眼，颜色是温和的淡黄色。词人指出，"何须浅碧深红色"（《鹧鸪天》），"浅碧"、"深红"都是明艳耀眼之色，是多数花卉借以展现自己的颜色。然而桂花偏偏是不以明艳照人的光彩和浓丽娇媚的颜色取悦于人。"何须"二字十分鲜明地反映了李清照的审美观，她认为内在美和品质美才是真正的美，才是动人心魄的美，才是可以流芳千古的美。词人笔下花卉淡而素的外表特征，折射着词人对含蕴无限的内在美的追求。

（四）在状态上以"瘦而癯"为特征

如词人在《临江仙》中状写梅花"玉瘦檀轻"，即谓梅花姿态清瘦，颜色浅红。类似这样的描写在李清照咏花词中比比皆是。在李清照的全部词作中，"瘦"字的使用频率相当高，典型的有如下8处：

> 露浓花瘦，薄汗轻衣透。（《点绛唇》）
>
> 新来瘦，非干病酒，不是悲秋。（《凤凰台上忆吹箫》）
>
> 知否，知否？应是绿肥红瘦。（《如梦令》）
>
> 莫道不销魂，帘卷西风，人比黄花瘦。（《醉花阴》）
>
> 渐秋阑，雪清玉瘦，向人无限依依。（《多丽》）
>
> 玉瘦檀轻无限恨，南楼羌管休吹。（《临江仙》）
>
> 玉瘦香浓，檀深雪散，今年恨探梅又晚。（《殢人娇》）
>
> 鹤瘦松青，精神与秋月争明。（《新荷叶》）

因"瘦"有三词句最为脍炙人口，李清照因此被戏称为"李三瘦"。第一瘦："知否，知否，应是绿肥红瘦"；第二瘦："莫道不消魂，帘卷西风，人比黄花瘦"；第三瘦："新来瘦，非干病酒，不是悲秋"，可谓万般情语皆有"瘦"。此一富于创意的"瘦"字，生动地表现了女主人公的几分孤芳自赏和顾影自怜，不经意间便造就了李清照的一个恰如其分的标准像，以至于有人直接就将李清照喻为"一枝'瘦红'"③。花"瘦"在神，其神是词人孤高落寞。"瘦"，甚至可以说是李清照咏花词甚至全部词作的主要美学特征。

综上，李清照笔下花卉所具备的特殊品相，虽然其貌不扬，素淡低调，却有着与俗艳、妖媚、华饰、喧妍相比照相对立的意味。尤其是一个"瘦"字，包含了花之素洁色淡予人的感受。词人所钟爱的花的品相，鲜明地定位于清瘦淡雅，建立起了人们对梅花、桂花、菊花等花卉淡雅、高洁、冷峭、清瘦美的整体认识。

必须指出的一点是，对梅花品相的认同与时代是有关联的。程杰先生谈到梅花的品相时曾联系当时的时代特征指出："到了南宋，时势之局促、人生之飘泊，人们的心理上普遍有一种落寞苍凉之感，诗人写梅花就更是满纸老干瘦形了，以致最终形成了'梅以韵胜，以格高，故以横斜疏瘦与老枝怪奇者为贵'的审美风尚。"④理解李清照笔下的花，也应结合时代来体认。

四　以花之风神格调显词人之品格风韵

古往今来，文学作品中所咏之花，大体都是文人的精神象征和情感寄托的载体。如梅、兰、菊等，在中华文化的长期积淀中，几乎成了民族的精神图腾。梅花文学研究专家程杰先生曾指出：从北宋到南宋之间，对芳菲世界"认识的最大进展是人格精神象征的意义逐步走向明确，梅花的形象韵味越来越受到主体品格意趣、思想认识的作用"，"梅花从一个高雅的花品形象走向高超的人格象征，简单地说即从梅品走向人品。"⑤李清照便是体现咏物词作由北宋到南宋这样一个走向的代表性词人。以花品喻人品，借花卉神韵说人之风韵，是李清照咏花词作的特色。

李易安在咏花之中十分注重对花品神韵和花本质的挖掘。被词人采集于笔下的往往都是格高韵远、清新淡雅的梅、菊以及荷花、梨花、桂花等雅者。这些花卉在李清照笔下不仅仅是一个比附物或一个抒情的载体，更是自身情感品格的外化和艺术化。我即是花，花即是我。在描写花卉的形态美的同时，词人几乎无例外地大力表现和挖掘着花的品格风韵，她笔下花卉意象的一个共同品质即："清"、"贞"、"洁"、"韵"，以此比拟人的高洁品格，人的风度神采，人的清贞雅韵。王安石曾说"意态由来画不成"，其实不尽然。可以说，李清照笔下的花就是她自身品格风韵惟妙惟肖的自画像。

（一）以花彰显品格

词人之夫赵明诚曾以"清丽其词，端庄其品"两句评价李清照的高雅端庄的词品与人品。李清照所咏花卉不外乎梅、桂、菊等，它们也都是花中雅者。花中雅者如同人中雅士，恬淡蕴藉、高洁清丽。我们透过词人的咏花词作，所见的正是词人的人格与灵魂。其咏花词中所呈现的秀雅蕴藉而又真挚高洁的词品与她的人品是相为表里的。无论是早期还是南渡后的咏花词，花品与人品都具有惊人的同构性。如她咏桂花，是崇尚桂花的内在气质和天然标格之美，她欣赏白菊，是因为其独立特行、"清芬酝藉"（《满庭芳》），她赞叹梅花，是看中梅花的"以韵胜"的清雅高格。这些花木卓而不群、卓然独立的品质成了李清照的化身。

咏梅词作在李清照的咏花词作中数量为最。"其状梅之语，多系喻己。"⑥梅花几乎就是她本人的化身。其咏梅词的可贵之处不仅仅在其高雅清丽，也在于孤芳自赏，即高雅中傲放的孤独感。如写梅花的《渔家傲》，其著名的结句——"此花不与群花比"，可谓大张旗鼓、毫不含糊。显然，词人赞叹的是梅花孤高逸韵、傲世不群、冰清玉洁的品格，女词人所塑造的梅花，以坚贞和清高自许，从中透露出其鄙弃世俗的坦荡胸怀和的品性，更表现出她高格独迥、卓然超群的人格。

李清照的咏梅词还有一个值得注意的特点，即她笔下的梅花往往伴随着特定物象，如词人笔下的梅花总与月、雪相伴，出现最多物象的是"霜雪"、"淡月"、"冰玉"等，如《渔家傲》中的腊梅，琼枝着雪而丰腴、绽放在"明月玲珑"之下，便是以"雪""月"作背景的，这个背景，无疑将梅花高洁孤傲、超逸的品格和其人格象征意义衬托得更加突出。

在咏菊词篇《多丽·咏白菊》中，词人所塑造的白菊形象具有双重意义：既是菊，又是人，且是高洁的象征，其人格化倾向亦十分突出。词中一方面写了白菊"微风起，清芬蕴藉"的高洁清芬，另一方面也写了白菊所处的恶劣环境——"无情风雨"、"浓烟暗雨"，然而一句"雪清玉瘦"，便将这两方面统一了起来。白菊在寒秋仍清白如雪，瘦姿如玉。因其"瘦"，白菊更显得挺拔俊俏；因其"瘦"，其容颜便不似富态的"贵妃醉脸"，而更显出其素雅清丽；白菊"瘦"而香味不减，仍"清芬酝藉"，这样的词句均是赞美白菊高洁清芬的气质与神韵，也歌颂了白菊傲岸不屈的品格，而这恰恰是作者自身人格的艺术写照。生活在"靖康"之变前后的腐败污浊的社会环境中的词人，定然像白菊一样遭到"无情风雨"的揉损，但仍能以白菊的冰清玉洁、端庄俊丽的品格自居自况，其人格着实高出一筹。尤其结句，用"东篱泽畔"来突出表现词人对爱菊且高洁的屈原、陶潜的仰慕和追随之情。其词"把白菊的风神雅韵与屈原、陶渊明的高风亮节、超凡拔俗相联系"⑦，是借此自抒襟抱，达到咏物见志之目的。

词人的另两首同词牌的咏桂花词《摊破浣溪沙》（病起萧萧两鬓华）和《摊破浣溪沙》（揉破黄金万点轻）也非常值得一说。在前一首中，言桂花"终日向人多蕴藉"，说桂花像汉朝的薛广德那样，对人既宽和又有涵容。后一首言桂花"风度精神如彦辅"，又把桂花的风度精神比做西晋风流洒脱、与物无竞的乐广，两首均将桂花拟人化。李清照之所以盛赞桂花，主要是出于崇尚桂花所体现出来的理想人格。桂花之咏正是李清照的人格之咏。

（二）以花彰显风韵

李清照笔下的花卉在格调上是以"风韵"为特征的。这个特征与社会时代审美风尚的发展密切相关。唐代以后，文人的审美格调逐渐转向为重"韵"，到了宋代，对韵味、意境的追求已明确成为士大夫崇尚并追捧的艺术审美境界。简、静、淡、雅成为一种脱俗的生活时尚和艺术创作时尚。"纯然水木清境、幽人逸趣、淡言雅语，是南宋咏梅词的基本倾向。同时李清照梅词也努力刷出清雅气格。"⑧"梅花意趣的生活化、艺术化、人文化是梅花人格象征的基础动力。"⑨的确，在李清照词中，花的清雅素淡、冰肌玉骨的特有风韵是越来越清晰，花的疏影幽姿的意趣格调也越来越明朗。她的以风韵为特征的咏花词不仅是社会审美时尚的典型，也昭示着词人自身的雅士品位和高洁人格。

具体看李清照的咏花词不难发现，词人所推赏的花均具有"风韵"之美。如《满庭芳》咏残梅之"从来知韵胜"，"韵"就是指风韵、神韵，是形态与品格美的结合。"良宵淡月，疏影尚风流"，"风流"指的也是梅花的风韵。其《玉楼春》之咏红梅："不知酝藉几多香，但见包藏无限意"，幽香沁人、酝藉包藏，正是"风韵"的审美特征的形象表述。又如《摊破浣溪沙》咏桂花句："终日向人多酝藉，木犀花。"木犀花是桂花的学名，酝藉意为宽和有涵容，易安曾盛赞桂花"自是花中第一流"，特别爱赏的就是其含蓄酝藉的"韵"味无穷之美。而写白菊高洁姿质的《多丽》，则标举白菊的"清芬酝藉"，其清芬绝俗而又酝藉之质，则更接近了"风韵"的内涵本质。

从词人咏花词中可以见出，李清照对风韵、风流这种格调高、品位高的美极为推赏。桂花因内美而名列第一流，梅花因"韵胜"而留美世间，词人因高贵姿质和秀外慧中的神采魅力而流芳百世。

笔者还发现一个现象，即李清照笔下的高格之花，都带有花残花殒而香留的特质。古人写流水落花的意象，总是和惜春惜时，生命的叹惋相联系。李清照笔下的花残迹远的花象，其中既有伤春惜花自叹自怜，亦有自矜花残凋谢之际其风韵犹在风雅依然之意。如桂花"暗淡轻黄体性柔，情疏迹远只香留"，"情疏"指花朵衰萎，人们便对它的感情疏远了，"迹远"指踪迹远离消失。即使这样，桂花仍安于"暗淡轻黄"而不求明艳，虽"情疏迹远"但浓郁的馨香依然留存。词人把桂花完全人格化——情怀疏淡，远迹深山，惟将浓郁的芳香长留人间。看似咏桂花，其实是咏人。从其所咏赞花卉的内在的精神的美来看，女词人看重的是内在美，崇尚的是淡雅高洁的情怀。不耐风揉的梅花，"扫迹情留"，"疏影尚风流"，在人间留有香气和情韵，这高雅中的生命凋零感，同样也是词人高贵品格的一种形象解说。

李清照的咏花词具有很高的认识价值和艺术审美价值。把花与人结合起来表现，自成高格，这正是李清照咏花词作高明之处。词人对花卉的审美态度和写作方法，折射出她对自身和人生的认识理解。我们在阅读和鉴赏李清照的咏花诗词时把握住这一点，对考察词人的形象和品格风韵、以及与之相适应的艺术审美境界，都是很有意义的。

【参考文献】

[1]（唐）圭璋编《词话丛编》（[清]李调元《雨村词话》卷三）[M].中华书局，1986.

[2]（清）王士禛著 袁士硕主编《王士禛全集（一）诗文集》《花草蒙拾》[M].齐鲁书社，2007.

[3] 黄莺《一枝"瘦红"——浅析李清照的自我形象》[J].《名作欣赏》2000 年第 4 期 P49.

[4][8][9] 程杰著《宋代咏梅文学研究》[M].安徽文艺出版社，2002，P83、P144、
　　　　P149、P150.

[6][7] 陈祖美编著《李清照词新释辑评》[M].中国书店，P33、P85.

论李清照咏物词的命运与情感投射

张映光

一 引 言

据《宋史·李格非传》记载："女清照,诗文尤有称于时,嫁赵挺之之子明诚,自号易安居士"。这是关于李清照生平的一则最简略的记载。根据其他有关载籍的研究分析可知:李清照一生大起大落,既有与夫君赵明诚共度的非常幸福美满的生活,又有与丈夫聚少离多的闲愁万种的无奈时光,更有夫丧国亡,流转江浙的凄凉晚境。李清照研究专家陈祖美先生将李清照的生平和词作的时空归属划分为三个阶段,即"早、中、晚三期",前期亦即从李清照出生之年,至婚后 24 年为前期(1084 - 1108),亦可称为"齐、汴青春期"。中期,亦可称为"青、莱、淄、宁时期",即从宋大观二年到宋高宗建炎三年(丈夫去世前),李清照 25 岁至 46 岁,共 21 年。晚期从李清照四十六七岁(丈夫去世),流寓江浙一带,到 73 岁前后的谢世之年,共二十五六年,是为晚境。[1] 陈祖美先生的划分一改过去的前后二期说,更贴近词人的实际,也更利于李清照创作和情感历程的研究。本文的研讨便是建立在陈祖美先生"三期说"的基础上的。

全宋词载录李清照词 47 首。比较突出的创作现象是:其咏物词在其全部的词创作中占有相当比例,且词人在咏物题材的选择上,对花木意象情有独钟。据粗略统计,其中涉及咏梅花的有 7 首,咏菊花的有 4 首、咏桂花的有 2 首,咏银杏的有 1 首。如果加上笔涉芍药、芭蕉、藕花、海棠、梧桐等花木意象的 10 余首词篇,花木词作在易安词中竟占有半数以上。唐代诗人王昌龄曾说:"搜求于象,心入于境,神会于物,因心而得。"[2] 说明咏物是为了借象造境,是为了写心写情。李清照通过这些花木咏物词,不仅曲尽事物的妙处,更是借此来反映自身心灵和情志。或表达闺怨相思离别之情,或自况身世感伤时世,或倾吐晚境悲凉之伤,……

纵观易安一生,女词人痴于情的特质无论在其生活还是词创作中都十分突出。在李清照生活的时代,因为中原沦丧,时局危殆,词人的家庭与国家共生变故,人生失意,家国遭难,其情感随着命运的变迁也发生着改变。但她深情贯注,痴心不改的特质却是始终如一。因痴于情,她曾伤于绿肥红瘦,伤于夫别夫去,伤于飘零憔悴,更伤于家国沦丧,伤于流言蜚语,伤于身世凄凉。易安词作"终日向人蕴藉的",便是所有这些痴情所带来的伤情,和词人以花自咏自标的品格与风韵。所咏花木在词人笔下,达到了两个合一:即物与词人命运合一,物与词人情怀合一。李清照赋予了其笔下所咏花木复杂深幽的感情内涵,也赋予了花木与词人同构的生命表征。

二 花木与词人命运合一

李清照的一生可谓饱尝人间甘苦。她的词作若以内容来分，闺情词和自叹身世词是主要内容。若以情感来划分，大致又可分为"欢愉之词"和"悲苦之词"两个部分。其中，词人的咏物词无论在内容方面还是情感方面都占有相当大的比例。这些咏物词是她身世变迁和情感心态的浓缩和投射。通过词人的咏物词，我们可以清晰地读出词人生命历程中的欢笑、叹息和呼告。

易安咏物词状写花木之语，多系喻己之词，处处透露着女词人命运和情感消息。早年的词人，不仅有敢于与"犹带彤霞晓露痕"（《减字木兰花》）花朵比拼的清姿丽影，还有"此花不与群花比"（《渔家傲》）的自矜和"自是花中第一流"（《鹧鸪天》）的自信。中年的词人，既有"渐秋阑，雪清玉瘦，向人无限依依"（《多丽·咏白菊》）的白菊风韵，其清瘦愁怨也一如"玉瘦檀轻"、"憔悴损芳姿"（《临江仙》）的梅花。这些花木，随着词人命运的变化而在词人的笔下变化着。于是有了牡丹的"妖娆艳态，妒风笑月"，梅花的"难堪风雨，不耐风揉"，白菊的"朗月清风，浓烟暗雨，天教憔悴度芳姿"（《多丽·咏白菊》）。其情状恰如其分地表露出词人灵魂深处的忧世伤时之情。晚境词人，那"一枝折得，人间天上，没个人堪寄"（《孤雁儿》）的哀感悲凉和"满地黄花堆积，憔悴损，如今有谁堪摘"的凄楚凋零，让人扼腕喟叹。易安这些词作所咏是花，句句又都是其悲凉晚境的自况自喻。花木的情状投射着词人命运的轨迹。

李清照的咏物词中，比重最大的是咏梅词。梅与李清照有特殊关系：梅是词人最喜爱的花木，是词人的化身。翻阅词人的咏梅词，字里行间，我们可清晰地辨认出词人的生命踪迹，感受到所寄寓的强烈的身世之感。7首典型的梅花词，几乎贯穿了她生活的几个主要时期。可以说，梅花的境遇，就是词人的命运，同时，也是时代的折光。

最典型的一首咏梅词要属《清平乐》：

年年雪里，常插梅花醉，挼尽梅花无好意，赢得满衣清泪！

今年海角天涯，萧萧两鬓生华。看取晚来风势，故应难看梅花。

——《清平乐》

在这首词中，词人截取自己早年、中年、晚年三个不同时期赏梅的典型画面，深刻表现了词人自己"早年的欢乐，中年的幽怨，晚年的沦落。"[3]梅花的情状，正恰如其分地概括了词人早、中、晚三个时期的情状。

早期梅词："年年雪里，常插梅花醉"（《清平乐》），这是词人早年待字汴京和出嫁不久时，采香梅以为饰的欢乐与陶醉情景。那时每当雪里梅花开放，词人必定要采几朵梅插在自己的秀发上，这样的情致和心情让她陶醉。在词人的另一首咏梅词《渔家傲》中，其早年的自矜自得之意，更是溢于言表。词人赞叹腊梅"香脸半开"，将梅花人格化，一语双关的词句兼指腊梅的含苞欲放和如花美女即将"开脸"出嫁。她笔下的腊梅所幻化成的"玉人"，也就更加逼近了作者本人的身世现状，下片的"造化可能偏有意"和"此花不与群花比"二句，表层是说腊梅得天独厚，无与伦比地胜过其他花卉，而深层语义就是自况自赏。这些可以视作早年词人良好修养、美满婚姻的如意生活所激发出来的青春喜悦与自豪。

作于宋徽宗崇宁前期的咏梅词《玉楼春》（红酥肯放琼苞碎）是词人早期向中期过渡的重要词篇，结句"要来小酌便来休，未必明朝风不起"，词人是把梅作为与自己患难与共的朋友，向"她"倾吐自己的内心隐秘和对"她"未来命运的关注。女词人对红梅说，要来饮酒就快来呵，说不定明早风暴一起，你我都要遭殃。"未必明朝风不起"，反映的是词人对红颜易逝、命运难料的伤春心态和忧患意识，同时寄寓了作者本人因受新旧党争株连，朝不保夕的身世之叹。

中期梅词："挼尽梅花无好意，赢得满衣清泪"（《清平乐》），到了词人中年时光，同样是梅花，词人已无心在秀发上插梅了。她将梅蕊揉搓在手中以遣愁怨，但仍然难止"满衣清泪"。这时的梅花，成了词人伤感与落寞的见证。中期的另一首《临江仙》则是以梅喻人，其中"玉瘦檀轻"、"为谁憔悴损芳姿"，说是写梅，却字字投射着作者的意态，寄托着词人对远处心上人的深情思念，以及对红颜易逝，心上人会对自己冷落和疏远的忧心。词人怜梅亦是自怜，梅与人可谓浑然一体。

晚期梅词："看取晚来风势，故应难看梅花"（《清平乐》），晚年已"萧萧两鬓生华"的词人，在金兵对南宋进逼的"晚来风势"中，料定了梅花将被急风摧落消殒的命运。词人借"难看梅花"的凄凉情境，抒发了日暮途穷、国运衰微的慨叹，表现了词人对时局对个人命运的忧思。因为这梅花的命运，同样也是词人的命运。在晚期另一首咏梅词《孤雁儿》中，词人则将梅花当作悼亡之物。赵明诚病逝后，每值雪后梅开，词人便会忆起曾经的情景，哀悼之情难以自抑。"吹箫人去玉楼空，肠断与谁同倚"，"一枝折得，天上人间，没个人堪寄"，它正是词人哀悼之情的真实写照。无人堪寄的孤枝与无人可倚的孀妇，命运何其相似！梅与词人的形象完全融合，词人晚年的潦倒与辛酸亦尽在其中。由于南渡后几首咏梅词都是词人在国破家亡、流离失所等一系列人生苦难之中写就的，因此，在情感表达上，这些词作当已超出词人为一己悲情嗟叹的范围，具有着自伤身世和忧时忧国的深厚蕴含。正如况周颐在《蕙风词话》中所评价的那样："易安笔至情浓，意境较沉博。"

仅从李清照咏梅词中梅花形象的变迁中，我们可以看出这样一种生命轨迹：梅开乐春——梅残伤春——梅殒悼春。其咏梅词其实就是词人咏物词的一个缩影。词人摆脱了一般咏物之作滞于物、流于形的俗套，在对残梅命运怜惜同情之中将自身的身世之感融入其中。所写虽是物，篇篇却都是人。词人笔下的花木原本是那样姣好美丽，最终却难逃遭风雨摧损的际遇。她词作中最初的"奴面花面"，"教郎比并看"到"绿肥红瘦"，"人比黄花瘦"，"难堪雨藉，不耐风揉"，再到后来的"风住尘香花已尽"、"满地黄花堆积"，这样一个花木的命运流程，既是一种自怜自悯，也是一种对自我命运的写照。在词人笔下，花木分明就是其个人命运和生命流逝的比拟物。联想李清照由美满幸福一步步走向国破、家亡、夫死，"漂流遂与流人伍"的经历，其笔下花木的象征意义不言而喻。假如把《漱玉词》中的这些咏物词依次联章，我们便可清晰地辨认词人命运的轨迹，读到一部充满悲剧色彩的人生实录。

三 花木与情怀合一

李清照在经历了新旧党争、夫妻离别、国破家亡等一系列身世变迁后，其咏物词也像镜子一样映射着词人的情感心态的变迁：从欢悦到轻愁，从悲凉最终再到凄厉。而其咏物词的基调，亦从早期的清丽明快，到中期的幽冷感伤，再到晚期的沉郁悲凉。借花木来抒写此中情怀，是易安词的主要表达方式。

（一）伤春惜花、自叹自怜之情

李清照在词中爱怜"绿肥红瘦"（《如梦令》）的海棠，亦是自怜。叹惋"难堪雨藉，不耐风揉"（《满庭芳》）的梅花，亦是自叹；忧伤"红香稀少""莲子已成茶叶老"（《怨王孙》）的荷花，亦是自伤；痛惜"浓烟雨暗，天教憔悴芳姿"（《多丽》）的白菊，亦是自惜；正是通过对这些姣好花木在风雨侵袭之中难以自保的咏叹，女性特有的惜花、惜春、惜人之情得以抒发。

请看词人的一首咏梅名篇《玉楼春》：

红酥肯放琼苞碎，探著南枝开遍未？不知酝藉几多时，但见包藏无限意。

道人憔悴春窗底，闷损阑干愁不倚。要来小看便来休，未必明朝风不起。

——《玉楼春·红梅》

在这一首《玉楼春》的咏梅词中，词人将梅花视为自己的同类和知己，因此互相欣赏、互相爱怜。词句委婉曲折地表现了女词人爱梅惜梅的心境和伤春惜花的情思，袒露了作者对梅花及自己家庭未来命运的忧心：明朝一旦风起，难免红消香殒。怜物叹已在此合二而一。

大凡古人写流水落花的意象，多半都和惜春惜时，生命的叹惋相联系。对此留恋、怅惘、怜惜之情，其实是对美景易逝、生命短暂的一种喟叹。易安作为一个女性词人，对自然变迁、花谢花飞，对年华似水、韶华易逝，比其他男性词人要来得更敏感更伤情些，而这种敏感和伤情，以花木的摧损凋零来写照是再恰当不过了。故易安词中多雨打花朵、流水落花的词句也就不奇怪了。它们既是伤春惜花自叹自怜，亦是借恨风雨之无情，言人之多情。翻开《漱玉词》，这样的词句俯拾皆是：

鬓子伤春懒更梳，晚风亭院落梅初。《浣溪沙》

细风吹雨弄轻阴，梨花欲谢恐难禁。《浣溪沙》

昨夜雨疏风骤，……应是绿肥红瘦。《如梦令》

恨萧萧、无情风雨，夜来揉损琼肌 《多丽》

惜春春去，几点催花雨。《点绛唇》

风定落花深，帘外拥红堆雪。长记海棠开后，正伤春时节。《好事近》

从来，知韵胜，难堪雨藉，不耐风揉。更谁家横笛，吹动浓愁？《满庭芳》

今年海角天涯，萧萧两鬓生华。看取晚来风势，故应难看梅花。《清平乐》

春意看花难，西风留旧寒。《菩萨蛮》

断香残香情怀恶，西风催衬梧桐落。梧桐落，又还秋色，又还寂寞。《忆秦娥》

风住尘香花已尽，日晚倦梳头。《武陵春》

红藕香残玉簟秋。……花自飘零水自流。《一剪梅》

这些词句，写的都是梅花、梨花、海棠、白菊、梧桐在风雨萧萧、季节迟暮中的境遇。风雨遭际中的花木其实便是美丽多情却命运多舛的词人自己。词人面对这些花木的境遇，不像北宋词人晏殊写"无可奈何花落去"的那般圆润和理性，而是表现得十分锐感。这种锐感不仅在于词人对花草树木与风雨季节的非常敏感性上，还在于她总是把花木等自然景物同韶华红颜、生命意识交融在一起，表现出一种对美好青春与美好情感的深深依恋。故这种怅惘感伤之情，即便写得很浓很重，也并没有走向消极虚无。说到底，它还是出自内心的一种对于美好年华、美好情感的珍惜和留恋。涌到笔端，便成就为一幅幅的凄恻动人、生动形象的心情画卷。

笔者还注意到，在词人中后期的咏物词作中，花木的形象进一步表现出迟暮衰残的倾向。花卉的形象多是残损的憔悴模样。如：

更挼残蕊，更捻余香，更得些时。《诉衷情》

为谁憔悴损芳姿《临江仙·梅》

睡起觉微寒，梅花鬓上残。《菩萨蛮》

尤其是在《声声慢》一词中，写花残花殒竟写到了凄厉，写到了痛彻肺腑："满地黄花堆积，憔悴损，如今有谁堪摘。/ 守着窗儿，独自怎生得黑。/ 梧桐更兼细雨，到黄昏、点点滴滴。/ 这次第，怎一个愁字了得。"家难国难使中老年时期的词人如凋零的菊花一样憔悴枯黄，这恰是词人晚年憔悴不堪的生命状态的形象写照。众所周知，黄花很早就是词人吟咏的对象，比较著名的有《醉花阴》中的"东篱把酒黄昏后，有暗香盈袖。莫道不销魂，帘卷西风，人比黄花瘦！"过去，词人虽有相思寂寥之时，虽有雨打风吹难以堪之境，但枝头的黄花不过瘦些而已。而到了夫死国衰的寒天，黄花凋残已尽，即使是瘦花，竟是一朵难再。国破家亡，无限凄凉，发而为难以回答的一问——"如今有谁堪摘？"。

（二）孤独闺怨、伤别伤殒之情

李清照虽是一代才女，可她和其他封建时代的妇女一样，摆脱不了终生依附家庭和丈夫的地位，只能深居深闺消磨年华，或把丈夫的存在和感情视为一生惟一的依靠和精神的寄托。因此，女词人的一生，其幸福喜悦之情多半是由夫君赵明诚起，其孤独闺怨、伤别伤殒之情却全部都是因夫君赵明诚而生。按照陈祖美先生对李清照"早、中、晚三期"的划分，词人早、中期词是作于赵明诚生前，欢愉之词虽有，但别愁闺怨之词占大部分。晚期词是作于赵明诚死后。此中伤殒之悲，又"怎一个愁字了得"。

李清照自十八岁与二十一岁的太学生赵明诚结为夫妻，一度生活很美满。在公公赵挺之罢相病卒后，李清照曾随赵家屏居青州（今属山东）十年。这十年是词人快乐的十年。她与丈夫伉俪和谐，相从赋诗，共治金石之字。此后赵明诚连任莱、淄（今均属山东）知州，二人便聚少离多，与赵明诚的生离让词人寂寞。词人日日相思怀远，这一段时间的咏物词虽没有了少女时代和婚姻前期生活的明快、幸福、喜悦的平和，但给人以另一种温柔敦厚，闲愁万种的印象。且看她的早中期咏物词中所抒写的伤别闺怨之情：

　　暖雨晴风初破冻，柳眼梅腮，已觉春心动。《蝶恋花》

　　道人憔悴春窗底，闷损阑干愁不倚。《玉楼春·咏梅》

　　秋千巷陌人静，皎月初斜，浸梨花。《怨王孙》

　　莫道不销魂，帘卷西风，人比黄花瘦，《醉花阴·重阳》

　　这些咏物写景的诗句无不体现了她的闺怨情愁，凝聚了女词人深挚的情感告白。尤其那句"莫道不销魂，帘卷西风，人比黄花瘦"，更体现了她对夫君的思念之情。菊花盛开，对花把酒，在"日日思君不见君"的煎熬下，人竟是消损得比黄花还清瘦了。一个"瘦"字，将词人体态的羸弱和心态的离愁诗意地结合在了一起，一份自怜自叹、一份刻骨相思，二者在与黄花的比衬下被词人传达得入木三分，从而成为千古绝唱。以花瘦来比衬相思落寞之情的词句，在词人的咏物词中还有，比如："渐秋阑，雪清玉瘦，向人无限依依。"（《多丽 咏白菊》）"玉瘦檀轻无限恨，南楼羌管休吹。"（《临江仙 梅》）又如"花自飘零水自流，一种相思，两处闲愁。"（《一剪梅》）红荷残败，香淡叶疏，花自凋零，流水无情，也是词人被"无计可消除"（《一剪梅》）的相思之情消损的花形象。

　　李清照结婚仅一年多，因其父被诬为"奸党"，受党争株连，一度被迫回归原籍与丈夫分别。崇宁五年（1106 年）党禁解除之后，当分别两年回到汴京的词人知道了丈夫赵明诚的用情不专，令词人生出许多的伤情与闺怨。这难言之隐的闺怨感伤，体现在那一段时间的词作中，都是借咏白菊、残梅等花木形象曲折表达的。《满庭芳》中的"无人到，寂寥恰似、何逊在杨州"的典故和"难堪雨藉，不耐风揉"的残梅形象，语义深层包含着无限幽怨，写的是女性最难承受的婕妤之悲。《多丽 咏白菊》则酷似为自己写的《长门赋》。全词先从自身感受写起，只恨风雨无情，摧损白菊，中间用了多个典故，以及末尾以爱菊收束，深怕芳姿憔悴，这些都曲折诉说着词人的长门幽怨。

　　与丈夫生离时的寂寞思念也罢，无嗣被赵明诚冷落的孤独幽怨也罢，比起后来与赵明诚的死别的大悲大痛来说，都还不在一个等量级上。词人晚年，那充满着悲苦的、抒写伤殒孤独之情的词作让人备感凄凉、触目惊心。下面这首《孤雁儿》的梅词，就是最具典型性的一首——

　　藤床纸帐朝眠起，说不尽、无佳思。

　　沈香烟断玉炉寒，伴我情怀如水。

　　笛声三弄，梅心惊破，多少春情意。

　　小风疏雨萧萧地，又催下、千行泪。

　　吹箫人去玉楼空，肠断与谁同倚？

一枝折得，人间天上，没个人堪寄。

———《孤雁儿》

这一首梅词可视为悼亡词。此词将词人自己与梅花的生命"情怀"融合为一。"梅心惊破"的是未亡人的一颗心，还是梅之心？在此已难以分辨。以往梅花开放之日，便是与丈夫赏梅欢乐之时。即便夫君在外，也总是"折得""一枝"梅以寄。此时，却因"吹箫人去玉楼空"，竟是"人间天上，没个人堪寄"。梅的一枝无寄，就是词人心情无寄、哀恸无寄。一首咏梅词，极其形象深切地表现了女词人的无边凄楚和深哀巨痛。

（三）清贞雅韵、自珍自赏之情

词人特殊的命运变迁和情感阅历的感受，使人们很容易在她词中感受到凄楚悲愁的一面。殊不知，在词人的心灵深处，总有如花木一般的美好与清高。其所咏之物，同时也是自身"此花不与群花比"、"自是花中第一流"高格的标示。她笔下的花木有这样一个特点：即便被雨打风吹、凋零消殒，却还都带有花残花殒而香留的特质。惟其姣好的花木被风吹雨打而枯萎凋零，其美好纯洁的价值才显得更加值得珍惜，其中亦蕴含着对自身美好品性的无限珍爱。这些花残迹远的花象，一方面有伤春惜花自怜自叹，另一方面亦有自矜自珍花残凋谢之际其风韵犹在、风雅依然之意。

赏花亦自赏，咏花亦自咏。如咏桂花"暗淡轻黄体性柔，情疏迹远只香留"（《鹧鸪天》），"情疏"指花朵衰萎了，人们对它的感情疏远了。"迹远"指踪迹远离消失了。即使这样，桂花仍安于"暗淡轻黄"而不求明艳，虽"情疏迹远"但浓郁的馨香依然留存。同样，"难堪雨藉，不耐风揉"的梅花，也是"扫迹情留"，"疏影尚风流"（《满庭芳》），在人间留有香气和情韵。

《漱玉词》中还有一首咏银杏词作：

风韵雍容未甚都，尊前甘橘可为奴。

谁怜流落江湖上，玉骨冰肌未肯枯。

———《瑞鹧鸪 双银杏》（上片）

这棵即便"流落"也"玉骨冰肌未肯枯"的银杏，是词人自身品格风韵的外化。这高雅中的生命凋零感，也同样是词人高贵品格的一种形象解说。

花木具有比德、象征的文化内涵，在所咏之花木中寄托和类比，在中国文化的语境中既毋庸置疑也很好理解。梅花研究专家程杰教授指出：从北宋到南宋之间，对于芳菲世界"认识的最大进展是人格精神象征的意义逐步走向明确，梅花的形象韵味越来越受到主体品格意趣、思想认识的作用"，"梅花从一个高雅的花品形象走向高超的人格象征，简单地说即从梅品走向人品。"[4] 李清照就是体现这个走向的代表词人。可以说，以花品喻人品，借花卉神韵说人之风韵，是李清照写咏花词作的另一个特色。

李清照在咏花之中非常注重花品和花韵。被词人采集于笔下花木往往是那些格高韵远、透出清香的红梅、白菊、桂花、梨花、荷花、银杏等雅者。它们有一个共同品质，即"清"、"贞"、"洁"、"韵"。词作指向明显地用这些品质来比拟人的高洁品格和清贞雅韵。花中雅者，如同人中雅士，恬淡蕴藉、高洁清丽。我们透过词人的咏花词作，所见的正是词人的人格与灵魂。无论是其早期还是南渡后的咏花词，花品与人品都具有着惊人的同构性。

李清照的咏物词作中数量最多质量最高的还是她的咏梅词。其咏梅词的可贵之处不仅仅在其高雅清丽，也在于孤芳自赏，即高雅中傲放的孤独感。如写梅花的《渔家傲》，其著名的结句——"此花不与群花比"，以及对梅花内在美的赞叹之语——"从来知韵胜"（《满庭芳》），都能显示词人追求的清雅高格。所谓"韵"，指的是"风韵""神韵"，是形态美和品格美的结合，其《玉楼春》之咏红梅："不知蕴藉几多香，但见包藏无限意"，幽香沁人、蕴藉包藏，也正是"韵"的审美特征的形象表述。梅花的"韵胜"，正如同词人的高贵姿质和秀外慧中的神采与魅力。

咏菊词篇《多丽·咏白菊》，其人格化倾向也十分突出，词中一方面写白菊"微风起，清芬蕴藉"的高洁清芬，另一方面也写了白菊所处的恶劣环境——"无情风雨"、"浓烟暗雨"，然而一句"雪清玉瘦"，便将这两方面统一了起来。白菊在寒秋仍清白如雪，瘦姿如玉。因其"瘦"，白菊更显得挺拔俊俏；因其"瘦"，其容颜便不似富态的"贵妃醉脸"，而更显出其素雅清丽；白菊"瘦"而香味不减，仍"清芬蕴藉"。这样的词句均是赞美白菊高洁清芬的气质与神韵，同时也歌颂了白菊傲岸不屈的品格，而这恰恰是作者自身人格的艺术写照。

值得一说的还有词人的两首同词牌的咏桂花词——《摊破浣溪沙》（病起萧萧两鬓华）和《摊破浣溪沙》（揉破黄金万点轻）。在前一首中，言桂花"终日向人多蕴藉"，说桂花像汉朝的薛广德那样，对人既宽又有涵容。后一首言桂花"风度精神如彦辅"，又把桂花的风度精神比做西晋风流洒脱、与物无竞的乐广，两首均将桂花拟人化。汉朝的薛广德和西晋的乐广，二人都是雅量高致、气度不凡的正人君子。对照词人年轻时曾在《鹧鸪天》一词中称誉桂花为"自是花中第一流"，从中可以看出，李清照之所以盛赞桂花，主要是出于崇尚桂花所体现出来的理想人格。桂花之咏正是李清照人格自矜自守的心声。

以李清照一生的身世与情感来比照《漱玉词》，无论是其早期、中期，还是晚期的咏物词，所咏之花和咏花之人都有着惊人的同构性。其咏物词中的花木俨然就是李清照本人的化身。上述文中所述，便是词人所咏花木的两个合一：即物与词人命运合一，物与词人情怀合一。词人无限身世之感和曲折情怀尽在其中。其咏物词作，堪称词人身世命运和情感心态的形象投射。

【参考文献】

[1] 陈祖美. 编著 2003《李清照词新释辑评》前言，中国书店。

[2] 胡震亨《唐音癸签》卷二，上海古籍出版社，1981年。

[3] 王延梯 聂在富 1988《唐宋词鉴赏辞典》（唐. 五代. 北宋），上海辞书出版社。

[4] 程杰著 2002《宋代咏梅文学研究》，安徽文艺出版社。

铅华销尽见天真

——论晏几道《小山词》的纯情特质和抒情特色

张映光

一 引 言

在宋初词坛上，有一位上承南唐之风，下开婉约之先的重要词人，那就是一代名相晏殊之子晏几道。晏氏父子均以词负盛名，合称"二晏"。晏几道号小山，世称"小晏"，有词集《小山词》传世，存词 260 首，以小令见长。明毛晋云："晏氏父子，具足追配李氏父子。"[1] 这个说法将晏殊父子在词坛上与南唐二李齐名的事实道出。但是，这一对父子兵在词的的创作中却有着明显的差别。与其父晏殊珠圆玉润、理性温婉的词风不同，小晏词纯情锐感，深挚悲凉。后世词论者冯煦评价："淮海，小山，古之伤心人也。其淡语皆有味，浅语皆有致。求之两宋词人，实罕其妙。"[2]冯煦称晏几道为"古之伤心人也"，点出了词人锐感多情、柔婉妍美的感伤特质。称"淡语皆有味，浅语皆有致"则是指其词淡而有味、意蕴深婉的抒情特色。"求之两宋词人，实罕其妙。"则是就其词造诣之深与成就之大而言。类似这样高的评价在其他词论家那里也有，吴梅也说："余谓艳词，自以小山为最，以曲折深婉，浅处皆深也。"[3] 一部《小山词》，竟是把"令词推向极点"，[4]甚至被后人推到"自有艳词，更不得让伊独步"[5] 的榜首地位。

按理说，《小山词》在题材、内容上并未跳出"艳科"的藩篱，不外还是些"心心念念忆相逢"（《风入松》）等老套内容。盛衰今昔、相思怨别、伤春悲秋仍是《小山词》最重要的母题。那么，小晏词高于同类言情词之处究竟在哪里呢？其高处，用词人自己的一句诗足以道出——"铅华销尽见天真"（《浣溪沙》）。辞藻艳丽，色彩鲜明，声韵优美等特点，是《小山词》"铅华"之处，而铅华背后所蕴藏的是无比深婉动人的真挚情感，这又是《小山词》最可宝贵的"天真"之处，这就是《小山词》高于同类言情词的地方。更准确一点讲，这个"天真"表现在情感中，便是词的"纯情"特质。陈廷焯曾以"其情长，其味永，其为言也哀以思，其感人也深以婉。"[6] 为评词标准，能够上这个标准的，上推李后主，冯延巳，下推李清照、纳兰性德，承上启下者，晏几道也。正是小晏，弘扬了李、冯的抒情特色，在词中注入了与以往艳情词所不同的纯情特质，并向深微化、细腻化、曲折化跨出了一大步，将婉约词"哀以思"、"婉而深"的特点推到了极处。陈廷焯评价小晏"工于言情"[7] 是非常中肯的。笔者将在下文就《小山词》"工于言情"之实及其纯情特质作进一步分析。

二 纯情痴意、深情款款

纯情，使《小山词》具有非常的深挚性。这个特点与词人品性中的"痴"不无关系。黄庭坚曾在《<小山词>序》中列举出晏几道的"生平四大痴绝处"——"仕宦连蹇，而不能一傍贵人之门，是一痴也；论文自有体，不肯作一新进士语，此又一痴也；费资千百万，家人寒饥，而面有孺子之色，此又一痴也；人百负之而不恨，己信人，终不疑其欺己，此又一痴也"。[8] 我们可以从黄庭坚的这段评论中了解到晏几道性情不谙世故的天真之处。词人品性的这个"痴"字，表现在情感生活中，则是一种如迷似狂的沉缅与执著。他可以称作是性情中人，一个典型的"情痴"。一部《小山词》，把词人的纯情痴意演绎得淋漓尽致。其真挚、深婉、执着的情感表达，成为了《小山词》最突出的特点，这个突出特点具体表现在下面几点：

1. 纯情锐感的品性和痴情不移的特征

小晏的纯情之纯，是纯而浓烈。其情感因浓烈程度，被称为"古之伤心人"。鲁迅先生曾透辟地指出："有至情之人，才能有至情之文。"[9]《小山词》中的许多至情形象其实就是至情小晏的真实写照："两鬓可怜青，只为相思老"（《生查子》）、"佳人别后音尘悄，瘦尽难拼。"（《丑奴儿》）这是一付只为情而存在的身心。"要问相思，天涯犹自短"（《清商怨》），天涯之遥仍短于相思之情，足见情之长、思之深。"到情深，俱是怨"（《更漏子》），一个"怨"字把词人一往情深传达到了无以复加的程度。小晏以一颗纯真、热烈的词人之心和多情锐感的资质去感受人世间的那一份情，流出笔端的，自然便是感人至深的款款情意。白居易说："感人心者，莫先乎情"[10]，这恐怕是小晏词较理性词人晏殊的词更让人感动和喜欢的一个原因。

另外，还应该承认，《小山词》的纯情中，是有"痴"的因素在起作用。锐感的小晏，无论是追情往事，写对爱情欢愉的体验，还是感伤离别，抒发刻骨相思的情怀，都充溢着一股强烈的情感，这感情常常被渲染到十分浓烈的地步，近痴带狂，甚至"无理"，以至于被人称之为"鬼语"，以下两例颇为典型：

《鹧鸪天》下半阕："春悄悄，夜迢迢，碧云天共楚宫遥。梦魂惯得无拘检，又踏杨花过谢桥。"前三句在迷离的醉意中，因思念而久不成寐，在春夜迢迢之中，竟像是灵魂在楚宫飘浮着。末两句写思极而梦，寤寐求之。"梦魂"的好处，在于"无拘检"的自由度。词句虽是化用张泌的《寄人》"别梦依依到谢家，小廊回合曲阑斜"的诗意，可是词人在梦中情致盎然地踏着朦胧月光下和似花非花的杨花过往谢桥与情人约会的情景，又不知要比"别梦依依过谢桥"生动多少倍，实乃情到深处人梦游。这虚幻飘忽的梦魂在春夜迢迢的月光下不仅凄美无比，还散发着一份梦游人任真率性的激情和如痴如狂的爱恋。晏小山灵魂离体诉相思，看似无理却情却真。连宋朝理学名家程颢（或程颐）都被这样痴情的句子打动，笑曰："鬼语也"。

小晏词中的"鬼语"不只一端。《思远人》下半阕写道："泪弹不尽当窗滴，就砚旋研墨。渐写到别来，些情深处，红笺为无色。"流着眼泪研墨寄相思，其痴情，连"红笺"也为之无色。想这红色信纸居然可以变成无色，当然是无理至极的"鬼语"，这样的"鬼语"颇有几分惊心动魄的味道。可是，这"鬼语"却是极妙。沈雄于《柳塘词话》中道："所谓无理而妙者，非深情者不辨"，之所以"无理而妙"，正在于从"无理"中可见出真情、深情、痴情。小晏"无理而妙"的"鬼语"所透出的凄美迷离的纯情痴意，在他的词篇中表现得非常深挚动人，让人击节叫好。这也正如"脂砚斋"批点《红楼梦》时所说的"极不通极胡说中，写出绝代情痴"。有着与《红楼梦》中贾宝玉相同情感特质的晏几道，其绝代痴情处亦当仁不让。

2. 抒情的"向内转"与个人化

抒情小词到了晏几道，已明显地由晚唐五代不具个性的艳歌转为抒写一己之情的词篇。《小山词》中最常出现的女性形象和名字是好友陈、沈二家的歌女"莲、鸿、苹、云"四人，词人在与她们的频繁的接触中产生了深深的爱恋之情，为她们写下了一首首缠绵悱恻的深情词篇。从总体上看，晏几道此类词作已脱离了歌舞欢场上逢场作戏的性质，具有了专指的感情品质。正如叶嘉莹女士所指出的：这时候的小山词，"带着个人色彩了，而不是《花间集》的没有个性的艳词了。"[11] 我们从他的许多词篇中可以见出这种情感的专指的个人化色彩："记得小苹初见，两重心字罗衣。琵琶弦上说相思。当时明月在，曾照彩云归。"（《临江仙》）"有朝无定是无期。说与小云新恨、也低眉。"（《虞美人》）"手燃香笺忆小莲，欲将遗恨倩谁传？"（《鹧鸪天》）"飞云过尽，归鸿无信，何处寄书得。"（《思远人》）

小晏的这些有专指的情词已从其他艳词中跳脱出来，重心向内转，向情深处转，不纠缠于艳事本身，着重于男女情爱中心灵的感应与共鸣。努力挖掘和表现的是心灵中的情绪，是更深、更细、更微妙的情的底蕴。这较之花间派词家温庭筠等人着力于外在的客观的描摹，以描写女子的容貌、服饰及其生活环境为重心的情词，无疑是一个进步——一个在抒情上的进步。由于"向内转"的倾向，小晏的情词便完全脱去了传统艳词剪红刻翠、滴粉搓酥的俗态，言情很少带有色情的成分，在承续并深化了婉约词"偎缪婉转之度"的同时，减去了许多"绮罗香泽之态"，读后绝不给人以轻浮卑俗之感。如果再将其词的借色洗去，真可谓"铅华销尽见天真"了。"天真"之词，乃小晏词人的"赤子之心"[12] 所为。这恰恰是《小山词》有别于其他艳词多艳事少真情之根本原因。

3. 语言对情感的强化与渲染

小晏词往往用语较重，感情色彩强烈。例如"拼"字的运用就是小晏词的突出用语。

佳人别后音尘悄，瘦尽难拼。 （《丑奴儿》）

就中懊恼难拼处 （《风入松》）

自怜轻别，拼得音尘绝。 （《点绛唇》）

拼却一襟怀远泪，倚阑看。 （《愁倚阑令》）

才听便拼衣袖湿 （《浣溪沙》）

已拼常在别离中 （《浪淘沙》）

已拚归袖醉相扶　（《木兰花》）

年年拚得为花愁　（《鹧鸪天》）

彩袖殷勤捧玉锺，当年拚却醉颜红。　（《鹧鸪天》）

这些词句用"拚"，或表达感情的无法控制，或表达主人公为情不惜一切的决心，或表达情感的绝难割舍。这个"拚"字，成了《小山词》表达情感极致的一个非常形象的字眼，也是晏小山苦恋情结形象写照。词人的十分用情、为卿而狂的心态和情态在这一"拚"中和盘托出、栩栩如生。

此外，渲染强烈感情的"狂"字，在小晏词中也不乏见，如："尽有狂情斗春早"（《泛清波摘遍》）、"天将离恨恼疏狂"（《鹧鸪天》）、"狂情错向红尘住"（《御街行》）、"殷勤理旧狂"（《阮郎归》）、"狂似细筝弦底柱"（《木兰花》）等。另外，诸如"乱"、"醉"、"破"、"恼"、"恨"等带有强烈感情色彩的字眼，在《小山词》中出现的频率也很高。这些词的重笔渲染，无疑对《小山词》的深婉情感起到了烘托作用。

三　曲折跌宕、深婉细腻

不可否认，《小山词》的题材是狭窄的，不外乎儿女相思和对情事的追忆。可是，就这一个"情"字，词人却能将其开掘得无比地曲折深婉，摇动人心。如一首《阮郎归》：

旧香残粉似当初，人情恨不如。一犹有数行书，秋来书更疏。衾凤冷，枕鸳孤，愁肠待酒舒，梦魂纵有也成虚，那堪和梦无。

这首词用曲折的进层笔法，把抒情主人公的感情写得十分细腻和富有层次。春天的几行书已让人领略到薄情了，然而秋来连这么可怜的几行书也求之不得，凄婉之意在此已深了一层。无奈只有把这份无法排遣的思念托付于梦，尽管醒来一切成空，然而内心到底能有片刻的安宁和欢愉，情感毕竟还有最后一点栖息之地，可是最终连这种自期自慰的梦境也无法得到，感情的出路何在？词人自己也无法回答，于是，只好由着这份感情在有书又无书，有梦亦无梦的夹缝中辗转。这样的词句已不是凄婉，简直是凄厉了，一读之下令人动容。词人言情之婉曲细腻由此见出一斑。

以梦写情，也是词人言情曲折跌宕的重要表现形式。晏几道可以说是一个以梦写情的高手。一部《小山词》，"梦"字随处可见。据统计，词集中有57首都写了梦境，占他全部词作约四分之一。梦境，成了词人的一个强有力的抒写情感的方式。无论是以梦来追忆往事前尘，还是借以表达人生如梦之感，也无论以梦来抒写思相思怀人之情，或是将现实中难以实现的愿望以梦托之，不外乎都是一种郁结之下的情感渲泄方式：

眼中前事分明。可怜如梦难凭。　（《清平乐》）

一夜梦魂何处，那回杨叶楼中。　（《清平乐》）

梦后楼台高锁，酒醒帘幕低垂。去年春恨却来时。　（《临江仙》）

从别后，忆相逢，几回魂梦与君同。今宵剩把银釭照，犹恐相逢是梦中。(《鹧鸪天》)

画屏天畔，梦回依约，十洲云水。 (《留春令》)

醉别西楼醒不记，春梦秋云，聚散真容易。 (《蝶恋花》)

"梦"字《小山词》中到了俯拾皆是的程度。梦的描写，强化了其梦寐以思、极为执著的感情。这个"梦"，可视为晏几道满腔块垒的一种解救和补偿，视为"古之伤心人"的心灵絮语和情感出口。在情感表现上，梦中的小晏铅华销尽，天真尽现。在艺术表现上，这一份情感又因梦之飘渺迷离而显得更加地曲婉深致、形象生动。

陈廷焯云："李后主、晏叔原皆非词中正声，而其词则无人不爱，以情胜也。情不深而为词，虽雅不韵，何足感人乎？"[13] 此语当是知言，小晏词虽无李后主那种常常的国家之慨，也无指远寓大的浑然深沉，然而，小晏词在狭小的境地中挖掘进情感的深层，不仅肯定了"情"的价值，也因情感的力度和深度而显示出动人心魄的力量。

《小山词》还十分注重情感与意象的相契合，借助于特定意象的渲染、映衬、融合，令情感的抒发更加委婉、细腻、含蓄。如《鹧鸪天》写思妇怀人，上片用"年年陌上生秋草，日日楼中到夕阳"一联景语，把思妇日复一日，年复一年孤寂思念的愁苦寓于其中。下片又以"云渺渺，水茫茫"景语起兴用天长水阔的画面准确含蓄地传达了片人旧路难寻、相见无期的一腔愁绪。类似的情景契合的词句在《小山词》中很常见，词人有时以景衬情，"月细风尖重柳渡，梦魂常在分襟处"(《蝶恋花》)，以寒风缺月、依依垂柳衬托一片凄清迷蒙中的离情。"落花人独立，微雨燕双飞"(《临江仙》)，又是通过春雨绵绵、落花纷纷渲染离恨缠绵，并以双飞之燕衬托独立于微雨落花中的孤寂之人，把人物的感伤心情委婉、含蓄地表达出来，情缘景生，情景相融。像"陌上蒙蒙残絮飞，杜鹃花里杜鹃啼"(《鹧鸪天》)，"弹到断肠时，青山眉黛低"(《菩萨蛮》)、"凉月送旧思往日，落英飘去起新愁"(《浣溪沙》)、"凉叶催归燕"(《碧牡丹》)，以及"一寸愁心，日日寒蝉处处砧"(《采桑子》)等词句都是融情于景，传情达意的佳句。它不仅创造了一种含蓄蕴藉的优美词境，也使情感"款款深深，低回不尽"[14] 读之韵味无穷。

《小山词》绝大多数是令词，小令无法大开大阖，贵在曲折、意境和映衬。晏几道的本领在于能够在令词短小的篇幅中写出幽约细腻的情思，以曲折、映衬等婉曲抒情的方法，创作出词短意长，小格局中有意境的佳作来，达到了"其情长，其味永，其为言也哀以思，其感人也深以婉"的艺术境地。

四　沉郁悲凉、感伤落寞

小晏词具有浓厚的悲剧性，其词明显地透出感伤落寞、无奈凄凉的怆然悲情，这是小晏词言情的又一特点。

小晏者，"古之伤心人也"，其词作忽隐忽现地透着浓郁的盛衰今昔之感和凄凉的身世飘零之叹。感伤落寞，就像主题旋律一样，始终在他词作中低回不止、拂之不去。这个特点是与他的生活经历、身世及性格等有密切的关系。

小晏出身虽贵为宰辅之家，但在父亲晏殊去世后，便家道中落。家庭的变迁，使他饱尝了世态炎凉、人情冷暖，这个名相之子一生郁郁不得志，终其一生不过是一个小小的颖昌府许田镇监，最后落拓以终。其中，还有一层性格方面的原因。同时代的黄庭坚曾在《小山词序》中评价小晏"磊隗权奇，疏于顾忌，文章翰墨，自立规摹。常欲轩轾人，而不受世之轻重。""叔原固人英也，其痴亦自绝于人"，其"痴"表现在："仕宦连蹇，而不能一傍贵人之门"；"论文自有体，不肯作新进士语"；"人百负之而不恨，已信人，终不疑其欺已也"。[15] 这些"痴"处，正是小晏性格耿介孤高，纯真忠厚的可爱之处。然而，耿介不能得权贵的欢心，孤高则不肯随俗，淳真忠厚则易受人欺陷。小晏最终落得"陆沉下位"[16]，弄得家境困窘、晚境凄凉。这种结局对于小晏来说，实在也是一种必然。不能改变现实又不肯改变个性的小晏抱定"古来多被虚名误，宁负虚名身莫负"（《玉楼春》）的宗旨，借狂歌醉句、耽溺歌舞酒筵以自遣。他说"劝君频入醉乡来，此是无愁无恨处"（《玉楼春》），看似洒脱，实是无奈。

晏几道《小山词自序》云："追惟往昔过从饮酒之人，或垅木已长，或病不偶。考其篇中所记悲欢离合之事，如幻如电，如昨梦前尘，但能掩卷抚然，感光阴之易迁，叹境缘之无实。"言语中流露出很深的盛衰今昔之慨叹。朋友的衰病亡故，诸歌女的离散飘零，都令晏几道感受人世的无常和冷漠。繁华往事如烟如雾，当年韵事渺不可追，生活日益穷落魄，年纪和情怀也"今年老去年"。所有这些，以小晏的多情锐感的天性去体验，在感情上所作的挣扎必然较之一般更为剧烈痛苦。他这样一个沉浸在往事中不肯自拔，一味地写伤心情书的词人，始终不断地在他的词作中大量流露出这样的伤感和痛苦：有"眼中前事分明，可怜如梦难凭"（《清平乐》）、"无定莫如人聚散"（《木兰花》）等对人生无定、无常，如幻如电的慨叹；有"好枝长恨无人寄"（《蝶恋花》）的怀才不遇的哀痛；有"齐斗堆金，难买丹诚一寸真"（《采桑子》）、"人情恨不如"（《阮郎归》）的对世态炎凉的叹喟；有"谁知错管春残事"（《玉楼春》）借伤春以自伤的徘徊和"欲将沉醉换悲凉"（《阮郎归》）的酸楚；有"酒罢凄凉。新恨犹添旧恨长"（《减字木兰花》）的悲凉。就是那些描写十分热闹的欢歌宴舞和相悦欢乐的词作，其实也笼罩在追忆感伤的氛围之下，在盛衰今昔的格局中时时地比照，时时地追忆。再热闹再欢悦，最终也是"一春弹泪说凄凉"（《浣溪沙》）。《小山词》的这一份浓郁得化不开的感伤，强烈而百转千回，凄迷而动人心魄。词人对过眼云烟的盛衰荣辱和身世之感的隐痛使得他的词作总难脱一种凄婉低徊、沉哀入骨的感伤悲凉。

感伤悲凉的氛围如同一张大网，网住了一部《小山词》。"将身世之感打并入艳词"，王国维这一句评价说的虽然是冯延已的词，但冯词于浓丽背后蕴藏着抑郁难遣的悲凉这一点，又与《小山词》何其相似！小晏词作"哀以思"，"婉而深"的特点与李煜、冯延已一脉相承，并于秀美柔媚之中藏着一股悲凉沉郁的力量。黄庭坚谓其词"清壮顿挫，能动摇人心"[17]，诚不虚言。

综上所述，以言情见长的纯情词人晏几道，其纯情锐感的资质和深挚、婉曲、沉郁的抒情风格合力造就了《小山词》纯情特色和动人心魄的艺术魅力。

【参考文献】

[1]（明）毛晋编《小山词跋·宋六十名家词》[M].上海中华书局.

[2]（清）冯煦《蒿庵论词》[A].《唐圭璋词话丛编》[M].中华书局,1986.

[3]吴梅《词学通论》[M].华东师范大学出版社,1996.

[4]龙榆生《宋词发展的几个阶段》[J].《新建设》1957年8月号.

[5][6][7][13][14]（清）陈廷焯《白雨斋词话》[M].人民文学出版社,1983.

[9]鲁迅《守常全集题记》[A].见鲁迅《南腔北调集》[M]人民文学出版社,1951.

[10]（唐）白居易《与元九书》[A].见王汝弼选注《白居易选集》上海古籍出版社,1980.

[11]叶嘉莹《唐宋词十七讲》[M].河北教育出版社,1997.

[12]王国维《人间词话》[M].上海古籍出版社,1998.

[8][15][16][17]黄庭坚《<小山词>序》[A]见《黄庭坚选集》[M]上海古籍出版社,1991.

苏轼金山诗的禅宗文化内涵

赵丹琦

【摘 要】 苏轼漫游润州（今江苏镇江）金山及金山寺写下了十几首以金山为名的诗歌。苏轼金山诗连绵贯穿在其一生坎坷经历之中，诗中深切表达了与金山寺僧侣们的深厚情谊，着力描绘了金山佛寺内外幽静高妙的风景，抒发了深刻的禅理妙趣，成为后人综合研究苏轼丰富的禅宗文化的重要来源。

【关键词】 苏轼 金山诗 禅宗文化

苏轼一生因仕途坎坷，迁谪达十多州，以致自称"身行万里半天下"（《苏轼诗集卷三·龟山》，本文中金山诗歌来源都出自《苏轼诗集》）[1]。但他曾经 12 次至润州留下百余篇诗文。据学者乔长富考证"其逗留的时间，长则近半年，短则几日。"[2] 在润州时，苏轼探亲访友，遍游名胜山川。在金山、焦山、北固山、南山等处都留下了他的踪迹。特别是金山，除熙宁七年冬因"程限"、元丰二年八月因"乌台诗案"、建中靖国元年六月因重病外，其它 9 次到润州都曾前往金山并写下名篇诗文。他和金山的前任长老宝觉、圆通、继任长老佛印关系极好；还把他的玉带留在了金山，又把他的画像和亲笔自赞留在了金山；甚至在他贬官黄州后又来到金山，在他贬谪岭南北归后仍然来到金山。苏轼与金山的因缘可谓深厚，联系其诗我们则可以探寻某些特殊缘由。

一 苏轼与金山僧侣结交深厚，其金山诗充满了禅宗情缘

苏轼一生行踪遍及大江南北，因父母笃信佛教，少时在接受三坟五典的同时已"旁资老聃释迦文"（《苏轼诗集·子由生日以檀香观音像及新合印香银篆盘为寿》），一生又与云门宗、临济宗、黄龙宗、华严宗等众多门派的僧人均有往来，并且"由其记游诗文可知其所见佛禅寺院逾百。"[3] 但为何苏轼多次来金山，而对金山情有独钟？笔者认为主要是由于苏轼喜欢参拜金山名寺名僧，谈禅诗近佛道，做佛事遣忧怀，才真正形成了其对金山的禅宗情缘。

金山今地处江苏镇江西北。宋王存等编著《元丰九域志·金山记》云："唐时有头陀挂锡于此……忽一日于江际获金数镒，寻以表闻，赐名金山。"[4] 原为扬子江中的一个岛屿，因"大江曲流"，至清光绪末年左右与陆地连成一片。金山景点甚多，又多

历史传说与神话故事（如水漫金山，乾隆金山寻父等），古人赞为"江南名胜之最"。金山现为国家 4A 级风景区，因有金山寺而名闻遐迩。金山寺始建于东晋，原名泽心寺，又称龙游寺，清康熙帝亲笔题写"江天禅寺"，自唐以来皆称金山寺，是中国佛教诵经设斋、礼佛拜忏和追荐亡灵的水陆法会的发源地。

　　苏轼对佛教一直都很热衷，他读经参佛，讲布施果报，希求往生。据释志磐撰《佛祖统纪》卷四十六载"轼曰。八九岁时时梦身是僧往来陕右。" [5] 十岁到成都时，与佛门大师惟度游甚熟。而并非如学者何林军所认为的："较多地研习、接触佛教当在通判杭州时。[6]；也并非如学者范春芽认为"苏轼当时所处的现实政治环境，使得他更愿意寄情于西湖的僧人和西湖山水中所滋养心灵，此时已开始在思想上自觉自愿地逐日亲近佛老思想"[7]；更并非如学者董雪明等所认为的："'乌台诗案'是苏轼人生的转折点，由原来以儒家思想为主导，益之以佛老，变成以佛老思想为主导，以儒家思想为辅。"[8] 应该说苏轼所亲之佛地，有家学渊源，更有自己一贯的喜好和选择，并非只有杭州、黄州才是苏轼"较多的"、"开始的"、"主导的"信佛之地。学者孙昌武就认为早在"嘉佑元年 (1056)，三苏赴京师，与居讷弟子大觉怀琏结下深厚友谊。"[9]。苏轼在政治上初次失意而乞求去杭州外任通判，在心理上也更有可能希求在禅宗境界中求得心灵超脱。因为禅宗世界观便是坚持明心见性的思想和随缘自适的人生观。熙宁四年（1071）十一月，苏轼赴杭途中，经过润州时，便到金山寺拜访了怀琏弟子宝觉、圆通二名僧，夜宿寺中，写下《游金山寺》（《苏轼诗集卷七》）名诗，云："羁愁畏晚寻归楫，山僧苦留看落日"，就已过上了一段与金山僧侣赏看落日的超凡绝尘的解忧生活。还写赠诗《送金山乡僧归蜀开堂》（《苏轼诗集卷十四》）表达了与乡僧"涪江与中泠，共此一味水"的深情厚谊。苏轼在杭州通判任上，熙宁六年（1073）冬曾赴常州、润州赈饥，次年（1074），又过金山，与妹婿柳子玉（润州丹徒人，名瑾）会见怀琏弟子金山宝觉，写有《金山寺与柳子玉饮大醉卧宝觉禅榻夜分方醒书其壁》（《苏轼诗集卷六》）。五年后的元丰二年（1079），移知湖州途中再住金山，又作《余去金山五年而复至次旧诗韵赠宝觉长老》（《苏轼诗集卷十》："谁能斗酒博西凉，但爱斋厨法豉香。旧事真成一梦过，高谈为洗五年忙。清风偶与山阿曲，明月聊随屋角方。稽首愿师怜久客，直将归路指茫茫"。还有《留别金山宝觉圆通二长老》（《苏轼诗集卷六》）："沐罢巾冠快晚凉，睡馀齿颊带茶香。叙舟北岸何时渡，晞发东轩未肯忙。康济此身殊有道，医治外物本无方。风流二老长还往，顾我归期尚渺茫"，还希望长老为其指点修行的迷津，康济余生。在《金山长老宝觉禅师真赞》（《苏东坡全集第九卷卷八十五》）中苏轼说道："因是识师，是则非师。因师识道，道亦如是。"[10] 表明他是因识得禅师才悟出了佛道。

　　在金山苏轼还与名僧佛印禅师（1032--1098）常相往来。佛印是开先善暹法嗣，为云门五世。据清乾隆雅雨堂刊刻《金山志》"佛印俗家姓林，浮梁（今江西景德镇）人，号了元，字觉老"，[11] 赐号佛印，是富家子弟。三岁能诵《论语》，五岁能诵诗三千首，被称为神童。神宗赐他度牒文书、高丽进贡的磨衲、金钵，其后成为云门宗的掌宗法师。苏轼过金山时，有《蒜山松林中可卜居，余欲僦其地，地属金山，故作此诗与金山元长老》(《苏轼诗集卷十四》)甚至想买地建房居住于此，诗曰："问我此生何所归，笑指浮休百年宅。蒜山幸有闲田地，招此无家一房客。"元丰七八年间（1084--1085），佛印住持金山时，有海贾到寺设水陆法会（或名水陆道场，是佛教中最盛大的佛事仪则。据《佛祖统记》卷三十三所叙源流，最初由梁武帝梦僧启示，后又得宝志劝说，因而披阅大藏创立仪文，于天监四年（505）在金山寺首建水陆法会），佛印亲自主持，大为壮观，遂以"金山水陆"驰名。苏轼则修崇斋法绘像制赞，撰《水陆法赞》16篇，称为眉山水陆，写有《水陆法象赞》（并引）(《苏东坡全集第九卷卷八十五赞》)，成为金山寺水陆法会史上发扬水陆流通至教制仪立法的十大士之一。苏轼在金山，受佛印禅师所托，还为金山寺抄写楞伽经，出钱三十万刻印《楞迦经》。后人为纪念他，特修建了一座楞伽楼台。《书楞伽经后》有解释："且以钱三十万使印施于江淮间，而金山长老佛印大师了元曰：印施有尽，若书而刻之则无尽。轼乃为书之，而元使其侍者晓机走钱塘求善工刻之版，遂以为金山常住。元丰八年九月×日，朝奉郎新差知登州军州兼营内劝农事骑都尉借绯苏轼书。"[12] 金山"佛印山房"是佛印法师居处，多年来苏轼与他一起在山房吟诗作画，留下许多幽默的传说故事。元祐四年（1089）二次知杭州，过金山，又有《以玉带施元长老元以衲裙相报次韵》二首(《苏轼诗集卷二十四》)。有一次在金山寺两人以禅语对句，用苏轼玉带作赌，苏轼一时迟钝而输，玉带（后有乾隆题诗）便成金山寺留玉阁镇山四宝之一。而在山脚下"白龙洞"前的"玉带桥"则是佛印因众人要看苏轼的玉带，便让人仿玉带的式样造起16米长的桥来供人欣赏。其实苏轼与佛印的交谊在宋代已逐渐被传说化，宋释昙秀辑《人天宝鉴》载："东坡曰：'先妣方娠，梦僧至门，瘠而眇。轼十余岁时，时梦身是僧。'又子由与真净文、寿圣聪二师在高安，夜间同叙见戒禅师之梦，则戒之后身无疑。坡与真净书曰：'前生既是法契，愿痛加磨勘，使还旧观。'坡往金山，值佛印入室。印云：'者里无端明坐处。'坡云：'借师四大作禅床。'印云：'老僧有一问，若答得，即与四大为禅床；若答不得，请留下玉带。'坡即解腰间玉带置案上云：'请师问。'印云：'老僧四大本空，五阴非有，端明向甚处坐。'坡无语。印召侍者留下玉带，永镇山门。印以衲裙酬之，坡赋二绝句云：'病骨难堪玉带围，钝根仍落箭锋机。会当乞食歌婢院，换得云山旧衲衣。'又曰：'此带阅人如传舍，流传到我亦悠哉。锦袍错落浑相称，乞与佯狂老万回。'"[13] 诗中自然流露出政治上失意的感慨。苏轼为五戒后身的传说更成为后世小说、戏曲的题材（如《清平山堂话本》中的《五戒禅师私红莲记》、《古今小说》中的《明悟禅师赶五戒》、《盛明杂剧》中陈汝元《红莲债》）。苏轼与佛印以禅机交锋，表现出幽默诙谐，早已成为丛林美谈。苏轼后谪黄州，继续与了元交往。苏轼与金山寺及其名僧确实结缘不浅，交谊深厚。

二 苏轼多次游览金山，借景描摹高妙的禅诗意境

士人漫游，从仕途返归山水胜境，总是追求心灵的澄朗空静，也使痛苦的精神得到抚慰，因此历代士人不拘劳苦，乐游不辍。金山寺依山而建，殿宇栉比，遍布金碧辉煌的建筑，以致于无法窥视山的原貌，故有"金山寺裹山"之说。金山因其具有幽深峭曲、洁净无尘、超凡脱俗的山林佛寺风光胜景，吸引了苏轼在此多次居住、游览、吟诗，并极力表现了空澄静寂的禅诗意境。

佛家有云：一花一世界，一砂一天堂。能于微渺处看到宏阔，是禅宗所追求的一种空寂的乐境。苏轼的金山诗安逸闲适，优雅空灵，富含禅趣，穆如禅境。在即将到达杭州外任通叛的途中，苏轼专程游览金山，写下名诗《游金山寺》（《苏轼诗集卷七》）。起句便谈远宦"江入海"却遭宦场不顺而引起的乡愁。"闻道潮头一丈高，天寒尚有沙痕在"，则用静观自然永恒的大视角写浪潮击滩，留痕于沙。"中泠南畔石盘陀，古来出没随波涛"，写出石盘陀随波涛涨落而出没自古以来便是恒久不变的道理，多有宋诗理趣的意味。而"试登绝顶望乡国，江南江北青山多"，又再次回到思乡。在山僧进而留看落日时，苏轼用美妙的比喻来表达感受："微风万顷靴纹细，断霞半空鱼尾赤"。汪师韩《苏诗选评笺释》卷一中有评价："'微风万顷'二句写出空旷幽静之致。"[14] 而后的"有田不归如江水"，既是苏式警语，又似禅语。苏轼通判杭州前，许多大臣都因与王安石意见不合离开朝廷，欧阳修、范镇等也已经退隐。郁郁不得志的苏轼，离开京城奔赴杭州。在经过润州的金山寺时，看到秀美的风景，不禁产生了强烈的归隐思想，向江神发誓，只要有田可耕，一定要归隐山林。此诗略去对寺景的刻画摹写，着重写登高眺远之景，意境开阔，尽显闲静空寂的禅境。而在《自金山放船至焦山》（《苏轼诗集卷七》）中则以金山之壮丽，突出了焦山之幽静及老僧谈笑迎客的快乐。如："金山楼观何耽耽，撞钟击鼓闻淮南。焦山何有有修竹，采薪汲水僧两三。云霾浪打人迹绝，时有沙户祈春蚕。我来金山更留宿，而此不到心怀惭。……老僧下山惊客至，迎笑喜作巴人谈，自言久客忘乡井，只有弥勒为同龛。……"汪师韩《苏诗选评笺释》卷一也评道："《金山》作已极登高望远之胜，故焦山只写山中之景。彼以雄放称奇，此以闲寂入妙。……结出'无田不退宁非贪'，则又为前篇'有田不耕如江水'之句进一解矣。"《游金山寺》壮阔而凝练，愁绪浓郁，兴象高远，渐入禅境。而《自金山放船至焦山》也较多地体现了苏轼的禅宗情结。他心系庙堂，然自请退任后亦能在禅宗中寻得心安。他以澄净的心境观照空山寂林，直入除尘净虑的寂静之界，体验山林美乐，尽显自然生机。不用禅家语，却自含禅理。此外苏轼曾与柳子玉、刁丈一起游金山，写下《子玉以诗见邀同刁丈游金山》（《苏轼诗集卷二十九》）："君年甲子未相逢，难向君前说老翁。更有方瞳八十一，奋衣矍铄走山中。"借人映己，一样表达出悠游金山的快乐心境。

同样苏轼的《过金山寺一首》（《苏轼诗集卷二十》）又增添了一份物我同境之美，贴合了禅者圆融于心似的参悟。"明月妙高台，盘涡月照开。琳宫龙久住，珠树鹤能来。

云雾空中绕，帆樯槛外回。无言卷石小，江左拟蓬莱。"诗中描摹了明月朗照下妙高台如仙如幻的空灵胜境，充满了隽永的禅味。"诗为禅客添花锦，禅是诗家切玉刀。"[15]苏轼在参禅悟道中，把所思所悟融于诗歌之中，于细微处见宏阔，使其诗作具有了空阔的禅境。再看《金山妙高台》（《苏轼诗集卷二十六》）："我欲乘飞车，东访赤松子。蓬莱不可到，弱水三万里。不如金山去，清风半帆耳。中有妙高台，云峰自孤起。仰观初无路，谁信平如砥。台中老比丘，碧眼照窗几。巉巉玉为骨，凛凛霜入齿。机锋不可触，千偈如翻水。何须寻德云，即此比丘是。长生未暇学，请学长不死。"表达了对妙高台美景的极力赞颂和对金山老比丘佛印的无比崇敬，充满了高古脱俗的禅意。

苏轼七律回文诗《题金山寺》（《苏轼诗集卷二十五》）把金山胜境融入诗里行间，也深得禅诗境界。诗曰："潮随暗浪雪山倾，远浦渔舟钓月明。桥对寺门松径小，槛当泉眼石波清。迢迢绿树江天晓，霭霭红霞海日晴。遥望四边云接水，碧峰千点数鸿轻。"当年位于长江之中的金山，犹如"碧玉浮江"，又似"出水芙蓉"，引发了苏轼的诗兴，诗的首尾描绘了江上景物，诗中二联描述了山寺门外的绿树红霞。这首内容与形式俱佳的写景诗作，读来赏心悦目、回味无穷。顺读、倒读意境不同，可作两首诗来赏析，如果顺读是月夜景色到江天破晓的话，那么倒读则是黎明晓日到渔舟唱晚。构思奇妙，音顺意通，境界优美，全用白描，景色清幽。清丽澄彻。不仅展现了月色下金山佛寺内外的绝世胜境，而且充溢着寂静空灵、闲恬空淡的禅境。因为在禅宗看来只有空明澄静的审美心灵，才能使万境容于胸中。因此苏轼通过抒情金山山水，不仅表现自己悟得自性清净的欣悦之情，而且说明了大自然是清净法身的道理，可谓写出了空灵的禅诗意境。

三　苏轼于金山释怀，系怀禅宗无念心境

禅宗讲求"顿悟"，使人空明见性。在这方面苏轼金山诗中充满了空寂的禅境。刘熙载《艺概》云："东坡诗善于空诸所有，又善于无中生有，机括实自禅悟中来"。[16]苏轼金山诗中感念往事，万事俱空，讲的正是佛教诸行无常的法理，抒写的则是人生如梦、无心无念的坦然心境。

苏轼写有《蒜山松林中可卜居，余欲傲其地，地属金山，故作此诗与金山元长老》（《苏轼诗集卷二十五》），这首诗充满了机趣与幽默。"……金山也是不羁人，早岁闻名晚相得。我醉而嬉欲仙去，旁人笑倒山谓实。问我此生何所归，笑指浮休百年宅。蒜山幸有闲田地，招此无家一房客。"这里的笑是一种闲适自然的表情，是表现苏轼洒脱不羁一种描写。"浮休"谓人生短暂或世情无常。全句的意思是说，别人问我此生的归宿在那里，我笑笑指着告诉他"就是这座容纳了短暂无常的百年老宅呀。"表达了苏轼思归而无家可居，想过无心无念的归隐生活，向往金山的禅宗情结。

元丰二年（1079）四月，苏东坡由徐州该知湖州赴任途中，与名僧参寥一起经过金山时作《大风留金山两日》（《苏轼诗集卷十八》）"塔上一铃独自语，明日颠风当断渡。

朝来白浪打苍崖，倒射轩窗作飞雨。龙骧万斛不敢过，渔舟一叶从掀舞。细思城市有底忙，却笑蛟龙为谁怒。无事久留童仆怪，此风聊得妻孥忏。灂山道人独何事，半夜不眠听粥鼓。"前一句借南北朝时后赵佛图澄事言大风将至，三四句把无形的风描写得非常生动，五六句写风浪险恶，大船不敢过，小舟任掀舞，七八句中表现一种随缘自造的达观态度，即到湖州去也没什么忙的事情，在这里住几天也好，故却笑蛟龙为谁怒，最后两句说风浪很汹涌地打着船舱，然僧人参寥却正全心全意地倾听金山寺的木鱼声，反映了参寥不执着外物，去除杂念的禅定表现，此诗写的虽是金山的大风大雨即自然山水之境，不涉佛语，却仍然妙入禅味。因为苏轼以禅味入诗，在心灵感发中，领悟了人生价值与宗教体验，达到了审美与圆融之境。

《金山梦中作》（《苏轼诗集卷二十四》）："江东贾客木绵裘，会散金山月满楼。夜半潮来风又熟，卧吹箫管到扬州。"全篇着重苏轼自身情感的转换，由景而歌乐，得鱼酒更乐，又因景而生忧，忧而长啸，长啸后的寂静孤寂，漂流后的平静心情，梦境中的空灵心绪。《余去金山五年而复至次旧诗韵赠宝觉长老》（《诗集》卷十八）"旧事真成一梦过，高谈为洗五年忙。"然转瞬间，恍惚如梦，万物皆空于功名、死生之念，全可抛弃。这种超越的观照，既是禅佛之体悟，也是内心旷达的流露。禅宗典籍《金刚经》也认为："一切有为法，如梦幻泡影，如露亦如电，应作如是观。" [17] 佛教讲"如梦"，是本于诸法性空的根本原理，说明宇宙万物与人生都虚幻不实。苏轼所求在佛教精微处，也就是从中求得安顿身心的方式，透过现实磨难而得到精神的自由。

建中靖国元年（1101 年）苏轼病逝前两个月，风烛残年的他从海南岛儋州贬所遇赦回常州。路过镇江时，适逢表弟程德儒在金山，他便前往会面。他在金山寺见到李公麟（北宋名画家，苏轼好友）画的自己一幅在驸马都尉王诜王晋卿的西园雅集时的画像，于是提笔自题，写下了一首绝句《自题金山画像》（《苏轼诗集卷四十八》）："心是已灰之木，身如不系之舟；问汝平生事业，黄州、儋州，惠州。"寥寥几句，概括了颠沛流离的一生。贬谪的经历和丰富的阅历开阔了他的胸襟和境界，也成就了他的文学，炼铸了他的情感，形成一种平淡自然的、无欲无求的通透明澈之境。"灰飞烟灭"出自唐多罗译《大方广圆觉修多了义经》："譬如钻火，两木相因，火出木尽，灰飞烟灭。"[18]《坛经·坐禅品》（《金刚经·心经·坛经》）"于一切善恶境界，心念不起"。所谓不系之舟，是对他无所系念、随缘自适的生活态度的形象比喻。苏轼迁黄、惠、琼三地，能以出世的情怀玩赏山川明月，把漂泊之地当作心灵的栖息地，构建自由的精神家园，表现了随缘自适，纵情于自然风光的生存方式。因此苏轼在金山自题画像诗中参透生死，物我两忘，进入了空灵脱俗的禅诗境界。

禅宗对苏轼金山诗歌的浸润是深刻的。正是这样，金山诗，意象空灵，境界清幽，呈现出一种闲澹冷寂，悠然自在的情趣。苏轼多次亲临金山参佛开悟，并与佛印等名僧诗文唱和，作为习禅者向金山僧侣们学习进修，进入禅思境界，对金山的体悟有了不同的感受，产生了彼岸圆融之悟性。他用白描兼比喻写景，将人生如梦的感觉融化在山光水色之中不着痕迹，以寺庙内外的奇丽风光和幽深宁静的诗意取胜，将诗情画意与禅境之美融为一体，寄托皈依自然及归隐梦想，最终体现出高妙的禅诗境界以及与金山特别的禅宗因缘。

【参考文献】

[1] 孔凡礼点校.苏轼诗集 [M].北京：中华书局，1982.

[2] 乔长富.苏轼12次至润州事迹系年考述 [J].江苏：镇江高专学报，2009（1）.

[3] 施淑婷.苏轼参访寺院之因缘 [J].台湾：新竹教育大学人文社会学报，2009（1）.

[4] （宋）王存等编著.元丰九域志·金山记 [M].北京：中华书局 1984.

[5] 释志磐.佛祖统纪卷四十六 [M].山东：齐鲁书社出版，1995.9

[6] 何林军.苏轼与佛教 [J].湖南：郴州师范高等专科学校学报，2000，2（1）.

[7] 范春芽.苏轼与杭州诗僧诗文酬唱及其相互影响 [J].江西：南昌大学学报（人社版），2004（2）.

[8] 董雪明、文师华.苏轼的参禅活动与禅学思想 [J].江西：南昌大学学报（人社版），2003（5）.

[9] 孙昌武.苏拭与佛教 [Jl.文学遗产，1994,(1).

[10] （宋）苏轼.苏东坡全集第九卷卷八十五 [M].北京：北京燕山出版社 2009，12：4815.

[11] （清）卢见曾.金山志 [M].江苏：扬州雅雨堂刊刻，1762.

[12] （宋）苏轼.屠友祥校注·东坡题跋·书楞伽经后 [M].上海：上海远东出版社，1996，10：66.

[13] （宋）释昙秀辑.人天宝鉴 [M].上海：商务印书馆，1923—1925.

[14] （清）汪师韩.苏诗选评笺释 [M].湖南：钱塘汪氏长沙刻本，1886.

[15] （金）元好问.施国祁注.元遗山诗集笺注·答俊书记学诗 [M].北京：人民文学出版社，1958.

[16] （清）刘熙载.艺概 [M].上海：上海古籍出版社 1978，2.

[17] 陈秋平、尚荣注译.金刚经·心经·坛经 [M].北京：中华书局，2007，12.

[18] 徐敏译注.圆觉经 [M].北京：中华书局，2010，5.

论赵蕃的咏竹诗

施常州

【摘 要】 宋代知识分子的精神寄托和文化生活都很丰富,竹子等植物尤其受到绝大多数文人的喜爱。南宋诗人赵蕃也不例外,他对竹子的挚爱与痴迷,在南宋乃至宋代诗坛也卓然独立,他酣畅淋漓地抒写了当时的文人雅士对竹子的挚爱和精神追求:与竹子相依相伴的生活,对竹笋的悉心照料,以及身处异乡时对竹子的强烈思念;他写给竹子的悼亡诗,愁肠百结,具有强烈的艺术感染力,在中国文学史上具有独特的地位。竹子是诗人内心情志的寄托,含蕴着宋儒的人格理想与道义精神,代表了文人高士坚贞不渝的品格与节操。赵蕃对竹子的吟咏,正是中国传统文化中花草"比德"内涵的反映。

【关键词】 赵蕃 咏竹诗 悼竹 比德

在中国传统文化中,竹子以清贞挺拔的外表和宁折不屈的品格备受欢迎。自从晋代的王子猷指着竹子宣称"不可一日无此君",此君就成为竹子的别称;苏东坡也说:"可使食无肉,不可居无竹。无肉令人瘦,无竹令人俗。人瘦尚可肥,士俗不可医。旁人笑此言,似高还似痴。若对此君仍大嚼,世间那有扬州鹤"[1],可见历代文人对竹子的偏爱。赵蕃也不例外,他对竹子的挚爱与痴迷,在南宋乃至宋代诗坛,也是卓然独立。据笔者粗略查找,在其诗集中,共有超过200首诗写到竹子。他欣赏参天的大竹,也吟诵新生的小竹,甚至幼小的竹笋;他称赞悬崖边顽强挺立的"崖根竹",还有从石头缝隙中倒垂着的天帚竹。他把竹子当成知己朋友,如同自己的生命一样呵护有加。

宋代知识分子的精神寄托和文化生活都很丰富,竹子等植物尤其受到绝大多数文人的喜爱。赵蕃在诗中不吝笔墨,描述了当时的文人雅士对竹子的挚爱和精神追求,他在太和为官时期最好的朋友之一、著名的隐逸之士杨愿(字谨仲)就是这样一位拔俗之士。赵蕃介绍杨愿及其水竹环绕的居所说:"地占清江胜,居兼水竹幽。衡门阻静僻,高卧乐优游"(《呈杨谨仲监庙三首》之三),又说"清江郭内千竿竹,爱此浑如屋上乌"(《呈杨谨仲二首》之一);还把杨愿比喻为东汉末至三国时期的著名隐士庞德公,"竹户与松窗,当年拜老庞"(《寄呈寿冈先生二首》之一),可见他对杨愿这位与茂密的竹子与松林作伴的高士心怀钦敬。

在诗中,赵蕃还记述了当时的文人高士一起结伴欣赏竹子的高雅活动。其《同成父弟访王亢宗，遇周钦止，同过圆通看竹二首》之一叙述说："访客因逢客，相携看竹来。径从林下转，门向水边开。高顾防惊鸟，徐行恐破苔。故嫌溪浅落，妨我泛舟回。"他们看竹时，对大自然的其它生物也小心翼翼，可见他们的仁爱之心何其淳厚。他在《过叔文园亭，题于竹上》一诗中，记述了与友人游赏竹林时的陶醉和内心的体悟："一亭幽入径，万竹上参天。我欲成闲咏，君能起醉眼。清风谁为起，宿雨昼犹悬。莫厌此物聒，管弦非自然。"听到大风吹过竹林时发出的啸声，赵蕃安慰友人不要说啸声吵嚷，相反，它充盈着自然之美，是清醇的天籁之声。

当时的文人高士，寄居的房舍周围如果没有竹子，总要想方设法找来竹子种植。赵蕃称赞友人"借宅亦种竹，知子未忘此"（《溧水道中回寄子肃玉汝并属李晦庵八首》之六），并在《药圃旧无竹，仆为作诗，从闲止乞栽》诗中说："一日借居无不可，数竿分我未伤廉。悬知影可连书屋，便恐山无到野檐"，他幽默地请求友人分给他数竿竹子，想象着不远的未来，书房外竹影掩映的美景。

一 "我居何有惟修竹，一日真成不可无"：
描写与竹子相依相伴的生活

赵蕃对魏晋风度非常欣赏，对王子猷雪夜访戴、兴尽返回的潇洒豪放，以及"不可一日无此君"的高洁襟抱念念不忘，其诗集中分别有多首诗述及王子猷"访戴"或"此君"故事。他兴味盎然地吟唱道："王郎家世本爱竹，旧说不可无一日"（《送王亢宗赴剑浦丞》）、"兴怀王子猷，匪但一朝夕"（《次韵斯远投宿招贤道店对竹再用前韵见怀二首》）、"我居何有惟修竹，一日真成不可无"（《简见可觅画三首》之一），可见赵蕃上与古人为友，崇尚魏晋贤人的名士风度，对王子猷的品格及"此君"怀有深厚的情谊。

在与朋友的交游酬赠中，赵蕃经常以家乡的参天竹林为骄傲，他说"我家入婺四十里，有竹参天山崛起"（《寄婺州喻良能叔奇》）、"我家章泉旁"，"有竹森似束"（《有怀竹隐之笋复用前韵》）、"吾家章泉村，有竹数十百"（《冬晴三首》之二）；他经常盛情邀请异乡的朋友到他家做客赏竹，"会当过我南山南，门有修篁风屡舞"（《王伯玉兄弟皆用叔文韵作诗见示答之》），在赵蕃的眼中，那一片片茂密的竹林，会在风中翩翩起舞，欢迎远道而来的客人。

不论家居还是为官，赵蕃都要有竹子相依相伴，他与竹子情浓于水，他说："一日犹思种，长年可不栽"（《竹径》）、"官居亦何有？有此数竿绿"（《有怀竹隐之笋，复用前韵》）。在青年时代，他把自己的宅舍称为晏斋，"晏斋生理比何如，破砚今来亦已枯。珍重此君为耐久，澹然相对只清癯"（《寄怀二十首》之一）。从诗中可知，他经常静静地对竹长坐，仿佛竹子能与他说话，竹子清瘦的风姿与经久不变的节操，给他带来了美好温馨的慰藉。他在太和为官时，把自己官居的厅事称为晏斋，把面对竹子的书房称为思隐堂。他说："晏斋，余自名也，故常以榜自随，乃以名厅事之东。偏厅之后，旧有一室，面对竹，余山居富此物，亦以竹隐名。对此竹，而有思于山中，故以思隐名之"[1]，他之所以把太和居所的书房称为思隐堂，是因为他非常思念家乡宅舍内外的竹子。杨万里在太和思隐堂看到赵蕃对着竹子专注吟诗的情景，也幽默地说他"诗人与竹一样瘦"[2]，可见赵蕃对竹子的喜爱，竟至到了王子猷"一日借居无不可"（《药圃旧无竹，仆为作诗，从闲止乞栽》）的地步。

二 "遥怜初日弄碎影，想见午风传细香"：抒发身处异乡时对竹子的思念之情

赵蕃对竹子情有独钟，当他因移居或为官告别竹子的时候，总是依依不舍："十载依修竹，今秋始一辞"（《徙居祖印寺》）；他前往太和为官时，临行前与竹子告别说："十年保我章泉竹，木枕布衾供易粟"（《审知以诗送行借韵留别》之一）、"频年尽室依此竹，意谢朱儒奉囊粟。今当舍竹去作吏，竹为嘿嘿如抱辱。"（《同成父过章泉，用前韵示之》）他把竹子当成了知心朋友，与其"对话"，向它倾诉内心的矛盾与痛苦。

在外地为官时，他念念不忘家中竹子的安全与长势，他对弟弟赵成甫动情地说道：在初夏时，竹子生长旺盛，竿叶稚嫩，易受伤害，所以"及此夏初时"，"尤欲护吾竹"（《寄秋怀》之八）；要"调护山中竹，斧斤毋使侵"，防止被人偷偷砍伐；要把门前影响出入和环绕沟堑的竹子移种别处，"当门要移种，绕堑合分阴"（《丰城送成父弟还玉山三首》之三）。在辰州为官期间，他非常思念太和思隐堂的竹子，想象着思隐堂外竹子茂盛的长势："问讯新篁今几长，高应出屋下侵廊"（《重怀思隐之作，因回使寄明叔兼呈从礼、景立》）；他仿佛看到太阳刚升起时那斑驳摇曳的竹影，闻见中午时分微风吹过带来的竹子的清香："遥怜初日弄碎影，想见午风传细香"（同上）；他昼思宵寐、寝食难安，几近肝肠寸断："卧看行吟君得意，昼思宵寐我回肠"（同上），可见他对竹子的思念之深、思念之苦。远游归来，他会迫不及待地与竹子见面"聊天"。在《检校竹隐竹数三首》中，他叙述自己"何以居之安？赖此猗猗绿"，在异乡时"一朝顾舍去，梦寐劳心目"，时刻牵挂着竹子；归来后"今晨忽在眼，如客得归宿"，立即点数竹子的数量，还借助"风语"让竹子说话，"竹虽不解语，风能为之言"；竹子随后万分"委屈"地倾诉了在主人离去后遭遇的不幸："斧斤伐我本，畜牧践我孙"。有感于竹子被斧斤砍伐，竹笋被牲畜践踏，诗人决定为竹林构筑篱笆，从此好好保护竹子，防止竹子被砍伐或盗窃。

从赵蕃娓娓道来的叙述中，可以感受到他对竹子体贴入微的感情，竹子是通达诗人感情、寄托性灵的知音，也是他的第二生命。

---

[1] 注：赵蕃有诗题为《晏斋，余自名也，故常以榜自随，乃以名厅事之东。偏厅之后，旧有一室，面对竹，余山居富此物，亦以竹隐名。对此竹，而有思于山中，故以思隐名之。思隐之东，又辟屋丈许，连以为斋，乞名于张君伯永，为名曰容斋。并作三绝志其事》。

三 "堤防虞采掘，检束费晨昏"：
描绘诗人对竹笋或新竹的悉心照料

比之与人，竹笋和新生的竹子，有如婴幼和少年，需要更多的关爱。赵蕃非常喜爱观赏破土而出的竹笋和新生的竹子，感受它们蓬勃的生机与活力，并诉诸于诗："新竹排个个，是中有余诗"（《闰月二日雨，三日复雨，寄斯远三首》之三）；他赞赏新生的竹子生命力顽强，长势旺盛："新竹不数辈，岁悭非地贫。破苔方挺出，突屋已长身"（《新竹》），虽然年景不佳，新竹数量稀少，但是出生后的几竿竹子，却生长迅速。其《题新竹示韦德卿》一诗，对竹笋和新生的竹子观察细致，描写细腻生动："戢戢初成苗，骎骎渐可竿。朝幽粉泪渍，午静箨声干。枝且胜栖羽，阴仍合翠寒。书斋有余暇，可以过予看。"密集的竹笋，生长迅速，在寂静的中午，诗人清晰地听到了笋壳脱落的声音。在雨露的滋润下，不久，一片枝繁叶茂的小竹林已经长成，甚至还有小鸟在其中栖息。

赵蕃不惜辛劳，对新生竹笋的安全特别关心，悉心培护："况当萌茁时，孰杜樵采辱"（《有怀竹隐之笋，复用前韵》），反映了诗人对竹子的爱恋。其《咏笋用昌黎韵》一诗，描述了他细心呵护竹笋的情形：

> 山居何所用，种竹并榠轩。听雨宵忘寐，摇风日破烦。春来仍引蔓，雨后竞添孙。
> 逆砌思移石，妨池欲废盆。堤防虞采掘，检束费晨昏。自是林深茂，非因地独温。
> 有朋如角立，布阵似争骞。戢戢株虽短，骎骎势已存。都行才避碍，逆曳遂难扪。
> 婢喜频留步，儿欣屡发言。纵横从可目，散漫孰寻根。蚁败须攻穴，羊侵要补藩。
> 骤惊疑九合，还讶若车奔。岂害偏藏径，何妨便满园。拥培规我力，振拔果谁恩。
> 坐见身长堑，行看箨蔽垣。苔俱滋湿晕，兰与王芳荪。未肯低前辈，终当及次番。
> 万杉真浪说，千橘更何论。寒傲冬方见，阴森夏乃繁。务令收晚节，忍把助朝餐。
> 此日聊成隐，它年定改门。

诗人在欣喜地看到竹笋"春来仍引蔓，雨后竞添孙"、"有朋如角立，布阵似争骞"的茂盛长势后，不仅立即"拥培规我力"、"检束费晨昏"，付出辛勤劳动，还采取了"堤防虞采掘"、"蚁败须攻穴，羊侵要补藩"等得力措施，保护竹笋的安全。在诗人的精心呵护和辛勤劳动后，竹笋长势繁茂，"骤惊疑九合，还讶若车奔"，仿佛竞相奔驰的战车。诗人"坐见身长堑，行看箨蔽垣"，欣赏着竹笋快速地生长，就像看着自己的孩子健康地长大那样兴奋。可见，诗人对竹子的深情绵渺。对于生长在宅舍门口妨碍进出的竹笋，赵蕃在挖掘时，口中还念念有词："兰在当门未免锄，竹生那可碍阶除。莫言无罪充庖宰，自汝为生托地疏"（《以笋送诸公二首》之一），对竹笋表示惋惜和歉意，足见他对竹笋的怜爱之心。

四 "太刚竟摧折，乃悟非善计"：独特的悼竹诗

从竹子的物性来看，生长中的竹子比较脆弱，在恶劣的气候条件下，比如大雪、狂风来临时，容易受到伤害。每到冬、夏季节，赵蕃都非常担心恶劣的天气降临，除了会给生活造成困难，还可能损害他心爱的竹子。他远离家乡为官时，"颇复念此君，谁欤抚霜节"（《冬晴三首》之二），在冬天格外牵挂家中竹子的安全："吾家章泉村，有竹数十百。平时爱不伐，雪后多摧折。江东绝近书，未省有无雪"（同上）。盛夏季节，一场突如其来的狂风暴雨之后，赵蕃宅舍旁边的竹子被摧折了很多，他深情怀念竹子生前的美丽风姿，给"冤死"的竹子写作了一篇情深意重的悼亡诗。其《悼竹》云：

> 此君如高人，风节常凌厉。虽经隆冬中，正色不少替。春今尽正月，萌蘖且次第。
> 天公出奇手，白昼变昏翳。初飞佛场花，继洒鲛人涕。群儿顾惊走，老眼亦睥睨。
> 是时凡草木，掩抑若自卫。惟君独傲然，略不威严霁。太刚竟摧折，乃悟非善计。
> 追怀周旋久，于此增憭悷。其生既冤死，其死可轻弊。当为杀青简，更以色丝缀。
> 尽书卓行人，出入生死际。作我座右铭，蕲能免于戾。

在凶猛异常的狂风暴雨中，那些平常的草木因随风倒伏而得以活生，但是竹子却毫无惧色、威严挺立，结果被摧折了很多。诗人怜惜竹子"太刚竟摧折"，痛苦万分地自责没有使其免于灾难的神奇本领。周旋良久之后，他深深地哀悼冤死的竹子，决定把它们制成竹简，并撰写赞颂竹子高尚品节的美文，镌刻在竹简上，既作为警示自己的座右铭，也为自己减轻一些"罪过"。对于病死的竹子，他在砍伐时，也是满怀悲伤。其《斫病竹》云："采掘宁悭供，护持期有成。时今阅春夏，尔独意枯荣。琐碎日无影，萧骚风罢声。樵苏勿怀辱，而我岂无情。"诗人一边斫去病死的竹子，一边写下这篇悼念病竹的诗歌。他以病竹朋友的身份与口吻，对它轻轻地絮语着，好像病竹仍然活着，又用"琐碎日无影，萧骚风罢声"，渲染心中的无限伤感。

赵蕃写给竹子的悼亡诗，愁肠百结，感人肺腑。其题材内容和艺术感染力，在中国文学史上具有独特的地位。

五 "此君如高人，风节常凌厉"：赵蕃咏竹诗的"比德"内涵

宋代的文人高士为什么特别喜爱竹子、沉浸于竹林清幽的境界？这有文化与文学传承的因素，也与宋代特殊的社会与文化状况密切相关。对此，有学者从宏观上分析说："宋人的人格理想建构中特别倾向于道德自律与品格自尊，社会伦理责任与个人自由意志，理性原则的操守与处世应物的圆通，道义精神的刚方与个人意志雅适的有机统一。这不仅渊源于中国文化'天人合一'，注重个人与社会，理性与感性之统一的传统精神，同时也是宋以来封建士大夫社会地位和伦理责任提高之现实的反映。"[3] 从赵蕃的咏竹诗中，就能看到竹子寄寓着坚贞不屈的风节与高洁的襟抱："此君如高人，风节常凌厉。

虽经隆冬中，正色不少替"（《悼竹》），可见，竹子是诗人内心情志的寄托。在赵蕃心中，竹子含蕴着博大精深的文化内容和丰厚的道德伦理思想："嗟予老矣百不如，有竹万个中藏书"（《遂初泉》）。他不但大量吟诵竹子，还把竹子当作亲人："山中乏朋友，舍尔复谁亲"（《新竹》），表现了诗人对自由心灵的向往和对拔俗高洁人格的追求。赵蕃认为，沉浸于清静的竹林，可以远离世俗的烦扰："是能寓吾神，夫岂有断脉"（《在伯沅陵俱和前诗复次韵五首》之四）、"竹间有余暇，尘事勿到耳"（《溧水道中回寄子肃玉汝并属李晦庵八首》之六）。在太和为官时，他说"此地何因着此君？藉之除扫簿书纷"（《晏斋，余自名也，故常以榜自随，乃以名厅事之东。偏厅之后，旧有一室，面对竹，余山居富此物，亦以竹隐名。对此竹，而有思于山中，故以思隐名之。思隐之东，又辟屋丈许，连以为斋，乞名于张君伯永，为名曰容斋。并作三绝志其事》之二），看到竹子，就可以忘怀公文、案牍的纷扰，可见他对"此君"的深情，对官场的淡泊。

正因为竹子含蕴着宋儒的人格理想与道义精神，代表了文人高士坚贞不渝的品格与节操，所以，在诗中，赵蕃经常以竹喻人。他用竹子比兴先贤的节操："两贤堂下竹参天，雨后涓涓陆子泉"（《奉寄斯远兼属文鼎、处州子永提属五首》之三）；他借竹抒发对老师曾几的人格的敬仰："每观文清竹，凛若人好修"（《赠曾盘乐道》）。他描绘好友徐文卿清瘦的形象与拔俗的品格说："徐子崖根竹，风雪不掩绿"（《蕃与斯远季奕同生于十二月，蕃初五日，季奕初十日，斯远十八日。近辱季奕觊诗，犹未获报，兹及斯远之寿，并此奉颂二首》之一）、"看渠姿尔瘦，瘦而何用腴"（《次韵斯远三十日见寄》），徐文卿与竹子一样清瘦挺拔，诗人所描写的究竟是徐文卿还是竹子，我们一时难以辨别清楚。正如当代学者周裕锴所言："宋诗中的自然意象多带有人文性的象征意义。比如唐人爱牡丹，主要着眼于牡丹的感性美，诗也着眼于感官经验的描写。宋人之诗却普遍爱写梅、竹，其注重的是对淡雅风韵的体味或是高尚品格的赞赏。另如爱菊、爱莲，也都着眼于此。由于人文旨趣的强烈外射，这些自然物不仅是人格的象征，简直就是人物的化身。"[4]

可见，赵蕃对竹子的吟咏，正是中国传统文化中花草"比德"内涵的反映，不过，在题材内容方面，赵蕃烙上了自己的人格操守与人生痕迹的鲜明印记。

【参考文献】

注：本文中引用的赵蕃诗句，均出自北京大学古文献研究所编纂的《全宋诗》第 49 册，北京大学出版社 1998 年版。

[1] 苏轼. 于潜僧绿筠轩 [A].[清] 王文诰辑注，孔凡礼点校. 苏轼诗集 [Z]. 北京：中华书局.1982：448.

[2] 杨万里. 题太和主簿赵昌父思隐堂 [A]. 辛更儒笺校. 杨万里集笺校 [Z]. 北京：中华书局.2007：747.

[3] 程杰. 宋代咏梅文学研究 [M].. 合肥：安徽文艺出版社.2002：61.

[4] 周裕锴. 宋代诗学通论 [M].. 上海：上海古籍出版社,2008：111.

赵蕃感怀诗含蕴深广的特点与成因

施常州

【摘　要】赵蕃感怀诗含蕴深广的特点，首先是对"行百里者半九十"的艰难人生之路的深沉慨叹；其次是饱含对官场生活的厌恶，具体有愤慨于职业官僚专横凶残的嘴脸，痛恨官场言路不畅、谗巧害人，以及对官场凶险变幻的深深忧虑；再次是对个人穷愁潦倒境遇的悲慨。其成因既因为他作为理学之士对儒家道德伦理规范的坚持，也与当时内忧外患的政治形势和日趋衰落的社会风气密切关联。

【关键词】赵蕃　感怀诗　含蕴深广

赵蕃（1144—1229），字昌父，号章泉先生，与涧泉韩淲有"二泉先生"之称，是南宋中期江西诗派的代表诗人，创作成就较高。朱熹高度赞赏其人格与诗文成就说："昌父（赵蕃）志操文词，皆非流辈所及"[1]。刘克庄所作《后村诗话》录赵蕃诗颇多，并称赞他"一生官职监南岳，四海诗名主玉山"[2]。江西诗派从北宋黄庭坚开始，到宋末元初的方回总结其历史地位，前后相距200多年，而赵蕃被方回誉为江西诗派在南宋中后期诗坛的两个代表人物之一，方回说："上饶自南渡以来，寓公曾茶山得吕紫微诗法。传至嘉定中，赵章泉、韩涧泉正脉不绝。"[3]可见，赵蕃诗歌在南宋中期诗坛占有重要地位。但是，目前学界对赵蕃诗歌的研究，尚处于初步涉猎阶段。赵蕃的感怀诗，是其诗歌题材内容的重要方面之一，饱含着对人生艰难困窘生活的慨叹，充溢着对当时虚伪丑陋的世风，尤其是对官场谗言汹汹和仕途险恶的隐忧与愤怒。

一　"百里九十戒，踌躇重踌躇"（《次韵斯远二十七日道中见怀二首》之二）：抒写对艰难人生之路的感慨

不可否认，赵蕃在年轻时，也曾有过怀才不遇、期望得到赏识的苦闷："家居百金货，富可千金敌。持行鬻于市，曾微一钱直。人或不汝知，汝售无固急。邂逅识真者，百金还复得"（《杂兴四首》之一）；在年华老大时也曾有过功业无成的叹息："百年公几见，五十我无闻"（《呈林子方运使四首》之二）；他甚至也曾产生过人生如梦的绝望："百年等梦幻，一笑有成败。"（《中秋以山居不得与周文显对饮，况子畅在数百里外也，

怅然有怀》）但是，这些都不是他人生的主要思想，也不是他感怀诗的主要内容。

作为一位对理学奉若神明的饱学之士，赵蕃一生孜孜以求于儒家的理想人格境界，坚贞不渝地追求儒家崇尚的高洁品格与操守，加之他性格耿直狷介，因此，与当时社会上趋炎附势、追名逐利的世俗风气格格不入，他说："我姿甚不敏，与俗仍倍殊"（《次韵斯远二十七日道中见怀二首》之二）。他经常慨叹人生之路异常艰难，他说："嗟我失脚堕棘榛，寸步有若千里行"（《用前韵呈硕父昆仲》，），在他的思想中，即使到了年龄老大之时，人生仍很漫长而艰难，如何完美地度过余生，并不是一个简单的问题。他认为人生之路，就像一个人要行走百里，即使走了九十里，也只能相当于一半，也即所谓的"行百里者半九十"，他在诗中反复强调："九十半百古语之"（《简子崧时丞建德》）、"百里半途过九十"（《寄周内翰》）。事实上，这种人生艰难的感慨，在他 30 多岁时就已经产生了，他曾说："人生七十稀，我今半已余。百里九十戒，蹰蹰重蹰蹰。"（《次韵斯远二十七日道中见怀二首》之二）与此相关的是，他时有年华流逝的感慨，如其《白发三首》等诗对白发与衰老的感叹；再如《春日杂言十一首》之六："旧时曾咏木兰幽，旧稿飘零莫自收。老境不妨花固发，人今白尽十分头"，旧稿飘零、老境白发流露出明显的衰老之情。他内心深处激烈的矛盾冲突非常容易触发，进而诉诸于诗，这也是构成他感怀诗的主要内容。

在赵蕃看来，当时的社会风气日趋低俗纷乱，世人争相涂脂抹粉，社会上充斥着附庸风雅的虚伪，阴暗的角落里隐藏着无耻的"结盟"与交易："世纷往往竞趋奇，半额真同慕广眉"（《次韵魏饶州用蕃唱酬诗卷最后一篇韵见赠之作》）。身处直道不通、枉道盛行的社会，赵蕃饱尝经济困窘、世态炎凉的心酸，他慨叹人生步履维艰："世方疏直道，身亦堕危机"（《偶作二首》之二）、"强道诗工能泣鬼，未如钱夥可通神"（《读公择箧中徐季益、孙子进昆仲诗，有怀其人，因以题赠四首》之四），由此产生了强烈的隐逸思想："未仕思从仕，言归盍赋归？渊明觉今是，伯玉悟前非。"（《偶作二首》之二）他对人生艰难的慨叹，既因为他作为理学之士对儒家道德伦理规范的坚持，也与当时内忧外患的政治形势和日趋衰落的社会风气密切关联。

二　"胡不返故步？无为学邯郸"（《连日昏雾感怀》）：抒写对官场生活的厌倦

赵蕃在诗中经常发抒对官场生活的厌倦之情，他说自己为官是因为生活所迫，是为了得到维持生活的微薄俸禄："微官本欲救饥寒，欲遣啼号政尔难"（《呈潘潭州十首》之五）。但是，他很了解自己酷爱自由的个性，知道自己很难适应官场的生活，更了解自古以来官场的种种黑暗，在他的心目中，官场比"难于上青天"的蜀道还要难："曾闻蜀道难，难于上青天。蜀道难何以，嵯峨剑门关。未抵鄱阳湖，无风浪掀船。脱身其早归，无污蛟鳄涎。"（《古意二首》之二）所以，从入仕开始，他就对自己能否适应官场的拘束怀着深深的忧虑。在赴任太和主簿前，他就预见自己未来的仕途坎坷不平："今年谁令起作官？此路向来非所熟。……少时已无鞍马志，老矣岂堪消髀肉？但令诗与故人期，此外声名甘碌碌"（《审知以诗送行借韵留别》），真实地抒发了内心的矛盾之情。这种心理，在宋代的士人身上有着一定的代表意义。苏轼在刚刚进入仕途时，也曾慨叹"尘劳世方病，局促我何堪。尽解林泉好，多为富贵酣。试看飞鸟乐，高遁此心甘"[4]，担心自己被世俗诱惑而抛弃山林之乐。

为官时，他经常挂在嘴上的话题，就是对官场生活的厌倦，对退隐后自由生活的向往。他远离家乡，身处遥远的湖南湘西地区，在严冬季节，一眼望去，举目皆是浓雾笼罩的荒山，寒气逼人："穷山逼穷冬，苦雾作苦寒。举头不见日，况乃见长安。朝听谯鼓微，午听庭雀欢。占晴复畏雨，有抱那得宽？少日谬学诗，中年痴觅官。择术不自审，终焉堕艰难。"（《连日昏雾感怀》）生活的艰难，官场的黑暗，无望的未来，使他对当地恶劣的气候特别敏感，连续两个"穷"字、两个"苦"字，描摹出湘西穷山、穷冬与苦雾、苦寒的恶劣气象，抒发了凄凉、痛悔的心情：他后悔没有及早选择安贫乐道的生活，反而误入歧途，并把自己出仕比作邯郸学步，连本来的面目都丢掉了。从他的诗中，可知他在辰州司理参军任上，内心始终处在激烈的矛盾中，是为了生计继续为官，还是及早辞官归隐？这两种念头使他备受煎熬。有时候，他甚至萌生了呈递弹劾自己的状文而弃官的想法："一官羁我端何为？投劾归来亦未迟"（《呈审知》）；有时候，他为自己的犹豫不决自责不已："两载沉湘役，虽劳何所为？虾行仍蛭渡，犹豫复狐疑"（《寄秋怀》之十）、"几欲罢官归去，未应形役能拘"（《次韵斯远见梦有作六言二首》之二）。在即将任满回家的时候，他借用《论语》中"吾岂匏瓜也哉，焉能系而不食"[5]的名句，感叹"四海叹浮梗，三年嗟系匏"（《别近呈明叔》），以浮梗比喻自己离乡背井、飘流不定的生活，以匏瓜喻指对弃置闲散的隐居生活的向往。可见，令人厌倦的官场生活终于要结束了，他的心情有多么激动啊。

历史上，对于官场生活与自由人性之间的矛盾，有些人能够尽力做到心态的平衡。比如苏轼，被贬时就能以豁达乐观的心态面对现实的打击，不过，他也曾流露"归去，也无风雨也无晴"（苏轼《定风波》）的退隐念头。白居易在经历贬谪江州的打击后，把儒家的乐天安命、道家的知足不辱和佛家的"四大皆空"等思想杂揉起来，兼收并蓄，作为明哲保身的法宝，从此独善其身，甚至做到了"面上灭除忧喜色，胸中消尽是非心"[6]、"世事从今不开口"[7]，过起了亦官亦隐的生活。他说："大隐住朝市，小隐入丘樊。樊丘太冷落，朝市太嚣喧，不如作中隐，隐在留司官。似出复似处，非忙亦非闲。唯此中隐士，致身吉且安"[8]。白居易的中隐生活境界，既坚持了士大夫积极入世、恪守信念的人格理想，又保持了士大夫超越世俗的人生与心灵境界，巧妙地解决了入世与出世、进取与退隐的矛盾。可是，赵蕃因为个性刚直，无法忍受官场的束缚和黑暗。从他的感怀诗中，可以寻找到一些他厌恶官场生活的原因，除了他酷爱自由的天性，还有三个主要原因：一是上级官吏专横凶残，仗势欺人，以大压小；二是官场言路不畅，奸佞之徒谗言害人；三是官场形势瞬息万变，时时有风险、甚至生命之忧。这些，都与赵蕃守正不阿的品格，发生了激烈的冲突。

（一）"五斗未及饱，已遭穷鬼嗔"（《寄李晦庵》）：愤慨于职业官僚专横凶残的嘴脸

南宋朝政治黑暗、世风日趋沦落，广大有识之士纷纷被排挤出朝，朱熹、辛弃疾、陆游、杨万里、范成大等很多贤明刚正的士人只能长期赋闲隐居，最终在壮志未酬时悲壮离世。赵蕃也是一介性格刚直不屈的士人，正如他自己所说："直道多不容，枉道夫岂可。直道诚忤人，枉道还丧我"、"而我枉未能，若为逃坎坷"（《送梁仁伯赴江陵丞三首》之二），他不愿做有违儒家道德规范的任何事情，他痛恨当时奉行邪曲枉道又霸占着一定政治地位的贱儒和职业官僚，怒视他们乡原的作为。在《寄李晦庵》诗中，他倾诉了任职辰州期间的愤怒心情，也揭露了他遇到的一个职业政客卑劣的嘴脸："一官胡为哉，鸿毛等千钧。野马窘受驾，白鸥悲就驯。五斗未及饱，已遭穷鬼嗔。剑津骇腾变，牛衣泣酸辛。"从他把自己喻为被迫驾车的野马和被强行驯服的白鸥来看，其内心异常激动而愤怒。《宋史·赵蕃传》说赵蕃"调辰州司理参军，与郡守争狱罢。人以蕃为直"[9]，结合这首诗来看，估计他因为地位低下，人微言轻，所以在与郡守的据理力争中，虽秉公判案却受到郡守与同僚的打压甚至怒骂。"穷鬼嗔"三字，逼真的勾画出那个职业官僚仗势凌人的嚣张气焰和俗吏的面目。难怪赵蕃愤愤不平地称自己的五斗米官职为"鸿毛等千钧"，而他内心"牛衣泣酸辛"的酸楚也非同一般的悲伤。

（二）"谗巧伪若真，日复斗其间"（《杂咏》之三）：痛恨官场言路不畅、谗巧害人

大概因为深受谗巧祸害的原因，赵蕃对谗言害人的奸佞之徒深恶痛绝。他在诗歌中多次表达了对馋人的愤恨，其《杂咏》之三云：

> 妇有居家亚，家富亚则贫。贫知敬尊章，富不亲补纫。尊章爱贫妇，富妇谗生斗。
> 谗巧伪若真，两妇俱遭诟。贫妇自修饬，富乃计之得。日复斗其间，众谓贫当出。
> 尊章赖深慈，不纳富妇词。贫妇亦勿疑，但勤前所为。谗言有时辨，富妇何施而？
> 贫妇贫无归，尊章愿终眷。

冢妇（富妇）无事生非，谗巧若真，着实伤害了亚妇（贫妇）。众人听信了冢妇的谗言，力主把亚妇赶走，幸好尊章（舅姑，对丈夫父母或对人公婆的敬称）慈爱明智，辨明真相，没有听信谗言；贫妇修饬己行，最终赢得了尊重与信任。可以想象的是，如果尊章稍微昏昧一点，或者品格不正，贫妇的命运无疑就很悲惨了。赵蕃作此诗，也是心有郁结，借此抒发对奸佞之徒谗言害人的憎恨。

在谒见奉祀着汉朝率军平定南蛮叛乱的马援将军的伏波庙时，赵蕃联想到官场的奸谗害人，感慨"谗人不敢投豺虎，空见壶头石室荒"（《五月十七日谒伏波庙四首》之一）。王应麟曾说："刚者必仁，佞者必不仁"[10]，赵蕃守正不阿的正直品格，与奸佞谗巧害人的不仁，存在激烈的冲突，所以深受馋巧伤害的赵蕃对表面逊顺而暗地害人的馋巧之辈深恶痛绝。

（三）"五斗何所直？千金不保躯"（《苦雨感叹而作》）：对官场凶险变幻的深深忧虑

在封建社会，官场总是充满凶险与变数，轻者或因罪贬谪边缘蛮荒之地，或丢官去职；重者被捕下狱，丢掉性命，乃至诛灭九族。对此，赵蕃始终怀有清醒的认识，他对好朋友周日章说："君不见箪瓢自乐保清名，富贵失时多远窜。"（《文显和答旦字韵诗，再用前韵寄文显》）赵蕃在辰州任司理参军一职，主管狱案的审判，对这份人命关天的工作，他有时感到非常棘手与困惑，不仅因为文案复杂、所为又是刑戮之事，更有对自己能否全身而退的忧虑："五斗何所直？千金不保躯。司空城旦困刀笔，尺籍伍符愁钺斧。"（《苦雨感叹而作》，）身处官场的诗人，感觉自己就像一只孤独的鸿雁，随时可能落入"猎人"布下的天罗地网。其《咏雁》云：

胡为去关塞，何事落江湖？岁月常违燕，飞鸣每候奴。

菰蒲虽足乐，矰缴绝须虞。矫矫其高举，纷纷莫下俱。

《孤雁三首》之三云：

孤雁哀哀叫晚洲，水长山远政悠悠。凶年未必稻粱足，巧中更防雁缴忧。

杜甫曾说："天上浮云似白衣，斯须改变如苍狗"[11]，对于官场的风云变化，赵蕃心中总有一缕挥之不去隐忧，弋人为追求物质利益，处心积虑射击鸿雁，鸿雁只有飞往高远的空际："了知人事近天机，苍狗斯须变白衣。逋客几回惊鹤怨，弋人终日慕鸿飞"（《杨录事以仆与孙温叟唱酬韵作诗见贻，又用仆与吴梦与诗韵，作诗赠梦与兼以见及并次韵二首》之二），赵蕃以生动的比喻，暗喻自己对官场的担心，表达了远走高飞、全身避害的情志。在前往衡阳与刘清之会合的途中，他形象地把自己比喻为一只惊弓之鸟，惶惶然无法平息："我亦移官衡岳，惊乌未有安枝"（《次韵斯远见梦有作六言二首》之一），就像被贬离京在外"月明惊鹊未安枝"[12] 的苏东坡一样。两年后，在从湖南湘西返乡的途中，赵蕃依然惊魂未定："近事真堪深骇，欲言未可轻论。唤起庄周蝶梦，多由杜宇啼魂"（《蕃丙午冬，分宜见公度簿公尊兄，已而邂逅于宜春。蒙以蕃与徐斯远志别六言之韵作诗为赠，久未和答；今日东归，乃克赋之四首》之三），他感到官场生活就像一场梦。至于他极度害怕的事情，可能是他本人在湖南为官司理参军任上遭到谗言的祸害，也可能是指恩师知衡州刘清之"以非罪去职"、被排挤打击一案。

汉代扬雄曾说："治则见，乱则隐。鸿飞冥冥，弋人何慕焉？"[13] 在国家治平时期，贤人隐士自然会出现；在政治昏昧之时，贤人必将远走避祸。可见，赵蕃笔下孤独哀鸣、惊悚不安的鸿雁，是身在官场、始终无法平静的诗人自身境遇的写照，也暗喻了当时南宋黑暗的官场与政治形势。

三 "择术不自审，终焉堕艰难"（《连日昏雾感怀》）: 感慨个人的穷愁际遇

赵蕃终生生活在穷困之中，他写作的大量诗歌表明，除了在年轻时曾有过怀才不遇的感慨，在平生绝大部分时光里，他对仕宦没有丝毫的兴趣。中年辞官后，更是屡征不起，所以真德秀称赞他"安贫处约，泊然无营"[14]。在赵蕃的诗中，感慨个人贫困生活与穷愁际遇的诗歌，不但数量众多，而且哀婉动人。这与赵蕃所生活的南宋中期的社会现实状况密切相关，是当时中下层士人和普通百姓穷困潦倒的生活现状的真实记录，也是诗人崇尚安贫乐道、积极追求儒家完善的道德人格的反映。

赵蕃对生活的要求并不高，他说："朝昏曷以度，半菽藜羹怀"，能有藜、羹等粗劣的饭食聊以度日就满足了，只求不用为了勉强餬生而长年奔波。不过，他家徒四壁，却人口众多："聊为一饱谋，饿死无自贻"（《和陶渊明＜乞食诗＞一首》）、"我家如陶舍，幼稚有盈室"（《留别成父弟，以贫贱亲戚离为韵五首》之四），因为不善于谋求财富，所以即使如此低的要求也无法达到。在深秋时节，他感到白天太短暂，而秋夜太长、迟迟难明："秋日苦易暗，秋宵苦难晨。虫号鸡不已，我亦长吟呻"（同上）。可以想见，在漫漫长夜里，他饥肠辘辘，盼望着何时天明？可是，没有人听到他的长吁短叹，只有耳边传来的一阵阵凄凄虫声与鸡鸣，应和着他的长声呻吟。诗人不禁感慨万千：不管是为官，还是家居，为何贫困总是与自己如影随形？自然，诗人是无法找到答案的，只能日复一日、年复一年地安于贫贱，守志不移。难怪他竟然羡慕起陶渊明和苏轼的境遇说："坡之贫，盖不至于陶；而陶虽贫，犹有可乞食之家。仆今纵欲乞食，将安之耶"（《和陶渊明＜乞食诗＞一首》序），认为自己的窘困更甚于陶、苏。

赵蕃抒发穷愁悲慨的诗作，大部分作于隐居时期。但是，值得注意的是，他也曾为了生计，为了践行儒家成德得道的理想，不惜违背自己的天性和意愿，到外乡为官，可是生活依然艰难："穷相有如此，昔人谁似能"（《九月晦日雨，忽杂霰》）、"哀哉念何深，出处累一贫"（《留别成父弟，以贫贱亲戚离为韵五首》之一）。在不到十年的仕宦生涯中，他留下了数量不菲的啼饥号寒诗作，可见在南宋中期社会，即使身为州、县的官员，依然难免贫寒的生活。他感叹自己身为辰州的属官，窘困生活与当地的穷苦百姓几乎没有什么区别，其《雪多矣，岂婺人歉岁之所宜哉。复用韵呈沅陵丈》描述说："雪已伤多尚积阴，风仍助虐屡号林。市人只喜青帘近，木食应悲黄独深。不但茅茨忧冻死，更闻巢穴作哀音。此诗萧瑟谁能听，有愧当年寒地吟。"黄独在江南一带称为土芋，其肉白皮黄，在饥荒时期可以充饥，有记载说："岁饥，土人掘以充粮，根惟一颗而色黄，故谓之黄独。"[15] 杜甫的"黄独无苗山雪盛，短衣数挽不掩胫"[16] 等诗句，就描写了在漫天大雪中寻找、挖掘黄独为食的情形。赵蕃在冰封雪冻的寒冬季节，想到那些隐逸之士和当地的婺人，他们或者以山中野树的果实充饥，或者瀹雪掘地找寻黄独为食，其情其景，堪称凄惨。诗人自己也蜷缩在象巢穴一样简陋的居室，瑟瑟发抖地忧虑自己

能否熬过这恶寒的天气，哀叹"不但茅茨忧冻死，更闻巢穴作哀音"（《雪多矣，岂婆人歉岁之所宜哉。复用韵呈沅陵丈》）。诗人身为辰州的官吏，不但生活贫苦，有时还病魔缠身，饥寒抱病的生活使他颇感颓唐衰老："蝉凄如欲收，虫咽无暂停。渠将趣寒事，我自感颓龄"（《连日雨作，顿有秋意，怀感之余，得诗七首，书呈教授知县》之一）、"颓龄不可羁，寒事亦已迫。女褐破未纫，儿襦短仍窄"、"怀哉江东弟，馌口当何计"（《连日雨作，顿有秋意，怀感之余，得诗七首，书呈教授知县》之二），含蕴了贫穷潦倒之苦、年华老去之悲、兄弟手足之情等多重悲慨。在饥寒交迫、穷愁不堪的困苦生活中，诗人形容枯槁，头发如丛生的野草："倦栉头如葆，深居心若斋"（《书怀》），但是，他尚能聊以儒家之道和诗歌宽解郁闷，相信上天不会让虔诚的寒士长久地陷于困顿。不过，时过境迁，可能因为"骨肉终黄尘"（《感怀五首》之五）家人去世的原因，在长久的窘迫不堪之后，他内心压抑已久的"金刚怒目"式的愤怒，终于强烈爆发了："我欲学为农，力耕不逢岁。我欲学为士，儒冠多饿死。誓将弃犁锄，亦复罢书史"（《枕上有感二首》之二），又说"我生天地间，亦是天地民。造物苦见欺，轻薄随时人。抱道鄙富贵，徇势陵贱贫"（《感怀五首》之五），他愤慨于天地轻薄随俗、徇势欺人的无情，竟然陵侮一个抱道自持的贫贱之士以至走投无路。

面对生活中的困苦与不幸，诗人寻求解脱的方式，除了诗书，赵蕃还上与古人为友，从杜甫、陶渊明、孟郊、贾岛等许多古代的寒士那里寻求慰藉。他崇敬孔子与颜回所奉行的箪瓢之乐和道德人格："箪瓢非可乐，不改乃称贤。夫子故不死，仰钻高且坚。"（《连日雨作，顿有秋意，怀感之余，得诗七首，书呈教授知县》之五）在其诗中，吟唱孟郊、东野或郊岛（孟郊、贾岛）的诗歌共有二十二篇，其中"东野"出现在十五篇中，如"忆昔孟东野，作尉悲龙钟"（《独过知津阁二首》之二）、"青衫溧阳尉，不叹孟郊穷"（《送王亢宗赴建德尉》,）、"孟郊五十酸寒尉，想见溧阳神尚游"（《呈晦庵二首》之二）等。他感慨"郊岛摧埋终不起"（《近乏笔，托二张求之于市，殊不堪也，作长句以资一笑》），赞扬孟郊、贾岛文行双馨，自述"跨驴穷有相，琢句老无闻"（《八月五日雨》），感叹自己颇有孟郊与贾岛的穷愁与贫贱，却没有取得贾岛或孟郊那样的诗歌成就。赵蕃尤其对孟郊"五十才一尉，俸钱仍半支"（《得友人俞玉汝书，云客游建业，月尝能致钱十万。时方客溧阳感假尉事，作诗寄玉汝》）的境遇充满同情，他经常在诗中慨叹孟郊人生的不遇及其诗歌的苦寒感情，"此诗萧瑟谁能听，有愧当年寒地吟"（《雪多矣，岂婆人歉岁之所宜哉。复用韵呈沅陵丈》）。赵蕃之所以对孟郊的穷愁不幸念念难忘，对其诗歌充满厚爱，是因为他们有相似的人格追求与不幸际遇，如卑微的地位、穷困的生活、对诗歌艺术的不懈追求以及卓越的诗歌创作成就等。但是，赵蕃对孟郊提及最多的还是"酸寒"或"穷"，即困窘的境遇与穷愁之悲，可见，杜甫和孟郊的诗歌是赵蕃诗歌清峻寒苦的主要艺术渊源。

赵蕃赞扬马少游、卢全等悠游通脱的寒士，但是他诗中提到最多的，还是穷且益坚的陶渊明，如"渊明抱赢疾，犹复归田园"（《枕上有感二首》之二），"渊明薪水忧儿子，玉川送米烦邻僧。我今穷状不可道，减忧得米忧年登"（《郊居晚行呈章令四首》之四），他对陶诗的厚爱，也许是因为相对于孟郊、卢仝的愁苦，陶渊明诗中更多了一份平淡洒脱的从容。我们阅读孟郊的"食荠肠亦苦，强歌声无欢。出门即有碍，谁谓天地宽"[17]、卢仝（自号玉川子）的"低头虽有地，仰面辄无天"[18]等诗句，可以感觉到好像上天总是故意跟诗人过不去似的。赵蕃面对饥寒，虽然也曾怨天尤人，但是，陶渊明"悠然见南山"的悠闲自得，仍然是他真正希冀的人生境界："乞食陶征君，乞米平原公。昔人有如此，吾今未为穷"（《即事二首》之一）。钟嵘在《诗品序》中认为："动天地，感鬼神，莫近于诗"，还说"使穷贱易安，幽居靡闷，莫尚于诗矣"[19]。对此，钱钟书先生解释说，它"强调了作品在作者生时起的功用，能使他和艰辛冷落的生涯妥协相安；换句话说，一个人潦倒愁闷，全靠'诗可以怨'，获得了排遣、慰藉或补偿"[20]。以此衡量赵蕃描写或抒发个人穷愁际遇的诗歌，可以看出钱钟书先生对钟嵘诗论解读的准确与恰当。

赵蕃的感怀诗，流露出苍凉沉郁的感情基调，既因为他作为理学之士对儒家道德伦理规范的坚持，也与当时内忧外患的政治形势和日趋衰落的社会风气密切关联。作为深受儒家文化和理学思想熏陶的诗人，心怀民胞物与的情怀，目睹耳闻的，却是国家危机四伏的形势和现实社会惨不忍睹的残酷状况：当时的南宋小朝廷内忧外患，国家沦为半壁河山，北方故土难复，异族"腥膻尚京洛"（《题三径图》），还怀着虎狼之心，意欲入侵、吞并南宋领土；国内江南和两湖等地的农民起义风起云涌。这些，对于毕生忧国忧民的赵蕃来说，始终难以释怀，也造成了其感怀诗充满穷愁悲慨的鲜明风格特点。

【参考文献】

本文中引用的赵蕃诗句，均出自北京大学古文献研究所编纂的《全宋诗》第49册，北京大学出版社1998年版。

[1] 朱熹.答徐斯远[A].朱子大全[Z]（第2册）.北京：中华书局.1989:947.

[2] 刘克庄.寄赵昌父[A].全宋诗[Z]（第58册）:36145.

[3] 方回.次韵赠上饶郑圣予[沂][并序][A].傅璇琮编.黄庭坚和江西诗派资料汇编[Z](下).北京：中华书局.1978:868.

[4] 苏轼.入峡[A].王文诰辑注，孔凡礼点校.苏轼诗集[Z](卷一).北京：中华书局.1982:33.

[5] 刘宝楠撰，高流水点校.论语正义[M].北京：中华书局.1990:686.

[6] 白居易.咏怀[A].全唐诗[Z].北京：中华书局.1960:4889.

[7] 白居易.重题[A].全唐诗[Z].北京：中华书局.1960:4891.

[8] 白居易.中隐[A].全唐诗[Z].北京：中华书局.1960:4991.

[9] 脱脱等撰.宋史[M].北京：中华书局.1985:13146.

[10] 黄宗羲 . 宋元学案 [M]. 北京：商务印书馆 .1929:9.

[11] 杜甫 . 可叹 [A]. 仇兆鳌 . 杜诗详注 [Z](卷八). 北京：中华书局 .1979:1830.

[12] 苏轼 . 杭州牡丹开时，仆犹在常、润。周令作诗见寄，次其韵，复次一首送赵阙 [Z](之二). 毛德富等主编 . 苏东坡全集 . 北京：北京燕山出版社 .1998:1173.

[13] 扬雄 . 扬子法言 [A]. (问明卷六). 赵敏俐，尹小林主编 . 国学备览 (第八卷). 北京：首都师范大学出版社 .2006:637.

[14] 真德秀 . 因明堂赦荐赵监岳（蓄）[A]. 真西山先生集 [Z]. 北京：中华书局 .1985:4-5.

[15] 杜甫 . 乾元中寓居同谷县作歌 [A](之二注释). 仇兆鳌 . 杜诗详注 (卷八) [Z]. 北京：中华书局 .1979:694.

[16] 杜甫 . 乾元中寓居同谷县作歌 (之二). 同上

[17] 孟郊 . 赠崔纯亮 [A]. 孟东野诗集 [Z]. 卷六 . 北京：人民文学出版社 .1984:101.

[18] 卢仝 . 自咏三首 [A]. 全唐诗 [Z]. 北京：中华书局 .1999:4369

[19] 钟嵘 . 诗品序 [A]. 北京师范大学中文系文艺理论教研室编注 . 中国古代文论选注 [C]. 西安：陕西人民出版社 .1983.233-237.

[20] 钱钟书 . 钱钟书作品集 [M].. 兰州：甘肃人民出版社 .1997:539.

"我"是谁？

——宋代咏物词中四种"物我"关系

黄　培

【摘　要】 在宋代咏物词研究中，"物我关系"是一本质问题。宋代咏物词中物我关系可以分为四种：1、北宋初期的我在物外，2、北宋中后期的物我交融，3、南宋前期的我大于物，4、南宋后期的物我两隔。对具体作家作品中的物我关系之变迁的概括、提炼和考察，其实正揭示了咏物词风格之变迁及其创作演进之轨迹。

【关键词】 我　物　咏物词　自物观我　以我观物　"无我之境""有我之境"

"物我关系"是中国古典诗词中永恒的主题。大焉者就是我与天地并生，心与万物同游，主客观对立统一之关系，是传统哲学"天人合一"关系的文学延伸。"人心之动，物使之然也"；因为"物之感人无穷"，所以"物至而人化物也"[1]，所以，由此看去，一切古今诗词皆广义之我之"体物"，皆我之"物化"，无论是"载道"，还是"言志"，或是"缘情"，而物不必显，不必自现。所以黑格尔认为"精神运行，产生异己之对立物，而复人格化以归于己，由己别出异己，复使其同于己"[2]，可见物我之关系，中外文学皆然。

诗词之"物我关系"之小焉者，就是诗中无论我之幽显，必具直观之物于眼前，"手挥五弦，目送归鸿"，必"体物"而抒情，因而逐渐产生专门的咏物诗词创作，形成更为具体、幽微的狭义的"物我"关系。"言志乃诗人之本意，咏物特诗人之馀事"。所以，诗中咏物到魏晋为一变，"潘陆以后诗，专以咏物"[3]；到宋之咏物词，又为之为一变。但是当诗人必先"咏物"而"言志"之时，诗中的"物我关系"必然也随之发生变化。

词者，诗也。"词别是一家"（李清照语），实际上就是一种近体诗的音乐体和变体；而宋咏物词，又别是词之一家。所以，词之"物我"固与诗有别；咏物词之物我又与一般词而不同。咏物词更加讲求咏物抒情，借物言志，先有物，后有我，婉曲深沉、物我两融者为上上；然则，咏物终需有"我"之咏，所差者只是物我关系，"我"在何处：有物外之我，有物内之我；有自物观我，有自我观物；有境中之物，有无境之物；有有我之境，有无我之镜。其中关系到底如何演变？

"文变染乎世情"。有宋一代，咏物词本身就是风格变迁、沧桑巨变的历史，因为抒情主人公之"我"之变迁、遭际、性情之不同,"观物"方式亦不同,词中"物我关系"亦不同,其中显隐、远近、亲疏、生昵关系则大相径庭。所以词乃伤心多情之物,信然。本文愿以词中"物我"关系为契机,试之以一线串珠,将咏物词分为四种,聊效庖丁解牛,贻笑于方家之门耳。

第一种:我在物外,物中"无我",物我两隔。

这是宋咏物词的第一种物我关系。北宋初年,天下初定,词人奉《花间》为准绳,追求形似,极力描摹物态,词中之"我"多为官员内相,如大晏、欧阳修等,或为山野隐士,生活闲适,富足安定,咏物词创作动机多为佐一时之雅兴,兴片刻之娱情,或心安理得,或强作愁容,实无怀可抒。

这里面有两种咏物词,一种就是单纯咏物,并无寄托。所咏之物多为单数,如柳永咏黄莺,只就眼前这一只而言;或者咏一物为一物,一景为一景,如咏金谷园春草,咏雪等,只是就景而景,无关社会缺少大气象和大眼光关照,或者我们可以这么说,宋初没有陈子昂。

我们试以柳永的《黄莺儿·咏莺》:为例:

> 园林晴昼春谁主。暖律潜催,幽谷暄和,黄鹂翩翩,乍迁芳树。观露湿缕金衣,金叶映如簧语。晓来枝上绵蛮,似把芳心、深意低诉。

> 无据。乍出暖烟来,又趁游蜂去。恣狂踪迹,两两相呼,终朝雾吟风舞。当上苑柳秾时,别馆花深处,此际海燕偏饶,都把韶光与。

先描写园内风光,再描写黄莺的外貌,其中"观露湿缕金衣,金叶映如簧语",外形描摹精雕细刻。接着,又说了黄莺的舞姿,"两两相呼,终朝雾吟风舞"。动态描摹,惟妙惟肖。然而可惜在这里,看不到作者的身影,看不到作者的所思所想和所感,也找不到黄莺作为一个文学的客体,在物性之外所寄托的"人性",总体显得过于实写,内涵不够含蓄蕴藉,这里的抒情主人公是一个"旁观者"的角色,本质上是没有自我。因此用笔也只能普通的状物比兴。王国维说"入乎其内,故有生气"[4],宋初咏物词也因此而少生气也。

这种咏物词实际上就是庄子所谓"物于物"的状态,作者不能驾驭物象,而被物象驾驭,所观之物限于眼前,不能致远;过于求实,不能务虚;过于执着于景,景语就是景语,不能过渡为情语。

另一种是缺乏独特的自我,或者说缺乏真我,其主题往往承袭五代余风,以情词、淫词为主,看似真切,其实缺乏个性;词中之我或是闺妇,"男子作闺音",很难令人相信,这里有多少真正属于自我的东西;或是观者,以观者的身份表达对于友人的思念,如欧阳修等的"咏春草三绝句",其他或如王琪《望江南·雨》,或如张先借咏梅表达惜花之情,伤春闺怨体,咏物怀人体,借物抒情,重在抒情,虽然余味深长,往往流于一般性的抒情,但是缺少寄托。只能说是一般性的兴寄,没有深切的寄托,很难看出作者独特的个人痕迹;或如欧阳修咏荔枝寄托兴亡之感,但情感抒发流于普通,虚实相生的写法，物我比兴寄托关系，没有将历史与现实紧密相连。从某种程度上说，仍然是"无我"——缺乏真正的自我。

总体而言，宋初咏物词思想内涵明显低于当时的宋词的一般水平，其中部分借物咏史的词水平明显低于抒情。句子创意多，篇章创意少，时有名句，见句不见篇，如欧阳修的《少年游·草》，王国维称上阙"语语皆在目前"，但到了下阙，却叹息为"使用故事，便不如前半精彩"，即时有"隔"处。[5] 而有的作品构思惊奇，但写作手法上则多采用简单拟人化描摹、赋陈的方法。词中物与我的关系比较疏离，也有情思的阐发，但主体情感不是真正的主动地投入，主观地寻找，而是因物起兴，物象创造上没有升华到境界。本质上就是物中无我，有物而无境。

这一主体情态不能进入物象的咏物状态，是这一时期的咏物词的主导倾向，"比兴寄托的创作理念还没有进入作者的思想观念"。[6] 在物我关系上，总体表现为物大于我，景大于情，言大于意，所表达的情感往往是他人之愁，一般之愁，虽是描写真切，但是还是达不到婉约词的高水平。意境不深，所创造的境界只能说是写境，或者说是物境，而不是意境。可以说这一时期，是咏物词的初兴期。

第二种：我在物内，由物及我，物我两观，物我两忘，意境两浑。

北宋中后期，天下承平日久生变，外有边患，内生政忧。词中之"我"多为谪戍之官，贬抑之人，"一封朝奏九重天"，从庙堂到民间，地位参差，心胸激荡，砥砺性情，磨练见识，抒情主体的个体"自我"开始全面复苏，

咏物词开始重在"观我"，咏真景物必有真性情，因而开始有真境界；由郁闷或而为凄婉，一变而为忧愤深广；或者一跃而为豁达，一变而为豪放；但是，这种咏物词中之"我"却不是直接抒情，而是通过"观物"而"观我"，从眼前之物中自然感发，兴寄"自我"，由物及我，物我两观，最终实现物我交融。

同时这段时间的咏物词中，所咏之物渐为复数，眼前之物，转而为胸中之物，为天地万物，咏物实为咏自然，诗人开始于天地时运之中探讨个人理想得失，于造化之"变于不变"中谈"我"之价值，主题深远，境象阔大，往往形成大境界。

咏物词也在这样的重大变迁中，出现了新的格调。这一时期，咏物词的数量并不算多，不少作品还停留在前期物我两隔的状态，但也出现了第一流的杰作。苏东坡等词人"以诗为词"的创作方式，极大地开拓了诗词的境界。如东坡《水龙吟》，被王国维称为"最工"，[7] 被唐圭璋称为"压倒古今"。[8] 再如贺铸的《踏莎行·荷花》，晏几道的《蝶恋花·秋莲》也都可以称为咏物的杰作。

在"物我关系"上，这些作品虽然字面上纯是咏物，"无我"、"丧我"，但其实正所谓"无我乃是有我，非我而是真我"。[9]《卜算子·黄州定惠院寓居作》：

> 缺月挂疏桐，漏断人初静。谁见幽人独往来，缥缈孤鸿影。
>
> 惊起却回头，有恨无人省。拣尽寒枝不肯栖，寂寞沙洲冷。

看似咏雁，其实处处写人，写法和内涵皆超出了物本身——所谓王观堂所言"一

切景语皆情语"也；这种情感的兴寄又有不同层次，第一方面是写闺怨，"漏断人初静""幽人独往来"等句何尝不是写人？同时，其中又寄托了"美人香草"的政治讽喻，寄予自己身遭迫害而被放逐的飘零身世之感；通篇无人，却处处见人，没有一句正面抒发自我的情语，无一句用事，这里我们可以说，"一切情语皆景语"也，上下两阕词形成完美对接的两个半圆。

在这里，作者其实是由物而我，重自物（自然）观我，物中有我，既是"自身体情欲之我"，即抒情主体的自我复苏，在客观外物宇宙世界面前的自我书写。又是"德足以顺人情、智足以穷物理之我"，[10] 是时代的命题与个人命运的重合。重在于天地造化之中探讨个人理想得失，于变与不变中谈"我"之价值。

同样，再如东坡《水龙吟·次韵章质夫杨花词》：

似花还似非花，也无人惜从教坠。抛家傍路，思量却是，无情有思。萦损柔肠，困酣娇眼，欲开还闭。梦随风万里，寻郎去处，又还被、莺呼起。

不恨此花飞尽，恨西园、落红难缀。晓来雨过，遗踪何在？一池萍碎。春色三分：二分尘土，一分流水。细看来、不是杨花，点点是、离人泪。

这里表面写物——杨花，潜在使之人格化而为闺妇，以离人之泪眼看杨花，自然是"春色三分，二分尘土，一分流水"；同时闺妇本身亦与杨花为景物焉，在人看来，"离人"就是杨花，杨花就是离人；所以在花——"物"之后的我，实际上是两个"我"，一个是词内之"我"闺妇，另一个词后之我——"抒情主人公"，在后者"细看来"，自然"不是杨花，点点是离人泪"；但是这种"抛家傍路、无情有思。梦随风万里，寻郎去处"的闺思背后，何尝不是对于君臣关系的隐喻，只是"比显兴隐"，寄托深微，这种"物我关系"中已不知何者为物，何者为我，达到物我两忘、意境两浑的境界。

仔细看来，东坡的咏物词风看似婉约，不属豪放派，骨子里却自有"旷"处——兴寄的幽微深广，所谓一叶知秋，一物见宇宙。咏物词中之"物"其实是与宇宙万物相包容。

其他一些作家，如晏几道的《蝶恋花·秋莲》，咏物之中打入了身世飘零之感，个人得失忧愤亦为深切。贺铸的《踏莎行·荷花》，荷花的形象中寄托了自身高洁的情操。还有苏门文人的咏梅词、咏荔枝词、咏雪词等，往往也都表现了一定的自我形象与物体的融合；但比之于东坡这两首咏物词作，甚至东坡自己的其他咏物词作，如《西江月·梅》（直接歌颂，梅花的形象寄托着作者高洁的人格），这二首都高出难于以道理计。这种"我在物内，由物及我，物我两观，物我情境交融"的境界，典型的"诗人之词"。可以说恰恰就是在这样一个"不甚咏物"[11] 的北宋时代，出现了最具文学史价值的咏物之作。

第三种：以我观物，有我无物，有我之境，意余 [胜] 于境。

"靖康之难"后，民间骂政之风盛行，豪放之词实为慷慨壮怀、激烈极端之词，常以词发愤语、论国事，此时之诗已非"纯诗"，词亦非"纯词"。在这样的背景之下的南宋初咏物词，词中之"我"变成一种悲愤壮烈的"大我"，背负亡国之耻，家国之思，幽愤深广，无法释怀，难于超脱，词中之物往往被我所驱使，强烈的表达感情，意境总是有我之境，但终以意胜。这种物我关系的典型就是辛弃疾的咏物词。

辛词中表现出的，是高超的驾驭物象的能力。有些景物，本身与辛弃疾的气质相吻合，如《摸鱼儿·观潮上叶丞相》，作者写道："望飞来半空欧鹭，须臾动地鼙鼓。截江组练驱山去，鏖战未收貔虎。"金石之音，风云之气，金戈铁马的气概，跃然纸上。然而一句"堪恨处：人道是，属镂怨愤终千古。功名自误"，豪壮中透着伤感，是典型的辛弃疾式的自我显现。

传统的花卉意象，在辛弃疾的笔下早已扭曲变形，摆脱了传统的内涵，打上了浓重的个人痕迹。如《念奴娇》中，牡丹被他设想为"吴宫教阵图"；他的《忆吴江赏木樨》，咏桂花。外柔内刚，传统的代表着崇高、美好和吉祥的桂花，在这里被辛弃疾染上了英雄气——"染教世界都香"，隐寓有他"达则兼善天下"的宏愿。

正是因为有这样的胸怀，词人笔下之物也并非眼前之物，言在此而意在彼，实为心中之物、故国之物,；如果说，在苏东坡的作品中，物我之间对立统一基本能保持平衡的话，这里，物与我的配合方法与分量则完全不同。显然，我的力量显然要大于物的力量。是以我观物，物皆为我之奴役，能经常产生悲壮、洒落之大境界；但有时词中之"我"太过气盛，造成"物"性变异，变得过于抽象。固然难于物我交融，反而造成物我两分，造成物我之"隔"。他的《鹧鸪天》咏梅花：

> 桃李漫山过眼空。也宜恼损杜陵翁。若将玉骨冰肌比，李蔡为人在下中。
>
> 寻驿使，寄芳容。垅头休放马蹄松。吾家篱落黄昏后，剩有西湖处士风。

这里完全是我的情感的主观流露，连基本的物象的具体描摹一点都没有，甚至可以说是我中无物，说是咏物词实际上也勉强了。

黄宗羲说："夫文章，天地之元气也。……逮乎厄运危时，天地闭塞，元气鼓荡而出，拥勇郁遏，坌愤激讦，而后至文生焉。"[12]正是所谓"时运交移，质文代变"，这种强烈的主体意识的出现，是南渡以来，个人对于民族、国家主体责任增强之后所产生的创作风格。辛弃疾笔下的我，已经超出了个人的狭小范畴，不仅是"小我"，也是"大我"，[13]背负了一个时代的痛苦、热情和梦想。这就使得他的创作，突破了自苏东坡以来，物我交融，情景合一的审美典范，造成了一种失衡的、跌宕的审美特质。为宋代咏物词创作提供了一个新的美学模式。"北宋风流，过江遂绝"。

可以说这种主体极为"强势"的创作态势，是南宋初年咏物词的总体发展规律。李清照《孤雁儿·咏梅》，不以梅花为主体，通篇自我抒发，与梅没甚关系。再如李清照的《添字丑奴儿·芭蕉》，既写人也写情，但很明显，与苏东坡情寓于物的代表性创作方式已经有了很大的区别，是情溢于物外，我大于物。当然，另一方面，有时词中之"我"太过气盛，造成"物"性变异，过于抽象，难于物我交融，物我两分，易于产生物我之"隔"，如汪莘的《满江红》，后期爱国词人陈人杰《沁园春·咏西湖酒楼》，讽刺入诗，已无情景交融，即事叙景咏物。只见真性情，不见真景物，不可能产生意境两浑的大境界。

第四种：自物观我，我在物内，字上无"我"，心为物役，无我之境，无境之我，多数缺少大境界——"隔"——甚至有造（物）无境。

咏物词发展至苏辛，眼界始大，境界开阔，渐成浑涵一气之气象。但所谓极盛难继，后代咏物词基本沿着周邦彦所开创的重艺术、重技巧，强调安排思索的道路向前发展，一时之间咏物蔚为大观，艺术上也日益精进，有所谓"最多"、"最工"之说。但同时也正如后世顾炎武所说："诗体代降"，[14] 或如王国维所评述的：

> 四言敝而有《楚辞》，《楚辞》敝而有五言，五言敝而有七言，古诗敝而有律绝，律绝敝而有词，盖文体通行既久，染指遂多，自成习套。豪杰之士，亦难于其中自出新意，故遁而作他体，以自解脱，一切文体所以始盛终衰者，皆由于此。故谓文学后不如前，余未敢信，但就一体论，则此说固无以易也。[15]

作者的增多，艺术水准的整体提高，但是缺乏真正的第一流的作者。正如周济所说："北宋词，下者在南宋下，以其不能空且不知寄托也；高者在南宋上，以其能实且能无寄托也。"[16] 固然，咏物词的发展不一定与词史同步，但辛词之后，其总体成就没有出现如前期的最高峰。其中有一大部分作品，其表现可以用王国维的观点加以论述，那就是物我两隔。总体表现正如王国维所说缺乏"真境物真感情"。[17]

先看所谓缺乏"真感情"。第一个表现就是"世极迍邅而文章辞意夷泰"。[18] 这种不问世事的倾向自周邦彦就开始有所表现，姜夔之后，倾向更为显著，以后所谓玉田、草窗、梦窗、碧山等人，在世道浇离、国亡家破之际，词中竟没有多少对于现实的反映，或者说即使有，也只是极为幽微含蓄的显现，在这些作品中，所表达的其实是另一种逃避之我——替代之我，我为物役。当然，这种现象有词本身的因素，有时代的因素，但无论如何，硬是闭上双眼，对世事不闻不问，粉饰太平，这种自我即使"真实"也畏缩、变形，乏善可陈。毕竟，如姜夔花一个月的时间琢磨两首小词，相对于那个血与火的时代而言，实在显得太奢侈。

其次是自我的日渐幽微，如姜夔的《念奴娇·荷花》，文中看似有我，其实主体意识逐渐隐遁，抒情主体——"我"之心态潜隐消沉，不太情绪化，重在细致描摹物象，重辞藻形式，字律词乐和谐，诗化雅化，咏物最"工"，但正如缪越先生所说："缺少北宋词人佳作中的义蕴丰融、精光四射，能兴发读者的远想遐思。"[19] 发展到南宋末年，词人造作，强颜欢笑，词句变成"病梅"，虽有音韵和谐、辞章华丽之处，缺少轻水芙蓉、天然去雕饰之美，社会一片残山剩水，纵使快乐也不敢表露，分明有很强烈的情感，硬是强行压抑，使之幽微而不显现，很难说是其真性情所在。这就是王国维所说缺乏"真感情"。终为人工斧凿之物，少自然通脱，浑然天成气象。

还有一种是缺乏"真境物"，即真景物。隔雾看花，写景状物不能"如在目前"，思虑过深，缺少自然兴会感发之杰作，描写上堆砌雕琢因袭摹拟。宋末沈义府的《乐府指迷》，对南宋的咏物词作了艺术上的总结，强调"用典"、"代字"，其实这正是"隔"的原因所在。所以后代《四库全书提要》，对这种用代字的现象提出批评说"而不知转成涂饰，亦非确论"。[20] 而当时，即使如大家姜夔的作品，写境状物也往往通过代字、典故表达，多用游词。如他的名篇《暗香》、《疏影》，其中的"翠尊"、"香冷"、"瑶席"、"寒碧"、"蛾绿"……比较生涩，意义漂浮，包括一些典故的运用，如何逊的典故，寿阳公主的典故，都不能与词意融化贯通，这就使得写景状物不能真切感人。再如王沂孙的作品，其用字、用典、句构、章法和托意，都经过精心安排，理性的思索，但也正因为用心太过，造成文章晦涩，景物勾勒不够鲜明，不能如在目前，少自然浑涵之美，即所谓"有水清无鱼之恨"。[21]

总之，不能以真性情真感情出之，就不能形成完美的境界，这就是所谓物我两隔。同样的观点很多名家都曾经提出过，如王国维就曾经说："古今词人格调之高无如白石，惜不于意境上用力，故觉无言外之味，弦外之想，终不能与于第一流作者也。"[22] 当代叶嘉莹先生谈碧山词时也说："虽然如果以碧山与玉田及草窗相较，在这一类咏物托意的词中，碧山还是一位较成功的作者，可是要用典故来铺写所咏之物，已是一层隔膜。更要透过所咏之物来寓写所托之意，则是又一种隔膜。"[23]

不可否认，这些作品为我们创造了华美的篇章，雅词的典范，艺术成就颇高，但可惜只能当得起姜夔自己所评价的"理高妙"、"意高妙"、"想高妙"，却不能进入其所向往的"自然高妙"一境。[24] 或者说如果把词作分为"神能妙逸"的话，这一时期的作品，只当得起神、能和妙境，而不能入逸之一格。

可以说宋代咏物词，由最初的物我两分到最终的物我两隔，看似终点又回到起点，但其实却是经过了螺旋式上升，力图以完美的技巧掩盖真性情的不足，其最终结果却是写作水准的普遍上升和真正一流的艺术的明显缺乏。在更加草根、反叛、直率、气势磅礴的北方元曲面前，南方的文人词作显然过于艺术化、过于孱弱和堆砌，而缺乏强大的生命力。一代有一代之文学，咏物词的过于工巧的死胡同，这也从一个特定角度说明，词作为文学样式的总体式微，终将是不可避免的宿命。

【参考文献】

[1]（汉）郑玄注，（唐）·孔颖达疏：《乐记第十九》，《礼记正义》，《十三经注疏》，中华书局 1980 年版，卷三十七。

[2] [9][10][13] 钱钟书：《谈艺录》，[北京] 中华书局 1984 年 9 月第一版，第 P614 页，第 281 页，第 281 页，第 281 页。

[3] 张 戒：《岁寒堂诗话》《历代诗话续编》，中华书局 1983 年 8 月第 1 版。

[5][4][7][15][17][22] 王国维：《人间词话》[上海] 上海古籍出版社 2001 年 7 月第 1 版，第 9 页，第 15 页，第 9 页，第 13 页，第 2 页，第 10 页。

[6] 张惠民：《宋代词学审美理想》，[北京] 人民文学出版社 1995 年第一版。

[8] 唐圭璋：《唐宋词简释》，[上海] 上海古籍出版社，1981 年 7 月版，第 90 页。

[11] 蒋敦复：《芬陀利室词话》，《词话丛编》，[北京]中华书局，1993年12月版，第3627页。

[12] 黄宗羲：《谢皋羽年谱游录注序》，《四部丛刊》本《南雷文案》附《吾悔集》卷一。

[14] 顾炎武：《日知录》，[西安]陕西人民出版社1998年第1版，第148页。

[16] 周　济：《介存斋论词杂著》，《词话丛编》，[北京]中华书局，1993年12月版，第1631页。

[18] 周振甫：《文心雕龙今译》，[北京]中华书局，第408页。

[19] 缪　越：《缪越说词》，[上海]上海古籍出版社，第162页。

[20] 纪　昀：《四库全书提要》，转引自《词话丛编》，[北京]中华书局1993年版，第285页。

[21] 周　济：《宋四家词选目录序论》，《词话丛编》，[北京]中华书局1993年版，第1644页。

[23] 叶嘉莹：《碧山词析论——对一位南宋古典词人的再评价》，《迦陵论词丛稿》，河北教育出版社1997版，第155页。

[24] 姜夔：《白石道人诗说》，《历代诗话》，[北京]中华书局1981年版。

"北郭十友"考辨

刘廷乾

元明之际有影响的诗人几乎都集中于吴中,主要有苏州城高启为首的"北郭诗社"和昆山顾瑛为首的"玉山诗社"两大诗人群体。玉山诗社主要活动于元末至正年间,北郭诗社略晚于玉山诗社,活动时期由元末延续至明初,影响也大于玉山诗社,尤其是以高启为首的包括杨基、张羽、徐贲在内的"吴中四杰"的诗歌创作,振元末纤弱之习,开有明一代诗风,厥功甚伟。又以"吴中四杰"为骨干,扩大为"十友",构成了"北郭诗社"的核心诗人群体。但直至目前,学界对这一核心诗人群体的称呼一直是"北郭十友",实际是错误的,正确的称呼应是"高启北郭十友",或简称为"高启十友"。"北郭十友"并非"高启北郭十友"之简称,其间有很多复杂问题需要辨明。

一 "吴中四杰"与"高启十友"

"吴中四杰"名称之由来,本仿"初唐四杰",故合称之则为"吴中四杰",分称之则为"高杨张徐",合称之名偶小异为"明初四杰",如《四库全书·眉庵集提要》"史称,基(杨基)少以《铁笛歌》为杨维桢所称,与高启、张羽、徐贲号'明初四杰。'"分称则顺序亦为其成就大小高下之别。其初多称"高杨张徐"而不称"四杰",如江朝宗《眉庵集序》:"志载,先生读书日记数千言,尤工于诗。与高启、徐贲、张羽为诗友,故时有'高杨张徐'之称。"都穆《南濠诗话》"世称'高杨张徐',孟载诗律尤精。"张习《四杰集序》:"国初,以高杨张徐比唐之四杰。"对"四杰"之组成人员,基本无争议,惟陈田《明诗纪事》于王彝名下引清人王士禛《香祖笔记》云:"《王征士集》,都少卿元敬(都穆)编。元敬称其古文明畅英发,又或以为吴中四杰之一,以常宗代张来仪者。今观其诗,歌行拟李贺、温庭筠,堕入恶道,余体亦不能佳,安能与高、杨相颉颃乎!"陈田所引出自王士禛《香祖笔记》卷四,查《四库全书·王常宗集》知,王彝集为明弘治时都穆、浦杲、刘廷璋编刻,都穆为之序,都氏序中言及王彝古文"明畅英发",但未言及以王彝代张羽、为吴中四杰之一事。此说王士禛不知得自何处,但他旋即又否定之。因此,吴中四杰指高杨张徐基本没问题。

关于"吴中四杰"与"高启十友"之间的关系,则"四杰"属于"高启十友",但与人们常说的"北郭十友"则有出入。"四杰"及"高启十友"皆以最具影响力的高启为旗帜,他们与高启最为友善,其文学成就最高,其遭际命运不但相似,而且颇为悲惨,且与"初唐四杰"颇多相似之处,以故成为十友中的瞩目人物,成为十友中的核心和主力。那么,"高启十友"又指哪些人呢?

二 "高启北郭十友"与"北郭十友"考辨

与中唐"大历十才子"不能严格地以"十人"来限定一样,从文学史意义上讲,"北郭十友"似乎也只是一个特定时期的诗人群体而已,以故有的学者统计该群体达十九人之多,并有"十友"、"十才子"之别。

"北郭十友"得名,是由最初"十友"之名贯以地望"北郭"而来,"北郭"是高启等人当时居住的苏州城之北部。而"十友"一词最早见于高启的《春日怀十友诗》,依次为余尧臣、张羽、杨基、王行、吕敏、宋克、徐贲、陈则、释道衍、王彝。该诗写于高启三十一岁,时朱元璋兵围苏州张士诚,高启处在围中。而关于"高启十友"或"北郭十友"的人员组成,经梳理资料,主要有下列几种说法:

1. 李志光高启《凫藻集本传》中提到:"定交者若王彝、杨基、杜寅、张宪、张羽、周砥、王行、宋克、徐贲之徒。"加高启,正好是十人之数。

2.《明史稿》曰:"高启,……家北郭,与王行比邻,其后徐贲、高逊志、唐肃、宋克、余尧臣、张羽、吕敏、陈则皆卜居与相近,号'北郭十友',又以能诗号'十才子'。"

3. 朱彝尊《静志居诗话》中引钱谦益语曰:"唐卿居会稽,……后入吴,居北郭,与里中杨基、张羽、徐贲、王行、王彝、宋克、吕敏、陈则、释道衍为'高启十友'。"

4. 陈田《明诗纪事》于余尧臣名下曰:"唐卿与杨基、张羽、徐贲、王行、王彝、宋克、吕敏、陈则、释道衍为'高季迪北郭十友。'"

5. 清雍正时金檀辑注的《高青丘集·高青丘年谱》中于高启十六岁时记曰:"家北郭,与王行比邻,其后徐贲、高逊志、唐肃、宋克、余尧臣、张羽、吕敏、陈则,皆卜居相近,号'北郭十友。'极一时诗洒之乐。'十子'之名,肇此数年。"

6. 陈衍《石遗室诗话》曰:"高启、杨基、张羽、徐贲、余尧臣、王行、宋克、吕敏、陈则、释道衍为'北郭十友'"。

将以上六点作一分析,为十一人的都同于高启《春日怀十友诗》中所提,有钱谦益、陈田二人。为十人的则有两类:一是同于高启诗中所提,但加进高启,去掉一人,有陈衍,他入高启去王彝;二是与高启诗中所提有异,金檀与《明史稿》同,入高逊志、唐肃,去杨基、释道衍、王彝;李志光则入杜寅、张宪、周砥,去余尧臣、吕敏、陈则、释道衍。六者总涉及十六人。不管是称"十友"还是称"十才子",人数上就有十人与十一人之差,人员上则出入更大。为何会出现这种现象呢?笔者认为,应从以下几个方面加以辨明:

1.命名的立足点问题。不管前面贯以"北郭"还是"高启",最初的概念只是"十友",且是出自高启本人的《春日怀十友诗》,而高启诗中对除他以外的十人又有明确所指，这就是对"十友"界定的准则。高启是从自我角度出发，"与他人为友"，则聚有十人，举而反之，则这个群体中的其他人也从自我角度出发，扣除自我，则亦是十人，所以称为"十友"，实则十一人，这并不矛盾。既然"十友"出自高启诗，自然应以高启为立足点，所以我们对之最准确的称呼应是"高启北郭十友"，或简称为"高启十友"，上举钱谦益、陈田语中就是这么说的。

2.高启本人的"十友"问题。"十友"自然是高启对他十位诗友的总称，高启所交当然不只十个朋友，笔者推测，在高启当时，可能有三种情况：一是"十友"是高启写作《春日怀十友诗》的一个诗题称呼，因所怀恰好十人，所以临时命名之，如是事实，则"十友"之名只用于该诗；二是就高启而言，十友可能是他的最好的十个朋友，若如此，则"十友"在高启是一个固定的称呼，用于日常生活中，自然也可用于诗文创作中；三是若高启是在追求古代文人的群聚而称的风尚，标以"十友"以扬名于世，则十友组成的成员可能是固定的，而不管其来去存亡，也可能是不固定的，随其来去存亡而有所变动，而"十"之数不变。但不管做何种推测，十一人之间，常相聚会，论诗较艺，则具有诗社的性质。

3.后人所命名的"北郭十友"问题。钱谦益、陈田所称的"高启十友"或"高季迪北郭十友"本与高启诗中所言完全一致，而人员出入较大的恰在另一"北郭十友"概念上。之所以如此，笔者推测有这样几个原因：一是没有从高启角度立言，而是从第三者的角度做出的判断，或者认为高启本人所说的十友也只是一个临时的称呼，而立言者根据自己的判断发挥之，因而也就融进了立言者本人的主观意愿，也就有了人员组成上的不统一。而且，既然所言"十友"，也就从自我意愿出发，硬括为"十"之数。于是，同于高启之说者只好去掉一人，而要去的只能是高启之外的其他人；不同于高启之说者，在"十"之基数不变的情况下，就出现了较大的出入。二是这个出入也不是随意的，能看出他们大致的判断标准。"吴中四杰"是这个群体中创作成就最高的，这是不争的事实。然金檀与《明史稿》中就把杨基去掉了，杨基是吴中四杰之一，却入不得"十友"，从儒家正统人士的眼光看，这实际涉及两个方面的评判标准：称"杰"、称"才子"是取舍于其能否"能诗"，涉及的主要是"才"；称"友"，则品行最重，涉及的主要是"道"，所谓"交友有道"是也。恰好在金坛与《明史稿》两者所言中既点到了"友"，又点到了"才"，而且是"友"在先。"十友"于其时，总体上讲是与杨维桢的"铁崖派"相对立的，王彝就斥杨维桢为"文妖"，作《文妖说》一文。而杨基早年受知于杨维桢，为门下弟子，杨维桢颇赏其才，曾对弟子们说："吾在吴又得一铁，优于老铁矣！"而"以淫词怪语，裂仁义、反名实，浊乱先圣之道"的杨维桢派，自然被儒家正统人士所厌，把杨基剔除于"十友"之外的最早的正是见于封建正统史家们的《明史稿》中，所以不足为怪。"四杰"之外，极易被剔除"十友"行列的有两人——王彝与释道衍（姚广孝），见于陈衍、金坛及《明史稿》所言。王彝虽以《文妖》一文骂杨维桢，但他本人有清初文坛领袖之望的王士禛的"今观其诗，歌行拟李贺、温庭筠，堕入恶道"的评语的影响

(《四库全书》于王彝集提要中就沿用了王士禛语），自然也入不得"有道"之友的行列。至于诗僧姚广孝，由于其特殊的身份与经历，更由于其辅燕王朱棣篡权，及《逃虚子道余录》一文对理学家的指斥，更为封建正统人士所不齿，也入不得"十友"。余外变动的人员，则大都是诗歌成就平平者，如高逊志、唐肃、杜寅、张宪、周砥、余尧臣、吕敏、陈则等辈，入谁不入谁，本无多大关碍，就看持论者本人了。三是尽管人员出入较大，但各人的这个"北郭十友"人员组成是有统一依据的，这个依据就是他们都来自于"北郭诗社"这个诗人大群体。

结论是，既然"十友"最早的语源来自于高启本人的诗，且有明确的十一人，相对而言，这十一人又是"北郭诗社"中创作成就较高的，就应固定下来，且以"高启北郭十友"或"高启十友"称之。当然，从概念使用上来讲，如果"北郭十友"与高启诗中所言相同，且无疑义，二者也完全可以互用。可事实是"北郭十友"不仅人员组成上众说纷纭，人数上不能确定，而且恰恰在几个有特色、创作成就较高的诗人身上如杨基、王彝、姚广孝等出了问题，因而不具备代表性，故不宜使用。至于将"北郭十友"与"高启十友"混同，或以"北郭十友"代替"高启十友"，则更是错误的。

更确切地说，"高启十友"是"北郭诗社"的前期主要成员，而该诗社又以前期创作成就为高。后来又出了个"十才子"，既有前期人物，又有后来加入的，而主盟者又有所更替，故还须将"十友"与"十才子"及"北郭诗社"作一辨说。

三 "十友"与"十才子"及"北郭诗社"考辨

目前所见资料中，最早提到"十才子"的是明万历间的焦竑：

（张羽）洪武初为郡学训导，历官翰林待制、太常寺丞。所著有《静居集》。羽与高季迪、杨孟载、徐幼文、王止仲、张子宜、方以常、梁用行、钱彦周、浦长源、杜彦正辈结社，号"十才子"。

明人包汝楫《南中纪闻》中亦曰：

洪武初，张羽、杨基、高启、徐贲皆有盛名，世以拟唐初四子。又，张羽诗社，自高季迪、杨孟载、徐幼文外，有张子宜、方以常、王子仲、浦长源、杜彦正、钱彦周、梁用行辈，号"十才子"。

明人黄玮《蓬轩类记·著作记》于"张适"条下亦列有同样的十人。这三条资料所引人员相同，且都是十一人，但与《明史稿》及金檀所称说的既称"北郭十友"又称"十才子"或"十子"有异：一是人数上有十一人与十人之别；二是人员上除高启、张羽、徐贲、王行四人相同外其余皆异。与高启所言"十友"相较，则除了"四杰"及王行都有外，其余皆异。显然，这个"十才子"与金檀及《明史稿》所称的"十才子"或"十子"不是一个概念。原因是，一、这个"十才子"人员固定，诸家所说无歧义，似也是仿效"高启十友"而实为十一人，由此反证，"高启十友"在高启等人中是一个固定的称呼，并非临时诗题用之。二、焦竑语是说张羽与诸人结社，而包汝楫语直接言明"张羽诗社"，可见该诗社主盟者是张羽而不是高启，"十才子"产生于张羽诗社中，是有意为之，故十一人固定而无出入。那么，张羽"十才子"与"高启十友"、"张羽诗社"与高启"北郭诗社"有什么关系呢？这实际上反映了北郭诗社的动态发展情况。

笔者认为，"北郭诗社"恰好以张士诚灭亡、朱元璋建元为界分为前后两期。前期起于高启家居北郭与王行为邻的20岁前，终于高启32岁移居娄江上，主要活动地点是北郭。关于北郭诗社起于何时，有学者考证是起于元至正二十年（1360）与周砥结交，则此年高启25岁。依据的是下列几则资料的推断：吴宽、王鏊《正德姑苏志·周砥传》"（周砥）与马治孝常穷山水之胜，著《荆南倡和集》。晚归吴中，复与高、杨诸人结社。"张昶《吴中人物志》"（周砥）至正末尝客荆溪，与马治孝常唱和成集。又来吴兴，与高、徐辈为社。"高启《荆南倡和诗后序》："庚子春，余始识履道（周砥字）于吴门，相与论诗甚契。"至正庚子就是至正二十年。然而，金檀《高青丘年谱》中于至正十一年高启十六岁时记曰："家北郭，与王行比邻，其后徐贲、高逊志、唐肃、宋克、余尧臣、张羽、吕敏、陈则，皆卜居相近，号'北郭十友。'极一时诗酒之乐。'十子'之名，肇此数年。"高启写于至正二十五年（30岁）的《送唐处敬序》云：

> 余世居吴之北郭，同里之士有文行而相友善者，曰王君止仲一人而已。十余年来，徐君幼文自毗陵、高君士敏自河南、唐君处敬自会稽、余君唐卿自永嘉、张君来仪自浔阳、各以故来居吴，而卜第适皆与余邻，于是北郭之文物遂盛矣。余以无事，朝夕诸君间，或辩理诘义以资其学，或赓歌酬诗以通其志，或鼓琴瑟以宣埋滞之怀，或陈几筵以合宴乐之好；虽遭丧乱之方殷，处隐约之既久，而优游怡愉，莫不自有所得也。

提到王行、徐贲、高逊志、唐肃、余尧臣、张羽六人，说明诗社是在动态中形成的，诗人初交是同里王行，其后群体不断壮大，已越出十一人之数。特别是文中提到的"十余年来"，可与金檀之说相印证，则说明至少在高启20岁前，诗社即以少量人员在运转。高启二十五岁时与周砥的结交，则不过是诗社壮大的一个例证。王彝与释道衍（姚广孝）的加入，似乎是在围中，则此时高启31岁，按王彝《衍师文稿序》云："至正间，余被围吴之北郭，渤海高君启、介休王君行、浔阳张君羽、郯郡徐君贲日夕相嬉游，而方外之士得一人焉，曰道衍师。其为古歌诗，往往与高、徐数君相上下。"吕敏与陈则成为社友，则分别见于王行的《跋东皋唱和卷》与张大复的《梅花草堂集·皇明昆山人物传》中，然皆未明确是在何时，但高启写于31岁的《春日怀十友诗》中，有此二人在，另外还有杨基、宋克，可见，朱元璋讨伐张士诚、高启等人处在围中时期，是北郭诗社的一次显著的壮大，是前期诗社活动的高峰。"高启十友"或"高启北郭十友"形成于此期。

后期则起于高启32岁至高启被祸的39岁，活动地点已不在北郭，因为此期高启37岁前主要居江上，37岁后居苏州城南。洪武二年高启34岁，与王彝等以修《元史》被招，至洪武三年高启被赐金放还，这期间高启已不再是北郭诗社的实际上的主盟者，诗社则由避居湖州戴山、蜀山的张羽、徐贲等人代为组织活动。朱彝尊《静志居诗话》云："张来仪先从吴移居戴山，以诗招幼文云：'吴兴好山水，子我盍迁居。绕郭群峰列，回波一镜如。蚕余即宜稼，樵罢亦堪渔。结屋云林下，残年共读书。'幼文乃移居蜀山，两山盖相望也。"根据高启《送唐处敬序》中所言，张羽、徐贲初时都与高启一同居于北郭，高启于张士诚灭亡、苏州城解围的 32 岁时移居到娄江，则张羽亦有可能在同年搬出北郭而隐居于湖州的戴山。"四杰"中徐贲与杨基都于洪武元年徙临濠，徐贲于洪武二年被赦归，即应张羽之邀隐居于湖州的蜀山。而高启恰于此年被征修史，故此期的诗社主要由张羽主持，因有"张羽诗社"一称，实则统属于一般所言的"北郭诗社"。有确切资料记载的是高启放归后的洪武四年，诗社又有大型活动，此时张、徐二人仍隐居戴山、蜀山，有高启《送徐山人还蜀山兼寄张静居》诗是写于洪武四年可证。明人黄玮在《蓬轩类记·著作记》"张适"条下曰：

> 洪武初，宋濂荐修《元史》，拜水部郎中，未几辞归，与高季迪、杨孟载、张来仪、徐幼文、王止仲、梁用行、方以常、钱彦周、杜彦正、浦长源辈结为诗社，号"十才子"。

这里的"未几"到底是多长时间呢？张适《甘白先生张子宜诗集》卷二《乐圃集》中有一首诗的诗题是：《余旧业在城西隅乐圃，朱先生之故基也，树石秀丽，池水迂曲，俨有林泉幽趣。余乱后多郊居，辛亥岁春复返旧业二首》，其中的"辛亥"为洪武四年。则这个"十才子"很可能就是在该年的诗社上确定的。尽管此时高启已被放归，但张、徐隐居的戴山、蜀山显然是最好的诗社活动场所，所以此时张羽接替高启，是主盟者。"十才子"中，张子宜（张适）、方以常（方彝）、浦长源（浦源）、杜彦正 (杜寅)、钱彦周（钱复）、梁用行（梁时）六人不见于高启等人的前期记载，显然是后期加入的人物，且是在"张羽诗社"中才加入的。故"十才子"可以称之为北郭诗社后期的核心诗人群体。其中也可看出，"吴中四杰"与王行是前后期参与始终的人物，且又是创作成就最高的诗社核心中的核心。

此外，前后期诗社的活动还有两个重要的场域，即前期的饶介幕府，后期的魏观府衙。

金檀《高青丘年谱》中言，高启于 21 岁时，以诗受当时任张士诚参谋的饶介的赏识，23 岁才屡被强征入饶介幕，往来于饶介幕与北郭之间。其间杨基为张士诚记室，徐贲、张羽等也都曾被张士诚辟为属官。饶介号醉樵，是一个有名文士，喜欢延揽文人。陈田《明诗纪事》中在高启《赠醉樵》诗后引王世贞《艺苑卮言》曰：

> 盛国时，法纲宽大，人不必仕宦。澌中每岁有诗社，聘一二名宿如杨廉夫辈主之，宴赏最厚。饶介之分守吴中，自号醉樵，延诸文士作歌。张仲简诗擅场，居首座，赠黄金一饼，高季迪白金三斤，杨孟载一镒。后承平久，张洪修撰为人作一文得五百钱。

可见，前期诗社中的骨干人物都聚于饶介幕中，则除了北郭外，前期的饶介幕应也是诗社活动的一个重要场所。诗社后期，魏观自洪武五年至七年出任苏州太守，他是曾深得朱元璋倚重的能臣良吏，也是一个文人，喜欢聚拢文人才士相唱和。《明史·魏观传》载观于苏州任上"建黉舍。聘周南老、王行、徐用诚，与教授贡颖之定学仪，王彝、高启、张羽订经史。"魏观之祸就牵连到了诗社中的两个重要人物高启和王彝，则可推知，魏观的苏州府衙可能也是北郭诗社活动的场所。随着诗社领袖人物高启的被祸，社事也随以终结。

关于"北郭诗社"前后期到底有多少人，实难以准确统计。因为除了动态性的特点外，北郭诗社还有松散性、自由性、泛主盟者的特点，并无明确的社约、社规等约束，人人自由发展，像杨基、张宪等都曾是"铁崖派"的人物。杨维桢曾曰："吾铁门称能诗者，南北凡百余人，求于张宪及华（袁华）辈者，不能十人。"但无疑，"高启十友"是主力，"四杰"是核心，则凡是由"四杰"或"十友"中的大多数人参加的诗会活动，都应看作为"北郭诗社"的活动，所参与的成员原则上也应是北郭诗社的社友。在前面谈及的"北郭十友"概念时，有学者把姚广孝《送李炼师还吴》一诗中所列的人员也归入"十友"之中。姚诗曰：

> 荐绅吴下真渊薮，独欣东郭多交友。我着田衣共颉颃，形服相忘岁年久。闲止文章力追古，宗常问学曾无苟。来仪才广班马论，徒衡笔下蛟龙走。吹台倜傥如达夫，岂特百篇成斗酒。菜苨读书尤满腹，议论风飞钳众口。幼文词翰俱清俊，处敬温润浑如琇。仲廉居富曾无骄，为学孜孜能谨守。吁嗟诸子皆妙年，自信黄钟非瓦缶。一时毁誉震乾坤，万丈光芒射牛斗。鹤瓢先生清且秀，深探道术持枢纽。山房每与吾侪会，茫然共入无何有。……

该诗所涉人员也是十一位，另增了三位以上资料所未见者，即"徒衡"（申屠衡）、"仲廉"（王隅）、"鹤瓢先生"（李睿）。但笔者以为，姚氏在此只是从自我角度言他的"交友"，且姚氏在言及此群体时也并未明确为"十友"或"十子"，所以，不能以"十友"或"十子"视之，但可以归之为北郭诗社这个群体。则综合以上所有资料，北郭诗社至少有高启、杨基、张羽、徐贲、王行、余尧臣、吕敏、宋克、陈则、释道衍、王彝、高逊志、唐肃、杜寅、张宪、周砥、张适、方彝、梁时、钱复、浦源、申屠衡、王隅、李睿等二十四人之多。

目前不管是有关明代文学史还是有关明代诗歌史著作，对元末明初以顾瑛为首的"玉山诗社"和以高启为首的"北郭诗社"对明代诗坛的影响尚未引起足够重视。尤其是"北郭诗社"的组织与发展情况，并未得到很好的厘清，往往只孤立地析出高启一人进行述说，这是不符合实际的。北郭诗社诗人的创作，对明代诗坛的影响是巨大而深远的。他们不只是倡导复古对明代复古诗风有影响，他们同时主张抒写性灵，对后来的吴中诗派及唐、祝、文、徐"吴中四才子"，乃至明末的公安、竟陵二派都有重大影响。北郭诗社的领袖人物是高启，他同时也是"四杰"、"十友"中的领袖。因此，必须把高启置于这一诗人群体中，才能更好地判断高启的诗歌成就，及对明初吴中诗歌发展的影响。因而，对"十友"概念的厘清是一个最现实、最基本的问题，也就具有了十分重要的意义。综以上所述，我们至少应明确："高启十友"和"高启北郭十友"其概念不管从内涵还是外延上都是完全一致的，它们与"北郭十友"、"十才子"、"北郭诗社"各属不同的概念，不能相互代用。前几个概念从人员组成上讲，都包含在"北郭诗社"社友之内。要描述特定时期、特定地域的这个特定诗人群体的总体面貌，则最好的概括是"北郭诗社"；要了解这个群体中创作成就较高、影响较大的则是"吴中四杰"和"高启北郭十友"；至于张羽诗社"十才子"则是"北郭诗社"后期发展的代表人物，但远没有"四杰"及"十友"的代表意义大；而"北郭十友"显然是一个不合适的称谓。

【参考文献】

[1] 杨　基.眉庵集［M］.文渊阁四库全书本.

[2] 陈　田.明诗纪事［M］.上海：上海古籍出版社，1993.

[3] 高　启.高青丘集［M］.文渊阁四库全书本.

[4] 王鸿绪.明史稿［M］.清刻本.

[5] 朱彝尊.静志居诗话［M］.北京：人民文学出版社，1990.

[6] 王　彝.王常宗集［M］.文渊阁四库全书本.

[7] 焦　竑.玉堂丛语［M］.北京：中华书局，1981.

[8] 包汝楫.南中纪闻［M］.丛书集成初编本.

[9] 吴　宽，王鏊.正德姑苏志：卷五十四"文学"［M］.天一阁藏明代方志选刊续编本.

[10] 张　昶.吴中人物志［M］//四库存目丛书：集部.济南：齐鲁书社，1997.

[11] 黄　玮.蓬窗类记［M］//四库存目丛书：集部.济南：齐鲁书社，1997.

[12] 姚广孝.姚虚子诗集［M］//四库存目丛书：集部.济南：齐鲁书社，1997.

"具德和尚"考证商榷

陈圣宇

胡益民先生《张岱评传》(南京大学出版社,2002年)和《张岱研究》(安徽教育出版社,2002年)对于张岱的生平和交游进行了有益的探索,但白璧微瑕,书中涉及"具德和尚"的考证,多有可商之处,兹献疑于方家。

一 误考"具德和尚"生年

《张岱评传》第147页,胡先生考证认为具德和尚"生年当为1599年,小于张岱两岁",此结论误。

具德嗣法弟子戒显《本师具德老和尚行状》:"师世寿六十有八,生于明万历庚子(1600)六月十六日戌时,示寂于清康熙六年(1667)十月十九日丑时,僧腊四十七。"由此知具德和尚比张岱(生于1597年)小3岁,且可推知其出家之年为1621年(明熹宗天启元年)。

以上记载可和张立廉、吴伟业之文相互印证。张立廉《重兴灵隐具德老和尚全身塔表》云:"师生于万历庚子,终康熙丁未,世寿六十有八,僧腊若干。"吴伟业《重建灵隐具德大和尚塔铭》云:"侍者到迟,顿足一下,端然坐逝。时丁未十月之十九日也。……师世寿六十有八,僧腊四十七。"《灵隐寺志》中戒显、张立廉、吴伟业三文记载一致,具德和尚生年都为1600年。惟一与之矛盾的是吴伟业《梅村家藏稿》中记载。吴氏此铭亦见《梅村家藏稿》,题作《灵隐具德和尚塔铭》,云:"世寿六十七,僧腊四十三,丁未十月之十九日也。"此说法与《灵隐寺志》中三文记载存在矛盾。

相较而言,吴伟业与具德和尚熟稔程度,当不如其朝夕相从的嗣法弟子戒显,何况戒显记载精确到时辰,当自有据。值得注意的是,戒显与吴伟业为同里同学好友,吴氏自称"伟业称同学于晦山者四十年矣",此铭就是应其要求而作,"嗣法弟子晦山显伴系梵行,邮书其友吴伟业曰:'子固辱与吾师游者也,塔有刻文,非子不足传信,石已具,敢请'、'晦山之来速铭也'。古人作墓志铭,作者与传主不熟时,必须依靠行状。吴伟业作此铭,极可能就是参照了戒显《本师具德老和尚行状》。

吴伟业塔铭初稿撰成,送交到戒显手中方觉有误,故刻入《灵隐寺志》时已作修改,但《梅村家藏稿》收录的仍是留存家中的初稿,所以存在时间记载的矛盾。对此陈垣先生早已下过断语:"灵隐具德弘礼,山阴张氏。清康熙六年卒,年六十八

（1600—1667）。《灵隐寺志》七载吴伟业撰塔铭、张立廉撰塔表、戒显撰行状，均作年六十八，惟《梅村家藏稿》五一作年六十七，今从《灵隐志》。"这个判断无疑是非常正确的。

顺便提一下，冯其庸、叶君远《吴梅村年谱》开篇"明神宗万历三十七年己酉一六〇九 一岁"条提及具德和尚年龄，称"具德和尚九岁"，其下"具德和尚"年龄来源，注"据《梅村家藏稿》卷五十一《灵隐具德和尚塔铭》"，沿袭了《梅村家藏稿》之误。按照陈垣先生的正确推断，具德和尚生年当为1600年。"明神宗万历三十七年"吴伟业一岁时，具德和尚当为十岁。

二 误考"具德和尚"为张有誉

胡先生认定具德和尚就是张有誉，故书中提及张岱"其族弟张有誉亦为新政权的户部尚书"（《张岱评传》，第43页），"1657年张岱在杭州住了近一年时间。这一年里，他在杭州灵隐寺访问了弘光朝曾任户部主事的'族弟'张有誉即具德和尚"（《张岱评传》，第66页）。《张岱评传》第147页"具德和尚"条更坐实"具德和尚"就是张有誉，"考《灵隐寺志》，灵隐寺毁于崇祯十三年，'费八万金'，'历三年'，主持重建者为静涵禅师张有誉。有誉早年为京官，在弘光朝复官工部主事，见国事不可为，不辞而遁，削发为僧"。细读全书，此条考证乃是沟通"具德和尚"与张有誉之间联系的惟一枢纽，但恰恰存在严重问题。

笔者仔细翻阅整部《灵隐寺志》，未找到"'费八万金'，'历三年'，主持重建者为静涵禅师张有誉"的证据，却屡见主持重建为"具德和尚"的记载。

如《灵隐寺志》卷首康熙二年严沆序云："然则具德和尚重兴灵隐，功冠八纮，道光千载，而斯志则空前后，其不朽矣乎！"同年孙治序云："具德礼和尚，临济之大宗匠也，其以众人之请而来至此也，盖剪其蓬蒿而居之，越十有三载，而琳宫梵宇焕然而鼎新焉。"康熙十一年灵隐晦山和尚（案：即戒显）序："先师具德老人荼痤二十余年，举全座灵山尺寸而鼎兴之，从外至内，殿阁巍峨，堂寮鳞砌，佛像严丽，金碧辉煌，随一殿一堂，一房一舍，一楼一阁，皆一手擎出，脱体斩新，虽曰重兴，实同开创。"此外王益朋《重建灵隐寺碑文》、严沆《灵隐寺重兴碑文》、孙治《重建灵隐寺碑文》、王吉明《重兴景德灵隐禅寺碑文》等均明言重建灵隐寺的乃具德和尚（均见《灵隐寺志》卷之七《艺文》）。

据《灵隐寺志》卷之二《梵宇》记载：

> 顺治己丑（顺治六年，1649）春二月，各房僧众暨外护，合力敦请具德和尚住院，和尚相随数百僧，戮力缔造。庚寅（顺治七年，1650）营造方始，堂室次第鼎新。戊戌（顺治十五年，1658）三月廿六日，大殿灾，天将以除旧布新属和尚也。辛丑（顺治十八年，1661）七月十七日，大殿与天王殿同日鼎建。……虽曰重兴，

实同开创，盖代功迹，古今未有也。

因此主持重建灵隐寺的不是什么静涵禅师张有誉，而是具德和尚。而胡先生"考《灵隐寺志》，灵隐寺毁于崇祯十三年，'费八万金'，'历三年'，主持重建者为静涵禅师张有誉"云云，在《灵隐寺志》中寻找不到相关记载，不知从何而来。笔者后细读张岱《西湖梦寻》，发现可能源于胡先生误解卷二《灵隐寺》条。文中云：灵隐寺"隆庆三年毁，万历十二年僧如通重建；二十八年司礼监孙隆重修。至崇祯十三年又毁，具和尚查如通旧籍，所费八万，今计工料当倍之。……具和尚为余族弟，丁酉岁，余往候之，则大殿方丈尚未起工。……逾三年而大殿方丈具俱落成焉"（张岱《陶庵梦忆·西湖梦寻》，中华书局，2007 年，第 146—147 页）。"费八万金"，"历三年"等词汇终于找到了出处，其非出于《灵隐寺志》明矣。胡先生虽云"考《灵隐寺志》"，可能未曾阅《灵隐寺志》，故"主持重建者为静涵禅师张有誉"似为凿空之语，"费八万金"的乃是万历十二年重建灵隐寺的如通和尚，也与张有誉了无干涉。

关于具德和尚生平，吴伟业《重建灵隐具德大和尚塔铭》："师讳弘礼，号具德，生于绍兴山阴之张氏，世称著姓。明状元阳和先生元忭（案：张元忭为张岱曾祖），其族也。从祖父徙会城，幼好与黄冠游，有紫阳洞苏道者，教以息养方，颇本天台小止观，与《首楞严》吻合，师因读是经，而发正信，遂投普陀宝华庵仲雅师，祝发三峰汉月藏禅师，则所从记莂，授以临济正宗者也。"（《灵隐寺志》，第 160 页）《灵隐寺志》卷之三下《主持禅祖》亦有记载："具德弘礼禅师，临济宗，为临济三十二世。绍兴张氏子。初为锻工，已习道家言，后又读《首楞严》而善之，披剃受具，参三峰汉老人于安隐，彻悟宗旨，服勤十七载，遂承嘱咐。"（《灵隐寺志》，第 57 页）生平事迹详见其弟子戒显《本师具德老和尚行状》，文繁不赘。

而张有誉其人，金之俊《金文通公集》卷十三《前光禄大夫太子太保户部尚书静涵张公墓志铭》：

> 公讳有誉，姓张氏，号静涵。其先世居无锡之景云乡。曾祖讳辅，号玉溪，始占籍江阴之青旸里。大父讳汝翼，号澄源，邑廪生，崇祀乡贤。父讳履正，号岵望，前壬辰进士，任广信府知府，崇祀名宦。以公贵，三世皆得赠宫保、尚书，累叶或隐或显，代有硕德令闻，炳耀于时。

张有誉其人，温睿临《南疆逸史》卷七列传第三、徐鼐《小腆纪传》卷十二列传第五均有传。综合两书所载：张有誉，字难誉，江阴人，天启壬戌（明熹宗天启二年，1622）进士，弘光时曾为户部尚书，后加太子太保。顺治二年（1645）五月南京失守，"有誉逃之武康，久之旋里。仕宦二十年，仅守先世遗业产，其治家居乡俱堪为后人法。年八十一而终。"《小腆纪传》所记大同小异："明年五月，南京失守，有誉奔武康，久之旋里，年八十一而终。或曰：为僧于苏州之灵岩。"但对于张有誉是否为僧，不敢肯定。

考张有誉南明弘光政权败亡后，曾投奔苏州灵岩山，拜继起弘储为师，陈垣《清初僧诤记》卷二《天童塔铭诤》云："鱼山熊开元、静涵张有誉、硾庵僧鉴青，皆继起弟子。"《五灯全书》卷八十七《临济宗南岳下三十六世随录》有：

> 澄江（案：江阴别称）张有誉大圆居士，号静涵，万历己未进士（案：当为天启壬戌进士，查朱保炯等《明清进士题名碑录索引》，张有誉为天启壬戌二甲三十九名进士），官户部尚书。……后鼎革，往参灵岩储（案：即继起弘储），言下有省，遂曰："生且妄，何死之足云！"辄绝粒。储曰："吾道有大于此者，子既于中有会，正当拈己所知，嘉惠来学，徒不忘沟渎，效匹夫匹妇之谅，岂相期之意哉！"遂执侍山中二十余年。康熙己酉（康熙八年，1669）九月晦，士示疾，上灵岩作别，归而病笃，储亲往视。士曰："年活八十一，更复何云。只愧二十年来，不曾上报法乳。"……少顷，谓左右曰："佛法世法，一齐放下了也。"便脱去。

金之俊《前光禄大夫太子太保户部尚书静涵张公墓志铭》提及张有誉"年逾八十"，"其卒之前犹谆谆遗训子孙云：'年已八旬，时至即行。'"《南疆逸史》、《小腆纪传》均云"年八十一而终"。则张有誉活到八十一岁，确实有据。据《五灯全书》记载康熙己酉（1669）张有誉年八十一卒，推算其生于明神宗万历十七年（1589）。

顺治二年乙酉（1645）五月清兵南下，消灭南明弘光政权，张有誉于此时或稍后入苏州灵岩山，拜弘储为师，此后二十多年常往来家乡与灵岩之间，与诸禅僧谈论佛法，"入山不异缁流，而居家一循儒礼"（《前光禄大夫太子太保户部尚书静涵张公墓志铭》）。他还曾陪伴弘储出行，拜访钱谦益，见钱氏《有学集》卷十《己亥夏五十有九日，灵岩夫山和尚偕鱼山相国、静涵司农枉访村居，双白居士、碻庵上座诸清众俱集，即事奉呈四首》（案：夫山和尚即继起弘储，鱼山相国即熊开元，静涵司农即张有誉。熊开元南明唐王时任东阁大学士，故称"相国"；"司农"为户部尚书别称，指张有誉）。《有学集》卷二十一《<虎丘退庵储和尚语录>序》云："青阳、嘉鱼二元老，师左右面弟子也。"（案：青阳即江阴，为张有誉籍贯，代指张有誉；嘉鱼为熊开元籍贯，代指熊开元）。张有誉与弘储之交往，具体可参看柴德赓《明末苏州灵岩山爱国和尚弘储》一文有关介绍。

具德弘礼和继起弘储同为汉月法藏弟子，"具德弘礼，亦汉月弟子，久住灵隐，与继起齐名，康熙六年卒"。而张有誉为继起弟子，依照济宗世系，张有誉为具德弘礼法侄。

综上所述，具德和尚与张有誉显为两人：

1. 具德和尚为绍兴山阴人，与张岱同族，故张岱灵隐寺见到具德和尚时云："具和尚为余族弟。"（见张岱《西湖梦寻》卷二《灵隐寺》条）。而张有誉为江阴人，其先世居无锡之景云乡，曾祖时方占籍江阴之青旸里，与张岱没有亲属关系。

2. 具德和尚家境贫寒，年轻时曾为苦工，文化程度不高，戒显云："师以苦身操履，初不留意辞章，而天资绝人，慧辩无碍。"（《本师具德老和尚行状》）具德1621年22岁时即出家为僧。而张有誉1622年中进士，曾任南明弘光政权户部尚书。1645年清兵南下消灭弘光政权后，方有意为僧。

3. 具德和尚生于明神宗万历二十八年（1600），卒于清康熙六年（1667），享年六十八。而张有誉生于明神宗万历十七年（1589），卒于清康熙八年（1669），享年八十一。

4. 具德弘礼和继起弘储均为汉月法藏弟子，而张有誉为继起弟子，具德法侄。

三　将"具德和尚"、"具和尚"误为两人

《张岱研究》"具和尚"条，胡先生有一则附记："张岱另有一族弟张礼，后亦出家，称'具德和尚'，与张岱亦有交往。刻本《琅嬛文集》混二者为一，非是。"

其实"具和尚"就是"具德和尚"，张岱《西湖梦寻》卷二《灵隐寺》条中时而称"具德和尚"，时而称"具和尚"可作为明证。"具德弘礼"，弘礼为其法名，具德为其号，人可尊称为"具德和尚"，又可尊为"具和尚"、"具公"（吴伟业《吴诗集览》卷十一上《过甫里谒原公因遇云门具和尚》，诗中原注"具公越人"）、"具老和尚"（沈鑅彪《续修云林寺志》卷四释正嵒《奉灵隐具老和尚》）、"具师"（《吴诗集览》卷十一上《代具师答赠》），或以其常住寺庙称其为"灵隐弘礼"，省称为"具德礼"、"灵隐礼"等，这些都是同一个僧人的别称。

笔者忖度胡先生之误，可能在误考张有誉为"具德和尚"后，发现其有关事迹与张岱《琅嬛文集》记载存在重重矛盾，故认为有张岱有两个出家的族弟，一个叫"具德和尚"，另一个叫"具和尚"，并断定"刻本《琅嬛文集》混二者为一，非是"，此结论显然过于武断。

【 参考文献 】

[1] 孙治，徐增 . 灵隐寺志 [M]. 杭州：杭州出版社 ,2006.

[2] 吴伟业 . 灵隐具德和尚塔铭 [M].// 吴伟业 . 梅村家藏稿：第五十一卷 . 上海：商务印书馆 ,1941.

[3] 陈垣 . 释氏疑年录 [M]. 北京：中华书局 ,1964.

[4] 冯其庸，叶君远 . 吴梅村年谱 [M]. 北京：北京文化艺术出版社 ,2007.

[5] 金之俊 . 前光禄大夫太子太保户部尚书静涵张公墓志铭 [M].// 金之俊 . 金文通公集：第十三卷 . 上海：上海古籍出版社 ,2002.

[6] 温睿临 . 南疆逸史 [M]. 北京：中华书局 ,1959.

[7] 徐鼒 . 小腆纪传 [M]. 北京：中华书局 ,1958.

[8] 超永 . 临济宗南岳下三十六世随录 [M]. // 超永 . 五灯全书：第八十七卷 . 台北：台湾文殊出版社 ,1988.

[9] 柴德赓 . 史学丛考 [M]. 北京：中华书局 ,1982.

[10] 陈垣 . 清初济宗世系表 [M].// 陈垣 . 清初僧诤记：卷首 . 北京：中华书局 ,1962.

论《阅微草堂笔记》中的涉讼文人

韩希明

【摘　要】《阅微草堂笔记》的人物群像，较为瞩目的是文人，除了在科举考试中的成功者，有一部分人在设馆授徒之外，兼职讼师，代人书写涉讼文件。纪昀极其反感这些涉讼文人，将其归为道德水准低下的那一群落，由此反映作者的道德观以及强烈的息讼观念。

【关键词】《阅微草堂笔记》　息讼　道德　伦理

清代纪昀的《阅微草堂笔记》，1200 则中有将近五分之一篇幅的涉法故事。同时代的法律条文如《大清律例》将道德理念、道德规范、道德规则以国家意志的形式表现出来，《阅微草堂笔记》则是将律例的条文变换为浅显易懂的道德宣教。法理所包含的是社会规范，对律例所作的解释则必然受整个社会文化背景的制约。古代社会历来"礼""法"不分，同时，道德原则和规则是可以普遍化的，即可以变成人人都能遵守并且人人都能做到的一般性规范，基于此，《阅微草堂笔记》以各种人类和鬼狐精怪的生动故事来达到其"盖不安于仅为小说，更欲有益人心"的创作目的，透露出浓重的儒学伦理道德说教的气息。

《阅微草堂笔记》中的涉讼文人群体，其组成元素有少量的专职讼师，一部分是官员的幕僚或门人，官府的小吏，人数最多的这个部分是迫于生计的落魄书生，他们通常教书讲学或起课占卜，因为所得报酬微薄不足以维持生计而兼职，涉讼内容主要为代人书写中的一个部分，属于临时的、偶尔的谋生手段。这个文人群体往往文字功底深厚，并且善于把握行文尺度，善于揣摩行文对象的心理，用文字的感染力打动办案官员。在当时，赋予这个人群的称呼有刀笔吏、讼棍、刀笔先生、棍徒、讼师、状师、军师，书中常用的则有刀笔吏、讼师等等。

在书中也提及此类人物用心良苦，为营构书状殚精竭虑，一般来说，此等文人多为幕后策划，他们要聚精会神，字斟句酌，设身处地，或将自己想象为当事人，或设想自己是审案官，或设想自己为被告等等。由于统治者的严令禁止，涉讼文人的助讼活动必须隐蔽，起码要不为审案官所知，因此构讼活动只能是揣摩于斗室之中。

按照《阅微草堂笔记》的理解，谁造成了社会纠纷，就是罪恶或过错，其出发点是纠纷影响乃至破坏了正常的社会秩序，纠纷是耻辱的象征，引起诉讼的必定有道德品行方面的缺损。凡平息诉讼的人都受到称赞，在矛盾起于端倪时即能成功化解的人不仅神奇而且具有盛德。

作品认为，凡是诉讼，不一定都是与法律有关并且一定要由法律手段解决的，老百姓愚笨无知，气量狭小，常常为了一些鸡毛蒜皮的事情彼此相争，而且总是要为此生出猜忌、积怨，一定要争个高低。这些事件一开始往往是吵闹到宗族长辈或者村长地保那里，希望得到排解，宗族的长辈或乡间这一级的小吏如果能够劝导疏通，大家心平气和，就可以不再诉讼了。也有这一级调处不当，激发了诉讼。还有的是因为地保这一类人想要从中渔利，唆使老百姓诉讼的。更有的使因为矛盾的双方不愿意对话，两边都有人推波助澜，或者因为都听信旁人谗言而诉讼的。更有些人专门以诉讼为能事，于是兴风作浪、捕风捉影，促发诉讼。还有的借机泄愤或者别有用心引发促成诉讼。对后者，纪昀总是表现出不满。

"在家国一体的社会政治结构中，国家内乱或国民争讼是家庭不睦的延伸，依据中国传统社会的礼治标准，人们形成这样的共识：有德之人不会兴讼，民风淳朴善良之地必定少讼。[1]"《阅微草堂笔记》透露的正是这样的信息。作品引述其父姚安公的观点，实际上体现了这样的意思，凡是有作为的官员，应当通达明治。讼清狱结，因此在审理民事案件时首选调处息讼，即使是那些本不是民事纠纷的刑事案件也尽量以息事宁人的态度调处解决。

注重道德教化，以感化的方式息讼止争是儒学思想在涉讼事件中的必然体现，作品强化的价值伦理取向是知足安分、善良忍让，劝人息讼、感化止争因此被称为善举。而同时作品更多强调的是"涉讼两败，徒玷门风"（滦阳续录四），通过故事形象强调"耻讼"，并将"息讼"、"贱讼"、"耻讼"转化为颇为狡黠的平民生存经验。"如是我闻三"借亡父教训儿子说："凡讼无益：使理曲，何可讼？使理直，公论具在，人人为扼腕，是即胜矣，何必讼？""讼不胜，患在目前；幸而胜，官有来去，此辈长子孙必相报复，患在后日。""滦阳消夏录四"中称说的理由有二，一是"律无抵法，即讼亦不能快汝意"，二是"讼必检验，验必裸露，不更辱两家门户乎？"还坚称"任汝诉诸神明，亦决不直汝也"。作为支持这种说法的故事颇多，有的竟然是所谓的狐仙效仿人类的做法，有的则是"越礼"的女子，比如"槐西杂志三"中那个为了证明自己的清白之身、"与其献丑于官媒，不如献丑于母前"而自己升堂拜姑的焦氏女，正是她的勇敢使得"讼立解"。对受理家事纠纷的官员，作品常表示不以为然。如郭六事，再如"槐西杂志一"中滴血验亲的县令被指"聩愦"。显而易见，作品鼓励人们寻求诉讼以外的解决方式，其实，客观上也从侧面表现了当时社会一种普遍的"厌讼"心理。

《阅微草堂笔记》没有正面描述民众诉讼必须支付的经济代价，事实上当时民众的"厌讼"、"畏讼"的一个重要原因的确实由于经济的因素。山东曲阜孔庙碑刻《忍讼歌》就是刻意渲染了诉讼行为的"不合算"：

世宜忍耐莫经官，人也安然己也安然，听人挑唆到衙前，告也要钱诉也要钱，差人奉票又奉签，锁也要钱开也要钱，行到州县细盘缠，走也要钱睡也要钱，约邻中证日三餐，茶也要钱烟也要钱，三班人役最难言，审也要钱和也要钱，自古官廉吏不廉，打也要钱枷也要钱，唆讼本来是奸贪，赢也要钱输也要钱，听人诉讼官司缠，田也卖完屋也卖完，食不充足衣不全，妻也艰难子也艰难，始知讼害非浅鲜，骂也枉然悔也枉然[2]。

涉及经济利益时，《阅微草堂笔记》从三个方面劝人息讼。一是以因果报应的事件结局作为警示，硬要打不该打的官司肯定会带来意想不到的经济损失；二是劝人权衡诉讼成本与收益，若是得不到相当的收益就当息讼；三是通过涉讼文人的巧取豪夺来侧面表现诉讼的得不偿失。

作品中大凡"息讼"事件的结果不外：一是当事人自动和解，过错一方表示悔过或者受到惩罚；二是不了了之，当事的某一方虽心有不甘亦无可奈何；三是慑于某种威严以一方的牺牲或让步而告终，而示弱的这一方必定会得到某种"善报"。作品没有直接表现拖延、拒绝受理诉讼是当时执法者一种极端的息讼方式，而是曲折地通过讼师及其他助讼文人形象及所作所为表达了息讼愿望。

《阅微草堂笔记》成书的年代，尽管统治阶级极力宣扬"息讼"，阻止和干扰民众的诉讼行为，人们还是越来越普遍的通过诉讼解决诸如田产、钱债、婚姻、商贾等社会生活方方面面的矛盾纠纷，涉讼文人在法律生活中的作用越来越重要。涉讼文人队伍良莠不齐的状况也就越来越清晰的展现在人们的视野里。在书中，作者描写，那些接受正统儒学教育、思想道德素养略高一些的文人，尚能及时根据鬼狐精怪或其他异常生活现象的提醒改弦更张，而书中更多的则是劣迹斑斑的败类。

一般的读书人非迫不得已不会选择讼师为业，"士人不得以出治，而佐人为治，势非得已"（《佐治药言》），这些人在为诉讼当事人带来了很多便利，他们的存在有其合理性，但同时，"中国古代的讼师自始即缺乏合法的身份，更不用说有来自官府的法规引导，也没有相关的行业自律，行业缺乏专业素质、职业道德方面的要求，对从事讼师这一职业者的约束仍旧是熏染、教育其成长的伦理道德文化，而这二者的复合又进一步导致下列的结局：讼师的执业状况听由其个人的道德水准决定，或严于律己或从中渔利，完全取决于讼师的良心发现[3]"，这些人都存在养家糊口的实际需要，由于他们本人并没有什么政治地位，代为谋划诉讼、起草讼牒这种能够给他们带来一定经济利益的事情又是不固定的，因此有些人为了牟利就曲意逢迎有钱的当事人。在当时，"有些在州县衙门当差的刑名幕友，利用与上级衙门的亲戚关系，仗势欺人，把州县官玩弄于股掌之上，或者他们与州县官狼狈为奸，贪污受贿，中饱私囊，或与书吏沆瀣一气，蒙蔽州县官。刑名幕友本身没有司法权力，但他们可以实施权利。由于主持庭审的州县官多不懂司法程序，于是地方司法权的行使都操纵在刑名幕友手里，假如刑名幕友心术不正，拉帮结派，营私舞弊，贪污受贿，那州县衙门审理案件的公正性就可想而知了。[4]《阅微草堂笔记》中所列出的只是缩影。

　　《阅微草堂笔记》对于涉讼文人的态度与当时的法律规定一致。清朝严禁民间讼师之类的人员包揽词讼，对于不能及时制止教唆诉讼的官员也决不放过，《大清律例·刑法·诉法·教唆词讼》："讼师教唆词讼，为害扰民，该地方官不能查拿紧缉者，如止系失于觉察，照例严处。若明知不报，经上司访拿，将该地方官照奸棍不行查拿例，交部议处。"政府对于规范这些人的行为制定过一些规则，进行的处罚力度不谓不力，但由于种种原因屡禁不止，作为身居高位的纪昀"念古来潜德，往往借稗官小说，以发幽光"（槐西杂志四），在作品中没有宣扬任何一项有关条款，而是以民间习以为常、喜闻乐见的叙事方式表明了否定态度。并且指出"忠厚亦能积怨"，言出意表。"存心忠厚，誓不敢妄杀一人"的老于幕府者，因为"刀笔舞文，曲相开脱，遂使凶残漏网，白骨沉冤"（如是我闻三）。

　　对于讼师及助讼文人，作品偶尔也有警示之笔提醒他们交友要慎：

　　　　有弟谋夺兄产者，招讼师至密室，篝灯筹画，讼师为设机布阱，一一周详，并反间内应之术，无不曲到。谋既定，讼师掀髯曰：令兄虽猛如虎豹，亦难出铁网矣，然何以酬我乎？弟感谢曰：与君至交，情同骨肉，岂敢忘大德。时两人对据一方几，忽几下一人突出，绕室翘一足而跳舞，目光如炬，长毛毵毵如蓑衣，指讼师曰：先生斟酌，此君视先生如骨肉，先生其危乎？

　　但对于这个人群的总体评价，与作者所持的正统儒学思想对这种职业的厌恶相一致，《阅微草堂笔记》表现了鲜明的贬斥和否定，据作品的描述，他们的所作所为大体是教唆人们诉讼、架辞越告，或是打点衙门、串通贪官污吏坑害乡愚，还有舞弄刀笔、巧言令辞颠倒是非，恐吓诈财、欺压良善百姓等等，语气饱含轻蔑、厌恶，那些舞文弄墨助讼的文人形象实在不佳。

　　《阅微草堂笔记》中的讼师及助讼文人多贪利而昧心。作品以果报的思维惯性为这些人设置了结局。"槐西杂志三"一则笔记中一正一反两个故事，两个书吏都"得贿舞文"，一个幡然改进，"一生温饱，以老寿终"，不思悔改的那个"殁后三女皆为娼"。就客观情形而言，当时律例明文规定："凡教唆词讼及为人作词增减情罪诬告人者，与犯人同罪"，清律例更规定："若系积贯讼棍串通胥吏，播弄乡愚恐吓诈财，一经审实，即依棍徒生事扰害例问发云、贵、两广极边烟瘴充军"。[5] 作者认为，"幕府佐宾，非官而操官之权，笔墨之间，动关生死，为善易，为恶亦易"，因此，尤其需要严格自律。"如是我闻二"一则笔记写了三个讼师，两个讼师因"导人诬告"、"为人画策诬富民"而遭到戍边、逃妻的报应，一个因为得到警示后"遂辍是业""竟得令终"。"姑妄听之四"以"老于幕府"之鬼的口吻讲述讼师"胜负乌有常"、"纷纭反覆"的十种方法，揭露了讼棍嘴脸。充分表现了作者对这个饱读诗书却违背儒学精神的文人群落的失望和愤怒。

　　不仅是对讼师不满，作品还彻底否定了涉及讼事的所有活动。有一个书生迫于生计而兼塾师与涉讼代书，当其"设帐"时平静无事，而"兼为人作讼谍"时就会遭到堪称父执的老狐大扰，"凡作讼牒，则甫具草，辄碎裂，或从手中掣其笔"，"凡刀笔所得，虽扃锁严密，辄盗去"，"凡讼者至，或瓦石击头面流血，或檐际作人语，对众发其阴谋"，因老狐认为涉讼是"自堕家声，作种种恶业""不忍坐视，故挠之使改图"，书生立即"辍是业，竟得考终"（姑妄听之二）。谋夺兄产者和讼师则被不明身份、形状可怖的鬼魅指责和惊吓（姑妄听之三）。

对于民间纠纷或是家庭纠纷，《阅微草堂笔记》的态度很是世俗化，决不主张因此引发诉讼，对于官府或他人的介入表示了坚决的否定。"姑妄听之二"在评论一起丈夫怒杀荡妇奸夫、自己亦"依律"的命案时，认为"荡妇逾闲，诚为有罪"，但"非乱臣贼子，人人得而诛者也"，对举报者后来被亡魂索命是"天罚"，"以讦为直，固非忠厚之道，抑亦非养福之道也"。"如是我闻四"中瞽者向狐仙打听"闺阃蜚语涉讼"的内情不仅被拒绝，还遭到训斥："岂以失明不足，尚欲犁舌乎？"理由是这类讼事"乃快一时之口，为人子孙数世之羞"。"槐西杂志二"在评点少年强污少女、后双方翻供解纷一案时，对于"薄责而遣之"的处理，解释是"事止婚姻，与贿和人命、冤沉地下者不同"，不必"横加锻炼"。审结此案的依据不是律例，甚至也并非社会的普遍道德标准，而是执法者的情感，外加众人的意愿，审案实际上成了调解，然而这样做符合社会民众的普遍心理。

【参考文献】

[1] 姜虹《古代证据意识在现代社会的折射》，北京人民警察学院学报，2006，3，第57页。

[2] 转引自张晋藩《中国法律的传统与近代转型》，北京：法律出版社1997年版299页。

[3] 何邦武：《中国古代的讼师及其与当事人的关系初论》，西华师范大学学报（哲学社会科学版）2005年第3期，第78页。

[4] 翟东堂《论清代的刑名幕友及其在政治生活中的作用》，河南师范大学学报（哲学社会科学版）2004年第4期，第145页。

[5] 瞿同祖《瞿同祖法学论著集》，中国政法大学出版社，1998第415页。

袁枚的金陵诗与袁枚的金陵游

赵丹琦

【摘要】清代诗论家、诗人袁枚是个特别重视生活情趣的人，他特爱金陵六朝烟霞，在江宁（又称金陵，今属江苏南京）购置了隋氏废园，精心修筑并改称为"随园"后，于此度过了近50年的悠适生活，充分感受了城市山林风光美好宜人的景色，并写出了大量的金陵诗。通过研究，我们不仅可以发现他在金陵寻幽览胜的众多印迹，还可以体悟他亲临自然山水的种种经历，更可以欣赏他纪游怡情的诸多历程，从而找到金陵都市深度游方面宝贵的历史文化遗产。

【关键词】袁枚 金陵诗 金陵游

近来由于节假日的因素，城市观光游、乡村度假游、短程游、深度游等旅游模式和旅游产品越来越受到人们的青睐。国内外业内人士认为，"深度游"没有明确的概念，只是一个相对于"观光游"的通俗说法，也不只是时间长短、路途远近的问题。网络百度百科解释为："'深度游'，简言之是指不同于传统的观光性旅游，它必须以足够的时间和精力，深入到某项主题旅游之中去，对某项专题或某一目的地进行深入的观察与了解。"[1] 这样可以寻找对历史文化的深刻感受，追寻生命中更为丰富的体验，而不是走马观花似地看风景。清代著名代表诗词评论家和诗人袁枚也可以算是这种类似现代"深度游"方面的专家。我们可以从袁枚留下的百余首金陵诗中探究其本地深度游的轨迹，了解袁枚融入金陵生活的感受式旅游状况，发掘袁枚从历史文化、自然地理的角度去观赏金陵自然与人文景观旅游的实际情况，从而为现代人进行深度的历史文化旅游提供典型的借鉴意义。

一　怀古览胜，探寻金陵历史文化遗迹

袁枚（1716－1797），晚年自号仓山居士，随园主人，随园老人，与赵翼、蒋士铨合称为"乾隆三大家"。乾隆四年进士后授翰林院庶吉士，曾任江宁、上元等地知县。33岁父亲亡故后，辞官养母，在金陵以三百金购得隋氏废园，原为织造园（即曹雪芹所叙的大观园），更名"随园"，世称随园先生。除37岁到陕西做过不满一年的知县外，袁枚在随园从事诗文著述以终。赵翼在《读随园诗题辞》中称他"曾游

阆苑轻三岛，爱住金陵为六朝"。[2] 他酷爱金陵钟灵毓秀之气，喜欢闲情逸致的生活，袁枚在《所好轩记》中自称："袁子好味，好色，好葺屋，好游，好友，好花竹泉石，好圭璋彝尊、名人字画，好书。"[3] 他舍官取园一方面为了读书修养，另一方面为了纵情玩赏风景。65 岁后他还攀登过浙江等地的名山、游历过广东、广西等地。但他对金陵本地山川格外钟爱有加，一生中多次深度游历。李宪乔在《读随园诗题辞》中称他"金陵有遗爱，遂就金陵居。"[4] 袁枚经过观察认为金陵是外来士大夫适宜的家居之地。他在《随园诗话补遗》中称："金陵山川之气，散而不聚；以故土著者绝少传人。王、谢渡江，多作寄公，亦复门户不久；此其证也。然街衢宏阔，民气淳静，至今士大夫外来者，犹喜家焉。桐城姚姬传太史掌教钟山，有移居之志。"[5] 他在众多的金陵诗中不仅记叙其寻访到的金陵名胜风光，还认真考察了解金陵的历史文化掌故，深层次、全方位感受本地所特有的文化底蕴，显现了其高尚的旅游文化品位。

古称金陵的南京是中国六大古都之一，盛称"六朝胜地、十代都会"。金陵有自然山水之胜，也有历史文物之雅。从明朝到清朝，逐渐流传起了金陵八景、直至四十八景之说，有移步换景之美。袁枚在金陵居住期间，几乎游遍了金陵主要的名胜风景，并大都以咏古伤今的方式追叙了名胜的来历。如《抵金陵（二首选一）》诗云："黄金埋老变烟霞，一片长江六帝家。天意两回南渡马。秋痕满地故宫花。…… 我是荒沧来吊古，手挥羽扇问年华。登临不尽古今情，无数青山入郡城。身非氏族难为客，地有皇都易得名。八尺阑干多少恨，新亭秋老月空明（诗歌选自《小仓山房诗文集》袁枚著，周本淳标校，以下所选袁枚诗歌出处同此）"[6]，袁枚追叙了传说自楚威王埋金或秦始皇埋金始有金陵以来的历史风貌，抒发了登临怀古之意。另外他还写就了《台城怀古二十四韵》、《孝陵十八韵》、《灵谷寺》、《太平堤望玄武湖》、《徐中山墓》、《梁武帝疑陵》、《谒蒋庙》、《景阳井》、《洪武大石碑歌》、《过文选楼吊昭明太子》等多首诗，历数了金陵古迹风光的神奇丰韵，体现了其寻古探幽的志趣及所拥有的丰富历史人文知识。

在《秦淮杂诗》中，袁枚通过生动描述金陵地区秦淮河一带的历史文化、水文风光，把他深切体味到的金陵民俗风情和注重感受到的浓郁地域文化清晰地呈现在我们眼前。诗曰："六代云山一河水，争禁人到不销魂！…… 杨柳婀娜竹枝柔，百啭流莺唱未休。…… 前船丹珠歌《小海》，后船清溪载小姑。笼袖娇民对对过，茶坊到处唤厮波。几番邀笛坐胡床，消受青奴一味凉 ……"诗歌所记载的《小海》"是一种从春秋至明清流传于东南沿海地区古老的船歌，以即兴发挥为主，以扣打船舷作为节拍，声调激昂慷慨，具有自己的特色。"[7] 青奴则是夏日取凉寝具，又名竹夫人。诗歌描写了秦淮两岸茶酒笙歌的消夏奇观，为我们清晰勾勒了一幅清乾嘉时秦淮两岸歌妓与娇民尽情销魂的民俗人文美景。秦淮河是古城金陵的起源，也是金陵文化的摇篮，被称为"中国第一历史文化名河"，素为"六朝烟月之区，金粉荟萃之所"，南宋因所建江南贡院为我国古代最大的科举考场而成为江南文化中心。明清时正是十里秦淮的鼎盛时期。而袁枚在《秦淮杂诗》中寥寥几笔就把秦淮河畔以听歌、喝酒、品茶等方式来消夏的当时流行的闲雅生活风情，简约生动地描绘了出来。

由于六朝故都的风云际会为袁枚提供了丰富的历史文化印证，因此，袁枚也不断地出游深访，挥笔歌咏。莫愁湖位于南京秦淮河西，是有着 1500 年悠久历史和丰富人文资源的江南古典名园，为六朝胜迹，故有"江南第一名湖"、"金陵第一名胜"、"金陵四十八景之首"等美誉。袁枚游历后曾写过两首《莫愁湖》，其一曰："澹澹春山小小舟，一湖水气湿妆楼。六朝南北风流甚，天子无愁妓莫愁。"其二曰："欲将西子西湖比，难向烟波判是非。但觉西湖输一著，江帆云外拍云飞。"清晰勾勒出了天子梁武帝逼莫愁进宫为妃使其投湖自尽后，从此天子与莫愁都不愁的风流传说，并认为莫愁湖的风景远胜过杭州西湖之烟波。南朝梁武帝时佛教盛行，高僧云光法师在雨花台设坛讲经，感动上苍，落花如雨，雨花台由此得名。明、清时景区内的"雨花说法"和"木末风高"分别被列为"金陵十八景"和"金陵四十八景"之一。袁枚也亲历访古并写过《雨花台怀古》两首、《雨花台》等诗，如《雨花台》云："三十六重填，天花堕可怜。飘来石城雨，散作寿阳烟。衰草蒲团影，斜阳羯磨禅。梁皇偏有价，百万赎身贱。"诗中明确地记录了名胜的来历，追叙了风景年华，如梦如幻。

本来袁枚在《随园诗话补遗卷四》中称"余宰江宁时，门下士谈毓奇为刻《双柳轩诗文集》二册。罢官后，悔其少作，将板焚毁。后《小仓山房集》中，仅存十分之三。"[8] 说明在其早期还写过不少金陵诗，现已不存了。袁枚细细品味、认真体验、深深享受着金陵的优美风光、丰富古迹和深厚文化，并以翻成出新的方式歌吟古迹，缅怀历史，丰富见识，避免了"知其然不知其所以然"的"走马观花"式的浮游状况。他在《随园诗话》中认为："余每作咏古、咏物诗，必将此题之书籍，无所不搜；及诗之成也，仍不用一典。"[9] 又称："题古迹能翻陈出新最妙。"[10] 他的寻古览胜式深度旅游不仅让他细致领略了金陵的名胜风光，也让他提升了旅游人文情怀，获得了新知识和新快乐，实现了旅游的真谛，更为后世留下了丰富的旅游人文知识。

二 回归自然，体验金陵自然人文风情

"深度游"的特点是除为了增长知识的旅游之外，还想对旅游目的地情况作深入地了解，甚至更加自主地与当地社会和民众进行接触和交流，以深谙景区风土民情。袁枚在对金陵名胜有了足够多的了解之后，更善于利用丰富的文化旅游资源，一再观光、走访，多次采用体验式"深度游"方式去欣赏金陵自然风光的秀媚神奇和民俗风情的流光溢彩。

汤山古名"温泉"，位于南京中山门以东约 28 公里处，一直流传着后羿射日落汤山而成温泉的神话故事，被誉为中国"四大名泉"之首。因南朝梁代有位太后用温泉治好

了皮肤病，又被封为"圣泉"、"御用温泉"。历代达官显贵、文人雅士都爱来此游览沐浴。袁枚在知晓金陵汤山山明水秀，泉眼群集之后，亲临山水，多次体验温泉浴，写出了畅快舒爽的温泉之歌：《登汤山高处有感》、《浴汤山五绝句寄香亭，兼谢荷塘明府》。其《浴汤山五绝句》曰："为寻圣水灌尘缨，爱忍春寒远出城。刚是杏花村落好，牧童相约过清明。方池有水是谁烧，暖气腾腾类涌潮。五日薰蒸三日浴，鬓霜一点不会消。多谢张华地主情，遣人洒扫遣人迎。耳根洗得清如雪，不听人间事不平。野外闲行乐有余，阿连底事劝回车。天生此水温存性，恐怕妻孥转不如。延祥寺里认前因，二十年前借往身。今日僧亡菩萨在，应知我是再来人。"诗中提到的延祥寺，据说是因唐代浙江观察使韩滉的女儿身患"恶疾"，韩滉专程送女儿来汤山沐浴，治愈了她的病。为此，他把为女儿陪嫁的费用，修造了"圣汤延祥寺"（俗称汤王庙）。美丽多姿的汤泉，是大自然生命的腾跃，也勾起袁枚奇幻的神思。74 岁的袁枚于《浴汤山五绝句》中深情表达了他二十年前后对金陵汤泉地域的热爱，不断回味了景点中的自然沐浴风情，甚至清晰地勾画出一幅清明夫妻出游汤泉的乐浴之图。

袁枚曾说过："仆不佞佛，也不辟佛（见《答项金门》）"[11]，公开表示过他不喜佛但也不完全排斥佛。在《随园诗话补遗卷三》中袁枚明示："弟子梅冲为作《诗佛歌》云：'心余太史不世情，独以诗佛称先生。先生平生不好佛，攒眉入社辞不得。…… 小仓山居大自在，一吟一咏生云烟。…… 先生即佛佛即诗，佛与先生两不知。'"[12] 他虽不喜佛，但他追求居大自在的心灵自由，因此住游寺庙，交往僧友，深度浸润在金陵佛都中随任自行。金陵自南朝以来禅宗文化无比繁盛。梁武帝贵为皇帝却四度出家，大力倡建寺院，建佛寺 2846 所。佛教乃成国教，金陵已成全国佛教中心。古林寺是金陵三大名寺之一，原名观音庵，是南朝宝志和尚所建。明代改庵为寺，每年春冬两期依律传戒，徒众达上万人，被奉为"中兴戒律第一祖庭"、"天下第一戒坛"。明神宗御书"振古香林"、康熙赐名"古林律园"、乾隆赐名"古林律寺"并赠紫衣等十宝。袁枚在《晚游古林寺》诗里细致描摹了僧寺的神秘生活场景和月下古林寺的美景："一钟打出满堂僧，佛面金光半闪灯。龙树无声风小定，袈裟有影月初升。" 袁枚还作过《八月廿九日同补萝晴江探桂隐仙庵，归憩古林寺》。在他写的《以琴与古林禅师易竹》、《谢古林禅师赠竹》诗中，甚至表明他与古林禅师因易竹、赠竹而成为朋友。袁枚不仅观赏寺庙风景还投宿寺庙，悉心体悟禅宗随顺自然的精髓要义。如《天印庵小住》云："香案蓬山远，巾车冷庙留。一灯僧馆闭，双耳草虫秋。对佛言难发，撩人雨未休。窗前红湿处，万点海棠幽。……"，细描远宿幽冷僧馆，听雨赏花的自由乐趣。"南朝四百八十寺"，仅在钟山就有 70 所之多，最为鼎盛，其中存有"天下第一禅林"灵谷寺庙。袁枚欣然到访，并写下《灵古寺》一诗：："停骖独龙冈，爱寻古灵寺。…… 访古足虽健，得僧径初熟。…… 兴阑各入城，山花人一握"，彩绘出他与亲友在僧人指点下寻访古寺，兴意阑珊的众乐像。他写《宿栖隐寺题壁二首》，其中提到："五年栖隐寺，一过一题墙"，追叙了五年流连栖隐寺题壁挥毫的往事。此外，还写有《元旦后二日过牛首宿聚云楼（二首选一）》："新岁看山色，官闲似我稀。呼僧扫尘榻，对佛解朝衣。……"、《冬日往扬州阻风永济寺赠默默上人》"喜对高僧头似雪，月明同上讲经台" 及《宿陶红栖隐寺》"一局残棋一窗月，招僧同赌菊花杯" 等诗句，实录了他与僧侣们同住同玩同乐的难忘经历，成为深度游中高级的精神享受。金陵寺庙园林的幽美丰姿更多地激发了袁枚出游热情及崇尚空灵自由的精神。栖霞寺位于南京市东北22公里处的栖霞山（也称摄山）上，南齐梁僧朗于此大弘三论教义，被称为江南三论宗初祖。梁时塑造诸佛像于千佛岩，有"江南云岗"之称，是中国唯一的南朝石窟。后隋文帝立舍利塔，为我国最大的舍利塔。唐代被称为佛教"四大丛林"、"天下四绝"之一。清乾隆五次南巡都设行宫于此，倍增殊胜。民间有"春牛首、秋栖霞"之风俗，金陵人尤爱举家游览，被誉为"金陵第一明秀山"。袁枚也多次登临，并写过《同张芸墅入摄山投宿鹿泉庵作》、《赠庵僧尔霞》、《晓登千佛岩至万松庵坐云木相参阁分赋》、《大殿外古银杏歌》、《白云庵》、《春雨桥》、《天开岩观岣嵝碑》、《登最高峰》、《江中望栖霞山色，吊尹文端公》、《八月二十九日偕温皆山庄念农游栖霞》等一系列诗歌，热力赞颂栖霞山景与寺庙美妙的自然人文风光。在《重宿栖霞感怀旧事，赋赠墨禅上人》诗里声称："此事于今廿载余，白头重到相人无。剩有墨禅师一个，兴谈往事泪同堕。今为长老昔沙弥，眼中无数浮云过。携手香台处处游，沧桑万种说因由。青山也似人衰老，白鹿泉干水不流。" 再次表明其驻足看尽栖霞山景名寺的风云沧桑，感叹青山也似人衰老的境况。其《霞心庵看桂赠月初上人》曰："老僧尤多情，煨栗相矜宠。新雪落纷纷，旧话谈种种。笑我七十翁，晚归心辄恐"，歌咏了他与栖霞寺老僧人的深厚情谊。他还唏嘘古木残景，在《栖霞古松无故自萎者甚多》诗中，关注起风景地的自然变化。栖霞山主峰三茅峰海拔286米，卓立天外。袁枚于《登最高峰》中宣称："我来登此如登天，天物与我堪齐肩。白云蓬蓬生足下，红日皎皎当胸前。——背山摇鞭风洒洒，手掷金轮放四海！" 他激情描摹了心旷神怡的登高经历，夸张体现了其通灵拔俗的崇高心境，充分表达了其与自然和谐的理想愿景。

综上所述，从袁枚这种乐水爱山，并注重禅宗文化熏陶的回归自然式金陵"深度游"中，我们可以看到他追寻生命本质，崇尚个性自由，在有限的时间和生命里获取无限的体验和感受，所带来的或舒爽或超俗的心灵快乐。

三 模山范水，借助金陵名胜娱目怡情

古城金陵依山傍水，古迹众多，名胜云集。袁枚在游历后往往模山范水，对其景观特色、人文历史作了新颖记录，以诗出新，同时借助金陵名胜为自己造园与纪游娱目怡情。在《瞻园小集诗序》中他说过"山水以永趣也，咏歌以抒情也"[13]。在《随园四记》中又认为"目仰而观，俯而窥，尽天地之藏，其足以穷之耶？园悦目者也，亦藏身者也。[14]。即眼睛仰视俯窥可赏天下所藏美景但不能穷尽。园林是可观赏、可居留的（微缩的山水）美景。平日里他一边细细品赏金陵胜迹，一边又将观览之景深

深歌咏，一边还不忘仿名胜之景将自己的随园精心打造后纪游怡情，真正是以金陵青山绿水长伴白头。

袁枚一生中对金陵的一些自然风光、人文名胜深爱有加，多次造访，并一再及时纪游回味，表现其对山水景物独特的审美感受和自我怡悦之情。袁枚于《随园诗话》中言明："余所到必有日记，因师丹之老而善忘也。其耳受佳句，亦随记带归。"[20]在《随园诗话补遗》中又言："诗家两题，不过'写景、言情'四字。我道：景虽好，一过目而已忘，情果真时，往来于心而不释"[21]。由于金陵的自然风貌久享盛誉，古迹遗存辉煌灿烂，袁枚为此不惜时间和精力，常常流连往返于名胜古迹间，深度挖掘其蕴藏的历史文化内涵，尽享临观山水名胜后的自由惬意，并不断直抒性灵，写景言情，创作出清新隽永的佳品。江南四大名园之一的瞻园被誉为"金陵第一园"，明代为徐达府邸花园，清代为藩署。乾隆游览时作行宫，题名瞻园，取苏轼"瞻望玉堂，如在天上"之意。瞻园景点达20多处，有著名的北宋太湖石，还有清幽的亭台楼榭。袁枚在《瞻园小集诗序》里盛赞之："瞻园者，中山王之故府，今方伯永公之官衙也。有平泉之富，梓泽之幽。"[22]在《瞻园十咏为托师健方伯作》诗中则对瞻园石坡、梅花坞、竹深处等11处秀丽风景，如绘画一样细致入微地描摹出来。一诗一景，如咏随园一般涉足成趣。《过瞻园吊托师健尚书》自云："十年不见托尚书，重过瞻园感旧居。匝地风花春事换，满墙烟墨雨痕疏"，对江南名人名园怀念不已，所绘情景感人至深。他还作有《重登燕子矶游永济寺作》、《扬州回泊燕子矶登亭望雪二首》、《再游牛首宿聚云楼作二首》、《牛首庙门外银杏歌》、《晚登清凉山》、《再过莫愁湖有感》等诗，表现历览胜景的真实感概和情趣，显出真率自然、随兴抒意的个性。

袁枚入住随园后，因势造景，花了近20年时间，使园中有了仓山云舍等24处胜景，让探访者叹为观止。就连乾隆听到人们夸赞随园景色，也心仪不已，曾派画师画24景送于宫中观瞻。袁枚咏景作《随园二十四咏》，诗题为仓山云舍、小栖霞等。《随园记》曰："凡称金陵之胜者，南曰雨花台，西南曰莫愁湖，北曰钟山，东曰冶城，东北曰孝陵，曰鸡鸣寺。登小仓山，诸景隆然上浮，凡江湖之大，云烟之变，非山之所有者，皆山之所有也"[15]，说明该园可充分借景，登上小仓山就能饱览金陵名胜，可谓得天独厚。袁枚的《山上草堂》诗云："山上有草堂，对望北极阁。……不见天下春，但见天下绿。"尽显其草堂观胜神思飞扬之情。《南楼独坐》则称："清凉山色酒杯边，身在斜阳小雪天"，好似金陵胜景掬手可握。《山居绝句》更有："浮空白浪西南角，收取长江屋里看。六代云山孝陵树，一齐排着使人愁"之句，借景抒情空灵活脱。小仓山顶的楼阁主要用于望远，从楼中可看到长江、钟山等远景，就象有人给随园的题匾中所称颂的那样："只一座楼台，佔断六朝烟景。"[16]《随园轶事》记有一则借景造园之事，题曰《澄碧泉、小栖霞》"园中名胜极多，不可胜记。有泉曰"澄碧"，泉上厅事三楹，周以回廊，压屋老桂数十株，香气扑鼻。尹望山相公题曰"小栖霞"。时高朝南巡，相国正葺治栖霞山为驻跸之所，因此中形胜仿佛，古题是额"

[17]。袁枚写《小栖霞》称道："万事不嫌小，但问能成家。我有一间屋，公然类栖霞。绝壁屋前山，天香屋后花" [18]。袁枚甚至因怀念家乡钱塘仿西湖景，营造双湖，作《随园五记》纪之。写诗《双湖·随园二十四咏》："我取西子湖，移在金陵看"，《采莲·消夏八首其一》："香雾多生水，西湖恍在家"，借景释怀。袁枚所作《戊子中秋记游》，其实是一幅从高处俯看随园的鸟瞰图。文曰："从蛾眉岭登永庆寺亭，则日已落，苍烟四生，望随园楼台，如障轻容纱，参差掩映，又如取镜照影，自喜其美。方知不从其外观之，竟不知居其中者若何乐也" [19]，尽呈随园之秀美。袁枚经常登永庆寺名塔（南朝随园附近建永庆寺，寺后有梁武帝爱女永庆公主之墓），反观随园，知足常乐。如写有《偕香亭、豫庭登永庆寺塔有作》、《过寒风阙到永庆寺看牡丹》等诗。《重登永庆寺塔》则云："九级浮图到顶寒，十年前此倚阑干。过来事怕从头想，高处人休往下看"，其回首往事，对景抒怀，纵情逸志，理趣相生。

  金陵风景极佳，青山衬秀水，名园依古城。袁枚认真寻觅六朝古都厚重的历史文化，亲身感受壮丽秀美的自然人文景观，还在重温体验中、甚至在自造的随园里通过借景、仿景体悟到山水名胜的深刻内涵，更多地享受到金陵深度游的乐趣，并用独创的清新诗歌抒发性灵，装点了美丽的金陵山水城林文化。正因为有了袁枚这样一生热爱并徜徉其间的山水人文爱好者，才为我们找到了金陵最值得观赏的风景。对现代文化旅游者来说，研读袁枚的金陵诗，探秘袁枚的金陵游，既可继承悠久的旅游文化遗产，又可体验到经典旅游文化所带来的心灵滋养，从而追求文化旅游的更高境界。

【参考文献】

  [1] 安静的毅·深度游 [EB/OL].：百度百科网 2011-6-10：1.

  [2] 赵翼·读随园诗题辞 [A]. 见：袁枚·周本淳标校·小仓山房诗文集 [M] 上海：上海古籍出版社，1988，3.

  [3] 袁枚·所好轩记·小仓山房续文集卷二十九 [A]. 见：袁枚·周本淳标校·小仓山房诗文集 [M] 上海：上海古籍出版社，1988，3：1406.

  [4] 李宪乔·读随园诗题辞 [A]. 见：袁枚·周本淳标校·小仓山房诗文集 [M] 上海：上海古籍出版社，1988，3.

  {5} 袁枚·郭绍虞主编·顾学颉校点·随园诗话补遗卷一·一八 [M] 北京：北京人民出版社，1982，9.

  [6] 袁枚·周本淳标校·小仓山房诗文集 [M] 上海：上海古籍出版社，1988，3.

  [7] 吴国富·古歌谣《小海》源流小考 [J]. 中国韵文学刊 2008，（2）.

  [8] 袁枚·郭绍虞主编·顾学颉校点·随园诗话补遗卷四·一八 [M] 北京：北京人民出版社，1982，9.

  [9] 袁枚·郭绍虞主编·顾学颉校点·随园诗话卷一·四三 [M] 北京：北京人民出版社，1982，9.

[10] 袁枚·郭绍虞主编·顾学颉校点·随园诗话卷四·四 [M] 北京：北京人民出版社，1982,9.

[11] 袁枚·答项金门［A］. 见：袁枚·范寅铮校点·小仓山房尺牍卷七 [M] 湖南：湖南文艺出版社，1987，5：8.

[12] 袁枚·郭绍虞主编·顾学颉校点·随园诗话补遗卷三·二九，[M] 北京：北京人民出版社，1982,9.

[13] 袁枚·瞻园小集诗序·小仓山房外集卷三［A］. 见：袁枚·王英志校点·袁枚全集 [M] 江苏：江苏古籍出版社，1993，9：1993.

[14] 袁枚·随园四记·小仓山房文集卷十二 ［A］. 见：袁枚·王英志校点·袁枚全集 [M] 江苏：江苏古籍出版社，1993，9.

[15] 袁枚·随园记·小仓山房文集卷十二 ［A］. 见：袁枚·王英志校点·袁枚全集 [M] 江苏：江苏古籍出版社，1993，9.

[16] 蒋敦复·随园兴废之感慨·随园轶事·详注诗学全书附录四［A］. 见：王英志校点·袁枚全集卷八 [M] 江苏：江苏古籍出版社，1993，9.

[17] 蒋敦复·澄碧泉、小栖霞·随园轶事详注诗学全书附录四 ［A］. 见：王英志校点·袁枚全集卷八 [M] 江苏：江苏古籍出版社，1993，9.

[18] 袁枚·小栖霞·小仓山房诗集补遗卷一 ［A］. 见：袁枚·王英志校点·袁枚全集 [M] 江苏：江苏古籍出版社，1993，9：945.

[19] 袁枚·戊子中秋记游·随园四记·小仓山房文集卷十二［A］. 见：袁枚·王英志校点·袁枚全集 [M] 江苏：江苏古籍出版社，1993，9.

[20] 袁枚·郭绍虞主编·顾学颉校点·随园诗话卷七·三四 [M] 北京：北京人民出版社，1982,9.

[21] 袁枚·郭绍虞主编·顾学颉校点·随园诗话补遗卷一·三 [M] 北京：北京人民出版社，1982,9.

[22] 袁枚·瞻园小集诗序·小仓山房外集卷三［A］. 见：袁枚·王英志校点·袁枚全集 [M] 江苏：江苏古籍出版社，1993，9：1993.

明清小说中宗族兴衰的制度文化因素书写

韩希明

【摘　要】　明清小说借宗族兴衰的故事宣扬道德伦理，展现封建社会末世的现实生活场景。小说人物是否遵循了道德规范，是否对于国家制度坚定不移执行与认可，其宗族的兴衰是显著标志。在小说中，国家律令、礼教对人们的制约、束缚和影响是铁定的，违背者怀疑者必定家业衰败子孙零落，遵循者恪守者则被赋予大团圆结局。当民间制度与国家制度不相一致时，宗族振兴者总是本着忠实于国家制度的前提，将自己对民间制度改造的设想付诸实施，这种非凡的行动能力往往出于小说作者一厢情愿的臆想，但小说家们却乐此不疲。

【关键词】　明清小说　民俗观　江苏民间制度文化　儒学

明清小说作品中大凡涉及家庭的描写，大都离不开对宗族规模以及发展趋势的描述，而此类描述又直接浸染着作家对人物的感情色彩。凡是道德高尚者，必定是能够繁盛宗族、或者能够为宗族真正的兴旺作出贡献，原本命定寿夭的，能延年长寿，成为宗族荣耀的象征；原本命中无子的，也能由神赐子嗣；原本渐露衰势的宗族能够转而兴旺。反之，小说人物的结局或是身败名裂、众叛亲离，或是子孙零落、家业萧条，甚至家破人亡，破产绝嗣。如《醒世恒言》卷 2、17、20、27，《喻世明言》卷 10，《初刻拍案惊奇》卷 20、33 等篇，长篇小说《红楼梦》和《野叟曝言》等更是直接展示了制度文化因素对宗族兴衰的影响。

江苏地区社会经济基础本来就与其他地区有所不同，更由于地域经济的发展特色，明清时期习尚一变而为"人情以放荡为快，世风以侈靡相高"，民间制度文化区域特征明显，从明清小说我们可以看到，人们的道德的价值观念开始更新，正统儒士的家庭生活也显现出儒家文化的某种变通和转化，然而小说家以及作品所显现的道德评价标准，仍着眼于宗族的规模。

我们先看《红楼梦》和《野叟曝言》所作的描述。《红楼梦》、《野叟曝言》概括了豪门家族所呈现出的文化特质，两府集官僚、庄园主、皇亲国戚于一体，两府都恪守礼教，包蕴了封建家族的一系列表征：父系血亲、男尊女卑、嫡庶有别、长幼有序、主奴分明；女性专权，男性家长隐退，至高无上的水夫人和贾母体现了封建家长制的文化范式。所不同的是，文府充满着强烈的儒家文化氛围，贾府呈现出儒道并举、玄礼双修的文化特质。尤其是最终的结局，文府成了万子万孙的名门望族，贾府却"只剩了白茫茫一片大地真干净"，这其中的制度文化因素明显差别为：文府更重视按己所需合理利用了民间制度的庇护功能，比如，以联姻、结拜扩大宗族势力，壮大社会控制力，贾府则从统治者、管理者到继承者都对民间制度有益于宗族繁盛的那些内容表现出漠视。

《野叟曝言》描写了以文素臣为中心错综的宗亲、师徒、友朋关系，很多是师友而兼宗亲，颇有苏南地域特色。文氏家族将虚拟血缘关系、姻亲关系这些重要的社会资源，整合到宗族关系圈中，各种需求可以在这个圈中得到满足。宗亲之谊为他们丰富的道德、武艺及其他技艺资源提供了重要基础。这是宗族团结的理想境界，也是文素臣母子的初衷。

夏敬渠意在构建一个神话，因此，颇为生硬地图解儒学伦理，将文氏宗族写成一个典范，把家庭的道德国家化，从文素臣对母亲的"孝"引申出了对皇帝的"忠"，将"忠"、"孝"成为贯通国与家的最高道德。在这种思想指导下，文素臣与包括皇帝在内的崇拜者组成庞大的宗亲集团，由于血缘关系与虚拟血缘关系、信任与崇敬、以民间制度为基础的国家制度为保障而坚不可摧，这种集团的功能，由于亲戚关系而自成单元、其相互依存的程度，就大于集团成员各自与其他家族及社会组织之间的关系；再加上文素臣及其子弟、信徒的金刚不坏之身，以此与靳仁为代表危害国家的松散型佛老信徒们抗衡，结局当然是没有悬念的。

《红楼梦》描写的贾府，一事当前，出发点首先是家族、亲族、血缘关系的远近。贾雨村胡作非为，贪赃枉法，草菅人命，贾政不以为然却依然包庇他，因为他是贾府的本家，是姻亲林如海所荐，贾雨村保护的又是贾家的亲戚薛蟠。这种行为方式导致贾府的专制与黑暗，既为民间制度的价值取向所不认可，又公然违背国家制度。贾府由家庭血缘而家族血缘，再集合为宗族血缘；对于这之外的关系贾府基本上持否定态度。贾雨村道："若论荣国一支，却是同谱。但他那等荣耀，我们不便去攀扯，至今故越发生疏难认了。"他借林如海托贾政"轻轻谋了一个复职候缺"，作为报答，"徇情枉法，胡乱判断"了薛蟠打死人命案，而家族成员对他多半不领情，平儿就说过"半路途中那里来的饿不死的野杂种！认了不到十年，生了多少事出来！"（第48回）而《野叟曝言》中文府的宗族除了这样的一支以外，还有一支是由虚拟血缘而生成家庭血缘，与宗族血缘会师，形成更大规模的宗族关系。

文府与贾府缔结婚姻都是以家族经济利益和政治利益的壮大与发展为前提，以家族势力的延续和扩大为目的，是政治的联姻，当事人的感情和意愿则被置之度外，这样构成了错综复杂的社会的、政治的、经济的、姻亲的关系。两府相同的是，由于作品人物与皇帝直接来往，使得民间制度与国家制度直接对话；所不同的是，贾府严格遵循形同国家制度的皇家规范，而文府却让皇帝按照民间制度履行姻亲义务。这表明曹雪芹是清醒的现实主义作家，而夏敬渠则像冯梦龙、凌濛初等一批通俗小说的作家那样沉浸在一厢情愿的臆想之中。

明清小说表现了不同的人物对待血缘宗法制的不同态度。

第一种，重视嫡系血缘而排斥其他关系的封闭态度。冯梦龙在《醒世恒言》卷二十引了《赘婿诗》："入家赘婿一何痴！异种如何接本枝？两口未曾沾孝顺，一心只想霸家私。愁深只为防甥舅，念狠兼之妒小姨。半子虚名空受气，不如安命没孩儿。"这首诗的确代表了当时社会的普遍心理，即排斥非血缘关系的人进入家庭核心亲属圈。生殖繁衍，可以增加家族成员，扩大家族势力，其本身就是家族最基本的价值。但是这种价值的实现却依赖于血缘继承，也就是嫡子传承。

许多作品如"三言"、"二拍"充分渲染了人物由于传统血缘宗法制长期浸淫产生的焦虑，即"无后"的恐惧和求子的热忱；同时，由于强调家庭成员间的血缘关系，人们普遍对继子或半子都颇存猜忌，如《初刻拍案惊奇》卷 38 中的刘员外，《醒世恒言》卷 30 中的王员外等等。作品人物往往过于重视血缘关系，那些信守"仁义礼智信"等道德观念的"外人"，事实上只是作为亲情的一种联系，有时往往还要通过"结义"、"结拜"来加固这种补充；当面临重大事务决定人力资源分布时，也是重视内外之分，任人唯亲多于任人唯贤。

作为典型的例证，如《红楼梦》里的贾府。他们过分看重强固的血亲联系，着力构建这种以血缘婚姻关系为纽带、以家族利益为轴心的姻亲家族集团，这种亲属集团是政治（军事）盟友、利益共同体。你中有我，我中有你，声息相通，互相扶持，"一荣俱荣，一损俱损。"正如贾母指出的，"真真是六亲同运"。血缘的传承性固然得到极大的加强，家族的封闭性同时也极大增强。由此推想，贾府由于宗族闭关造成的衰落，就是《野叟曝言》中鼎盛至极的文府日后的景况。

第二种，仍然是出于对宗族血脉传承的重视，在家族圈子里筛选合适的过继儿子（嗣子）。如《野叟曝言》，未公去世后确定嗣子，执行丧礼中必须由儿子主持或出场的一切礼仪事务，鸾吹对洪儒说："你原是堂弟，嗣了过来，就是我嫡嫡亲亲的兄弟了。"这样做不仅延续了血脉，同时也解决了财产继承以及一切以男性为中心的相关家族仪式合法化的问题。即同姓不同宗的若干相对独立的乡村宗族，建立起某种超血缘、跨地域的联合关系，强化族源认同意识，提高同姓族人的社会政治地位。《醒世恒言》卷 20 中，张廷秀先是被王员外认为过继儿子，之后赘做女婿；兄弟俩遭王员外大女婿赵昂暗算幸得生还，张廷秀又被礼部邵长官认为螟蛉子，其弟张文秀被河南褚卫救起并认为父子；结尾，"廷秀生得三子，将次子继了王员外之后，三子继邵爷之后"，"文秀亦生二子，也将次子续了褚长者香火"。作品中还言及另一种方式：如《警世通言》卷 15 中，苏雨因寻找兄长苏云客死他乡，后来苏云的儿子苏泰"所生二子，将次子承继为苏雨之后"。

第三种，多维度努力的开放态度。小说从思精神层面和家庭事务两个层面出发来描述。作者将老来得子或意外得到可以继承血脉的合适人选作为一种诱惑，并通过描述告诉读者，只有人物乐善好施、疏财仗义、持斋吃素、焚香祷告，道德水准到达相当高度，才能得到上天的恩赐，才能获得美满的结局。如《初刻》卷 20 中的刘元普，同书卷 33 中的刘从善，因为好善乐施而感动上苍，以古稀之年生儿育女、接续香火；《警世通言》卷 22 中宋敦为求嗣而拜佛烧香，路遇和尚垂死，"做一件好事回去，也得神天知道"，解衣除簪发送了和尚，因此得延寿、得子之报。《醒世恒言》卷 10 中的刘德，"平昔好善，极肯周济人的缓急"，晚年竟得义子承继香火。作品也写了许多反面典型，如《警世通言》卷 25 中的桂迁则因为忘恩负义而三子化犬，《初刻》卷 35 中入话中的张善友一生好义，却由于妻子一时贪婪而落得个家破人亡、祖宗血食无人的下场；正话中的贾仁由于吝啬而空做了二十年财主，只落得一文不名，绝门绝户。

就实现文学的功利目的而言，小说家们本来有着广阔的施展空间，天马行空似的想象虚构却更便于作品内容聚于人伦教化，但是，他们的想象力却如同风筝一般被礼教的绳索所控制，在描述有关宗族发展的情节时，他们尤其注重宗族首领（家长、族长）的品质，并将其看成是宗族兴衰至关重要的一个因素。一个宗族内，上层之家不能潜心于宗族建设，这个宗族就不可避免地要走向没落，而宗族的组织者往往来自于宗族中有号召力的上层之家。《红楼梦》中，尽管秦可卿临终前托梦与王熙凤时的那一番话可谓振兴宗族的至理名言，却没有被付诸实施，因为王熙凤只是代理家政，负责这个宗族具体事务的是品行恶劣的贾珍。宗法的特点，就在于它是一种家族制度，在这个范围内，一个人的身份决定于血缘关系，不决定于实际才干。贾府特别讲究长幼秩序、嫡庶尊卑。《红楼梦》第四回说到，"现在族长乃是贾珍，彼系宁府长孙，又现袭职，合族中事自有他掌管"，本来，族长应该是族人共推贤德声望相符者为全族管理事务的首领，但贾珍之所以能当上族长，掌管全族事务，却凭血缘宗法制原则确定的，是不论人品的自然选择。他做的最多的事情是带领宗族中的子弟们声色犬马，不务正业。贾府宗族幕后的决策人是贾母，从尊贵显赫的史家到同样烈烈轰轰的贾家，一直生活在鲜花锦簇的阀阅世家，娘家的财富和夫家的威势奠定她资历和权威上的基础，家族意识坚定，统治经验丰富，在维护贾宝玉的继承权、光大祖宗基业这一点上，立场坚定，自觉性强，绝不手软，集中体现了封建的家族精神。但她由于过早超脱具体事务，实际上对这个宗族早已失去操控权。《野叟曝言》中的水夫人则迥然不同，她不仅操控一切事务，平素的一贯教育、在家时的严加管教、临行前的再三叮咛使得文素臣即使是离家外出也处在她的精神控制之下。

制度化是传袭已久的宗族组织的特征，当人们的宗族观念淡漠时，制度也只具有一种仪式的意义，如"三言"、"二拍"中的族长，往往只是宗族事务的一个召集人，族人们只是扮演证人角色，面对族中那些仗势欺人的所作所为，明知不平，却也不敢仗义执言，而且，小说的描述中族里对那些不肖子孙以及危害宗嗣的恶妇也没有什么制约措施。《醒世恒言》卷 17 中的过迁，败家气死老父，族中并没有人出头惩治他；卷 27 中焦氏害死李承祖、凌辱李玉英，"那亲戚都不是切己之事，那个去查他细底"。卷 35 描写徐哲死后，兄长徐言徐召欺凌孤儿寡母，族中亲邻"都要做好好先生，那个肯做闲冤家，出尖说话？"最终还是老义仆助年轻守寡的主母"挣起个天大家事"。

明清小说作者描述宗族兴衰时另一个关注点就是继承人。《红楼梦》中贾府宗族事务的负责人贾珍表面上煞有介事地主持所有的祭祀祖宗以及婚丧大事，贾氏宗族非常讲究礼教规范，日常生活、饮食起居、送往迎来，也无不以礼约束。贾母评判子弟的好坏就是看他是否懂礼数，认为只要守礼就不会违规矩，也不会背叛家庭。她的失策就在于对继承人的失察。贾珍在国孝、家孝期间，吃喝嫖赌一样不误；贾珍、贾蓉父子，贾琏、贾珍兄弟共同玩弄尤氏姊妹；贾蓉、贾琏叔侄，共同商量如何勾引尤二姐；贾琏垂涎父亲的姬妾。正如柳湘莲所形容的，"你们东府里除了那两个石头狮子干净，只怕连猫儿狗儿都不干净！"（第66回）

与《红楼梦》决意写出宗族衰败不同，明清小说的其他作者一旦意识到继承人对于宗族兴衰作用的，无不刻意奖惩风化。如《野叟曝言》；再如《醒世恒言》卷17写了过迁在姐夫张孝基教育下翻然改进的过程；宗族中处于弱势但道德品质高尚的一方必然成为振兴宗族的唯一希望，如《喻世明言》卷17，《警世通言》卷22、卷25，《醒世恒言》卷35等篇。

社会继替不仅包括个人的新老交替，同时也指家庭结构的不断分化、重组与替代。明清小说中描述的家庭结构分化形式是分家，即父子之间、兄弟之间对财产的分割。分家以后，小家庭之间在经济上各自独立，不再相互牵制、相互约束。分家拉开了兄弟间的亲属距离，也创造了各自发挥潜能的机会，彼此势力的高下随着分家时间的延伸而逐渐显示。个体家庭面临利益之争时，家族制度的运行便表现出一种分裂倾向，如《醒世恒言》卷35、《喻世明言》卷10等篇所描述。而且，兄弟一旦分家，虽然长子在处理某些事务时尚有若干仪式性的权威，但这种权威力量在其他方面并不显现，这种控制力的消退使得原本弱势的次子一方得以自由发展。分家析产，家庭财产的分割及外部亲属团体的自主也就成了家庭继替的身后物质根源。《醒世恒言》卷2中大哥许武敏锐地意识到这一点，故意分家析产，自取良田健仆，成就了两位弟弟的好名声，更壮大了许氏宗族。这间接反映了社会在家庭群体的不断分化与整合过程中实现进步的现实，同时解释了社会经济和人们心理发展的深层次问题。

事实上，宗族并不是一个全能的保护者。社会性别制度、家族制度决定了女人根本不可能获得在大家族支配家庭事务的完整处分权，分家析产有时却使女性被迫担负起治家重任，如那些夫亡子弱、被迫析产独居的家庭，她们或穷则思变或背水一战，反倒壮大了宗族，如《醒世恒言》卷35、《喻世明言》卷10中的主母。因此，明清小说家在构建人物关系时还特别注意婚姻在宗族发展中实际利益的功用，表明宗族秩序在部分意义上要靠婚姻来维持稳定。

明清小说在描写人物文化生活时，必定设置一个公共活动空间，中产以上的家庭毫无例外都有后花园，即便是表现社会下层的农家，也或有一个堂屋（客厅），或有一个场院，总之，必定营造一个类似花园的聚集地。这种有着浓郁社会不同阶层特有文化气息的"花园"，事实上不过是小说家的乌托邦。分别以《野叟曝言》、《红楼梦》、《豆棚闲话》为代表。

　　《野叟曝言》第 60 回，文素臣全家搬进了东方侨的山庄，而这个山清水秀绝无人工痕迹的花园不像其他明清小说作品里那些被描绘成激发诗才、逗引情思的自由空间，这个花园被水夫人管理成为展陈儒教、训练包括奴仆在内的所有入住人员的一所学校。水氏首先为包括儿子文素臣以及其他家中所有未婚男女定了亲，匹配原则是各自的阶级地位和受教育程度，既符合国家律令，也符合民间习俗；其次，水氏为奴仆改名，所有的仆人从此都有一个符合儒教的名字，不同于《红楼梦》第 63 回所描贾宝玉发起、湘云李纨积极响应的娱乐性的为丫鬟改名改妆行动；第三，更令人惊骇的是水氏还为所有人列了一张详细的日程表，按照学习和家务劳作两大重点来安排连她自己在内的各人的"日课"，也与贾母率领众人嬉游取乐迥然有别；第四，及时调控花园活动，比如，将通常的饮酒行令转化为猜谜语、做数学题、讨论医道等学术活动。这种做法与《红楼梦》、《镜花缘》等作品中描述的花园生活截然不同，即使是《儒林外史》中庄绍光在朝廷所赐的玄武湖里，这个文士也没有如此制度化，而是悠闲地读书会友，欣赏湖光山色。耐人寻味的是，夏敬渠展示的浴日山庄花园文化成果，即水氏的子孙经过这样的培训个个成才，使得文氏宗族赫赫扬扬，与曹雪芹描述的大观园文化结出苦果，其实是异曲同工。

　　《红楼梦》中的大观园是一个理想国。它建立在一定的社会思潮之上，与血缘宗法制文化、家长制文化、儒道互补的加过同构文化迥然相异。通过一群少男少女在其间演出的悲喜剧，通过充满理想的文化氛围贬斥封建末世文化，表达了对新文化的向往。曹雪芹所处的时代，封建制度正面临腐朽崩溃的边缘，《红楼梦》中创设的这个理想世界里，有着现实世界所缺少的人文关怀、平等、自由与民主，更多存在的是同情和友善。一群少男少女吟风弄月，没有对功名利禄的追求，与末世文化截然相反。这意味着对整个国家制度的颠覆与否定，同时也是要从传统文化中开启出一种新的文化价值向度。然而，终究是空中楼阁。大观园又是一个文化孤岛，因其虚幻故而脆弱，因而生存艰难，封建末世文化的迫害和围追堵截直接导致大观园的毁灭，这也正是曹雪芹比其他许多明清小说作者清醒和深刻的地方。

　　《豆棚闲话》的作者艾衲居士则看到了花园文化在制度层面上的影响，一方面借这样一个所在传播道德教化，另一方面让小说人物告诫众人："方今官府禁约甚严，又且人心叵测"，"则此一豆棚，未免为将来酿祸之薮也"，并主动拆毁了这个讲习交流之所。

　　明清时代江苏地区人们的血亲观念日趋淡薄，因而，大规模的同产共炊、累世聚居的宗族日益减少，分产异炊、家庭规模小型化现象日益普遍，人际交往的特色由于商品经济的发展而越益呈现建立在经济基础上的平等互利的契约性。明清小说的作者们却津津乐道于宗族繁盛、人丁兴旺，表明了小说家对于宗法制的眷恋。

　　明代统治者重视"明礼以导民，定律以绳顽"，同时，一贯以来，"礼"也是传统法律的核心。习惯上，宗教、法律、风俗、礼仪综合起来就是"道德"。明清时期江苏地区的人们崇尚奢华，区域文化特色鲜明，其强势的影响力辐射全国，礼教森严的控制受到了猛烈冲击，小说家们在缅怀的同时，一方面祭起因果报应的法宝，设计善恶果报的结局，一方面构造了那些伤风败俗者受到国家法律制裁的情节，如《红楼梦》中贾雨村被他上级找了个茬，"作成一本"，参他"生情狡猾，擅篡礼仪"，令其狼狈丢官。

关于宗祧承继，在国家层面有一个适应民情的过程。儒家伦理在本质上是血亲情理观念，它特别注重宗法家族关系的伦理道德意义，以血缘亲情作为确立宗法伦理规范的依据，并认为血亲伦理规范是一切道德行为的基础。血缘辈分在家国同构理论的庇护下，成了维系社会秩序的力量。因此，为了维护社会安定，历朝国家法律对宗祧承继都有明确而具体的规定，一是必同宗承继，二是须昭穆相当，而禁异姓承继，以免打乱血缘关系。明清小说中有不少篇目写了异姓承继，其法律基础是明代中后期收养异姓继子在法律上得到承认，并确定了其"同子孙论"的身份；至清代，异姓承继更渐趋普遍。国家法律的这种调整，提高了继子的身份地位。法律层面的这种变更，是由于江苏地区宗法关系渐趋松弛，这种变迁恰好又是从内部分化瓦解了纯正的宗族关系。更多的情形是，国家法律在自身尚不完善的情况下，在无力宰制一切的自身局限性面前，被迫向民间规范作出了一定让步与妥协。同时，国家法律通过司法裁判的方法吸收了民间规范中的有益成分，及时地补充、完善着自己。

明清小说作者关于民间制度建制原则的认识集中在两点。第一，与国家法律以及相应的礼教规范完全一致，由于法律等正规制度的约束只能细化到一定程度，国家法律的疏漏无疑要靠民间制度予以弥补；第二，民间制度顺应时代和社会生活的实际，限于国家法律，成为国家制度的先驱。因为国家法律不能随心所欲修改，能做的只能是编故事时对民间制度作随心如愿的修改，小说还经常让人物改造或创建民间制度。民间制度适用范围一般较小、较特定，环境稍有变化便不能移植，但如《野叟曝言》等作品，作者让文素臣为代表的士大夫通过宗族建设来移风易俗，维护社会秩序，这种主观臆想，实际生活中根本不可能存在。因而以家法、家训、族规等名目出现的宗族法条文以及宗族的组织措施在明清小说中描写不多，因而宗族法对经济发展的限制没有在小说中得以表现，小说较多地反映了因为宗族法的控制力较弱而个性得到较多的发展；土地买卖也比较自由，比如，作品描写了家长健在而不肖子孙偷卖田产的故事，只是极力标榜土地的价值，以土地的多少作为家道兴旺与否的唯一标志。作者意在表现商品经济繁荣带来的社会生活景象的变化。再则，族长的权威、作为宗族的义务没有得到体现，作品所表现的是人情浇薄的景象。

民间制度的形成过程是由临时到相对稳定乃至固定。在短期内形成的针对相应的具体环境而大量存在的临时性民间制度，不同于已经稳定并发挥作用的民间制度，后者已根植于人们的生活乃至意识之中，遵守它是一种必须的、有时甚至是潜意识的行为，前者则必须在特定环境下反复博弈，有待民众形成共识方能逐渐稳固，否则就会遭到淘汰。随时间的推移，或者是一种新法令的通过，原先的共识或许不适合存在或许不允许存在，原先存在于人们行为之中的某种民间制度便被抛弃。

从惯例、习惯、风俗、道德等民间制度到国家法律，是一个约束力越来越强、灵活性越来越低的过程，违反法律必然受到惩罚。民间制度虽然给行为人更多的自主空间，能够更好地发挥个人的主观能动性，但也弱化了对行为人的预期，不确定性增强，不利于个人做出最好的选择以达到最优。

由于儒家所倡导的伦理道德观念带有浓重的理想色彩，缺乏具体的操作性，现实生活中的凡夫俗子们很难达到这种道德期待，明清小说家们便将这种伦理道德观念、国家法律与他们理想化了的民间制度相结合构成一种道德评价体系，对宗族文化的批判是这个体系中的重要一环。

猪八戒的傻女婿形象特征评析

韩希明

【摘　要】《西游记》中的猪八戒有着传统民间故事主角傻女婿的形象特征，因为他是取经师徒四人中唯一真正做过女婿并且也真的具备傻、呆、笨的特点。与传统傻女婿不同的是，猪八戒这个傻女婿形象的可笑之处还在于，他常常牵强附会生硬地搬用国家律令和民间规范，来理解和解释身边发生的情况。在江苏民间制度文化的语境来审视这个形象，我们可以体会到民间制度温情和世俗的一面，也看到了吴承恩思辨的努力和艰难。

【关键词】民间制度文化　傻女婿　温情

吴承恩的《西游记》，因为有了猪八戒而妙趣横生，这个形象不由得令人联想起江苏民间广泛流传的"傻女婿"故事。"傻女婿"故事（亦称"痴女婿"）"它惹人发笑之处往往是故事中呆女婿违反生活常识和基本礼仪的种种行为。钟敬文先生曾将这类故事按内容分为3类，（一）拙于礼数的应付；（二）对于性行为的外行；（三）其他种种愚蠢行为。"(1)在江苏民间制度文化[1]的语境来审视猪八戒身上折射出来的"傻女婿"形象特征，饶有情趣的也是猪八戒的女婿身份和"呆"性，而猪八戒的生活智慧则是顺应民间制度，与儒学伦理保持一致。

一　猪八戒的赘婿身份和心理

猪八戒有着鲜明的傻女婿形象特征，一是因为他真正做过女婿，二是因为他的"呆"、"夯"，小说中常直接称他为"呆子"。

猪八戒与他的师兄弟不同，从天宫跌进凡间，他过了几年世俗生活，前后做过两任女婿，而且都是被招赘入门的。明清时代商品经济的日趋繁荣，也引起了人们思想观念的转变，表现在婚嫁习俗方面尤为突出。择偶标准发生了很大的变化，由以往讲求门当户对转化为以"富贵相高"，财富的多寡成为男女谈婚论嫁的首要标准。招赘之风颇盛，许多文学作品中都有所反映，《西游记》中，赘婚被描述为最为常见的婚姻形式，女方

---

[1]　民间制度文化来源于民俗，其构成核心为传统意识形态，即主要包括价值观念、伦理规范、道德观念、风俗习性、意识形态等因素。

对于入赘男子的要求，既不论门第，也不看财产。《西游记》描述的入赘婚的这些特点，与传统的婚姻制度也有了显著区别。上至一国之君、公主千金，下至平民百姓，身份各异，贫富不同，但都有招婿入赘的愿望，但事实上，"入赘婚与男子娶妻入门不仅仅是婚姻形式上的差别，更重要的是它牵涉到诸如赘婿的地位、子女归属、财产继承等一系列家庭关系的问题。"[2] 上门入赘的夫婿在明清社会大都是家贫无力娶亲、或独身在外的男子，赘婿无论是在家庭还是社会上的地位仍然不高，这一点在小说人物的议论中可以显见，猪八戒作为入赘夫婿在高家"扫地通沟，搬砖运瓦，筑土打墙，耕田耙地，种麦插秧"，也如同仆役。

猪八戒第一次入赘是"吃软饭"，贪恋"一洞的家当"（第8回），第二次入赘高老庄主要是因为贪恋女色。入赘作为婚姻形式并不具备喜剧因素，可笑的是这个傻女婿特别热衷于入赘。第二十三回"四圣试禅心"故事中，四圣变作母女四人，自言"小妇娘女四人，意欲坐山招夫，四位恰好"，一是招夫作伴，二是寻能干家事之人掌管家业。猪八戒立即毛遂自荐："虽然人物丑，勤谨有些功。若言千顷地，不用使牛耕。只消一顿耙，布种及时生。房舍若嫌矮，起上三两层。家长里短诸般事，踢天弄井我皆能。"这桩令猪八戒饱受皮肉之苦和羞辱的艳遇成为口实，一再被师兄弟们嘲笑："似你这个重色轻生，见利忘义的馕糟，不识好歹，替人家哄了招女婿，绑在树上哩！"（第80回）可是在西梁女国，他又一次自荐：

"'我师父乃久修得道的罗汉，决不爱你托国之富，也不爱你倾国之容，快些儿倒换关文，打发他往西去，留我在此招赘，如何？'太师闻说，胆战心惊，不敢回话。驿丞道：'你虽是个男身，但只形容丑陋，不中我王之意。'八戒笑道：'你甚不通变，常言道，粗柳簸箕细柳斗，世上谁见男儿丑。'"（第54回）唐僧被"毒敌山琵琶洞"的妖精掳去一夜，猪八戒便认定"我师父这一夜倒浪，浪，浪！"还说"干鱼可好与猫儿作枕头？"作品中几乎每出现一位窈窕美女，他都"忍不住口嘴流涎，心头撞鹿，一时间骨软筋麻，好便似雪狮子向火，不觉的都化去也"（第54回），然后立即想到入赘。已经接近西天了，他还想着"送行必定有千百两黄金白银，我们也好买些人事回去，到我那丈人家，也再会亲耍子儿去耶"（第94回）

他不仅自己乐于做赘婿，还总是猜度别人也喜欢做上门女婿，第80回中还诬赖孙悟空"他打发我们丢了前去，他却翻筋斗，弄神法转来和他干巧事儿，倒踏门也！"唐僧取经历经八十一难，其中第四十三难"西梁国留婚"、第四十四难"琵琶洞受苦"、第五十九难"七情迷没"、第六十七难"松林救怪"、第六十九难"无底洞遭困"、第七十八难"天竺招婚"等七次灾难都是妖魔逼婚，每次都是猪八戒积极撺掇唐僧允诺成亲。

其实猪八戒做高家女婿时并不舒心，就连孙悟空也对老高为猪八戒打抱不平："他虽是食肠大，吃了你家些茶饭，他与你干了许多好事，这几年挣了许多家资"，"他是一个天神下界，替你巴家做活，又未曾害了你家女儿。想这等一个女婿，也门当户对"，而老高则坚定要祛除。上门女婿遭嫉恨或被驱除，在明清小说中也多有描写，如《警世通言》卷 22 中宋小官因病被岳父遗弃，《喻世明言》卷 27 莫稽因忘恩负义薄情负妻被痛打，《醒世恒言》卷 20 中赵昂因"生心害人"遭到唾弃，《初刻拍案惊奇》卷 38 中主人翁刘从善因赘婿"张郎惫赖，专一使心用腹，搬是造非，挑拨得丈母与引孙舅子，日逐吵闹"最终分家，《二刻拍案惊奇》卷 11 中满少卿停妻再娶被索命，这些赘婿多因疾病或德行亏损而被歧视。高老对这个女婿必欲除之而后快，理由仅仅是"虽是不伤风化，但名声不甚好听"（第 19 回）。勤谨"作家"却得不到相应回报，可猪八戒却念念不忘高老庄曾经有过一个家，对曾经给予过他的温暖这个"丈人家"留连不已，这种信息不对称令人发噱。

二 猪八戒的"呆"性

（一）因傻而被调笑

传统的傻女婿故事惹人发笑之处往往是故事中呆女婿违反生活常识和基本礼仪的种种行为，猪八戒这个傻女婿形象的可笑之处却在于，他常常牵强附会生硬地搬用国家律令和民间规范，来理解和解释身边发生的情况。

第 19 回中对打上门来的孙悟空问罪道"你且去看看律条，打进大门而入，该个杂犯死罪哩！"他遵守国家律条，也懵懵懂懂接受民间制度制约，孙悟空说他"强占人家女子，又没个三媒六证，又无些茶红酒礼，该问个真犯斩罪"，生硬地将民间制度牵扯到国家律条，就把他镇住了，理屈词穷。第 21 回中一觉醒来不见了护法伽蓝幻化的房舍，还道"他搬了，怎么就不叫我们一声？通得老猪知道，也好与你送些茶果。想是躲门户的，恐怕里长晓得，却就连夜搬了。"第 83 回中他不主张到玉帝前告李天王的御状，搬出了"常言道，告人死罪得死罪"来说服孙悟空。第 49 回中猪八戒捉弄孙悟空，被识破后八戒慌得跪在泥里磕头道："哥哥，是我不是了，待救了师父上岸陪礼。""那呆子絮絮叨叨，只管念诵着陪礼"，可见，尽管他没有将师兄弟联盟看成是最佳归属，但师兄弟之间的规矩还是认真遵守的。

猪八戒也并非将生活中默认的社会规范不分情由刻板搬用，而总是从自己的需要出发，将民间制度的规范为己所用。一向对民间规范不以为然的孙悟空，特别看重师徒之间的规范，而猪八戒在师徒、师兄弟这样的结盟形式与家庭之间总是毫不犹豫选择后者。第 23 回中他想再次做上门女婿，对"与你师父商量商量看"的建议大不以为然："不用商量！他又不是我的生身父母，干与不干，都在于我。"这时候再也不提"一日为师终生为父"了。第 37 回唐僧在宝林寺夜中被乌鸡国王冤魂惊醒，"那冤魂叩头拜别，举步相送，不知怎么踏了脚，跌了一个筋斗，把三藏惊醒，却原来是南柯一梦。慌得对着那盏灯，连忙叫：'徒弟！徒弟！'八戒醒来道：'甚么土地土地？'——当时我做好汉，专一吃人度日，受用腥膻，其实快活；偏你出家，教我们保护你跑路！原说只做和尚，如今拿做奴，日间挑包袱牵马，夜间提尿瓶焐脚！这早晚不睡，又叫徒弟作甚？"八戒借"徒弟"与"土地"音近故意装傻，发泄了对唐僧的不满。第 48 回唐僧被通天河水怪摄走，面对孙悟空的询问，"八戒道："师父姓陈，名到底了，如今没处找寻，且上岸再作区处。"用杜撰的姓名谐音来说唐僧身处险境，既是对师傅不尊，又显得没心没肺。逢吃斋，"唐僧未曾举筷，先念一卷《启斋经》，那呆子又急又饿，等不得唐僧把经念完，拿过碗来，把一碗白米饭倒进嘴里，嚼也不嚼，头一晃，就吞下肚里去了。"（第 48 回）这种情形在平日吃斋时是常见的，完全不顾规矩。第二十八回中，听到妖精请他吃人肉包子，"这呆子认真就要进去，沙僧一把扯住道："哥啊，他哄你哩，你几时又吃人肉哩？'呆子却才省悟"，免于上当。

猪八戒之可笑，首先就是他傻、笨的形象外貌，其次是他常沉溺于他自己的理想境界：能够吃饱肚子睡够觉，并且可以时常偷懒，不干活，更没有妖怪打搅。他经常不看对象、不分场合地出现不恰当而荒唐的行为。身为受戒佛徒，也曾赌咒发誓"阿弥陀佛，南无佛，我若不是真心实意，还教我犯了天条，劈尸万段！"（第 19 回）"从今后，再也不敢妄为。就是累折骨头，也只是摩肩压担，随师父西域去也。"（第 24 回）可是他常常一遇风吹草动就嚷嚷分行李散伙：当听说妖精把唐僧摄进陷空山无底洞时，猪八戒对沙僧说："分了便你还去流沙河吃人，我去高老庄探亲，哥哥去花果山称圣，白龙马归大海成龙。师父已在这妖精洞内成亲哩！我们都各安生理去也！"（第 81 回）这样的话猪八戒一路上说过多次，若是遇到妖魔厉害，孙悟空受挫，或是他认为唐僧愿意"成亲"，他的第一个想法就是散伙。第 23 回中他经不起考验，"心痒难挠"，却反复说孙悟空"兄弟，不要栽人。从长计较。"他还想同时拥有三个女子："既怕相争，都与我罢，省得闹闹吵吵，乱了家法"，甚至异想天开："娘啊，既是他们不肯招我啊，你招了我罢"，菩萨化身的老妇道："好女婿呀！这等没大没小的，连丈母也都要了！"

传统的傻子形象是逗人乐、供消遣的，故事所创造的虚拟情景摹拟了一种性格与处境的不协调、目的与手段的不协调的生活情境，而这种生活情境就具有游戏的性质，傻子完全沉浸在自己的世界中，有时甚至可以无视自然法则，全凭理想甚至是幻想做事。这就能解释人们为什么乐于看猪八戒出洋相，书中为什么设置一个情节，让严肃的唐僧、伶俐的孙悟空和理性的沙僧能虔诚地与呆子猪八戒取齐，一道玩了一场哭吊拦路抢劫被打死的毛贼的游戏（第 56 回）。

（二）猪八戒傻而可爱的一面

刻板搬用律条：师兄弟三人中，猪八戒是最自觉守法的。悟空打死白骨精，八戒就对唐僧说："师父，你便偿命，该个死罪；把老猪为从，问个充军；沙僧喝令，问个摆站。"面对妖魔鬼怪，他也常常搬出律条来问责对方，令人发笑。但他不守佛法戒律。他大名猪悟能，因断了五荤三厌，所以唐僧给他取个别名唤为八戒：所谓五荤三厌，乃佛家忌食五荤，八戒是出家人必须遵守的戒律，可是猪八戒拜始终凡心不改，邪念犹存，经常违犯戒律，可说是与八戒这个命名形成了强烈的对照。他常常怀念在受戒前能

"捉个行人，肥腻腻地吃他娘"，随时满足口腹之欲（第8回），白骨精变成了"月貌花容的女儿"，还带着吃的，"青罐里是香米饭，绿瓶里是炒面筋"，"呆子就动了凡心，忍不住胡言乱语"。他还特意变成鲇鱼精，和七个蜘蛛精共浴（第72回）。直到在天竺国遇到了月中嫦娥，他还是忍不住跳在空中，抱住霓裳仙子要"耍子儿去也"（第95回）。

不懂权变：第82回猪八戒懵懵懂懂挨了一顿打，原因是直呼"妖怪"："'这和尚惫懒！我们又不与他相识，平时又没有调得嘴惯，他怎么叫我们做妖怪！'那怪恼了，轮起抬水的杠子，劈头就打。""行者道：'你变了去，到他跟前，行个礼儿，看他多大年纪，若与我们差不多，叫他声姑娘；若比我们老些儿，叫他声奶奶。'八戒笑道：'可是蹭蹬！这般许远的田地，认得是什么亲！'"第86回，豹子精哄师兄弟三人说唐僧已经被吃掉了，扔了个人头出来"那呆子不嫌秽污，把个头抱在怀里，跑上山崖。向阳处，寻了个藏风聚气的所在，取钉钯筑了一个坑，把头埋了，又筑起一个坟冢。才叫沙僧：'你与哥哥哭着，等我去寻些什么供养供养。'他就走向洞边，攀几根大柳枝，拾几块鹅卵石，回至坟前，把柳枝儿插在左右，鹅卵石堆在面前。行者问道：'这是怎么说？'八戒道：'这柳枝权为松柏，与师父遮遮坟顶；这石子权当点心，与师父供养供养。'行者喝道：'夯货！人已死了，还将石子儿供他！'八戒道：'表表生人意，权为孝道心。'"他以为认亲就能化干戈为玉帛："我们与他亲家礼道的，他便不好生怪。常言道，打不断的亲，骂不断的邻。大家耍子，怕他怎的？"（第94回）

猪八戒的可爱之处还在于善良，然而常用错地方用错对象；天真，坦然直率，毫无顾忌；嬉笑怒骂，尽显于色，如对福禄寿三星的类似顽童的举动，在尊长面前愿意伏低而在妖魔面前称大，以弥补心理上缺憾；真诚，因为其真诚和缺少掩饰的率真而成为虚伪险恶人心的镜子，正如第23回唐僧所说，"那呆子虽是心性愚顽，却只是一味懜直"。每当遇到困难，他总是吵吵嚷嚷打退堂鼓，但在师父师兄斥骂后还是能舍命拼搏。他撒谎还要演习排练，因此被孙悟空洞察；每当撒了谎被孙悟空识破时，他便慌乱承认求饶，一点也不狡辩。"傻子行为反射着社会中坚强者们所缺失的某些人格品质，具有强烈而深刻的启示意义。"[3]

三 猪八戒的生活体验与民间制度文化

第8回摩顶受戒之前，猪八戒"日久年深，没有个赡身的勾当，只是依本等吃人度日"，在"领命归真，持斋把素，断绝了五荤三厌，专候那取经人"（第8回）时，在高家勤勤恳恳做了三年的上门女婿，这个天神下降到了农村，"耕田耙地，不用牛具；收割田禾，不用刀杖。昏去明来，其实也好"，成为一个称职的农民，只是因为"丑头怪脑"、"食肠却又甚大"，"太公不悦，说道女儿招了妖精，不是长法，一则败坏家门，二则没个亲家来往，一向要退这妖精"，就是这样的生活，猪八戒还是非常留恋，踏上取经路之前，"对高老唱个喏道："上复丈母、大姨、二姨并姨夫、姑舅诸亲，我今日去做和尚了，不及面辞，休怪。丈人啊，你还好生看待我浑家，只怕我们取不成经时，好来还俗，照旧与你做女婿过活"，取经一路上仍惦念不已。这也很容易使人联想起中国农民的乡土观念、安贫观念、农本意识等等。

猪八戒曾说过，"依着官法打杀，依着佛法饿杀"，这当是切身体会。依着官法，他被"改刑重责二千锤，肉绽皮开骨将折，放生遭贬出天关"，错投猪胎；若依佛法，"教我嗑风"。在中国古代乡村，国家律令的社会控制力远远不如儒学文化的渗透力，儒学文化把伦理道德贯穿于社会生活之中，以规范普通民众的日常生产、生活，因而，许多民间制度实际上体现了儒学文化，尤其是"重情"的人伦本位观成为民间制度的思想基础。人伦本位观是以家为出发点和回归点，从原始层面的亲情开始，以"父子、夫妇、兄弟、朋友、君臣"基本五伦关系推己及人地扩展到"万物一体"、"天人合一"的"情"的最高境界，重视感性欲望之情、血缘亲情、伦理感情。在天界、仙界充分领略了等级森严、冷漠无情之后，人间赘婿的经历使猪八戒感受到了民间制度文化的温情。当然，在超稳定的乡土社会，人们依赖于传统经验的累积和熏陶，迷信于世代的自然传递和年龄的自然增长，长幼的自然差别演变成为社会关系的等差序列，父子、夫妇、兄弟、长幼这些自然血缘亲族关系，出现了上下尊卑、亲疏贵贱的身份等级的"差序格局"，既具有强大的凝聚力，同时也具有极端的狭隘性；既具有形式上的脉脉温情，也具有不可逾越的家长制和等级制的冰冷，并以此延伸开去，制约着各种社会组织关系。这种差别，这种制约，孙悟空难以接受，所以观音菩萨让唐僧不时用"紧箍咒"来辖制。猪八戒则不然，与冷峻的天国律条相比，民间制度令他怀念不已。

在中国农业社会中，由传统、习惯、风俗、经验、常识等构成的民间制度，强有力地约束着人们的行为，并且这些规范细化到人们的生活的各个细小环节，生活在成套的习惯、传统、惯例之下运转，人们的思维也因循习惯对外部世界作出反响。这又很符合猪八戒懒惰的特性。

因为有民间生活的经历，猪八戒比起他的师兄弟具备更多的"人"性；而他那些被人哂笑的"傻女婿"特征实际上不过是对普通人正常而朴素世俗生活的向往而已，而且仅仅是能够初步满足物欲和情欲。人们对这个形象可能有所嘲笑，有所揶揄，但总的来说还是比较喜欢的，这种喜欢，实际上是对人欲的肯定。

纵观八戒的所作所为，与佛教的教义和儒家的道德修养都格格不入。尤其是他的贪、欲并没有随着取经的进程逐步消弭，而是始终一贯，连佛祖也说他"保圣僧在路，却又有顽心，色情未泯"。即便如此，如来还是违背佛教戒律，封他为净坛使者，以满足他的口腹之欲，并声称这个封号"乃是个有受用的品级"（第100回）。这说明了两个问题：第一，制度作为系统的行为规则，目的是调节人的行为，使人们倾向于某一类行动而放弃另一类行动。国家制度是由国家制定和推行的，其目的是通过惩罚措施解决社会成员在遵守社会秩序方面存在的问题。民间制度产生于由个体互动形成的社会关系网络，并由演进变化中的社会关系所强化，民间制度对社会成员的行为期待有时很明确，有时则比较含混，体现了社会成员所在的特定团体或成员之间的利益和偏好。第二，吴承恩生活在社会下层，比较而言，所受各种教条束缚更少，更注重实际生活中的人际关系和自己的真实情感，因此《西游记》着力描写了对礼教的种种大胆反叛行为。但同时，作者的又是将上层阶级的生活方式及道德标准视为自己生活的理想模式，所以作品又努力让人物向正统伦理标准靠拢。作者也意识到了这些伦理道德观念必须通过教化及习俗的影响逐渐渗透到每个社会成员的日常生活中，这个过程有规范也必须有所变通。

　　传统的"傻女婿"故事叙述者在观念上与傻女婿处于对立状态，否定作为正常秩序破坏者的傻女婿；这种立场无疑是与正统价值观念取向一致，人们对傻女婿的嘲笑是以自己优越感来否定嘲笑对象。吴承恩则不同。他写出了猪八戒的可笑之处，同时也细致描述了这个傻女婿的可爱，并且认真总结了猪八戒对于民间制度的真实体验，"八戒是一个喜剧性的世俗型艺术形象。他以贪和呆为其外部特征，以'真'为其形象的实质性内容。他有着人的情感与神的变化神通，但这些又都和他的猪的特性融为一体。人们喜爱却又嘲笑这个形象，既是国人的隐显人格作用的结果，也是人类所共有的个人欲望与社会道德责任感矛盾的产物，同时又与这个形象的喜剧性特征有着重要关系。"[4] 这个傻女婿形象，凝结了吴承恩的思考以及困惑。

【参考文献】

　　[1] 李　霞：破坏与维护——从"呆女婿"故事看中国男子的心态及笑话的功能〔J〕，民间文学论坛 1997，4：16.

　　[2] 郭松义：从赘婿地位看入赘婚的家庭关系——以清代为例〔J〕，清史研究 2002.4：1.

　　[3] 王　晶："傻子"的智慧——论中外民间故事中的傻子母题〔J〕，云南民族大学学报（哲学社会科学版），2004，5：120.

　　[4] 曹炳建：世俗化的喜剧形象与国民的隐显人格（下）——《西游记》猪八戒形象新论〔J〕，淮海工学院学报（社会科学版）2007，2：30.

以情为本：理欲纠缠中的离合与困境

——晚明文学主情思潮的情感逻辑与思想症状

洪　涛

【摘　要】　情的问题是中国文化一直探讨的重要问题。在儒家历史语境中，情在思与诗之间维系着一种微妙的平衡。但这种平衡在宋代由于理学对文学的僭越而被打破，使其成为晚明主情思潮兴起的一个特定文化背景。在心学与复古运动的影响下，晚明文学界李贽、袁宏道等人张扬性情，鼓动私欲，展开了一场情感解放的文学革新运动，对情进行了全新的诠释，但却在理、欲的冲突弥合中陷入了自身的困境。

【关键词】　理学　心学　复古运动　主情思潮　晚明文学

正如"私"、"欲"成为晚明思想史上的主要探讨的话题，"情"则成为晚明时期文学界的关键词。在晚明的文学界，以徐渭、李贽、袁宏道、汤显祖、冯梦龙等为代表的一大批文人，高扬"本色"、"童心"、"性灵"、"情至"、"情教"的旗帜，鼓吹"性情"，在当时文坛上掀起了一场狂飚突进的文学革新运动，形成了一股声势浩大的主情思潮，流波所及，一直延续到清代。情的问题一直是中国文化所讨论的重要问题。甚至于有学者称中国哲学为情感哲学，[1] 中国哲学的思维模式为情感思维，[2]

---

[1]　蒙培元在他的一系列文章和著作里集中讨论中国情感哲学的问题。分别见《论中国传统的情感哲学》（《哲学研究》，1994、01）、《漫谈情感哲学》（《新视野》，2001、01、02）、《中国情感哲学的现代发展》（《杭州师范学院学报》，2002、03），《情感与理性》（中国社会科学出版社2002）。其实早在80年代初，李泽厚就提出"情感本体"论，将儒家文化本体称之为"情感本体"。见其《主体性的哲学提纲之二》，《中国社会科学院研究生院学报》1985年第1期以及后来相关文章。

[2]　见柴尚金的《中国古代哲学的情感思维》，《中国哲学史》，1995、04.

中国诗学更是有着漫长的抒情传统，[1] 那么何以在晚明之后，情感问题重新凸现为一个新的问题？

从思想史而言，先秦儒家中，孔孟虽然很少论及"情"本身，但其伦理道德本体的建构却根源于人的自然情感。孔子讨论的一些核心问题，如孝、仁、礼、仁政、道等观念，是以人们日常的世俗情感为关切点，直接从世俗之"情"中加以引申。如《论语·阳货》章关于"孝"的讨论，即以亲子之情来说明"三年之丧"的合理性，表明孔子已经注意到"情"和"礼"之间的渊源。同样在孟子那里，其仁义礼智普遍道德本性的确立也是通过人自然情感的端绪扩充完成的："恻隐之心，人皆有之；羞恶之心，人皆有之；恭敬之心，人皆有之；是非之心，人皆有之。恻隐之心，仁也；羞恶之心，义也；恭敬之心，礼也；是非之心，智也。仁义礼智非由外铄我也，我固有之也。"[2] 从而将人的自然情感作为道德建立的前提和因缘。虽然孔孟思想中没有涉及对人性自然情感的直接讨论，但在我们今天发现的处于孔孟之间的儒家文献郭店楚简中，却集中探讨了性情问题，并且明确将"情"视作"礼"的内在根据，使得孔子与孟子之间从世俗情感到道德情感建立的内在理路线索得以清晰呈现。楚简《性自命出》篇认为"道始于情，情生于性"，汤一介先生以为这里的"道"不是指"天道"，也不是指老子的"常道"，而是指与"礼"相关的"人道"[3]，"人道"也就是当时的"礼"，对此，竹简中其他的篇章对此有更明确的提法，《语丛一》中有"礼因人情而为之。"[4]《语丛二》有"情生于性，礼生于情。"[5]《性自命出》篇中还指出："凡人情为可悦也。苟以其情，虽过不恶；不以其情，虽难不贵。苟有其情，虽未之为，斯人信之矣。"[6] 这些都表明竹简所代表的原始儒家对人的情感是持积极肯定的态度，"情"作为"性"的在现实生活中具体展示，和心性本体相即不二，同时还作为现实社会中善、恶、忠、信的依据和尺度，被赋予了很高的地位，成为社会秩序（"礼"）的起点。

但遗憾的是，孔孟以及竹简这一尚情思想在后来的儒家思想中一直隐而不彰，取而

---

[1]　"中国的抒情传统"这一概念最早由陈世襄提出来，在《中国的抒情传统》一文中，陈氏指出，中国的文学道统是一种抒情的道统，所有的文学传统统统都是抒情诗的传统，这迥异于西方以史诗和戏剧为主流的文学传统。（见《陈世襄文存》，辽宁教育出版社1998年版。）高友工则试图建立此一体系的理论构架，指出"这一概念不只是专指某一诗体，文体，也不限于某一种主题、题素。广义的定义涵概了整个文化史中某一些人（可能同属一背景、阶层、社会、时代）的'意识形态'，包括他们的'价值'、'理想'，以及他们具体表现这种'意识'的方式。（见《中外文学》，第七卷，第12期，44－45页。）此后，孙康宜、林顺夫分别从断代史的角度，蔡英俊、吕正惠以及余宝琳从传统诗学的概念发展，刻划了中国抒情传统的形成和演变；张淑香则对此一传统之本体作了思辨。萧驰将"中国抒情传统"概括为"于西方文化之神性拯救的宗教精神传统之外，由古代东方心灵所开辟的以审美方式克服异化之精神遗产。"（载《中国抒情传统之谱系研寻——代序》，见氏著《中国抒情传统》，允晨文化出版社1999年版）。

[2]　《孟子·告子上》，《孟子正义》，中华书局1987年版，757页。

[3]　参见汤一介：《"道始于情"的哲学阐释》，《学术学刊》2001年第7期。

[4]　《郭店楚墓竹简》，荆门市博物馆编，文物出版社1998年版，194页。

[5]　《郭店楚墓竹简》，荆门市博物馆编，文物出版社1998年版，203页。

[6]　《郭店楚墓竹简》，荆门市博物馆编，文物出版社1998年版，181页。

代之的是对"情"贬抑和改写的历史。从荀子开始,"情"站在了"礼"的对立面,被赋予了否定的意义。虽然在"情"和"礼"的关系上,荀子同样主张"礼"因人情而设定,但由于他是持"性恶论"者,因而和孔孟走的是相反路径,"礼"不是为了疏导和顺应人情,而是为了对治人情的恶而出现,"礼"和"情性"之间存在着一种紧张的冲突与矛盾:"故顺情性则不辞让矣,辞让则悖于情性矣。"[1] 和荀子以"恶"名"性情"不同,后来儒者吸收先秦以来就存在的"性静情动"的观点,用喜怒哀乐"未发"、"已发"来分别性情,以"善"名"性",而将"恶"归之于"情"。汉代的董仲舒将阴阳五行说引入儒学,以阴阳说性情。人有性有情视作如天之有阴有阳,而性情之有善有恶,正是由于禀阴阳二气所致,而"阳气爱而阴气恶"[2],由"性阳情阴"引申出的却是"性善情恶"论。唐代的李翱,吸收佛教的"一心二门"对立转换的结构,提出"灭情复性"的理论:"情者,妄也,邪也,邪与妄则无所因矣。妄情灭息,本性清明。"[3] 这一理论直接成为程朱理学贬抑情感的理论先导。到了宋代理学家那里,"性静情动"、"性明情暗"、"性善情恶"成为普遍接受的观念,并以"存天理,灭人欲"这种情理尖锐对峙的极端方式表达出来。

虽然在思想领域,情感几乎没有容身之地,但在中国诗学中,却给与了情感自由表达足够的空间。以"言志"与"缘情"为标志的诗学纲领确立了情在诗学中的本体地位。"诗道性情"是一个被普遍接受的原则,正如清人边连宝在《病馀长语》卷六中所指出:"夫诗以性情为主,所谓老生常谈,正不可易者。"情是诗发生的动因,也是诗的基本内容,也当然构成诗的本质规定。尽管不同历史时期诗文在"载道"与"言情"之间存在一定的消长起伏,但却始终不能背离情这个根基。在思与诗之间,在理性与感性之间,中国人的情感在"立身先须谨重"与"为文且须放荡"之间维系着一种微妙的默契与平衡。但是在南宋理学大兴之后,理学对文学领域进行了全面渗透与僭越,打破了这种平衡,"以文字为诗、以才学为诗、以议论为诗"的创作风气与存养心性,复归性理的诗学理念严重偏离了文学的抒情本质与审美精神,也使得传统文化原本就狭窄的情感空间被严重挤压,造成长时间感性人生的逼仄与枯槁,从思想演进的逻辑而言,必然会引起对此理性僭妄的历史反拨。

其实从宋代理学创立的深层历史境遇而言,程朱所试图建立的高悬于生活之上的天理源自同一性吁求,是在寻求世俗政治权利制度之上批评与监督的正当性理由。"在宋代的士人风气中,弥漫着一种用唐虞三代之制批评汉唐以降的制度改革的氛围,其核心问题就是:新制仅仅是功能性的制度,而不是包含了道德性的礼乐。在制度本身不再提供道德资源的情境中,对道德的追究却变得更为强烈了,在这一情境中,道德评价不得不诉诸一种超越于现实的制度关系的力量。这就是天道观和天理概念得以成立的基本前

---

[1] 《荀子·性恶》,《荀子集释》,中华书局1986年版,434页。

[2] 《春秋繁露·阳尊阴卑》,《春秋繁露义证》,中华书局1992年版,327页。

[3] 李翱:《复性书中》,《李文公集》卷二,四库全书存目丛书,1078册,110页。

提。"[1] 因而天理建立，最初是体制外知识人以道统反抗政统或者说以道德抵抗制度的一种宏大的文化企图。但在具体生活世界之外，确立一个统摄一切的理性本体，形成对生活世界的理性审视和僭妄，以一种高度的统一性取消了人的差异性，在确认终极本原与确认宇宙万物之间，在否定或轻视具体的知识与世俗情感之间的造成的紧张，注定会导致巨大的冲突。这其实是所有的伦理本质中心主义路径都无法避免的结果，正如韦伯所说的那样"经验的现实世界（基于宗教性要求而形成的）与视此世界为一有意义之整体的概念之间的冲突，导致了人的内在生活态度及其与外在世界之关系上、最强烈的紧张性。"[2] 但是在西方，理性中心主义并不直接体现为政教纲常，所以这种冲突主要体现为一种个体内在的心理冲突。但是在程朱哲学那里，由于将这一种超越性的意义本体直接等同于封建的伦理纲常，"所谓天理，复是何物？仁义礼智岂不是天理？君臣、父子、兄弟、夫妇、朋友岂不是天理？"[3] 这样一来，在本来封建政治集权制度高度强化的背景下，尤其是明代将其设定为定于一尊的国家意志的时候，直接将一种原本的内在冲突变成制度对人的感性凌夺，其压制的本质变得更加明显，不但消解了理学原有的批判初衷与思想活力，相反其内在痼疾消极的一面会成倍地释放出来，造成了当时思想僵化、士风沦丧等严重的社会后果："率天下入故纸堆中，耗尽身心之力，作弱人、病人、无用人者，皆晦庵为之也。"[4] 程朱之祸"甚于杨、墨，烈于嬴秦"[5]。

为了弥合朱子理性本体和感性个体之间割裂所造成思想问题与社会弊端，后来王阳明揭橥良知，重建心体。阳明所谓的心体，既以普遍之理为内容，而这种普遍性的理维又必须通过个体的肉身性得以实现，"无心则无身，无身则无心"[6] 将个体之身视作普遍之理的前提，也就必然包含着对人的感性情感之维的肯定："喜怒哀惧爱恶欲，谓之七情，七者俱是人心合有的"，"七情顺其自然之流行，皆是良知之用"。[7] 这样一来，相较于朱子学以绝对的理性本体对感性生命的凌夺，阳明的心学显然内在蕴含了对感性欲望肯定的因子。尽管阳明的"良知说"有肯定感性其而率性而行的这个层次，但是其创立新学的缘起恰恰是针对人欲泛滥的社会现状而发："盖至于今，功利之毒沦浃于人之心髓，而习以成性也几千年矣。"[8] 所以克制人欲乃是其理论建立的初衷。和朱子的"存天理，灭人欲"的最终目的并无二致，只不过他反对朱子那种通过建立客观天理的外在权威来驯服人心，而是试图将克制人欲的希望交给个体自身，通过自我内在世界道德之维的开启与烊炼在根源处堵塞人欲放纵的可能。因而他虽然承认"七情顺其自然之流行，皆是良知之用"，但又要求"不可分别善恶，但不可有所着。七情有着，俱谓之欲，俱

[1] 汪晖：《天理之成立》，《中国学术》第3辑，商务印书馆2000年版，第41页。

[2] 马克斯•韦伯：《宗教社会学》，康乐、简惠美译，台北学生书局，第78-79页。

[3] 《朱熹集》卷五九《答吴南斗书》，《朱熹集》，郭齐、尹波点校，四川教育出版社1996年版，第3045页。

[4] 颜元：《朱子语类评》，《颜元集》，中华书局1987年版，272页。

[5] 颜元：《习斋记余·寄桐乡钱生晓城书》，《颜元集》，中华书局1987年版，439页。

[6] 《传习录》下，《王阳明全集》，上海古籍出版社1992年版，91页。

[7] 《传习录》下，《王阳明全集》，上海古籍出版社1992年版，111页。

[8] 《答顾东桥书》，《王阳明全集》，上海古籍出版社1992年版，56页。

为良知之蔽。"认为诸如欣戚爱憎之情会障蔽人们对至理的体认，故应压制情感的宣泄、意气的发扬，保持心境的宁静平和。在对文学的认知上，阳明和之前的理学家轻视文学的态度并无根本区别。以为词章之学"侈之以为丽"[1]，惑人心智，且合于道者无几；作者对文字的刻意营构，亦是出于沽名钓誉之心。对早年耽溺辞章之事，心存芥蒂："守仁早岁业举，溺志辞章之习，既乃稍知从事正学，而苦于众说之纷挠疲尔，茫无可入。"[2]阳明心学的这一立场，通过挺立心体，凸显主体精神给予后来文学主情论者巨大的精神感召和师心自用的勇气，但其对情欲的禁忌以及诗文的轻视表明文学领域的革新还需要新的资源。

与阳明在在思想领域展开了对朱子哲学的改造几乎同时，在文学领域，以李梦阳、王世贞等代表的前后七子派也展开了对理学的清算运动，提出"文必秦汉，诗必盛唐"的复古纲领，绕开宋元，直追汉唐，试图解除"理"对于诗文的羁勒，重新恢复诗歌的抒情本质。对于诗文主情，七子派几无异议。李梦阳在《梅月先生诗序》、《张生诗序》等文中屡次标榜"诗发之于情"、"遇者因乎情，诗者形乎遇"；何景明《明月篇序》亦云："夫诗，本性情而发也，其切而易者莫如夫妇之间"；徐祯卿在《谈艺录》中以为："盖因情以发气，因气以成声，因声而绘词，因词而定韵，此诗之源也。"凡此种种，突出了"情"在诗文创作中的重要性。但七子言情基本上没有突破中国言情的诗学传统，相反在实际的创作中，他们常常有"情寡而工于之词多也"[3]的感慨，造成这种现象的原因是他们过于强烈的"刻意古范，铸形宿模"的复古思想和操作路径。七子的情感论乃是服从于格律论，表现出明显的"以格统情"的倾向。这一倾向，具体而言就是强调文必有法式。李梦阳自述其少壮时：

振羽云路，尝周旋鹓鸾之末，谓学不的古，苦心无益。又谓文必有法式，然后中谐音度。如方园之于规矩，古人用之，非自作之，实天生也。今人法式古人，非法式古人也，实物之自则也。[4]

这种尺寸古法的复古路径无疑严重影响了诗歌中情感的表达。本来七子的文学复古运动是对理学的反动，但其通过格调诗法而求诗情的操作思路和朱子通过"格物致知"探求"天理"的工夫理路却如出一辙。况且在明人看来，诗法格律本身就是宋人主理的产物："唐人不言诗法，诗法多出于宋，而宋人于诗无所得。所谓法者，不过一字一句，对偶雕琢之工，而天真兴致，则未可与道。"[5]而正是这种向外驰求工夫理路日后成为颠覆导致朱子之学第一张阿米诺骨牌，阳明心学的创立，在学理上一个重要的契机就是首先在对朱子工夫理路的质疑中转而颠覆其整个哲学根基。因而，复古派通过格调恢复文学本质的企图，某种意义上，是在反对理学中却吊诡落入了理学的窠臼，在反抗束缚

[1] 《答顾东桥书》，《王阳明全集》，上海古籍出版社1992年版，55页。

[2] 《朱子晚年定论序》，《王阳明全集》，上海古籍出版社1992年版，127页。

[3] 《空同先生集》卷五十《诗集自序》，台湾伟文出版社1976年影印本，1437页。

[4] 《空同先生集》卷六十二《答周子书》，台湾伟文出版社1976年影印本，1747页。

[5] 李东阳：《怀麓堂诗话》，《李东阳集》第二卷，岳麓书社1985年版，530页。

中因其褊狭最终又沦为了束缚，为后来的文学革新运动以及主情思潮的崛起提供了解放和桎梏的双重面孔。

在阳明心学及复古思潮的影响下，以李贽、袁宏道等代表的晚明文人，以复古派的主情思想救阳明心学对文与情之蔽，以阳明心学尤其是王畿"现成良知，不待修正"的功夫进路纠七子的重在格调摹拟剿袭之偏，突破心学的道德本体界线而标举自然人性，扬弃复古派的法式古人而主张不拘格套，张扬性情，鼓动私欲，展开了一场情感解放的革新运动。

晚明时期的主情思潮，无论李贽的"絪缊化物，天下亦只有一个情"，袁宏道的"独标性灵"，汤显祖的"世总为情"，冯梦龙的"情生万物"等等观念，在中国诗学史上都是一种全新的表述。它一方面将原本蛰伏在德性之下的"情"放逸出来，赋予其形而上的本体意味，使得原本只在诗学中居于主体地位的"情"扩展到整个社会层面，取代原先在社会中居于支配地位的"理"，一跃而成为个体和社会安身立命的依据；另一方面，它引入之前文化观念中被摒弃的个体的感性欲望，肯定世俗生活和欲望的合理性，使得情具有一种强烈的当下人间色彩，在形而上和形而下两个层面上都改造了情的观念。但是在情的激进和高扬之后，却在某种历史的机缘之后，归于一种合"理"离"欲"的理性之路。

晚明主情思潮对"情"最重要的发现是确立情的本体地位。在先秦的的郭店楚简中虽然有"道始于情"的说法，但这里的"情"并非是作为终极依据，楚简乃是顺着天－命－性－情－道的格局来设定天人模式的，所谓"道始于情，情生于性，性自命出，命自天降"，表明世界最后的根据乃是"天"。而且这里言"始于情"而非"生于情"也是有差异的。[1] 后来的儒家学说，对楚简的这一重情思想也没有有效地继承。在诗学的观念中，"情"所具有的某种本体意味，完全只是针对"诗"而言的，只是在文学领域，"情"才拥有这种合法性，在中国历史上，对"情"的这种宽容和推崇很少越过文学的疆域。而在晚明的主情思潮及其历史余绪那里，情不只是文学的先天依据，而且还是整个世界的依据和目的。

  絪缊化物，天下亦只有一个情。

  世总为情，情生诗歌，而行于神。

  天地若无情，不生一切物。一切物无情，不能环相生。生生而不灭，由情不灭故。

  四大皆幻设，唯情不虚假。有情疏者亲，无情亲者疏。无情与有情，相去不可量。[2]

  人，情种也；人而无情，不至于人矣，曷望其至人乎？情之为物也，役耳目，易神理，忘晦明，废饥寒，穷九州，越八荒，穿金石，动天地，率百物，生可以生，

---

[1] 依据丁原植先生的理解，在中国古典哲学观念中，"始"与"生"的作用是不同。"a生于b"，是说a直接由b产生，也就是在a（应为b）的内涵中，就具有产生b（应作a）的必然。而所谓"b始于a"，是说b以某种特定的要求而设定以a为根源。……是一个非确定性的设定。丁原植：《资料辨析与解义》，《楚简儒家性情说研究》，台北：万卷楼图书公司2002年版，48页。

[2] 冯梦龙：《情史类略•情史序》，岳麓书社1984年版，1页。

死可以死，生可以死，死又可以不死，生又可以忘生，远远近近，悠悠漾漾，杳弗知其所之。[1]

上天下地，资始资生，罔非一"情"字结成世界。[2]

在明清的诗学文本中，类似的表述还有很多。这些表述对于先前的历史而言是一种全新的言说方式，将"情"抬升到一种全所未有的高度，在形而上的层面确立了情的世界本体地位。从上面的相关论述中可以看出，情本体的内涵至少包括这几个方面：

1. 人和世界诞生的本源；

2. 人类社会制度确立的依据；

3. 审视和评判世界以及人的价值尺度；

4. 具有永恒性和超越性；

5. 具有改变世界的力量；

6. "情"最高的体现者是人；

当主情论者将"情"确立为人和世界的依据目的时，就已经越出了文学的边界，显示了这不是一场单纯的文学思潮，更是一场社会革新思潮。作为阳明心学精神的延续，主情思潮一样是当时社会危机的产物，当程朱理学已经不能再为中国人提供精神庇护之后，中国人需要重新为自己的文化寻求安身立命的根据。在这一寻求中，主情论者找到了"情"这个古老的资源，或者说重新发现了中国文化中的"情"。虽然中国哲学被称之为情感哲学，在诗学有漫长的抒情传统，但是那是一种被清洗被阉割掉了的情感，在一开始就没有给个人和欲望留有空间。尽管儒家学者一再强调，圣人乃是"缘情制礼"，但实际上，礼的制定却是为了要将私人情感导向社会人伦，导向王纲政教，名义上是"缘情制（订）礼"，实际上却是"缘礼制（约）情"。在主情论这里，则彻底颠覆了先前的情理关系："理者，情之不爽失者也，未有情不得而理得者也。"[3]"世儒但知理为情之范，孰知情为理之维乎？"[4]将先前一直蛰伏在德性之下的"情"放逸出来，赋予其本体地位，使得原本在诗学中居于主导地位的"情"扩展到整个社会层面，试图取代先前"理"在社会中的位置。

晚明主情思潮一方面把情感提升到形而上高度而赋予本体性意义，以反对寡情去欲的伦理主义腐"理"和化情归性的先验主义空"性"；另一方面，又注重情感的形而下意义和突出情感的私人性和日常生活化的特征。正如沟口雄三在《中国前近代思想之曲折与展开》一书中所指出的，明清思想迥异于先前的中国思想的两个重要的变化就是"欲"和"私"的标举和肯定。[5]同样，明清时期"情"之内涵一个重要的变化也是"欲"和"私"的融入，这使得"情"在明清具有强烈的世俗人间色彩。

---

[1] 张琦：《衡曲麈谈·情痴寱言》，《中国古典戏曲集成》（第四册），中国戏剧出版社1959年版，273页。

[2] 种柳主人：《玉蟾记序》，《玉蟾记》卷首。中国戏剧出版社2000年版。

[3] 戴震：《孟子字义疏证》卷上《理》，《戴震集》，上海古籍出版社1980年版，265页。

[4] 《情贞类》尾评，《情史类略》，岳麓书社1984年版，36页。

[5] 沟口雄三著，陈耀文译：《中国前近代思想的曲折与展开》，上海人民出版社1997年版，2页。

欲望问题在中国文化中一直是被压制和清洗的对象，如果说历史上对于"情"的问题还具有某种包容和游移的态度的话，那么在对待欲望的问题上几乎没有什么分歧，那就是一贯的节欲寡欲乃至于无欲。对于晚明社会而言，欲望勃兴却是随着商品经济发展而表现出来的突出表征，面对这一汹涌而来的世俗大潮，主情论者表现出了相当的认同和肯定，公然在理论上为之辩护。李贽将欲望视作人的本然，以为"势利之心，亦吾人之禀赋自然矣。"[1] 主张"千万其人者，各得千万人之心。千万其心者，各遂千万人之欲。"袁宏道的"夫闻道而无益于死，则不若不闻道之直捷也，何也？死而等为灰尘，何若贪荣竞利，作世间酒色场中大快活人乎？"[2] 主张以及追慕"五大快活"的人生理想；袁中道的"人生贵适意，胡乃自局促。欢娱极欢娱，声色穷情欲"的人生表白[3]；无不是赤裸裸的欲望张扬。在明清文学中，除了对好货重利这一社会现象进行特别揭示和肯定外，彰现欲望的一个重要标志是男女之情受到广泛的关注以及在这种关注中情欲的公开展示。以汤显祖的《牡丹亭》这一明清重要的言情文本为例，杜丽娘对柳梦梅的爱情其实是源自于一种自然的情欲，几乎谈不上有什么一唱三叹的情感交流碰撞，他们的爱情就迅疾地直奔主题，直接进入身体交往。因而《牡丹亭》中的"情"与其说是热烈的爱情，不如说是火一般生命的欲望，使杜丽娘产生情爱冲动的"是一个男性，一个年青而有蓬勃活力的男性，但却并不必然是某一个特定的柳梦梅。"[4] 同样使杜丽娘生而复死、死而复生的"至情"其实也是生生不已的生命欲望。对这种裸露的情欲进行更大限度展示的是作为晚明主情思潮变奏的情色文学，明清时期可以说是中国古典情色文学的高峰期，在这些文本中，那种公然为情欲辩护和展示的例子可谓比比皆是。这些现象说明，在明清时期，将"欲"视作"情"中应有之义是一种普遍的观念。

晚明主情思潮以"情"摄"理"的观念本身已经内在地包含了对个人性（私）的张扬。"天理"及其世俗表现形态的纲常伦理乃是一种普遍的理念形式，这种理念本身就是对于差异和个体的漠视，当"情"成为世间礼法产生的依据时，因其首先缘于个体，表明个人重新成为社会的起点，不是个体顺应规则，而是规则顺应个人，"礼"那种定于一尊的强制性和普遍性因而被消解了，评判的尺度交回了个人："礼者，人人各具，人人不同。"[5] 当个体成为自身的依据和理由时，文化的重心就不再是如何呵护一个共同的"礼"，而是如何维系和保存个人的"真"，如果不存在一个共同的价值尺度，那么原先中国文化所要求的复归"性情之正"的"正"也就无从谈起。这样一来，之前一直困扰中国诗学的"性情之正"和"性情之真"的冲突也就不复存在。什么是"真"以及如何更好表达"真"才成为晚明诗学关心的课题。朱东润先生以为"明代人论诗文，时有一'真'字之憧憬往来于胸中。……自其相同者而言之，此种求'真'之精神，实弥

[1]　《道古录》卷上，《李贽文集》（第七卷），社会科学文献出版社2000年版，358页。

[2]　《袁宏道笺校》四一《为寒灰书册寄郎阳陈玄朗》，上海古籍出版社1981年版，1225页。

[3]　《珂雪斋集》卷三《咏怀》，上海古籍出版社1989年版，63—64页。

[4]　吴存存：《明清社会性爱风气》，人民文学出版社2000年版，12页。

[5]　《道古录》卷上，《李贽文集》（第七卷），社会科学文献出版社2000年版，363页。

漫于明代之文坛。空同求'真'而不得，则赝为古体以求之；中郎求'真'而不得，则貌为俚俗以求之；伯敬求'真'而不得，则探幽历险以求之。其求之之道不必正，而其所求之物无可议也。……明人或以赝求'真'，其举措诚可笑，然其所见，论真诗，论诗本，论各言其所欲言，不误也。自明而后，迄于清代，论诗言及明人，辄加指摘，几欲置之于不问不闻之列而后快，此三百年来覆盆之冤，不可不为一雪者也。"[1] 诚哉斯言！晚明文学中，徐渭的"真我"、"本色"理论，尤其是袁宏道的"性灵"理论都是对情感表达中真实个体的关注。中郎自谓："宏实不才，无能供役作者，独谬谓古人诗文，各出己见，决不肯从人脚跟转，以故宁今宁俗决不肯拾人一字。"[2] 这种主张并不只见于形式，也在于其无所禁忌的常常惊世骇俗的个人思想情感。正如陈文新所指出的那样："至于公安派的'独抒性灵'……无论是反映生活内容，还是表达思想、情绪，都不忌讳私生活——私人的故事，私人的情趣，私人的七情六欲。"[3]

和对个体关注相关联的，是主情思潮中所表现出来的"自适"意识。阳明心学当初兴起所面对的一个重要社会背景，即是要解决士人在失去王权政治庇护之后个体如何安顿的危机问题。宋明以降，由于君权在纲常伦理中独尊地位不断强化，加之纲常天理化观念的推波助澜，造成原本礼意本旨的"亲尊并列"观念的刊落。[4] 使得君权对于社会的控制日益加剧，越来越挤压民间社会的活力空间。通过理学与科举结合，士人阶层无论主动还是被动都越来越依附于权力中心，不得不走"得君行道"的上层路线，寻求庇护。但是维系这种和谐幻想的前提是政统与道统的合一。而皇权本身的偶然性和随意性，以及随时可能挣脱道统的乖戾本质，暗示了这种归附的脆弱特质。晚明士人的感性生活转向很大的程度上源自于皇权乖戾和疏离的绝望心态，因为在某种意义上讲，皇权的疏离就是封建时代士人人生存根据的抽离。[5] 但其实对于阳明而言，作为其学术和人生转折的"龙场悟道"，最切近的个人因缘是应对在政治危机中险恶的生存境遇，寻求个体在失去王权庇护后的安顿问题。而作为晚明主情思潮灵魂的李贽，其问学初衷也是"穷究生死根因，探讨自家性命下落"[6] 主情论者往往通过消解文学所承载的教化功能，将其视作自适的个人事件和个人言说方式。如李贽即坦言："大凡我书，皆为求以快乐自己，非为人也。"[7] 袁中道声称不愿做"出世"之人，而要做"适世"之人，不为"世

---

[1] 朱东润：《述钱谦益之文学批评》，《中国文学论集》，中华书局1983年版，88－89页。

[2] 《袁宏道笺校》卷二十二《与冯琢庵师》，上海古籍出版社1981年版，781－782页。

[3] 陈文新：《明代诗学》，湖南人民出版社2000年版，78页。

[4] 可参阅张寿安《十八世纪礼学考证的思想活力》第二章，北京大学出版社2005年版。

[5] 作家毕飞宇在《文人的青春——文人的病》中指出：晚明文人的狂放绝非什么人性的觉醒，"而是第一，因'宗法'的混乱所带来的极度恐惧，第二，因'道统'的大崩溃而形成的彻底绝望……是对真正的'人'的'零度'冷漠。"（毕飞宇：《文人的青春——文人的病》，《读书》2000年第1期，84页）王毅在《中国皇权制度逆现代性的主要路径——从明代的历史教训谈起》一文中也认为，晚明放纵的社会风气乃是由于政治的"黑洞化"所引起的。（文见《开放时代》2000年第7期）

[6] 《续焚书》卷一《答马历山》，《李贽文集》第一卷，社会科学文献出版社2000年版，第3页。

[7] 《续焚书》卷一《与袁石浦》，《李贽文集》（第一卷）社会科学文献出版社2000年版，45页。

法应酬之文"，"惟模写山情水态，以自赏适"[1]。

因而，晚明主情思潮对"情"的张扬，从文学而言，是对文学的救赎，从思想而言，是对情感的救赎；从社会而言，是对个体的救赎。但是主情思潮这种以欲望为情的安顿之路，在李贽以七十六岁高龄自刎于狱中这一象征事件中，似乎就注定了其必然夭折的命运。其理论困境在于，提倡一种"不必矫情，不必逆性，直心而动"当下自然生存方式，将之视作人生的本然之途，该如何面对人性中负面因素恣睢的可能？当李贽认为"本心若明，虽一日享千金不为贪，一夜御十女不为淫也"的时候[2]，又该如何认定人欲放纵和自然性情之间的界限？这也许是所有从经验世界企图引申出意义世界的思路都必须面对的问题。

其实在中国文化之初，当孟子从"恻隐爱敬"这种自然情感中寻求人性至善的道德依据时，就已经为中国文化留下一个无法弥合的缺口。因为这种"爱敬之念"的道德感情，是否能直接证明人性至善的普遍原则，在理论上是有疑问的。明人对"现成良知"的质疑就适用这个命题："良知事亦不可不理会。观小儿无不知爱亲敬兄，固是常理。然亦有时喜怒哀乐不得其正时，恃爱打詈其父母，兄之臂而夺之食，岂可全倚靠他见成的？"[3] 但是如同王畿等对罗念庵"世间岂有现成良知"的质疑的回应一样，罗念庵的这一观点本身未免是对人性至善的怀疑，由此便会引起这样的反问：良知不是现成的，难道是"做成的"？（如耿天台、刘元卿等）回答当然是否定的。但是反过来说，如果主张"现成的"都是良知，难道恣情人欲等等也都是良知？对此的回答当然也是否定的。这样悖论式的推论只能说明价值世界是无法从一个经验世界的角度得出。牟宗三先生在《心体与性体》中，反复所要说明的，就是依据康德的理路表明这样一种思想：如果道德和伦理旨在教化、更正和发展人的德性，它就不可能从实际存在的宇宙世界和人性状况的描述中推演出来。任何按照知识的路径追寻道德法则的努力都将走向歧途。因此孟子的人性至善论，本是从道德上确立人的依据，却又将其混同于一般生理上自然情感，使得这个问题在中国文化上纠缠不清，导致两难境地。"在伦理学问题上，当我们想到一个人'作为人'时，并不是在人类学和生理学意义上去理解'人'的概念，而是在目的论中理解人，即人是指合目的的人。"[4] 在孟子那里，进入道德的至善境界毕竟要经过一番"存养"的功夫，这样就和自然情感之间保持了必要的距离，从而也保证了其道德境界的超越性质。这种"存养"功夫也就是后来王阳明"致"的功夫。它表明人性完善和理想的自由至境是一个在时间的川流上一点点推进的过程，这一漫长的过程永远不能被超越。而当李贽主张任性而动，遵循王学左派以"现成"打通本体功夫的理路时，就是将一种终极理想的人生境界无中介转换成现实人生的操作方式，一方面，它使得中国人一直企羡的大自在变得唾手可得，自然

[1]　《珂雪斋集》卷二十四《答蔡观察元履》，上海古籍出版社1989年版，1044页。
[2]　周应宾：《识小篇》，厦门大学编《李贽研究参考资料》（二），福建人民出版社1976年版，第165页。
[3]　《湛甘泉先生文集》卷二十三，《天关语通录》，四库全书存目丛书，集部75，123－124页。
[4]　赵汀阳：《论可能生活》，北京三联出版社1994年版，第147－148页。

引起"后学如狂"。另一方面,它将终极境界无中介转换成当下的生活,无疑为人的恶欲恣睢提供籍口,尤其在中国文化缺乏对一种欲望肯定和引导的思想机制的历史语境下,将人生终极解脱智慧迫不及待地操作成现实生活,所引发的就只能是人的欲望的放纵。正如顾宪成所指出的那样,孟子说"人皆可以为尧舜",重在一"为"字,略去"为"字不讲,在人与尧舜之间直接划上等号,则不免陷入"猖狂无忌惮"。

正是以欲言情的理论困境和欲望放纵在当时引发的人伦溃败的忧虑,晚明之际的主情思潮经历了一个因历史和个人境遇的变化而不断调整改造自身的过程,在狂飚突进、风靡一时的理论高扬期之后,最终回归于某种历史的理性精神。不但前后之间有明显的差异,即使是同一主情论者或在同一阶段也是歧义纷呈相互抵牾。在和理、欲的关系上,并非一味的斥理崇欲,而是如黄卫总所发现的那样,大致存在一个情与理先分后合、情与欲则先合后分的吊诡[1],转向一种努力弥合理欲的倾向。这种取向在汤显祖的以"人情之大窦,为名教之至乐"的表述中已见端倪。在冯梦龙的"无情化有,私情化公"的期待中,已经明显表露出将李贽、袁宏道等张扬的私情重新纳入纲常伦理的救世企图。而当孟称舜拈出"情正说",以为"情至之人可以为义夫节妇,即可为忠臣孝子"的时候,情的内容已经被抽空,那种原本的情理的抵牾,被圆融地达成了想象性的和解,这种和解的方式其实就是融"情"入"理",是情对理的彻底归顺。尽管孟称舜等人仍然坚持"盖性情者,礼义之根柢也"的主情立场,但这只是为纲常礼教披上一个更人性化的外衣而已,在没能对封建纲常名教有根本反思和触动的前提下,情必然要被其掏空和置换,最终还是要落入程朱"天理"的覆辙。

正是"情"面对"欲"和"理"的双重困境,所以在主情思潮落幕的《红楼梦》中,我们看到了曹雪芹一方面如何拒绝纲常名教,另一方面又如何排斥淫欲的侵蚀,在抽空了情的概念中所蕴涵的"理"和"欲"的内核之后,情注定徘徊无依,所以"红楼梦之梦,不止是痴人忏情之告白,也是一个文化心灵逡巡挣扎的告白。"[2] 在一种悬于霄壤,上下无依的飘零中,"以情补天"的豪情最终落入佛禅的幻灭。佛禅的归趋表明了士人精神的陨落和从是世界隐退的迹象,"禅宗和审美一样,通常都是政治上的弱者和退缩者的选择。"[3] 而这种退缩和幻灭感,宣告了主情论者为中国文化重新寻求安身立命根据之路的失败,表明在整个封建大厦最终坍塌之前,中国人内在情理世界的尴尬状态。

[1] Martin W. Huang, "Sentimentts of Desire: Thoughts on the Cult of Qing in Ming-Qing Literature," Chinese Literature: Essays, Articles, Reviews, Vol. 20 (Dec. 1998), 153-184.

[2] 张淑香:《抒情传统的省思与探索》台北:大安出版社1992年版,229页。

[3] 谢思炜:《唐宋诗学论集》,商务印书馆2003年版,306页。

论易顺鼎"自开一派"的复古诗学

黄　培

【摘　要】光宣诗坛易顺鼎诗歌之"自开一派",自反对宋诗派复古诗风始。他标举"真新还从真旧出",强调"真性情",主张诗歌熔铸百家,无所不学,好绮语而别有寄托,诗风从"工巧浑成"到"拉杂鄙俚",在诗歌形式上取得极高成就;但是易顺鼎诗歌依然从属晚清复古诗风,一味捧角狎妓,缺乏新材料,拘泥形式至以诗为戏,最终堕入虚无。

【关键词】中晚唐　自开一派　真新真旧　真性情　捧角

光宣诗坛之"有面目可识"(汪辟疆语),无非是"宗派"二字;而宋诗派同光体、湖湘派选体、诗界革命派等宗派争胜,"你方唱罢我登场",无非复古、革新二途。而在复古、革新之间,以易顺鼎所代表的中晚唐诗派,在当时"流传颇盛"(《清稗类钞》),则因提供复古方式上的特别,因而自然地构成了晚清诗坛不可忽视的一派。

易顺鼎(1858 - 1920),字实甫,号哭庵,他在《自叙兼与友人》中自称:"五岁能诗,年十二三,衰然成帙,每好为凄艳之文"[1]。其诗风,"寓慷慨悲歌、嬉笑怒骂于工巧浑成之中。"易顺鼎在《庐山集》附录提到了陈三立的说法,以魏默深山水诗比之,断言易"能独开一派"[2];而李鸿章在看了易顺鼎的文章后,就对于式枚说:"易实甫在湘人中另成一派。"

与其他诗家稍有不同的是,易顺鼎是有意识地"开宗立派":"自有诗家以来,要自余始独开此一派矣。"[3] 而事实上,易顺鼎在诗学渊源、诗歌形式、美学风格等方面,一直是有意识地寻求与当时流派的不同,从而形成一整套戛戛独造、特立独行的艺术主张;而在诗歌创作中,在内容风格等方面整合出新,形成工整之外有放恣,艳丽奇崛,又平易恢诡的独特风格。

一　不分唐宋,无所不学,熔铸百家,别立新宗

正如陈衍所言:"自从咸同以来,言诗者喜分唐宋,每谓某也学唐诗,某也学宋诗"[4](P203) 而易顺鼎则于宗唐宗宋之外,另辟蹊径,在取法对象上标举中晚唐,体现了与宋诗派、湖湘派等主流诗派完全不同的诗学主张。

易顺鼎从少年时代就反对强分唐宋。在《和大观园菊诗十二律用元韵有序》中,他有这么一段:"世间臭男人最讨嫌的是强作解事,勉作两句歪诗,一会儿便这一首是唐,那一首是宋。"[5] 他的理由是:

> 文章之道,与时推移,或十年而变焉,或百年而变焉。生今之世,而鳃鳃必求其诣于清庙生民以前,是犹弃本朝之冠裳,缝掖其躬,章甫其首,而自命曰'古之儒!古之儒!'吾不信也。[6]

汪辟疆对此曾有精辟的论述:"盖以专学汉、魏、六朝、三唐,至诸家已尽,不得不别辟蹊径,为安身立命之所",所以易顺鼎"要不肯为宋派"[7](P22),在诸家的取法对象之外,独具慧眼,更深层次地体现了中晚唐诗求变的精神,以求和唐诗派、同光体以及湖湘派等形形色色的诗派产生重要区别——所以时人称易顺鼎、樊增祥等为"中晚唐诗派"。

近代学人普遍认为,易顺鼎能够学习元、白、温、李。而其实,他是能够"无所不学,无所不似"[8][P25],只是相对集中推崇晚唐的温李,兼及小杜:"销魂小杜赋春风,转眼刘郎隔万重。昨夜蓝台悲走马,当时药店感飞龙。眼波弱水三千里,眉黛巫山十二峰。还把玉溪诗句写,三生同听一楼钟。"[1](《樊山先生宠赋四律题余五十三岁所画珠帘争看图依韵自题兼以答谢》)化用李商隐的诗句,表达对李商隐的推崇。好友樊增祥也有诗《石甫诗专用巧对文襄师屡戒不悛今觅工对赠之勿耳挏撪义山也》,嘲笑他大量摘抄李商隐。

易之学晚唐,主要好用艳语,"溺于绮语不能出"[9] [194],"而又犯绮语,自甘泥犁置"(《鼓山之游琴姬侍焉而诗不及琴琴以为慊因九叠示琴兼寄呈弢庵先生求備山中故事》)。他善作艳诗,"捧角诗"词采华茂,学温李之寄托,公然说:"学诗心法吾能授,先向妆台拜美人。"(《梁溪曲四首》之四)

他也推崇元白之"轻""俗":"敢把朱贪比王爱,任嘲白俗与元轻"(《云门以朱宗丞韵见赠四首和韵答之》)。他的《新乐府》、《高州新乐府》效法白居易,歌民生病,为时为事。

此外,易还推崇韩孟:"追逐韩云与孟龙,敢将鼎足说中分。"(《樊山有与左笏卿及余论诗之作和之》)他的《黛海歌赋罗浮》,先写山峰,再写寺庙、道观、桥、水,是典型的韩愈的"赋法入诗"。他咏叹上海、香港的都市诗歌,就是"虚荒诞幻"的韩诗境界。如《香港看灯兼看月歌》,"从来南荒火维足妖怪,况复南海水府藏神奸。惜哉神皋奥区不知何年,鹑首剪兮左股割。妖鼍怪蜃磨牙吮血而流涎。"其中神奸、鹑首、妖鼍、怪蜃等意象使用,"磨""吮""流""剪""割"等硬语和狠语的出现,显著了韩愈的"以丑为美"、以怪为美的艺术宗尚。

易氏之学中晚唐,不是简单割裂,分别模拟,而是将中晚唐诸家的主要特征加以整合,既能各有所似,又能够兼容并包,形成一种熔铸元白温李的总体风貌,学而有

---

[1] 本文所选易顺鼎诗,如非特别注明,均出自易顺鼎.《琴志楼诗集》.上海:上海古籍出版社,2004.

所不同。所形成的平易而奇诡之主体风格，使易氏诗歌既不同于同光体的"生新奥衍"，也有别于湖湘派的古色斑斓。

但是，易顺鼎又不是仅仅学中晚唐，而是"无所不学，无所不似"。陈衍曾说他"屡变其面目"：

> 于学无所不窥，为考据，为经济，为骈体文，为诗词，生平诗将万首，与樊樊山布政称两雄……为大小谢，为长庆体，为皮、陆，为李贺，为卢仝，而风流自赏，近于温、李者居多"[10]。

一句"屡变其面目"，与汪辟疆评说他的"才高而累变其体"，均道出易氏的"熔铸百家"意识；甚至包括黄梁"诗界革命"派的熔铸新名词、新意境入诗，他皆有尝试，因而堂庑阔大；当然，温李的华艳、元白的浅近，依然为易氏诗歌之主体特征。

他在《国朝文苑传赞》中提出"师古而胜于古"的办法："胜于古者以其能兼，不及于古者，殆以其不能专乎？"[1] 这里的"能兼"就是能"熔铸"，能兼收并蓄，就能胜古；而不及古则是因为泥古，不能化为己有（专），所以他说强调"我诗皆我之面目，我诗皆我之歌哭，我不能学他人日戴假面如牵猴，又不能学他人佯歌伪哭如俳优。"（《读樊山后数斗血歌作后歌》）。

与其齐名的樊增祥表达了相近的"以独胜共"论，《与左少左笏卿论诗长歌》："诗家在以独胜共……百花酿成酒一瓻，百药炼成丹一丸"[11]（P9），并在《天放楼诗续集书后》称"合千百人之诗成吾一家之诗，此则樊山诗法也"。[12](P1418) 所以樊易并称与当世。汪辟疆称赞"樊易二家，在湖湘为别派，顾诗名反在湘派诸家之上。"[7][P22]

二　从"工巧浑成"到"拉杂鄙俚"，至以诗为戏，由诗而非诗

易顺鼎诗歌的主要成绩在于诗歌形式。诗律在易顺鼎手中几乎是"百炼精钢化为绕指柔"，达到极度的熟稔工巧，某种程度代表了中国传统诗歌的形式创新在晚清已经走到了尽头。

在《琴志楼摘句诗话》[3] 中，易提到"自成一派"的重点就是极度追求工巧浑成："无工巧浑成对仗，竟可以不必作诗。"他认为"诗之正宗"，就是"对属为工"，甚至说："凡开国盛时之诗，无不讲对属者。"在《琴志楼摘句诗话》[3] 中，他列举自己认为对得极其工整的句子，如："鸢肩火色宾王相，鹤唳风声太傅兵"，不仅属对工整，而且当句对。他又强调要"无一字无来历，无一字用僻典，又无一字稍杂凑而不浑成。必如此，方可讲对仗也"。他的"李怨牛恩朋党论，桃生羊死贱交贫"，字字有来历。李怨牛恩、朋党论，一句中连用两典，"裁对新鲜工整。"[9]（P25) 而"灯落尽时花落尽，蝶飞来后燕飞来"（《和盛芰龄看桃花原韵》)，"前生地主今生客，新鬼天人故鬼儿"（《过苏州吊曾季硕女士因访前生张灵墓兼省亡儿墓作》）前生今生，新鬼故鬼，内容对仗，语言回环，诗歌因为高度的技巧几乎成为文字游戏。今人王彪在《琴志楼诗集前言》

中曾评价其七律说："追求对仗工巧、用典精切、设色富丽、造语新鲜。前期名作如《金陵杂诗》等，而最有代表性的还是《四魂集》……"[13]（P15）但实际上，易顺鼎之诗最著名者还是晚年之《癸丑诗存》，（汪辟疆语）。民国初之癸丑年（1913），他应梁启超之邀，为京师万生园作《癸丑三月三日休禊万生园作歌》中，无处没有对仗，或三言，四言，五言，六言，七言，古风，骚体皆有属对；甚至直接引古人语而皆对仗，无处不工：

> 所以候人之歌曰："猗"，梁鸿之歌曰："噫"，丁令威之歌曰："城郭犹是人民非，何不学仙冢累累"，楚接舆之歌曰："凤兮凤兮，何德之衰！往者不可谏，来者犹可追"，古儒家之歌曰："青青之麦，生于陵陂。生不布施，死何用含珠为"，汉田家之歌曰："种一顷豆，落而为萁。生不行乐，死何以虚谥为"；元亮曰："时运而往矣"，逸少曰："死生亦大矣"。

如此"属对工巧，隶事精切"之作，易也无怪自诩为"古今诗家所无，而虽以剑南遗山之佳句最多者，恐亦无此之富有也。"[3]

易顺鼎的"以诗为戏"并没有结束，在极端骈俪工巧之后，诗风一变而为极端散杂化，既有李白的古风，又似屈原的骚体诗，或又像汉唐的赋体散文，实际上就是易的"能兼"（熔铸）百家之体，著名的《数斗血歌为诸女伶作》可为此中典范。诗中既有习惯的对仗诗句，主体却是大段的长短散句，既有文言（实际上已是浅近文言），又极度口语化，充斥语气词，句式或长或短，或超长或极短，一句最短 3 个字，多则超过 30 字，接近白话诗，甚至介于诗、文之间，介于诗与非诗：如：

> 我如蜀王衍，这边走，那边走，祇是寻花柳……小翠喜，我曾见其演《托兆碰碑》，其音悲壮而淋漓，直欲追步谭鑫培，使我涕泪纷交颐。孙一清，我曾见其演《汾河湾》。张秀卿，我曾见其演《十万金》。

此诗一经问世就恶评如潮，听取骂声一片，"有笑者，有唾者"，甚至连好友陈三立等人也斥为"凌乱放恣"、"拉杂鄙俚"；甚至同属于中晚唐诗派的樊增祥《后数斗血歌序》中也视此为邪魔外道；当然，他们也不得不承认这样的作品"举世恐无人能作"[11](P1787)

这种"拉杂鄙俚"的晚期诗风却使作者获得极大的创作自由，最适合排空议论——当然可以描摹抒情，但主要却是言事议论。而且凌厉无匹，无所不用其极，几乎是兴之所至，手挥目送，皆可生发议论。汪辟疆语称易氏的晚年诗风受益于唐朝之任华，但任华诗句的长短，议论的尺度均不如易那样充分、恣肆。一般认为以文法、赋法入诗的中唐韩愈诗与之差相仿佛，但即使其被视为"奇崛纵肆"之极至的《南山诗》，也还是保持着五古的整齐形态；而且，韩诗常求险韵，不避生字，实际上突破的是熟韵。而易对诗歌的节奏、韵律践踏破坏更甚，常常押险韵一韵到底，或者句句换韵，或者隔句押韵，加上句法长短不一，加上语气词穿插其中，参差不齐，犬牙交错，诗似看山喜不平，造语竟无平直，合韵而如无韵、非韵，汪辟疆《光宣诗坛点将录》比之为"天杀星"黑旋风李逵，"快人快语，大刀阔斧"，杀诗无数，因而为"万人敌"。

易曾自诩"我诗本来又非诗"。这种"非诗之诗"，这种"拉杂鄙俚"、极度口语化的议论之诗，从形式上看，诗句反如散文，形散而神不散，实际上正如近代白话诗，诗韵内存；貌似文法非诗，其实还是诗法，是得诗意于其中，抛却的是诗歌的古典形骸。这种不古不今，不新不旧，用中国诗歌的古典主义形式无法解释的易氏晚年诗歌，无意中反映出他实际上开始超越古诗传统，而趋于近代化的开始。

三 标举"真性情"，一味捧角狎妓，好绮语而别有寄托

在《读樊山后数斗血歌后作》（以下简称《数斗血》）中，易顺鼎提出了"真性情"说（"无真性情者不能读我诗"），实为易氏诗学之目的论与本体论合一，是"师古而胜于古"的必由之路。

一方面，易顺鼎以此强调作诗之目的是"抒写己意"，抒写"今人之诗"，古为今用。反对"依附汉魏六朝唐宋之格调以为格调"，"牵合三百篇之性情以为性情"[1]；另一方面，真性情也是诗的本体性因素。中国诗学之"性情说"由来已久，但易氏之"性情说"有学问之基础。典故层出不穷，人名反复叠加，但并不妨碍"真气犹拂拂从十指出"[14]（P85）。所以，陈三立《祭易实甫文》才会有"緊余与子，异趣同本"[1]（P986）之叹。

更重要的是，易氏"真性情"与传统"真性情"是不同的两个概念。王国维《人间词话》是中国古典诗学的一个巅峰性总结，其中提出的"真性情"实际上是"克制"的情感，讲究"一切景语皆情语"，情景交融，这种情感其实是"雅正中和"、含蓄蕴藉，是传统诗教的范畴；而易氏之"真性情"实为"我之眼观物，我之舌言情"，是任情率性，甚至是极度的放纵、宣泄。最典型的就是"哭"："天下事无不可哭⋯无一日不哭，誓以哭终其身，死而后已，自号曰哭庵。"（《哭庵传》）这样，其诗论就一方面根本突破了儒家诗教的藩篱，另一方面，又迥别于晚清近代盛行的社会功利性诗学观，强调"我手写我心"，强调一个"我"字，诗法以破为主，以奇为尚，不伪善，不矫情，寄托深切，逼显出一个极端真切的"我"，一个极端的"真性情"。

而其"真性情"之流露或宣泄之结果，就是晚期的主要抒情诗作呈现这样的特征：一是往往多见于"独白诗"，大段抒情，句中有"我"，排比反诘，常常一口气十几个问号，如长空坠石，气势雄浑。二是篇幅巨大，一首诗动辄千字，无所不用其极。《读樊山后数斗血歌后作》1095 字；《数斗血歌为诸女伶作》更达到 1855 字。三是所抒之情往往是极端"情绪"，反叛非圣。《山塘冶春词》里，他说："词人末路似夫差"。《今日》》"视苍昊帝如仇敌，对素王师若路人。"《上海感怀今昔示申报馆诸人六首之五》："三十功名尘与土，五千道德粕兼糟。"这些，几乎有点类乎反封建的呐喊了。

这类"真性情"诗在题材上最怪异、也最有影响的是易氏"捧角艳诗"，名伶鲜灵

芝，芳龄十九，鲜嫩欲滴，易就歌颂说："牡丹嫩蕊开春暮，螺碧新茶摘雨前"，喝彩也异于他人："我来喝采殊他法，但道丁灵芝（鲜灵芝丈夫）可杀"（《鲜灵芝曲》）；女伶金玉兰死了，易竟上门抚尸痛哭："伤心痛苦休嗤我，试问何人不断肠？"（《哭金伶》）他追捧梅兰芳，一首《万古愁曲》，令梅郎名动天下。他颂扬艺人，甚至把他们拔高到保存国粹，建立新国的高度。《数斗血歌为诸女伶作》中写道：

> 请君勿谈开国伟人之勋位，吾恐建设璀璨庄严之新国者，不在彼类在此类。请君勿谈先朝遗老之国粹，吾恐保存清淑灵秀之留遗者，不在彼社会在此社会。

该诗一出，天下笑骂，诸如"色中饿鬼"、"花间老蝶"、"文人无行"、"不知人间羞耻为何物"，不一而足。易顺鼎在后代的坏名声，很大程度上从这类诗而来。

当然，文人狎妓捧角，自古有之，为什么易顺鼎独声名狼藉？原因很简单，中国诗歌中的"美人香草"的寄托本由来已久，实为君臣关系之隐喻。却被易顺鼎发挥"真性情"，将一班名伶歌妓作为绝对主角，顶礼膜拜，"非汤武而薄周孔"，因而成为离经叛道、大逆不道的代词。他从风尘女子的情色角度出发，娥英周后妃那些有德有貌的女子，自然远远不如有妺喜与褒姐了，当然也会说"我昔曾叹尧舜汤武皆伪儒，我今益知桀纣幽厉乃俊物"。

"用熏香摘艳之词，抒感时伤世之旨"——这是易诗的别有深意处。惟其性情之真，越是好于绮语，眠花攀柳，越是一味往烟花路上走；而惟其真为绮语，越是寄托真切，越是敢发惊世骇俗的议论。清亡后他作《告剪发诗》，说是："恐人疑我忠一姓，我忠一姓殊骜狂"，直言"众人待我众人报，虽事二姓谁雌黄。何为区区数茎发，欲剪未剪心彷徨"（《告剪发诗》）。磊落撒达，与晚清遗民之抱残守缺、如丧考批相距不可以道里计。

设若不用易顺鼎之"真性情"，用他人之"真景物真感情"，如何和盘托得出一个文化遗民，在战乱频仍、风雨飘摇之中的绝望之感？所以，程淯在《程伯葭观察编年诗集序》里说："其才，其行，其文、诗，皆奇，而皆为至性至情之所流露"[1]

四 "真新还从真旧出"：易顺鼎的复古诗学之评价

易顺鼎说："谁为才人，谁为学人，谁为遗臣，谁为遗民？谁为旧，谁为新？"（《数斗血歌》）他的答案是："真新还从真旧出"，新旧不是截然的不同，而是一种绵延接续关系。这句话特别地诠释了他的诗与人与新旧之关系。

在新旧之间，易顺鼎特一复古诗人耳，但却是复古诗派中的"别家"，他标榜中晚唐、反对强分唐宋的背后，并非反对复古，而是提倡一种更高形式的复古：他以元白温李为核心的熔铸百家，而达到工巧浑成，又复"拉杂鄙俚"（他的拉杂鄙俚的"非诗"之诗，几乎找到一个完全古诗与近代诗新旧接续的门径）。在诗歌形式的成就上取得了不惟晚清诸家难有的高度，是真正师古而胜于古者，也是中国古典诗歌的形式的集大成者。"自有诗家以来，要自余始独开此一派矣"，说明易之志不在当世，而在千古——但他的诗学成就一直被低估了。

他的"真性情"论，强调性情不可复古，反而是师古而胜于古的途径；他晚年曾说"真唐真宋又如何"（《读樊山后数斗血歌作后歌》），实是强调"今人之诗"，不但暗合了王国维"文体代变"的思想，而且肯定本朝诗歌有"胜于古者"，隐含了可贵的"今胜于昔"的文学观。

关于易顺鼎诗歌的种种恶评非议总有两种原因，一方面是基于批评者传统的以人品论诗品的成见；另一方面，根本上还是囿于"雅正中和、含蓄蕴藉"的儒家诗教立场；自毛诗正义、沈约诗律以来的诗教，从来是儒家封建道统的诗学体现。在"同治中兴"之后兴起的晚清诸诗派，实际上是洋务运动兴起后儒家诗教的自我振拔，是中国近代社会的一次"礼失而求诸野"；但是诚如梁启超在《李鸿章传》里所言，这场源于湘人的洋务运动有思想缺陷，"以为吾中国之政教文物风俗，无一不优于他国，所不及者惟枪耳炮耳船耳铁路耳机器耳" [15](P23)；因而这场同样为源于湘人的诗界复古之风，自王闿运的湖湘派始，实为"礼失而求诸己"，"求诸内"，向汉唐诗教求诗教。但在晚清"数千年未有之变局"的语境下，封建道统摇摇欲坠，皮之不存，毛将焉附？维持"温良恭俭让"的诗教不过是诗人的徒然。诚如易顺鼎所言，"时至今日，世界已无界，一切界说皆破坏。岂复尚有诗界能存在？… 此名诗界之诗械 …… 诸君此时犹斤斤分唐与分宋，真唐真宋复何用？真所谓痴人前说不得梦"（《读樊山后数斗血歌后作》），这是易顺鼎较之当时的晚清诸诗家看得更彻底之处。

当然，从本质上来说，易氏强调的"真新还从真旧出"，表面是杜诗"不薄今人爱古人"主张的再现，实际上反映了易氏诗学主张的两难，既无法复古，一味守"旧"；又无法决然一追"新"，象"诗界革命派"大将梁启超那样"以旧风格含新意境"——当然后者也被后人讥为"有新材料而无新理致"（钱钟书语），而易顺鼎则既无新材料又无新理致。只能在狂狷、怪诞、虚无的路上渐行渐远，在捧角玩票的绮情绯事中寄托时事讽劝。

易顺鼎的诗学主张，实际上是对于这种诗教复古，从观望到失望到绝望的复杂演变过程。易氏晚年的诗歌创作滑向颓废，诗学主张开始转向虚无，他在《鬟天影事谱自序》中引用项莲生的话："不为无益之事，何以遣有涯之生？" [1] 尔后大加发挥，又在《故友蒋君词叙》中更进一步发挥说："呜呼！天地不详之物孰有过于词哉！惟不祥之人好不祥之物。" [1] 甚至还更深一步，说："今而知非徒无益，损莫大焉。非徒遣有涯之生，乃以促有涯之生也。这种"不祥"、"无益"之诗学观，是晚清诗教颓废的表现。

【参考文献】

[1] [晚清] 易顺鼎 .《慕皋庐杂稿》：卷一 [M] //《琴志楼丛书》. 清光绪刊本 .

[2] [晚清] 易顺鼎 .《庐山诗录》（张之洞评点本）[M] . 清光绪三十四（1908）年刊本 .

[3] [晚清] 易顺鼎 .《琴志楼摘句诗话》[J] .《庸言》杂志：第一卷第十六号，民国二年
　　（1913）七月 .

[4] [晚清] 陈衍 .《石遗室诗话》[M] //《民国诗话丛编》. 上海：上海书店出版社，2002.

[5] [晚清] 易顺鼎 .《琴志楼丛书》[M]. 清光绪刊本 .

[6] [晚清] 易顺鼎 .《丁戊之间行卷》自叙 [M] //《丁戊之间行卷》. 光绪五年刊本 .

[7] 汪辟疆 .《近代诗派与地域》[M] //《汪辟疆说近代诗》. 上海：上海古籍出版社，
　　2001 年 12 月 .

[8] [晚清] 陈衍撰 .《石遗室诗话》[M] //《民国诗话丛编》. 上海：上海书店出版社，2002.

[9] 钱基博 .《现代文学史》[M]. 北京：中国人民大学出版社，2004.

[10] [晚清] 陈衍 .《近代诗钞》：第十册 [M]. 民国十二年（1923 年）刊本 .

[11] [晚清] 樊增祥 .《樊樊山诗集》[M]. 上海：上海古籍出版社，2004.

[12] [晚清] 金天羽 .《天放楼诗文集》[M]. 上海：上海古籍出版社 ,2004.

[13] [晚清] 易顺鼎 .《琴志楼诗集》[M]. 上海：上海古籍出版社 ,2004.

[14] [晚清] 易顺鼎 .《丁戊之间行卷》自叙 [M] //《丁戊之间行卷》. 光绪五年刊本 .

[15] 汪辟疆 .《光宣诗坛点将录》[M] //《汪辟疆说近代诗》. 上海：上海古籍出版社，
　　2001 年 12 月 .

[16] [晚清] 陈三立 .《散原精舍诗文集》[M]. 上海：上海古籍出版社，2003 年六月 .

[17] [晚清] 程淯 .《琴志楼编年诗集》[M]. 民国九年（1920）刻本二册 .

[18] [晚清] 梁启超：《李鸿章》（又名《中国四十年来大事记》）[M]. 清光绪二十八年
　　（1902）铅印本 .

[19] [晚清] 易顺鼎 .《蘉天影事谱》[M]. 清光绪二十二年刊本 .

易顺鼎的李商隐接受方式研究

——兼与米彦青女士商榷

黄 培

【摘 要】在李商隐接受史上，易顺鼎是特殊的存在。他深入开掘了李商隐以华美、感伤为特征的主导性风格；通过集李和李、大量用典、格律精工等外在形态，传达自己的末世悲情；他的"捧角诗"，描写艳情而别有寄托，体现了义山的核心精神。通过他的诗歌的传承方式，可以考察近代诗歌的演进轨迹。

【关键词】学李 捧角诗 寄托 狂放 华艳

晚清诗人普遍有"学李"倾向。汪辟疆认为李商隐是"初学不二法门"，吴县之张鸿、汪荣宝、曹元忠等辈；湖南之曾广钧、李希圣诸君，或"得其神髓，非惟词采似之，即比词属事，亦几于其具体"[1]，或"至重伯则所造尤邃"[2]……

在近世学李风气中，易顺鼎亦是不容忽视的魁杰之士。但他的接受，是在"真唐真宋复何用"（《读樊山后数斗血歌作后歌》），强烈的怀疑精神引导之下的，其结果便是"借径古人，而成就各不相犯"[3]。易实甫自幼追步义山，仿效李商隐作无题。之后，相似的人生经历，使他时作感叹："才命能兼自古难"（《即席赠凤生校书》），"似玉溪生所历官"（《和樊山韵寄晦若》），"义山锦瑟中年感"（《再叠前韵奉答樊山》）等等。《二月二日是义山江上闻吹笙日也感赋》对玉溪和樊川，浓墨重彩予以褒扬："嫩暖妍晴已渐酣，却从渭北忆江南。客魂销到九分九，春事催成三月三。燕土软红初恋马，秦桑低绿未胜蚕。樊川杜曲分明在，可得他时共一龛。"[1][4] 此外，他的诗集中还四处散落着"玉珰缄札怀商隐，金缕衣裳惜杜秋"（《叠韵再答寇君见赠》）、"还把玉溪诗句写，三生同听一楼钟"（《樊山先生宠赋四律题余五十三岁所画珠帘争看图依韵自题兼以答谢》）……易的文字骨肉之交樊增详说："赖有玉溪传彩笔，开成人物未萧条"[5]《书广州诗后》云："天生实甫奇才也。五岁而知书，十七八而刻行稿，诗词骈散文皆于三十六体为近。"[6] 肯定了其诗宗尚温、李者流。

无可否认，正如米彦青女士所指出的，易纯粹模仿李商隐的作品，无题、集李、和李及一部分艳诗，艺术上并不成功。"落入香奁体的俗套。"其实这一部分诗作，与其性

---

[1]　如非特别注明，本文所引易顺鼎诗，均出自《琴志楼诗集》，上海古籍出版社2004年4月第一版。

情不相吻合。因此而否定其学李成就，认为其诗歌"多是匆匆而就的率意之作"[7]，未必妥当。作为晚清诗坛的大家，一名有着强烈"自开一派"意识的诗人，易顺鼎对李商隐的接受注定是不平凡的。不是简单地袭用清初虞山派钱谦益及其后嗣所倡导的宗尚李商隐的主流思路，这种隐秘含蓄传达隐衷的方式，而是在"文禁渐开"的晚清背景之下，独创性地选择了李商隐的部分特征，并融合自己性情，既"凌乱放恣"又"真气拂拂"。他的捧角诗，"楚雨含情皆有托"，借艳情抒发身世之慨、家国之恨，虽然被时人笑骂，其实恰恰是李商隐精髓所在。

一　对李商隐的深入开掘

易顺鼎汲取了李商隐的部分艺术特征，结合时代风貌，开拓变化，写深写透，以求淋漓尽致、无以复加。

共同的末世情结，使易发展了义山的感伤诗风。由李商隐的感叹国运、自伤身世，发展为看破红尘，万红一哭。他"伤春"、"伤别"："戊寅上巳兼清明，愁似一江春水生"（三月三日我如世丈招同诸君往游龙冈余以疾未赴口号十章志闷即呈），"伤春销尽平生骨，我避东皇似避秦"（《由上海至姑苏绝句》）……《悼红词五首》："一嫁东风都薄命，桃花昨夜问天来。"沦落中寄寓了整体人生的悲凉。《绝句五十五首》之二十二："惆怅山塘好流水，送春更送送春人"，感叹人生如梦。"大化无常足叹嘘，半生辛苦误虫鱼。"（《过全谢山先生祠》）将人生如梦的荒凉感上升到哲学高度。《湘云曲一首为六衫太守作》，感叹"佳人埋没才人困，万古伤心总一般"，揭示了古往今来才子佳人的命运悲剧。他的诗有典型的末世悲凉："百年易尽如风灯，聚散死生皆偶尔"（《归宗寺看月》），"人间兴废空尘土，掩泪荒祠落日斜"（《羊流店有羊叔子祠余》），"百年身世真皆幻，万古乾坤乐亦哀"（《为敬摹家慈遗像寓居上海萧寺中感事书怀成长句十首》之九）。在《赠郑叔问文焯》中，他的"吴王昔日三千剑，虎去崖空住僧遍"，充满了巨大的历史虚无感。在《杂诗六首》之四中，他叹息雄绝一世的秦始皇，最终的命运是"岂止骊山戍徒起，能亡人国胜匈奴"。之五中，他感叹曹操"鞭锤群雄定河朔，却为魏国定宗社"。"人生真梦耳"，在从宋玉到李商隐再到易顺鼎的一脉相承中，体现了感伤诗风的发展脉络。

他发展了李诗的艳丽，词彩华茂而典故密实。数量众多的夕阳意象和落花意象，反复再现了义山凄美的特色。在咏物主题上，他喜欢咏芍药、牡丹及荷花等鲜艳的花朵。他的牡丹诗，和李商隐诗一样堆金砌玉，富丽堂皇。其中"拥被越人逢鄂渚，卷衣秦后在咸阳"（再叠韵）、"思凭彩笔书花叶，寄与琅邪大道王"（再叠韵和李商隐的牡丹诗用了同样的典故，末句）或化用李诗典故，或李商隐的《牡丹》诗歌的末句："我是梦中传彩笔，欲书花叶寄朝云。"最重要的是，他数量大，《咏牡丹和真一子韵》共五叠韵，再加上紧接着的一首《牡丹将谢用前韵悼之》，共八首。后来不仅有《题含苞牡丹六首》、《侍家大人上林寺看牡丹東首座素公及诸道俗》等诗歌，又有《牡丹诗五十首》，分别咏黄牡丹、红牡丹、紫牡丹、绿牡丹、白牡丹，大量的牡丹诗，形成了富丽堂皇的艺术效果。

李商隐注重典故华美而凄艳的艺术效果，所以善用南朝典故，如冯小怜、陈后主、隋炀帝……易顺鼎不仅仅喜爱南朝典故，所谓"烂熟南朝史"[8]，而且大量运用先秦和明末典故，着眼其香艳的内涵。如褒姒、妲己、妹喜……他的《数斗血歌为诸女伶作》，秦淮八艳的典故层出不穷，比李商隐更加密集。如"与其拜孙夏峯，不如拜陈圆圆；与其拜傅青主，不如拜马守真；与其拜黄梨洲，不如拜柳如是；与其拜顾亭林，不如拜李香君；与其拜王船山，不如拜董小宛；与其拜李二曲，不如拜卞玉京；与其拜陆桴亭，不如拜顾横波；与其拜张杨园，不如拜寇白门。拜夏峯、梨洲、亭林、船山、二曲、桴亭、杨园兮，徒使天下秋；拜圆圆、守真、如是、香君、小宛、玉京、横波、白门兮，能使天下春。"

易顺鼎比李商隐更加离经叛道。在李商隐的时代，与富家姬妾偷情，与女道士相恋是离经叛道、骇人听闻的。而到了清末，同类题材已经写得太多。易就以艺人作为自己的爱慕对象，同样惊世骇俗，且富于时代气息。对于女性，李商隐在《樊南文集详注》卷八的《别令狐拾遗书》中有过惊人之论，他的诗歌集中表达了对于女性的爱慕，以及较为平等的爱情观。而易顺鼎更是公开赞美女艺人："既拜前明亡国之女妓，又拜前清亡国之女伶……吁嗟乎！孰言亡国无人才，此辈皆自先朝来。孰言天地少灵气，造物锺灵在此辈。孰言璀璨庄严之世界不复存，璀璨庄严世界乃在此辈之色身。孰言倾城倾国胡帝胡天之人不可见，此辈能返万古春花魂五万。孰言慷慨悲歌幽抑怨断之音响不可求，可歌可泣、惊天动地乃在此辈之珠喉。请君勿谈开国伟人之勋位，吾恐建设璀璨庄严之新国者，不在彼类在此类。请君勿谈先朝遗老之国粹，吾恐保存清淑灵秀之留遗者，不在彼社会在此社会。嗟吾此言质诸天地而无疑，质诸鬼神而不悖。"此外，李有著名的《上崔华州书》，体现了蔑视孔孟正统的异端思想。易顺鼎的《今日》诗更是明确地说："视苍昊帝如仇敌，对素王师若路人。"在《次韵江俶戏成一首》、《上海感怀今昔示申报馆诸人六首》中，他反复吟叹："三十功名尘与土，五千道德粃兼糟。"

二　李商隐形式下的"我之歌哭"

义山诗以凄艳、属对精工，善于用典著称。事实表明易顺鼎承继了这些外在特征。他自叙说："余幼时颇慧，五岁能诗。年十二三，哀然成帙，每好为凄艳之语。"[9] 他的七律，"工者致多"[10]。《琴志楼摘句诗话》中有"无工巧浑成对仗，竟可以不必作诗"之论，认为"诗之正宗"，就是"对属为工"，甚至说："凡开国盛时之诗，无不讲对属者。"他注重用典，强调要"无一字无来历，无一字用僻典，又无一字稍杂凑而不浑成。必如此，方可讲对仗也"[11]。在《琴志楼摘句诗话》中，他举自己诗歌为证：

"鸢肩火色宾王相，鹤唳风声太傅兵"、"李怨牛恩朋党论，桃生羊死贱交贫"，不仅华艳精工、对仗工整，句句用典，而且当句对。王彪先生所说："其七律，追求对仗工巧、用典精切、设色富丽、造语新鲜。前期名作如《金陵杂诗》等，而最有代表性的还是《四魂集》，这种风格虽承李商隐而来，但也因此被后人归入'中晚唐诗派'。"[12]

他的集李、次韵、和诗也多。其中次韵 1 首，集李 9 首，和诗 9 首，无题 15 首，还有比较奇特的诗歌中集句 2 首，其他集句诗中还杂有李商隐的句子。他袭用了众多义山常用意象：青鸟、蝴蝶、彩凤、灰、春心、珠箔、锦瑟、碧海青天、凤尾萝、蜡烛……还有神话和典故：麻姑、织女、神女、望帝、蓬山、杜兰香、萼华绿、宓妃、文君、裴航、铜驼、穆王、王母、彩笔、蓝田、韩碑、杜司勋。他的集中还有大量引用、化用、反用李商隐的情况。引用成句，如《海客游罗浮歌》里有"海外徒闻更九洲"……化用："月出三更三点后"（江陵舟中和杜咏怀古迹韵五首）、"玉体横陈思小怜"（《中和三庆两园女伶歌》）"罢横玉体小怜怜"（《题秋撞证佛图十六韵禁重字》），"才命能兼自古难"（《即席赠凤生校书》）"伤春伤别杜樊川"（《和樊山韵寄晦若》）、"缠绵风义多诗友"（《已酉送春后五日出都将之官岭南感怀留别四首》）……反用："本无彩凤双栖分，翻恨灵犀一点多"（《午听中和园秦腔晚听聚美园吴语赋诗纪事》）、"神女生涯非似梦"（《江南雪十首》之八）、九死春蚕尚有丝（《贵阳督部宠和章再叠鏉答谢》）、"横玉空教负小怜"（《和樊山玄字韵》）、"转眼刘郎隔万重。昨日兰台悲走马"（《樊山先生宠赋四律题余五十三岁所画珠帘争看图依韵自题兼以答谢》）等等。

他善用虚字，如："岂无山林慕朝市，亦有将相为舆台。"（《五月二十一日偕执盦佛青游八仙庵倒用前韵》）他注重回环往复的艺术效果："灯落尽时花落尽，蝶飞来后燕飞来。"（《和盛芰舲看桃花原韵》）格律细密，如："飞鸟啼猿争绝巘，卧龙跃马共寒沙。"（《白帝城怀古》）李商隐有当句对的方式，易顺鼎也有："闲花细雨暮淹留，水国春寒尚似秋。"（《石公山微雨一首》）"前生地主今生客，新鬼天人故鬼儿"（《过苏州吊曾季硕女士因访前生张灵墓兼省亡儿墓作》）。

但接受史中经常发生的"突过"与"不及"，同样出现在易顺鼎身上。他的诗并没有包含李商隐深沉含蓄的意脉、悲凉的情韵，而是以明白晓畅或狂放张扬的面貌出之。他赞美樊增祥："五色花兼五朵云，诗才吏术本无分。"（《赠樊山三叠韵》），语言华美平易，意思明确。"残照西风真满目，不堪凭吊镝池君。"残照西风中，国家的衰落、个人的不遇，虽然用了镝池君的典故，但内容仍然一目了然。他的《和樊山》："一捻腰肢入楚宫，装成坠马髻盘龙。承恩不及朝云女，博得君王忆梦中。"入宫美女寄托了自己怀才不遇之感。他的《八叠韵感怀》："欲向邯郸借枕头，功名麟阁此中收。月明鄂国八千里，霜冷钱王十四州"有李商隐的用典精工、含蓄哀婉。又以月明、霜冷勾勒了凄清的色泽。但其二却没有沿着李诗的哀婉走下去，而是奔放自恣："不封侯是天怜我，免得红尘插脚深"。冲淡了其含蓄顿挫之味。所以，他很自负："我诗皆我之面目，我诗皆我之歌哭。"（《读樊山后数斗血歌作后歌》）他的《数斗血歌为诸女伶作》、《万古愁曲为歌郎梅兰芳作》、《梅郎歌为余置酒冯幼薇宅中赏芍药留连竟日因赋国花行赠之并索同坐瘙公秋岳和》等诗歌，也都有李商隐华艳的外表，善于用典的特色，但个性张扬，胸胆开张，落笔之际早拼了为人笑骂之胆识，是龚自珍"尊情"思潮的延续。《数斗血歌为诸女伶作》一开篇，作者就说："与其有娥英周后妃，不如有妺喜与褒姐。我昔曾叹尧舜汤武皆伪儒，我今益知桀纣幽厉乃俊物。"直率放恣，痛快淋漓。李商隐的艳丽是内敛而严谨，易顺鼎的艳丽则张扬而狂放。少有李商隐式的隐曲含蓄，而是易顺鼎式的慷慨激昂。不是李商隐式执着于理想的悲哀，而是失去信念后的嬉笑怒骂。这也就是汪辟疆在《近代诗派与地域》中所强调的"不失古法而确能自立者"[13]，是"超明越元、抗衡唐宋的新局面"[14] 的清诗中重要的组成部分。

三 "捧角诗"中的寄托及义山之核心精神

"一生崇拜只佳人，不必佳人于我厚"（《数斗血歌为诸女伶作》），这样的表达，李商隐是没有的。李诗忧郁内敛，含蓄精工，与易的捧角诗杂乱、狂放、气势纵横不同。但"异貌同妍"，在文学接受中同样值得关注。"掇其哀愁"、"猎其华艳"、"别有寄托"、"深情绵邈"、"绚中有素"，所谓"纤侬肥瘦虽异态，骨相要是倾城姿"（杨维屏诗）。尤其是绮艳之中别有寄托一端，"义大于言"，在易的"捧角诗"中最为明显，值得单独拎出一章。正如李商隐的《无题》在很长一段时间不被理解一样，易的捧角诗一出，亦批评不断。他的《数斗血歌为诸女伶作》一经问世，"有笑者，有唾者。"[15] 被他的好友陈三立、樊增祥、沈曾植等人斥为"凌乱放恣"、"拉杂弊俚"。甚至有人认为"实甫既畏弹，又畏抢，更畏椎，故借耽癖女乐以避之。"[16] 他包含捧角诗在内的晚年诗歌，和李诗一样，被称为"诗之一厄"[17]。

他的捧角诗承接了李诗华艳的风格，不仅物象华艳，有梅花、牡丹、芍药、秋菊等，而且色泽眩目，如：姚黄、魏紫、红墙、碧汉等；李香君、柳如是、妲己、妹喜、褒姒，是充满情爱暗示的历史人物；洛妃留枕、韩寿偷香、嫦娥奔月……"百宝流苏"，交织着李商隐式的典故。但他却仿效义山，用华美的形式，编织了时代"奇局"中之大迷茫与大悲哀。

早年，易曾这样表述："余亦渐近中年，伤于哀乐。惟时时藉妇人醇酒空山冷水以自写其抑郁无聊。"[18] 晚年，他在对艺人的仰慕总主题下，曲折地寄托了末世的人生感慨。诚然，他的很多捧角诗是纯粹的"捧角"——对其才艺的赞叹，甚至是赤裸裸的爱慕，但更多的，则寄托了复杂的感慨。他的《和樊山天仙三女伶诗原韵》中，对女伶林黛玉的感叹，包含了自身怀才不遇的情结。《小香水小菊芬去都后余始见男伶女妓数人就所见者以诗记之得绝句十首》，交织着岁月流逝，英雄难觅，美人迟暮的感伤。尽管易诗率直，但他所要表达的情绪，仍然是复杂的、含蓄的，不乏比兴象征的意味。《中和三庆两园女伶歌》，充满了伤春伤别的情绪，既是对花的感伤，也可以理解为伤人，伤时代，伤身世。他的《天桥曲十首》，内涵更加丰富。在"哭庵老去黄金尽，凤喜秋来翠袖寒"的绮艳的色彩中,反复出现了斜阳意象,重现了《乐游原》夕阳西下,国运日衰的主题。"两种才人三种泪",是金狄铜驼之悲,英雄沦落之叹。"满眼哀鸿自歌舞,听歌人亦是哀鸿"(其四),又是李商隐式的"生于末世运偏消"的人生悲剧之感。

四 李商隐接受史上的"易顺鼎现象"

陈声聪谈到近代得李商隐精华的有四人,分别为曾广钧、汪容宝、李希圣和孙景贤,并没有把易顺鼎列入其中 [19]。但鲁殿灵光,礼崩乐坏。易顺鼎的时代,已不仅仅是李商隐的个人不遇,是文化的衰落,精神的无可皈依。所以,他于清代李商隐接受主流思路之外,以善于写情,善写身世之感、末世之感为标榜。这一理解,理论上,有姜炳章 "以锦瑟自况也……用情而不知情之何以如此深,作诗而不知思之何以如此苦",以及 "有惘然相忘于语言文字之外者"[20] 为撑柱。这种"语言文字之外者",正是易顺鼎所要表达复杂的情感。相比之下,近世其他诗人的诗虽然朦胧含蓄,但政治寄托明确。正如钱仲联《近百年诗坛点将录》评价李希圣,"《雁影斋诗》宗法玉溪,《西苑》、《望帝》、《湘君》,皆悼念光绪、珍妃而作,而他篇亦大都感怆国事,所谓'楚雨含情皆有托',非徒绣其鞶帨而已。"[21] 其他如曾广钧的《庚子落叶词》、《湘君》、《西苑》,汪容宝的《感事》、《不寐》,张鸿的《游仙》诗……或哀悼光绪珍妃,或担忧国事,或讽刺权贵,其实内容比较确定,仍然只是后世李商隐的理解一种思路。

传统上人们对于李商隐的学习,追求"似",尤其追求含蓄隐晦、思绪迷离、意境朦胧。无论是吴下西昆一派,还是李希圣、曾广钧,都以义山面貌出现。曾广钧的《游仙诗和璧园艳体》,融化李诗之故实,沉博绝丽,充分体现了"玉溪风调"(钱仲联语),又隐约含蓄地讽刺了当时的权贵瞿鸿机、岑春煊以及袁世凯等人,是古雅之典范。易则不同,他虽然号称学李,其诗"不似"李商隐。所谓"寓慷慨悲歌、嬉笑怒骂于工巧浑成之中"[22],但学古而能自创,方为大家之表现。通过对其诗风之考察,可以关注到近代诗歌艰难的突围之路,不是"李商隐"的形式里包含时代感受,而是以更为杂沓的形式,包含了李商隐的部分特征,比龚自珍"文心古无,文体寄于古"更进一步。所以他的朋友陈三立称赞说:(易)"……不愧其不若古人。"[23] 而樊增祥也有"诗学温李藻思繁"的观点,也并没有说要全部地得李商隐之体。由此,我们可以得出结论,在西学东渐的背景下,即使最为严密的旧体诗人,也出现了古典的偏离。

总之,"一代有一代之文学"。如果再以"猜灯谜"式的方式,重复以恋情写政治,是东施效颦,这也就是近代众多诗人,虽然学李,得其面目,却流传不广的本质原因所在。尤其是鸦片战争之后,"三千年未有之变局"(李鸿章语),家家谈西学的社会热潮,给以易顺鼎为代表的士大夫阶层巨大的精神压力——他们所引以为傲的诗歌恰恰被世人弃如敝履。所以,越是将李商隐特色发挥到极致,越是失去其内在意蕴之美——他已经无法甚至无力保持其优雅的状态——这才是他的"伤心人别有怀抱"(王森然语)。"时至今日，世界已无界，一切界说皆破坏。岂复尚有诗界能存在？"（《数斗血歌为诸女伶作》）他的痛苦就在于他已经意识到传统书写方式的没落，他的"发挥铺写"，也就比李商隐更加地急迫、狂放、混乱——甚至是游戏的方式——而即使李商隐复生，也不可能保持其旧有的诗歌状态，而必然有所变形。

【参考文献】

[1][2][3] 汪辟疆：《光宣诗坛点将录》，《汪辟疆说近代诗》，上海古籍出版社，2001 年12 月，P 95，P86，P12。

[4] 易顺鼎诗，均出自《琴志楼诗集》，上海古籍出版社 2004 年 4 月第一版。

[5] 樊增祥：《题实甫魂西集》，易顺鼎著，王飚点校《琴志楼诗集》，上海古籍出版社2004 年 4 月第 1 版，P1506。

[6] 樊增祥：《书广州诗后》，转引自钱仲联主编《清诗纪事》，江苏古籍版社,1989 年 7 月版。

[7] 米彦青：《清代李商隐接受史稿》，中华书局，2007 年 7 月第一版。

[8] 尘僧 金成生未定稿：《近世文人吟评》，《三百年来诗坛人物评小传汇录》，中州古籍出版社，1986 年 6 月第一版，P174。

[9] 易顺鼎：《自叙兼与友人》，《慕皋庐杂稿》卷一，《哭庵丛书》，光绪刊本。

[10] 陈衍撰，张寅彭、戴建国校点：《石遗室诗话》，张寅彭主编《民国诗话丛编》，上海书店出版社 2002 年版，P30。

[11][22] 易顺鼎：《《琴志楼摘句诗话》，《庸言》第一卷第十六号，民国二年（1913）七月，现藏上海图书馆。

[12] 易顺鼎著，王飚校点：《琴志楼诗集前言》，上海古籍出版社 2004 年版，P15。

[13] 汪辟疆：《近代诗派与地域》，《汪辟疆说近代诗》，上海古籍出版社，2001 年 12 月，P1。

[14] 钱仲联：《清诗简论》，《梦苕盒论集》，中华书局，1993 年，第 176 页。

[15] 樊增祥：《后数斗血歌》序，樊增详撰，涂晓马、陈宇俊点校《樊樊山诗集》，上海古籍出版社 2004 年 4 月第 1 版，P1787。

[16] 王森然：《中国公论》第六卷第六期第七卷第一、第二、第三期，转引自《琴志楼诗集》附录，P1451-1477。

[17] 钱仲联：《梦苕庵清代文学论集》，齐鲁书社，1983 年。原文说樊增祥"鼎革以后所为益庸滥……诗道至此，可谓一厄。"并说对易顺鼎的评价同樊增祥一样。

[18] 易顺鼎：《故友蒋君词叙》，《慕皋庐杂稿》卷一，《哭庵丛书》，光绪刊本。

[19] 陈声聪：《兼于阁诗话》，上海古籍出版社，1985 年 10 月第一版。

[20] 姜炳章：《选玉溪生诗补说》，南开大学出版社，1985 年版。

[21] 钱仲联：《近百年诗坛点将录》，《梦苕庵论集》，中华书局 1993 年版。

[22] 陈三立：《庐山诗录》序，《庐山诗录》，铅印本，现藏南京图书馆古籍部。

关于乡村主体的"叙事"

王 军

　　"我是乡下放进城里来的一只风筝，飘来飘去已经２０年，线绳儿还系在老家的房梁上。"张宇在小说《乡村情感》中的这个比喻，描述了一种典型的身份割裂状态，"我"在城市已经２０年，但精神上却仍然属于农民，"我"这个已经没有农民身份的人，在不断强化自身农民身份的过程中，获得了代表农民叙事的权利。这种割裂的身份状态是中国乡村小说中的重要现象，在它的背后，隐含着关于乡村叙事的两个主题：第一是乡村主体的确认，第二是乡村与城市的精神对立。

　　小说是一种虚构，因此，在某种程度上，我们可以把关于乡村的小说看成是一种对于乡村的"想象"和"叙述"。从这个意义上说，作家的"叙述"是小说的基础。乡土小说的实践也是从作家的叙述冲动开始的，鲁迅在《朝花夕拾》序言中谈到，"我有一时，曾经屡次忆起儿时在故乡所吃的蔬果：菱角、罗汉豆、茭白、香瓜。凡这些，都是极其鲜美可口的；都曾是使我思乡的蛊惑。"由思念而叙述，作家的情感需求，形成了乡土小说创作的推动力。既然乡村小说中的乡村是作家叙述中的乡村，那么，我们不禁想知道：这些作家在多大程度上能够写出乡村"自我"，乡村到底是农民的乡村，还是别人的乡村？

　　从乡土小说的传统来看，写作者的身份确实是个值得讨论的问题。乡土小说的开创者鲁迅出生于绍兴城内的一个望族，后来成了知识分子，虽然少年经历过家庭破落，但和农民相比，毕竟还有很大的距离。《故乡》和《祝福》的视角，也是从"我"这个知识分子来展开的，闰土、祥林嫂和"我"之间存在着明显的隔膜。有研究者还指出，鲁迅对于农村的认识和了解并不充分。在这样的多种距离中，鲁迅笔下的乡村是不是乡村主体就很成问题了。这样说不是否定鲁迅乡村叙事的真实性，而是想说明乡土小说的最初叙述者不是来自自身，而是他者，在鲁迅的小说里，乡村不是叙事的主体，而是知识分子眼中的客体。虽然鲁迅和他笔下的"我"对乡村是充满感情的，"我"看到的故乡是"苍黄的天底下，远近横着几个萧索的荒村，没有一些活气"，但是我宁愿归因于自己暂时的心境不好而影响了对故乡的印象，依然一厢情愿的自语"我的故乡好得多了"。但是这种童年式的感情无法遮蔽鲁迅作为成年知识分子所具有的理性，闰土的艰难、阿Ｑ的愚昧，祥林嫂的恐惧，这是鲁迅所取的材料，它来自于鲁迅所说的启蒙主义立场——"以为必须是'为人生'，而且要改良这人生"，"所以我的取材，多采自病态社会的不幸的人们中，意思是在揭出病苦，引起疗救的注意。"乡村是一个需要疗救的"病人"，这个巨大的象征被叙述出来了。和鲁迅相比，20年代的乡土小说作家，包括王鲁彦、许钦文、许杰，扩大了对乡村生活的展现，但是他们的身份、视角和态度无疑都延续了鲁迅的道路。通过叙述乡村的非现代性，通过表明对这种非现代性的批判和抛弃，乡土小说确立了自身的现代性特征，但是在此时，乡村作为主体的形象还没有建立起来。

突破20年代乡土小说的传统，试图建立乡村主体叙述的是来自湘西的沈从文。沈从文在写《边城》等湘西系列小说的时候，正在北京逐渐坐稳"京派"领袖的位置，按说，他也和鲁迅以及20年代乡土作家一样，摆脱了乡下人的身份，变成了知识分子群体中的一员。但是他却念念不忘湘西的血脉，坚执地宣称自己是个"乡下人"，由于有了乡下人的立场，他的叙事展现出了与众不同的乡村。沈从文的乡村有两个重要的特征，首先是表现乡村的日常生活状态，如果说茅盾的《春蚕》、叶绍钧的《多收了三五斗》主要写的是农民与社会之间的"对抗"，写的是"波动"中的农民精神的话，那么，沈从文关注的则是农民生活中"安稳"的、常态的一面。沈从文不是不知道农民所遭受的外在痛苦，《丈夫》中就写到了妻子到船上做妓女是因为生活的艰难，沈从文一样可以把这个事件敷衍成一篇更加具有社会意义和戏剧效果的小说，但是这不是乡下人的日常生活，对于沈从文而言，乡村生活的日常状态不是由"矛盾"、"事件"构成的，而是由这些矛盾和事件之后的"无事"构成的，在这种自然状态中的乡下人的喜怒哀乐，是乡村精神最真实的展现。其次，沈从文摆脱了鲁迅等人在感情上靠近乡村而理智上却进行批判的分裂状态，对乡村的爱和价值认同浑然一体。无论是在沈从文的感情世界还是理智世界，乡村都是最美也最富有自然人性的。沈从文不是光谈对湘西淳朴的感情，他也谈理性，也谈希望，在《边城》序言中，他期望他的读者具有关心中国社会变动、从事民族复兴事业的"理性"，也希望《边城》能够给这些读者以勇气和信心，鲁迅给与理性读者的是"疗救"农民和农村的希望，那么沈从文又凭什么来给理性读者以勇气和信心呢？沈从文的答案是：对处于变动和营养不良中的乡下人所有的"活下去"和"怎样活下去"的观念和欲望，进行朴素的叙述。这个答案，也许是最接近乡村和农民精神特征的描述，而这种精神，又是可以鼓舞我们这个民族的潜在力量。当沈从文获得了这样一种认识之后，他对乡村价值的认同就有了更加坚强的支撑，在他的叙事中，乡村作为主体的形象也建立起来。湘西系列小说是乡下人的叙述，而不是知识分子的。还要指出的是，这种乡村主体意识不仅依靠对湘西的情感和价值同一化得以建立，而且还通过与都市／知识者的对立进行了强化。沈从文对于都市／知识者的讥讽，集中在知识者的"虚伪"一面，《八骏图》中写达士先生等八位教授的性道德，不是集中在苦闷、矛盾这样的中性价值上，而是"道貌岸然"这样的负面因素上，沈从文的小说涉及到了对知识者道德和价值上的否定，显示出和鲁迅、郁达夫对知识者的温和态度很大的不同。可以很容易地发现，沈从文对知识者进行审判的标准，是乡下人的自然、人性和充满韧性的精神力量。

沈从文依靠对乡村主体的建构推进了乡村小说的现代性意识，赵树理的意义是把乡村小说的主体细化并延伸到了读者这个层面。沈从文的乡下人是一个价值共同体，老船夫和船总顺顺地位、财产都不相同，但他们的精神特征是相似的，沈从文对他们的态度也是一致的。赵树理眼中的乡村是一个分阶层和分群体的乡村，不同的阶层和群体精神特征并不一样，赵树理对他们的态度也不相同。小二黑和小芹、二诸葛和三仙姑、兴旺和金旺，还有处于背景中的其他村民、露了一面的区长，都在乡村这个空间中寻找着自己的位置，而赵树理比较明显地站在了年轻人的一边，在那个时代，年轻人在婚姻上是没有自主权的，权力掌握在父母手中，因此赵树理的立场选择无疑具有扩大弱势群体主体性的效果。同时，赵树理坚决地把自己的读者定位于"农村中的识字人"，希望能够通过他们进一步介绍给不识字的人，并采取了种种技术性的手段来达到这个目的，这是一种把更广阔的乡村纳入叙事，建立更宏大的乡村主体的努力。在解放区和十七年的政治空间中，赵树理的方向得到了巨大的扩展，然而这种努力的后遗症也逐渐显现出来，在建构新农民主体的同时，另一部分农民却被排除出了乡村主体的范围。在柳青的《创业史》、李准的《不能走那条路》等小说中，梁生宝、东山的形象日渐高大，而梁三老汉、宋老定等人却在一系列的农村变革中，逐渐丧失叙述的力量。1962年邵荃麟提出"中间人物论"，要求给处于中间状态的大部分农民在小说中应有的地位，从某种程度上说，就是意识到乡村的主体叙事能力正在变成少部分人的特权之后，所进行的针对性弥补，可惜这种补救没有成功。这个阶段农村题材稳稳占据小说主流地位，但是在这个表象下面，乡村的主体性却在萎缩。

从鲁迅开创乡土小说的历史开始，建立和扩展农民、乡村的叙事能力，就成为乡村小说的一条重要线索。在这个过程中，虽然出现了种种波折，但是总的来说，还是取得了很大的进展。新时期以来，乡村小说展现了更加丰富的面貌，汪曾祺的高邮系列是对乡村精神的礼赞，莫言的《红高粱》小说挖掘了乡村中蓬勃的生命力、贾平凹的"商州志"表现出农村在变革中的精神碰撞，陈忠实、张宇、刘醒龙、刘震云、刘恒、李佩甫等人都从不同的层面展示了乡村芸芸众生之相，不同地位、不同性格、不同生活环境的不同个体在乡村叙事中都努力地发出了自己的声音，也使乡村主体变成了一个复杂、广阔、可见的实体。

"沉默的大多数"，这是王小波在他的杂文里对失去话语权的弱势群体的高度概括，农民，也许是这个群体中最大的一个部分。近一个世纪以来的乡村小说，不断地打破着这种沉默，但是这种打破并不彻底。我们可以看到，在不断强大起来的乡村主体叙事中，还有很多部分被遮蔽着，比如乡村女性，她们的声音很微弱和单一，所受到的压抑也特别强大，这些压抑在很大程度上又是乡村本身带来的。《离婚》里刚强泼辣的爱姑终于屈服，《呼兰河传》里天真的小团圆媳妇死于非命，我们可以归罪于旧时代的封建意识，但是，《我在霞村的时候》里的贞贞终于不见容于家乡，《创业史》里的改霞因为有着自己的个性而被叙述成落伍者，则让人不能不深思于乡村男性叙事的价值意图。即使是在那些被作家和读者喜爱的女性人物身上，我们也可以看到被"代替"的痕迹，孙犁的《荷花淀》刻画了柔情似水的水生嫂，当水生要走向前线时，他给妻子的最重要的叮嘱是"不要叫敌人汉奸捉活的，捉住了要和他拼命"，在女人流泪的应答中，小说获得了一个情感的高潮，但是这种描述更大程度是乡村男性主体对于女性的包裹；在《乡村情感》中，作为新儿媳妇的秀春除了按照父亲的叮嘱做好安排的事情之外，没有任何的个性描述。服从男性的"叮嘱"，这两篇小说建立了乡村女性的象征性状态。所以，《万家诉讼》里到处要"说法"的何碧秋，对于乡村女性主体意识而言有多么重要的意义，对比城市女性主体叙述的放大，这样的乡村女性形象实在是太少了。

还需要提到乡村小说的一个主题，即城乡对立。对都市文化的批判乃至厌恶，在现代文学中已经形成一种隐含的传统，但是当代小说中出现的大量细节，却形成了一种扭曲城乡关系的状态。路遥的《人生》、张宇的《乡村情感》，包括邱华栋的许多小说，都或多或少地把都市定义为乡村情感、道德和价值的吞噬者，其中的情节具有一定的代表性，但是作家的态度却值得探讨，在他们的叙事中，乡村的主体性似乎被自我消蚀了，这样的心态无疑损害着乡村主体性的进一步发展。

我们讨论的乡村小说"主体性"的内涵，不仅包括乡村个体和群体能够获得自己的话语权，也包含他们作为"叙述者"具有叙述的独立性乃至自由，并由此建立开放、丰富和充满活力的民间话语系统。无论哪个目标，都还有漫长的道路要走，和都市文学相比，乡土小说受重视的程度远远不够，这可能与乡村小说的作者和读者都集中在城市，而且以知识阶层为主有很大的关系，这是文学难以改变的特性，也是乡村小说的先天不足。90年代以后文学的内在因素在不断改变，民间叙事的方式得到了一定的扩展空间，从这个角度来说，乡村叙事和乡村小说的前景值得期待。

爱·反抗·存在

——论王小波小说中"性"的三重意义

王　军

在王小波的早期小说中，爱情具有传统的甚至柏拉图式的意味。《绿毛水怪》和《地久天长》是其中的典型。留学美国之后，伴随个人思想、文字和写作技巧的成熟，王小波早期小说中传统的、纯洁的爱情从唐人传奇系列开始，出现了非常明显的外在变化，性在王小波的小说中成为核心意象。20世纪80年代中期以后的中国文学，性已经不再是禁忌。在"文学是人学"、"社会主义文学的人道主义"的旗帜下，它首先作为人性的一个重要特性，作为爱情的不可分割的一部分，得到了比较普遍的认同。然而，80年代中国文学对性的正名，并不是影响王小波关注性价值的主要因素。[1] 王小波的独特贡献在于，通过对性和爱关系的再解释，性对专制和压抑的反抗，性作为人之存在的表现，构建了"性"的三重意义，它们又共同形成了一种根本性的追求：精神的自由和诗意的存在。

一

生存世界和文学世界有着不同的意义标准，性这种在生存世界中必不可少的因素，在文学中却一直没有摆脱被贬抑的命运，因为性这一种低级的、本能的生物性，被符号化成了庸俗生存的象征，只有当它和爱情结合在一起时，性才取得了进入现实殿堂的资格，但是，性爱对于主流文学观念而言，绝不仅仅是它自身，不断的意义累积在它肩上，使性爱附着了过于沉重的精神负担，更重要的是，这些负担不是与性和谐地共存，而是把性作为一个工具，并进而扭曲了性的本来面目、掩盖了性对于现实生存的重要价值。

正如"命名"是人类文明的初始源泉，事物的意义化也是人类进行价值世界建构的根本因素，但是，事物意义化并不能取代事物本身。王小波在他的杂文《关于格调》中举了一个例子：

对于作品来说，提升格调也是要紧的事。改革开放之初有部电影，还得过奖

---

[1] 许倬云先生在一篇回忆文章（《忆王小波》，《南方周末》，2002/4/18，C22版）中提到，王小波在美国留学时，在文学专业之外，还研修了社会学、史学，而且，与他最经常谈论的一个话题是"中国文化与其他文化的对比，也会推敲一些重要观念的涵义，这些观念，例如自由、民主、民族、人权……又都与生活息息相关。小波对这一系列观念，有他自己的一套看法。"

的，是个爱情故事，男女主角在热恋之中，不说"我爱你"，而是大喊："I love my motherland！"……就爱情电影而言，显然有两种表达方式，一种是格调高雅，但是晦涩难懂，另一种较为直接，但是格调低下。按照前一种方式，逻辑是这样的：当男主角立于庐山之上对着女主角时，心中有各种感情：爱祖国、爱人民、爱领袖、爱父母，等等。最后，并非完全不重要，他也爱女主角。而这最后一点，他正急于使女主角知道。但是经过权重，前面那些爱变得很重，必须首先表达之，爱她这件事就很难提到……

按照后一种方式，男主角在女主角面前时，心里也爱祖国、爱上帝，等等。但是此时此地，他觉得爱女主角最为急迫，于是说，我爱你，并且开始带有性爱意味的身体接触。"

这一段话里，王小波表述了关于性爱的两个事实：其一，人类性爱被强加了一条可以无限延伸的意义链，最后，这个意义链淹没了性爱，把现实生活变成了观念演绎；其二，这个观念演绎过程，通过文化的诠释和积淀，形成了关于性爱及其附加意义的二元对立，形成了对于性爱的评判标准，所谓格调高，就是爱祖国、爱人民这种民族或意识形态话语凌驾于性爱之上，所谓格调低，就是直接表达性爱本身。

国家、民族超越个人，同化个人，高于个人，这是不能改变的秩序，这是中国文学的传统，"文以载道"、"借离合之情写兴亡之感"等合成了中国文学批评的一条主流。在这个标准中，个人情爱、命运必须在国家、民族的羽翼下，才符合秩序，才能得到"格调"的提升，才具有了意义的光环。而个人情爱、命运本身，犹如一条失去河床的河流，改变了自己的质地。这个标准建立的整个过程，实际上，把文学、"把整个生活变成了一种得分游戏"。

不是没有人认识到性爱"得分游戏"的反现实性质，很多人在试图改变这个"得分游戏"，新时期小说的一个主题，就是探讨性爱及其附加意义的关系，就是试图重新定位性爱，并重建它的价值。在这个主题中，出现了大量有影响的小说，包括张贤亮、张洁、王安忆、刘恒、莫言、陈染、林白、贾平凹、陈忠实、赵玫、铁凝、池子建、卫慧等新时期重要作家对此都有自己的解释，应该说，许多作品都不同程度地完成了规则的缝补修饰，但是对于"如何改变'得分游戏'的性质"这个核心问题，却只有极少的作家和作品进行了触及，并给出了富有开创性的答案。王小波就是这少数几个作家中的一个，改变这个"得分游戏"，重新定义性的价值，融入了他的全部写作。

《黄金时代》的性爱内容是这篇作品的重要特色，但是，如果只把注意力放在篇幅众多的关于性的意象中，那就和"得分游戏"一样，混淆了性的价值意图。知青王二和陈清扬的性爱是个异样的故事，"陈清扬说，我始终是个恶棍。她第一次要我证明她清白无辜时，我翻了一串白眼，然后开始胡说八道。第二次她要我证明我们俩无辜，我又一本正经地向她建议举行一次性交。"在文学描述中，金钱和性的交换，性的互相吸引，都可能导致直接进入性关系，而性心理则作为动机和铺垫形成了性关系的现实语境。但是，王小波运用了"错位"的手段，揭示了两种不同的生活逻辑，其中一种逻辑是这样的：

> "大家都认为，结了婚的女人不偷汉，就该面色黝黑，乳房下垂。而你脸不黑而且白，乳房不下垂而且高耸，所以你是破鞋。"

这种逻辑与生活理性的逻辑错位背离，显示了时代的荒诞，而王小波机智地通过荒诞，再造了现实，摆脱了性心理的束缚，直接进入性语境，使一个理性现实中不可能的过程，变成了合理的现状。从性开始，王二和陈清扬伸展他们的故事。

这是王小波特有的写作，直接进入性。在《关于格调》中王小波写道："现在可以谈谈为什么别人说我的作品格调低——这是因为其中写到了性。因为书中任务不是按顺序干完了格调高的事才来干这件格调低的事，所以它得分就不高。"改变性爱故事的秩序，不是从爱祖国、爱人民开始，甚至不是从爱情开始，然后自然地发展到性，而是反过来。

从性开始，是否意味着性在价值上得到了优先权，得到了高于其他的位置？佛洛伊德对"里比多"的研究，为性的冲动寻找到了合法性，但同时，另一种趋向出现了，性的泛化也在现代性体系中获取着合法性，它侵入了人类道德的核心范围，并拆除性道德的原有大厦。性的限度在哪里？这是重建性价值必须解决的问题。

《黄金时代》这样思维：陈清扬和王二第一次做爱，丝毫没有性的快乐；从第二次开始，陈清扬第一次感受到性的欢愉。陈清扬以为，她在一种由欲望、信守诺言和自我牺牲编织成的情绪中，延续着与王二之间的性关系。但是，避难清平山时，王二一只肩膀扛起穿着筒裙的陈清扬，过河爬坡，深山里只有两个人，王二在她的屁股上打了两下，"那一刻她感到浑身无力，就瘫软下来，挂在我肩上。那一刻她觉得如春藤绕树，小鸟依人。她再也不想理会别的事，而且在那一瞬间把一切都遗忘。在那一瞬间她爱上了我，而且这件事永远不能改变。"

从性开始，回到爱情，表面上看，这个圆圈似乎并不特别。但是，它建立了两个价值基点：第一，性价值不只是性行为，和爱情的结合使"性"理性化，这是性的道德价值界限；第二，和从爱开始，向性发展这个自然而然的秩序相比，王小波的性表现方式，真正完成了一种物性向精神的超拔，犹如人提着自己的头发跃出沼泽，这种力量需要更多的智慧、纯洁和诗意，这种力量使物性与精神和谐地结合在一起。

就在这样的过程中，不仅改变了性爱"得分游戏"规则，剔除了人为附加在它身上的"格调"，而且，让性爱成为性爱，挥发它自己的勃勃天性，并在这种张扬中，达到自由的颠峰体验，完成一个纯粹的自我。

二

马尔库塞在《生命本能和文明》中指出：文明史起始于对各种欲望，首先是对性欲的压制，各种欲望的自由而充分的满足同社会的根本利益是矛盾的。[1] 按照这一观点，

---

[1] 参见瓦西列夫.情爱论[M].三联书店.1987：126.

性与文明社会处于长期对抗的关系中。历史以众多相似的例子告诉我们，在禁欲世界中，性是最重要的反抗武器，欧洲文艺复兴时期、英国维多利亚时期、中国明清王朝等等，社会统治最严格、精神压抑最严重的时候，往往就是性最活跃，最有生命力的时候，因为，由于性的宣泄，人们变相地获得了所期望的快感，获得了在压抑环境中没有其他渠道获得的精神自由。作为反抗社会现实的武器的性，具有两个层次的意义，一是直接反抗禁欲主义，恢复欲望在生活中的正常地位，二是通过性，与整个文明社会交锋，尼采说，现代性就是"冲动系统造反逻各斯"。这一点，已经成为现代社会以来的一个重要传统，现代艺术最充分的张扬了这一传统。在这个层面，性往往要突破固有的道德体系，寻找自己的话语权利。

中篇小说《2010》是王小波最怪诞的几部作品之一，小说设想了2010年的北戴河，一个由数盲症控制的世界。数盲症"不能按行阅读，只能听汇报；不能辨向，只能乘专车"，因此，他们只能当领导。在数盲症世界，夫妻生活由机关安排。而且，"数盲都是这样进行的：看着女人的肉体，傻头傻脑地说一句：'夫妻生活要重视呀'，然后流一点口水就开始干了；一边干，一边还要说些'不会休息就不会工作'之类的中外格言。……，她们管这件事叫做'被肚皮拱了一下'。"

数盲症规整了一个秩序严谨的世界，僵硬、虚伪、压抑，人在一个日复一日，没有变化的庞大机器里机械地生活，这种机械性延伸到了性爱，人的活生生的欲望变成了不带任何情感的性交，在数盲世界，所有违背秩序的事情，都是危险的。但是，终于有人干了一件反面的事：开party。星期四在西山的这个party延续了4天，"高峰期是星期天，西山上有三万多人，在每个房间都留下了用过的避孕套。"因为，除了数盲症，每一个人都"觉得生活很压抑，需要发泄"。

巴赫金在研究拉伯雷与民间文化时指出，民间狂欢创造了人间的"第二种生活"。王小波用party这个形式，进行了一场性的狂欢，一次淋漓的反抗，通过性的突显，把扼杀创造、欲望的生存现实撕裂、打碎，打开了生命力的宝盒。

《似水流年》的背景回到文革，小说描述了一个极富象征意味的情节，贺先生跳楼自杀，验尸的时候，发现他的"大枪又粗又长，完全竖起来了"，"我"想："他一定能体会到死亡的惨烈，也一定能体会死去时那种空前绝后的快感。"死亡和性融合在一起，惨烈和快感结合为一体，这个创造性的联想，精确地抓住了个体牺牲于极端理想主义时，所体会到的荒谬，贺先生勃起的性器官，是对现实无言而锐利的反抗与嘲弄。

《革命时期的爱情》和《黄金时代》、《似水流年》一样，是一篇以文革为背景、以性爱为主题的小说，造反的王二和战友"姓颜色的大学生"，受帮教的王二和帮教者"X海鹰"，在革命的宏大叙事中，通过性爱完成了对革命的反讽。小说之前，有一个特别的"序"，作者告诉读者："性爱受到了自身力量的推动，……。我要说的是：人们的确可以牵强附会地解释一切，包括性爱在内，故而性爱也可以有最不可信的理由。"革命的"逻各斯"试图与性绝缘，但是，性爱自己的逻辑取得了胜利。

通过性爱的对抗，引导人走向自由和解放，走向精神的真正胜利，这是王小波重要的贡献。铁凝的《玫瑰门》，也写了一个令人印象深刻的细节：司漪纹脱光衣服，走进了公公的卧室，从此，背负羞耻的公公失去了对司漪纹的话语权力，司漪纹以此报复了丈夫，并获得了地位和精神优势。王安忆写于80年代后期的小说《岗上的世纪》，也是一文革为背景，由于长期的压抑，女知青和生产队长从性和利益的交换开始，发展成性的疯狂。同样是以性反抗现实，却表达了不同的追求和价值。

对于极端压抑的时代，反抗总是能够获得必要的理解，因为，每一个经历过压抑创痛的个体，都不同程度地认识到了自由的珍贵。所以，即使那些不同意王小波的性爱观念的人，也可能完全同意王小波的反抗精神。但是，其实，有哪一个时代，没有一些被压抑的因素在遭受伤害、歧视和压制呢？如果你是掌握道德话语权的强势群体中的一员，你能够理解站在对立面的弱势者吗？王小波在《似水柔情》中提出了这个现实和观念无法回避的问题：同性恋的性爱。

警察小史抓住了同性恋者阿兰，但是，在阿兰讲述同性恋者细腻的、抑郁的性爱故事后，小史的憎恶发生了改变，在一个幻觉般的环境中，两个男人发生了性爱，小史身体内潜藏着的同性恋倾向滋生起来，他深深地体验到了同性恋的爱情现实——"供羞辱，供摧残"。

王小波在《与同性恋有关的伦理问题》这篇文章中，肯定了同性恋的权利，并进行了非负面的价值判断。《似水柔情》可能是王小波中后期小说中唯一没有用戏谑这种表现技巧的作品，体现出了他对此的认真和严肃。《似水柔情》的人物没有反抗，他们甚至没有反抗的想法，他们认识到了自己不能改变的命运：供羞辱，供摧残。他们试图有一点尊严，但是这个微小的愿望在人们细微的态度中遭到了无情的拒绝，他们步入了无价值的深渊。

王小波认识到这个无价值里，有和异性爱一样的价值，但是，要使这个价值得到认同，就必须改写旧的价值标准，而这个标准植根于亿万人心中，犹如庞大的"无物之阵"。

如果说，《黄金时代》、《似水流年》、《革命时期的爱情》、《2010》是以鲜明的、"正常"的性爱反抗礼教、压抑、虚伪，那么，《似水柔情》则是以理性重新认知"非正常"的性爱，抗拒传统对同性恋的偏见，在反抗非人道的压迫，在追求人的自由上，二者殊途同归。赞美性爱的自然和谐、勃勃生气，这是王小波作为精神异类的骑士形象。

三

"王二"是王小波一系列小说里的主人公，因此，这些小说既独立，又存在着内在联系。阿兰·罗伯—葛利叶曾经论述过小说人物"名字"的意义，他指出，在传统小说中，人物的名字和性格至关重要，人物必须是独一无二的，又能上升到类的高度，名字和性格代表着对世界的英雄般的征服，也标志着一个推崇个人的时代。而现代小说贡献的不是现实的成功、统治、猎取，而是对世界的认识，谁能记得《恶心》、《局外人》的叙述者的名字？而《城堡》的主人公只是一个字母 K。名字的隐去预示着现代小说正在摆脱过时的社会，"一条崭新的路就会向它敞开，带着新发现的承诺。"[1]

王二当然不是 K，他的故事构成了一个较为完整和鲜明的性格，这一点，使王二这个有姓无名者从罗布—葛利叶所论述的现代小说人物中溢出来，但是，罗布—葛利叶把现代小说的价值定位为认识世界，无疑是准确而深刻的。王小波的表述，不在于日常生活，不符合现实社会的一系列规则、逻辑，而是摆脱了现实的束缚，直指人存在的意义，而"性"，就是王小波认识世界、思索存在的主要途径。

《三十而立》里的年轻王二，在阅读和思索之后，发现了"这个世界存在着两个体系。一个来自生存的必要，一个来自存在本身，于是乎对每一个问题同时存在两个答案。这就叫虚伪。"如果思维就此停留在对"虚伪"的批判上，则完全不能表现王小波的"深思"，同时也就说明了读者的不能"深思"。"王二"更为深入的认识在于："我没有批判虚伪本身。不独如此，我认为虚伪是伟大的发明。"在二元对立的思维模式中，这两个不兼容的体系，必然要面临价值的高下判断，但是，如果说存在本身指向人所希冀的自由的话，那么，生存的必要原本不也是欲望和理性的结合体吗？

然而"虚伪还不是终结"，因为每个人都会进化，"最后达到这样的境界：可以无比真诚地说出皇帝万岁和皇帝必死，并且认为，这两点之间不存在矛盾。"当生存的必要转化成纯粹功利，而在功利的驱使下，人把生活当作了一种表演时，人最终失去了自己的存在，表演越真实，人越走向愚昧的深渊，没有理性，何谈真诚，又怎能达到存在本身。这个存在是一个理性地基上的本真存在。而"我"发誓，"无论写诗还是做爱，都要以极大的真诚完成。……。我要抱着草长马发情的伟大真诚去做一切事，……。"

王二思索了人的本真存在，在本真存在中，个人意识到了价值，通过本真存在，个人认识着世界。《黄金时代》里的王二认识到自己的本真存在，因为他同时认识到，自己身上勃起的阳具，绝不是生产队长所言，是罪恶的化身，"它无比重要，就如我之存在本身。"当他逃进荒山，很多人都希望他不存在的时候，他和陈清扬的性爱，他的勃起，最清醒地宣告着，他存在，而且是最本真的存在。

王二也曾经遗忘过自己的存在，当他在三十而立之年，回想起年轻时对虚伪的论证，他发现，"我说了很多，可一样也没照办。这就是我不肯想起那篇论文的原因。"思想唤起了存在的显现，但是本真存在并不是只有依靠思索才能获得，它其实深藏在每个人的内心，犹如一点微弱的火苗，只需要一丝风，就可以燃烧起来，最后照亮整个精神世界。每次接受批斗之后，陈清扬和王二都有热烈而愉悦的性爱。陈清扬说，"那一刻她觉得自己像个礼品盒，正在打开包装。于是她心花怒放。她终于解脱了一切烦恼，用不着去想自己为什么是破鞋，到底什么是破鞋，以及其他费解的东西：我们为什么到这

---

[1] 阿兰•罗伯—葛利叶.关于几个过时的概念[A].从现代主义到后现代主义[M].北京：中国社会科学出版社，1994：393—394.

个地方来，来干什么等等。现在她把自己交到了我手里。"打开包装的礼品盒，这个性爱意象在本质上，接近着海德格尔的哲学概念：敞开和澄明。

《三十而立》描述了一个优美的细节：

> "我一个人走着，前后不见一个人。忽然之间，我的心里开始松动。走着走着，觉得要头朝下坠入蓝天，两边纷纷的落叶好象天国金色的大门。我心里一荡，一些诗句涌上心头。就在这一瞬间，我解脱了一切苦恼，回到存在本身。……
>
> 我们迎着风走回去，我给她念了刚刚想到的诗，其中有这样的句子：
>
> 走在寂静里，走在天上，
>
> 而阴茎倒挂下来。"

性，存在，美好。王小波把性爱象征与超世俗的精神遨游、与人间美景，不可思议的融合在一起，这是个人的诗性存在，世上再没有什么东西可以战胜他。"一个人只拥有此生此世是不够的，他还应该拥有诗意的世界。"王小波对"性"的三重意义的揭示，创造了他现实和诗意两个世界，同时，这个当之无愧的行吟诗人，正在把他两个世界的光辉带给现实中的我们。

【参考文献】

[1] 戴锦华 . 智者戏谑——阅读王小波 [J]. 当代作家评论 .1998，（2）.

[2] 张伯存 . 躯体·刑罚·权力·性——王小波小说一解 [J]. 小说评论 .1998，（4）

[3] 艾晓明 李银河编 . 浪漫骑士 [M] . 北京：中国青年出版社 .1997.

[4] 丁晓卿 . 论《黄金时代》"性"权力隐喻 [J]. 抚州师专学报 .2000，（1）.

[5] 钱永祥 . 纵欲与虚无之上——现代情景里的政治伦理 [M]. 北京：三联书店 .2002.

[6] 米歇尔·福柯 . 性史 [M]. 上海科学技术文献出版社 .1989.

女性小说中的"男性价值"叙事

王　军

"一个人对于与价值相关的事物的先后和同时之选择的故事，是关于这个人的生活的最独特的故事之一。它是最有说服力的身份构成故事之一。"[1] 正如阿格尼丝·赫勒所言："价值选择"以一种丰富的方式，紧紧地与人的生活和身份联系在了一起。现代女性小说给我们展现了众多的男性形象，女人写男人，这一现代文学史的新现象之重大意义对于性别研究来说毋庸置疑——女性文学主体性身份终于得建立，同时，女性作为一个"主体"也参与到了男性文化和价值的现代建构中来。作品中的男性以及写作现实中的女性做出了他们她们的价值选择，在这个过程中，他们她们的身份和故事得以充分地展示，我们甚至还可以发现，男性和女性、传统和现代、个体与国家这些因素，是如何在一个历时态中展开相互对抗与融合的——它们为"现代"这个概念作出了丰富而独特的注脚。

在五四女性作家的叙事中，男性并不是被描述的中心，很多情况下，男性仅作为女性追求爱情和个性解放使命的点缀，只要有可能，他们可以完全缺席，庐隐、冯沅君的创作最能代表这种倾向。从这个角度来说，冰心显得与众不同，她的一系列有影响的小说，比如《去国》、《斯人独憔悴》、《超人》等，都选择了以男性为主角。《两个家庭》是五四时期许多以家庭为主题的"问题小说"中比较独特的一篇，小说开始写"我"听了李博士的演讲深有感触，博士演讲的题目是"家庭与国家的关系"，其中主要谈论了"家庭的幸福和苦痛，与男子建设事业的能力"。然后，小说对比了两个家庭，一个是恩爱美满的三哥一家，小夫妻"红袖添香对译书"，孩子的教育也都颇为西方地文明化了。另一个是三哥的朋友陈华民的家庭，陈华民曾留学国外，才学深厚，目标远大，回国之后只当了政府里的一个差遣员，他的夫人天天应酬宴会，不管家务与孩子教育，"家庭又不能使他快乐"，他终于一病不治。小说最后，"我"听到陈华民死去的消息，不由得又想起了那个博士的演讲。

从技巧上来说，小说开始和结尾都特别提到那篇演讲，这种点题的方法过于明显了，但是这对我们了解作者的真实想法和分析小说的价值取向，提供了更多的帮助。小说讨论的是家庭和男性事业的关系。我们看到，故事发生于两个具有现代模式的小型家庭，夫妻平等、文明教育这样的现代意识也在小说里表现得很强烈，但在更具结构性的层面，传统的因素却起着重要的作用。首先，从性别关系来看，男性的事业是家庭的中

---

[1]　（匈）阿格尼丝•赫勒.现代性理论[M]. 北京：商务印书馆，2005年。

心，妻子的牺牲自然而合理，家庭中男主女次，和传统社会相似，但是这个看似不平等的男女关系，却因为达到了家庭的和谐而合法化了其次，从价值选择来看，男性的事业是男性价值的核心，这与传统社会男性治国平天下的人生理想也基本一致，"儒家的自我实现理想很明显是仅为男性设计的"。[1] 以报国为目的的人生价值是男性的最大价值。当然与儒家传统的忠君报国相比，现代的男性事业既包括像陈华民那样投身政治实践，也包括像三哥那样，作一个唤醒人民的启蒙者。

毫无疑问，在冰心的设想中存在着一个价值等级，男性大于女性，男性的事业大于家庭和个人，当然，最为理想的是，这个等级不要发生冲突，而以和谐的状态存在，就像三哥一家一样，建设者努力工作，牺牲者甘于牺牲，家庭的幸福托起了男性的事业。分等级然而和谐，这是具有冰心特色的、不同于男性作家叙事的理想主义——正面描述那个通过家庭幸福而更多地为国家奉献的"个人"，而不是建立一个反价值式的国民性象征并对之进行批判。在冰心笔下，男性个体的幸福与家庭和谐、为国奉献三位一体，在结果上它们可能分裂为成功或失败，但是在价值同一性上，它们却牢不可分。有意思的是，陈华民的妻子恰恰从反面表现了价值的分裂，她是一个时髦的新女性，当丈夫劝她以家为重时，她用以反击的正是"女权"和"平等"，在"她"身上，个人解放的需求与家庭、国家的要求出现了明显的对立。满怀报国之心却怀才不遇的英士（《去国》）、颖铭、颖石兄弟（《斯人独憔悴》）表现出了相似的选择，对于"他们"，冰心多有认同，这种与男性价值趋同的女性价值观，很容易被批评为与男性合流，另外，和庐隐、凌叔华、冯沅君等女作家相比，冰心似乎更少女权意识和激进的态度，这是冰心的女性性别表述显得不是很突出的原因。但是五四时期是传统向现代转型的阶段，其中包含着有意识地"重估一切价值"，也包含着难以理清的新旧价值缠绕，在冰心的小说中，我们看到了女性作家如何通过男性叙事进入传统与现代、个体与家庭、国家的宏大体系，并表现出自己的古典式理想。

"莎菲"（《莎菲女士的日记》）在她所属的那个时代扩张出了最大范围的"自我"。我们往往说个性解放是五四的旗帜，而第二个十年是以革命来命名的，但在冰心和丁玲的笔下，我们看到的是个人与民族国家的紧密联系，最具个性解放意义的人物在一个革命的时代出现了。一位内心敏感大胆叛逆的新女性会遇见怎样的男性世界？她又会在这个男性世界中做出何种选择？这样的问题对于性别表述来说无疑意味深长。如果说冰心笔下的男性是以纯粹的人生价值为核心，那么在丁玲的叙述中，男性的世界分成了两个部分：男性气质和男性价值。在苇弟身上，它们是统一的，他感情脆弱，多愁善感，莎菲的烦恼让他不安，莎菲的捉弄会使他留下眼泪，同时他又是简单而老实的，除了抓着莎菲的手叫"姊姊姊姊"，他就不知道怎样宽慰女人。他的气质阴柔，忧郁而不深沉，善良却无比沉闷，他是一个在气质和价值上都平面化了的人，对于内心丰富的莎菲来说，这样的感情只能游戏，而没有挑战。以前莎菲只知道她拒绝的是什么，遇到凌吉士

---

[1] 张法. 中国文化与悲剧意识[M]. 北京：中国人民大学出版社，1989年。

之后，她知道了她期望的是什么。莎菲爱上了这个气质高贵的男人，并用一个女人所能动用的所有心思去追求他。但是这个男人慢慢现出了原形："他需要的是什么？是金钱，是在客厅中能应酬买卖中朋友们的年轻太太，是几个穿得很标致的白胖儿子。他的爱情是什么？是拿金钱在妓院中，去挥霍而得来的一时肉感的享受 .. 不高兴时，便拉倒，回到家里老婆那里去。热心于演讲辩论会，网球比赛，留学哈佛，做外交官，公使大臣，或继承父亲的职业，做橡树生意，成资本家 .." 金钱、身份、肉欲的满足，就是这个被欲望异化了的男人所追求的价值。于是莎菲终于发现了男性气质和价值之间的分裂，"那使我爱慕的一个高贵的美型，是安置着如此一个卑劣灵魂"。同样充满欲望的莎菲，最后一脚踢开了凌吉士。

在冰心那里，气质不是问题，关键是价值，因为对于国家而言，需要的只是个人做出正确的政治价值选择，在个体与国家的同一性中，男性价值已经最大化。但在丁玲这里，气质一开始乃是关键性的因素，因为这是一个个人喜好的感性选择，与政治无关。莎菲不能接受苇弟的平乏脆弱，而受到凌吉士"高贵"气质的深深吸引，这是爱情的法则，也是莎菲所建立的男性气质高，低的二元对立。但是，这种气质高低的模式，没有转化成相应的价值高低，气质高贵的凌吉士，在人生价值上却是粗俗无比。这样的情节设计似乎是把评价标准由外表转化成了内心，然而，当我们回到世纪年代的语境中时，就会意识到气质所具有的身份意义，此时与左翼有着千丝万缕联系的丁玲完全明白，凌吉士式的气质只属于资产阶级而这样的身份决定了他的人生价值是且仅是物质性的。"与凌吉士相关联的西方资产阶级价值观，使叙事者骤然警醒到现代男性气质的社会经济构成，这种男性气质的性的魅力无法脱离其压抑的意识形态。" 政治身份后来居上，压倒了爱情和个人喜好的情感倾向，作出了新的价值判断和选择。以身份为中心的政治性价值标准最终代替以气质为中心的爱情价值标准，预示着莎菲这个个人主义者进行了自我否定，她的个人主义以对爱情的大胆追求开始，而以对自己的鄙夷结束。丁玲建立新价值的任务在莎菲那里只完成了一半，即对个体选择的否定、对资产阶级价值的唾弃。另一半的完成是在《年春上海（一）》等一组"革命""恋爱"的小说中，原来"只要有爱情，便什么都可以捐弃"的美琳，处在两个对立的男性中间，一个是她深爱的小资产阶级作家子彬，一个是革命的若泉，她选择了革命，抛弃了爱情。可以说，这场革命与恋爱的冲突"表现为两个男人（革命的若泉和不革命的子彬）对作为客体的女人（美琳）的争取"，[1] 也可以说，这是国家与个人的冲突，一个女人选择放弃她个人的幸福，包括所爱的男性和家庭生活，在与一个革命男性的携手中投入了国家的怀抱，至此，革命—国家的价值体系取得了对个人感情生活的绝对胜利。

20 世纪 30 年代的民族战争，把中国隔离成了两个话语空间，一个是在国统区和解放区，抗日民族情绪极其高涨，个体与民族国家的结合更加紧密；另一个是在沦陷区，

---

[1] 贺桂梅.性/政治的转换与张力———早期普罗小说中的"革命+恋爱"模式解析[J].中国现代文学研究丛刊，2006，（5）.

民族情绪被压制，个人与民族的联系遭到了割断。两个话语空间的差异还表现在所描述的人物上，农民和市民分别成为两个空间的主角。这样的特殊环境，与冰心、丁玲的以知识者为主角的五四到世纪年代初期的创作状况区别开来。在女性小说中，男性世界也因此出现了两个方向：一方面，男性世界放大了与国家民族的同一性；另一方面，在失去了民族国家的价值支撑之后，男性的价值向世俗化和残缺化靠拢。

萧红的《生死场》所写的人物，是一群北方的"愚夫愚妇"（胡风语）。男人们被苦难的生活磨砺得粗暴愚昧，卑微的生命往往让残酷的世界显得更加残酷，然而，当日本人的铁蹄践踏到这里的时候，这群愚夫愚妇却猛然醒来，拿起武器开始了寡不敌众的抗争。老赵三在起义队伍前的哭诉，二里半和李青山最后投奔革命军，最终扭转了那个男性世界的沉沦趋势，"蚁子一样地为死而生的他们现在是巨人似地为生而死了"。[1] 在日常生活中卑琐的、无价值的男人们，在被卷进了民族战争的巨大洪流之后，由蚁子而巨人，升华成了最高价值的象征。

孟悦、戴锦华在《浮出历史地表》一书中将张爱玲等人在沦陷区的创作描述为"戴着镣铐的舞蹈"[2]，意指虽然受到侵略者文化制度上的限制，但是民族和国家的担子卸去之后，她们的小说反而走出了新路——世俗性的生活，也即张爱玲所说的"人生安稳的一面"，走着这条道路的还包括解除了和民族国家先天契约之后的男人们。首先，世俗性的生活是物质性的金钱和男女——姜季泽（《金锁记》）带着枷锁去骗取黄金，川嫦的父亲（《花凋》）省下了让女儿上大学的学费，富商子弟范柳原（《倾城之恋》）混迹于女人堆中，吕宗桢则在封锁下的上海与女人调情。其次，虽然世俗性的生活冷酷，但并非让人生毫无指望，因为它还保留着一些人生的底色，"自私的男人"范柳原终于对一个自私的女人流露出了真情；出身贫寒，靠自己闯出了一番天地的佟振保（《红玫瑰与白玫瑰》），在道德上难得地接近完美："侍奉母亲，谁都没有他那么周到；提拔兄弟，谁都没有他那么经心；办公，谁都没有他那么火爆认真；待朋友，谁都没有他那么热心，那么义气，克己。"没有民族和国家支撑的男人，似乎也可以有价值的承担，对爱、对家庭、对工作。第三，这些价值却注定了是破碎残缺的，正如范柳原的婚姻，偶然地来自城市陷落之后的虚幻感；正如佟政保完美的道德圆圈中的那个缺口——对玫瑰们的罪孽，这个缺口越来越大，一点一点地侵蚀着他在其他人心中的形象，也侵蚀着他的内心，并最终把他架在一个虚空上。

题材、风格、对民族和国家的态度，无论从哪个方面来说，萧红和张爱玲之间都存在很大的差异，但是，与冰心、丁玲等带着对生活的某种理想化或浪漫化情绪不同，她们都以非常冷静的态度揭示了"生命的自然法则"。她们所写的北方的农民、上海的市民，分别代表着当时社会最具有民间性的两大群体，在意识形态或者浪漫主义的描述中，这两个群体在不同程度上被圣洁化或被妖魔化了，而萧红和张爱玲却抓住了他们最

---

[1]　胡风.《生死场》读后记[A] 萧红 生死场[M].哈尔滨：黑龙江人民出版社，1980年。

[2]　孟悦，戴锦华.浮出历史地表[M].开封：河南人民出版社，1989年。

为原始也最为本质的东西，即生物性的生存需求，农民的生老病死、市民的金钱男女，粗鄙甚至残酷，但却极其真实。也许民族和国家的在场提升了他们的价值（《生死场》），民族和国家的缺席减弱了他们的意义（《红玫瑰与白玫瑰》），但是，那些变动的、飞扬的东西可能会很快消逝，而生命的需求却不会只存在一时。

我们在此讨论了两个问题：第一个是在现代女性小说中，男性价值被叙述成何种状态？在冰心的几部小说中，五四时期的男性主人公无一例外地把报效国家，投身政治作为自己人生价值的实现途径，男／女、个体／家庭／国家之间既有价值等级差异又保持着和谐。在丁玲的小说中，男性的阶级身份决定了男性气质和男性价值的特质，符合"革命"要求的男性人生价值，取代了在"个人主义"的"恋爱"范畴里产生重要影响的男性气质，成为男性吸引力的源泉。萧红写的是更加具有意识形态特征的男性农民，在日常生活背景下，他们表现出无价值的生命方式，最终由民族战争赋予了他们巨大的意义。张爱玲笔下的男人被斩断了与国家民族的联系，他们在世俗中浮沉，有的被物质所淹没，也有的在"安身"的层面上保存着男人的道德自足，但是精神上的空虚，使他们成为残缺的男人。

在以上的分析里，我们看到了女性小说中男性形象的历时性发展，对于男性而言，民族和国家具有意义原型的作用，它是男人价值的重要来源，它像一个操纵命运的幽灵，可以使无价值的悲剧变成壮烈的正剧，也可以使有价值的生命走向破碎的虚空。具有国家和民族象征意义的男性形象，可能像女性主义所认定的那样，具有强烈的男权主义特征，但是，相对于单纯的批判，给予理解和多元化的态度可能是对这种价值模式最好的态度选择。

第二个问题是，女性作家是否可能通过对男性价值的描述，参与到现代男性价值的建构中来？如果可能，现代女性小说作出了怎样的尝试？

现代性在本质上体现为一种以历史进步为核心的时间观念，同时它又以男性为承受主体，而朱莉亚·克里斯多娃指出，循环时间和永恒时间（尤其是后者）才是女性的认知模式，因此，在同一个时代中存在的男女，却被分成了现代和前现代两个区间，女人写男人，就是女性的永恒时间与男性的历史时间在现代中国相遇，这时，"如果女性主体置身于'男性'价值的建构之中，那么就某一时间概念来说，女性主体就成了问题。"[1]但是，这个问题不能先验地存在于现实之前，女人写男人的实践已经一日千里，我们要做的不是等待争论之后得出结果，而是仔细从作品中辨别在现代语境下女性时间是如何介入男性时间的。"民族主体根本上是一个男性空间"[2]——同时也是男性时间的典型叙事，对于这个男性—民族的世界，"她们"态度各不相同，有冰心式的认同，有丁玲式的矛盾，有萧红式的冷静，也有张爱玲式的迂回。也许可以说，她们都在不同程度上被裹挟进了男性的历史时间之流，但她们又同时把自己的时间模式掺入了这一宏大叙事

[1] （法）朱莉亚·克里斯多娃.妇女的时间[A].张京媛主编.当代女性主义文学批评[M].北京：北京大学出版社，1992年。

[2] 刘禾.重返生死场：妇女与民族国家[J].李小江等主编.性别与中国[M].北京：三联书店，1994年。

之中，什么是属于"她们"的女性时间呢？张爱玲曾经有过两个说明，在《自己的文章》中，她说，弄文学的人可能注重人生飞扬的一面，而忽视了人生安稳的一面，但是"人生安稳的一面则有着永恒的意味，虽然这种安稳常是不完全的，而且每隔多少时候就要破坏一次，但仍然是永恒的。它存在于一切时代。它是人的神性，也可以说是妇人性。"在《谈女人》中，张爱玲又说到"地母"粗鄙骚动，但其生命力却比洛神、观音、圣母都旺盛、都更加接近女性和神性。注重安稳和谐、注重世俗性的生命，这就是女性时间追求的永恒。在女性作家的男性叙事中，我们看到了她们对永恒性的多样追求，比如冰心所期望的男性价值和谐同一的理想，丁玲对男性气质作用于个体爱情的揭示，萧红对男性无价值的日常生活的展现，张爱玲把世俗生活定义为人生的安稳，她们都在使流动的男性时间沉静下来，回到一种在本质上属于文学的、永远具有探索性的价值可能。她们讲述的"他们"和她们自己的价值选择故事，证明着阿格尼丝·赫勒的预言，成为了她们最独特、最有说服力的身份构成故事之一。

【参考文献】

[1] 张京媛主编. 当代女性主义文学批评 [M]. 北京：北京大学出版社，1992 年。

[2] 张法. 中国文化与悲剧意识 [M]. 北京：中国人民大学出版社，1989 年。

[3] 李小江等主编. 性别与中国 [M]. 北京：三联书店，1994 年。

[4] 李小江，朱虹，董秀玉主编. 批判与重建 [M]. 北京：三联书店，2000 年。

[5] 刘慧英. 走出男权传统的樊篱 [M]. 北京：三联书店，1995 年。

[6] 孟悦，戴锦华. 浮出历史地表 [M]. 开封：河南人民出版社，1989 年。

[7] （匈）阿格尼丝·赫勒. 现代性理论 [M]. 北京：商务印书馆，2005 年。

莎士比亚悲剧中的天意观

倪 萍

【摘 要】 传统的基督教天意观认为，上帝是干预世事的神，世界的进程受上帝赏善罚恶的意志（天意）控制。文艺复兴时期，新教神学、以及以伊壁鸠鲁主义为代表的复兴了的古代异教哲学，对这种观念造成巨大冲击。《哈姆雷特》和《李尔王》等莎士比亚悲剧展现了传统天意观所面临的危机，以及由此给生命个体带来的信仰上的困惑和失落。

【关键词】 莎士比亚 悲剧 天意观

一

《圣经》中的上帝是高度干预世事的正义之神，他按照严格的道德标准对世人进行鉴察和审判，"他要按公义审判世界，按正直判断万民。"（《诗篇》9：8）莎士比亚悲剧中的正面人物往往信奉传统的基督教天意观，即万事万物的运行结果均受上帝惩恶扬善的意志控制。哈姆雷特误杀了波洛涅斯之后，一方面他很后悔自己的鲁莽，另一方面他又以这是上帝的意志为由减轻自己的罪责，"可是这是上天的意思，要借着他的死惩罚我，同时借着我的手惩罚他，使我成为代天行刑的凶器和使者。"（三幕四场）在哈姆雷特看来，波洛涅斯生前甘愿为奸王克劳狄斯效劳，因此他理应受到上天的惩罚。当奥瑟罗明白真相后，后悔莫及的他认为自己的罪过足以使他死后遭受地狱里的刑罚，"我们在天庭对簿的时候，你这一副脸色可以把我的灵魂赶下天堂，让魔鬼把它抓去。"（五幕二场）马尔康坚信上天一定会惩罚作恶多端的麦克白，"麦克白气数将绝，天诛将至；黑夜无论怎样悠长，白昼总会到来的。"（四幕二场）再比如，李尔相信天上存在着干预世事、主持公道的神明，因此他劝女儿高纳里尔趁早改过，以免遭到上天的惩罚，"我不要求天雷把你殛死，我也不把你的忤逆向垂察善恶的天神控诉，你回去仔细想一想，趁早痛改前非，还来得及。（二幕四场）

在传统的天意观中，上帝以审判官的身份干预世事，这不仅表现为他严格审视世人的言行和内心，对之进行公正的裁决，而且表现为他肯倾听冤屈的信徒的哭诉和呼救，帮助他们洗去不白之冤，惩罚恶人。因此在《圣经》中有大量向上帝呼求的诗篇，比如，"耶和华啊，你是伸冤的神。伸冤的神啊，求你发出光来。审判世界的主啊，求你挺身而立，使骄傲人受应得的报应。"(《诗篇》94：1—2)在莎氏悲剧中，信奉传统天意观的人物也相信上帝愿意耐心倾听遭遇不幸的弱者的倾诉和呼求，替他们打报不平，伸张正义。妻儿惨遭麦克白杀害的麦克德夫祈求上帝给他提供报国仇家恨的机会，"……仁慈的上天，求你撤除一切中途的障碍，让我跟这苏格兰的恶魔正面相对，使我的剑能够刺到他的身上；……"(四幕三场)李尔相信神愿意俯身倾听冤屈的他的哀诉，并抚慰其受伤的心灵，因此他向上天发出呼求：

"……那么天啊，给我忍耐吧，我需要忍耐！神啊，你们看见我在这儿，一个可怜的老头子，被忧伤和老迈折磨的好苦！"(二幕四场)李尔也相信神将惩罚人世间的罪恶，因此他向上天发出对两个女儿的毒咒："取消她的生殖的能力，干涸她的产育的器官，让她下贱的肉体里永远生不出一个子女来抬高她的身价！要是她必须生产，请你让她生下一个忤逆的孩子，使她终身受苦！……让她也感觉到一个负心的孩子，比毒蛇的牙齿还要多么使人痛如骨髓！"(一幕三场)

对命运之神的信奉和对上帝的信仰是水火不相容的，因此基督教教义强调上帝惩恶扬善的意志（即天意）对世界之运行的绝对主宰，而人的自由意志对此是无法做出任何更改的。正如霍拉旭所说："上帝的旨意支配一切。"(《哈姆雷特》一幕四场)整部《旧约》所记述的以色列民族的历史贯穿着如下主题，即上帝的意志决定了该民族的兴盛与衰亡。以色列人将本民族的历史看成神干预人事的过程：民族昌盛，乃是因为族人蒙受神恩；民族遭受挫折，则是因为族人违背了神的意志而受到严厉惩罚。这种历史观后来成为基督教国家的正统观念。在麦克白的暴政统治期间，苏格兰贵族列诺克斯期望本民族能够得到上帝的恩宠，早日摆脱暴君的蹂躏，"……让上天的祝福迅速回到我们这一个在毒手压制下备受苦难的国家！"(三幕六场)马尔康取代麦克白成为国王以后，他嘱咐大臣在处理一切必要的工作时，"我们都要按照上帝的旨意，分别先后，逐步处理。"(五幕七场)马尔康显然具有具有正统的基督教观念：能否得到上帝的护佑决定了一个民族的盛衰，因此一个民族若想昌盛，就必须顺服世界的真正主宰——上帝的意志，即天意。

二

在文艺复兴期间，一方面诸如作为审判官的上帝积极干预人事的传统天意观依然占据着正统地位，另一方面它却受到来自古代异教思想的有力冲击，其中影响最大的便是伊壁鸠鲁主义。伊壁鸠鲁最著名的弟子卢克莱修的诗作《物性论》在历史上长期被埋没，直到文艺复兴时期才被世人知晓，它的重见天日使伊壁鸠鲁主义在近代西方得以再次传播。伊壁鸠鲁深信，"神自身并不过问我们人世的事情。他们都是遵循伊壁鸠鲁教诫的合理的快乐主义者，所以不参与公共生活；……"[1]313伊壁鸠鲁由此宣称世界的进程是由原子的运动、而非神的意志来决定的。在莎氏时代，伊壁鸠鲁主义流传到了英国。

这种古代异教哲学遭到英国正统人士的猛烈抨击，因为它所产生的直接后果对基督教信仰构成严重威胁。既然神不干预人事，那么世界就不是由惩恶扬善的上帝的意志所主宰的；这样一来，古代异教文化中的命运观便悄然而入，基督教信仰中的天意观由此面临危机。

天意信仰的衰落及宿命论的兴起集中体现为文艺复兴时期的人们普遍热中于占星术和巫术，这在莎剧中也有所体现。比如麦克白请三女巫预卜他的命运，以及《亨利六世》（中篇）中公爵的妻子从女巫那里探知神谕等等。尤其值得关注的是，在莎氏悲剧中，异教文化的命运观和基督教的天意观往往是并存的。比如《麦克白》中的一个军曹是这样汇报麦克白和叛军的作战经过的："……命运也像娼妓一样，有意向叛徒卖弄风情，助长他的罪恶的气焰。可是这一切都无能为力，因为英勇的麦克白……不以命运的喜怒为意，挥舞着他的血腥的宝剑，像个煞星似的一路砍杀过去，……"（一幕二场）这段话将命运比作娼妓，强调了命运的盲目轻浮和变幻无常；同时也强调了人的自由意志与命运之间的较量。就在同一幕同一场中，洛斯则表达了传统的基督教天意观。带着捷报归来的洛斯脱口而出的第一句话便是："上帝保佑吾王！"在他看来，是赏善罚恶的上帝对苏格兰国王的护佑决定了这场战争的胜利。这两种根本无法兼容的世界观的并存，恰恰揭示了伊丽莎白时期英国社会思想状态的矛盾复杂，以及传统天意观所面临的深刻危机。

这种局面的形成部分地由于诸如伊壁鸠鲁主义之类异教哲学思想的影响，此外还有宗教改革的救赎观念对中世纪天主教救赎观念的有力冲击。从总体上看，奥古斯丁之前的基督教神学对于救赎问题持"神人合作说"的观念。受保罗的影响，奥古斯丁则强调神恩独作说。他认为人性已经被原罪完全败坏，因此如果没有上帝的恩典的帮助，人的自由意志根本没有行善的能力，以配合上帝拯救人类的灵魂。获得恩典的人和受诅咒的人在本性上都是一样的，他们都是罪人，能否行善以及得救与否全凭是否蒙受神恩。那么上帝为什么不拯救世上所有的人呢？他拣选的标准究竟是什么？奥古斯丁的解释十分神秘：上帝的拣选原则不是为人类理性所能理解的善恶标准，它只能存在于"神隐藏的预定"中。中世纪的天主教没有全盘采纳奥古斯丁的观点，而是倾向于"神人合作说"，强调罪人在行为上的行善、悔改，以便同上帝积极配合，使灵魂得到拯救。比如天主教神学最重要的代表人物托马斯•阿奎那便相信上帝将拯救那些在道德上同上帝合作、因而被注入神恩的人。

为了同诸如伊壁鸠鲁主义之类的异教哲学所宣扬的神不干预人事的神学观念以及由此产生的宿命论相抗衡，十六世纪的宗教改革者大多强调上帝的意志决定万事万物的天意观。毫无疑问，人的灵魂之得救与沉沦也是由上帝预定的。关于灵魂的救赎问题，宗教改革者从保罗和奥古斯丁那儿发现了灵感的源泉。路德十分反感中世纪经院哲学对人的理性和自由意志在救赎中的功用的强调；同保罗和奥古斯丁一样，他强调人性的罪恶使得人完全无力自救，人已经从根本上失去了行善的能力，并由此提出"惟独依靠恩典，因信称义"的教义。加尔文也认为，生命个体是没有任何办法掌控自己灵魂的命运的，得救与否完全由天意来预定，"我们把上帝永恒的判决称之为预定，上帝根据这判决，决定每一个人应该变成怎样。因为我们不是在同一状况下被创造出来的。有些人注定得到永生，另一些人却要永远罚入地狱。"[2]251 正如《奥瑟罗》中的凯西奥所说："好，上帝在我们头上，有的灵魂必须得救，有的灵魂就不能得救。"（二幕三场）这表达的恰恰是带有加尔文主义色彩的预定论思想。

加尔文主义对莎氏时代的英国产生了很大的影响，"尽管并非每一个十六世纪的英国人都是加尔文主义者，但是几乎每个人都同加尔文可以接受的观念有着密切的接触。例如，加尔文主义通过纽威尔（Dean Newell）渗透到当时官方的教义问答手册里，而莎士比亚就可能研习过这一手册。"[3]35 艾尔顿指出，"实际上，有证据表明 1604 年，至少就在《李尔王》问世之前，莎士比亚住在法国加尔文主义者的住宅里。他同这些加尔文主义者关系十分密切，以至于卷进了后来的家庭诉讼。此外，当我们回想起莎士比亚是在一位一度是苏格兰加尔文主义者的君主　的统治下写《李尔王》的时候，我们就指出了莎士比亚悲剧中的宇宙特性具有受到了由加尔文主义启发而来的关于神以及与天意相关的观念之影响的充分可能性。"[3]35

以加尔文为代表的新教神学家所宣扬的预定论思想，一方面捍卫了传统的天意观，凸显上帝对世界不容质疑的至高主权，从而与宿命论思想划清了界线；另一方面这种极端的预定论却使得上帝颇似异教文化中的命运之神。在这样的上帝面前，人无力为拯救自己的灵魂做出任何积极有效的努力，却只能消极被动地接受上帝早已为之预定了的命运。更为可怕的是，上帝拣选的标准神秘莫测，人的任何向善的努力都无法确定会符合这一标准。这样的预定论让人感觉仿佛是命运之不可理喻的意志在操纵着个体灵魂的终极归宿。

三

如前所述，莎氏悲剧中的很多人物表达了基督教信仰中的天意观，但是在莎氏悲剧中，这种信仰并非是单纯的，其中往往夹杂着异教文化中的命运观。在莎氏四大悲剧中，天意和命运这两种相矛盾的事物常常存在于同一个人物的观念之中。比如麦克德夫先前祈求上天让他能有与麦克白正面相对的机会，以便使他可以亲自为妻儿报仇，后来在战场上他却又求助于命运："命运，让我找到他吧！我没有此外的奢求了。"（五幕七场）哈姆雷特常常表现出身为基督徒对于天意的信仰，但是他也提及异教中的命运女神，声称"她本来是一个娼妓"（二幕二场），流露出对盲目轻浮的命运的不满。有学者指出哈姆雷特这一人物形象的两重性："一个上升为天意的代理人，另一个则屈从于命运无情的严厉。"[5]148 "他从英国的逃脱既可以解释成上帝的天意，也可以解释成纯属偶然。这恰恰表明哈姆雷特思想的复杂矛盾：他既可以是虔信的，也可以是愤世嫉俗的。"[5]148 这反映出当时英国社会的传统天意观，在伊壁鸠鲁主义之类的异教哲学和以激进的加尔文主义为代表的新教神学的两面夹击下，所面临的尴尬和困惑。

　　当哈姆雷特躲过克劳狄斯设下的圈套、从英国逃回丹麦后，他对霍拉旭说："……我们应该承认，有时候一时孟浪，往往反而可以做出一些为我们的深谋密虑所做不成功的事；从这一点上，我们可以看出来，无论我们怎样辛苦图谋，我们的结果却早已有一种冥冥中的力量把它布置好了。"（五幕二场）这种"冥冥中的力量"究竟是指命运还是指上帝？接下来哈姆雷特这样感慨自己的侥幸生还："啊，就在这件事上，也可以看出一切都是上天预先注定。"（五幕二场）哈姆雷特在此表达的正是新教神学家所宣扬的预定论思想。接下来当参加比剑这件事使哈姆雷特因为一种"莫名其妙的疑虑而惶惑"时，霍拉旭劝其回绝这场比赛。哈姆雷特回答说："不，我们不要害怕什么预兆；一只雀子的生死，都是命运预先注定的。注定在今天，就不会是明天；不是明天，就是今天；逃过了今天，明天还是逃不了，随时准备着就是了。"（五幕二场）这句台词中的"命运"原文是 special providence，它的含义是"上天的护佑"，因此将它理解成"天意"要更为符合原文的意思。哈姆雷特在这此引用了《圣经》中的这一典故："两个麻雀不是卖一分银子吗？若是你们的父不许，一个也不能掉在地上。"（《马太福音》10：29）加尔文在《基督教要义》中阐述其预定论思想时，也引用了这同一典故。由此看来，哈姆雷特在这段台词中似乎表达了加尔文主义的神学观念。

　　关于这段台词，西方学者的争议很多。布拉德雷承认哈姆雷特在此使用的是基督教的措辞，但是他认为其语调及含义却是异教的；与其说它表达的是对上帝的信仰，不如说它表达的是宿命论思想。[6](P.116) 弗莱则认为，哈姆雷特的这段台词表达了对基督教中天意的真正信仰。[7](P.231) 巴顿豪斯同意弗莱认为这段台词具有基督教倾向的观点，同时他也同意布拉德雷的观点，即哈姆雷特自己的态度是非基督教的。[8]250辛菲尔德一方面认为哈姆雷特在这段台词中暗示了预定论的神学观念，另一方面又指出，"哈姆雷特承认神决定事件的发生，但是他对此却并无热情。尽管他的那一段关于麻雀与天意的台词用的是明显的新教的措辞，但是人们却感觉到了斯多葛主义者的厌世；……"因为"天意在哈姆雷特心中激起的不是愉快的合作，而是疲倦的默认。"[9]268-269 总之，哈姆雷特的这段台词揭示了新教神学使生命个体不得不面对的尴尬处境：一方面他相信基督教的传统天意观，即上帝的意志决定了一切事情的发生；另一方面这一信仰却并不能带给他真正的安全感；在这样一个凭着其使人无法理解的意志武断地预定人的终极归宿的上帝的掌控之下，生命个体感受到了任由命运摆布所带来的那种无能为力和惶恐不安的感觉。不难理解，面对这样的上帝，哈姆雷特在言语中没有表现出虔诚的信徒对于他的神所应怀有的热情，而只是流露出听天由命和无可奈何的态度。

　　《李尔王》虽然以古代异教文化作为背景，但是很多学者认为，它同样反映出当时英国社会错综复杂的信仰状况。艾尔顿指出，莎氏创作《李尔王》的时候，正值关于天意与命运的争辩在英国进行得最为激烈的时期，这一争辩极有可能在《李尔王》中得到了反映。[3](P.26) 该剧深刻揭示了传统宗教观念所遭遇的尴尬和幻灭，使人们不得不面对这样一个尖锐的问题：掌控世界的究竟是干预人事、赏善罚恶的天意，还是变幻无常、不可理喻的命运？正如布拉德雷所指出的："在《李尔王》中，比在莎士比亚的其他悲剧中，更为经常地涉及宗教或非宗教的信仰与感情，他让不同的人物用各自特有的语言谈论命运、星辰或神灵，并且显示'是什么统治着这个世界？'这一问题是如何强行进入他们的头脑中的（严酷的现实将他们引向这一略带绝望的问题）。几乎在这出戏的整个后半部分中，大多数的较为善良的人物面临的当务之急便是有关终极力量的问题，并且他们迫切需要解释这一问题，否则他们就会走向绝望。"[10]42 如果说在《李尔王》的世界中确实存在着神明之类超自然力量的话，那么他们也一定是伊壁鸠鲁主义意义上的神。剧中的正面人物基本上都拥有传统的天意观，但是无情的事实却让他们的信仰遭受一次次的打击，使得他们在信仰的边缘绝望而困惑地挣扎着。葛罗斯特相信神明一定会惩罚李尔两个大逆不道的女儿，"可是我总有一天见到上天的报应降临在这种儿女的身上。"（三幕七场）话音刚落，现实就给予他这种信念最为无情的讽刺。康华尔回答他说："你再也不会见到那样一天。……我要把你这一双眼睛放在我的脚底下践踏。"（三幕七场）他随即挖去葛罗斯特的一只眼睛。在这一悲惨时刻，一个仆人出于义愤拔剑向康华尔刺去。在使康华尔受到致命的重创的同时，仆人自己也被里根刺伤。仆人在奄奄一息时对葛罗斯特说："……您还剩着一只眼睛，看见他受到一点小小的报应。"（三幕七场）仆人的这句话很快就遭到了现实的讥讽。康华尔冷冷地说："哼，看他再瞧得见什么报应！出来，可恶的浆块！现在你还会发光吗？"（三幕七场）不幸的葛罗斯特又失去了另一只眼睛。在惨剧发生的整个过程中，丝毫没有上天出于维护正义而进行干预的迹象。失去了双眼的葛罗斯特被驱逐到荒野之中，绝望的他想要结束自己的生命。乔装成疯丐的爱德伽施用计策使父亲葛罗斯特相信，他从悬崖跳下之后，因神明暗中的护佑而又奇迹般地、没有丝毫损伤地存活了下来。被爱德伽利用计策挽救了的信仰使葛罗斯特有了活下去的勇气，但是这种信仰毕竟是靠欺瞒维持着的。

综观全剧，我们从中看到的不是传统信仰自身的坚不可摧，而是剧中善良的人，用自己的爱支撑着李尔以及葛罗斯特等老人关于天上存在着关注世事、维护正义的神明这样的天意观念。不幸的是，这种维系信仰的努力却不断遭到现实的无情嘲弄。正如布西所指出的："……在《李尔王》中，讽刺阻止了人们获得确定的宗教图景，……为了表明上天是更加公正的，所有人类之爱所能提供的是骗局。"[11]127-129 虔诚的奥本尼祈祷神明保佑考狄利娅，结果她的尸体躺在李尔的怀里。莎学界两位观点截然不同的学者布拉德雷和刘易斯都注意到其中的讽刺意味。艾尔顿指出："这种讽刺使宣称上天会干预人世间事务的观点遭到摧毁。"[3]254 扬·柯特也指出，李尔、葛罗斯特、考狄利娅以及肯特等人都向神祈求，"但是神并没有来干预。他们沉默着。渐渐地，气氛变得越来越具有讽刺性。向神祈求的人的毁灭更是荒谬。"[12]249 起初李尔相信天上的神明会倾听他的哭诉和呼求，替他主持公道，于是他在荒野中向神明上诉恶人的罪恶，呼唤神的使者——风、雨以及雷电赶快惩罚恶人。然而，李尔所信仰的神要么又聋又哑，他们对李尔的祈求保持沉默；要么是伊壁鸠鲁主义意义上的神，他们对人世间发生的一切无动于衷。总之，善良的弱者仍旧饱受欺压，邪恶的罪人依然逍遥法外。信仰所能提供的希望之落空使李尔绝望了，他开始怀疑并没有所谓的神明在暗中护佑他，他只是命运手中的玩物罢了，"我是天生下来被命运愚弄的。"（四幕六场）从这一刻起，李尔不再向天上的神灵祈祷和呼求，信仰危机所造成的精神上的失落使他最终走向疯狂。李尔的疯狂揭示了伊壁鸠鲁主义的神学观念对于一个信仰传统天意观的心灵所造成的巨大冲击，正如艾尔顿所指出的："人类与天上的力量之间的关系之新的定位从文艺复兴时期开始形成的几个方向，使得中世纪相对的安全感碎裂了。"[3]9

总之，在上述莎氏悲剧中，基督教的天意信仰同异教中的命运观念往往是并存的。这似乎表明，文艺复兴时期的天意观已不再能为信奉传统信仰的人们提供安全的精神港湾了。1913 年，布鲁克针对一些评论家认为是上帝预定了《奥赛罗》中所发生的一切的观点指出，这出戏本身的情节表明，在创作它的时候，莎士比亚是怀疑指导人类以及宇宙本身的、理性的代表（即上帝——笔者注）之存在的。[12]150 综观莎氏的四大悲剧，如果说《麦克白》还能让人看到表明上帝公正仁爱的天意之存在的蛛丝马迹的话，那么在《奥塞罗》中我们则很难发现半点明确的迹象；《哈姆雷特》虽然暗示了天意的存在，但却对它的公正产生了疑虑；这种疑虑在《李尔王》中达到了顶峰。最终人们不得不面临这样的困惑：决定万事万物之结局的究竟是神的公正判决，还是命运之轮的盲目运转？

【参考文献】

[1] 罗素 . 西方哲学史（上卷）[M]. 何兆武等译 . 北京：商务印书馆，1997.

[2] 奥尔森 . 基督教神学思想史 [M]. 吴瑞诚等译 . 北京：北京大学出版社，2003.

[3] William R. Elton. King Lear and the Gods [M]. San Marino, California: The Huntington Library, 1966.

[4] Sukanta Chaudhuri. Infirm Glory: Shakespeare and the Renaissance Image of Man [M]. Oxford: Oxford University Press, 1981.

[5] Herbert R. Coursen. Jr. Christian Ritual and the World of Shakespeare's Tragedies [M]. London: Associated University Press, 1976.

[6] A. C. Bradley. Shakespearean Tragedy [M]. London: Macmillan and Co., Limited, 1905.

[7] Roland Mushat Frye. Shakespeare and Christian Doctrine [M]. Princeton: Princeton University Press, 1963.

[8] Roy Battenhouse,.Shakespearean Tragedy, its Art and its Christian Premises [M]. Bloomington: Indiana University Press, 1969.

[9] Alan Sinfield,.Hamlet's Special Province[A].In Michelle Lee ed., Shakespearean Criticism[C]. vol.66, Detroit, Michigan: Gale Group, 2002.

[10] A. C. Bradley. Lecture VII: king Lear[A].in Laurie Lanzen Harris &Mark W. Scott eds. , Shakespearean Criticism[C]. vol.2, Detroit, Michigan: Gale Group, 1985.

[11] Geoffrey Bush. Shakespeare and the Natural Condition[M]. Cambridge, Mass: Harvard University Press, 1956.

[12] Stopford A. Brooke. King Lear[A]. in Laurie Lanzen Harris & Mark W. Scott eds. , Shakespearean Criticism, vol.2, Detroit, Michigan: Gale Group , 1985.

文化研究

有情无情：佛道渗透中的沉沦与超越

洪　涛

【摘　要】晚明主情思潮中屡屡言及的"情至"与"情了"并举乃至贯通的现象，是受到佛道观念中所蕴含的无情和纵情的两种对立思想深刻影响的结果。这一点，在袁宏道的身上得到了集中体现。而"导欲增悲"、"空结情色"等观念的出现，则表明佛禅藉顺应欲望以求解脱的思路被置换成明清之际解决情理矛盾的最后方式。

【关键词】主情思潮　佛道　无情　纵情　袁宏道　导欲增悲　空结情色

晚明主情思潮的历史形态，从最初追求真我的"本色论"开始，到中间经历狂飚突进的"童心说"、"性灵论"、"情至论"，再到回归某种理性精神的"情教说"、"情正论"，到最终无可奈何地坠入"情幻论"，这一演进之路可谓意味深长。与此相似的是，明清主情思潮的代表人物几乎都发生过归于"无情"的思想转向。李贽相信"一句阿弥陀，令人出爱河"[1]；汤显祖执信"梦了为觉，情了为佛"[2]；袁宏道忏悔"执情太甚，路头错走"[3]；孟称舜悟到"世情皆幻，万境俱空"；曹雪芹也被称之"情机转得情天破"[4]。在晚明以后一些言情相关的文本中，其中主要人物，如《南柯记》中的淳于梦，《邯郸记》中的卢生，《贞文记》中的张玉娘，《桃花扇》中的侯方域、李香君，《长生殿》中唐明皇、杨贵妃，《红楼梦》中的贾宝玉，最终都是归于情空情幻。这种不约而同的共同走向，表明佛道观念融入，对明清主情思潮所产生的深刻影响。其中尤其值得注意的是，在明清勃兴的情欲浪潮和佛道的出世解脱这一看似冲突矛盾之间，明清人找到了一条贯通之途，那就是汤显祖所流露的"唯情至始能情了"的解决思路。这一思路，在明清一些艳情文学中表达得更为显豁，主人公原本惯爱风月，淫佚无度，只因偶遇一事、偶成一梦或遇高人点化而幡然醒悟，遁入空门，纵欲成了获得解脱的必经之路。如《怡情阵》之白琨、《宜春香质》之狃俊、《桃花影》之魏玉卿、《无缘奇遇》之祁羽狄、《浪史》之梅素先、《绣榻野史》之姚同心、《肉蒲团》之未央生等均属此类。有学者将其称

[1]　《续焚书》卷五《诗汇·和壁间韵四首之三》，《李贽文集》（一），社会科学文献出版社2000年版，120页。

[2]　《汤显祖全集诗文集》卷三十三《南柯梦记题词》，北京古籍出版社1999年版，1157页。

[3]　《袁宏道笺校》卷四十三《答陶周望》，上海古籍出版社1981年版，1277页。

[4]　《红楼梦》（庚辰本）二十一回回前总批。

之为"纵欲—顿悟—出家"模式。[1]而对于这一现象，明清人自己的解释是："悟通大道，必先空破情根；空破情根，必先走入情内；走入情内，见得世界情根之虚，然后走出情外，认得道根之实。"[2]这一弥合有情无情的情感思路及其表达方式，在明清以前的中国本土思想和文学中实属罕见，为明清情感观念中最为吊诡奇特之处。[3]这一吊诡，显然是佛道关于"情"的观念渗入的结果，因为在佛道中关于"情"的观念中，其实暗含着无情和纵情两种几乎对立的思路。

在对待情感的态度上，道家和佛教主张"无情"众所周知。在道家的创始人老子那里，虽然没有直接谈及情感的问题，但从其要求人们抵制欲望的心态而言，显然是反对有情的。在庄子那里，明确主张人应该"无情"。《庄子·德充符》记载了庄子与惠施关于"无情"问题的一段对话：

> 惠子谓庄子曰："人故无情乎？"庄子曰："然。"惠子曰："人而无情，何以谓之人？"

> 庄子曰："道与之貌，天与之形，恶得不谓之人？"惠子曰："既谓之人，恶得无情？"庄子曰："是非吾所谓情也。吾所谓无情者，言人之不以好恶内伤其身，常因自然而不益生也。"惠子曰："不益生，何以有其身？"庄子曰："道与之貌，天与之形，无以好恶内伤其身。"[4]

庄子的"无情"并非是如惠子所理解的否认人具有喜怒哀乐的情欲本能，而是指一种"喜怒哀乐不入于胸次"的超然心态，也就是后来王弼所说的"圣人之情，应物而不累于物"[5]。问题是，庄子这种限制情感的不及物状态（"无以好恶内伤其身"），只是让其处于一种未发状态，阻碍了情感对于人的真正实现，也就等于取消了情感本身。其实中国思想中所谓的"无情"，都不是否认人具有情感本能这一事实，而是指限制或取消对这一事实的自由运用。正因为庄子对情感采取的这种超然的心态，所以他的妻子死后，他可以作出"鼓盆而歌"这样在我们今天看来的无情之举。

佛教对于情感的态度则更为极端。"反情"二字几乎就是佛教哲学的基本立场。如果按《荀子·正名》所说："性之好、恶、喜、怒、哀、乐，谓之情"，那么，佛教哲学认为，情的这些因素都已近乎"欲"，都是"烦恼"的源泉。《唯识述记·卷一》说："烦是扰义，恼是乱义。扰乱有情，故名烦恼。"烦恼是因为扰、乱，而扰、乱又是因为有"情"，归根到底，"情"才是一切烦恼的总根源、发生地，成为众生成就佛性的最大障

---

[1] 刘书成：《明清猥亵小说中"纵欲—顿悟—出家"情节模式的佛教文化根基》，《西北师大学报》，1999年3月，第36卷第2期。

[2] 静啸轩主人：《西游补答问》，《西游补》，文学古籍出版社1955年版，1页。

[3] 我在这里指出的"本土思想"，主要是指儒、道两家，因为一般说来，我们还是把佛教看作是外来思想。即使这样，这一说法和我后面提及的道家思想的渗透的说法之间好像还有抵牾。其实我在这里所讲的"实属罕见"主要指"唯情至始能情了"的这一情感模式和情感思路，虽然道家有"无情"和"任性情之真"两种不同的看法，但从没有把纵情视作解脱必经之途的思想。

[4] 《庄子·德充符》，《庄子集释》，中华书局1961年版，320—322页。

[5] 何劭《王弼传》，楼宇烈：《王弼集校释》，中华书局1980年版，640页。

碍。《金光明经》说："心处六情，如鸟投网，常设诸根，随逐诸尘。"众生之心如果一直被"情"所占据，根本就没有解脱自性、超度烦恼的可能了。于是，众生必须将"情"禁锢、幽闭起来。正如《十住毗婆沙论》所指出的，修行者应该"禁六情如系狗、鹿、鱼、蛇、猿、鸟"。"禁六情"才能生佛性，才能看透尘世三界的一切法相，所有众生也才能够像山河、大地、草木、土石一样无情无识地存在着。由此可见，"情"在佛教哲学里已经站到了"佛"的对立面，是众生成佛的阻隔和障碍，它遮蔽着佛光的照耀，让人沉迷、困惑、堕落。所以，《长尼迦耶》在表述佛教"四谛"的"灭谛"时要求："完全舍弃和灭除欲求，摈弃它，放弃它，摆脱它，脱离它。欲求舍于何处，灭于何处。凡世上的可欲求者，可喜者，欲求舍于此处，灭于此处。"[1] 舍弃了人生的所有欲求，也就灭尽了一切苦蕴，摆脱了十二因缘，超脱了生死轮回，亦即达到了"涅槃"的境界。

但是在另一方面，道家和佛教中又蕴涵着"纵情"的思想因子。庄子既有宣称人应该"无情"的一面，又有主张人应该"任性命之情"[2] 的一面。所谓"任性命之情"，庄子还有一种说法曰"情莫若率"，指的都是要充分展示和运用人的自然本性，在《渔父》篇中，对这种思想有比较详细的说明：

> 真者，精诚之至也。不精不诚，不能动人。故强哭者虽悲不哀，强怒者虽严不威，强亲者虽笑不和。真悲无声而哀，真怒未发而威，真亲未笑而和。真在内者，神动于外，是所以贵真也。事亲以适为主，功成之美，无一其迹也。事亲之适，不论所以矣；饮酒之乐，不选其具也；处丧以哀，无问其礼矣。礼者，世俗之所为也；真者，所以受于天也，自然不可易也。故圣人法天贵真，不拘于俗。[3]

庄子这里的"真"主要是和世俗的"礼"相对，显然是对儒家"以礼制情"观念的反动，他主张应该顺应人的天性，自然表达人的情感。虽然在庄子的语境中，"天"乃是和"人"相对概念，是对人主观行为的一种否定，"无为为之之谓天。"[4] 但是我们完全有理由认为人的七情六欲也是一种自然本性，依据庄子的"情莫若率"的主张，从中很容易引申出纵情任性的思想，尽管这未必是庄子的本意。

同样，在佛教中也存在这种放逸情欲的思想。佛教的终极任务是教人最终解脱成佛，但在如何成佛的途径上却有着不同的思路。要而言之，从原始佛教到部派佛教的说一切有部都以常人之心为具贪、嗔、痴妄见之杂染心，亦即心本性非净；所谓解脱，乃是以佛法圣道对治贪、嗔、痴三毒，断离此杂染心，然后生一清净心。而部派佛教中的大众等诸部则认为，清净乃心之本性，杂染只是心之客相，相染性净，其体无异；所谓解脱，乃是以佛法去染还净，而非另求一清净心。前一派系被称之为"小乘佛教"，而后者即所谓的"大乘佛教"，是中国佛教的主流学说。大乘佛教的主要精神可以称之为"不舍世间求佛法"，即《心经》里那句大家耳熟能详"色不异空，空不异色，色即是

[1] 《长尼迦耶》310、311，参见郭良鋆《佛陀和原始佛教思想》，中国社科出版社1997年版，137页。
[2] 《庄子·骈拇》，《庄子集释》，中华书局1961年版，327页。
[3] 《庄子·渔父》，《庄子集释》，中华书局1961年版，1032页。
[4] 《庄子·天地》，《庄子集释》，中华书局1961年版，406页。

空，空即是色"的表述。这种色空不二的思维方式，可以很容易引申出"生死即涅槃，烦恼即菩提"[1]，"贪欲是涅槃"[2]，"淫欲即是道"[3]等类似的说法。这种思维原本是为了说明佛法所追求的"净心"与众生为客尘所障的"染心"本是一心，但也由此发展出即俗而真、悲智双运的禅修方向。智凯《摩诃止观》卷二曰："佛说贪欲即是道者，佛见机宜，知一种众生，底下薄福，决不於善中修道，极任其罪转无已。令於贪欲修习止观，极不得已故作此说。"[4]这种顺应欲望以求解脱的思路又称之为"顺权方便"，《顺权方便经》"假号品第四"写到须菩萨向大菩萨请教"顺权方便"即作如是观："须菩萨问：'姊何谓好乐顺权方便？'其女答曰：'唯须菩提，或有众生先以一切欲乐之乐而娱乐之，然后乃劝化以大道。若以众生因其爱欲而受律者，辄授受爱欲悦乐之事。……或有好乐鼓舞歌戏淫乐悲声若干种伎，我则随意取令充饱各得所愿，然后尔乃劝发道意度脱众生，随上中下各使得所。'"[5]

在唐代，这样的"以欲制欲"的佛法故事已经在民间流传。中唐李复言撰《续玄怪录》卷五"延州妇人"载：

> 昔延州有妇女，白皙颇有姿貌，年可二十四五。孤行城市，年少之子，悉与之游，狎昵荐枕，一无所却。数年而殁，州人莫不悲惜，共醵丧具为之葬焉。以其无家，殡于道旁。大历中，忽有胡僧自西域来。见墓，遂敷坐具，敬礼焚香，围绕赞叹。数日，人见谓曰："此一淫纵女子，人尽夫也，以其无属，故殡于此。和尚何敬耶？"僧曰："非檀越所知。斯乃大圣，慈悲喜舍，世俗之欲，无不狥焉。此即锁骨菩萨。顺缘已尽，圣者云耳。不信，即启以验之。"众人即开墓，视遍身之骨，钩结皆如锁状，果如僧言，州人异之，为设大斋，起塔焉。[6]

这即是一直在民间广为流传的"锁骨观音"的传说。[7]不过这种"或现作淫女，引诸好色者，先以欲钩牵，后令入佛智。"[8]的作法，似乎只是被佛教徒视作一种为引渡某种沉迷情欲的众生不得已而为之的权宜之计。但吊诡的是，在佛教教义中，"淫欲"似乎又并非某种特定众生具有的禀性，《圆觉经》说："一切众生从无始来，由有种种恩爱贪欲，故有轮回。若诸世界，一切种性、卵生、胎生、湿生、化生、皆因淫欲而正性命，当知轮回，爱为根本。"[9]表明这种欲望对于众生的普遍性和正当性。因而这种视作特例

---

[1]　《大方广佛华严经》，《大藏经》册10，320页。

[2]　《诸法无行经》，《大藏经》册15，卷下，757页。

[3]　《止观辅行传弘诀》卷八之一，《大藏经》册46，393页。

[4]　《摩诃止观》，《大藏经》册46，卷2下，19页。

[5]　《顺权方便经》，《大藏经》册14，926页。

[6]　李复言撰《续玄怪录》，姜云、宋平校点《玄怪录.续玄怪录》，上海古籍出版社1985年版，212页。

[7]　饶有意味的是，唐代虽然在民间有这样的故事，但这种"以欲言空"的思维很少出现在正式的文学文本或其它思想文本中，其时的士大夫也只是将之视作某种怪诞不经的谈资而已。这表明佛教的这种思维还没有真正被当时的中国思想所接受。

[8]　《维摩诘所说经》，《大藏经》册14，550页。

[9]　《大方广圆觉修多罗了经义》，《大藏经》册17，916页。

的修行方式，也可能是众生都必须经过的生命历程。在后来的禅宗思想上，俗世和佛境，沉沦和超越之间的界限已经不复存在。至少在中唐的马祖道一所领导的禅宗革新运动中，"随缘任运"的思想已经被明确提出，将之前禅宗苦苦寻觅的"真如心"置换成"平常心"，主张"六根运用一切施为，尽是法性"[1]。在这个命题中便已经包含了情欲放纵的可能，正如后来朱熹所批评的"佛家所谓作用是性，便是如此。他都不理会是和非，只认得那衣食作息，视听举履，便是道，更不问道理如何。"[2]朱子这里所说的"是与非"也就是宗密所抨击的"洪州意者，起心动念，弹指动目，所作所为，皆是佛性全体之用，更无别用。全体贪、嗔、痴，造善造恶，受乐受苦，此皆是佛性。"[3]虽然佛教的最终目的乃是为了证悟"空"，但在这一"以欲制欲"、"以情度情"的吊诡中，给予了放纵情欲以某种合法性的借口。

　　佛道两家在明清社会中有着广泛的影响。晚明以后，作为主流意识形态的程朱理学和衰败的政治体系已经无法有效地提供中国人安身立命的依据，很多人因而陷入思想上的"饥饿"状态。面对这一困境，自觉地的探究与担当个体的生命意义，成为当时知识者学问的主要契机："凡为学者皆为穷究生死根因，探讨自家性命下落。"[4]这一希翼个体解脱的问学宗旨，使得他们在心理上更契合以关注个体自由与解放的为嚆的佛道二宗。故而在晚明知识界中普遍存在着悦老佞禅的社会风气。万历之后，因缘于阳明心学的直接启发[5]，知识阶层大兴禅悦之风。陈垣在《明季滇黔佛教考》中指出"万历而后，禅风寖盛，士大夫无不谈禅，僧亦无不欲与士夫结纳。"[6]据当时人记载："其时京师学道人如林。善知识有达观、朗目、憨山、月川、雪浪、隐庵、清虚、愚庵诸公。宰官则有黄慎轩、李卓吾、袁中郎、袁小修、王性海、段幻然、陶石篑、蔡五岳、陶不退、李承植诸君。声气相求，函盖相合。"[7]这种广泛的禅悦之风及僧儒之间的交往，促使了明末居士佛教的兴盛。在清朝彭际清的《居士传》中，由三国的牟融开始到元代，正传计151人，附传有38人。而明代所收的居士，正传就有71人，附传也有36人；而这中间只有4人生活在明嘉靖以前，其余的人都活动于万历至明末间。从三国至元代长达1300多年的时间，入传者仅189人；而万历至明末短短的60余年中，入传者就有103人。这

[1]　《古尊宿语录》卷一《马祖道一大寂禅师》，《古尊宿语录》，（宋）颐藏主编著，萧萐父等点校，中华书局1994年版，4页。

[2]　《朱子语类》卷六二《中庸一》，（宋）黎靖德编，中华书局1986年版，第1497页。

[3]　宗密《中华传心地禅门师资承袭图》，《中国佛教思想资料选编》第2卷第4册，石峻等编，中华书局1983年版，第460页。

[4]　《续焚书》卷一《答马历山》，《李贽文集》第一卷，1页。

[5]　阳明心学融佛入儒已是学界公认的事实，而晚明学者的禅悦之风其直接诱因就是阳明心学。正如时人陶望龄所指出的："今之学佛者，皆因良知二字诱之也。"《歇庵集》卷十六《辛丑入都寄君奭弟书》之十。

[6]　陈垣：《明季滇黔佛教考》卷三《士大夫禅悦及出家第十》，河北教育出版社2000年版，334页。

[7]　王元翰：《凝翠集》，〈尺牍·与野愚和尚书〉，台北：新文丰出版公司，1989年版，33—34页。

些人中多为声名较著的文人学士，且大多与阳明心学有着很深的渊源。[1] 如果从地域关系上考察，可以发现这些居士大多出于江苏、浙江一带，而这两省也正是佛门僧众出生最多的地方。由于僧侣与居士的推动，使得江浙为代表的江南地区成为当时佛教最繁盛的地区。[2] 巧合的是，佛教兴盛的这个时段和地区也正是主情思潮勃兴的时域。对于晚明的佛教特点，圣严法师有一个基本的判断："明末的佛教界，不论僧俗，是以念佛法门为修行的主流，禅的修行乃基於次要的位置，禅的精神却是明末佛教的支柱。"[3] 佛教界如此，一般受佛教影响的知识分子就更是如此，诚如周群先生所指出的，其影响"往往体现于学术思想而非宗教信仰，人生态度而非宗教践履。"[4] 道家在明代的影响虽不及佛教，但也算得上广泛深远，明人对庄子的兴趣相当浓郁，有明一代为《庄子》一书作注的有近 40 种之多，且多集中于晚明以后。主情论者中的李贽、袁宏道、袁中道等就都有阐释《庄子》的著作。明人倾心庄子，一方面是由于其"法天贵真"、"任性命之情"等主张抒发真情的思想，另一方面，也在文学中表现出对质朴平淡之情的追求。

上述事实说明，佛道观念，尤其是佛禅观念在晚明知识阶层中的存在广泛的影响，且和主情思潮之间存在千丝万缕的关联。这种关联可能性一个重要的背景在于，晚明社会和知识界勃兴的"情欲"现实状况和正在进行的相关讨论，在三教融通的氛围下，佛道关于"情"的理论资源必然渗透到其时"情"的观念的建构中。明清时期一些主情思潮的代表人物都有浸淫佛禅的经历，李贽融通三教，最后落发为僧，且有很多关于佛教的撰述。[5] 袁宏道自诩："仆自知诗文一字不通，唯禅宗一事，不敢多让"[6]，他的《西方合论》乃是著名的禅宗经典。汤显祖与一代高僧紫柏过从甚密，晚年还萌生过皈依佛门之思。孟称舜、曹雪芹等人的作品中均流露出浓郁的佛道意趣。佛道无情有情的思路在他们身上留下了明显的印痕，使得他们在沉沦与超越之间游走不定，这个现象在袁宏道的身上体现得最为明显。

袁宏道早期服膺"狂禅"之风，于往时宗门大德最为推许马祖道一与临济义玄，誉之为"一瞻一视，皆具锋刃"[7]。而由马祖开创的洪州禅正是提倡"随缘任运"、"触类是道"的自然宗风，从而将中国禅宗彻底感性生活化的"狂禅"一路。在马祖那里，超越的真心，佛性的分解功夫不复存在，有的只是一颗自由活泼的"平常心"。佛门苦苦

[1] 圣严法师指出："明末居士，有两大类型，一类是亲近出家的高僧而且重视实际修行的，另一类则信仰佛法、研究经教，却未必追随出家僧侣修学的读书人。……第二类型的居士，大抵与阳明学派有关，所谓左派的阳明学者，便是理学家之中的佛教徒，而且这一批居士对明末佛教的振兴，有其不可埋灭的功劳。"释圣严：《明末佛教研究》第四章〈明末的居士佛教〉，台北：东方出版社，1987年版，253页。

[2] 释圣严：《明末佛教研究》第四章〈明末的居士佛教〉，台北：东方出版社1987年版，257－260页。

[3] 释圣严：《明末佛教研究》第四章〈明末的居士佛教〉，台北：东方出版社1987年版，241页。

[4] 周群：《儒释道与晚明文学思潮》，上海书店出版社1999年版，2页。

[5] 据江灿腾统计，李贽涉及佛教的著作（包括单篇文札）有近50种之多。见江灿腾：《李卓吾的生平与佛教思想》，《中华佛学学报》第二期，1998、10.

[6] 《袁宏道集校释》卷十一《张幼于》，上海古籍出版社1981年版，503页。

[7] 《袁宏道集校释》卷五《徐汉明》，上海古籍出版社1981年版，217页。

求索的清静佛性就是我们生活世界的自然人性，"全体贪、嗔、痴，造善造恶，受乐受苦，此皆是佛性。"这种"作用是性"的理念，被袁宏道欣然接受："一灵真性，亘古亘今，……毛孔骨节，无处非佛，是谓形妙；贪嗔慈忍，无念非佛，是谓神妙。天堂地狱，无情有情，无佛非佛"[1]。佛性的本体完全等同于本然的生命主体。推广开来，至上的"义理"亦不过是"着衣吃饭"的日常生活，"看来世间，毕竟没有理，只是事。"如果"理法"只是虚空，就自然"事事无碍"，没有必要专门有意地去分辨或遗却"净秽"："良恶丛生，贞淫蝎列，有甚么碍？"[2]只要认得此心，锋刃所指，世间已无樊篱，"但辨此心，天下事何不可为"[3]。这样一来，禅宗"随缘任运"的主张也就一变而成为袁宏道纵情适欲的快意人生。由此，中郎便敢放言："当率行胸怀，极人间之乐。奈何低眉事人，苦牛马之所难，貌妾妇之所羞乎？"公然宣称"我好色"，明白承认自己"有青娥之癖"，一度推崇"入拥座间红"为"人间第一佳事"表露出强烈的好色欲望。除好色外，袁宏道还十分好货，他曾对姊夫毛太初说："人生三十岁，何可使囊无余钱，囷无余米，居无高堂广厦，到口无肥酒大肉，可羞也。"[4]他所推崇的"五大至乐"的人生理想可谓将感性人生的快乐欲求发挥到淋漓尽致。

袁宏道这种纵情任性的人生旨趣的确立，既沾溉于狂禅思想，亦得益于道家的"贵真"意识。在给一个朋友的书札中，中郎对"真人"做过这样的理解："性之所安，殆不可强，率性所行，是谓真人。今若强达者而为慎密，强慎密者而为放达，续凫项，断鹤项，不亦大可叹哉！"[5]这种关于"真人"的解释和庄子"任性命之情"的"法天贵真"思想是一致的。而其"续凫项，断鹤项"的指责更是直接出自《庄子·骈拇》篇："凫胫虽短，续之则忧。鹤胫虽长，断之则悲。故性长非所断，性短非所续，无所去忧也。"相对于庄子"与天为徒"的"真人"，袁宏道的"真人"既有强烈的人间色彩，是一个"何若贪荣竞利，作世间酒色场中大快活人"[6]；又有独特的个性色彩，"大抵物真则真，真我面不能同君面"[7]。这种纵情求真的人生态度也全面表现在他前期的诗学观念中。他主张"独抒性灵，不拘格套，非从自己胸臆中流出，不肯下笔"，"独抒己见，信心而言"，"率性而行"[8]，乃是为了挺立创作主体的自主性，"性灵"、"胸臆"、"性"、"心"，无疑都是创作主体独立的个人性情。而挺立主体性情的重要方式就是张扬个体生命存在

[1]　《袁宏道集校释》卷十一《与仙人论性书》，上海古籍出版社1981年版，498页。

[2]　《袁宏道集校释》卷六《陈志寰》，上海古籍出版社1981年版，265、266页。

[3]　《袁宏道集校释》卷六《聂化南》，上海古籍出版社1981年版，262页。

[4]　分别见《袁宏道集校释》卷六《管东溟》、卷九《别石箦》其七、卷四十二《李湘洲编休》、卷五《龚惟长先生》、卷五《毛太初》，上海古籍出版社1981年版，292、404、1233、239、209页。

[5]　《袁宏道集校释》卷四《识张幼于箴铭后》，上海古籍出版社1981年版，193页。

[6]　《袁宏道集校释》卷四一《为寒灰书册寄郧阳陈玄朗》，上海古籍出版社1981年版，1225页。

[7]　《袁宏道笺校》卷六《丘长孺》，上海古籍出版社1981年版，284页。

[8]　分别见《袁宏道集校释》卷四《叙小修诗》、卷十八《叙梅子马王程稿》、卷四《识张幼于箴铭后》，上海古籍出版社1981年版，187、699、193页。

的本然："通之于人之喜怒哀乐嗜好情欲。"[1] 袁宏道所纵情的衣、居、食、色世间享乐，都毫不掩饰地表现在他的诗文创作中。即如好色一端，就有集中随检即得的"浪歌"、"艳歌"为证。中郎前期表现出来的这种自快于泥淖纵情任欲的人生方式，显然得益于浸淫狂禅所获得的精神资源。

但是大约在万历二十七年前后，袁宏道的宗教旨趣发生改变，由狂禅转向禅净合一的净土禅，著成《西方合论》；并在此期间研习《庄子》，著成《广庄》。人生取向随之也发生明显变化，由纵情任性转向节情寡欲，由沉沦自适此世而转向对往生净土彼岸的追慕。与作为其前期禅学主要倾向的狂禅之消解普遍性宗教形上本体不同，袁宏道的禅净合一的后期禅学重建了佛土净妙境界这一宗教形上本体。作为普遍的宗教理体，这一形上本体广大无边，遍布一切，是三界六道一切众生的普遍本质规定。它既为一切个体众生往生佛土提供了宗教的形上担保，也有着规范个体行为、抑制个体情欲的普遍效用。众生要往生净土，个体的特殊存在要契合本体的普遍存在，就必须按此佛法教理严格修行持戒，克制情欲。皈依净土后的中郎深谙此理，云"古德教人修行持戒，即是向上事"，"百业之本，戒为津梁"[2]，盖修持乃为"士大夫一道保命符子"[3]。以此反观之前任心任性不事修行的狂禅习气，"回思往日孟浪之语最多"[4]，中郎不免"恸哭忏悔而已"[5]，以为"皆虚见惑人，所谓驴橛马桩者也"[6]，悔恨自己"执情太甚，路头错走"[7]，"以寄为乐，不知寄不可常。"并庆幸"若非归山六年，反复研究，追寻真贼所在，至于今日，亦将为无忌惮之小人矣。"[8] 不仅从学理上肯定修行，而且身体力行，既"渐学断肉"，又不近女色[9]。随着人生取向的改变，中郎的诗学观念也随之发生改变，这一变化最显著的表现便是依傍庄学自然素朴理论，提出了"淡"、"质"的美学旨趣。而"淡"、"质"的追求，从情感内涵而言，显然是指向一种消解欲望平淡内敛的心理状态。

袁宏道因为对于佛道内涵不同的解读路径而导致的对于情欲迥异的态度，作为一个典型个案，有效说明了佛道有情无情的观念给予主情思潮带来的深刻影响。但在袁宏道那里，放纵情欲与出世解脱之间还缺乏有效转换的路径，后期追求出世解脱就必须克制情欲，而前期放纵情欲并非最终是为了证悟无情。佛道对于其情观念的影响只在于其提

[1] 《袁宏道笺校》卷四《叙小修诗》，上海古籍出版社1981年版，188页。

[2] 《袁宏道笺校》卷二十二《李龙湖》，上海古籍出版社1981年版，792页。

[3] 《袁宏道笺校》卷二十二《答陶石篑》，上海古籍出版社1981年版，790页。

[4] 《袁宏道笺校》卷四十二《李湘洲编休》，上海古籍出版社1981年版，1233页。

[5] 《袁宏道笺校》卷二十二《答无念》，上海古籍出版社1981年版，778页。

[6] 《袁宏道笺校》卷二十二《李龙湖》，上海古籍出版社1981年版，792页。

[7] 《袁宏道笺校》卷四十三《答陶周望》，上海古籍出版社1981年版，1277页。

[8] 《袁宏道笺校》卷四十二《李湘洲编休》、卷四十三《答陶周望》，上海古籍出版社1981年版，1233、1277页。

[9] 分别见《袁宏道笺校》卷二十二《答顾秀才绍芾》、卷四十二《李湘洲编休》，上海古籍出版社1981年版，788、1233页。

供了有情无情两种不同的理论资源，而佛禅关于有情无情之间转换的那种吊诡思维并没有在他身上得到有效体现。而在明清之际的言情文本中及相关讨论中屡屡出现的"导欲增悲"和"空结情色"的情感思路，则可视作佛禅近乎吊诡的情欲观念在明清情感世界中的投射。

晚明主情论者之一的屠隆在其传奇《昙花记·序》言及戏曲与佛教关系时，有一段话颇堪玩味：

> "以戏为佛事可乎？"曰："世间万缘皆假，戏又假中之假，从假中之假而悟诸缘皆假，即戏有益无损，而遽生尘劳则损。认假中之假为真而欲之导，而悲之增，则又损。且子不知阎浮世界一大戏场也，世人之生老病死，一戏场之离合悲欢也，如来岂能舍诸戏场而度人作佛事乎？世人好歌舞，余随顺其欲而潜导之。彻其所谓导欲增悲，而易之以仙佛善恶因果报应之说。拔赵帜，插汉帜，众人不知也。投其所好，则众所必往也。以传奇阐佛理，理奥词显，则听者解也。导以所好，则机易入也。往而解，解而入，入而省改。"[1]

屠隆的这一段话，显然是对佛教《顺权方便经》的意蕴的再阐释。这种通过对欲望的不断满足来不断印证生命的荒诞的作法是佛教"以欲制欲"的独特思路。但不同的是，屠隆将之引入对当时盛行的传奇戏曲功能的解读中，总结出"导欲增悲"的创作旨趣，揭示某种"人生如戏"的况味，无疑表明佛教的这种思路在晚明知识人中的深刻影响。在其时的一些情色文学中，我们常常可以见到类似的见解。如憨憨子为《绣榻野史》写的序文中说，他为此书作评点时，

> 有客过我曰："先生不几诲淫乎？"余曰："非也，余为世虑深远也。"曰："云何？"曰："余将止天下之淫，而天下已趋矣，人必不受，余以诲之者止之，因其势而利导焉，人不必不变也。"[2]

这种说法和屠隆的说法如出一辙。清初西湖钓史在《续金瓶梅集序》中也有类似的思路："《金瓶梅》旧本言情之书也。情至则流，易于败检而荡性。今人观其显，不知其隐；见其放，不知其止；喜其夸，不知其所刺。蛾油自溺。鸩酒自毙。……今天下小说如林，独推三大奇书，曰《水浒》、《西游》、《金瓶梅》者，何以称夫？《西游》阐心而证道于魔，《水浒》戒侠而崇义于盗，《金瓶梅》惩淫而炫情于色。"[3] 艳情文本中屡屡言及的这种思路，也许并非只是诲淫诲盗的辩解之词，而是佛教观念渗透后，在"观淫"和"惩淫"之间兼而有之的游离心态。所以《金瓶梅》中，"情欲"和"空幻"常常并举。在五十一回中，薛姑子引宝卷的话说："画堂绣阁，命尽有若长空；极品高官，禄绝犹如作梦。黄金白玉，空为祸患之资；红粉轻衣，总是尘劳之费。"[4] 正如有的学者

---

[1] 屠隆《昙花记》，《古本戏曲丛刊》（初集），古本戏曲丛刊编辑委员会编，上海商务印书馆1954年影印本。

[2] 憨憨子：《绣榻野史序》，明万历刊本。

[3] 《金瓶梅研究资料汇编》，南开大学出版社2002年版，690页。

[4] 《金瓶梅》，齐鲁书社1987年版，763页。

所发现的，《金瓶梅》中纵欲和死亡结构贯穿始终："纵欲与死亡的对等式主宰着构成该书的全部情节。纵欲即死亡的概念是整部小说的骨髓，也是宗教上彻悟的内在因素。由此而来，《金瓶梅》在写作上有一个值得注意的特点，即两种性质上完全不同的事件经常同时并列。譬如说，作者历历如绘地描写一桩性爱事件，突然被打断，接上一段宗教活动的描叙。我们经常看到性爱与宗教在小说中齐头并进而并没有造成不协同的感觉。"[1]

"导欲增悲"最终结局就是"空结情色"。《金瓶梅》崇祯本第一回开卷说：

> 那《金刚经上》两句说的好说的好，他说道："如梦幻泡影，如电复如露。"见得人生在世，一件也少不得；到了那结果时，一件也用不着。……到不如削去六根清净，披上一领袈裟，看透了空色世界，打磨穿生死机关，直超无上乘，不落是非窠，倒得个清闲自在，不向火坑中翻筋斗也。[2]

张竹坡对此评点说："作者开讲，早已劝人六根清净，吾知其必以空结此财色二字也。夫空字作结，必为僧乃可，夫西门不死，必不回头。"[3] "空结情色"乃是明清小说传奇常见的模式。这种"空"、"情"的关系也就是所佛教所表述的无情有情关系，见"空"先须入"情"，入"情"乃为证"空"。静啸轩主人在《西游补答问》中将其表述为"悟通大道，必先空破情根；空破情根，必先走入情内；走入情内，见得世界情根之虚，然后走出情外，认得道根之实。"这种吊诡正是佛教以情欲得解脱的奇特思路。汤显祖的"唯情至始能情了"，曹雪芹的"因空见色，由色生情，传情入色，自色悟空"，"好就是了，了就是好"都是这种思路的体现。

"导欲增悲"、"空结情色"是佛教对明清情感观念深刻影响的结果。这个吊诡的命题之所以会出现在明清思想和文学观念中，乃是因缘于明清特殊的时代语境。一方面，情欲问题是明清社会凸现出来的重要社会现象，为情欲争取合法性也是当时知识界一个主流趋向，这是对情欲肯定的一面。另一方面，情欲问题一直是中国文化所遮蔽的问题，中国文化有着漫长的情欲禁忌的民族心态，对于在传统文化中生息的知识分子而言，坦然接受情欲问题可能并非一件容易的事情。更重要的是，在情欲放纵中所引发的人伦溃败和社会危机也使得明清人对情欲怀有莫名的恐惧，在"理"和"情"都无法有效地提供精神的庇护时，明清人最终陷入了历史的迷茫中。"空结情色"之类的命题折射了明清人对于情感的矛盾心态。在某种普遍的虚无主义心绪中，佛禅最终彻底进入了中国人的情感世界，成为中国人处理情感的最后方式。某种意义上也表明了明清以后中国人情感资源的枯萎状态。

---

[1] 杨沂：《宋惠莲及其在〈金瓶梅〉中象征作用之研究》。徐朔方编选《金瓶梅西方论文集》，上海古籍出版社1987年版，208页。

[2] 《金瓶梅》，齐鲁书社1987年版，12—13页。

[3] 《金瓶梅读法》二十六，《金瓶梅》卷首，齐鲁书社1987年版，33页。

"毗陵四家"与《文统》编纂

陈圣宇

康熙初年，以陈玉璪为中心的"毗陵四家"通过编选古文选本及与当时士人频繁探讨古文理论，在文坛上形成较大的影响。"毗陵四家"指陈玉璪、董以宁、邹祗谟、龚百药，其得名源于四人都是武进人（古称毗陵），加之四人志向相同，励志为古文辞，并曾合刻文集，故时人习称为"毗陵四家"。邹祗谟、龚百药文集现已不存，本文以董以宁、陈玉璪为代表，阐述四家的一些代表性古文观点，并探析四家参与编撰的《文统》与清初统治者"治统"、"道统"理论的关系。

一　董以宁的古文批评观点

董以宁只活了短短 41 年，但其一生治学志向变化甚大，陈玉璪曾说起，"予自总角与先生定交，见先生初喜为诗词，为排偶之作，越数年摈去排偶，一意于诗。越数年则并诗摈去之，专为史汉唐宋大家之文，尤留意天文、历象、乐律、方舆之学，故为文多所发明。越数年则一概摈去，而专事于穷经。"其最终专事"穷经"的志趣，反映了"毗陵四家"的共同的古文理论倾向，此点后尤被陈玉璪发挥和完善。

虽然董以宁文章成就并不高，如邓之诚先生即认为"（董）以宁才大如海，著意为文，甚有笔舌，誉者以为可与侯方域并步，则非公论"，但他的文章理论具有一些可取之处，可折射出"毗陵四家"共有的文学观点。其在《周栎园文集序》中对"规摹左国史汉"和"规摹八家"者都表示了不满，重点抨击了后者："乃今人不揣，顾欲以向之规摹左国史汉者，转而规摹八家。不知规摹之病，在于貌似，而其实则如仲尼、阳货之迥乎不同。其规摹八家与规摹左国史汉，相去固不能以寸也，况色或犹可借，而气与力更难为借也，今之规摹八家者，并欲取其气与力而亦假之"。他认为文章之道应该如此："文章之道始患其不洁与浮，而终患其不化。泛蔓之与粉饰，同一不洁也，同一浮也。必读书多而养之既久，渐渍充足于中，则其发为文也，无支言，无伪词，而自有不可掩之光华，令人矜贵。即极其平澹拙朴，无往不形而气厚力大，运之在我，更能神明变化于古人之法则，出于左国史汉八家，而脱换于左国史汉八家之外，以为吾所自有之文，乃真可以谓之文。"

董以宁指斥"不洁"、"浮"、"不化"为文章的弊端，认为具体表现为"泛蔓"与"粉饰"。他最反对当时流行的摹拟"左国史汉八家"，认为他们食古不化。为避免这一弊端，他认为作者必须具备深厚的学养，更要讲求文章之技巧，"神明变化于古人之法则"，才能脱换出"吾所自有之文"。这是董以宁的心得体会。宋荦点评道："篇中论文，直从自家得力处指点示人，非徒为栎园序也。"董以宁以这样的观点衡量同时代的古文家，他在《黄庭表文集序》中批评侯方域："余见其纵笔千言，多在酒酣乐作之顷，而无所待乎深思，其才与气可谓之雄矣。但出之甚易，而发之无余。其病也每伤于露，而爱憎所在，又以意造事，而多失之诬。设天假之年，稍稍根柢六经，敛才息气，以归之于沉厚，则庶几有载道之文，而惜乎其不永也。"

董以宁文中也对王猷定古文创作进行了批评："王于一年六十余，老矣。其文正而不诡，密而不漏，切实而不浮，遂足以高自标置，而人亦称之。但其病为璞、为庸，数篇之后，意调略同，则又为隘。波澜未见，而急欲其老成，声光未吐，而遽求其淡穆，譬如不花而实，吾未见其可也夫。"他指出王猷定的学养不足，又"急欲其老成"，故其文章弊病在于琐碎平庸，意调重复，眼界狭小。他又敢于批评当时文坛大家钱谦益："虞山钱氏之为文者乎，在先朝之时，深得于读书之功，博而能通，碑版大文尤为精采照耀。其气之厚、力之大，则并且过于朝宗，乃名望既隆，视天下为无与敌。至晚年，于是非所系之处，必为遁辞，而且秽杂不经，全无检束，遂觉年寿之永，其足累虞山者反多。此惟其自信之过，以为境之邃尽于斯，故垂成之际，懈气乘之也"，指出其于民族是非大义之处常为自己贰臣行为开脱，晚年作品"秽杂不经，全无检束"乃是过于自负的缘故。

董以宁本人文学创作水平虽然不高，但他的古文批评为清初古文理论的完善和古文在江南的发展起到了一定的推动作用，因此宋荦《董文友全集序》说"朝宗古文独为之举世不为之时，以创于北，而其后古学大兴于南方，则自文友开其先。"

二　陈玉璂的古文批评观点

陈玉璂为"毗陵四家"核心人物，著作甚多。挚友邵长蘅称"椒峰著《学文堂集》八十卷，久行于世，余尝序之《史论》百余卷，今方板行，又《经解》若干卷，未卒业云"，还说"椒峰集最富，多至二百余卷"。由此看来《四库全书》著录之《学文堂集》，恐非全本。

陈玉璂虽然著作甚富，但后世对他的作品评价却并不高。《四库全书总目提要》虽赞同陈玉璂为"苦学之士"，但指责其"贪多务博"，对其诗文评价亦不高，"然大致逶迤平衍，学宋格而未成，诗则更非所长矣"。"宋格"云云，大致认为其文章质实而纤弱，无浩大雄健之气势。

但后世方家亦有不同看法，如著名历史学家张舜徽先生称赞陈玉璂，"其人天资英朗，而益以苦学之功，故所造卓尔，在清初诸文家中，自是出类之选"，驳斥四库馆臣的评价说到"此则不公之评也。以余观玉璂绩学之功，论学之识，自在并世诸文家之上。即以文论，亦不在邵长蘅、尤侗之下。后之修《清史稿》者，竟不列入文苑传，失是非之准矣！"另外，他还指出陈玉璂为文留心日常生活，与当时其他士大夫不同："况玉璂留心庶物，推究一名一物之源委。若是集卷七《农具记》、《宁古塔方言记》之类，比叙繁杂，考核详明，尤有裨实用，他家文集中所未有也。"

陈玉璂的《学文堂集》曾广泛征求当时名家序言，正文前收录冯溥、吴伟业、王崇简、周亮工、卢綋、黄与坚、奚禄诒、盛符升、陆阶、魏际瑞、姜宸英、周启嶲、程世英、钱肃润、汪懋麟、魏禧、戚藩、越闿、何焯、李颙、吴颖、陈瑚、杜濬、张侗等24人的序，此外钱澄之、邵长蘅、李邺嗣、屈大均、陈僖、储方庆、张贞等，也都先后为《学文堂集》作序，散见于各人文集。序文作者多达三十余人，"亦自来别集中所罕见"。张舜徽因此批评陈玉璂的集中序言太多："虽云交游弥广，无非友朋颂扬之词，然而褒美已甚，不脱文士标榜之习，积牍连篇，转成是集之累矣！"然而换个角度来看，为其作序的数人中，有人文集或已不存，或难寻觅，后人借此可窥作序之人文学主张之一斑。另外众多序言并非全为溢美之词，对于评价陈玉璂的文章和古文理论，提供了众多参考意见，具有相当高的价值。

为陈玉璂作序的，既有达官贵人，也有落拓布衣；既有遗民，也有新贵。他们通过序文与陈玉璂商榷古文之道，相互切磋，形成了某种学术交流网络。艾尔曼研究清代江南学者学术交流机制时指出："当时，各种信件文稿常为朋友传抄，甚至交给他人阅读、讨论。……许多学者借助这种方式可以得到学术界的中肯评价、认可和广泛注意。许多资深学者通过书信交换的方式，如梁启超所言，开始和需要解答疑难的学术新秀建立联系。"陈玉璂通过向大江南北文士广征序文，也具有类似的学术交流作用，不能单纯认为这是"文士标榜之习"而一笔抹杀。

在如何学习古文的问题上，陈玉璂和董以宁一样对"规摹左国史汉"和"规摹八家"者都表示了不满，明确提出要以六经为文章的根柢："今日能文之士鲜不奉法唐宋大家，上者秦汉而止，不知昔人之所以得成其为秦汉大家者，莫不本于经。今人置经学不讲，第求之秦汉，第求之唐宋大家，宜乎不能为秦汉、为大家。……今人作文，莫病于摹拟，秦汉大家之前，未尝有秦汉大家，乃必规规然曰：'我学秦汉，我学大家。'纵极肖，不过为古人奴隶，况不能肖乎！……人知无法之为病，不知有法之为病。惟能不囿于法，始可得古人之法，始可自成为我之法。"他又说："吾人立意，止于唐宋大家，势必不得为唐宋大家。惟以六经为寝庙，以左史为堂奥，以唐宋大家为门户，而后上者可至于左史，下不失为唐宋大家。"他认为："窃叹今世善学古人之文者，多奉唐宋大家为准的。不知大家之所以为大家者，非无本而然，或本周秦，或本两汉，其源流莫不可遡。昔人由周秦两汉，得成其为大家，今人第学唐宋大家，而不识周秦两汉为何书，大家岂遂能至？"由此可知陈玉璂不肯苟且随俗落入摹拟唐宋八大家的窠臼，而是上溯群经，力求"不囿于法"，"得古人之法，始可自成为我之法"。这种观点也是"毗陵四家"一致的观点，如龚百药也认为："吾党之文不传可不作，思所以传，必求端于经，盖经者道之聚也。……不然，舍经而求，即穷老尽气，思自立一意、创一格，以胜古人，必为古人所不取。”“毗陵四家”中董文友晚年志趣大变，“一概摈去，专事于穷经”。陈玉璂经学造诣亦颇深，屈大均《学文堂集序》评论说：“陈子为文甚众，义本儒先，能于五经四书多所发明，而《易解》诸序尤为精醇，其殆得于圣人之文耶？”张舜徽先生称赞陈氏经学造诣高深：“故其治经之功亦独勤……实事求是，信有发前人所未发者，抑亦好学深思之效也。”

像董文友一样，陈玉璂也追求文章之“洁”。

> 古人之裂取止于六经传记，今人则泛滥而莫可穷诘，甚至释氏之言亦得窜入，文体之败一至于此。求洁之道，既以此为大戒，而又从篇省句，从句省字，至排偶对仗之句，尤所痛绝，宁少毋多，宁以质胜而不以文胜。譬如五品之金，惟金为最贵，金之质清，质清则体重，文能质清而体重，而洁庶几矣。
>
> 自古文章之难，莫过于洁。洁则气不浮，排偶之习必去。循首尾观之，所为畔越雷同之病必无有。柳子厚曰：“本之太史，以著其洁。”是古之最洁者，莫若史迁，而苏明允讥其杂取六经传记及屈原、长卿骚赋之文，错于其间，似于洁犹有未尽。然试悉去其剽割而以所自为者反复之，洁固在也，虽然，总不若左丘明文为可贵。

陈玉璂抨击当时文章中骈俪泛滥，充斥小说家言，甚至夹杂释家之言的情况，主张通过落实到语言文字的“从篇省句，从句省字”，反对骈俪的举措，贯彻文章“洁”的追求。他以《史记》和《左传》作为“洁”的标准，尤以后者为学习榜样，强调学习经典“有本”的重要性。“毗陵四家”这种对于“洁”的癖好与追求，对后世桐城派“雅洁”观念的形成，具有启迪和先导的作用。

三 “毗陵四家”与《文统》编纂

“毗陵四家”为贯彻其古文理念，集体从事《文统》编纂，搜集当代符合其古文理论的文章。其中陈玉璂是发凡起例的核心人物。陈玉璂《文统序》说：“予自丁未为是选，迄今踰六七年，四方投赠之文不啻万计，又恐深山穷谷之中，其人身名不见于世者多致湮灭，广为探取，又得千百篇有奇。精而择之，共得若干篇。一文经数十繙阅，又质之程村、文友、琅霞诸子，求弗畔乎圣贤之道而后登之。”

据此，陈玉璂编纂《文统》始于康熙六年（1667 年）。这一年陈玉璂中进士，大概随后便开始了编纂《文统》的浩大工程。这一工程当然远非陈玉璂一人所能独成，于是他“又质之程村、文友、琅霞诸君子”，由此可见“毗陵四家”都曾先后参与《文统》编纂。这也可从魏禧《答友人论选 < 文统 > 书》中得到印证。魏禧信中毫不客气地拒绝了友人请托：“又赐佳文，欲仆选入《文统》，意谓仆寓陈君所，必与选政，得率意出入，则甚不然。……辟作室者，规模既定，梁木、榱栋、欂栌既架，门材、瓴甓既具，丹垩既陈，而拙工顾欲以毁瓦画墁之能，参事其间，岂有是乎？”康熙十年（1671 年）

年秋冬，魏禧与其兄际瑞，曾住陈玉璂家数月，与他切磋古文，必然对《文统》编纂有所了解。文中说"是选经始于邹、董、龚、陈，收功于椒峰"，应当是可信的，但"十九已为成书"，可能为他拒绝的托词。《文统》编纂工作到康熙三十三年（1694年）尚未告竣，详见下文。

"毗陵四家"均参与《文统》的编纂，自然都负有搜集文章之责，如前魏禧所云，三魏文章最早由邹祗谟搜入《文统》中，"仆兄弟文，向为邹程村得之，遂与椒峰选《文统》中"。储方庆《与邹程村论谢献庵〈题名记〉书》指出邹祗谟编《文统》不当收入谢良琦（号献庵）的文章：

> 读尊选《皇清文统》，有谢献庵记敝邑县令题名一篇，愿表兄亟置之也。献庵以郡倅摄鄙邑篆半载，而贪风大作，其后卒以墨败，献庵自取之也。献庵不自责，顾疑敝邑有中之者，无所泄其愤，而寄之于《题名记》，以訾议敝邑之人。其言不信，不足取也。……献庵以不信之言欺天下，其言亦非矣，奈何录之哉？

储方庆特意撰文，只因为谢良琦一篇不实的泄愤之文入选了《文统》，所以他反复叮嘱表兄邹祗谟应当弃置此文，"独惜《文统》一书，网罗天下著作，以成一代大文。……所以不能已于言者，为《文统》也"，可见时人对《文统》之重视。邹祗谟为储氏表兄，也参与了《文统》编纂，因此储方庆借亲戚关系加以劝谕。文中提及"贵邑名公钜卿日夜校雠其中"，也可见当时"毗陵四家"日以继夜、孜孜不倦编纂《文统》的艰辛。

董文友、邹祗谟康熙八年（1669年）、康熙九年（1670年）相继去世后，陈玉璂与龚百药依然孜孜不倦从事《文统》编纂。程世英说："毗陵陈子椒峰，以高才工古文，乃取一时公卿大夫、韦布之士所为古文，与龚子琅霞选为《文统》以传，用彰国家同文之盛。……吾闻《文统》之选，远近邮寄者，文以亿万计，椒峰心目经营，遴而得之者盖数千。"

相映成趣的是，有人四处托关系找门路，千方百计将文章塞入《文统》，也有人要求将己文从《文统》中删除，如李长祥曾提到："两先生不废弃无能，以仆之文，选入其中。……惟两先生教诲我成我，将所选仆之文删去，俾仆得以一意守拙，闇然斯世。况《文统》一代之书，以仆之糠粃，杂其中，自宜为精者之累，又在二公之洁此书也。"李长祥拒绝己文入选《文统》，其一是他与当世流行的文学主张，尤其是《文统》编纂者之一董文友的文学主张有矛盾，"初与虞山先生议论不合，近在锡山，请教太仓先生，复不甚合。文友公又连当世之文公左之。仆因思世之文，非仆之所谓文；仆之文，非世之所谓文，而孤陋执守，绝众人之见。"而董文友的文学主张与"毗陵四家"其余三家观点基本一致。陈玉璂曾说："昔尝与程村、文友、琅霞三子持是论，交相龟勉，十余年来限时考课，凡有著述，互为评驳，兢兢求合先圣贤之理道。"李长祥与董文友的文学主张有矛盾，意味着他与陈玉璂、龚百药的文学主张也不甚相合，于是不情愿入选《文统》，"与当世之文不合，徒滋人议论"。其二，《文统》有清朝官方支持的背景，所谓"今得当事之助，则泰山可高，沧海可大，旦夕之间，大贝天球，光烛天地"。而李长祥自称"予遗民也",身为遗民,他反对自己文章被选入具有官方支持背景的选本中。另外,作为遗民,他显然也反对魏裔介、陈玉琪等阐发的"道统"、"治统"、"文统"思想,维护新兴的清王朝的统治,更反对为清王朝所谓"文教之兴"歌功颂德。

李长祥说《文统》"得当事之助"是有来由的。当时朝廷重臣大学士魏裔介对编选古文选本具有极其浓厚的兴趣,编有《古文欣赏集》、《左国欣赏集》、《两汉欣赏集》等,还谋划整理唐、宋、元、明诗文,但因公务繁忙,故委托吴伟业、陈玉琪等从事此项工作。魏裔介在写给吴伟业的信中云:

> 仆……顾于文章,尚未能忘情,近有赓明陈子、颂嘉曹子至京邸晤对,知其所学,皆以成立,而古文辞卓荦不群,追美古人无难。先生灵光岿峙,东南领袖,若与之左提右挈,尚论千古,著为定评,诚千载一时也。昔萧统《文选》于梁季,后代词人奉为枕中鸿宝。张先生天如所批《汉魏百名家》,至今称艺坛鼓吹。乃自唐宋以来,诸家著作,渐以零落散失。今既有三吴、两越诸子网罗分校,先生综其成,岂不为文圃之盛事乎!又元、明以来亦有数十百家诗文,尚无定论,参伍进退,似亦在此时也。惟留意而商榷之,远追昭明,近绍天如。

而吴伟业的反应,据陈玉琪《奉答魏相国书》记载,是这样的:"先生读书而喜,则以为所选文体求合于唐宋大家。西铭时文尚六朝,故所选多近六朝,今所尚非六朝,当不必取六朝。"陈玉琪在信中详细汇报了他和吴梅村往复商定可入选《文统》的唐、宋、元、明诸家名单,认为"今前明人集幸而具在者,苟不急为刊布,将来散亡之忧,视昔为甚。此固后死者之责,琪敢不竭蹶以仰成阁下意",表达了编纂《文统》的坚定决心。以陈玉琪为核心的编纂《文统》群体,显然具有官方支持的背景,否则如此浩大的工程难望成功。

魏裔介作为清初理学重臣,面临当时政局、思想混乱的窘境,迫切想以程朱之道来束缚和统一时人思想,巩固新兴的满清王朝并为之歌功颂德。这个意图,他在《<观始>诗集序》中说得很清楚:"会国家膺图受箓,文章彪炳,思与三代同风。一时名贤,润色鸿业,歌咏至化,繁维诗道,是赖于是。"他将"取诗以陈之"、"取诗以纪之"、"取诗以美之"。他希冀以诗文选本来束缚异端的思想,"若夫淫哇之响,侧艳之辞,哀怒怨诽之作,不入于大雅,皆吾集所弗载者也",并以水之泛滥而冲决堤岸,告诫吴伟业要防微杜渐:

> 子不见夫水乎,当其发源涓涓湺湺,其清也可酌,其柔也可玩。既而潢污行潦,无不受也,平皋广陆无不至也。及乎排岩下濑,淫霪宓泊于江湖之间,则奔突冲决之患已成,势且莫之制矣。吾为是选,宁使后之君子,有以加之踵事增荣,殆将竢焉。若兹者起尾闾,防滥觞,岂可即决防溃闲,莫知束伏,而不早为之所乎?凡以慎吾始焉尔。

康熙四年至八年(1665-1669年),魏裔介连续编纂《圣学知统录》、《圣学知统翼录》两书,以官方理学权威的身份,确定了一个从尧舜、孔孟以下直到许(衡)、薛

（瑄）的"道统"，还确定了一个"自董江都以下至高存之"的"翼圣之统"，两统之外，"功利杂霸、异端曲学之私，不敢一毫驳杂于其间"，最终目的无非是巩固清初统治之局面，即所谓"稍有助于化民成俗之意也"。有人诏媚其《圣学知统录》，"是录出，而前千百年授守之统于此而定，后千百年教学之统亦于此而定矣"。对于魏氏的这种举措，孔定芳认为："明清易代，满洲贵族入主中原，统治合法性的论证更是尤显紧迫和必要。这是因为，在深受夷夏观念浸淫的汉人眼中，满洲统治者毕竟是'非我族类'的'夷虏'，其'治统'的合法性自会受到质疑；而在作为汉文化代言人的明遗民看来，明清易代不仅意味着汉族'治统'的丧失，而且象征着中华文化'道统'面临中断之虞，这样，无论是在政治上还是在文化上，明遗民都不承认清廷统治的合法性。面对这种信任危机．清初统治者一方面在政治上自造'治统'，宣示其'得统之正'；另一方面在文化上建构'道统'，塑造其儒家'道统传人'形象。"

康熙六年（1667 年），陈玉璂中进士，在京师与魏裔介结识，受其巨大影响，并受嘱编纂《文统》，因此《文统》的编纂理念，实际上渗透着魏裔介的主张。《文统》与《圣学知统录》、《圣学知统翼录》等相为表里，以文章选本形式，贯彻魏裔介的主张，陈玉璂在文中自问自答：

> 客谓予曰："文何以统名？"予曰："我朝抚有区宇，至今皇帝缵承前烈而光大之，所云大一统非其时乎？予欲以国家所统之人文，犁然毕备，以为本朝之文教在是也。"昔尧、舜、禹、汤、文、武周公、孔、孟以道相传，称曰'道统'，所传者道，而道赖以传者文，故曰：文者，载道之器，文与道固未可歧而二之。……我朝自开国来至今三十余年，文教之兴如是，道统与治统皆不外此而得之，则予之续是选以成书，又乌可量也哉！

陈玉璂明显是追随魏裔介确立"道统"、"翼圣之统"的做法，希望以编纂选本《文统》为文章之道确立一个一以贯之的"文统"，其最终目的无非是显示清朝"大一统"的繁荣，"以国家所统之人文，犁然毕备，以为本朝之文教在是也"，"文教之兴如是"，从而为清朝统治的合法性辩护。

康熙六年（1667 年）七月，皇帝亲政，八月即命魏裔介祀至圣先师。康熙帝深受其周围尊孔崇儒的臣子影响，自幼便致力于儒学经典的学习，亲政后通过一系列政策，将儒家思想确立为统治的主导思想。康熙十六年（1677 年），康熙帝在《日讲四书解义序》更明确表述儒家"道统"与清朝统治的"治统"密不可分："朕惟天生圣贤，作君作师，万世道统之传，即万世治统之所系也。……道统在是，治统亦在是矣。历代圣贤创业守成，莫不尊崇表章，讲明斯道。"康熙帝将"治统"与"道统"合一，以提倡儒家学说为治国策略，为清初持续了数十年的文化纷争画上了句号，儒学从此获得明确的正统、合法的主导地位，决定了清初社会政治和文学的演变方向，同时也为清朝社会稳定的发展奠定了思想基础。因此，这个论断不仅对清代政治演进具有深远影响，同时对清代文学的发展也具有重要的意义。康熙帝更通过一系列敕修文章选本，如《古文渊鉴》、《钦定四书文》、《唐宋文醇》等，不断强化他的"道统"、"治统"合一的思想。有研究认为这几部敕修文章选本"对于清代正统文学思想的形成和文风建设都起到了相当大的作用"。值得注意的是康熙六年（1667年），皇帝亲政，这是清代统治思想转变的重要契机。而陈玉璂等修纂《文统》恰恰肇始于这一年，是最早预示这一思想转变的文章选本，其言"我朝自开国来至今三十余年，文教之兴如是，道统与治统皆不外此而得之"实开康熙帝论断之先声。

但陈玉璂等《文统》编纂并非一帆风顺，首先是董以宁、邹祗谟相继去世，继而龚百药志趣转向佛道，"毗陵四家"中只剩陈玉璂独自坚持《文统》编纂："十余年来，予与程村、文友、琅霞三子以振兴古学为任，朝夕切劘，尝合刻四子文质之当世。无何，邹、董相继死，琅霞稍涉二氏，吾道不无孤立之叹。"对此，好友何絜加以勉励："余过毗陵，见四子各出所为文相雠校，其足传不减有宋诸家，且又生同邑，叹为极盛。未数载，程村、文友竟忽焉以殁，令人念之欷歔流涕。而琅霞先以邑人之灾，郁郁穷愁，近益求适意性命诸书，独椒峰意境勃发，斯文未丧，专赖振兴之力。此程村、文友相与重望于泉下，欲相附以传之无穷者也。"此序虽本为勉励陈玉璂文章更上一层楼而发，但其中也有望其坚持《文统》编纂、不负亡友邹祗谟、董文友期盼之意。陈玉璂也果然没有辜负朋友所望，依然坚持《文统》的编纂。

与《文统》编纂过程的艰辛相比，刻费没有着落才是吴伟业、陈玉璂最为担心的。陈玉璂给魏裔介的信中云："此书果能告成，有功前贤非小，然剞劂之费浩繁难办。梅村先生深以为虑。台札云：'需好事者其成之。'未卜应属谁人？阁下主持文教以来，四方名公巨卿，蒸蒸好古，诚审择而命之，当亦无难。然其事亦不必专属一二人，视有同心者，量其力所至，或刻一家二家，合少成多，较为易举。某人刻者，前即识其姓名，踊跃从事，当不乏人。"[20]464-465 陈玉璂信中建议魏裔介利用其"主持文教"的大学士显赫地位，寻觅"同心者"一起来刻印此书，乐观地认为"踊跃从事，当不乏人"。但康熙十年（1671年）冬，吴伟业病卒，陈玉璂失去了一位共商编纂之计的先辈。此前，他还遭受了更大的打击——康熙九年（1670年）魏裔介遭弹劾，深感仕途险恶，次年春遂上疏告病还乡。魏、吴相继离职或去世，世态炎凉，再无人愿为此书刊刻而"踊跃从事"。陈玉璂一生心血所系之《文统》最终未能刊刻成书，与此有莫大关系。这正应了李长祥的预言："二公收之不胜收，所录既富，资费必艰，二公家居读书，清贫自守，必不能使其书之告成事也。"

但《文统》是凝聚"毗陵四家"，特别是陈玉璂一生心血的文章选本，有文献资料可证，至康熙三十三年（1694年），陈玉璂依然孜孜不倦于《文统》编选。

陈玉璂回复范方书说到："如尊稿崇论宏议，美不胜收。此拙选《文统》中所亟欲借光者，但以日内敝郡志书，尚未卒业，未暇抄临。祈先生择其间最有闲乐文字，尽数录示，他日补入拙选，告竣之日，求正宗工也。"信中提及陈玉璂近日正忙于修撰"敝郡志书"，考陈氏曾修纂的《常州府志》，康熙三十三年（1694年）春始动工，同年五月修完。回信中云"日内敝郡志书，尚未卒业"，那么陈玉璂给范方的回信当在康熙三十三年（1694年）春至五月间。可见，直至康熙三十三年，《文统》编纂工作尚未见"告竣之日"。

"毗陵四家"所编《文统》一书，选入的明末清初文章极多，编纂者又多加精心选择，使之契合清代统治思想和文学思想的转变，具有重要的文献和文学价值，但此书终未能刊刻，后世亦不见钞本流传，实在可惜。然而，从"毗陵四家"编纂《文统》的情况，我们可以明了其与清初统治者"治统"、"道统"理论的互动与呼应，窥见清初江南学人文学思想变化之一斑，这也算弥补了一些缺憾吧。

【参考文献】

[1] 陈玉璂. 学文堂文集 [M]. 上海：上海书店出版社，1994.

[2] 邓之诚. 清诗纪事初编 [M]. 北京：中华书局，1965：429.

[3] 董以宁. 正谊堂文集 [M]. 北京：北京出版社，1997.

[4] 邵长蘅. 邵子湘全集 [M]. 济南：齐鲁书社，1997.

[5] 纪 昀. 四库全书总目提要 [M]. 北京：中华书局，1965.

[6] 张舜徽. 清人文集别录 [M]. 北京：中华书局，1963.

[7] 艾尔曼. 从理学到朴学 [M]. 南京：江苏人民出版社，1995：140.

[8] 魏 禧. 魏叔子文集外篇 [M]. 北京：中华书局，2003.

[9] 储方庆. 储遯菴文集 [M]. 北京：北京出版社，1997.

[10] 李长祥. 与龚介眉、陈椒峰论古文选本书 [M]// 李长祥. 天问阁文集：第三卷. 北京：北京出版社，1997.

[11] 魏裔介. 兼济堂文集. 北京：中华书局，2007.

[12] 孔定芳. 关于清初朝廷与明遗民"治统"与"道统"合法性的较量 [J]. 江苏社会科学，2009（2）：189-197.

[13] 康熙. 圣祖仁皇帝御制文集：第十九卷 [M]. 台北：台湾商务印书馆，1986.

[14] 孟 伟. 清代敕修文章选本及其对文风建设的意义 [J]. 社会科学家，2005（6）：28-31.

[15] 范 方.《上陈椒峰书》后《附陈答书》[M]// 范方. 默镜居文集：第三卷. 北京：北京出版社，1997.

道家自然理路的历史演进

洪　涛

【摘　要】如何抵达一个自然人生是道家文化的中心课题。从老庄出世间的"无为"自然到郭象即世间的"名教即自然"，道家完成了其自然人生的理论建构，达到了其理论所能开掘的历史限度。但在高蹈出世和和光同尘之间，自然的畅想最终还是落入悖论式的困境中，在中国思想史上，这一解决问题的理路及困境曾反复出现。

【关键词】　自然　老子　庄子　王弼　郭象

在现代语境下，"自然"一词更多的是指作为观照对象的自然界及存在物，由此引出的自然观的内涵表明的是人与自然的关系，即人对待自然的观念和态度。这种生态伦理学取向的自然观的内涵的确立应归结为西方文化全球化的结果。在日益高涨的生态主义话语那里，将这种自然观引入中国古典文化视野，很可能是一个伪陈述。对于追慕"天人合一"的古典中国而言，自然（作为山水对象意义上的自然界）从来就没有凸现成一个问题，只有在西方语境中，当自然界以一种异己的对象与人对峙时，尤其是在工业文明那种以一种暴力掠夺方式改造自然的语境中，自然此时才呈现为一个问题。而在中国古典话语中，"自然"内涵更多的是指一种生存姿态，自然观所表明的不是人与自然的关系而是人对自身的态度，是人对自身本来的追问及由此而展开的自由人生畅想。在对古典中国思想演变的历史鸟瞰中，我们发现，作为铸造中国精神之鼎的儒释道文化在绵延的时间之维中逐渐从表面的对峙走向深度的对话，最终形成某种历史合流之势。这种合流的历史可能潜在地昭示了一个逻辑上的阿基米德点，即三者作为彼此的异质身份存在却具有某种共同的精神内核和思维取向。在我看来，这一精神内核和思维取向，也就是对自然人生的追慕以及由此展开的内在超越理路。正是"自然"这一概念，将儒释道从表面冲突引入内在交融，成为其走向历史合璧的拱心石，也使"自然"成为中国文化最核心的概念。在中国文化对自然人生的持久想象与践履中，无论是儒家、道家还是释家都期望通过个体的本体存在在深层心理上解决自然与文明的二律背反。在自然与文明，个人与社会的两极张力中不断地彰现和回溯前者而开显出自由境界。从而将自由视作个体本源心性的自然延伸。"中国哲人注重的不是感性从自然状态向社会伦理状态的生成，而是感性从社会状态想审美状态的生成。"[1] 这里审美境界就是自由境界。在这一意义上，中国古典自由概念和自由概念其实是二位一体的。"自由先天就是'自然'本身"。

[2] 正是这一共同的内在超越之路使儒释道具有了精神上的一致性，塑造了迥异于西方文化的中国古典文化的独特品质，共同承担着中国人现实人生的安顿和解放。在《重修山阴县学记》中，王阳明谓："夫禅之学与圣人之学，皆求尽其心也，亦相去毫厘耳。"[3] 因而在一个中国人那里，儒释道文化更多的不是一种不可调和的冲突和矛盾，而是为一个自然人生的不同层面提供了互为补充的文化阐释系统。正如明末德清所言："为学有三要：所谓不知《春秋》，不能涉世；不精老庄，不能立世；不参禅，不能出世。"[4] 对于统治者而言，他们也将儒释道作为治世互补方略，所谓"以佛治心，以道治身，以儒治世"[5]。 在儒释道各自缓慢而曲折的历史演进中，面对一个共同的终难逃避的现实人生，都不约而同地通过内在心性的转换，撤除横亘在此岸和彼岸之间的樊篱，将终极人生境界直接转换成当下人生的操作方式，全身心地拥抱现实世界，籍此抵达他们孜孜以求的自然人生。在各自理论推进中，不期然会通于自然。虽然同样标举自然，但在对自然人生的内涵规定上，儒释道三家却并不相同，在不同阐释中又体现着争夺文化话语权的斗争。简而言之，儒家以德为自然本然，道家以天为自然本然，释家以空为自然本然。虽然在颠峰期，主张率性任真自然发用，在理论上都已具有或已经部分地促成了播种感性欲望的土壤，甚至一定程度上放逸了人欲，但在理论阐扬者那里，却并没有放弃它们所设定和试图捍卫的文化初衷。这一底线的持守，使自然人生成为有异在前提的自然，因而在世的生活就仍然有被沦空的危险，也使得中国人所追慕的自然人生缺乏基础。

　　对中国古典文化的这一诊断，我将其放在三个历史时期分别加以说明：魏晋、中唐和晚明。这三个时期我分别对应着道家、禅宗和儒家文化在理论上的颠峰期。这使得这三个时期在我的阐释视野中具有特别的意义。由于这三个时期的跨度具有展示中国历史时间上的有效性，儒释道又是中国文化的鼎立三足，这三个时期儒释道各自在理论上的承继和延续、具体历史语境中自然人生的主题与变奏以及某种相似的历史境遇，就成为理解中国文化及其困境的众妙之门。限于篇幅。本文只拟对道家自然人生的理路进行梳理，关于儒禅两家将另有专文论述。

　　"自然"是以老庄为代表的道家哲学的基本范畴。在中国古典文化中，它一开始就被赋予了迥异于我们通常意义上的作为山水对象的自然界以外的形而上意味，而奠定自然这一独特内涵的是道家创始人——老子。在《老子》这部玄奥的文化图牒中，老子开始了对自然人生的最初想象。那么，老子所理解的自然是一种什么样的"自然"呢？在书中，直接出现"自然"的有五处：

　　　　成功事遂，百姓谓我自然 [6]

　　　　希言自然。故飘风不终朝，骤雨不终日 [7]

　　　　人法地，地法天，天法道，道法自然 [8]

　　　　道之尊，德之贵，夫莫之命而常自然 [9]

　　　　以辅万物之自然而不敢为 [10]

　　对上述自然的理解，可集中于"道法自然"这一核心命题中。在这里，老子并非是在其最高哲学范畴"道"之上另悬置一概念实体，而是说"道"既为最高存在，因而无对象所法，只有以自己作为法则，自己如此之意。"自然"在此不是作为一个具有实体性或对象指称性的宾词，而是对"道"性说明的状词。故陈鼓应将其释为"自然，自己如此"，"不加以干涉，而让万物顺任自然"，[11] 应该说是比较准确的。由于老子赋予自然这种语义指称的空洞性，因而要揭示"自然"本身的历史内涵反过来又要依赖于其所依附对象特性的阐释。换言之，即对这种"自己如此"之"自己"加以说明才能使"自然"的内涵得以彰现，这样一来，对自然的有效说明又要回到对"道"的阐释上。历代注家正是在此陷入释义循环的怪圈，所谓"道即自然，自然即道"并没有使遮蔽的问题得以敞亮。由于在老子对"道"的描述中，充满了不可言说的神秘体验。故而历代对老子"道"的内涵的所指众说纷纭，莫衷一是。对文本的阐释之所以会茫无端涯，往往跟脱离具体的历史语境不无关系。在对中国文化的诠释中，追究知识的纯粹性往往并非其思想之重，相反及于一套人文价值的关怀才是中国思想的核心。在对老子"道"的诠释中同样不能忽略这一基本理路。我们征诸先秦哲学的发展可以知道，先秦诸子的兴起主要是针对礼崩乐坏、周文失坠的局面，企图通过对"道"的思索，为当时整个人文世界重建一套世界观、人生观，重新安顿人与天地鬼神的关系，使得人物人我种种的存在关系能够复归于整体和谐。所以"道"之继古代深具宗教色彩的"天"成为中国哲学的核心概念，自始就是以安立价值世界为其根本内涵。和孔子所代表的北方学派不同，老子不是汲汲于对"郁郁乎文哉"的周文明重建的历史情怀，而是在对本源时间的回溯中，从天地万物的生成变化中得到了启示，找到了存在界中一切人物的地位与关系的形而上基础，或曰价值根源。这就是"道"。"道"的特性是"无为"，牟宗三先生认为，"（老子）直接提出的原是'无为'。'无为'对着'有为'而发，老子反对有为，为什么呢？这就是由于他的特殊机缘（particular occasion）而然，要扣紧'周文疲弊'这句话来理解。"[12] 在对"周文疲弊"的历史追问中，老子以为造成这种价值失序的根源是背离了"道"，背离了"道"性最根本的规定——"无为"。在万物相生相待的过程中，"道"并非一个有意志有目的创生者或主宰者，而只提供终极价值预设和依据。它无须任何作为而万物长育亭毒，这一品性是万物所遵循的必然或应然之理。关于"道"的这种诠释路径，可以从韦伯关于东西文化的差异的论述中得到佐证，韦伯一再指出，西方的宗教，从犹太教到新教都是一种神中心式的宗教。这种神中心主义式的宗教认为有一个超越的至高无上的神是宇宙的主宰，世界是由他所创造的，现世中的人只是神的工具，用来实现神的意旨。东方宗教则不同，它的教义中最高一点是一个神圣的宇宙秩序，人是这秩序的一部分。因此，不象西方宗教那样，得到拯救并非由上帝恩宠而来，而是由人融入这个神圣的宇宙秩序之中而成的。前者是行动之神，后者是秩序之神。[13] 老子的"道"所设定也就是这样一个万物秩序或价值的形而上根源，"道"性"无为"的规定成为人和万物生成存有的最高准则。至此老子所谓的"自然"即是道性无为之义。自然人生就是无为人生，无为人生结果就是与道同化，无为无不为。老子对道性的这一规定，逻辑上必然引导出对人类文明及其文化行为的强烈否定。在老子看来，一切知识和欲望乃是使个人和社会丧失自然之性的元凶和祸首，所谓"夫礼者，忠信之薄而乱之首" [14]，"为学日益，为道日损" [15]，都充斥着对文明及此意向的愤激的批判，因而老子"为无为"最终要退回到"绝圣弃知" [16] 的小民寡国状态，老子的救世之心也只能通过退守到前文明的蒙昧状态才能实现。在这一与道同化的状态中，人的存在和发展得到了根本保证。因此老子的自然人生是通过对文明和人的欲望的遮蔽来实现的，人的存在失去了其独特性，人生所致力的一切就是不生，不做。它将人的独特的合理性存在变为不存在，使完全服从于那个更高的价值理念，人在现实世界中只是行尸走肉。这表明老子所畅想的自然人生明显具有反历史反文明的倾向。

和老子一样，庄子也标举自然人生。虽然《庄子》一书，提及"自然"一词，内篇仅两条，外杂篇亦只有几处，但追慕自然之情却贯穿始终。然而，庄子构建其自然人生的理想，是以一种更激烈的方式展开对文明及社会文化标识的解构和否定，他的奥卡姆剃刀以一种摧枯拉朽的方式彻底瓦解现实人生的价值设定和文化设定，而将人绝对无条件归依于天。陈荣捷认为，"老子之学的目的是做救世的圣人，庄学的目的是做与天为徒的真人。" [17] 这个结论大致不错。如果说老子还想在现实的有的世界来体现本体之道的作用，并以自然的形式，在现实社会中与传统的儒家名教思想形成某种对立的话，那么，庄子干脆把实现本体之道的任务推向现实之外和拉入个体的内心之中。在庄子频频天人并举中，他彻底泯灭人的主动性和能动性，而将天视作存有的终极依据。绝对无待的逍遥境界在现实人生中无法获得，庄子常常寄情于"广漠之野，无何有之乡"。"广漠之野，无何有之乡"对于现实世界只是一个修辞的虚词，庄子因而合乎逻辑地回归于心灵世界，通过心斋、坐忘等方式不断泯灭人主体印征而与大化同流，进入一种无所依附的绝对世界。在庄子这样的自然想象中，人与天之间有了一道不可逾越的鸿沟，这也使得现实人生终飘落无依，毫无意义。庄学之所以在当时相当长时间不被时人接受，跟他这种解构而非建构人生方式有关，荀子说庄子"蔽于天而不知人" [18]，可谓一语中的。何谓天？何谓人？庄子的"天"，就是无为，"无为为之之谓天。" [19]；"牛马四足，是谓天；落马首，穿牛鼻，是谓人，无以人灭天，无以故灭命。" [20] ；"古之至人，天而不人" [21]。 按照杨倞的理解"天"指的就是"无为自然之道" [22]。庄子的自然，其实已经放弃了人在现实世界中作为的可能性的努力，而指向超越的世界，体现了庄子对人一种透骨的绝望及黯淡心境。庄子虽然没有为现实人生提供生存依据，却为人的精神留下了无尽的自由空间，开启了中国艺术的神秘之门。

无论老子和庄子，在对自然的设定上都是以对现实社会（文明社会）的解构为前提的，在"道"和"天"面前，人的主体性和独特性被遮蔽了，我们所生存的尘世世界也被遮蔽了，这样的自然只能是天之自然而非人之自然。诚如张岱年先生所言："无为的思想是包含一种矛盾的。人的有思虑，有知识，有情欲，有作为，实都是自然而然。有为本是人类生活之自然趋势。而故意去思虑，去知识，去情欲，去作为，以返于原始之自然，实乃违反人类生活是自然趋势。所以人为是自然，而去人为以返于自然，却正是反自然。欲返于过去之自然状态，正是不自然，无为实悖乎人类生活之自然趋势，逆乎生活创进之流。"[23] 此岸的尘世和彼岸的理想境界之间，人被撕裂了，在早期的儒家和道家那里，自然和礼乐文明秩序始终处在冰炭两极中。

魏晋时期所致力解决的也就是在先秦哲学中遗留下的人生安顿的困境问题——自然人生和礼乐文明之间的张力和矛盾问题。魏晋时期，由于政治上动荡与黑暗，"天下多故，名士少有全者"[24]，儒家文化自身的异化与衰弊已无法有效地为中国人提供安身立命的依据，因而一部分人便在道家文化中寻找复苏和更新的理论资源，为现实人生谋求出路。从而导致经学式微，玄风振起。自由的讨论、自然人生的追慕及可能又一次轰轰烈烈成为中国思想史是主题，这一主题集中体现于"名教与自然"这一玄学的中心课题中。"所谓"名教"，"依魏晋人解释，以名为教，即以官长君臣之义为教，"[25] 详而言之，"就是把符合封建统治利益的政治观念，道德规范等立为名分，定为名目，号为名节，制为功名，以之来进行'教化'，即以之来辅助政治的实施与思想统治。"[26] 它的核心，就是及于一套君臣父子忠孝节义封建人伦秩序，所谓"名教大极，忠孝而已。"[27] 因而"名教"其实就是用观念来称谓儒家的一种形式。名教与自然，就成为儒家与道家另一种表述方式，用晋人自己的话说便是"圣人贵名教，老庄明自然"[28]，其实质，即探讨自然（由）如何可能问题。"（魏晋玄学）基本精神乃是自然与名教之冲突，以今语言之，即自由与道德之冲突。"[29] 某种意义上说，这是先秦以后儒、道两家关于人生安顿第一次在同一平台上的碰撞与砥磨。从原初的旨趣而言，"名教"和"自然"最初是将先秦儒、道两家关于人生的可能方式以一系列对立的二元模式来标识的，如入世／出世，人／天，言／意，名／实，礼／情，今／古，有为／无为等等。对于一个立足世间而又企求自由的人生而言，执于任何一端都无异于缘木求鱼，从思想逻辑言，真正的解决方式是对两者都进行改造，使之具备兼容性，在有限中寄寓无限的承诺。这种思路也正是魏晋玄学演进的思路。从"名教出于自然"到"越名教而任自然"到"名教即自然"，魏晋玄学逐渐将先秦冰炭两极儒、道人生调解成融合统一的自然人生。力图解决先秦以来自然人生的安顿与困境问题。

首先对这一问题有突破性解决的是天才少年王弼。王弼是以对老子的重新诠释来建立其哲学观念的，这种诠释的最大成果就是重新改造了老子的"道"。无论如何，在老子那里，道并没有消弭其神秘的创生意味和实体印痕，所谓"有物混成，先天地生"[30]，"道生一，一生二，二生三，三生万物"[31 等辞，肯定不是牟宗三先生所谓的只是一种姿态，而是老子哲学还存有浓郁的宗教神话色彩。正是老子在关于道本源和本体的游移态度中，王弼找到了其哲学的切入口，他将老子那里还带有实体意味的道转化成纯逻辑预设似的本体，道器关系转换成了本末体用关系。这一转换的意义在于：道（无）失去了任何执著于有（肯定）的理由，同时也就为任何肯定留有退路。

在王弼那里，无就是道，也就是自然。所谓"自然者，道也。道本无名"，"自然者，无称之言，穷极之辞也"，[32] 表明的就是这样一种观念。对老子道的改造也就成为对其自然观的改造。王弼把道改造成为一把双刃剑，一方面，通过对本体"无"的确立而倡导"贵无",对儒家而言,作为绝对规定的"礼"被一个更具本源的"无"所取代,相对而言儒家以礼乐为代表名教之物便只是"无"的一种方便设施而已,名教便因此失去神圣感和权威感。"崇本息末",其实就是将包括圣智仁义在内的为社会和文化所认允的主张与做法统统归于末用而不惮扬弃,这反映出王弼对现成社会政治文化的反省意识和批判精神。对道家而言,"无"作为本体的逻辑预设,又使老庄所汲汲的与道同化的道之终极价值失去依托,为由从老庄"道"所开显出的终极世界向现实世界的复归作了理论上的准备。另一方面,他将道器关系转化成本末体用关系,道器的悖离状态被体用的合理的一面所替代了,在一定程度上便肯定了名教存在的合理性,这也就是他所谓的"始制,谓朴散始为官长之时也。始制官长,不可不立名分以定尊卑,故始制有名也。"[33] 名教的确立同样也是建立在人的本性上,名教和自然便建立了深刻的联系,即所谓的"名教出于自然"。因而王弼一反当时流行的"圣人无情"说,而提出"圣人有情"说:"圣人茂于人者神明也,同于人者五情也。神明茂,故能体冲和以通无;五情同,故不能无哀乐以应物。"[34] 肯定了人的自然之情,这和老庄竭力泯灭人的自然情感的做法大异其趣。故王弼在展开对当时虚假的儒家礼教的批判的同时也包含了调和儒道的文化努力。这就是汤用彤先生评价王弼:"然则其形而上学,虽属道家,而其于立身行事,实乃赏儒家之风骨也。"[35] 老子"无为"的自然观念在王弼的哲学中,便发生了根本的转换。钱穆先生对此深有体会:"(王弼)其说以道为自然,以至理为自然,以物性为自然,此皆老子本书所未有也。然则虽谓道家思想之盛言自然,其事确立于王弼,亦不过甚矣。"[36] 王弼的自然已经为进入现世人生打开了一扇门,但是,王弼的"无"作为本体存在仍然是一把随时可能消解现世生活的达摩克利斯剑,高悬在现世人生之上的终极预设仍然存在,自然与当然的紧张关系仍未消除。这个工作将由郭象来完成。

道家所仰慕的自然人生只有到了郭象那里才得以真正落实,在这个意义上讲,郭象代表了道家理论所能开掘的最深限度,也代表了道家理论的最高峰。诚如钱穆先生所言:"故亦必俟有郭象之说,而后道家之言自然,乃始到达一深邃圆密之境界。后之人不复能驾出其上而别有所增胜。故虽谓中国道家思想中之自然主义,实成立于郭象之手,亦无不可也。虽谓道家之言自然,惟郭象所指,为最精卓,最透辟,为能登峰造极,而达于止境,亦无不可也。"[37] 郭象以后,道家在理论上已不能作出更大突破,只好转入性炉命鼎神仙方术的道教一脉。郭象主要是通过对庄子的创造性诠释而完成其理论建构,郭象以前的哲学,生活界之上总是高悬着一个终极预设,或是"道"或是"天"或是"无",使生活界和理想界之间永远横亘着一道鸿沟。这也正是郭象所面临的时代难题,当时嵇康、阮籍提出"越名教而任自然",乐广、裴頠又欲重拯名教,坚持"居以仁顺,守以恭俭,率以忠信,行以敬礼"[38],二者各执一端,使天、人,自然与当然的分离趋于外在的对峙,这种对峙在郭象那里被化解了。郭象放弃了哲学上那种根深蒂固的在具体事物之外寻求"终极因"和"别有一物"的形而上企图,将一切还原为万事万物自然独化的现象过程:"谁得先乎物哉?吾以阴阳为先物,而阴阳者即所谓物耳。谁又先阴阳者乎?吾以自然为先之，而自然即物之自尔耳。吾以至道为先之矣，而至道者乃至无也。既以无矣，又奚为先？然则先物者谁乎哉？而犹有物，无己，明物之自然，非有使然也。"[39] 既然没有一个最初的创生者，那么万物又是如何存在的呢？"无既无矣，则不能生有。有之未生，又不能为生。然则生生者谁哉？块然而自生耳。"[40] 当万物存在的根源在于万物自身而非自身之外时，人对世界的认识就自然而然转向现象界具体物的认识。如果事物没有自身之外的依据，那么万物存在的合法性就是一个无须求证而自明的事实。"大鹏之能高，斥鷃之能下，椿木之能长，朝菌之能短，凡此皆自然之所能，非为之所能也。不为而自能，所以为正也。"[41] 合乎逻辑地郭象便对所有存在加以肯定："郭象的哲学，都是要证明，在自然界和社会中，凡是存在的都是合理的。"[42] 这和庄子大异其趣。在庄子的齐物论中，庄子以摧枯拉朽的方式瓦解了现实世界的一切立足点，在庄子那里这是其终点，在郭象这里却成为起点，既然没有一条路通往绝对之域，那么，把硬币的一面翻过来，任何路都可能通向终极之域。庄子的终点就这样变成了郭象的起点，杀人刀转眼成为活人剑。在这一点上，郭象具有清醒的理论自觉，在《庄子注》序言中，他指出庄子之说"虽当无用"，"虽高不行"[43]，显然是意识到庄子虚悬的性质而试图赋予其现实品格。既然没有一个终极依据，那么，逍遥自适的获得，便无须推及到那遥远的道境，也无须回溯到那方寸的灵府，而是在此岸所处的既定关系中自然以成，理想的境界就在生活之中。"故圣人常游外以宏内，无心以顺有，故虽终日挥形而神气不变，俯仰万机而淡然自若。"[44] 每一个存有自身都有其性分，"物各有性，性各有极"[45] 每一物，无论大鹏亦或燕雀，虽然其性分有别，如任性而为，却都能获得同样的自由。"夫小大虽殊，而放于自得之场，则物任其性，事称其能，各当其分，逍遥一也，岂容胜负于其间哉？"[46] 物任其性，并非庄子的摒弃人事，与庄子的"穿牛鼻，络马首"是以人灭天的见解不同，郭象认为穿络之举既合乎人之天性同样也合乎牛马之性，"人之生也，可不服牛乘马乎？服牛乘马，可不穿落之乎？牛马不辞穿落者，天命之故当也。苟当乎天命，则虽寄之人事，而本在天也。"[47] 同样与庄子将仁义视作性之失不同，郭象将仁义等名教伦理也看作是人的自然之性，"夫仁义者，人之性也。"[48] 自然而然，任名教即是任自然，"夫仁义自是人之性情，但当任之耳"[49]，郭象就此肯定了现世名教人伦的合理性，"故知君臣上下，手足内外，乃天理自然，岂直人之所为哉！"[50] 存在的就是合理的，合理的就是自然的，郭象将庄子的飘渺非人间的自然实在化普世化了，傅伟勋因而称郭象哲学为"彻底的自然主义（radical naturalism）"[51]。至此，名教和自然的鸿沟被彻底填平了，名教即是自然，自然即是名教，此岸即彼岸，彼岸即此岸。郭象的哲学圆融地解决了现象界和理想界的内在紧张和矛盾，使现实人生成为真正意义上的自然适意。正是经过郭象创造性的阐释，庄子的自然人生的畅想才真正为中国人所认同与接受。

从老庄出世间的"无为"自然到郭象即世间的"名教即自然"，道家完成了其自然人生的理论建构，也达到了其理论所能开掘的最高限度。郭象虽然成功地弥合了儒道之间的裂痕，赋予了其理论一种现实品格，使自然人生的追求在俗世间成为可能。可是，尽管在理论上，"适性逍遥"已具备个体自由与感性解放的性质，但从郭象整个思想文本而言，这纯粹只是一种理论上的幻象，在根源上并没有突破老庄自然所禀赋的"无为"的窠臼。虽然郭象消解掉了万物所共禀有的终极本源，却又为每一个自由的个体套上了命定的枷锁，个体本性欲望是被事先规定好了的，不可改变，"天性所受，各有本分，不可逃，亦不可加。"[52] "性各有分，故知者受知以待终，而愚者抱愚以至死，岂有能中易其性者。"[53] 把人的可能性交付给异己的"命"，其实就是取消人的能动性。正如汤一介先生所指出的"郭象在反对造物主和目的论中，把人的主观能动性都否定掉了……'逍遥放达'只能在自己'性分'所允许的范围内实现，因此他所谓的'能动性'是一种虚假的能动性。"[54] 这样的"适性逍遥"最终还要落入"无为"的泥淖中，"天也者，自然者也，人皆自然，则治乱成败，遇与不遇，非人为也，皆自然耳。"[55]在这个意义上讲，郭象的自然观历史着眼点，只是为其时的封建等级制度，尤其是当时的门阀等级观念提供理论合法性外衣："故知君臣上下，手足内外，乃天理自然，岂直人之所为哉！"，"明夫尊卑先后之序，固有物之所不能无也"[56]，才是他的落脚点。因而，郭象的自然观只是徒然具有一种解放的外壳，其实质并未背离道家"无为"的初衷。从历史提供的条件看，魏晋对儒家批评的限度，只是对那种被篡改了的儒家名教的批评，却从未对名教本身提出过怀疑。所以鲁迅先生认为即使是激进的阮籍、嵇康虽然表面上蔑视名教，"至于他们的本心，恐怕倒是相信礼教，当作宝贝，比曹操、司马懿们要迂执得多。"[57] 这一点，汤用彤先生也有同感："嵇阮愤激之言，实因有见于当时名教领袖（如何曾等）之腐败，而他们自己对君臣大节太认真之故。"[58] 这样一个限度，也就规定了魏晋时期人觉醒的限度。"这个限度就是：这个时期人的觉醒虽然是人的个体意识的觉醒，但还不是个体人的主体意识的觉醒。"[59] 也就是说，魏晋士人虽然意识到了在社会角色义务之外，还应当有个人的情趣、爱好，在公共的社会生活之外还应当有私人生活，但没有意识到个体的人应该成为社会的主体，社会的目的，应当按照大多数个体的人的需要改造社会。礼乐秩序的存在应从人的自然需要出发，而非相反。这就使得魏晋思想发展的结果要么徒有一个批评的外壳，要么就是无条件认同既存社会本身，而不具备改造和建设的意义。从对个体的认识而言，在主流魏晋思想那里，对人的欲望基本上还是持否定态度。阮、嵇从"保性全真"养身的角度出发，提倡一种"矜尚不存乎心，情不系乎所欲"，[60] "清虚静泰，少私寡欲"[61] 的生活。从某种意义上说，阮、嵇反对名教一个重要的理由就是（虚伪的）名教放逐了欲望。虽然向秀明确提出"夫人含五行而生，口思无味，目思五色，感而思室，饥而求食，自然之理也。"[62] 但是，一方面，这种欲望的认同主要是一种生理意义上的，缺乏对人最重要的社会性欲望的体认和评价，另一方面，在这段文字之后，他紧接着来一个限定："但当节之以礼耳"，在缺乏对既存的"礼"反思和触动的情况下，这种欲望的张扬的程度就极为有限。在这样的历史条件下，由于自然人生所依附的根基没有解决，魏晋时期自然人生的畅想就仅仅停留在诗意想象层面，停留在纯粹心灵对俗世生活超越的层面上，但是人生的紧张和冲突无法仅仅靠心理上的超越和遮蔽来解决。无条件地认同社会不能为社会困境带来任何真正意义上的解决，社会问题依然如此。而且，就单纯从郭象"适性逍遥"这一命题出发，它也有自身无法克服的理论痼疾，那就是它忽略了人性负面因子恣睢的可能。这个问题当时就被注意到了。郭象说"物任其性，逍遥一也"时，支道林就质疑说："不然，夫桀跖以残害为性，若适性为得者，彼亦逍遥矣。"[63] 这一质疑便使自然人生的这一解决思路陷入困境。在以后中国的历史上，郭象对这一问题的解决思路以及它所带来的尴尬将会反复遭遇到。中唐时期禅宗思想的发展理路便如出一辙。

【参考文献】

[1] 刘小枫：《个体信仰与文化理论》，四川人民出版社 1997 年版，第 57 页。

[2] 潘知常：《中西比较美学论稿》，百花洲文艺出版社 2000 年版，第 178 页。

[3] 王阳明：《重修山阴县学记》，《王阳明全集》，上海古籍出版社 1992 年版，第 257 页。

[4 德 清《憨山老人梦游集》卷三十九《学要》，福建莆田广化寺影印本，第 2082 页。

[5] 南宋孝宗赵眘语。《三教平心论》卷上，（宋）刘谧撰，清同治二年刻本，第 2 页。

[6][7][8][9][10]《老子》十七章，二十三章，二十五章，五十一章，六十四章，（清）朱谦之《老子校释》，中华书局 1984 年版，第 70 页，95，103 页，203 页，206 页。

[11] 陈鼓应《老子注释及评价》，中华书局 1988 年版，第 131 页。

[12] 牟宗三《中国哲学十九讲》，台北学生书局 1983 年版，第 89 页。

[13] 马克斯．韦伯《儒教与道教》，江苏人民出版社 1995 年版，第 178 页。

[14][15][16]《老子》三十八章，四十八章，十九章，（清）朱谦之《老子校释》，中华书局 1984 年版，第 152 页，192 页，第 74 页。

[17] 陈荣捷《战国道家》，载《中央研究院史语所集刊》第四十四期，第 470 页。

[18][22]《荀子•解蔽》，（清）王先谦：《荀子集解》，沈啸寰、王星贤校点，中华书局 1984 年版，第 393 页，第 262 页。

[19]《庄子•天地》，（清）郭庆藩：《庄子集解》，中华书局 1961 年版，第 406 页。

[20]《庄子 秋水》，（清）郭庆藩：《庄子集解》，中华书局 1961 年版，第 590－591 页。

[21]《庄子•列御寇》（清）郭庆藩：《庄子集解》，中华书局 1961 年版，第 1045 页。

[23] 张岱年：《中国哲学大纲》中国社会科学出版社 1982 年版，第 303 页。

[24]《晋书》卷四十九《阮籍传》，（唐）房玄龄等撰，中华书局 1974 年版，第 1360 页。

[25] 陈寅恪：《陶渊明之思想与清谈关系》，《金明馆丛稿初编》，上海古籍出版社 1984 年版，第 182 页。

[26] 庞朴：《名教与自然之辩的辨证发展》，《沉思集》，上海人民出版社 1982 年版，第 283 页。

[27]《宋书》卷六十四《郑鲜之传》，（梁）沈约撰，中华书局 1974 年版，第 1691 页。

[28]《晋书》卷四十九《阮瞻传》中华书局 1974 年版，第 1363 页

[29] 牟宗三：《才性与玄理》，台湾学生书局 1985 年版，385 页

[30][31]《老子》二十五章，四十二章，（清）朱谦之《老子校释》，中华书局 1984 年版，第 100 页，174 页。

[32]《老子．二十五章注》，楼宇烈：《王弼集校释》，中华书局 1980 年版，第 65 页。

[33]《老子．三十二章注》，楼宇烈：《王弼集校释》，中华书局 1980 年版，第 82 页。

[34] 何劭《王弼传》，楼宇烈：《王弼集校释》，中华书局 1980 年版，第 640 页。

[35] 汤用彤：《汤用彤学术论文集》，中华书局 1983 年版，第 279 页。

[36][37] 钱穆：《庄老通辨》，香港新亚研究所 1957 年版，第 392 页，第 394 － 395 页。

[38] 裴頠《崇有论》，《晋书》卷三十五《裴頠传》中华书局 1974 年版，第 1044 页。

[39]《庄子 知北游注》，（清）郭庆藩：《庄子集解》，中华书局 1961 年版，第 764 页。

[40][50][53]《庄子 齐物论注》，（清）郭庆藩：《庄子集解》，中华书局 1961 年版，第 50 页，第 58 页，第 59 页。

[41]《庄子 逍遥游注》，（清）郭庆藩：《庄子集解》，中华书局 1961 年版，第 20 页。

[42] 冯友兰：《中国哲学史新编》（中），人民文学出版社 1998 年版，第 566 页

[43] 郭象《庄子注序》，（清）郭庆藩：《庄子集解》，中华书局 1961 年版，第 27 页。

[44][55]《庄子．大宗师注》，（清）郭庆藩：《庄子集解》，中华书局 1961 年版，第 268 页，第 226 页。

[45][46]《庄子 逍遥游注》，（清）郭庆藩：《庄子集解》，中华书局 1961 年版，第 11 页，第 1 页。

[47]《庄子 秋水注》，（清）郭庆藩：《庄子集解》，中华书局 1961 年版，第 591 页。

[48]《庄子 天运注》，（清）郭庆藩：《庄子集解》，中华书局 1961 年版，第 519 页。

[49]《庄子 骈拇注》，（清）郭庆藩：《庄子集解》，中华书局 1961 年版，第 318 页。

[51] 傅伟勋：《从西方哲学到禅佛教》，北京三联书店 1989 年版，第 397 页。

[52]《庄子 养生主注》，（清）郭庆藩：《庄子集解》，中华书局 1961 年版，第 128 页。

[54] 汤一介：《郭象与魏晋玄学》（增订本）北京大学出版社 2000 年版，284-285 页。

[56]《庄子 天道注》，（清）郭庆藩：《庄子集解》，中华书局 1961 年版，第 470 页。

[57] 鲁迅：《而已集》，人民文学出版社 1958 年版，第 9 页。

[58] 汤用彤：《魏晋玄学论稿》上海古籍出版社 2001 年版，第 149 页。

[59] 成复旺：《中国古代的人学与美学》，中国人民大学出版社 1992 年版，第 194 页。

[60] 嵇康：《释私论》，殷翔、郭全芝：《嵇康集注》，黄山书社 1986 年版，第 231 页。

[61] 嵇康：《养生论》，殷翔、郭全芝：《嵇康集注》，黄山书社 1986 年版，第 153 页。

[62] 向秀：《难养生论》殷翔、郭全芝：《嵇康集注》，黄山书社 1986 年版，第 157 页。

[63]《高僧传》卷四《晋剡沃洲山支遁》，《高僧传》，（梁）释慧皎撰，汤用彤校注，中华书局 1992 年版，第 160 页。

三种稀见南京文献述论

成 林

一 引 言

本文所论三种稀见南京文献为陈沂《金陵世纪》、孙应岳《金陵选胜》、余宾硕《金陵览古》。这三本书，在写作时间上，《金陵世纪》最早，《金陵选胜》次之，都是明代作品，《金陵览古》最晚，为清初作品。三本书的内容都与南京名胜古迹和历史文化有关，但又各具特点。《金陵世纪》以全胜，《金陵选胜》以选胜，而《金陵览古》以文胜，它们相互辉映，相互补充，既是稀见而珍贵的南京地方文献，亦是古老南京的一份宝贵记忆，更是我们现在发掘南京地方文化名胜和历史传统资源的重要依据，为今日南京的城市文化建设提供了有益的借鉴和思路。这三本书的整理与出版，无疑具有重要的文化价值和现实意义。

二 《金陵世纪》

《金陵世纪》由明代陈沂编撰。陈沂字鲁南，明中叶时人。他的先祖居住在鄞（今浙江宁波），明初，其祖父被征入南京为医官，陈氏家族开始徙居南京。到陈沂时，他们家已是三代世居南京了，因此，陈沂算得上是个南京人。陈沂从小聪颖好学，据说5岁便能属对，8岁能临摹作画，10岁开始写诗。他于弘治辛酉年（1501）考中乡试举人，又在正德丁丑年（1517）考中进士。先任庶吉士，后授编修，迁侍讲。后出为江西参议，迁山东参政，又改山西行太仆卿。陈沂早年喜欢苏东坡，自号"小坡"，颇具文才，与当时的顾璘、王韦两人驰骋江南文坛，时称"金陵三俊"，他们三个再加上朱应登，又合称为"金陵四家"。在创作主张上，他们与"前七子"一致，都主张复古，诗学盛唐，文学秦汉，可以说是"前七子"在南方的羽翼。当时，李梦阳、何景明、徐祯卿、边贡、朱应登、顾璘、陈沂、郑善夫、康海、王九思等，又号称"弘正十才子"，"金陵四家"基本上就是十才子中的一个部分。其中顾璘与陈沂相交40多年，情如兄弟，陈沂去世后，其墓志铭就是由顾璘所撰，收入《顾华玉集·凭几集续编》卷二。陈沂的生平也见《明史·文苑传》，附载于《顾璘传》后。

陈沂才华全面，不仅富有文名，书法、绘画也很出色。《金陵琐事》中称其书法学苏东坡，不亚于当时著名书法家吴宽。他七八岁时便能临摹古画，后来任职翰林院时，还曾与文征明讨论切磋画艺。每每游历名山大川，便绘景成画，其画作颇得马远、夏珪之妙。他的重要著作之一《金陵古今图考》有16幅图，都是陈沂自绘的，充分发挥了作者善画的特长。陈沂著述丰富，内容广杂，主要是杂记、史志和诗文。《四库全书存目丛书》中收有他的《维桢录》、《畜德录》、《金陵古今图考》、《金陵世纪》、《南畿志》、《拘虚晤言》、《询刍录》等六部著作。此外，据顾璘所撰墓志铭及《明诗纪事》等处记载，他还有《皇明翰林志》、《游名山录》、《献花岩志》、《遂初斋集》等著作，另外，他还参预了《金陵志》、《山东通志》的修撰。从其著述中，我们可以发现陈沂兴趣广泛，对地方历史文化，尤其是对南京本地的历史文化兴趣颇大，他在这方面的著作，大都与南京地方历史文化有关。以陈沂对南京地方历史文化研究的贡献，完全可以说，他不仅是明中叶南京著名文人，也是一位精通南京地方文史的学者，但《明代南京学术人物传》居然不列其人，真是令人遗憾。

在陈沂几本有关南京的书籍中，《献花岩志》、《金陵古今图考》、《金陵世纪》三书较为重要。《献花岩志》专述南京城南名胜献花岩。全书分山石、岩洞、水泉、台甃、宫宇、卉木、异蓄七部分，详记献花岩的景物，最后并附时人所作献花岩诗多首，可以看作是一部献花岩资料大全。《金陵古今图考》主要记载南京自古至明代的建置及城郭规制，比较特别的是，书中附了16幅图，分别是吴越楚地图、秦秣陵县图、汉丹阳郡图、孙吴都建业图、东晋都建康图、南朝都建康图、隋蒋州图、唐昇州图、南唐江宁府图、宋建康府图、元集庆路图、国朝都城图、应天府境方括图、境内诸山图、境内诸水图、历代互见图。作者在图后用文字对每一幅图作了说明考证，周详清晰，可谓图文并茂。

《金陵古今图考》与《金陵世纪》关系最大。从时间上看，《金陵古今图考》作成于《金陵世纪》之前，陈沂当时尚未登第，而《金陵世纪》则是后来考中进士后任职翰林侍讲时写的。隆庆中，太仆少卿史际将此书刊行。从内容上看，《金陵世纪》在《金陵古今图考》的基础上作了大量扩充。《金陵古今图考》主要是记录南京作为都城的历代建置、城郭山川的情况和历史变迁。而《金陵世纪》的内容更加广泛全面。全书分四卷，共十八类，分别是都邑、城郭、宫阙、郊庙、官署、雍泮、衢市、第宅、楼宇、山川、驿路、津梁、台苑、陵墓、祠祀、寺观、杂遗、赋咏，面面俱到。整个分类体系大体上规仿志书体制。作者有感于历史上的著名都城皆有反映其历史的专书，如长安有《三辅黄图》，开封有《东京梦华录》，杭州有《武林遗事》，而南京作为六朝古都名城，虽前有《六朝事迹编类》和《建康实录》等书，但对于宋以后直到明朝定都南京的历史与沿革，一直以来没有全面的记录，故作《金陵世纪》一书，记述其千年历史之迹，并突出南京作为皇明都城的盛况。

本书大分四卷，细分为十八类，涵盖了南京城市历史文化的方方面面。在每一类中，作者的叙述按照时代顺序排列，有的因为年代久远，或文献无徵，亦列举其名，存目以备考。宫阙、郊庙、衢市、楼宇、台苑、陵墓、寺观等类别，都有只列其名的情况，意在求全，但具体到每则记载时却不求详，说明文字往往非常简洁。如卷二衢市（其七）中有这样几则就很典型：

　　朱雀街 即朱雀航之北。王东亭云：江左地促，不如中国，阡陌一览而尽，其势纡回，深远叵测。

　　焚衣街 即御街。齐东昏侯制四种冠、五彩袍，一月二十余出。梁武帝克之，焚淫服六十二种，人呼焚衣街。

　　邀笛步 在桃叶渡之南，乃晋王徽之邀桓伊吹笛处。

　　应该说，这几则都是有内容可写，有故事可讲的，但作者并不展开缕叙，只是简单点明，文字简省。这就是顺阳李蓘序中所称的"不蔓援，不浮奖，质直简确"。表面上看，卷四第十八"赋咏"的作法似乎与此体例略有不同。此类以名胜古迹为纲，抄录了历代有关名胜古迹的诗歌，不仅开列作者名字和作品题名，而且连诗作全篇也全部录入。"钟山"、"齐刘瓛墓"题下，更是竭尽所能，收录了多首有关的诗歌，可谓不厌其烦。但实际上，"赋咏"类所录篇目，也是经过拣择的，其原则是厚古薄今，六朝人的题咏尽可能多收录，唐宋诗只选其中的名家名篇，宋代以后一篇不录。

　　本书在写法上还有一个特点，那就是在叙述元明以前的胜迹史事时，大量参考并直接引录有关史志和文学作品。如：

　　齐武帝旧宅 宋旧志：今城东一里青溪上，临秦淮。《齐书》：帝讳赜，太祖长子，生于建康青溪宅。陈孝后、刘昭后同梦龙据屋，上因小字龙儿。永明二年，幸青溪宅。

　　萧子良宅 在钟山之西。竟陵王子良《行宅诗》云："访宅北山阿，卜居西野外。幼尝悦禽鱼，卑性美蓬荟。"

　　刘瓛宅 在城东二十五里，青龙山之前。《南史》：刘瓛居于檀桥，瓦屋数间，上皆穿漏。永平七年，帝乃以檀桥地给之。

　　本书中引录最多的是《景定建康志》和《至大金陵志》，尤其是前一种书。至于元明以后的胜迹史事，较少依傍，多出自撰，也有较高的文献史料价值。实际上，作者引录前代史乘时，也经过剪裁，删繁就简，去粗取精，不为无功。稍感遗憾的是，作者在引用原文时，有一些错漏之处，当然，有一些错漏可能是刊刻过程中造成的。

　　本书由顺阳李蓘作序，太仆少卿王阳史校订，上元逸史金鸾增订。此次整理，根据的是《四库全书存目丛书》影印北京图书馆藏明隆庆三年（1569）史际刻本，目录作了调整重编。原刻本品质不甚佳，字迹多有模糊，最严重的是原本顺阳李蓘序缺前半叶，目前尚无法补全。对模糊缺字，校点的时候，查对了北京图书馆藏明隆庆三年（1569）史际刻本原书，并参考其引证所出原书补正，但仍有少量文字无法辨识，以缺字符□表示，存疑待考。

三　《金陵选胜》

　　《金陵选胜》编著者孙应岳，字游美，江西大庾人。据雍正《江西通志》卷55记载，孙应岳是万历三十七年（1609）乡试举人，后在顺天考中进士，任刑部司务。孙应岳曾经六次路过金陵，但均未作停留。后领职南京国子监，才机会居住南京。在南京的日子里，他常常车马在道，探访名迹。探访之余，便对一些名胜进行归类、编录、标目，姑苏（今江苏苏州）人申绍芳知道后，极力怂恿孙应岳完成此编，并对孙应岳此编寄予了极大的期待："六朝以降，文献如林，代有作者，述焉罔罄。若乃胜中之绝，象外之奇，烟霞久郁椟中，曾未经人拈出，将在子乎！将在子乎！"也正因为如此，本书完成后，亦由申绍芳进行审核裁定并作序。申绍芳字青门（一字维烈），吴县（今江苏苏州）人，明万历丙辰（1616）进士，学贯经史，初任应天府学教授，后迁为南京国子监助教，升礼部主事，历郎中，调吏部，累官至户部右侍郎。其人勤勉笃行，在任多有政绩。考察其任职经历，他与孙应岳的相识交往，应在南京国子监任上。当时，孙应岳"每一就草"，申绍芳便"手自订勘"，在申绍芳的鼓励和支持下，孙应岳花了十个月的时间，最后完成了这本《金陵选胜》。应该说，此书的编定与申绍芳密切相关，这一点，作者也特意在书后自述中作了交代。

《金陵选胜》共十二卷，分别是山川、城阙、苑园、台榭、泉石、桥渡、祠庙、刹宇、碑碣、品题、奇迹、逸事，十二卷后附《金陵人物略》。孙应岳认为，以往已有多种书籍详细记载南京历史地理名胜，《选胜》意在供人"聊当卧游，故不备悉"。这是本书编写的主要原则，其关键在于"选胜"二字。全书十二卷，实际上就是孙应岳对南京众多名胜经过选择之后而作的分类，他显然是有自己选择的标准的。作者在书前专门撰写了十条凡例，对这个分类体例进行了说明。比如，南京是六朝繁盛之地，众多王公贵族文臣武将生前居住于此，死后埋葬于此，他们的宫阙住宅、陵寝墓地亦是这座城市的重要名胜古迹。但这十二卷中并没有陵寝墓宅一类。孙应岳在凡例中特别作了说明，一方面，"六朝陵阙，踪迹销磨，侯王君公，宅墓沦泯，指点迷茫，氏爵疑似"，另一方面，本朝陵寝以及府部省署载第虽然保存完好，具体地点亦可确定无疑，但这些地方游人不能随意近观，所以不加记载。但是，这个理由似乎并不特别有说服力，因为其它各卷中亦有不少名胜是"踪迹销磨"，沦灭迷茫，甚至只留其名，他都一一载录，为何惟独省略六朝及当朝陵阙宅墓？也许这是作者的慎重选择，也许与他的个人喜好有关。

本书一至九卷，从山川、城阙到刹宇、碑碣，所记均为南京名胜和历史遗迹。一般都是先记地理位置，再述其来由和地貌风光。作者的记载，并不拘泥于对名胜古迹历史的完整记载，依然是以"选"为主，根据以往史志中的相关资料，选取一些有关的人和事加以叙述。如《桥渡》、《祠庙》卷中，几乎每一篇中都有故事，或是有关名胜得名来历，或是发生在名胜古迹的历史事件，往往描写生动，为本书增加了趣味性。如记玄武湖，作者无意完整叙述玄武湖的历史，只选取南唐冯谧与徐铉对话之事，而玄武湖的人文地理风貌则全文选录明朝计弘道《过后湖记》的文字。同时，与其它史志不同的是，作者也不注重考辨。如瓦官寺，其历史悠久，迭经兴废盛衰，作者只说在《金陵梵刹志》中已有详载，不必详加考辨，并说"游览之余，目睫千古，欲晰真似，反多一重公案"，大有"欲辨已忘言"的风度。同样，在对青溪、莫愁湖等胜迹的叙述中，对其中不确定或有疑问的地方都只简要点明，不作考证。这也正是遵循作者在凡例中所说的"《选胜》云者，聊当卧游，故不备悉"。由此我们可以看到，本书在记载上灵活多变，不拘泥于传统志牒那种完整的记载和严密的考证，而是对有关内容进行了淘汰和选择。陈继儒在序中称此书"其赏鉴胜，点缀胜，淘汰胜，而澄言致语尤胜，夫亦志牒之一变也"，可谓一针见血。

书中分类较细，有些内容不免互有交叉，如山川卷中，钟山、摄山等名山中的胜迹特别多，其中提到的一些名胜又会在其它卷中出现，如一人泉在钟山，白乳泉在摄山，作者在泉石卷详写一人泉和白乳泉，而在山川卷钟山篇、摄山篇中点到即止。这样前后照应，详略得当，应该也是"互见法"的运用吧。因为有这些特点，本书的叙述整体来说比较简洁概括，没有长篇的考证文字，不繁芜，不烦琐，每则短的几十字，多数二三百字左右，超过四百字的很少。

书的最后还有《品题》一卷。作者从《昭明文选》、汉魏六朝诗选、《艺文类聚》、《文苑英华》、《唐文粹》、《唐诗品汇》、《宋文鉴》、李杜全集、东坡、临川二集等文学作品集和《景定建康志》《金陵世纪》、《金陵梵刹志》、《金陵旧事》、《金石目考》、《金陵琐言》等志乘中，整理出了南朝至宋代有关南京名胜古迹的品题诗及其作者目录，虽然未录诗歌的具体内容，但为我们提供了一份有关南京的诗歌清单，对开展南京地方文学研究很有参考价值。将这些品题作为南京之"胜"而选入，可见作者眼光的高远。

在凡例中，作者虽然说"金陵遗事，不乏野史"，"途说未可轻凭，与其无稽，宁甘挂漏。"但书中最后两卷"奇迹"、"逸事"，恰恰正是此类记载。《奇迹》所记为南京本地鸟兽草木、金玉土石之异，如"蒋庙灵应"、"羊无后足"、"安明寺树字"、"晋长明灯"、"二异镜"等，可谓是一卷《南京志异》，光怪陆离，以异取胜，颇为有趣。《逸事》所记更广，涉及政治、文化、宗教诸方面和帝王文人的轶闻雅事，如"梁武君臣赠答"、"颜谢词评"、"纪瞻社稷臣"、"二萧隽语"、"澄心堂纸"、"苏王钟山诗话"、"钟隐笔"等等，让人大开眼界，亦为南京山水增添了许多风流雅韵。正如作者所言，这些内容多出自野史途说，未可轻凭，因此作者在翻检各种史料的时候，特意将这些内容挑捡出来，独立成卷，足以广见闻，资谈助。此类"异"、"逸"之事，亦是作者眼中的南京文化之"胜"。

除每篇中提到的有关史籍资料外，作者还在一些卷末专门提供一份史料汇集。如泉石卷末附金陵诸泉共 21 个，刹宇卷末附历代寺名，《品题》卷末附前代志传目，还有十二卷后所附金陵人物略。因此，本书除了能让我们了解南京名胜古迹之外，亦为我们深入研究这座历史文化名城提供了资料索引和指南。

为这本书作序的除了申绍芳之外，还有当时的另外一位名人陈继儒。陈继儒，字仲醇，号眉公，松江华亭人，有《陈眉公集》，事迹入《明史·隐逸传》。本书由江夏人葛大同点阅。葛大同，字更生，万历二十五年（1597）乡试举人，见《湖广通志》卷35。孙应岳的两位弟弟孙应崧、孙应崐也参与校订。本次整理根据故宫博物院编《故宫珍本丛刊》第 270 册影印明天启二年（1622）刻本，由海南出版社 2001 年出版。

四 《金陵览古》

《金陵览古》的作者余宾硕，字鸿客，其父为明末著名遗民余怀，字淡心，号广霞。余怀是福建莆田人，博览群书，少有文才。后长期客居南京，是当时著名的才俊。余怀30岁那年，清军攻占南京，他开始了颠沛流离的逃亡生活。在抗清复明的希望破灭后，余怀晚年隐居苏州，将遗民的亡国之痛倾诉在大量的诗文之中。余怀著述丰富，最有影响的是《板桥杂记》。余宾硕虽然主要生活在清代，但因深受其父遗民情结的影响，在政治上亦以遗民自居，与当时的遗民诗人如屈大均、陈恭尹、卓子仁等人交往颇多。他们之间常有诗歌来往，如屈大均有《重至白门宿余鸿客山堂作》、卓子任有《同余鸿客周雪客朱林修蔡芝泉铉升过龚半千半亩园看花有感》，陈恭尹有《赠余鸿客》等。在老一辈遗民眼中，他算是一个小遗民。作为余怀之子，余宾硕亦颇具文才，陈恭尹在《赠余鸿客》诗中就夸赞他的才华："何来年少金陵子，肯道相思满人耳。三年觅我二樵间，一夕逢君五羊市。""怪君茂龄怀抱奇，严君风义兼能诗"。查慎行《余鸿客〈金陵览古集〉》也有"神伤叔宝髭初斑，诗草年年手自删。莫向六朝兴废事，谢家名句有江山"这样的夸赞。而他的这本《金陵览古》，更由周亮工、尤侗、陈维崧这三位清初文坛重量级人物为之写序，序中对其家学渊源、文思才华不吝惜溢美之词，尤侗更是感叹"吾意余子前身，定是王谢子弟，三生再来，流连咏叹"，连同其父余怀也一并赞美了。

余鸿客一生长期居住在南京，即使父亲晚年移居吴门后，他亦独居于此。他筑圃城南，平时闭户锁关，过着深居简出的平静生活，查慎行集中有《安公子》词一首，记其在余宾硕家的一次茶会，词小序中记道："余客杏花村居，是日品茶而不斗酒，填词纪之。"在《金陵览古》的"杏花村"篇中，作者也提到他在此有居屋数间："余有屋数椽，近在村中，傍搆小楼。每夏时高卧北窗，清风徐来，轻林委浪。"其居住环境与生活情状可见一斑。作为一介遗民，余宾硕尤其钟情于南京的山山水水，那是他的故都所在。他常常驾言出游，探奇揽胜，流连于这里的一草一木，一山一寺，从中寻觅着昔日的繁华兴盛。作为六朝佳丽地的南京，历经沧桑，许多陈迹沮没，余宾硕深感"名实失据，游览之士，何从而一一指名"，因而要详加记载，为后人留下实据。而南京又是明朝故都，作者在流连故都山水之间，常常俯仰今昔，感慨兴亡，故在书中将感慨以诗系之，抒发其抚今追昔的遗民之音。这一点作者是自觉有意为之，在自序中，余宾硕用屈原遭放逐而作《离骚》，司马迁遭腐刑而写《史记》和古人不得志而发为诗歌为比，指出本书写作背景"事有类然，君子览此，可以知余之志也"。因此，本书也就不是一本单纯的咏叹南京历史名胜、指点山水、考证胜迹的游览指南，也是一本借南京山水胜景感慨兴亡、寄托遗民情怀、抒写作者心志的抒情文学作品。

本书的题名，在查慎行的诗中被称为《金陵览古集》，而在陈维崧的序中则称为《金陵览古诗》。前者强调其为集，后者强调其为诗，实质上，它是一部专题诗集。按其自序，本书的写作体例是："地各为诗，诗各为纪，次第汇成，凡六十首，后有考古者，按籍而稽"。即以地为中心，以名胜为纲目，先序后诗，先用散文描写名胜的地理历史风貌，序文之后各系七律诗一首。全书共记有 60 个胜迹，共 60 篇序文，系诗 60 首。这种前序后诗、诗序结合的体例确实是比较独特的。序文与律诗前后呼应，浑融一体，但如分开单行，亦可各自为集。从内容上看，序文更偏重对胜迹的地理风貌景色的描写以及有关历史掌故的考证。系诗主要抒发俯仰今昔、感慨兴亡的情怀。

"六朝佳丽地，金陵帝王洲"，南京的自然美景和六朝人物风流、历史兴衰变迁，引得无数后人流连忘返、回味感叹。"金陵怀古"便成为骚人墨客抒发对南京的感怀的重要主题。本书中的 60 首律诗，就是以景为题的金陵怀古组诗。以组诗题咏南京胜景，作者并非第一人，从唐代开始就有许多诗人作此类作品。年代比较早的，有唐代刘禹锡的《金陵五题》，晚唐朱存等人的《金陵览古诗》，还有宋代曾极《金陵百咏》等。到明代，这种风气更盛，文人尤其是南京文人对六朝风流的追忆，使得他们对这座城市充满了迷恋，当时人就有"金陵菜佣酒保皆有六朝风味"的说法。探访南京古迹胜景，以诗题写胜迹景物，抒怀唱和，成为当时文人墨客的风雅之举。最典型的莫过于明代万历年间，余孟麟以南京 20 景为题赋诗，引得朱之蕃（元介）、顾起元（太初）、焦竑（弱侯）等人迭相唱和，这些诗作后来合集编为《雅游篇》。要知道这几位可都是当时的名人，且不说其他，单看他们的科举出身，就让人眼为之明。焦、朱二人分别是万历十七年（1589）、万历二十三年（1595）的状元，余孟麟是万历二年（1574）榜眼，顾起元则是万历二十六年（1598）年探花，都是当时南京的文化名流。在这样的风气和氛围中，余宾硕写《金陵陵览古》也就非常自然了。《雅游集》中，朱之蕃将 20 景扩充为 40 景，并附上图，再以诗赋之，而余宾硕更是将南京名胜扩充为 60 景，后来居上。明代以前的题咏组诗，大都采用绝句的形式，《雅游篇》中有绝有律，而余宾硕所作 60 首均为七律，整齐划一，亦甚为少见。在写法上，多为前四句写景述史，后四句抒情感怀，或借用典故，或撷取风物，抒发黍离麦秀之感。寒烟衰草、渺渺烟波、孤云落日、晚鸦寒笛、寒月凄照、芳草萋萋、秋风黄叶、衰草白云等，都是其诗中常见的意象，未出常境，倒也循规蹈矩。

诗前序文有长有短，短的只有几十字，长的则有 2500 多字。除了详记名胜的地理位置、风物景观，还记载其变迁与相关掌故等，文中引用史料典故，更有作者自己的慎密考证。许多序文，可以说就是一篇名胜小史。比如玄武湖一篇，作者结合史料，将玄武湖从吴宝鼎二年的后湖至宋元嘉中更名为玄武湖的历史梳理得清晰明了，其中又穿插了刘宋黑龙现湖、南唐冯谧徐铉对话，王安石奏废为田开十字河等事，最后再叙明代玄武湖之景、之用。全文 500 多字，完整周到，完全可以说是一篇玄武湖小史。其它诸篇亦多循此法，其中不乏慎密周到的考证。如青溪篇就有长达 500 字的考证文字，结合方志、《图经》、《庆元志》等史料中的记载，辨疑析异，仔细考证了青溪的位置和流向。再如瓦官寺篇，作者在文末附录了自撰的一篇《瓦官寺志》，长达 2500 余字，将瓦官寺自晋至清几百年盛衰兴废的历史源源本本详细道来，为我们留下了一份珍贵的文献资料。这种不仅记载名胜风物景观，而且说古道今、引经据典、严谨考证的写法，使得本书的序文具有极高的史料价值。《江南通志》卷十一记玄武湖，就引录了本书中的《玄武湖诗序》，《大清一统志》卷五十"祖堂山"条，根据本书《桃花涧诗序》记载，指出祖堂山有桃花洞，今据余宾硕原书，"洞"应是"涧"之误。这都说明了本书序文的文献史料价值。在南京的许多名胜古迹已经荒芜汩没的现在，本书的序文无疑是我们了解考察南京古迹的珍贵资料，而对于今天已经远离明代遗民之恨的人们来讲，这些序文更是我们追怀南京古都风韵、体味六朝风流的文化地理指南。

此外，诗序的文字优美，也很具文学价值。文中叙写故事生动有致，考证文字严谨简洁，尤其是景物描摹，骈散结合，明丽鲜艳，极尽语言之美。如写昭明读书台："直踞山巅，俯临大江，如萦带焉，观舟如凫雁矣。下望层山，盛若蚁蛭。城中烟火万家，连甍接栋，数十里中，楼台树木，历历如在掌上。云雾之中，见孝陵宫殿，若见若隐。回想全盛之时，离离蔚蔚，乃在霞气之上者，真欲老死而不能去也。"又如写玄武湖："而沿湖长堤障水，一望荷芰烂然，浮藻乱荇，牵舟缀楫。鸥鹭凫雁，出没烟波。远近芳洲相聚，错落如晨星。日光霞采，映射城郭，游者心目俱清矣。"再如记龙江关："两岸楼台交映，朱帘画栋，与云霞乱采。夹港汀洲历落，沙渚平静，芳风藻川，水木明瑟。"还有如记天阙："池傍怪石偃侧，下空上合，有似石鼓，天阴欲雨，辄自鸣。其上峰次青松，岩悬赪石，幽烟冥缅，风籁空传。升顶四眺，势尽川陆，江如委练，摇曳西来，城郭村落，在苍茫黯澹中。"另如写秦淮："两岸楼台分峙，亭榭参差。每夏秋时，士女竞集，画帘锦幕，麝馥兰薰，火树银花，光夺桂魄。吴船载酒，鼓吹喧呼，或爱深渌水，或长歌阳春。游者常苦目不周玩，情不给赏，诚为鄽郭之佳憩也。"等等，足见作者的文学才情和文字功力。在这一方面，诗序是可以当作写景抒情的美文来读的。

最后，特别值得一提的，是本书所记名胜古迹的排列顺序。本书所述名胜始于旧内，迄于大本堂，这样的安排极具匠心，又别有意味。旧内是明太祖当年为吴王时所居之处，而大本堂建于洪武年间，在明故宫内，是当年选儒臣教授太子之地。以明太祖当年所居之地为起点，再以明故宫中大本堂为结束，追怀亡明王朝之意不言而喻。面对昔日大本堂故址，作者发出了如下感叹："今者故宫禾黍，吊古之士，过荒烟白露、鼯鼠荆榛之墟，同一唏嘘感叹，而此也绵绵，彼也戚戚，王业偏安，不可同日语矣。"换句话说，作者不仅在诗序的字里行间发出了兴亡感慨，更在这种独特的诗歌序列安排中，再次表露了自己的遗民心迹。陈维崧序和谢国桢跋都已指出这一点。

此次整理本书，依据的是谢国桢先生收藏本，其中有谢先生的一些批注。按谢国桢书后小跋所言，本书有清康熙初年刻本，还有咸、同间翻刻本，但原刻本较为难得。因此此本应为咸、同间翻刻本，1983 年，上海古籍出版社将其作为《瓜蒂庵藏明清掌故丛刊》的一种影印出版。原本无目录，整理时根据内容编排了目录。原文有较多别字、俗字、古字，辨识不易，整理时也一一改为通用的正字。

此文为本人点校《金陵世纪》、《金陵选胜》、《金陵览古》（南京出版社）前言。

傅斯年"史学便是史料学"观点思想来源及其评价

傅斯年先生是我国著名文史研究大家，1928 年国立中央研究院历史语言研究所成立，他发表了著名的《历史语言研究所工作之旨趣》，主张发达近代科学，改变固有陈旧学术风气，认为："历史学不是著史：著史每多多少少带点古世中世的意味，且每取伦理家的手段，作文章家的本事。近代的历史学只是史料学，利用自然科学供给我们的一切工具，整理一切可逢着的史料，所以近代史学所达到的范域，自地质学以至目下新闻纸，而史学外的达尔文论，正是历史方法之大成。"其后他又在《史学方法导论·史料论略》中，更明确提出"史学便是史料学"。关于史学与史料学的关系，傅斯年先生大致有以上两种说法，意思大同小异，为行文方便，将这一说法归纳为"史学便是史料学"。

傅斯年提出的"史学便是史料学"的思想来源如下：

第一，"五四"以来追求科学研究方法的态度

傅斯年是胡适的学生，他 1917—1918 年受教于胡适后，开始摆脱中国传统学术的束缚，专注于探讨治学的方法。他在《新潮》中开辟"故书新评"栏目，介绍读书入门途径，宣扬治学方法的重要性，希望建立一种摆脱了传统史学束缚的、客观的、实证的、近代的"科学史学"。胡适对傅斯年的影响很大。在 2 0 世纪 2 0 年代初，胡适提出要用"科学方法"整理国故，制定了整理国学的几个原则——"第一，用历史的眼光来扩大国学的研究范围。第二，用系统的整理来部勒国学研究的资料。第三，用比较的研究来帮助国学的材料的整理与解释。"以后傅斯年提出国学题目的解决与推进是"利用旧的新的材料，客观的处理实在的问题，因解决之问题更生新问题，因问题之解决更要求多项的材料。这种精神在语言学和历史学里是必要的，也是充足的。本这精神，因行动扩充材料，因时代扩充工具，便是唯一的正当路径"。其思想与胡适用"科学方法"整理国故的思想是一脉相承的。所谓"扩充工具"，就是要更新陈旧的语言学历史学研究的理论和方法，采取近代西方的科学观念和方法。

胡适的许多理论主张，都在傅斯年及其所领导的史语所得到了实践。1928 年胡适在《治学的方法与材料》一文中，有这样几段话："不但材料规定了学术的范围，材料并可以大大地影响方法的本身。""他可以不动笔，但他不能不动手动脚，去创造那逼出证据的境地与机会。""只因为纸上的材料不但有限，并且在那个'古'字底下罩着许多浅陋幼稚愚妄的胡说。"研究语言、音韵，"文字的材料之外，还要实地考察各国各地的方言，和人身发音的器官。由实地的考察，归纳成种种通则，故能成为有系统的科学"。

"纸上的学问也不是单靠纸上的材料去研究的。单有精密的方法是不够用的。材料可以限死方法，材料也可以帮助方法。""向来学者所认为纸上的学问，如今都要跳在故纸堆外去研究了……单单一个方法是不够的；最要紧的关头是使用什么材料。"胡适这些思想，日后都变成了傅斯年和史语所行动的纲领。胡、傅之间的默契，正实现了历史学早期科学观念的提倡和实践。

傅斯年早年有过留学欧洲的经历，曾留学英、德，努力学习西方社会、自然科学的研究方法，广泛涉猎心理学、语言学、数学、物理、化学等。在他的史学实践中，不仅使用了历史语言学的方法，还有心理分析学的方法，有进化论、统计学方法、地理学方法，有解释学的方法。这些都来源于其早年所受的科学方法的训练。

其中对他影响最深的是兰克为首的西欧实证主义史学。兰克学派认为，历史学的根本任务在于说明真正发生过的事情，要想探明历史的真相，只有穷本溯源，研究原始资料。他们认为当事人或目击者提供的证据是最珍贵的，档案、古物一类的原始史料乃是历史的瑰宝。治史者要持"不偏不倚"的态度，让史料本身来说话。这样历史学才能成为科学。因此史学最根本的一点就是对史料进行严密的考证和辨析，辨别真伪，确定其价值。傅斯年深受兰克学派的影响，张广智认为，"傅斯年为首的史语所，明确提出了'史料即史学'的主张，在中国形成了兰克学派的分支"。

第二，中国优秀学术传统尤其是清代朴学的影响

中国学术研究的历史源远流长，其中的优秀学术传统给傅斯年先生以极大的启发。他感喟道："论到语言学和历史学在中国的发达是很引人寻思的。西历纪年前两世纪的司马迁，能那样子传信存疑以别史料，能作八书，能排比列国的纪年，能有若干观念比十九世纪的大名家还近代些。……欧阳修一面修五代史，纯粹不是客观的史学，一面却作集古录，下手研究直接材料，是近代史学的真工夫。……司马光作通鉴，'遍阅旧史，旁采小说'，他和流放刘恕范祖禹诸人诸能利用无限的史料，考定旧记，凡通鉴和所谓正史不同的地方，每多是详细考定的结果。"古代学者尤其是清代乾嘉以来的一批学者做学问的方法是非常科学的。傅斯年先生对此极为欣赏，称赞清代朴学是科学的学问，"仔细看来，清代的学问很有点科学的意味，用的都是科学的方法。""我希望有人在清代的朴学上用功夫，并不是怀着甚么国粹主义，也不是误认为朴学可以和科学并等，是觉着有几种事业，非借朴学家的方法和精神做不来。"他所说的几种事业中，无疑也包含他所致力的史学在内。他创办史语所之后，坚持"我们的宗旨第一条是保持亭林百诗的遗训"，可见其受中国传统的历史考据学方法影响之深。

第三，对于旧史学的反思

傅斯年作为五四时期成长起来的一代学人，他思想激进，想把千百年来附着在旧史学上的封建伦理道德、纲常名教之类腐朽的东西，都从史学中剔除出去。旧史学主张"文以载道"，把史学作为传道的工具，把封建的统治秩序粉饰成合理的、万古不变的真理，大肆宣扬君权神授，以维护封建统治。因此，傅斯年说："把些传统的或自造的'仁义

礼智'和其它主观，同历史学和语言学混在一气的人，绝对不是我们的同志！"同时，五四时期各种主义和思想流派都传入中国，它们相互交锋，激烈争论。傅斯年先生反对利用史学为普及这个运动、那个主义服务，力图保持历史学的纯粹的科学认识功能，"史学的对象是史料，不是文词，不是伦理，不是神学，并且不是社会学。史学的工作是整理史料，不是作艺术的建设，不是做疏通的事业，不是去扶持或推倒这个运动，或那个主义"。因此他强调纯就史料以探史实，反对加以疏通，对史料妄加解释，认为只要把材料整理好，则事实自然显明。他说"我们反对疏通，我们只是要把材料整理好，则事实自然显明了"，"使用史料时第一要注意的事，是我们但要问某种史料给我们多少知识，这知识有多少可信，一件史料的价值便以这一层为断，此外断不可把我们的主观价值论放进去。"这在当时对封建史学的批判是相当有力的。

第四，源于求真的史家之责任

"徒托空言，不如见之于行事之深切著明者也。"中国史学的大家司马迁，揭示了史学的基本特征——那就是立足于人类实践活动本身。中国历史上那些秉笔直书的史家一直为后代所称道。近代的一些治史大家都秉承了这一传统。如梁启超关于存真史的探讨，胡适"小心求证"的方法，范文澜倡导"板凳要坐十年冷，文章不写一句空"。同样傅先生也具有一种中国优秀史学家所共有的求真的优良传统。而求真的关键在于把握资料。对于史学研究来说，史料是最重要的，因此傅斯年强调，"本所同人之治史学，不以空论为学问，亦不以'史观'为急图，乃纯就史料以探史实也"。

第五，新材料的发现和应用

傅斯年意识到新材料的发现乃是推动史学进步的最重要的因素，他认为，"我们要能得到前人得不到的史料，然后可以超越前人；我们要能使用新得材料于遗传材料上，然后可以超越同见这材料的同时人"。"必于旧史料有工夫，然后可以运用新史料；必于新史料能了解，然后可以纠正旧史料。新史料之发见与应用，实是史学进步的最要条件。"

傅斯年先生认为建立近代的科学史学就必须扩充史料的范围，不能仅限于纸上的文献资料。所以，他在史语所成立之初，就把工作重点放在田野考古上。在他看来，"（一）凡能直接研究材料，便进步。凡间接的研究前人所研究或前人所创造之系统，而不繁丰细密的参照所包含的事实，便退步。……（二）凡一种学问能扩张他研究的材料便进步，不能的便退步。……（三）凡一种学问能扩充他作研究时应用的工具的，则进步，不能的，则退步"。因此，他主张研究直接材料，扩张材料的范围。他说，"一分材料出一分货，十分材料出十分货，没有材料便不出货"。"要把历史学语言学建设得和生物学地质学等同样"。在这种思想指导下，遂有殷墟的考古发掘，有明清内阁大库档案的整理，也有了民俗和民间方言的调查。所有这一切都说明，史料范围的扩充是傅斯年的近代史学所要追求的主要方面。

因此，傅斯年提倡史料即史学，并不是一时的心血来潮，这是摆脱传统旧史学，建立近代新史学所必经的阶段和必然的要求，是中西史学思想交汇的产物，有它的历史合理性。

傅斯年"史学便是史料学"的史料观的进步意义和偏颇之处。先说进步意义。

其一，扩大了史料的范围，扩张了史学研究者的视野

中国历史悠久，历代遗留的史料十分丰富，虽然古代学者在史料的整理、鉴别方面做出了很大成绩，但是他们的研究活动往往只局限于文献学的范围，而忽视了文献之外的一些史料如档案、简牍、古器物、古建筑、雕塑、民俗等资料。傅斯年以"史学便是史料学"的思想，对史料学的内容做了充分的开拓。凡古往今来人们社会生活的一切遗留，不论是物质的还是观念的遗留，统统被当作史料。除了传统的文献资料和文字资料，地下埋葬的古文字、古器物，地上遗留的庙宇建筑、石刻雕塑，流传的民俗、传说、观念、信仰，以及各民族的语言文字，档案、笔记、小说、戏曲、诗文、宗教典籍等一切文字的记录，都纳入了史料的范畴。这就大大扩大了史料的内涵，摆脱了那种文献到文献陈旧的研究方式，开辟了一个崭新的史学领域。

同时他还在其思想指导下，动员组织了一批优秀的学者，建立起学术机构，对中国现存的各种学术资料进行了广泛的搜集和整理。比如安阳殷墟的考古发掘、清代内阁大库档案的整理、民族学语言学的实地调查等。这些成就无疑都对当代史学的发展具有巨大的推进作用。

其二，消除旧弊，引入了科学的方法和工具

中国古代传统的史学重视史书的编辑，却忽视史料搜集整理。很多史学家不去认真采集史料，而是对前人提供的材料进行修饰、整理、加工，然后撰写出史书。这就不是"客观的史学"。元、清政府"最忌真史学"，以致采集整理新史料的优良传统日渐衰竭，虽然当时编撰史书的风气昌盛，但当时很多人都是"照着司马子长的旧公式，去写纪表书传，是化石的史学"。因此傅斯年认为，"史的观念之进步，在于由主观的哲学及伦理的价值论变做客观的史料学"，"由人文的手段，变做如生物学地质学等一般的事业"，中国的史学才会日益进步，赶上世界史学的潮流。傅斯年力图扭转史学界那种用个人观点曲解史实，依照伦理观念选择史料，按照政治需要写作帝王家谱、教科书的封建主义史学观点，使史学向着"求真""求实"的方向发展。他的思想在当时无疑是具有巨大进步意义的。

他还积极引入了各种科学的方法。他说："现代的历史学研究，已经成了一个各种科学的方法之汇集。地质、地理、考古、生物、气象、天文等学，无一不供给研究历史者之工具。顾亭林研究历史事迹时自己观察地形，这意思虽然至好，但如果他能有我们现在可以向西洋人借来的一切自然科学的工具，成绩岂不更卓越呢？若干历史学的问题非有自然科学之资助无从下手，无从解决。"在二十世纪二三十年代，傅斯年就已经认识到社会、自然科学在研究方法上必将相互渗透，相互影响，指出社会科学的研究必然要借助于自然科学的发展，号召以自然科学的方法来研究历史学，这无疑具有高瞻远瞩的眼光。

其三，强调了史料在史学以及史学发展中的重要性

"史学便是史料学"的核心内容是"扩张研究的材料"。傅斯年极力提倡全面地搜集各种历史资料，他说："史料的发现，足以促成史学之进步，而史学之进步，最赖史料之增加。"他认为中国史学之所以能够不断进步，就是因为古人能够使用各种各样的材料的缘故。"地方上求材料，刻文上抄材料，档库中找出材料，传说中辨材料"。他认为，要扩充史料，关键在于图谱文献记载的樊篱，利用自然科学的工具，"整理一切可逢着的史料"。他说："我们不是读书的人，我们只是上穷碧落下黄泉，动手动脚找东西。"

傅斯年强调全面收集各种学术材料，更强调收集新材料。他指出，近代西方学术之所以迅速发展，就是因为他们不仅仅依靠文献的记载，而是"动手动脚到处找材料，随时扩大旧范围"。中国的史学要想进步，也必须向西方学习。这无疑为当时的史学的发展指明了一条康庄大道。"这一点与陈寅恪的说法有异曲同工之妙。陈寅恪也主张使用新史料，认为："一时代之学术，必有其新材料与新问题。取用此材料以研求问题，则为此时代学术之新潮流。治学之士，得预于此潮流者，谓之预流。其未得预者，谓之未入流。此古今学术史之通义，非彼闭门造车之徒，所能同喻者也。"

但傅斯年先生在强调新材料的时候，也重视对旧材料的继承，"然而但持新材料，而与遗传者接不上气，亦每每是枉然"。

其四，提倡一种对待史料的客观的、实事求是的精神

傅斯年先生提倡一种客观的实事求是的对待史料的精神，他说，"我们反对疏通，我们只是要把材料整理好，则事实自然显明了。一分材料出一分货，十分材料出十分货，没有材料便不出货。两件事实之间，隔着一大段，把他们联络起来的一切涉想，自然有些也是多多少少可以容许的，但推论是危险的事，以假设可能为当然是不诚信的事，所以我们存而不补，这是我们对于材料的态度；我们证而不疏，这是我们处置材料的手段。材料之内使他发见无遗，材料之外我们一点也不越过去说。""史料有之，则可因钩稽有此知识，史料所无，则不敢臆测，亦不敢比附成式。"他的这些主张，在今天看来还有非常值得借鉴的地方。

但是傅斯年"史学便是史料学"的观点也有明显的局限性。他把史料学作为历史研究的重点和起点，这是无可厚非的。但是他把史料学提到至高无上的地步，不可避免地会导致重史料轻史观，重考据轻思辨。在这种学术思想的指导下，史学家依然继承乾嘉学派的风气，专门在个别的、具体的问题上下功夫，不能全面地看透社会的发展，不能写出贯通性的著作。而且研究具体问题时，也往往不能置之于历史发展的进程或者一定的历史环境中去考察，以致陷入繁冗琐碎的考证中，而不能发现历史事实和现象内在的、本质的特征及其联系。

【参考文献】

[1] 傅斯年 . 傅斯年全集 [M]. 台北：台湾联经出版事业公司，1980.

[2] 胡 适 . 胡适作品集 [M]. 台北：台湾远流出版公司，1986.

[3] 张广智 . 克里奥之路——历史长河中的西方史学 [M]. 上海：复旦大学出版社，1989.

[4] 陈寅恪 . 陈垣敦煌劫余录序 [M]. // 陈寅恪 . 金明馆丛稿二编 . 北京：三联书店，2006.

越南汉诗传统及评价

刘廷乾

越南的信史时代以中国的北宋初年为界分为两大时期，前一千年中国郡县其地，后一千年中国藩属其国。其与中国有相同的文化母体，文字一体，文学一统，这给古代越南的诗歌文学打上了深深的中国烙印。汉文诗歌是越南古代文学的主要形式。郑永常先生《汉文文学在安南的兴替》一书中，把越南作为中国郡县时期的历史阶段称为越南文学的孕育期（秦至唐），把越南独立时期的丁、前黎、李、陈、后黎诸朝称为越南文学的成长期，把阮朝称为越南文学的式微期。单就越南诗歌史而言，中国学者一般参照郑永常先生的越南文学分期法，将公元 10 至 12 世纪，即丁、前黎与李朝，称为越南汉诗的发轫期，或产生期；将 13 至 14 世纪，即陈朝，称为越南汉诗的兴盛期；将 15 至 17 世纪，即后黎朝前期，称为越南汉诗的繁荣期；18 至 20 世纪初，即后黎后期至阮朝，为越南汉诗的式微及衰落期。依据存世资料，考查整个越南文学发展历程，郑永常先生的分期及描述是比较务实和科学的。然运用于越南汉诗发展史的描述，以上中国学者的分期及描述，则未必全面准确，尤其在揭示越南汉诗创作传统及内部发展规律上，尚存在诸多问题。越南汉诗在与时代同步发展上，并未形成明显的时代诗歌特色；在诗歌内部发展上，亦未形成明显的阶段性特征。越南汉诗发展史有其独特的运作特色，这种独特性，既来自于内部民族文化，也来自于外部受容母体。

一

要准确评价越南汉诗的成就，需要对越南汉诗发展态势作一总体纵向观照。笔者在此并不依照以上诸分期法，而是以独立时期的越南历代王朝作为时间单位来进行简要梳理。

独立后，越南最早有汉诗流传的是始于前黎朝。最早作品是杜法顺禅师的《国祚》一诗："国祚如藤络，南天理太平。无为居殿阁，处处息刀兵。"此诗为大行皇帝黎桓向杜氏咨询国事时的作品，作于黎初 981 年。杜氏（915－990）显然是从丁朝过渡到前黎的。国家稳于"藤络"，有地域色彩；以"无为"的道家思想治国，则来自于中土。诗直言其志，朴拙无华，艺术上平平。丁、黎二朝国祚短暂，能确定的免强称之为诗人的也只有杜法顺与万行了了数人，皆是佛门人士。

越南独立前期国运最长的是李朝，李朝于意识形态领域的最大特点是定佛教为国教，僧侣有相当大的参政权力，以故李朝诗人以精通汉文的僧侣占了绝对的比重。据《禅苑集英》载，10 至 12 世纪有 40 多位僧侣作有诗文，其中绝大多数生活于李朝时期，有名的有万行、满觉、杨空路等。但佛徒所作多为禅颂佛偈或谶言一类，没有多少艺术性，严格来说并不能称之为诗，如万行的《示弟子》、满觉的《告疾示众》等。杨空路的《渔闲》是难得的诗中佳作："万里清江万里天，一村桑柘一村烟。渔翁睡着无人唤，过午醒来雪满船。"虽重在禅意，但亦布出诗境。李朝帝王中有能诗者，以太宗佛玛、仁宗乾德为代表，但所作诗亦多与佛禅有关。李朝佛教圈之外的诗人，传之后世者不过一二辈，唯有仁宗时的段文钦、李常杰二人。段只存诗三首，且全部是赠禅师的；李也只有一首《南国山河》，是越南民族独立精神高涨时的产物，诗风雄健，但是否为李氏所作，学界多有争议。总之，由丁至李，流传下来的汉诗及诗人特少，且又多是禅僧所作的禅诗，无法窥及这一时代的诗歌真貌与全貌。

陈朝是继李朝之后又一存世时间较长的时代，与李朝文学把持在僧侣阶层所不同的是，陈朝儒士阶层兴起，科举取士制趋向规范，考试内容之一是以诗赋试士，其诗初定五古长篇，后又调整为"唐律"。尽管佛教仍十分盛行，但已降至信仰层面，不再与政治紧密结合。这些都促进了文士阶层及诗歌的发展。据学者统计，陈朝传世诗人60 余位，存世诗歌近 500 首。陈朝诗人主要由下列几类组成：一是皇族诗人。"陈氏一门，诗学之盛。"陈朝皇帝自太宗起即工于诗，至圣宗、仁宗、英宗、明宗、艺宗、裕宗等皆能诗，尤以圣宗陈晃、仁宗陈昑成就为高。圣宗著有《陈圣宗诗集》一卷、《箕裘录》一卷、《贻后录》二卷，不传，今存诗 4 首。其《夏景》、《挽少师陈仲微》为写景与怀人诗的杰作，注重诗歌意境的构建与形式的完美，诗风深沉隽爽。如《挽少师陈仲微》："痛哭江南老巨卿，东风揾泪为伤情。无端天上编年月，不管人间有死生。万叠白云遮故宅，一堆黄壤覆香名。回天力量随流水，流水滩头共不平。"仁宗为陈朝帝王诗人的代表，有《陈仁宗诗集》、《大香海印诗集》各一卷，不传，今存诗 24 首。《天长晚望》、《幸天长行宫》清远旷放，为其代表性作品。如《幸天长行宫》："景清幽亦物清幽，十二仙洲此一洲。百部笙歌禽百舌，千行奴仆橘千头。月无事照人无事，水有秋涵天有秋。四海已清尘已静，今年游胜昔年游。"该诗体巧语巧用事巧。首联总写；二联一动一静，落笔在鸟与橘，境充实；三联落笔在月与水，境空明；末联言志抒情，又将前此描写形成铺垫，言志亦高远，抒情亦悠长。陈朝帝王以外的皇族诗人的代表是陈元旦，有《冰壶集》。他由陈过渡至胡朝，适逢陈末动乱，"王不勤政，权臣多不法，元旦数谏不纳。"故其诗有时代内涵，如《寄台中僚友》："台端一去便天涯，回首伤心事事违。九陌尘埃人易老，五湖风雨客思归。儒风不振回无力，国势如悬去亦非。今古兴亡真可鉴，诸公何忍谏书稀。"学者评元旦为越南讽谕诗之开先河者。

二是儒士官僚诗人。成就较高的有范五老、范师孟、莫挺之、阮忠彦、朱安、阮飞卿等。范五老、范师孟的诗以边塞军旅生活为主。范五老只存《述怀》一诗："横槊江山恰几秋，三军貔虎气吞牛。男儿未了功名债，羞听人间说武侯。"诗风豪隽；范师孟有《峡石集》一卷，不传，存诗 40 余首。他是越南边塞诗人的代表，诗风刚劲雄爽，《关北》是其代表作。莫挺之为英宗朝状元，曾使元，存诗 4 首，其五律诗颇见功力，《晚景》一诗，写景历历如见，语言精练，对仗工稳，有名家气派。阮忠彦于英宗时曾使元，写有若干歌咏中土山水风物的诗篇，存诗 80 余首。既有大量淡雅风格的山水田园之作，如《春昼》、《湘江秋怀》等；也有少量奇峭特色的诗篇，如《灵川银江驿》。朱安为陈朝大儒，许多有名诗人出其门下。有《樵隐诗集》、《樵隐国语诗集》，不传，存诗 12 首。朱安的诗在艺术上相当成熟，已达上境，诗风恬淡隽永。《灵山杂兴》、《清凉江》、《江亭作》等都是杰作。如《清凉江》："山腰一抹夕阳横，两两渔舟伴岸行。独立清凉江上望，寒风飒飒嫩潮生。"该诗意境的构建艺术已达至纯青境界。阮飞卿为陈元旦门客，并娶其女。他是陈胡时期山水田园诗存量最多、成就最高的诗人。有《阮飞卿诗文集》等，存诗 77 首。《游昆山》、《村家趣》、《故园乐》等均为杰作。

三是僧侣等其他诗人。代表性的有玄光、法螺等，但总体成就不高。

陈朝（包括胡朝）诗歌在题材上颇为丰富，贴近现实、反映政局民生内容的有陈元旦、朱唐英等人，写军旅生涯及边塞战争内容的有陈光启、范五老、范师孟、邓容等人，邦交诗有范师孟、莫挺之、阮忠彦等人，歌咏山水田园生活的则有陈仁宗、阮忠彦、朱安、阮飞卿等人，且山水田园诗是陈朝诗歌的主体。

后黎朝与陈朝有相似的政治特色，即大力发展儒家文化。但与陈朝把宗室置于首位所不同的是，它更加重视士人，文官制度更趋成熟，儒家科举更加制度化，而科目同样必有诗赋，从而更加促进了汉文诗歌的发展。后黎以莫登庸篡权为界，前期诗歌更为繁荣。仅从黎氏建国到莫氏篡权的整整一百年间，即有传世诗人 130 余家，传世诗歌 2000 余首，大大超过了陈朝。该期帝王中，从太祖黎利、太宗黎麟、圣宗黎灏、到宪宗黎镛，皆能诗。太祖黎利的《亲征太原州》、《亲征复礼州刁吉罕》、《征刁吉罕还过龙水堤》，及太宗黎麟的《亲征武令乡》等诗，展现沙场征战与定国安邦的雄才大略，慷慨激昂，粗犷豪放，虽成就不高，但有拓展诗风之功。帝王中尤以圣宗成就为最高，他也是越南古代帝王诗人之最著名者。圣宗存诗 360 余首，为越南古代诗人之冠。他与朝廷重臣申仁忠、杜润、蔡顺等 28 人组成"骚坛会"，歌咏唱酬，时称"骚坛二十八宿"，他自称"骚坛元帅"。二十八宿的诗歌内容以粉饰太平、歌颂功德为主，重在诗歌艺术形式的追求，有形式主义倾向。诗风总以清丽含蓄为主，但又因人因诗而异。圣宗《安邦风土》一诗云："海上万峰群玉立，星罗棋布翠峥嵘。鱼盐如土民趋利，禾稻无田税薄征。浪向山屏低处涌，舟穿石壁隙中行。边氓久乐承平化，四十余年不识兵。"诗中展现了一幅水乡泽国的太平富庶图卷，亦见出诗人的踌躇满志之态。

阮廌为后黎开国诗人之首，今存《抑斋遗集》，传诗 106 首。其诗既有激昂雄浑的国事之颂，如《观阅水阵》；也有沉郁凄婉的身世之慨，如《海口夜泊有感》；更有淡爽飘逸的山水之咏，如《暮春即事》、《题安子山花烟寺》。该期成就较高的诗人还有李子晋、阮孚先、朱车、黎少颖、阮保、蔡顺、覃文礼、黄德良、邓鸣谦等。李子晋为胡朝进士，因避陈朝讳，改姓阮。有《拙庵文集》，不传，存诗 73 首。由于为宿学名儒，故其诗古朴典雅，感怀之作《杂兴》等表现出对中国历史典实的烂熟。阮孚先存诗9首，《归故园》一诗对战乱导致的民生凋敝情景刻画得异常生动深刻："生还今日到乡闾，风景凄凉岂复初。寒树杜鹃鸣不已，野花蝴蝶落纷如。空庭蚁队排行阵，败壁蜗涎走篆书。恨不得归归又恨，斓斑双泪暮天余。"朱车于太祖时登第，曾使明，虽只存诗5首，但其《舟中晚望》一诗，画意浓郁，意象生动，意境悠远，为难得的上乘之作："极目斜阳际，残霞抹晚空。人归山坞外，舟泛玉壶中。水面双飞鸟，江心一钓翁。兴观犹未已，微月挂新弓。"黎少颖曾于太祖时奉表如明请封，存诗13首；覃文礼为圣宗光顺十年进士，存诗33首。二人皆写有宫怨诗，这在越南古汉诗中并不多见，尤其黎少颖的《宫词》："新花还向落花开，得宠原从失宠来。未许君恩中道绝，且将脂粉强挨排。"为宫怨诗的优秀之作。阮保为圣宗洪德三年进士，门人辑其诗文为《珠溪集》八卷，不传。今存诗155首，颇为可观。其田园诗在黎朝诗人中当别树一帜，《春日即事》、《澄迈村春晚》皆是此类杰作，尤其后一首："阴云漠漠雨霏霏，秉耒驱牛著短衣。幼妇蒔瓜侵晓去，老姑锄豆向晡归。篱边翳翳蔗苗长，草里青青芋叶稀。想得田园真乐趣，虽非衡泌亦忘饥。"古越汉诗中吟咏田园题材的颇多，像这类突显地域特色、闲适恬淡中融入劳动之趣的真正体现田园风味的诗实在是太少了。蔡顺为洪德六年进士，"骚坛副元帅"，处馆阁二十年，道德文章，为一时所宗，今传《吕塘遗稿》为其子恪与门人杜正谟所辑，存诗共278首，在黎朝现存诗中仅居圣宗之次。蔡顺尤以山水景物诗见长，其诗清新流畅，无雕琢之感，无矫情之嫌，在越诗中算上乘者。代表性的有《普赖寺》等。黄德良为洪德九年进士，亦以山水诗见长，其诗精练，代表作是《村居》。邓鸣谦为洪德十八年进士，存诗125首。他曾阅南史帝后公侯士庶妇孺，一一品题以诗，名为《越鉴咏史诗集》，以简短的七言绝句体进行精练评价，在越南汉诗咏史类中占有突出地位。

莫以后的黎朝后期，诗坛远不如前期繁荣，著名诗人有阮秉谦、冯克宽等。阮秉谦为莫大正六年状元，据载有《白云庵诗集》一千余首，不传。其诗多为感时伤世之作，诗风老辣，暗含讽谕之意。冯克宽为世宗光兴三年进士，明万历时奉使，响誉南北两朝。为古代越南邦交诗的代表人物，其诗表现为对汉学的深厚积养。

后黎朝（包括莫与西山）诗歌在题材上更为丰富，反映战乱及军旅生活的有黎太祖等前期帝王，及阮孚先、蔡顺、阮秉谦、范适等人；为盛世唱赞歌的则有圣宗等骚坛二十八宿；描写山水田园的有朱车、阮保、蔡顺、黄德良等人；咏史诗则有邓鸣谦、段阮俶；宫怨诗则有黎少颖、覃文礼；邦交诗则有冯克宽、阮公沆。而借自然景物以咏怀的山水诗仍是主流。

阮朝汉诗以嗣德为界分为两期，前期是承继后黎诗歌态势并有新发展的时期，后期则受制于法国人而出现衰落。阮朝有名诗人主要有邓陈琨、阮攸、范适、郑怀德等。邓陈琨有长篇叙事诗《征妇吟曲》，长达476句，用乐府杂言体写成，深刻揭示了战乱给人民带来的深重灾难，为现实主义的杰作。阮攸有文才重气节，曾两度出使清朝，著有《北行诗集》、《青轩前后集》。有短篇叙事诗《阻兵行》、《所见行》、《龙城琴者歌》

等。范适为黎朝进士，以遗民过渡至阮朝，著有《立斋诗集》，其文章节义为学者所崇。
《书怀》诗云："故国山河已大殊，故园松菊半荒芜。茫茫天地还逋客，扰扰风尘自腐
儒。病骨平分秋岭瘦，臣心仍伴月轮孤。有人劝我杯中趣，为问三闾肯醉无。"有强烈
的国破家亡之慨，遗民情绪颇为浓烈，诗风沉雄。郑怀德为诗学名家，他与吴仁静、
黎定光合为《嘉定三家诗集》。他的《过零丁洋有感》一诗沉郁雄健，颇见功力。阮朝
后期法国势力入侵后，汉文学逐渐衰退，随着汉字被废止，越南汉诗也就失去了地位。

二

以上简要论述了越南汉诗的历时发展情况，对于越南汉诗史，有诸多问题尚需加以
辨说。

一是对李朝汉诗的评价并越南汉诗史的界定问题。中国学者一般把越南独立后的
丁、黎、李三朝定为越南汉诗的发端期，或产生期，或再生期。这些概念的运用不仅有
失准确，而且颇为武断。丁、黎二朝合共42年的短暂时间，估且不论。李朝享国二百
余年，传世诗人也不过十多位，且大多为僧侣；存诗一共十余首，且大多为佛偈谶言。
诗人凤毛麟角，诗歌少之又少，且难以作为真正文体意义上的诗歌看待，置于漫长的
二百年历史中，确实是微乎其微。依据存世资料，由此而推断李朝为越南汉诗的发端或
产生期，似乎不无道理。然而，学者往往无视一种事实，越南文明开化的时期也是汉化
的同时，即使从汉代治下的三郡开始，到李朝也有一千年的历史。就诗歌而言，越南汉
诗受唐诗影响至深，尤其是在唐代成熟并迅速繁荣起来的近体诗，越人称之为"唐律"。
从唐中宗神龙初年入越的唐代诗人杜审言、沈佺期时算起，到李朝也有三百年时间，大
历中举进士且仕至宰相的越人姜公辅、元和十一年中进士与柳宗元唱酬且在《全唐诗》
中留有诗作的越人廖有方的时代，距李朝也有二百余年的时间。且越南纳入大唐一体的
以诗赋取士的科举制中，作为汉文化的边缘地带，当时越南的文教当然无法与中原内地
相比，但也肯定培养出不少诗人，诗歌的成就定然也达到了相当的高度。虽在当时的越
南，掌握诗歌艺术的还是少数知识士人，但他们毕竟也是越南汉诗发展史上的一个存在
环节，不管星星之火也罢，燎原也罢，至少在越南独立前，越南汉诗的发展应是连续性
的，不可能在独立后的黎、李时期才有汉诗的萌生，这是说不过去的。

有学者说越南独立后，它就脱离了中国，因而越南汉诗又经历了一次产生的过程。
这种判断殊为可笑。独立后的越南，仍与中国保持着密切的藩属邦交关系，汉诗创作
仍不会被割断，因为在独立前、独立后的一段时期内，汉诗在越南还只是掌握在少数上
层文人手中，这不会因独立与否而产生太大的影响，因为独立后的越南文化仍是脱胎于
中国文化，独立前后中越汉字一体化的格局也未变，这是越南汉诗连续发展的一个重要
前提。独立之前的越南汉诗应该达到了成熟和一定的艺术水平，不然不会产生廖有方等
诗人。而李朝之后的陈朝，从存世诗歌来看，自陈初即已达到了相当高的艺术水准，且

出现创作的兴盛局面。以此分析，诗歌在李前李后均已成熟，而在文化母体不变的情况下，同一文体却又在黎、李时期重新产生，恐怕只能是一种可笑的臆断。

再进入李朝内部看，李朝虽大兴佛教，并定为国教，但也屡有重视儒学的记载。《大越史记全书》载李仁宗太宁四年（1075）春二月，"诏选明经博学及试儒学三场。"这是李朝科举的开始，惜没有资料证明是否也以诗赋取士，但独立后的越南历朝科举均仿唐法，李朝应也不例外。李朝也有诗歌创作活动的记载，见于《大越史记全书》的就有：

> 诏建太和桥于苏历江，九月，桥成，帝临幸，命侍臣赋诗。（太宗通瑞二年）
>
> 冬十月，帝幸览山寺，夜宴群臣，亲制览山夜宴诗二章。（仁宗广祐三年，《越史略》卷二亦有载）
>
> 十一月，（帝）还京师，儒释道并献贺诗。（仁宗天符睿武四年）

《全越诗录例言》亦说"李家圣、仁二宗能书工诗。"既曰"工"，则李朝当不只是些禅颂佛偈之类。《禅苑集英》载僧圆通"诗赋千余首，行于世"，并提到僧庆喜有《悟道歌诗集》。二僧及段文钦、李常杰皆生活于仁宗时期。既有集体赋诗行为，又有高产诗人出现，可见李仁宗时期不仅诗歌成熟，而且还是李朝诗歌的最为兴盛时期。有学者言，李朝将佛教与政治捆绑，僧人与官僚合身，没有发展起儒士阶层和文官制度，因而也就没有严格意义上的文人和文人作品，这其中又忽视了一种现象的存在：李朝的知识僧侣就是文人，这是由李朝的特殊政治所产生的特殊文人。而且，由李朝历代君主既重佛教也重儒教来看，也应有一个潜在的儒士阶层存在，至少儒、释、道合一或儒释合一的知识阶层是存在的，文人不一定单出于儒学。

那么，造成李朝存世诗人与诗歌特少且为僧侣与佛偈的原因，最主要的有两个：一是佛教的崇尊，一是资料的阙如。对佛教的尊崇，且上升至国教的地位，带来的必然一是以禅入诗风气的盛行和禅诗的发达，二是渗透禅学真谛充满无限玄秘色彩的最高文字载体必然是偈谶一类，因而偈谶高于禅诗，禅诗高于非禅诗，可能是李朝人的诗歌价值判断标准，禅偈因为尊贵而存世，也就不足为怪，李朝诗歌主要靠《禅苑集英》这部佛家典籍得以传世，就说明了这一点。不过，禅风的盛行，也从另一方面说明李朝诗歌不会很发达，但也非学者所言的尚处在诗歌的初创阶段。李前及李朝现存诗歌或出于《禅苑集英》这样的佛典，或出于《越甸幽灵》这样的志怪书，或出于《大越史记全书》这样的史学著作，这本身就存在着很大的片面性和倾向性，不足以描摹李朝诗歌真面目，而所有这些资料最早也只出现于陈朝，已是隔代。古代越南文学资料主要依赖于史书及文学作品，史书一类最早陈朝一批，后黎又补充完善了一批；诗歌外的其他文学作品最早也只出现于陈朝，如志怪书。陈朝前的资料几乎没有，主要靠后代追述，此是由自然与社会原因所导致的越南古籍资料保存的独特之处，与中国大不相同。因而囿于资料上的李朝诗歌的判断显然是不全面不真实的。

同中国一样，诗歌是越南古代文学中的长子。从相同的文化母体、同一的文字表达来看，从现存越南汉诗主要来自于"唐律"这一传统来看，从诗歌所表现出的这一传统的历代一致性来看，言越南汉诗史不应屏除独立以前，它至少从唐治下的安南时期就已肇端，而相当然地认为越南汉诗在独立后的黎、李时期才产生则更是错误的。

二是陈朝诗歌与后黎诗歌的成就比较问题。真正代表越南汉诗水平的是陈朝与后黎朝的诗歌，两朝又是越南封建社会中后期历时最长的两个王朝。有学者把陈朝诗歌看成是越南汉诗的兴盛期，而把后黎诗歌看成是繁荣期。如果单从诗人与诗歌的量的比较上，仅据存世资料，陈朝的确无法与后黎抗衡。然量的比较意义并不大，何况后黎比陈要多近百年的历史。关健是看诗歌的创作质量及内部发展上后黎诗歌是否会高于陈朝。首先，陈朝帝王诗人比任何时代都多，且质量也高，起了很好的倡导作用。《皇越诗选》选陈朝帝王六家，纵跨陈朝各个时期；选后黎帝王只四家，皆集中于前期。陈朝六家皇帝中，圣宗、仁宗、英宗、明宗诗歌成就皆很高；后黎四家帝王中，太祖、太宗虽诗风慷慨豪迈，但太粗直，缺乏含蓄之致，唯圣宗成就高，但又有内容空泛之弊。今取其代表性的山水景物诗以观：

> 窈窕华堂昼景长，荷花吹起北窗凉。园林雨过绿成幄，三两蝉声闹夕阳。
>
> （《夏景》，陈圣宗晃）
>
> 村后村前淡似烟，半无半有夕阳边。牧童笛里归牛尽，白鹭双双飞下田。
>
> （《天长晚望》，陈仁宗昑）
>
> 三折流边浴翠山，孤高如削玉峰寒。寻来废寺凌风上，览尽荒碑带暝还。
> 穿密却疑天地小，登高顿觉水云宽。山光不改浑如昨，回首英雄一梦间。
>
> （《题浴翠山》，黎圣宗灏）

陈圣宗诗紧扣"夏景"运笔，首二句自然道来，清爽无俗韵；后二句，一静一动，一无声一有声，一广角，一聚焦。诗歌意境空灵，韵致悠长。仁宗诗首二句大笔勾勒，语巧韵逸；后二句出以动境，牧牛归尽的画面空缺，恰有白鹭下田来占位，回味无穷，生动无限，小诗构建出一个绝妙的画境。黎圣宗七绝颇多，但往往末句力弱。该首七律首联写山，颔联写寺，颈联回味登临感受，末联总揽景与人发抒感慨，整首诗格高调雄，亦是力作。但在意境的构建上，似乎不如陈朝二帝的浑然无痕，生动有致。再看其代表性的军旅征战一类的诗作：

> 锦缆归来系老榕，晓霜花重湿云蓬。山家雨脚青松月，渔国潮头红蓼风。
> 万队旌旗光海藏，五更箫鼓落天宫。船窗一枕江湖暖，不复油幢入梦中。
>
> （《征占城还舟泊福城港》，陈英宗烇）
>
> 挽云剑戟碧巉岏，海蜃吞潮卷雪澜。缀地花钿春雨霁，撼天松籁晚风寒。
> 山河今古双开眼，胡越赢输一倚阑。江水淳涵残日影，错疑战血未曾干。
>
> （《白藤江》，陈明宗奣）
>
> 崎岖险路不辞难，老我犹存铁石肝。义气扫空千嶂雾，壮心夷尽万重山。
> 边防为好筹方略，社稷应须计久安。虚道危滩三百曲，如今只作顺流看。
>
> （《征刁吉罕还过龙水堤》，黎太祖利）

　　三诗皆写战争，皆扣越南地理特征之"江"、"海"。陈朝二帝之诗意深语细，黎帝诗则气雄语直；陈二帝诗风格为沉郁中显深细之致，黎帝诗风格乃豪放中露疏朗之气。风格笔法的不同，本难以比较，但二者差距还是明显的。陈二帝的诗注重意象的刻画来构建一个完整的意境，将诗人之情意深蕴其中，含蓄深沉且紧扣诗题；黎帝之诗则是直言道出，语尽意尽而失于浅，且扣题不紧。由以上诸作，陈帝诗总体上似应高于黎帝。

　　其次，从帝王外诗人作比较。陈朝诗人中，范师孟、邓容都是边塞军旅诗人的代表，尤其范师孟，诗风刚劲雄浑，在越南边塞军旅之作中无出其右者；莫挺之的五律诗，意境统一和谐，用语精纯，对仗工稳，颇具名家风度；陈元旦是越南讽谕诗的代表；阮忠彦、朱安、阮飞卿皆为越南诗歌史上的一流山水诗人，阮忠彦以七律见长，朱安七言律绝皆佳，七绝尤见功力，阮飞卿、阮廌父子则分别为陈朝后期和后黎前期最著名的诗人；阮忠彦、阮亿等都有颇见功力的七古长篇，说明陈朝诗人古体长篇的创作也趋于成熟。后黎诗人中，要推独具民族地域特色的田园诗，则是阮保；山水诗人中以蔡顺、黄德良为高，蔡氏以五、七言律见长，黄德良则以五绝称胜，二人山水诗成就与陈朝阮忠彦、朱安、阮飞卿相当；阮秉谦借景抒怀，阮孚先、范适借乱世抒慨，三人均以七律称擅，其感怀之深，风骨之备，在越南汉诗中可占鳌头；越南咏史诗的代表人物则首推邓鸣谦；冯克宽乃越南邦交诗人的代表；李子构、阮孚先、阮保、范阮攸、裴璧作有五古长篇，黎廌、李子构、阮香作有七古长篇，黎廌和裴璧还分别作有七言排律与杂言长篇。其长篇古近体之作，在诗歌体式上比陈朝有所开拓，但在越南汉诗中，长篇之作不管陈还是黎皆是弱项，成就皆不高。两相比较，陈黎二朝诗人各有在越南汉诗中的方面代表人物，大致平分秋色；题材与体裁的开拓上，黎略丰富于陈，但基本平衡；在各类题材的代表诗人及其创作上，虽有量的差异，但成就上可划在一个档次，难分轩轾。何况还有时代的先后，时代的长短，及存世资料的多寡等因素。因而，从存世诗人及诗歌看，陈朝比之后黎，在量上不抵，除此之外，在任何方面，陈朝诗歌丝毫不亚于后黎，它们共同代表着越南汉诗的最高成就。

　　三是越南汉诗的时代游离性问题。越南汉诗的发展与其时代社会并不完全合拍，其时代特征并不十分明显。一是汉诗对于古代越南人来说，属于外文创作，它与越南的方言土音不相统一，从而造成语与文的隔膜，这就限制了它反映时代社会的广泛性与深刻性；二是正因为它属外文创作，所以从诗歌理论到诗歌创作，皆模仿中国而来，甚至导致了诗人之思维模式与表达习惯亦与中国诗人无有二致，因而实际创作中就处在一种"悬浮"状态，不容易深刻介入到诗人所处时代的根本点上，造成表达载体与被表达对象间的难以交融性；三是由于汉诗所用语言的异于本民族性，诗歌作为古代文体之最具艺术难度性，以及作为诗人所具备的高素质性，决定了即使古代中越间具有高度的文化认同感，乃至文化源、文化传统也有同一性，但汉诗在古代越南一直属于贵族文学，始终只掌握并运用于少数上层社会的文人中，即使到越南封建社会的后期黎、阮时期，汉诗仍未得到广泛普及，这必然限制了它的视野；四是从受众角度讲，由于汉诗在古代越南并未形成广泛的社会效应，它就无法形成一种广泛的双向交流机制，也就难以产生积极的适应越南社会发展的创新活力，所以它始终处于一种相对的平面静止状态和孤芳自赏的深闺之中。

这从具体的诗歌作品中明显地反映出来。黎末著名诗人裴璧（1744－1818），又名辉璧，字黯章，是越南文学巨擘黎贵惇的高足。他在潘孚先《越音诗集》、杨德颜《精选集》、黄德良《摘艳诗集》及业师黎贵惇《全越诗录》的基础上，选编了古越汉诗集《皇越诗选》（又名《历朝诗钞》），选越南独立至黎末诗歌 500 余首，是今存古越汉诗的经典集子。兹按题材大致统计如表：

《皇越诗选》题材统计

	景物	酬赠	咏怀	咏史	咏物	现实	邦交	颂圣	题画	禅诗	宫怨	统计
李朝			1	1						5		7
陈朝	66	7	14	7	4	8	5	3	3	3		120
黎朝	157	71	54	48	16	25	14	31	5		3	424
统计	223	78	69	56	20	33	19	34	8	8	3	551
％比	40%	14%	13%	10%	4%	6%	3%	6%	1.5%	1.5%	0.5%	100%

从表中明显看出，景物诗最多，占比重最大，其它较多的是酬赠、咏怀、咏史类，即使把描写战争、征夫思妇及讽谕类的都归之为反映社会现实的诗，其所占比重仍很小。一部越南古代史，实际就是一部战乱史，尤其是陈末与后黎后期，陈末的胡季犛篡权及明军的入侵，黎后期的莫登庸篡权、长期的南北分裂及西山朝的建立，战乱风起云涌，人民饱受涂炭，这些在古越汉诗中很少得到表现，只有少数诗人如范五老、黎太祖等有些微反映；至于末世王朝的黑暗等，也只有陈元旦等极少数诗人有零星的讽谕诗出现，远没有杜甫反映安史之乱的深刻，也没有南宋诗的爱国主题的突显。歌颂帝王丰功伟绩的"颂圣"之作，尤在黎圣宗时期为多，但多是对治世局面的一种粉饰，空洞的内容掩盖于华丽的形式之下，难睹真象。诗人的感怀之作倒是占有一定的比例，但其主题却是趋向一致地模仿中国士大夫文人的消极避世观，在缺乏深刻的现实背景的基础上，对归隐主题进行有意放大，因而带有颇浓的士大夫气。至于占比重最大的山水景物诗，不可否认，它生动展现了独特的

越南地理文化个性，但我们读唐诗中的山水景物之作自与宋诗中的不同，这是因为在它们身上仍然体现着时代诗歌的风格个性，这一特点在越南汉诗中不明显，因而不管陈朝还是黎朝的景物诗，颇有同一面目之感，越南山水景物诗在诗人与诗人之间、时代与时代之间体现为更强的共性。

因而，对越南汉诗发展的分期界定应持审慎的态度，李朝之前已有汉诗的成熟，李朝诗歌面貌难以真实再现，陈朝与后黎的诗歌成就不相上下，至少自陈至黎，越南诗人诗作虽有量的大幅度增加，但诗歌的内质并没有太大的变化。

三

越南汉诗传统实际就是唐以后中国诗歌传统的移植，这从越南人把他们创作的汉诗称之为"唐律"即能反映出来。仍以《皇越诗选》为例，对其所用体裁作一统计如表：

《皇越诗选》体裁统计

	五绝	六绝	七绝	五律	七律	五古	七古	七排	杂言	统计
李朝	1		4	1	1					7
陈朝	10	1	38	12	55		4			120
黎朝	27		87	24	271	9	4	1	1	424
统计	38	1	129	37	327	9	8	1	1	551
% 比	6.9%	～	23.4%	6.7%	59.3%	1.6%	1.5%	～	～	100%

从表中明显看出，越南汉诗所用体裁就是在唐代成熟兴盛起来的近体诗，以五七言律绝为擅长，而七言又多于五言，尤其七言律诗占了绝对的比重。再拿代表越南汉诗最高成就的陈、黎两朝细较，在《皇越诗选》中，五、七言绝句与五、七言律诗所占比例，陈朝是 8.3%、31.7%、10%、45.8%，黎朝是 6.4%、20.5%、5.7%、63.9%，两者的发展态势基本是一致的，皆以七言律绝所占比重为大，黎朝七律的使用频率更高一些。所以，一部越南汉诗发展史，实际就是一部近体诗发展史，一部七言律诗的发展史。而七言律诗又是中国近体诗发展史上的最典型载体，这也说明中越两国汉诗发展的传统是基本一致的。所不同的是，中国在近体诗成熟后，虽成为唐以后诗歌创作的主流，但古

体诗的创作仍很繁盛。越南则独专近体，独擅七律，这与越南汉诗兴起于中国的唐时，且处于汉文化的边缘地带有直接的关系。

对于越南汉诗创作中"唐律"传统的把握，学者一般概称为越南诗人学习唐人近体，既学其体式，又摹其风格。王维、杜甫、李白三家，是越南诗人崇尚的偶像，尤其杜甫，称之为"诗王"。以禅理寓山水者习王维，"冲淡称陶令节，沉雄称杜少陵，飘逸称李太白。"越南汉诗作家并不讳言他们对唐宋诗人的"效颦"，著名诗人吴时仕于《午峰文集序》中言："颦何可效也，天下事未尝无对，有美不可以无恶，有巧不可以无拙，有韵不可以无俗，有西施之颦而媚，便不可以无东施之效而颦。李、杜、元、白、刘、柳、欧、苏，诗家之西施，乃其气凌烟霞、夺锦绣，飘然不啻仙讹神语，故慕而效焉。"吴时仕作诗"平易循指归"，以白居易为师："从此每操笔，群童争相窥。亦如白诗读，乳婢无不知。初得长庆集，白与元兼施。晚得香山集，乃纯居易诗。……少陵自古玉，居易真吾师。"并以自己的诗做到了"如何与白公，样似葫芦依"（《读白集五十四韵》）而自豪。吴时仕是越南十八、十九世纪著名的吴氏文学世家的开山人物，该家族以文学、史学鸣于世，文学上形成了"吴家文派"。像吴时仕这样的汉诗名家，学白做到依样画葫芦而自谦自足，颇具代表性地说明了唐诗名家在越南诗人心目中的崇高地位。所以，越人作诗评诗，则必以唐诗为最高格范。

然而实际创作中又非如此。越南诗人所用的"唐律"，其体式意义大于风格意义。即是说，对越南汉诗作者来说，"唐律"重在对近体诗的体式的运用，因其成熟并繁荣于唐，创作的最高峰也在唐，而越南古代汉文文学的成熟与发展，又实在受唐代文学的滋养太深，故以"唐律"称之。至于诗歌创作的风格等，并不完全与唐人为近。从存世诗歌来看，大致有如下几种情况：

一是整体风格上与唐某家约略相似者，只在极少数诗风成熟的名家身上。吴时仕诗的平易晓畅特色与白居易诗有相似之处。《早起考场》、《偶成七言古风长篇示两院》等诗，确实浅易至"乳婢"能知。潘辉注亦评其"诗格效白居易，大抵简朴、真率，晚年尤其平易。"但主要还是在语言风格上的相近，至于白诗创作的现实主义精神所形成的诗歌内涵的深刻性是难以追慕的。而即使在语言上，吴家诗还是有自己的特点，在越南诗人中，吴家诗属于学者诗，其书卷气还是颇浓的，如吴时仕的《游绿云洞》：

> 嶒岏翠巘俯苍波，洞口萦回拥荔萝。岩邃造工施凿巧，景幽渔父占闲多。古今历阅英雄几，悠忽其如混沌何。开辟不应厄栈旷，故增一座石弥陀。

似这种琢字炼句式的诗，与白诗还是有所不同。陈英宗诗有李商隐诗的深细特色，但不及其绵邈；陈元旦有白居易讽谕诗的精神，但不抵其学力；朱安、朱车、蔡顺、黄德良的山水景物诗，有孟浩然、王维诗的闲适恬淡特色，但达不到孟浩然诗之淡到看不见诗之境，也达不到王维诗之离象得神之妙；范适、阮攸、阮秉谦的乱世诗有杜甫沉郁风格，但达不到杜甫诗之深刻，更不及其博大精深。大致来说，学王维诗者难达其超然，学李白诗者难达其飘逸，学杜甫诗者难达其沉雄。

　　二是具体篇章的模仿。这种现象在越南汉诗中最为常见，也最为普遍。往往是诗人的某个别篇章学习模仿唐人的某些作品，并不是整个创作风格向唐某家看齐，因为它只停留于局部的和具体创作中的模仿阶段，且模仿的对象往往是多元的。陈仁宗的《春日谒昭陵》"仗术千门肃，衣冠七品通。白头军士在，往往说元丰。"与元稹的《行宫》"寥落古行宫，宫花寂寞红。白头宫女在，闲坐说玄宗。"体式、用韵乃至句式基本相同，诗意也基本相近。阮忠彦的《边城春晚简诸同志》"雨后千林起瘴烟，晚风吹老艳阳天。瓮头绿蚁三分熟，马首凉蟾四度圆。梦里有魂随化蝶，病中无泪到啼鹃。不堪对景成惆怅，辜负华时又一年。"与韦应物的《寄李儋元锡》"去年花里逢君别，今日花开又一年。世事茫茫难自料，春愁黯黯独成眠。身多疾病思田里，邑有流亡愧俸钱。闻道欲来相问讯，西楼望月几回圆。"在体式、用韵、主题、用途乃至意象的设置、意境的构建、风格的形成诸方面，皆有相通之处，工力相抵而不露模仿痕迹。但此类诗不是韦诗主流，韦诗的独特之处是以闲淡简远的山水风物诗见长。同时，阮忠彦此诗的后二联又由李商隐的《锦瑟》化来。朱车的《舟中晚望》："极目斜阳际，残霞抹晚空。人归山坞外，舟泛玉壶中。水面双飞鸟，江心一钓翁。兴观犹未已，微月挂新弓。"王维的《汉江临泛》"楚塞三湘接，荆门九派通。江流天地外，山色有无中。郡邑浮前浦，波澜动远空。襄阳风日好，留醉与山翁。"二诗体式、用韵、意境及个别句式相似。范适的《秋郊杂咏》"野外连衡宇，秋高见远山。斜阳明一半，烟树断中间。国破家何在，年深客未还。紫芝如可采，一为问商颜。"模仿杜甫的《春望》"国破山河在，城春草木深"而来，体式同，韵不同，风格也不太一样。杜诗景语即情语，一切景皆有浓重的主观色彩，诗人感慨深刻沉痛，风格沉郁顿挫；范适诗则以景托情，感慨虽深但消极，风格虽沉郁但无顿挫之致。

　　上面是体式甚至用韵都基本相同的模仿。体式不同的模仿，如范师孟的《关北》："奉诏军人不敢留，青油幢下握吴钩。关山老鼠谷嵾濑，雨雪上熬岚禄州。铁马东西催鼓角，牙旗左右肃貔貅。平生二十安边策，一寸丹衷映白头。"与李贺的《南园十三首》之五："男儿何不带吴钩，收取关山五十州。请君暂上凌烟阁，若个书生万户侯。"诗意、诗风十分相似。一为七律，一为七绝，体式不同。但这类豪迈风格的诗在李贺诗中极少，不是其主流风格。且范氏该诗更与陆游的雄丽诗风为近。黄德良的《村居》："桑暗蚕正眠，簷低燕初乳。力倦荷锄归，昼永鸠声午。"化用王维的《渭川田家》"斜光照墟落，穷巷牛羊归。野老念牧童，倚杖候荆扉。雉雊麦苗秀，蚕眠桑叶稀。田夫荷锄至，相见语依依。即此羡闲逸，怅然吟式微。"一为五绝，一为五古，皆为杰作。不过黄德良重在展现一幅闲适的田园风光，而王维诗的立意在结尾，重在抒发归隐志趣，故在和谐恬淡的景物画面之外，另寓深层意蕴。黄德良诗立象见意，而王维诗离象得神，诗风虽近，功力有别。慧忠上士的《世态变幻》："衣狗浮云变态多，悠悠都付梦南柯。霜容洗夏荷方绽，风色来春梅已花。西月沉空难复影，东流赴海岂回波。君看王谢堂前燕，今入寻常百姓家。"仿刘禹锡《乌衣巷》"朱雀桥边野草花，乌衣巷口夕阳斜。旧时王谢堂前燕，飞入寻常百姓家。"一为七律，一为七绝。但慧忠诗只是反复渲染人生南柯之感。刘禹锡诗则以精练语言表达对桑沧历史的评判，立意有高下之别；慧忠诗忽而夏荷，忽而春梅，忽月忽海，虽则句句写景，但只为表达禅理，意象游离。刘禹锡诗则桥、巷、花草、飞燕、夕阳共同构成一幅苍茫衰败的和谐画面，诗的主题就深蕴于这幅和谐意境中，故二诗又有造境上的高下之分；最重要的是慧忠诗凝重无余韵，刘禹锡诗则豪隽，二者风格并不相同。

一诗多元化模仿。阮飞卿《化城晨钟》："远远从僧寺，疏疏落客蓬。潮生天地晓，月白又江空。"是一首精练隽永的五绝。此诗隐括了杜甫的《旅夜书怀》"细草微风岸，危樯独夜舟。星垂平野阔，月涌大江流。名岂文章著，官应老病休。飘飘何所似，天地一沙鸥。"都是借"月"与"江"来生发，而此种境界的构建，又有王维《汉江临泛》的影子。不同的是杜诗由前半部分的苍茫阔远之景，转至后半部分的老病孤独之人，体现出沉郁顿挫的风格；王维诗中的"江流天地外，山色有无中。"体现的是一种空寂的禅境意蕴，有空灵之美；阮氏之诗由于体制的短小，诗意深含于诗境，此境中的诗人，可能有"飘飘何所似，天地一沙鸥"之感，也可能有"襄阳风日好，留醉与山翁"之乐，因而小诗写来隽爽，风格不甚相同，但却是学唐的力作。阮鹰的七律《寄友》："乱后亲朋落叶空，天边书信断征鸿。故国归梦三更雨，旅舍吟怀四壁虫。杜老何曾忘渭北，管宁犹自客辽东。越中故旧如相问，为道生涯似转蓬。"该诗仿白居易七律《寄上浮梁大兄》："时难年荒世业空，弟兄羁旅各西东。田园寥落干戈后，骨肉流离道路中。吊影分为千里雁，辞根散作九秋蓬。共看明月应垂泪，一夜乡心五处同。"阮鹰诗末联二句又分别袭用了王昌龄七绝《芙蓉楼送辛渐》中的"洛阳亲友如相问，一片冰心在玉壶"，和李商隐七律《无题》（昨夜星辰）中的"嗟余听鼓应官去，走马兰台类转蓬"的句子。

三是虽用"唐律"，但既模唐，也仿宋。朱安的五律《日夕步仙游山松径》："缓缓步松堤，孤村淡霭迷。潮回江笛迥，天阔树云低。宿鸟翻清露，寒鱼跃碧溪。吹笙何处去，寂寞故山西。"仿孟浩然的五绝《宿建德江》："移舟泊烟渚，日暮客愁新。野旷天低树，江清月近人。"诗体不同，风格相近。但他的《清凉江》一诗："山腰一抹夕阳横，两两渔舟伴岸行。独立清凉江上望，寒风飒飒嫩潮生。"却又仿北宋苏舜钦的《淮中晚泊犊头》："春阴垂野草青青，时有幽花一树明。晚泊孤舟古祠下，满川风雨看潮生。"诗体相同，风格也相近，朱安诗清爽健拔，苏舜钦诗峭折健拔。阮时中有五律《题香海庵》，诗曰："兰若倚岩幽，临山一径修。池宽先得月，洞古早知秋。鸟却波间宿，鱼翻木末游。一僧禅定久，云重懒回头。"这种禅家静寂自适意境的构建，与贾岛的五律《题李凝幽居》非常相似，诗曰："闲居少邻并，草径入荒园。鸟宿池边树，僧敲月下门。过桥分野色，移石动云根。暂去还来此，幽期不负言。"两诗用于构建意境的意象"池"、"树"、"鸟"、"云"、"月"相同，所体现出的自然、自适、自得之趣也相同。阮诗中的"池宽先得月，洞古早知秋"句，出于宋典："桂材字元珍，资州人。大观末贡于京师，宿神君祠下，梦人赠诗一联云：'楼高先见月，柳嫩更含烟。'……"宋人高翥有一首五律《昌国县普济寺小亭》:“鲸海中流地,龙峰小洞天。亭高先得月,树老久忘年。大士居邻境,闲僧指便船。若为风浪息,更结补陀缘。”可作注脚。范汝翼的《李下斋见访赋此以答》:“人生遗迹雪泥鸿,邂逅谁知一笑同。久别令人思叔度,甚哀笑我梦周公。论文每向交情上,许与相期气概中。胜把此诗当左契,何妨渭北与江东。”仿苏轼的《和子由渑池怀旧》:“人生到处知何似?应似飞鸿踏雪泥。泥上偶然留指爪,鸿飞那复计东西。老僧已死成新塔,坏壁无由见旧题。往日崎岖还记否?路长人困蹇驴嘶。”范诗的大用中国典故,不及苏诗的天籁自然,但以议论入诗却是很好地学习了苏轼。

四是大量仿用中国古诗句,尤其是唐宋人的。陈英宗的《云霄庵》诗中的“此风此月与此人,合成天下三奇绝。”化用了李白《月下独酌》中诗句:“举杯邀明月,对影成三人。”黎圣宗《驻河华海口夜坐听雨悲感俱生》诗句“乾坤夜雨三更梦,湖海东风万里天。”化用了黄庭坚《寄黄几复》诗句:“桃李春风一杯酒,江湖夜雨十年灯。”申仁忠《奉和御制梅花》诗句“风前迢递香魂消,水面横斜月影癯。”来自林逋《山园小梅》“疏影横斜水清浅,暗香浮动月黄昏。”段阮俶《南关晚渡》诗的第一、三联为:“数声锣炮响重台,北隘南关次第开”;“远山高鸟迎尘起,故国清风越岭来。”来自杜牧的《过华清宫绝句》:“长安回望绣成堆,山顶千门次第开。一骑红尘妃子笑,无人知是荔枝来。”黄德良《题采石谪仙楼》:“生前曾作凤凰游,惆怅台空江自流。今日谪仙何处去,教人重上谪仙楼。”前二句直接化用李白《登金陵凤凰台》中的“凤凰台上凤凰游,凤去台空江自流”句,后二句句法采自崔护《题都城南庄》中的“人面不知何处去,桃花依旧笑春风”句。此类诗例太多。读越南汉诗,总给人一种似曾相识之感,诗句的套用、仿用,也是一个重要因素。

越南汉诗中的古体诗创作很少,古体长篇则更少。从诗歌发生学意义上讲,越南汉诗产生的直接近源是唐诗,而唐代又是近体诗发达的时期,故直接导致了越南“唐律”的发达。还有一个诗体内部的原因是,即使中国诗人,也存在着一个近体易作而难工、古体易工而难作的现象。近体诗特别是近体律诗,虽然格律森严,但有形而下的技术层面可以操作,要掌握并不难,越南在十六世纪就出现了一部诗歌韵书《诗韵集要》。越南汉诗坛又直接从近体诗开篇,自然古体诗不发达。越南古体诗创作有几个显著特点:一是多从唐人古体入手。这不仅因为越南汉诗产生于唐诗,而且也因为唐人手中的古体诗也受到了近体律化的影响,如唐人的歌行体、新乐府体等,所以越南诗人创作古体诗也以歌行、乐府体为多;二是比之于近体“唐律”,越南古体汉诗的创作中模仿唐人的痕迹更浓、更普遍,较有成就的古体诗几乎都是模仿的产物;三是依赖于模仿必然放不开手脚,特别是要用汉诗作长篇叙事,这在中国诗坛上本就不是强项,所以越南人只好另辟新径,十三世纪开始出现的喃文六八体和双七六八体诗,就是真正越南民族诗体的见证。其实这种新诗体,从语言音韵上讲,它是汉文与越南方音结合的产物;从诗体上讲,它又是用越南音律对汉诗古体进行律化的产物。即是说,它的“腰韵”押韵特点和“吟曲”的诗体形式,有很强的越南元素,但形式上还是汉诗古体的面目,从其诗题的命名多用"吟"、"曲"、"歌"等，也证明了这一点。这类诗体的产生，很自然地承担起了长篇叙事的使命。

越南古体诗中追摹唐前风格的很少，较早的有黎圣宗的五古长篇《望远山夜宴》：

> 衍衍月下饮，清夜渠未央。八珠方大陈，春瓮泻琼浆。中官容仪肃，殿上递称
> 筋。三杯自齐圣，忧戒心不忘。清风亦徐来，绿柳纤腰长。苍茫天宇阔，淡宁夜气
> 凉。题诗双凤开，妙入八鸾锵。肴核蒙杯盘，管弦绎宫商。瀼瀼白露重，河汉转天
> 章。人人言既醉，好乐贵无羔。尚膳彻饮宴，银烛照炜煌。侍臣稽首出，皆曰寿无
> 疆。

此诗明显拟汉魏风格，但内容空泛。拟唐人古体的陈朝阮亿、阮忠彦的两首七言体颇见功力：

> 道人来自崇天宫，手提一幅模糊龙。云是重华圣人万几暇，墨戏三昧时从容。
> 手中造化妙无迹，渔梭暂托陶家碧。洞前犹带湿云归，鞭起屏翳驱霹雳。春回五字
> 溪流光，印分三道硃凝香。艺坛展拜谢天赐，吟声仿佛生公堂。平生攀龙事则已，
> 一片禅心随海水。至尊若待为霖时，只合形求筑岩士。（阮亿《代人谢赐御画黑龙》）

> 北风飕飕冻云黑，玉蟾西坠天无色。故人别后暌南北，鲤书雁帛无消息。破毡
> 寒薄不成眠，窗外梅花旧相识。天涯浩荡迷雁迹，微躯苦被虚名役。易水休闻击筑
> 声，函关未听鸣鸡客。独背寒灯处槁梧，不知身在银江驿。（阮忠彦《灵川银江驿》）

二诗一为题画，一为写景。阮亿诗四句一转韵，韵转意转，运笔纵放，诗境与画境妙合无垠；阮忠彦诗设色凝重，写景深刻，笔意旷荡，有力烘托了天涯行役之苦。二诗意象迷离徜恍，结构奇瑰跳跃，笔墨奇丽纵放，语言奇峭冷丽，颇有中唐李贺诗的风格。此类功力非凡之作，殊不多得。尤其是一些古体长篇，即使是一些成就较高的作品，也往往有很浓的模仿痕迹。段阮俊的《谅山恶行》明显模仿李白的《蜀道难》"嘘吁嗟乎，谅山之恶，恶于坠深渊。珥河北渡百余里，去路渐穷稀人烟。……"阮攸集中不乏古体长篇，《龙城琴者歌》、《所见行》分别仿白居易的《琵琶行》、《观刈麦》。其力作《阻兵行》，不管内容还是形式都模仿杜甫的《兵车行》："金锵锵铁铮铮，车马驰骤鸡犬鸣。小户不闭大户闭，扶老携幼移入城。……河南一路皆振动，羽檄急发如飞星。滚滚尘埃蔽天日，步骑一纵复一横。骑者挽角弓，长箭满壶白羽翎。步者肩短槊，新磨铁刃悬朱缨。"有的地方还套用了北朝民歌《木兰辞》的句式："州弁闻贼至，磨砺刀剑嘎嘎鸣；州人闻贼至，三三五五交头细语声咿嘤。行人远来不解事，但闻城外进退皆炮声。"诗的内容不可谓不深刻，但写来细碎冗漫，缺乏杜甫的高度精练与概括，去杜甚远。邓陈琨的《征妇吟曲》，是一首长达477句的新题乐府，长诗反映了黎末战争给人民带来的痛苦，抒发了征妇的哀怨之情，有深沉的社会现实内容，是越南文学史上叙事诗的一篇杰作。但该诗在艺术形式与创作手法上却大量摹拟中国诗，且不说它频繁运用的中国诗典，只拣其摹拟唐人诗句之处，列表如次：

邓陈琨《征妇吟曲》	唐人诗句	作者及诗题
良人二十吴门豪，投笔砚兮事弓刀。…… 丈夫千里志马革，泰山一掷轻鸿毛。	燕南壮士吴门豪，筑中置铅鱼隐刀。 感君恩重许君命，泰山一掷轻鸿毛。	李白《结袜子》
归来倘佩黄金印，肯学当年不下机。	归时倘佩黄金印，莫学苏秦不下机。	李白《别内赴征》
安得在天为比翼鸟，在地为连理枝。	在天愿作比翼鸟，在地愿为连理枝。	白居易《长恨歌》
有心诚化石，无泪可登楼。 回首长堤杨柳色，悔教夫婿觅封侯。	闺中少妇不知愁，春日凝妆上翠楼。 忽见陌头杨柳色，悔教夫婿觅封侯。	王昌龄《闺怨》
鼓鼙声动长安城，烽火影照甘泉云。 九重按剑起当席，半夜飞檄传将军。	烽火照沙漠，连照甘泉云。 汉皇按剑起，还召李将军。	李白《塞下曲》
昔年寄信劝君回，今年寄信劝君来。 信来人未来，杨花零落委苍苔。	去年寄书报阳台，今年寄书重相催。 东风兮东风，为我吹行云使西来。待 来竟不来，落花寂寂委青苔。	李白《久别离》

此外，诗中还运用了楚辞句式："望云去兮，郎别妾；望山归兮，妾思郎。郎去程兮，濛雨外；妾归处兮，昨夜房。"可以说，邓陈琨的《征妇吟曲》是摹拟李白诗歌的大杂烩。达至此种田地，很难从艺术上把它归之为杰作。

越南汉诗人不管近体还是古体，尽管以摹唐为重，但对应于唐代名家，还存在着一定的落差，因而其汉诗风格特色，从总体上说并不逼近于唐。而且，越南汉诗的繁荣期陈、黎二朝是在中国的南宋后期（南宋建国 100 年后）至清中叶乾隆末年，中经宋、元、明、清诸朝，在时代的平行中，实际创作显然也分别受到这些朝代的影响。其实，越南汉诗总体上也就处在明清人摹拟唐宋诗的层次上，只不过由于诗歌史的积累不深等缘故，没有明清人那样的唐宋分野及流派林立而已。

越南汉诗没有形成明显的风格流派，更未形成以流派推动诗歌发展的局面。诗歌流派的形成，不仅仅是诗歌创作的群体趋同行为，它是一种更高层次的诗歌创作活动。诗人只有超越自我诗歌的技术操作层面，才有可能谈得上对某种风格、某种境界的追求。在中国诗歌史上，一个时代或时代的某一个时期，诗歌创作由该时期的领军人物的努力而形成稳定而鲜明的时代特色，常成为后世学习的榜样，这种情况下有可能出现风格流派，如汉末三曹为代表的诗歌创作所体现出来的"建安风骨"，成为初盛唐诗人追求的境界；盛唐李、杜、王、孟、高、岑诗歌创作所体现出的庄重廓大诗风及兴象玲珑的诗境，对明清诗人的影响所形成的众多流派等。再就是诗歌史上某一风格独特且成就巨大的诗人的出现，引起同代人或后代人的追摹，也形成诗歌流派，如杜甫对中唐元白诗派和韩孟诗派的影响，对宋代黄庭坚江西诗派的影响等。这些诗歌流派的形成，首先要有理论上的探索与总结，然后用于指导创作实践。在越南，绝大部分汉诗作家的诗歌创作，还只是处在一个技术操作的层面，尽管各个时代也出现一些创作成就较高的诗人，但还不足以影响时代诗歌的走向，所以它的时代特色并不明显。古代越南人总结其汉诗史的论述少见，裴辉璧《历朝诗钞小引》中提到：

> 我越有陈与国初，其气稍浑；洪德清丽，末流浸弱；中兴乃朴拙；永盛、保泰，更为通畅。近年颇尚意格，继今而作，殆将有大雅之遗响者。

范廷琥《雨中随笔》中亦有一段：

> 我国李诗古奥，陈诗精艳清远，各极其长，殆犹中国之有汉、唐也。若夫二朝以降，大宝以前，则犹得陈之绪余，而体裁气魄，日趋于下。及光顺至于延成，则趋步宋人。李、陈之诗，至此为之一变。中兴拘于衡尺，流于卑鄙，又无足言。永佑、景兴之间，前辈名公，始多留意诗律。

不仅二人观点颇多不同，而且分期断代也大不相同，从存世汉诗中我们也很难看出明显的演变轨迹，二人所论，颇多主观之见。越南汉诗创作，也未出现为后世所追捧的诗歌大家。在现存越南汉诗中，基本未见袭用前人诗句或模仿前人诗作的作品，就是例证。历代越南汉诗作家，基本抛开本土诗人，而直接向中国诗人学习，诗中大量运用中国典故、中国史实，甚至大量诗歌的内容也是中国的。从题材到体裁，从手法到风格，一一进行模仿，既显示着中越汉诗传统的一致性，也客观体现着两者之间存在的落差性。由于绝大部分诗人尚处于技术操作的层面，所以，他们对中国诗人的模仿，基本是泛模仿，不专注于一家一格，这在成就高的诗风较为成熟的诗人那里也不可避免。不可否认，越南汉诗史上也有极少数诗人专意模仿某种风格，但缺乏个性创造；也有诗风较为成熟者，只是相对于大多数文字平实的诗人而言，他们在诗歌艺术上显得更为成熟、稳定而已。因而，对大多数越南汉诗家来说，很少关注个性风格的形成，还上升不到刻意追求某种风格、某种境界的高度，形成风格流派的条件也因之不成熟。

黎圣宗领导的骚坛二十八宿，是越南诗歌史上仅见的相对固定且庞大的诗人群体。圣宗汉诗造诣颇深，至老不倦。《大越史记全书》载其临终语曰：

> 帝弗豫。谕行在东阁大学士申仁忠、学士陶举云："云去天中，月悬空际，云来则月暗，云去则月明，人孰不见之，其能道得新鲜？吾仰观天上，情动于中，言形于外。有句云：'素蟾皎皎玉盘清，云弄寒光暗复明。'凡人岂能道之乎？……昔《锦瑟》诗云：'庄生晓梦迷蝴蝶，望帝春心托杜鹃。沧海月明珠有泪，蓝田日暖玉生烟。'真奇丽精美，可与吾侔，而清莹澄澈，未及吾诗句也。"

即圣宗之能诗者，也只注重于字句之巧，且颇为自负，其实并不深知李商隐。该诗人群体并没有自己的理论主张，也没有共同的诗风追求。裴辉璧称"洪德清丽"，而"清丽"二字并不能涵盖个体之间诗风的差异。而且，探讨诗学并不是他们的主要目的，主要目的是尊君颂圣，将圣宗洪德之治比为中国的三代。从其诗评中就能体现出来，《全越诗录》中圣宗约五十首诗有评，评语中极少涉及诗歌艺术，不是笼统夸大水平之高，就是颂扬帝王气象。如阮直评其《江行偶成步都督同知黎弘毓韵》其二曰："前称诗王

（杜甫）当让一地头。"申仁忠评其《君道》曰："圣制此篇，为治宏图纲目，罔不兼备，上而事帝，下而养民，……"因而，圣宗骚坛只是一个诗人群体，并未形成诗歌流派。

越南汉诗理论，很少独创因素，基本套用中国的诗歌理论。越南诗论资料不多，存世更少，散见于诗文集的序跋、史书的文籍志等著作中，形式以序跋类为多，另有少量的文人笔记及诗话、书信等，专论更少，只有黎贵惇、绵审等数人。不管何种形式的诗论，皆以引述中国诗论为主，少有发挥，即发挥，也难见新观点。从基本概念、例证到具体的表述，都是高度汉化的。不过，从越南汉诗创作实际出发，他们在中国诗学体系中是有所选择的。在诗歌本体论中，主要承袭了中国诗论中的"诗言志"思想。诗言志在中国诗学中发展成"言志"与"缘情"两种不同观点，越南诗论者也同样继承了这两种观点，少量的诗论者靠向了经学家的言志，较多的则是靠向了缘情，讲究性情、性灵的抒写。阮案《东野樵诗集序》中说：

> 诗有所本乎？曰：本乎情。人皆有情而所以为情者不同，故其诗亦异。大抵处富贵之人其境顺，顺则无所触，而情多畅欢；处贫贱患难之人其境逆，逆则有所为而情多堙郁。

冯克宽《言志诗集序》中则将所言之"志"细分为若干类："故志在德则发浑厚之言，志在事业则显豪雄之气，志在山野则喜寥寂之诗，志在风云雪月则好清高之诗，志在抑郁则作忧思之诗，志气在感伤则作哀怨之诗。"这些其实都是受中国诗论的启发，乃至对中国诗论的一种回响，无甚新意。实际创作中，越南汉诗则是普遍地践行着诗以发抒性情的理论，表现出更大的通脱性，几乎见不到经学家、理学家式的言志，也无意于诗非要达温柔敦厚之旨。尽管范适、吴时仕等人评杜甫等为代表的盛唐诗歌"叹老嗟卑，往往有此病"，有失"温柔敦厚之体、宽裕和平之气"，但鲜有回应者，实际创作中也鲜有着意者。在诗歌的功用性上，越南诗论家基本回应着中国儒家的诗教观，如诗歌的美刺作用、教化作用、泄导人情的作用等等。实际创作中，诗歌用来记录诗人心灵历程、抒发个性情感仍然占了主导地位，诗歌的美刺与教化色彩，在越南汉诗中似乎更淡。有关诗歌创作主体的问题上，越南诗论家从实际出发，讲究天分、学养、性情、阅历、人工等的相辅相成。阮恒轩《立斋诗集序》中评范适："乃知公之才敏天成，兼学深力到，洵可挽回风雅而继杜工部之芳踪。"孟端《清溪拙集序》曰："欲作诗者，先读书，欲诗书者，须先养气。……作诗之顷，先读书也；尚矣。万卷书积于胸中，一团浩气充于吾身，则天地间所有之物，一一供吾诗料，随其所向，都归出鬼入神。"越南诗人更重视学力。

在继承中国诗论传统中，越南诗论也有其明显的倾向性。一是引论以宏观论述为主，很少作具体诗艺诗风的论述，如关于诗歌的意境、神韵等。中国诗论的高点是在儒家诗论的基础上，引入释、老思想所产生的道家、佛家诗论，如司空图的"韵外之致"、"味外之旨"、"象外之象，景外之景"，严羽的"以禅喻诗"及"兴趣"、"妙悟"说等，这些在越南诗论中几乎找不到反响。这不可否认，作为一种外文式创作给诗论者所造成的理论深度上的局限，同时也是实际创作很少达到这一高度的实践上的局限，是对越南汉诗创作实际的呼应。二是折衷调和的思想明显。绵𡪫《雅堂诗集序》中的一段话颇具代表性：

> 姑自汉魏顺而下之，至于六朝作者，不乏伟篇，而求其规模弘远，声势稳妥，全诸体以集大成者，则直退舍于唐，若水之朝尊于东海。其又自明清等而上之，至于五代作者，亦多丽藻，而求其千百年不能改窜损益其范围，不得不尊其约束者，则亦皆宜敛衽于唐，若人仰止于高山矣。第唐必至盛唐，盛唐必至王杜而后美善兼焉。乃清王阮亭尚书偏重右丞，故取表圣沧浪之谈而著于《唐贤三昧》；沈归愚尚书又偏重少陵，故谓千古让渠独步而详于《唐诗别裁》等书。吾则兼之，不敢偏袒，而自有我用我法者在也。何则？盖春容清雅为王，高深雄阔为杜，是各胸襟相别者。时而可杜，杜之；可王，王之。……此则未尝有不相同，当兼之矣。

这可以看作是越南诗论的一大传统，这一传统与越南汉诗发展中并未形成风格流派相印证，依然是对越南汉诗创作实际的呼应。

结　语

尽管同在汉文化共同体，但古代越南处在边缘地带；尽管汉字一体化，但在越南，汉字的使用处在与方音口语相脱离的状态中。这决定了越南汉诗创作在体现共性的汉文化精神和个性的民族精神方面的两难处境，从而削弱了它的承载功能和创作的高度。

另一个重要问题是，汉诗是随着政治、文化制度的输入而发展起来的，因而它在越南体现着比中国更强的生存于政治光环中的特点。这并不意味着它与政治联系的紧密，相反，政治制度输入后，随着越南社会脱离中国而独立，出现了更为迅速的地域化、民族化走向，而文字的未变，却让汉诗创作更游离于汉文化和越南文化之间。一方面，汉诗随政治、文化的输入，使它在越南的崇高地位，不仅仅体现着文学、文化层面的意义，更主要的是体现着社会存在层面的意义，所以它吸引着历朝历代的帝王深入其间，而帝王们的乐此不疲，又进一步提高了它的社会地位；另一方面，输入性和游离状态，又使汉诗始终囿于社会上层，成为少数高层次文化人的一种专利。所以，汉诗在古代越南又相伴生出一种特殊的社会功能：它是一种高品位汉文化修养的标志，是与高层次人际交往、高层次人才选拔密切联系的实用性、工具性文体。说穿了，它是一种地位与身份的象征。唯其如此，诗歌活动的形式意义大于诗歌创作本身的意义，这反而分散了诗人在其文体内部做出努力的注意力。它似乎无需在其内部分门立派以较高下，也无需以《诗品》式的阶级来定其优劣，虽不绝对如此，却是一个显性存在。这是促成越南汉诗史的相对平面化、静止化和创作成就总体不高的因素之一。也是越南汉诗与中国诗歌在社会历史视角中的最大不同。

【参考文献】

[1] （台湾）郑永常. 汉文文学在安南的兴替 ［M］. 台湾：商务印书馆，1987.

[2] （清代）南沙席氏. 元诗选 ［M］. 嘉庆三年编修，光绪十四年重修，手抄本.

[3] （越南）黎　澄. 南翁梦录 ［M］.（台湾）陈庆浩、王三庆主编. 越南汉文小说丛刊·笔
　　　记小说类 ［M］. 法国：远东学院出版社，1987.

[4] （越南）潘孚先、吴士连. 大越史记全书 ［M］.

[5] （越南）裴　璧. 皇越诗选·卷首 ［M］.

[6] （越南）潘辉注. 历朝宪章类志 ［M］.

[7] 分门古今类事 ［M］. 文渊阁四库全书 ［M］.

[8] （越南）范廷琥. 雨中随笔 ［M］.（台湾）陈庆浩、郑阿财等主编. 越南汉文小说丛
　　　刊·笔记、传奇小说类 ［M］. 法国：远东学院出版社，1992.

越南汉文小说发展的不全面性

刘廷乾

越南前为中国郡县，后为中国藩属，政治制度、社会模式、文化形态皆移植或仿自于中国，使用汉字也从越南文明开化开始，相伴越南封建社会之始终。因而，越南古代文学传统也同中国古代文学传统基本一致。与越南汉诗史主要接受和发展了中国唐代以后的近体诗所不同的是，越南小说史对中国小说的接受与发展似乎更全面些，其发展轨迹也与中国小说史更加相似，也是先由杂史、杂传类的志怪体小说发端，而后传奇体，而后长篇章回体，也经历了一个先文言后白话的过程。只不过越南本土文明开化晚，小说史的这些现象似乎是与中国小说打了个时间差之后的异地再植，由于有可资借鉴的范例，它的小说内部各文体的发展进程显然要快得多。

这只是一个总体宏观的描述。进入越南汉文小说史的内部，则发现它的发展是不全面的。这种不全面既表现于题材内涵方面，也表现于小说艺术方面，还表现于小说作者的构成方面。

一 越南汉文小说发展的不全面性表现

根据台湾学者陈庆浩、王三庆等主编的《越南汉文小说丛刊》所辑，现存越南古代汉文小说主要可分为这样几类：

志怪小说类，主要有《越甸幽灵》与《岭南摭怪》两个系列。属于《越甸幽灵》系列的有《越（粤）甸幽灵集录》，《新订较评越甸幽灵录》、《越甸幽灵集录全编》、《越甸幽灵简本》属于《岭南摭怪》系列的有《岭南摭怪列传》、《岭南摭怪列传卷三·续类》、《岭南摭怪外传》、《天南云录》。两个系列是今存越南最早的杂史、杂传及志怪类小说，虽然数量可观，但初始创作只有两部书，其它都是校改或续写。此外，《越南汉文小说丛刊》未辑的还有受《聊斋志异》及其续书影响的《传记摘录》与《异闻杂录》等，是今存越南较晚的志怪小说，但它们不是一种新的创作，而是对《聊斋》及其续书的有选择抄袭，只是变换成越南时空而已。

传奇小说类，主要有《传奇漫录》、《传奇新谱》、《圣宗遗草》、《越南奇逢事录》、《新传奇录》及《越南汉文小说丛刊》未辑的《传闻新录》等。

历史小说类，主要有《皇越春秋》、《越南开国志传》、《皇黎一统治》、《皇越龙兴志》、《骧州记》、《后陈逸史》等。

此外，越南还有较为丰富的文人笔记。但笔者认为，这些文人笔记题材、体裁颇为庞杂，很难完全归之于小说一类，故不在本文论述之列。

以上三大类小说中，志怪小说《越甸幽灵》与《岭南摭怪》两个系列中的后世改写、续写之作，已脱离了笔记体，向传奇体靠拢。阮屿的《传奇漫录》虽是传奇体，但题材主要是烟粉灵怪，有很浓的神怪色彩。这样，从较为规范意义上的小说文体讲，越南古代汉文小说可分为志怪体、传奇体与章回体；从其代表的题材特点讲，则只有两大类别——神怪类和历史类，反映社会现实的诸如世情小说类，则基本付诸阙如。这是越南汉文小说在题材上的不全面性。从内容来看，志怪与历史融合，《越甸幽灵》与《岭南摭怪》就具有这样的特点，以至于后来的越南史书如《大越史记》等将其中的一些内容作为正史资料采入。越南吴玄斋《见闻录序》云："有语怪而不离乎常，有言变而不失其正，大抵寓劝惩之微旨，将使后之观者，其善可为法，其不善可为戒，实有裨于世教，岂可以野史视之哉！"变通儒家的"不语怪力乱神"说而将志怪书提至"裨于世教"的社会意义上。所以，越南的志怪小说内容上倾向于史，多了史的成份；传奇类小说以阮屿的《传奇漫录》为代表，余者大都是对《传奇漫录》的模仿。《传奇漫录》虽以浪漫笔法对作者所处时代的社会现实进行了曲折的反映，但小说中的"仙婚"内容是其主要特色，所以越南传奇类汉文小说中，反映现实中的爱情婚姻生活及日常家庭生活的不发达；历史类小说，几乎无一例外地写战争及王朝更迭史，反映治世或和平时期社会图景的也不发达。这是从题材内容方面言其不全面性。

从模仿类别上讲，志怪书《越甸幽灵》与《岭南摭怪》的初创形态类似于中国六朝时期的志怪、志人小说，为体制简短、梗概粗陈的笔记体式，其后世改写、续写者则又借鉴唐传奇手法。正如武琼《岭南摭怪列传序》中所言："其视晋人《搜神记》、唐人《地怪录》同一致也"；传奇系列则以唐传奇为基本借鉴背景，而直接近源则集中于中国明初瞿佑的《剪灯新话》，从篇目结构到创作手法，乃至语言使用，一一仿效；历史小说类则以中国的史学著作为借鉴背景，具体创作中又集中导向了中国历史小说的典范之作《三国演义》，尤其在战争描写和历史人物的塑造方面模仿的痕迹最浓。代表越南汉文小说兴盛局面的是传奇小说与历史小说两类，两类不仅数量多，而且成就高。但如果从直接借鉴与模仿的角度而言，两个系列的小说只借鉴模仿了中国的两部小说——《剪灯新话》、《三国演义》。当然，中国古代小说实际也有不少被越南人所借鉴或改写的，但成型后的作品，要么不在汉文系列，要么不在小说系列，在汉文小说系列的，除此两部外很少，如《聊斋志异》的影响也很大，但所见的只是抄袭和搬用，还没有达到创作的层面。因此，从借鉴意义上讲，虽然越南汉文小说的传统与中国小说基本一致，越南汉文小说的创作也颇为可观，但众多小说却只受到中国两部小说的直接影响，这也是发展不全面的表现。

从小说艺术上讲，比之于汉文诗歌，小说这种综合性、大容量性文体给越南汉文小说家更大的困难和更大的束缚，因而越南汉文小说的摹拟性更重，汉化色彩更强，几乎全部是模仿中国小说的创作手法而成。如浪漫笔法、传奇手法的运用，纵向取材，动态刻画，讲究故事性、传奇性，人物形象注重典型化却又难免类型化，情节的推进多采用直线式，叙述模式为全知全能型，等等。总之，从体式、章法、语言，到叙述者的语气，小说中人物的思想、神情、口吻无一不向中国小说看齐。虽然题材是越南社会的，但成型后的小说总给人一种中国元素太浓的感觉。小说本重在人物形象的刻画，但越南汉文小说尤其是历史小说中的重墨人物，多给人一种中国古代小说中的人物冠以越南姓氏生活于越南环境中的感觉。从而造成了题材本身所蕴涵的民族特色，在艺术上没能很好地体现出来的不全面性。

越南传奇小说的代表作《传奇漫录》与中国瞿佑的《剪灯新话》有一个共同的源，那就是六朝志怪与唐人传奇，不同的是，《传奇漫录》又把《剪灯新话》当作了近源而极力模仿之。两书篇幅相当，体例一致，内容上都是以烟粉为主，涉及灵怪，行文中大量插入韵文，形成诗意化小说的特征。在创作思想上，两书都是以折射的方式，以浪漫笔法曲折反映社会现实与作者的思想，特别是士子文人的乱世心态、人生感触都有细致表现。烟粉灵怪类内容只有置于一个特定的时代环境中，它才能达到曲折反映社会现实的力度和深度。《剪灯新话》所涉及的烟粉灵怪题材，是沿着六朝志怪、唐传奇一路而来的，体现为连贯的明显的中国志怪小说的创作传统，中国读者读来是非常熟悉而亲切的，加之瞿佑又把故事置于元末战乱的时代背景上，故小说不仅体现着极浓的中国元素，而且时代沧桑感也扑面而来。应该说，《传奇漫录》并不是对《剪灯新话》的机械模仿，它是一个杰出的创造。阮屿的创造才能就在于他也注意到了时代内涵这一方面，既要模仿《剪灯新话》，又要体现出越南社会与民族特点，于是就变幻时空与人物。那么，换成越南的时空与人物，是否就能鲜明地反映出越南社会特点与民族特点呢？黎贵惇《见闻小录》卷五《才品》中说阮屿"后以伪莫篡窃，誓不出仕。居乡授徒，足不踏城市，著《传奇漫录》四卷，文辞清丽，时人称之。"阮屿在小说中表现出两方面的思想：一是正统观念，一是爱国精神。故他多把故事置于胡季犛篡权、明军入侵这一背景上，但常常是在故事展开之前作三言两语式的交代，真正的故事模式及故事展开的情景则大多是来自中国的，这些简单的背景交代，往往被接下来的鲜活的故事所掩盖，而极容易被忽略。在《传奇漫录》的二十篇作品中，真正将故事情节融进作者所设置的背景中的不过数篇，其中最有代表性的是《那山樵对录》与《沱江夜饮记》。《那山樵对录》写胡朝二世胡汉苍出猎，遇一隐于樵的世外高人，请其出山佐胡，不但遭到拒绝，还受到樵夫对胡朝腐败的痛责。《沱江夜饮记》写陈废帝出猎，在沱江北岸开帐夜饮，一猿一狐化成袁秀才、胡处士晋见，与首相胡季犛展开一场激烈的唇枪舌战，借此揭露季犛的不臣野心。两篇皆以对话体构成，尽管越南式背景清晰，但话题中又大量运用中国典故，几乎满篇皆是。如《那山樵对录》中樵夫的一段话：

> 士各有志，何必乃尔？所以严子陵不以东都谏议，易桐江之烟波；姜伯淮不以天子画图，浣彭城之山水。吾才虽薄，视古有间，幸而富于黔娄，寿于颜回，健于

卫玠，饱于爱旌目，达于苟奉倩，静算所以得于天地亦多矣！

仅此数行就罗列了中国古代严光、姜肱、黔娄、颜回、卫玠、爱旌目、荀粲等高士，恐非一般越南人所熟知。而且，两篇又是《传奇漫录》中故事性最差的。

《漫录》中的《木棉树传》仿《新话》中的《牡丹灯记》，各是两书的代表性作品。两作各有优长，皆是典型的"烟粉"类题材，香艳与幽寂相结合的气氛展布到位，环境渲染深刻。《牡丹灯记》语言精练而不病于简，《木棉树传》描写细腻而不病于冗。《牡丹灯记》中"柩前悬一双头牡丹灯，灯下立一明器婢子，背上有二字曰'金莲'"的"灵柩"情节的创造十分深刻，《木棉树传》袭之而不病于拟；《木棉树传》中同伴为防程忠遇深惑于鬼魅让"舟人以绳苦系"于船、程反骂而逃去的情节生动，为《牡丹灯记》所无。但二者还是有关键的不同，《牡丹灯记》结构上以"牡丹灯"串连，紧凑鲜明，手法高超。情节的导入是从乔生眼中写来："见一丫鬟，挑双头牡丹灯前导，一美人随后，约年十七八，红裙翠袖，婷婷嫋嫋，迤逦投西而去。"情节高潮时又写到柩前所悬的双头牡丹灯，结局部分写乔生死后，"云阴之昼，月黑之宵，往往见生与女携手同行，一丫鬟挑双头牡丹灯前导。"情节结构显得十分完美。这种巧妙绾结，《木棉树传》中则无，作者将题目改为《木棉树传》，作为热带植物的木棉树，在与中国对应的作品中可算是鲜明体现越南特色的，但只于小说结尾处言二鬼魂依木棉树为妖，木棉树并未作为绾结小说情节的重要道具。关健是故事设置的背景并不鲜明，《牡丹灯记》故事的开端是："方氏之据浙东也，每岁元夕，于明州张灯五夜，倾城士女，皆得纵观"，才引出乔生夜遇美女，演绎出一段人鬼情缘。元夕张灯，乃中国习俗；方国珍据浙，是元末战乱缩影，加之小说中的"牡丹灯"意象强烈，也时时与方氏灯节照应，易使人联想到，正因为世乱，才有人鬼相遇，才有鬼魂作祟。小说既有生动的故事情节，又有深刻的时代主题。《木棉树传》则只是写越南商人程忠遇经商途中的人鬼奇缘，且鬼魂先是屡屡出现于白昼，后才人鬼结缘于夜晚，故事背景并不鲜明，加之行文中又多用"易安艳藻"、"昌黎放柳枝"、"李靖载红拂"等中国的香艳典故，整篇小说很难体现出鲜明的越南特色。

越南历史小说系列，皆写战争及王朝更迭，而作为战争小说的关键是如何处理好战争与参与战争的人之间的关系问题。《三国演义》虽写三国风云，但重在写人，而实际上，写好了参加战争的人也就写好了战争本身，这是《三国演义》作为战争小说所树的高标。而越南历史小说却是重点写战争，人物容易淹没于事件当中，淹没于繁琐的过程叙述之中，以人系事和以事系人有根本的不同，这是越南历史小说不及《三国演义》的重要原因之一；另一重要原因是，作为历史小说，关键在于如何处理好"讲史"与"演义"的关系，历史重在写实，演义重在虚构，而虚构恰是小说创作的要素。《三国演义》"三分史实，七分虚构"的取材观，使得《三国演义》具备典型的小说特征，而不是史书，从而为历史小说创作提供了一个成功范例。越南历史小说作者则没有达到这一认识高度，他们往往以修史、存史的姿态出现，结果是虚构性不足，写实性也不足，既非正规史书，小说味亦不甚浓。在这样两个落差之下，越南历史小说在某些重要的战争事件及人物描写中，又皆模仿《三国演义》，往往既缺乏事件前后整体的烘托，也缺乏人物前后性格发展的关联，效果并不理想。从战争事件本身来说，越南历史上的战争，至少与《三国演义》中的战争有诸多不同，比如战争工具方面，越南古代象战是其一大特点，这一点由于中越间的巨大不同，越南历史小说作者无法不在小说中作客观展示，因而这也就成为我们从其中读出的最大越南特色，遗憾的是并没有写出多少生动深刻的战例；战争场景方面，越南本水多，水战应是战争常例，但这些历史小说中，于水战描写多无精采之处，即使写到水战也多仿赤壁之战的火攻之法。再就是，古代越南城镇并不发达，于陆上多为山地战，战术多为土垒战，战略重点在消灭敌方的有生力量，而不是占据城池，这从《三国演义》中所得到的借鉴并不充分，因而这一方面也很难写出特色来。于人物上，这些小说多有一个共同的模式，正统则仿刘蜀，非正统则仿曹魏；仁君则仿刘备，奸雄则仿曹操；谋士则仿诸葛，豪杰则仿关羽。形成定式，反而将本是鲜活丰富的题材内涵处理得简化单一。

举一个越南历史小说中普通人物的例子，来看其艺术处理上的得与失。裴文奎妻为夫复仇杀潘彦的故事，《越南开国志传》、《骊州记》中皆有集中笔墨写到，但处理大不一样。《开国志传》中有关故事的背景及情节是，黎后期北朝郑王手下二将潘彦、裴文奎兴兵作乱，既而二人内部又起纷争，裴文奎为潘彦所杀，潘彦又逼娶其妻赵氏，之后赵氏请宗族帮忙杀死潘彦为夫报仇。其复仇动因，复仇方式，复仇所借助的力量，以及杀仇祭灵的结局等，完全模仿《三国志传》(《三国演义》的另一种版本)"孙权跨江破黄祖"中东吴孙翊妻徐氏为夫报仇杀妫览、戴员的情节：

> 于是潘彦自夸智勇兼全，天下乏人对手，称为关羽再生，心无惮惧。但贪财爱色之徒，自得裴文奎妻赵氏，容貌鲜妍，工行德色，女流无二，心甚爱之，欲得一见，令人逼逐赵氏成亲。赵氏痛哭，谓差人曰："我夫君不知天命，背此贵人，经致亡家丧命。我今守寡，何以凭依？如贵人悯及粗陋，我愿为箕帚妾，以事贵人，得显荣华，以光宗族。乞数日后，请贵人就舍相欢，以遂旱逢甘雨。"差人听言，回呈与潘彦。潘彦大喜，约日定期，与赵氏戏剧。不意裴文奎妻赵氏备下礼物，请宗族诸人，及旧所管到于家中。赵氏先哭拜裴文奎，后拜告诸人曰："妾夫君被潘彦逼死，死于非命。今再欲私情陷妾，妾已诈言，约日定期。乞列位悯妾夫及贱妾，借力伏兵，杀其彦辈，以报前仇。列位若肯同心协力，是高山深海之恩德。"诸军皆奋志愿从。数日间，赵氏差人就请潘彦。潘彦大喜，自率从者数人，就赵氏家。将入门，赵氏呼曰："宗族何不迎接贵人！"于是从衣壁之中，忽然突起，挥刀舞剑。潘彦大惊，寻路走逃，已被众等斩为肉泥。赵氏取潘彦之头，以祭文奎，泄其前恨。(《越南开国志传》卷一)

> 吴建安九年十二月，孙权弟孙翊为丹阳太守，此人性急，醉后多鞭打群下，将士妫览、戴员二人，常有杀翊之心，未得其便。妫览因见吴王孙权出讨山贼，遂与翊从人边洪商议谋杀孙翊。是时诸将令差来丹阳会集，翊作宴待之。翊妻徐氏极聪

明，颜色美丽，更善卜《易》，卦言："今日不可会宴。"翊不听，遂设会至晚送客。边洪带刀随后，掣刀砍死孙翊。妫览、戴员拿住边洪，明正其罪，碎剐于市。二人乘势将翊家资侍妾皆分之。妫览见徐氏美貌，提刀入曰："吾与汝报仇已讫，汝当从我；不从即死。"徐氏曰："死犹未冷，可待至岁旦，设祭其夫，除其孝服，即特成亲。"览容之。徐氏暗唤翊心腹旧将孙高、傅婴二人，入府告之曰："先夫在日，常言二公忠义，故不顾羞面告。今妫览、戴员二人，同谋杀死夫主，只归罪于边洪，将应用家资并婢妾尽皆分去。妫览又欲污妾身，诈许之，以安其心。欲得见面吴主，当立微计，以图二贼，望二将军想先夫之面，特赐哀救！"言讫再拜。孙高、傅婴闻之大哭而答曰："吾昔日感府君之恩，尽死不辞，正欲思计。不敢见夫人，今日之事，愿死以报府君耳！"徐氏乃令孙傅二将引心腹人二十个，共成其事。孙高先使人告之孙权。

至岁旦日，孙傅二将伏于帏幕之中，徐氏于堂上设祭已毕，乃除孝服，薰香沐浴，浓抹艳装，言笑自若。妫览使人观之，回报，甚喜。徐氏令请览入，酒之半酣，彼徐氏迎之密室拜。览却才一拜，便呼曰："孙、傅二将军在何！"二人持刀跃出。览措手不及，杀死于地。随即请戴员赴宴。员入内，二将擒而杀之。徐氏遂重穿孝服，将览、员首级就祭夫主，痛哭几绝。（《三国志传》）

通过这样一个用心良苦的故事来刻画一个普通女子，这在越南历史小说中虽罕见，但模仿痕迹太浓。《骊州记》则于两回中分述其事，将其置于篡黎的莫主洪宁的荒淫背景上，将女子改为洪宁妃阮氏之妹玉年，洪宁欲淫占玉年，才激起玉年与其夫裴文奎叛逃，后裴文奎被潘彦所杀，玉年为夫报仇：

六月朔晓，闻巡兵哨报谓美郡（裴文奎）夫人阮氏起兵北岸搦战。

彦曰："何物妇人，敢作妖孽，以报怨耶？"语毕，因点起兵马，引到东津，大列舟舰，与之水斗。望见阮玉年在江边，御七杠彩轿，麻鞋蓝服，高声谓曰："军中谁能杀得蓟郡（潘彦），自有重赏。"蓟郡大怒，即泛舟水斗。俄而阮氏军中弹发，彦死黄江中。（《骊州记》第三回第四节）

复仇者由《开国志传》中的柔弱女子变成了巾帼英雄。很显然，两书中的有关情节，皆非本于正史。《骊州记》的描写也不见得比《开国志传》曲折生动，也不见得更有传奇色彩，但它没有机械模仿。越南历史上女姓参与战争成为英雄者不乏其人，《越甸幽灵》、《岭南摭怪》、《天南云录》中的《征圣王》、《贞灵二征夫人传》、《征王传》皆写到越南历史上的女民族英雄二征姐妹，《越甸幽灵》中的《丽海婆王记》中的赵贞也是一个民族女英雄。《骊州记》中所描写的这个女性虽还不够鲜明深刻，但比之《开国志传》的一味模仿，却多了些越南特色。

从小说作者的构成上讲，越南传奇小说与历史小说的兴盛时期，正平行于中国的明清时期，同期两个国界的小说作者的构成上，有很大的不同。明清小说作者尤其是白话小说作者大多是中下层文人，而越南小说作者则几乎是青一色的上层文人。传奇小说系列中,《传奇漫录》的作者阮屿,出身于文学家庭,父阮翔缥,洪德丙辰(1496)进士,官户部尚书。阮屿中举后,官知县一年,因莫氏篡权,遂居乡授徒,不再出仕。《传奇新谱》的女作家段氏点(1705 - 1748),生于文学风气浓厚的官僚家庭,她是越南古代最有名的才女,比之于李清照。她是尚书黎英俊的门生,曾入皇宫教授宫人,并带出男性进士弟子,后嫁给著名文学家阮翘。历史小说系列中,《皇越春秋》作者无考,《越南开国志传》署"南朝史部尚书该簿兼副断事阮榜中承撰",为后黎郑、阮对峙时人。《皇黎一统志》、《皇越龙兴志》的作者出自越南十八、十九世纪著名的吴氏文学世家,该家族以文学、史学鸣于世,文学上形成了"吴家文派"。《皇黎一统志》吴俧著、吴悠续、吴任编辑。吴任 16 岁撰《一十七史撮要》,27 岁著《海阳志略》,30 岁中后黎乙未(1775)科进士,授户部都给事中兼太原督行参政,西山朝时升至兵部尚书、侍中大学士兼国史总裁。其父吴仕为后黎景兴二十七年进士,累官金都御史,著有《越史标案》。吴俧为吴任之弟,领乡荐亚元,官历金书平章省事。吴悠是吴俧叔父吴煮之子,以举茂蕴,官历海阳学政。《皇越龙兴志》作者吴甲豆(1853—?),为吴任曾孙。成泰三年(1891)中举,任义安州同,官至督学,为越南吴氏文派后期著名作家,一生著述颇丰。《骊州记》作者为后黎中兴勋臣阮景骊家族的后裔。越南小说作者的这种上层文人特征,形成了作家队伍的单一性,同时也带来了反映社会底层生活的汉文小说的稀少这一不全面性。

二 越南汉文小说发展的不全面性原因分析

(一)**越南社会历史状况**。一部独立后的越南封建社会史就是一部战争史。越南独立于中国的北宋初期,有近 1000 年的封建史,历经丁、前黎、李、陈、胡、后黎、阮诸王朝。越南于中国的五代十国时期,亦出现战乱割据局面,"十二使君"纷纷建立自治政权,丁部领削平十二使君,建立丁朝,开启了独立道路。但丁朝只历时 10 余年,就被十道将军黎桓篡权建立前黎,前黎在 30 年的存世时间里,北与宋、南与占城战争不断,终因内部阋墙而被大臣李公蕴政变夺权,建立李朝。李朝算是越南历史上第一个长命王朝,在 215 年的历史中,前一半时间北犯宋境,南侵占城,西征真腊;后一半时间国内诸侯战乱,权臣擅政,国祚以禅位移于陈。陈朝 175 年中,多次与元帝国发生战争,沿袭了李朝的对外扩张政策,战争不断,后期外戚胡季犛专权,产生了短暂的胡朝,又引起明朝军队打着扶陈灭胡旗号的入侵,越南一度再次沦为中国郡县 20 余年,国内反明义军蜂起,陷入长期的战乱,直至黎利驱明而后黎建立。后黎是越南历史上存世最长的封建王朝,360 多年的时间里,真正安定时期不足百年,后期先是 60 余年的"莫氏僭立时代",国家进入分裂的"南北朝时期",后又出现近 200 年的郑、阮纷争局面,最后亡于西山义军。西山朝存世 10 余年,被阮福映借法国力量而灭,产生越南封建史上最后一个王朝阮朝。阮朝后期又有长期的抗法运动,直至封建社会灭亡。越南独立后的封建史不足千年，同中国相比，不及其一半，要短暂得多，然内外战争的频率要高得多，战乱的时间覆盖也大得多，因此说独立后的越南历史就是一部战争史。

越南正史晚出，几乎与小说同时发达，这与中国不同，中国早在小说诞生的1000年前就已经有成熟的史官制度和完善的史学著作，《史记》之后，历朝官方修史形成严格制度，汉以后各朝代史连续修撰，有序进行，非常正规。小说既晚出，在正规的官方史学传统下，作为纯文学性的小说自然无须承担起修史的使命。越南则不同，小说出现于陈朝，最早的史学著作也出现于陈朝，如陈太宗时陈晋撰《越志》，圣宗时黎文休撰《大越史记》三十卷，明宗时阮忠彦修《实录》，废帝时有《越史略》，陈末胡宗鷟撰《南越世志》、《越史纲目》，降元的黎崱撰《安南志略》。黎朝是越南史学的全盛期，有潘孚先、吴士连的《大越史记全书》、武琼著的《大越通鉴通考》，黎嵩的《大越通鉴总论》，邓鸣谦的《大越历代史记》，范公著的《越史全书》，黎禧等的《国史实录》，黎贵惇的《黎朝通史》，阮俨的《越史备览》，吴时仕的《越史通论》。其史学著作不可谓不丰富，但有一个共同特点，即大都是通史类的书，大都不十分完善，缺乏中国《史记》类的典范著作。而且，正史中的分朝代史不完备，留有很大余地。还有一个重要问题是，越南史学的全盛期，恰也是越南历史小说创作的全盛期，二者在创作时间上基本是平行的。到底是正史著作影响了历史小说还是历史小说影响了正史著作，抑或相互影响，是一个很难说明的问题。但至少，越南的正史著作并没有给历史小说提前准备下充分的借鉴基础，尤其在断代史方面。所以导致了越南历史小说创作的发达，而且历史小说也全部以一朝一代的兴亡作为取材的基本点，作者又多以修史存史的姿态出现。如此一来，一方面，独立后的越南历史几乎是一部战争史；另一方面，史学领域又为分朝断代史的创作留下了无限空间。所以，从中国文学对越南文学深刻影响的大背景上，促成越南历史小说不约而同地走向了同一借鉴源——《三国演义》，因为《三国演义》从写史角度讲恰好符合以上两个条件，从文学角度讲它又是战争历史小说的典范。

越南文明开化晚，其生活习俗、爱情婚姻观念等，虽受中国影响很大，但汉民族与越南各民族毕竟是差异性很大的民族，而中国文化又是以汉族文化为主体的文化，越南汉化再强，也不能抹平民族间的差异。越南引进、学习中国的封建政治文化制度，在政治模式、国家制度等高层面，古代越南与中国有更大的相通性，而相对来讲，历史小说描写反映的又主要是社会高层面的问题，以汉文化修养高的上层知识分子，以中国的小说模式，写与中国相通的政权更迭、朝代兴亡大事件，并不存在很大难度。但用以描写差异性很大的越南社会世情百态，恐非所长。所以，越南汉文小说历史类发达，世情类不发达，也在情理之中。

（二）文学表达工具的问题。越南汉文小说是以与本民族方言土音相隔膜的汉文来抒写的，更确切地说它使用的是中国文字书面语。单就小说而言，文言是从中国诗文到中国小说的学习积累，而白话则主要来自于中国小说中的白话。对于越南作家来说，从书面上接触文言的历史比接触白话的历史要久远。同中国一样，越南也是以诗歌开启文学史的大门，汉文诗歌在越南有悠久的历史，汉诗是文言体，所以对越南小说家的语言艺术积累来讲，文言书面语的积累显然要丰厚得多。但即使在中国，到越南小说发达时，汉语文言与汉语口语之间的距离已经拉大。那么，越南小说家手中的文言书面语，不仅与中国的口语差异大，而且与越南本土语言更属不同的语种，用这种文言书面语来表现越南社会日常生活显然是不擅长的，用来表现以浪漫幻想为特征的志怪传奇类题材虽然可以，但要达到《聊斋志异》的高度也不易，因为《聊斋志异》虽用的是文言，却达到了同时代白话语言的艺术表现力度。而中国书面白话与越南土语之间同样是两种不同的语言，也同样难以用之表现日常生活。况且，世情类题材具有很强的时代性，它更需要文学表达工具、表达手法等与时代的紧密结合。汉语文言与越南土语的差异，汉语白话与越南土语的差异，文言与白话在进入书面表达与进入生活层面的差异，这些差异不只表现于语言的形式特征与工具性上，更重要的在于语言所承载的社会的、民族的、时代的、生活的方方面面的内涵上。这些差异，在表现世情类题材上，会给越南小说家以更大的局限，是越南汉文小说中世情类题材不发达的重要原因。

在越南古代文学史上，自 13 世纪始产生了喃文文学，这种喃文文学只产生在诗歌领域，亦即被称为"韩律"的喃文六八体和双七六八体诗，这种诗体实际是汉文与越南方音结合的产物，尽管汉化色彩依然很强，仍可算是代表越南民族特征的诗体。这种越南民族诗体，又以长篇叙事式的"喃传"最具代表性。喃传类于诗体小说，题材丰富多样，有神话传说，有历史故事，有男女情缘，而更多的是演绎中国明清以来的戏曲小说。在所演绎的明清戏曲小说中，有一类题材颇值得注意，即男女情缘故事，大致可归为才子佳人一类。取材于小说的，主要有：阮攸的《金云翘新传》（《断肠新声》），取材于《金云翘》；邓春榜编译的《二度梅传》（《改译二度梅》），惟明氏的《二度梅演歌》（《梅良玉》、《二度梅润正》），双东吟雪堂的《二度梅精选》，惟明氏订正的《云仙古迹新传》（《陆云仙传》、《云仙传》），均取材于《二度梅》；李文馥的《玉娇梨新传》，取材于《玉娇梨》；范美甫的《平山冷燕演音》，取材于《平山冷燕》；武芝亭的《好逑新传演音》，取材于《好逑传》。取材于戏曲的，主要有：乔莹懋的《琵琶国音传》、《琵琶国音新传》，取材于南戏《琵琶记》；佚名的《潘陈传》，取材于明传奇《玉簪记》。这类男女情缘题材在喃传中占比重最大，相对于神话传说与历史人物类，此类是最接近现实的，描摹的虽然是带有作者主观色彩与理想模式的才子佳人故事，仍可归为世情一类。学者对越南喃传与中国古代小说的关系的研究的结论是，现存喃传除了少量取材于中国的史传传说、佛教宝卷、戏曲及粤曲（木鱼书）外，多数都与中国古代小说有关，或直接取材于中国古代小说，或受中国古代小说的影响而创作，证明中国古代小说尤其明清小说对喃传有深刻影响。我们由此也得到一个反证，恰是这类取自明清小说的可归之为世情类的题材，借助越南民族特色的文体及语言，才可得以表现，而在运用中国小说文体及语言创作的越南汉文小说中却付之阙如。

（三）小说创作传统的问题。越南汉文小说深受中国古代小说创作传统的影响，而且这种影响是从作者到作品的双重影响。越南以烟粉灵怪为主要题材特征的传奇小说虽然直接受《剪灯新话》的影响，但却是沿唐传奇的传统而来的。它之所以在后黎时期出现创作的兴盛局面，从作者层面讲，主要是统治者大力发展儒家文化，文官制度更趋成熟，上层文人集团形成，这与上层文人介入到传奇小说创作的唐代是相似的；从文学层面讲，唐传奇形成诗化小说的特征，一是行文中大量插入诗歌，二是小说整体上的诗意化，如小说本为叙事，但传奇小说却有颇浓的抒情色彩，同诗歌一样讲究抒情意境的构建，以及叙述描写语言的诗化、审美的情趣性等。唐传奇的这些特征与唐诗的发达密切相关，传奇作者同时又是诗人，他们以诗入小说，将诗歌的种种文学特质带入到小说中，由此形成诗意化小说。越南传奇小说也与唐传奇一样具有诗化色彩，甚至在易为感知的表象层面做得更为突显，如诗歌的插入显得更为频繁且数量更多，这在段氏点的《传奇新谱》中表现得最为突出。这是深受唐诗影响的越南汉诗经过长期发展与积累之后，将其成熟艺术渗透于小说中的典型表现，也是越南小说创作脱离《越甸幽灵》、《岭南摭怪》的"史传"色彩而向纯文学性小说蜕变的标志。总之，越南传奇小说在创作传统上表现着与唐传奇的一致性。这一传统决定了传奇小说作者的诗人与小说家的双重角色性，而在越南，这类小说只能产生于上层文人手中。

越南历史小说的创作传统，在作者思想层面，并不是受中国历史小说的影响，而是受中国史传文学的影响，秉承儒家治世理念及价值评判标准，表现为史学家面目而不是小说家面目，故其作者也只来自于上层文人。在文学创作层面，则是直接借鉴于中国的历史小说《三国演义》，除此之外，即使借鉴中国的史传文学，也不去借鉴或很少借鉴中国的其他历史小说。除了上文所言的内容上的相通外，《三国演义》至少还在这几个方面决定了越南历史小说家的选择，一是它的浓厚的儒家正统史观；一是它的严格的史实采择标准，虽则"三分史实"，但这"三分"全部与正史相合；一是它的"文不甚深，言不甚俗"的浅近文言式的语言特色。这种特色语言，在中国长篇章回体小说史上，是一种运用白话还不纯熟的过渡性表现，而这种"过渡性"恰为越南汉文小说家所需要。因为在越南，汉文小说从文言短篇一步而为章回体的白话长篇，并未发现有宋元话本式的白话长、短篇的过渡文体存在。而语言问题在越南汉文小说家那里恰是一个很实际也很重要的问题，越南人主要从书面来学习中国语言，以中国式白话，来表现越南题材，越南汉文小说家定然不擅手，这在上文已言及，《三国演义》式的特色语言倒可以给越南小说家以回旋的余地。我们只要看一看越南历史小说中的语言，即可得到佐证：

> 进翰大败，引败军走至检弩，部下从象后者仅存二三百人，皆身被重伤，手无寸铁，号哭之声，道路不绝。绕横山岭后而走，至白石岗，将过腰愈岭，见无南兵踪迹，进翰仰面大笑，谓众者曰："倘南将有智谋者，先伏一枝兵埋伏，截我归路，则我等并皆休矣。"言未绝，忽山坡中突出一员大将，鹤体龙须，麟眉凤目，甚其雄勇，似涌泉而急至，挥兵冲击。进翰看见大惊，问曰："南将是谁？乞通名姓。"应曰："我南朝督战昭武是也。"（《越南开国志传》卷四）

茂麟既得尚公主，每被史忠监制，心甚忿怒，谓史忠曰："王谓王女如陆地仙，我看之曾不若我捧履婢女，又何贵重？我岂恋他颜色？但费尽许多钱娶得一妇，纵不成何样子，亦当撞着一回，令软如泥以偿其值，乃纵去耳。尔欲自善身，好觅去路，毋谓我之不先告也。"史忠曰："是王上密旨，非仆敢尔。"麟曰："尔试问王上，设身处其地，还忍耐得否。"史忠曰："长官不可如此过辞，王者非比常人。"麟大怒曰："尔以王来吓我耶！王者是甚？"乃拔剑斫之。（《皇黎一统志》第二回）

忽见一耕夫甚伟，向前问曰："耕者何人也？"耕者曰："吾乡人也。"老人曰："今往大同，余有几曲里路？天色尚晴，蹩步其可及否？"耕者曰："程尚遐，天色将暮，况山林多有恶兽害人，处处惊患，多有关防相惊。尊者何不觅问人家投宿，尚在淹留野路耶？"老翁听罢，心重忧，考虑难进退，却有呻吟徘徊状，终颦眉谓耕者曰："卿家何在？颇得带回，使吾父子依此一夕，庶免路居之患？"耕者曰："本以卑狭为居，恐不安歇。公若肯来，何惜延纳。"（《骠州记》第一回第一节）

选自三部历史小说中的这三段话皆涉及人物语言，人物口语最能体现其语言特色。《开国志传》中的一段话完全模仿《三国演义》中的语言风格，甚至人物说话的口吻也肖似；《皇黎一统志》中的一段话生动幽默，极富个性化，但语言风格仍属浅近的文言体；《骠州记》中的一段人物对话庄重典雅，几乎是纯粹的文言体。管中窥豹，由此能见出越南汉文历史小说的语言并不是真正的白话体，而是《三国演义》式的浅近文言体。所以，严格说来，在越南汉文小说中，还没能达到对白话体的熟练运用，我们通常所言的越南白话小说，也只是从其借鉴对象上的中国式归类而称之。从小说创作传统的一致性上来看，在越南也就很难产生如明清时的以纯熟白话来反映世情百态的世情小说了。

（四）**汉文学在越南的地位问题**。汉文学对于越南人来说是一种贵族文学、高雅文学，不管是典雅类的诗歌，还是通俗类的小说，皆是如此。实际上，在古代越南，汉文诗歌与小说不论是在实践层面还是在理论层面，都没有形成审美上的雅、俗之分和文体上的高、下之别，这与中国古人的小说观大不相同。它们的作者出自于同一阶层，皆为有资质具备汉文化修养的文人，它们皆囿于社会上层，难以做到在越南社会的广泛普及。作者地位及生活层次的局限，小说受众面的局限，使得越南汉文小说反映社会底层生活、描摹世情百态，自然就受到了局限。

（五）**越南汉文小说家的创作心理问题**。在中国，从事诗歌一类的所谓高雅文学的创作，和从事小说、戏曲等所谓通俗文学的创作，往往是两类不同的作家群体，前一类多是受儒家正统文学观影响甚深、社会地位相对较高者，后一类多是文学观念较为通脱、社会地位相对较低者，在小说戏曲发达的元明清时期，这种现象更为明显。而且，中国通俗小说家的创作心理，主要是借小说以浇胸中块垒，而借其呈才斗艺或扬名于世、垂名于史的观念并不甚浓，明清时期的很多小说连作者都不知道，或者难以确考，就是证据。而越南小说家不同，不管是创作诗歌还是创作小说，其心理动因是一致的、相通的，即显示汉文化、汉文学修养，通过作品以扬名的心态是较为明显的。

传奇类既是承唐传奇传统而来，而唐人创作小说的目的又是借"作意好奇"来露才扬已，越南传奇也同样承袭之。裴辉璧《皇越诗选》中选了阮屿的五首诗，全部是从其小说《传奇漫录》中抄来，本是依据小说运行情节拟其人物口吻而创作的，并非是小说作者的独立诗作，这种选诗理念在中国是不会出现的，所以如此，目的恐怕不在存诗而在存"才"。《传奇漫录》正是以其"奇"以其"才"而成为杰作，声名噪起，于是很快出现了一个模仿系列，其模仿之作却不在于题材、艺术上的创新，而是在显示才气的表象上大做文章。段氏点的《传奇新谱》比《传奇漫录》有了更多的诗文词赋的穿插，上者与描写人物的才华有机结合，下者则纯粹是呈才式的游离之作，有的篇目如《碧沟奇遇记》穿插诗词竟达四十余首，不是散文体小说而是诗词连缀了，矫枉过正而赢得"气格差弱"。

历史小说作者则承继中国史学家的秉性。中国后世史家莫不以司马迁为楷模，司马迁撰《史记》，虽自称私家著述，后世却树为正史典范。其"究天人之际，通古今之变，成一家之言"的观念深深影响着中国史学家，也同样影响着越南历史小说家，但又有所通变，越南历史小说创作出现家族作家前后相继现象就是明显例证。吴氏世家，文学、史学兼通，诗歌、小说兼作，正史、稗史兼著。正史与稗史、史传与小说在中国古人颇存观念上的鸿沟，在吴氏家族则是合谐之统一，因为它在存史与呈才、呈才与扬名上实现了统一。只要读一读几大历史小说的序跋，不管是自作的还是他作的，大都是从史学角度论史、论史才，很少从小说角度论体、论艺。《越南开国志传》署名"杨慎斋"的序云："史氏因刊而正之，损益其繁简，沿革其是否，约言示制，求合乎义，然后修之为一代之通要，以公于世。"署名"知县倜"的跋云："本开国之始，而志其事以明之也。春秋、晋、鲁志与列国、汉、唐志在有之矣。"将之与中国正史典范之作相比；《皇越龙兴志》之《自叙》云："顾天府所书，既藏为宝训；稗官所载，徒私之名山。翻阅无从，见闻弗习，南人不详南事，无乃籍谈之忘其祖乎！"强调既非为国修史，亦非稗官野史，而是以私家信史，昭之于世；《驩州记》书后跋云：

> 愚于少时览于朋几，所得常国《南征记》，潘氏《长编》两传，仅数十张，纸蠹字漏，存者三分之一。迨丙子年冬，得于都梁所藏《驩州阮景记》，文拙字舛，抄写失真，不能无憾。仍此，于闲日，凭取三稿兼缀为一。……稗官野史，敢赛朝编。惟因这著以寓古今传迹，览其脱漏而为国史之释注也。

既称言依据史实，强调它的真实性，又言"稗官野史，敢赛朝编"，说明异于正史之处，亦见作者的创作心态是既想忠于史实，又要突显家族声名。作者明明是在创作小说，却偏偏论之以信史，其与史同存的声名观昭然。

越南汉文小说家的这种创作心理，对于汉文小说的发展有何影响呢？它至少导致了作者对某些题材的偏爱，存世的这几大类题材就是他们的最好选择，这在无形之中形成了汉文小说题材发展的不全面性。

进入越南汉文小说世界，看到的是越南民族的丰富想象力和风起云涌的历史演进画面，却很难看到质实而生动的现实内容，不能不说是一大遗憾。汉文，使越南文学身有彩凤双飞翼，这缘于中越历史文化上的心有灵犀；但对于独立后的越南来说，随着历史的演进，这种"复合体"因素越来越明显，由此所导致的越南汉文小说发展的不全面性，关乎到如何正确评价中国小说对越南小说的影响问题，因而颇值得深思。

【参考文献】

[1] 陈蜀玉 . 中越文论之间的影响与接受关系 [J] . 西南民族大学学报（人文社科版），2000（4）.

[2] 陈庆浩，郑阿财，等 . 越南汉文小说丛刊第二辑：神话传说类 [M] . 法国：远东学院出版社，1992.

[3] 陈庆浩，王三庆 . 越南汉文小说丛刊第二辑第四册：历史小说类 [M] . 法国：远东学院出版社，1987.

[4] 陈庆浩，郑阿财，等 . 越南汉文小说丛刊第二辑第三册：历史小说类 [M] . 法国：远东学院出版社，1992.

瞿秋白世界文化观与首倡融会世界特色的中国文学革命

赵丹琦

【摘　要】瞿秋白先进的世界文化观进一步丰富了马克思有关世界文化观的内涵，奠定了现代中国先进文化建设和文学革新的基础。本文主要有三个观点：一是瞿秋白建立了历史唯物主义的世界文化观，倡导中国新文化观；二是瞿秋白认为世界文化具有民族性特征，中国文化必须保持民族性；三是瞿秋白主张中国文化创新需要世界观，首倡融会世界特色的文学革命。

【关键词】瞿秋白　世界文化观　世界特色　中国文学革命

追溯中国共产党对世界先进文化认真而执著追求的历史，我们可以清晰地看到中国化马克思有关世界文化观、文学革命的发展轨迹。作为中共早期优秀的文化领导人，瞿秋白可以被称为是中国 20 世纪 20 至 30 年代先进文化的杰出代表以及中国化马克思世界文化观、文学革命的主要奠基人。他曾带头翻译和介绍马列主义文艺论著，为中国化马克思世界文化观、文学革命的发展提供了坚实的理论基础。自 1919 年五四运动至 1935 年 6 月瞿秋白牺牲，他建立的世界文化观、文学革命理论不仅推动了 30 年代文艺论争和左翼文学运动的发展，而且为中国化马克思世界文化理论的基本形成作出了卓越的贡献，甚至还为当代中国运用马克思世界历史理论提供了积极的借鉴意义，并对在新世纪里建设富有中国特色的社会主义世界文化观和文学革新也有着重要的现实指导意义。

一　马克思关于世界文学（文化）的主要内涵

马克思的世界历史理论是考察现代社会发展规律和世界未来趋势的一种理论。马克思在《德意志意识形态》中指出："各个相互影响的活动范围在这个发展过程中越是扩大，各民族的原始封闭状态由于日益完善的生产方式、交往以及因交往而自然形成的不同民族之间的分工消灭得越是彻底，历史也就越是成为世界历史。"[1] 马克思世界历史理论包括对世界文化的研究。马克思从唯物历史观角度认为，没有一夜之间诞生的世界文化，只有在资本主义开创了社会化大生产之后，"世界文化"才有了它进一步形成所必需的物质基础。马克思说："资产阶级，由于开拓了世界市场，使一切国家的生产和消费都成为世界性的了……过去那种地方的和民族的自给自足和闭关自守状态，被各民族的各方面的互相往来和各方面的互相依赖所代替了。物质的生产是如此，精神的生产也是如此。各民族的精神产品成了公共的财产。民族的片面性和局限性日益成为不可能，于是由许多种民族的和地方的文学形成了一种世界的文学。" [2] 这里的"文学"一词并不是中国汉语中 "文学"的含义，在这里，德语"文学"(Literatur) 是"泛指科学、艺术、哲学、政治等等方面的著作"。因此也可以这么说，这里的"文学"接近于"文化作品"的含义，是文化的一个主体部分。马克思在这里明确指出或预言了这一历史必然性：随着世界历史的形成和发展，各国传统文化必将日益融合，从而形成一种全新的文化形态，学界称之为"世界文化"。笔者根据目前学术界的研究结果整理综合，认为马克思世界文化观的主要内涵有三个方面：

（一）世界文化与世界历史存在辩证关系

世界文化是世界历史发展的产物。马克思认为，世界文化是资本主义生产方式扩张的结果。由于大工业和资本的扩张，资本主义在经济和政治领域越来越扩大到全世界。它"到处破坏民族的藩篱，逐渐消除生产、社会关系……的地方性特点"，反映到人们的思想和观念中，就使人们的思想观念越来越走向统一和融合，因而同时消除了"各个民族的民族性方面的地方性特点"[3]，使世界文化得以形成。同时，世界文化也是人们交往扩大的结果。马克思说："人们是自己的观念、思想等等的生产者，但这里所说的人们是现实的、从事活动的人们，他们受自己的生产力和与之相适应的交往的一定发展——直到交往的最遥远的形态——所制约。"[4] 正是由于交往扩大为世界交往，才使人们在文化方面的交流频繁而深入，从而形成文化的共性和共性的文化。

世界文化是世界历史的结果，但它对世界历史的形成和发展也起着一定的促进或阻碍作用。也就是说，一方面，世界文化对资本主义的扩张及对世界历史的形成起着巨大的推动作用；另一方面，在世界历史的资本主义阶段，资产阶级也会积极利用文化来为自己的资本扩张服务。所以说，世界文化既是世界历史形成的结果，也对其形成起促进作用。

（二）资本主义阶段的世界文化有一些主要的特征

学者曹荣湘在《马克思世界历史理论与当代全球化》中明确指出："马克思认为资本主义阶段的世界文化主要有普遍性、庸俗性、实用性等特征。"[5]

首先，马克思认为资本主义阶段的世界文化是普遍的。其形成，必须具备两方面的基础。一是人类经验的共同性。马克思认为："人类出于同源，因此具有同一的智力资本，同一的躯体形式，所以，人类经验的成果在相同文化阶段上的一切时代和地区中都是基本相同的。"[6] 正是由于这种人类经验的共同性，才使世界文化的形成得以可能。其二是资本主义扩张会使世界文化趋同一致。由于"同样的条件、同样的对立、同样的利益，一般说来，也应当在一切地方产生同样的风俗习惯。"[7] 所以才为世界文化普遍性的形成提供了现实的基础。

其次，资本主义阶段的世界文化是实用的。马克思说明了这种实用性的来源。他说："如果说以资本为基础的生产，一方面创造出一个普遍的劳动体系——即剩余劳动，创造价值的劳动——那么，另一方面也创造出一个普遍利用自然属性和人的属性的体系，创造出一个普遍有用性的体系，甚至科学也同人的一切物质的和精神的属性一样，表现为这个普遍有用性体系的体现者，……"[8]

最后，资本主义阶段的世界文化是庸俗的。马克思认为，"大工业通过普遍的竞争迫使所有个人的全部精力处于高度紧张状态。它尽可能地消灭意识形态、宗教、道德等等，而在它无法做到这一点的地方，它就把它们变成赤裸裸的谎言。"[9] 由此形成了世界文化的庸俗性。

当然，资本主义文化阶段的世界文化的主要特征，并不只有以上所概括的三种，其总的特征还待学术界的进一步研究。

（三）世界文化与民族文化存在辩证关系

马克思认为世界文化和民族文化是一种总体与要素的关系，世界文化在民族文化中形成，民族文化服从于世界文化的发展。

一方面，世界文化是在民族文化的相互碰撞、交流中形成的共性，它的发展，以后者的发展和对立为基础。随着无产阶级革命的胜利，"民族内部的阶级对立一消失，民族之间的敌对关系（包括文化的敌对关系——引者注）就会随之消失。"[10] 世界文化正是在这些民族文化的相互矛盾过程中形成并发展的。它是对立中的统一，是矛盾中的融合。

另一方面，民族文化服从于世界文化的发展。马克思认为：如果某种文化"和现存的关系发生矛盾，那么，这仅仅是因为现存的社会关系和现存的生产力发生了矛盾。不过，在一定民族的各种关系的范围内，这也可能不是因为该民族范围内出现了矛盾，而是因为该民族意识和其他民族的实践之间，亦即在某一民族的民族意识和普遍意识之间出现了矛盾。"[11] 正是由于世界文化和民族文化这种互为基础、互相矛盾的关系，才形成了它们之间既对立又统一的关系。

因此，马克思世界历史理论关于世界文化观的最大贡献在于：揭示了世界文化与世界历史的辩证关系，以及资本主义历史阶段世界文化的普遍性、实用性、庸俗性等特征，认为世界文化的发展是一个矛盾的过程，最终结果将是各民族文化相互走向统一和融合，民族性和地域性日益消失。不过马克思并未因此否定文化的民族性，他认为所谓"世界文学（文化）"是由许多种"民族的和地方的文学（文化）"形成的。任何世界性的文化共性都存在于、并且只存在于文化的民族个性之中。

二 瞿秋白世界文化观、中国文学革命理论 对马克思世界文化观的主要贡献

传播马克思列宁主义和实现马克思主义中国化是中国文化转向世界文化的根本的途径。瞿秋白关于世界文化、中国文学的前瞻性的深刻思想，在一定程度上丰富和创新了马克思关于世界文化观的重要内涵。

（一）瞿秋白建立历史唯物主义的世界文化观，倡导中国新文化观

瞿秋白最早在中国构建起从未有过的历史唯物主义的世界文化观，批判了腐朽的东方文化，倡导中国无产阶级新文化观，为东方文化的发展指明了方向。

1923 年，瞿秋白发表了《东方文化与世界革命》，标志着其历史的唯物主义世界文化观的正式形成。瞿秋白认为："所谓文化，是人类之一切'所作'。1. 生产力之状态，2. 根据于此状态而成就的经济关系，3. 就此经济关系而形成的社会政治组织，4. 依此经济及社会政治组织而定的社会心理，反映此种社会心理的各种思想系统，凡此都是人类在一定时间、一定的空间中之'所作'，这种程序都是客观上当有的。"[12] 这就是说，人类创造的一切都是（世界）文化。即瞿秋白阐明了文化的时代性和地域性（民族性）特点。甚至把文化问题放在整个社会历史运动过程中进行考察和研究，认为一定的文化是一定的经济政治的反映，最终受制于生产力发展水平。瞿秋白指出："人类的文化艺术，是他几千百年社会心灵精彩的凝结累积，有实际内力作他的基础。"[13] 这里，瞿秋白把世界文化与经济社会的关系用文学的魅力语言表达得十分明确。同时，他也重视政治对于世界文化的意义，明确了世界文化与经济、政治的关系。"经济生活，生产方法不变，一方面不能有文化的要求，以进于概括而论的文明；别一方面更不能有阶级的觉悟，担负再造文化的重责。"[14] 一方面他意识到存在对（世界）文化的决定作用，这是坚持了历史唯物论；另一方面他承认（世界）文化的相对独立性以及对存在的反作用，则是坚持了唯物辩证法。瞿秋白坚持了唯物史观，也批判了唯心史观。他说，那些"忘掉他根下的污泥"、脱离社会经济基础去研究文化的人是"'竖蜻蜓'之手足倒置"[15] 唯心史观，必须坚决摒弃。瞿秋白的上述认识把握住了文化的时代性，树立了一种"往前看"的世界文化精神，形成了新的经济和政治所需要的世界文化视野，同时把握了世界文化与世界历史的辩证关系，体现了时代精神的先进文化方向。

同时，瞿秋白善于运用马克思主义世界文化观的辩证视野审视并批判了中国文化现象及文化运动，对中国东方文化派及其所推崇的腐朽的东方文化进行了猛烈的抨击和批判。瞿秋白认为中国宗法文化乃东方文化的一个集中代表，而中国宗法社会制度虽然随着帝国主义势力的侵入而发生了一些变异，但仍带有封建色彩，甚至比旧的封建制度更坏，且综合了两方面的缺点，因此更有悖于现代文明、现代思想和现代精神。当然，瞿秋白并没有一味地否定东方文化，而是肯定了中国宗法文化在历史上也曾经起过促进社

会发展的作用。他说:"东方文化的'恶性'决非绝对的,宗法社会的伦理也曾一度为社会中维持生产秩序之用。"[16] 瞿秋白以这种辩证的世界文化观视野,明确阐明了当时现代中国封建文化的腐朽性特征及其积极作用,实在难能可贵。

瞿秋白甚至还指明了发展东方文化的方向,倡导反帝反封建的、科学的、人民大众的中国新世界文化观。他认为"只有世界革命,东方民族方能免殖民地之祸,方能正当的为大多数劳动平民应用科学,以破宗法社会、封建制度的遗迹,方能得真正文化的发展"。[17] 早在五四时期,他就提出了新文化运动应该推广到"极僻静的地方去,使全国国民觉悟",[18] 并赞成"到民间去"的口号。瞿秋白在翻译大量的马列文艺理论著作及去俄国考察学习先进的文化后,认为无产阶级的大众文化是中国新文化发展的方向。在《赤都心史》的开篇《黎明》一文中,瞿秋白对创建无产阶级文化这一思想就有所表露。他说,无产阶级文化——"清明爽健的劳作之歌",却似朝霞渐渐升起。虽然在开创新文化的过程中,少不了要受到"资产阶级"文化的阻挠,但是"鱼肚之光,黑霞之色,本是'夜余'而又是'晨初'啊"。很明显,瞿秋白认为无产阶级文化有着极强的生命力,它必然战胜资产阶级文化而发展起来。瞿秋白在《五四和新的文化革命》一文中就指出:新的文化革命应该是无产阶级领导的、劳动民众自己的、以社会主义革命为前途的文化革命。他甚至还在《苏维埃的文化革命》一文中,就如何创造无产阶级领导的大众文化拟定了具体的规划。1932 年他领导"左联"工作,发表了《欧化文艺》等多篇文章,开展了文艺大众化问题的第二次讨论热潮。他在《大众文艺的问题》一文中指出:"现在决不是简单的笼统的文艺大众化的问题,而是创造革命的大众文艺的问题。"[19] 要求文艺用无产阶级的世界观与人生观来改造群众。1934 年瞿秋白任教育人民委员,他领导江西苏区文化运动和文化建设,积极推进文化大众化的实践,开展普及文化教育和群众文艺活动。瞿秋白前瞻的世界文化观,为毛泽东"文艺为人民大众服务"的文化观的形成与发展提供了宝贵的思想资源,也丰富了中国化马克思世界历史理论世界文化观的理论宝库。

(二)瞿秋白认为世界文化具有民族性特征,中国文化(文学)必须保持民族性

瞿秋白认为世界文化具有民族性特征,这也是符合马克思的世界文化观辩证思想的。瞿秋白坚持认为:"无民族性无世界,无动的民族性,更无世界,无交融洽作的,集体而又完整的社会与世界,更无所谓'我',无所谓民族,无所谓文化"。[20] 这就是说,"我"即中国文化是各民族文化的交融,是吸取民族文化精华、富有鲜明民族特色和个性的"动"的文化。这是民族的,也是世界文化的一部分。世界文化是具有民族性特征的。

瞿秋白还主张创新中国文化(文学)必须保持民族性,同时批判和摈弃东西文化中腐朽的糟粕,改造和发扬其中一切积极的、优秀的成分,以增进世界文化的进步。这从他关于文学革命的论述可看出他的这一思想。瞿秋白指出,中国实行文学革命,创造中

国的新文学，必须从中国的实际情况出发，"希望研究文学的人，对于中国的国民性，格外注意。"[21] 他还用俄罗斯文化的辉煌伟绩来阐明保持文化的民族性对创新文化的重要性。他在《郑译〈灰色马〉序》一文中强调了文化的民族性之伟大魅力，他说："俄罗斯伟大的民族，成就他千百年来的文化，正因为他跨欧亚两洲，融合黄白两种人种"，[22] 瞿秋白因此也成为最早介绍和研究苏联社会主义文学的译作者之一。但强调文化的民族性，并不是要排斥文化的世界性。瞿秋白认识到，文化本无区域界限，文化创新一定要面向世界。他说"各国各民族的文化于同一时代乃呈先后错落的现象……东方和西方之间，亦没有不可思议的屏障。"[23] 他认为："新文化的基础，本当联合历史上的相对峙的而现今时代又相辅助的两种文化：东方与西方。"而西方文化的"病状"在于资产阶级的市侩主义，东方文化的的"病状"在于其"死寂"陈腐。他告诫人们不应做"旧时代之孝子顺孙"而盲目固执民族个性，也不能一味附庸"西方"文化。中国的民众，尤其是中国工人的先锋队，同时也需要利用世界无产阶级的教育，接受世界的文化成绩。在对待西方文化方面，瞿秋白主张有选择地吸收，反对全盘西化和"抄欧洲工业革命的老文章"。[24] 瞿秋白认为正确的文化创新的方式应该在人类历史进步的过程中，保持文化的民族个性，批判和摈弃东西文化中过时的腐朽的糟粕，改造和发扬其中一切积极的、优秀的成分。即"或能为此过程尽力，同时实现自我的个性，即此增进人类的文化"。"盼望'我'成一人类文化的胚胎"，他宣称："我自是小卒，我却编入世界的文化运动先锋队里，他将开人类文化的新道路，亦即是以光复四千余年文物灿烂的中国文化。"[25] 这是将民族文化置于世界文化的历史进程中加以深思熟虑的鲜明表露，也是历史的唯物主义观点的积极展现。他因此身体力行，写了许多歌颂十月革命、中国工人阶级，批判反动派的诗、散文、小说等文学作品，开拓中国新文化。

（三）瞿秋白主张中国文化创新需要世界观，首倡融会世界特色的文学革命

瞿秋白主张中国文化创新需要世界观。他认为："中国受文化上的封锁三千年，如今正是跨入国际舞台的时候，非亟亟开豁世界观不可"，[26] 而且"中国的民众，尤其是中国工人的先锋队，同时也需要利用世界无产阶级的经验，接受世界的文化成绩"。[27] 对马列主义文艺理论的认识和译介正是瞿秋白世界文化观的创新性体现。20 世纪初，瞿秋白通过自己的调查，就表达了对社会主义俄国的认识。他在《赤都心史》中特别提醒中国读者："共产主义是'理想'，实行共产主义的是'人'，是'人间的'。他们所以不免有流弊，也是自然不可免的现象。"[28] 瞿秋白编译的《现实——马克思主义文艺论文集》一书，包括恩格斯《论巴尔扎克》和《论易卜生的信》，普列汉诺夫、拉法格的论文，同时写有评介文章六篇，第一次科学系统、准确流畅地向中国文坛译介了马克思、恩格斯关于现实主义文艺创作方法的论述，给当时的左翼文坛吹进一缕清风，使当时关于"革命文学"现实主义的理论之争有了一个较科学的解释，为纠正过度强调世界观对创作方法的作用甚至把世界观和创作方法机械等同起来的错误思想，提供了理论依据。

瞿秋白主张文化创新要面向世界，融会世界各国尤其是社会主义先行国家苏俄的进步文化，首倡具有世界特色的文学新样式。在五四时期和左联时期，瞿秋白就翻译和介绍了大量的外国作品，特别是俄国文学作品 (普希金、托尔斯泰、屠格涅夫、契诃夫、高尔基等的作品)。他主张"无产阶级作家应当采取巴勒（尔）扎克等的资产阶级的伟大现实主义艺术家的创作方法的'精神'。"[29] 指出无产阶级世界观对文学真实性的实际意义，要求"运用艺术的力量，必须要有一定的宇宙观和社会观。"他在 1930-1934 年与鲁迅密切合作，在上海领导了革命的新文化运动，首次倡导具有世界特色的文学新样式。对于中国民族化的新的语言文字革命，他提出一方面采用国际无产阶级文学的新的形式如街头剧、朗诵诗、报告文学等书写作品，另一方面采用用现代中国普通话来写，推出自己新研制的中国拉丁化字母以及新中国文草案，希望试行汉字拼音话方案，甚至指定新中国文的字母采用世界语做大致的标准。所有这些都是瞿秋白世界文化观创新性的鲜明表现，最终促进了中国化马克思世界历史理论有关世界文化观的形成与发展。

当然，瞿秋白的世界文化观、中国文学革命理论产生于 20 世纪二三十年代，还未形成博大而完整的体系。当时的阶级斗争形势及党内"左"倾路线的影响，使其观点中不可避免地存在一些不足之处。进入到 21 世纪，各个民族国家的社会历史呈现出一种多元化的发展趋势，这种多元化又和不同的民族国家之间的经济和文化的大融合同时并存。因此，我们应当从瞿秋白前瞻性的世界文化观和中国文学革命理论中得到一定的启示，始终以马克思主义世界历史理论为指导，在继承传统文化、重视民族文化（文学）的同时，以包容宇宙的胸襟，吸收借鉴世界各民族的先进文化成果，建立起符合中国社会主义特色的崭新的世界文化（文学）观。

【参考文献】

[1] 马克思恩格斯选集（1）[M]. 北京：人民出版社，1995（2）：88.

[2] 马克思恩格斯选集（1）[M]. 北京：人民出版社，1995：276.

[3] 马克思恩格斯选集（7）M]. 北京：人民出版社，1959：503.

[4] 马克思恩格斯选集（1）[M]. 北京：人民出版社，1995：72.

[5] 曹荣湘. 马克思世界历史理论与当代全球化 Image[M]. 北京：中央编译出版社，2006：10-11.

[6] 马克思恩格斯全集（45）[M]. 北京：人民出版社，1985：397-398.

[7] 马克思恩格斯选集（1）[M]. 北京：人民出版社，1995：117.

[8] 马克思恩格斯全集（46 上)[M]. 北京：人民出版社，1979：392-393.

[9] 马克思恩格斯选集（1）[M]. 北京：人民出版社，1995：114.

[10] 马克思恩格斯选集（1）[M]. 北京：人民出版社，1995：291.

[11] 马克思恩格斯选集（1）[M]. 北京：人民出版社，1995：82-83.

[12] 瞿秋白. 瞿秋白选集 [M]. 北京：人民出版社，1985：15-16.

[13] 凡尼 . 瞿秋白作品精编 [M]. 广西：漓江出版社，2004：391.

[14] 瞿秋白 . 瞿秋白选集 [M]. 北京：人民出版社，1985：12.

[15] 瞿秋白 . 瞿秋白选集 [M]. 北京：人民出版社，1985：17.

[16] 瞿秋白 . 瞿秋白选集 [M]. 北京：人民出版社，1985：23.

[17] 瞿秋白 . 瞿秋白选集 [M]. 北京：人民出版社，1985：25.

[18] 瞿秋白文集文学编（2）[M]. 北京：人民文学出版社，1989：864.

[19] 瞿秋白文集编辑组 . 瞿秋白文集政治理论编（2）[M]. 北京：人民出版社，1988：23.

[20] 瞿秋白文集文学编 (1)[M]. 北京：人民文学出版社，1985：213.

[21] 瞿秋白文集文学编 (2)[M]. 北京：人民文学出版社，1986：247.

[22] 瞿秋白文集文学编 (2)[M]. 北京：人民文学出版社，1986：135.

[23] 瞿秋白 . 瞿秋白选集 [M]. 北京：人民出版社，1985：213.

[24] 瞿秋白文集 . 文学编（1）[M]. 北京：人民出版社，1985：319.

[25] 瞿秋白文集 . 文学编（1）[M]. 北京：人民文学出版社 1985：212-213.

[26] 瞿秋白 . 瞿秋白选集 [M]. 北京：人民出版社，1959：30.

[27] 瞿秋白文集 . 文学编（1）[M]. 北京：人民文学出版社 1985：414.

[28] 瞿秋白文集政治理论编 (4)[M]. 北京：人民出版社，1993：194.

[29] 瞿秋白 . 瞿秋白选集 [M]. 北京：人民出版社，1959：12.

[基金项目] 本文系国家社会科学基金项目"马克思主义世界历史理论发展研究"（项目编号：06BDJ007）的科研成果之一。

论蔡楚生导演的电影

郭海燕

【摘要】蔡楚生作为"左翼电影"的重要导演，自然体现了左翼要求的创作实绩，暴露了阶级差距，强调了造成阶级斗争的经济根源；但他的电影之所以引起观众的强烈喜爱，更重要的在于他把握艺术创造的特性，在政治宣传与艺术创作之间产生冲突时宁愿舍弃前者而依后者处理材料，这使他能有机融合多种深具电影性的技巧和手段，使其电影显示出长久的生命力。

【关键词】蔡楚生　左翼电影　艺术规律

一　蔡楚生作品实现左翼要求的创作实绩

《都会的早晨》中的"暴露"：为富不仁者遭遇"在成长中"的贫困阶级的反抗。《都会的早晨》讲述的是这样一个故事：富家大少爷黄梦华（唐槐秋饰）欺骗一个无知的贫苦姑娘，并且生下了一个儿子。但他为了和一个富家小姐结婚，竟然把自己的私生子抛弃路旁。幸亏善良的车夫许阿大（王桂林饰）从此路过，听见弃婴哭声，把他抱回家中抚养，取名许奇龄。黄梦华在弃儿的哭声中，和富家小姐结婚，此后生下一个儿子，取名黄惠龄。若干年后，在车夫家中长大的许奇龄（高占非饰）成为一个刚强正直、勤劳的青年建筑工人，他用自己的劳动赡养着年老的父亲，照顾着天真的妹妹——许阿大的亲生女儿兰儿（王人美饰）。而惠龄（袁丛美饰）呢，则在黄梦华的娇宠下，成天鬼混于花花世界，成为一个品德败坏，只知寻欢作乐的恶棍。一天，兰儿给哥哥送饭，归途中被惠龄看见，惠龄顿起歹心。为了占有兰儿，他用尽了种种勾引欺骗手段，但均遭到兰儿的拒绝与奚落。不久，黄梦华在工场中发现许奇龄是自己的弃子。他从确保自己的家财出发，一方面看到小儿子惠龄不长进，另方面则发现许奇龄的聪明和俭朴，因此想来培植奇龄。但他不愿为此而暴露过去欺骗少女，抛弃私生子的丑行，不愿揭开自己虚伪的道德面纱，于是便秘密地用物质去"帮助"奇龄。奇龄虽然贫穷，但有骨气，他断然拒绝了这不明不白的"资助"，仍然靠自己的双手维持一家的生活。另一方面，黄惠龄在遭到兰儿的拒绝和奚落之后，仍不死心，竟然使用最卑鄙的手段，买通当局抓走奇龄，投进监狱；然后，把失去哥哥的兰儿抢回家中软禁，妄图迫她就范。兰儿誓死不从。奇龄出狱后，愤怒地冲进黄家寻找兰儿。此时，黄梦华已病入膏肓，眼见死期将近，终于向奇龄说明了他们之间的父子关系，并准备分出一半家产交给奇龄掌管。奇龄没有接受，他扶着兰儿坚决离开了这个罪恶之家，仍然回到自己的阶级队伍之中。

这部影片的载体是遗产制度问题，是家庭伦理题材。但是，由于他已接受了左翼电影运动的纲领，他的目光已由狭小的小资产阶级的圈子转向广阔的社会现实，所以他在处理这样一个当时电影创作中司空见惯的题材时，就不再像其他影片那样，只是把它拍成一个有产阶级范畴内争夺家庭遗产的家庭悲剧，而是把它放在广阔的社会现实之中，借此表现出当时中国都市生活中尖锐的阶级对立。

这种善恶对比分明的叙事，可以有效做到左翼所希望的"暴露"——暴露富有阶级对穷苦阶级的压迫，暴露富有阶级的为富不仁。同时，本片还实现了左翼所要求的另一个表现：左翼影评人不仅希望在"新兴电影"中看到"新兴"的摩登女性，还希望看到"新兴阶级"。前者在田汉编剧的《三个摩登女性》中看到了；后者在《都会的早晨》中看到了，特别是最后，许奇龄毫不犹豫地拒绝了抛弃自己和母亲的资产阶级生父的"恩赐"，并且代表受苦的大众向黄梦华展开斗争，充分表现了贫苦阶级的巨大力量。

《渔光曲》的"暴露"：中国农村破产，民族资产阶级不敌帝国主义。蔡楚生酝酿新片《渔光曲》时，就显然受到左翼影评人尘无批评的启发："只有站在经济的观点上，才能够最具体的看出冲突的必然性"。

《渔光曲》的故事从中国东海的一群渔民讲起。在这支渔民的队伍中，有一个已被生活的重担压得麻木了的徐福。当他的妻子在一个风雪漫天的夜里生了一儿一女之后，为了生活，他不得不在不能下海的天气中驾着渔船到海上去挣扎。结果是，惊涛骇浪吞没了这一可怜的生命。于是，徐福的妻子徐妈，只好忍痛抛开自己的儿女，到船主何仁斋家去做奶妈。十年过去了，徐妈苦心抚养的何家少爷子英（罗朋饰）和自己的女儿小猫（王人美饰）、儿子小猴（韩兰根饰）都长大了，他们三人成了很好的朋友，常在一起玩耍。然而，仅仅是因为失手打碎了主人的一个心爱的古瓷花瓶，徐妈竟给何仁斋赶了出来。又过了八年，小猫和小猴租了何家的渔船，在海边上捕鱼；何子英则被父亲派到外国去攻习渔业。离别前他和小猫、小猴告别，相对凄然。这时，悲凉的《渔光曲》又从海上飘起。子英意识到渔民生活的痛苦，决心要为改良渔业而奋斗。但就在何子英出国后的两年里，小猫、小猴家的草棚破屋被盗匪洗劫一空。不久，又由于何仁斋和洋人合资创办渔业公司，用轮船在东海捕鱼，使渔民的生计受到致命的打击。小猫、小猴不得不扶着双眼失明的老母，到上海去投奔舅舅，和舅舅一起在马路边靠卖唱度日。何子英学成归国后，也来到上海，在他父亲的华洋渔业公司中做事。一天，在船埠附近他突然听见了儿时常常听见的《渔光曲》，不由自主地寻声而来。当他看到那卖唱的正是幼年的好友小猫时，不禁怔住了。他得知小猫、小猴的悲惨遭遇，便资助他们一百元。但这笔钱反使小猫、小猴被诬抢劫而遭逮捕。可怜的徐妈在悲痛和慌乱之中带翻了一盏油灯，火势猛烈地燃烧起来，惨厉呼叫，葬身在火窟之中。小猫、小猴出狱回来，但已无家可归。何子英找到了他们，要带他们回到自己的家里去。但这时，何家也发生了变故，他的父亲的姨太太和姘夫一起席卷何家的巨额存款和所有贵重物品逃走了，父亲则因为渔业公司的破产和报纸揭露了他的丑史而自杀。家破人亡后的何子英，这时才算明白了，在这样一个社会里是不可能完成他那改良中国渔业的梦想的。于是，便和小猫、小猴一起回到渔船上去工作。孱弱的小猴在捕鱼时不幸受伤，临死前还茫然地要求姐姐为他再唱一遍《渔光曲》。何子英听着这凄凉的歌声，痴望着死者和浮在天边的无数渔帆，眼泪不禁从他脸上流了下来。

蔡楚生在接受左翼的影响之后，眼光变得宽阔了很多，《渔光曲》的反映的生活面极其广阔：渔民打渔谋生的艰辛，有时甚至会失去性命；穷人在富人家帮佣时极难处理主仆关系，稍一不慎就可能被辞退从而失去饭碗；在战乱的中国又常有盗匪更给穷人的生活带来极大的危险。同时，在落后的中国富有阶层也是一样的遭遇厄运，民族资本家照样面临破产。

《新女性》自然也符合左翼所要求的"暴露"的宗旨。首先是《新女性》也具有当时左翼影片常有的一种影像风格，即纪实影像的介入。蔡楚生在片中先是展现了上海的繁荣，但马上令观众知道这是畸形的繁荣，外国新兴的东西在租界上海都有，但一出租界就是只有着面目与上海街头同样的中国人，其背景则完全是另一副景像了。通过人物在火车上的主观视角，拍了一个一扫而过的农民耕田的镜头。这种设计显然是表现着编导的意识的，即中国上海与内地如此相异的现实，造成了中国人的很大不单纯的矛盾，中国有追求的人士应该正视这种现实。

影片采用平行蒙太奇、画面内蒙太奇等手法进行对比暗喻，使影片含义深刻意境幽远。例如李阿英教学生唱歌时采用画面内蒙太奇：一边是李阿英带领学生激愤地唱着救亡歌曲，另一边是三十年代旧上海滩"殖民全景图"——代表繁盛帝国的新古典主义建筑群，汇丰银行门前狰狞的铜狮，黄浦江上停泊的外国军舰，无数蹒动着的头向工厂走去。随着音乐节奏不停切换的画面展示了一个政治、军事、经济全面受外国人操纵的中国。影片还用了三组镜头来对比国内贫富差别的社会不平等，每一组镜头都用一个时钟串联：把酒言欢的歌女与疲惫不堪的女工；踏着舞步的高跟鞋和踩在烂泥中穿着草鞋破布鞋的脚；舞池中优雅的绅士淑女与佝偻着吃力拉大板车的劳动人民。平行蒙太奇、画面内蒙太奇在此的对比效果不言而喻。

剧作本身不似夏衍的女性电影突出职业女性因为美丽的外表而被男性资本家所利用来谋利润，而是突出女性的因为有写作才华想通过这种技能在只是由男人占据的属于脑力劳动的职业中想谋取一个位置而不得，不被男权社会给予许可。《新女性》通过他的蒙太奇让女观众看到的是女性的被虐待以及被男人玩弄的命运。这是《新女性》在当时的反映女性的电影题材中独树一帜的原因。

这种压迫在影片中体现为两个男恶人剥削韦明。第一个是王博士，他给女子学校捐了两千银元．以换取韦明被辞退。王博士手头有很多钱。他曾两次要给韦明一个戒指，来敲定他对韦明身体的占有。这枚戒指价值 3200 元。他先是把戒指作为他"爱情"的信物给韦明。韦明因孩子生病急需钱，但她却在这枚戒指身上看到了想用性契约来奴役她的肉体的陷阱。后来，韦明被迫进了妓院，她吃惊地发现，她的第一个"客人"就是王博士．他又把那枚戒指扔过来交换她的身体。这时，戒指的含义就更加明显了。第二个恶人是齐为德，是报纸记者，拥有都市中的另一种权力：媒体舆论权。他想从性上占韦明的便宜，先是提出在文学副刊上发表她的作品，然后又威胁着毁掉她作为新女性作家的名誉。他大肆利用韦明的悲剧，甚至在医院中韦明末死之前，就把她自杀的消息跟她"不体面"的过去，一起登了报。

于是，金钱与媒体被认为是上海两个主要的害人力量。在一个幻想场景中，王博士与齐为德享受着妖冶的韦明在妓院中给他们提供的性服务，这一场面把金钱与媒体的力量聚合在了一起。

影片的这位男主人公对待这种才女型女性在社会上的立足带有一种不明朗的态度。他只是不玩弄她，但也不明确地像其他爱情片的男主那样爱上她，为她着迷，总之有一种疏离的味道。韦明要他一起去跳舞，他不去，说："热情有时是会把自己火葬了的"。这说明了什么？电影的最后一幕表现了正在崛起的女性力量，对抗着邪恶的男子压迫势力。工人们听到工厂的汽笛声，涌上街头，堵住王博士的汽车（他正从一个舞厅回家）。车里掉下一张报纸，上面有一个女人的照片。一群女工踏过这张报纸。她们已从李阿英那里学会了"新女性"这首歌，现在正以社会变革的新主人的身份自豪地向朝阳前进。这一乐观的结尾跟电影其他部分形成鲜明对照．这可以用下面的歌词来解释：不作恋爱梦，我们要自重！不作寄生虫，我们要劳动！不作奴隶，天下为公！无分男女，世界大同！新的女性，勇敢向前冲！

原来，左翼男性知识分子是希望知识女性自己得到蜕变，并提供了一个榜样李阿英，学习她勇于反抗欺压自己的恶势力。

在片中，不是以在女主角身边的另一个慕其美色的左翼男性的规训为推动女主角对自身处境认识的推动力，因为他不喜欢女主角"颓废"的生活方式而离开了。而是以全知的叙事，由导演将一个个镜头组接，告诉观众女主角是怎么转变的。片中的男伴王博士仅仅是个男伴而已，以使女主角出入舞厅的举动显得合理——因为没有一个良家女子自己一个人往舞厅去的。

这一个表现女主角转变的对她本人来说至关重要的说明，是由以下的蒙太奇加以表现的：

女主角的眼睛（特写）；被绑的舞女（中景），舞女痛苦的面部表情（特写），并用较长的尺数强化这种场面；女主角的头晕目眩（特写）。

这等于说，女主角在男导演的导演下，亲自去调查这些歌舞娱乐场所。她看到的这些均加强了对她的情感的刺激。观众也对她将要看到的东西和她的表现均感到好奇。

二　蔡楚生作品获致巨量观众的成因分析

蔡楚生认为光是"意识正确"的作品就不是艺术了，其中的人物就不再是充满生机的，其中反映的生活就不再是运动的，而是一滩死水。只有那所谓正确的意识在自说自话的时候，哪里还有对话和沟通的产生？如此，则观众必定见此落荒而逃，避之唯恐不及，哪儿来的电影票房？无论是城市贫民、渔民还是知识女性，他都把他们的出路通过"正确的意识"明白地说了出来，叫他们从本身发出力量，去"努力"、"奋斗"，和说些"前途光明"的话去加以"鼓励"。但这时他确信，这不是作为艺术的电影最应该着力的地方，最应该着力的地方只是"如实地将他们悲惨的生活状态描绘出来"。[1]

蔡楚生对儿童行为有细腻的观察和深入的了解，例如片中一饿极的流浪儿偷了面包被警察追及时，蔡楚生给了一个中近景镜头——观众看到的是该流浪儿拼命将一大块面包咽下。

一个导演将什么摄入他的镜头中，与他的性格、他对人的认知与为人处事有直接的关系。上面所引的镜头分明可令人感到蔡楚生对人——一个个体的人所抱有的真切的关心与温情。这种普遍的人道主义思想，与左翼电影作家的作品里表现出来的鲜明的不可调和的阶级对立是有距离的，因此他的作品更多的是对下层百姓和小人物的普遍同情，对他们不幸的大肆伸张。

在《会客室中》一文中，蔡楚生更明确地表达了他对于自己电影创作的理性认知。他说：电影观众的第三层是低层社会的群众（前有知识阶级与小市民），只能直觉地去接受他那最浅显的部分：同情或是哄笑。电影制作者必先投其所好地将每一个制作材料，尽可能增加得丰富些，使他们知道中国电影也能"看出本钱来"，从这当中我们就或多或少地给他们以一些新的认识。必须在描写手法上加强每一事态的刺激成分，和采用一些中国特多的刺激素材，这样才能够冲破中国人感觉上的迟钝与麻木的固性，而给他留下一个不易磨灭的印象。[2]

《渔光曲》其实就是实践蔡楚生这种认识的一部重要作品。除了前面提到的它所反映出的极广的生活面之外，影片在描写手法上尽可能地加强了每一事态的刺激成分。一上来就清楚地交待背景，使冲突立刻显现，具体表现在生孩子需花钱养活与交何仁斋的租子之间的矛盾——这比较激烈，能刺激老百姓的麻木，这种蒙太奇的剪接就很有刺激性，极有效地实现了左翼的赤裸裸的把现实的矛盾不合理，摆在观众面前的要求。片中人物因穷困无钱买鞋而赤脚的特写镜头也很触目惊心，不容观众不注意；同时，女儿找工作，字幕打出"额满"二字让观众为她的命运担心，因为她前面一再谦让，把机会让给更穷的人了。片中母亲的眼睛变瞎的设计，更令观众为其不知情而伤心。母亲和哥哥的死很煽情，唱着《渔光曲》，无知的哥哥变得痴呆，更令影片的效果刺激。

在《渔光曲》中，蔡楚生也擅长使用一些特殊的电影手段表情达意。例如用俯拍镜头拍女主角上楼；人物心情的变化难以直接表现，蔡楚生想到用主观镜头表现徐妈眼里少爷变大至变得更大的脸部特写以表现她的神思恍惚，以及借用道具蜡烛由清晰变模糊表明她的眼花与心乱。

蔡楚生的叙事经济再次体现出来，因为是无声片，所以用画面之间的组接很合适地

---

[1] 蔡楚生. 八十四日之后——给〈渔光曲〉的观众们 [J]. 影迷周报，1933，1（1）.

[2] 陈播主编. 中国左翼电影运动 [M]. 北京：中国电影出版社，1993：139.

表达出来。比如用字幕"吾妻亡"与妻子的一张像片交待妻已死；用"友梁少舟"像片特写交待到何仁斋到上海找他；梁几番眼珠转动的特写接他与奸人合谋骗何仁斋制定渔业计划书。

争取更广范围的观众，也决定了蔡楚生影片的美学特色的中西杂糅而又有机融汇。例如《新女性》复杂手法：影片第一个镜头"就显示出摈弃早期电影布景舞台化构图平面化的决心"。

低机位拍摄的上海街景向远处延伸，立体感极强，街两边高耸的英式建筑占据大半个画面，高反差用光，等等。影片很强调前后景互动和后景对前景的补充烘托作用，人物经常作纵深运动，这不仅是对张石川为代表的呆板的平面构图的反叛，更使画面出现一个之外的视觉中心。[1] 例如余海俦说服社长出版韦明的书那场戏，后景安排了余的同事，我们可以清楚看到他面部表情的变化，他对社长言行前后不一的反应。但是更多的时候，后景运动的主要作用是拓展空间产生透视效果避免平面化，使画面真实可信。在景别处理上，多采用中景，人物居中，对话基本无好莱坞经典的正反打镜头，以展现人物之间的关系为主，体现内在和谐的平衡构图；镜头运动较少，即使运动速度也很慢，重视事件的自然流程，它和利用剪辑进行有意味对比造成的快节奏交错使影片张弛有度。影片显示出的这些与中国传统美学的亲缘关系，充分说明蔡楚生从其老师郑正秋处学来的交待清楚明白的导演手法。但他又比郑正秋多了一些，这一些就是画面内信息量的增加和电影空间真实感的加强。

除此之外，左翼思想的影响也使他的影片开掘了更多表现手法。片中各种电影技巧繁多，处处表明作者有话要说。如阮玲玉性感大腿的特写；"大饭店"三字的特写暗示王博士要阮去开房间。又运用对比蒙太奇，一边是上海海关钟响至深夜 12 点，工人上班，还有黄浦江上拉纤的民工；一边是舞厅客人才过完夜生活出来。时间甚至具体到 12 时 15 分、45 分，显然有一种纪实的特征，证明着作者的有意观察，有话要说。镜头经常采用画框的形式，比如韦明在王博士车上回忆时，采用的是画面内蒙太奇，车窗被处理成另一个银幕，上演她和王博士的第一次相遇；它显示出导演在镜语形式上的积极探索。影片的色彩呈现鲜明的黑白对比，光线常被利用来造成一种紧张压抑的氛围。例如在医院一场戏中，当医生向余海涛等交待韦明的病情时，就利用了底灯表现出某种不安的情绪和危机。在表现左翼所要求的倾向性上，蔡楚生采用超现实手法，使新女性的榜样李阿英的影子越来越大。

【参考文献】

[1] 蔡楚生. 八十四日之后——给〈渔光曲〉的观众们 [J]. 影迷周报，1933，1（1）.

[2] 陈 播主编. 中国左翼电影运动 [M]. 北京：中国电影出版社，1993.

[3] 林 静. 一曲时代女性的挽歌：《新女性》[J]. 长春师范学院学报，2005，24（2）.

---

[1] 林静. 一曲时代女性的挽歌：《新女性》[J]. 长春师范学院学报，2005，24（2）.

论孙瑜导演的电影

郭海燕

【摘　要】孙瑜被誉为"诗人"导演，在于其作品倡导心灵本真无污染、乐观向上、身体健康的人性理想；注重导演的中心作用，强调摄影的效果，有机展现他的人生理想；多采用浪漫主义的创作手法，使其电影洋溢着生命的活力，这恰与电影运动的本性一致。同时他保持一个开放的心态，勇于借鉴世界电影新潮流，因而其电影获得了社会价值和经济价值的高度统一。

【关键词】孙瑜　浪漫主义　电影化

孙瑜的影片在联华乃至 20 世纪 30 年代的所有导演的影片中都具有鲜明的独特风格，当时的影评人对孙瑜有公认的评价，那就是"诗人孙瑜"，如沈西苓《评小玩意》和柯灵《孙瑜和他的小玩意》均明确地提到"诗人孙瑜"。

不仅如此，孙瑜电影的独特风格贯穿在他在联华创作的所有影片之中，所以孙瑜又可以说是一名作者导演。一般认为，作者导演具有三个方面的特征：一是有自己的哲学观；二是其作品有一个相似的主题；三是作品具有一贯的风格。同时，孙瑜的影片又非常注意商业效果，他的影片在当时的导演中票房是比较高的，其中的原因也值得注意。下面就从这几个方面分析一下孙瑜及其导演的影片。

联华的"新"离不开孙瑜愿景中的中国的"新"人，因为此前电影中的中国人给人的印象不外乎传统伦理道德，即男性或慈爱、正直或凶恶、不务正业，女性则美丽、善良一类的放之四海而皆准的人物品行外貌的标签，独有孙瑜有了原创——那就是健美、率真（去伪），其人性理想为心灵本真无污染、乐观向上、身体健康，并用他一系列的影片通过艺术影像展示给大家。

例如《野玫瑰》、《火山情血》和《天明》三部影片中，都有一个共同的戏剧动作，就是主人公从乡村 / 家园逃离出来而进入城市。虽然影片中的城市也并非他们理想的生活场景，他们在这里经历着比乡村更加深重的挫折和压抑，使他们遭遇人生中前所未有的生存困境。但是，孙瑜的叙事重点，并不在于揭示这种困境背后的社会政治原因，他更钟情于表现主人公如何自我觉醒，如何战胜自己的软弱和沉湎，最终实现对其生存现实的超越和主宰。这为我们显露出孙瑜影片所特有的一种文本特征，那就是，不论是对乡村浪漫氛围的营造，还是对都市罪恶的揭示，都服从于孙瑜对主人公精神品格的深度关切。他不像某些左翼主流电影创作那样去开掘性格、动作、冲突所喻指的社会政治寓意，而是将笔触自觉转向人物心灵，转向了一种对"青春的朝气，生命的活力，健全的身体，向上的精神"的激情呼唤。[1]

《野玫瑰》是孙瑜在受到左翼提倡关注农村大众时产生的，《晨报·每日电影》1933年3月第296号上的文章中称其"被当作中国电影转变方向的第一部影片"。《野玫瑰》中乡下女孩小凤（王人美饰）以其健美、青春和朝气引起了来自大城市上海的青年（金焰饰）的爱慕。她不仅清纯，性格中还体现着孙瑜的文化理想中对繁文缛节、贫富等级区分等的反对。

《天明》讲述主角菱菱（黎莉莉饰）和张表哥（由金焰之外的另一中国式的瓦伦丁诺，女性偶像高占非饰演）随大批乡民流落大城市，领略到都市的魅力，同时也忍受了城市地狱般的工业—资本主义劳工生涯。也是在城市里，菱菱被工厂厂主的儿子污辱后又抛弃，使得她成为一个妓女。在她青梅竹马的表哥参军不期遇见她之后，她终于找到一条让自己下贱的生活有意义的路——那就是通过与好色的反对派厮混为表哥的军队获取情报。最后事情败露被杀。

片中最富诗意与构图美的画面是那时还未成为革命女勇士的少女菱菱戴着菱串在荷花丛中船过躺下，人与花、叶都够美，她的腿形也十分美。这是孙瑜特别用心的一个地方，他要用菱菱来到城市后所受压榨的痛苦对比菱塘划船的快乐。在菱菱英勇就义时，孙瑜又表现出了他"诗人"的气质，他要菱菱临刑时笑着要求刽子手，在她笑得最好的时候才开枪。言下之意，孙瑜是想表达如果能够充满青春与朝气地活过，哪怕是因此而死去也是令人快意的，这样的人生才是值得过的，这样的人即使死去也是可以不朽的。这的确是一个浪漫主义的想法，后来孙瑜的影片例如《大路》里也有死去的人重又活转来的超现实影像。

这种特征显然不是如左翼主流电影作品那样注重社会政治寓意、以求通过作品直接为政治服务的所谓"现实主义"。那些从现实主义创作手法的角度去评价他的作品的方法，是不妥当的。例如王尘无对《天明》的批评，说到表哥碰到表妹后立刻拿参加革命后所在的便衣队的符号给她看的情节，认为孙瑜对于实际革命行动有隔膜与不了解。[2]

其实，实际上的革命行动孙瑜固然可能不了解，但他的作品本就不是以写实为基础从而揭示他对现实的不满；他是用浪漫主义的手法去表达他心目中应是的、应为的——实际上的革命行动不常常是太理智的、太受纪律约束的吗？他的作品的结构、内容与蒙太奇建构都没有脱节与游离的地方，都是为那个浪漫主义的"新人"的营建服务的。

这样"高大"的人物形象当然是孙瑜理想中的，不是现实中真实存在的。但其作品中基本的戏剧性冲突却又基于他对生活中现实的观察和加工，而且他的观察是准确的，是真实情况。在他的影片里，既有如《天明》中对城市的谴责，又有指出乡村里也同样

[1] 石川. 孙瑜电影的作者性表征及其内在冲突 [J]. 当代电影，2004，（6）.

[2] 陈播主编. 中国左翼电影运动 [M]. 北京：中国电影出版社，1993：519.

有压迫别人的人，这可以以《火山情血》为例。孙瑜作为新时代的知识分子，也有救国的热忱。《孙瑜给洪深的信》中说："至于舞台剧或影剧，并非我辈自负，中华将来命运，与之关系甚深。我辈在现时制剧，何不向救国方面做去？国耻之羞，穷饿之惨，气节沉沦之悲，何处不能痛写告众？"[1]

但他不是不知而是不赞同左翼从现实政治层面通过一个阶级——这一个集体对另一个阶级——另一个集体的铲除而救国，而是从审美层面上提出他理想中的中国人应具有的精神与气质；即使是仇恨，也主张个人对个人式的解决。所以孙瑜作品中的坏人也多从其贪图享受，喜与美女作伴，仗势欺人这种个人的具体可感的角度去表现，没有把人划分为截然的两种不共戴天的群体。

从其浪漫主义的理想出发，孙瑜作品中的叙事也是从人物生活中抽取一些有趣或具视觉美感的片断，将之与一个外在的戏剧性情节有机融合起来，这与左翼的叙事有很大的不同。例如《火山情血》的男主人公宋珂从背负家仇出走南洋，到最后将仇人推进正在喷浆的火山口，这虽然在剧情上构成了一个闭合的戏剧动作，但在南洋的"柳林酒店"这个具体环境，当宋珂与仇人曹五爷相向而坐，一起欣赏黎莉莉那妖娆的舞蹈的时候，镜头的剪辑方式仿佛已经忘掉了眼前的两位男性角色正是一对不共戴天的仇人，他们更像是一群与冲突无关的看客，他们的存在只是为了欣赏台上黎莉莉的艳舞。因而，到最后一场，当宋珂将曹五爷推下火山口，完成复仇仪式的那一刻，在左翼批评家看来，就不免太过"突奇"和"造作"，是一种"最明显的个人主义"，和"做出一副'超人'式面孔。这是作者应该克服的倾向。"[2]

左翼的目的在于煽动阶级之间的仇，是国人此前未有内心体验的。而阶级斗争强调的人与人之间的关系，不再是经验的个人与个人之间的关系，而是先验的群体与群体之间的关系，寻求的是推翻整个阶级和制度，而不是向具体的个人下手。所以左翼会对《火山情血》的个人复仇不满。

在左翼"新兴电影"时期，孙瑜不可能不受到左翼思想的影响，比如其中反帝反封建的主张，孙瑜肯定是赞同的，不过他是将其纳入其一贯的哲学观之下的——既然人生要乐观向上、健康地生活，理所当然地要反对来自帝国主义和封建主义的各种压迫。当然，值得注意的是，在左翼影评的鞭策下，也在日本侵略中国步步深入的形势之下，孙瑜也将其理想中的"新人"加入了集体元素。

在《小玩意》中，孙瑜将自己对中国现实的全部感怀和憧憬都投入了这部影片：对帝国主义军事入侵与经济入侵的焦虑，对乡村破产的忧患，对劳动人民的赞美与希望。孙瑜选取民间玩具小玩意作为贯穿性道具，其寓意兼容政治与美学——在政治象征层面，它以小手工业在外来经济渗透中日益没落隐喻民族工业的命运；在艺术表述层面，它的制作和创造体现普通劳动者的辛劳与才智。

[1] 戴小兰编选. 中国无声电影［M］. 北京：中国电影出版社，1996：1216.

[2] 席耐芳，黄子布. 火山情血评一［A］. 见：陈播主编. 三十年代中国电影评论文选［M］. 北京：中国电影出版社，1993：134.

《大路》更是他诗意写实的结晶。关于《大路》,《联华画报》第五卷 1 期(1935 年上半年)上的宣传中有这样的说明:停滞着、困顿着,中国人现在"无路可走"了,为了生存要冲开一条出路,同心合力、集体地向荒原上开辟一条大路。《大路》是叙写在弱小民族普遍的反帝运动里,我们的筑路工人,已经或应该热烈地加入战线。我们以《大路》为木铎,取周朝"每年一月,国家派人持木铎,巡行全国,振铎呼唤,使国人警醒"之意。

如果说在《小玩意》中,民众群体形象的代表是叶大嫂周围的小手工业者和农民;那么在《大路》中,民族救亡的中坚力量则由筑路工人群体承当。

在展现影片的戏剧性情节时,《大路》采用了比拟的手法:六名互助互爱无私无畏的青年筑路工代表工人阶级,和他们对峙的是自私猥琐见利忘义的土豪劣绅。双方在外形、内心、地位诸方面都形成鲜明比照,分别指涉中国民族大业的推动力与破坏力。

他的哲学层面的理想既然如前述,所以他在创作方法上也爱采用想象、夸张等表现手法,而在写实场景不足以表现他的审美理想时,他就采用变形、象征等处理。为达此目的,孙瑜运用了丰富、多样的视听手段,如叠化镜头过渡、景深镜头的运用、对比蒙太奇、长镜头、音画对位,移动镜头、升降镜头,不一而足。

《野玫瑰》中孙瑜用了近百尺的中近景拉跟镜头,拍摄小凤、江波、小李、老枪手挽手、肩并肩、齐步走、向前进的象征性动作造型镜头,刻画形象的单纯向上,表现人物的人生热情和爱国激情。在这样的推拉移摇之中,《野玫瑰》的爱情叙述着上了浓烈的象征色彩。

《天明》中的一组长镜头将自然的美丽和人物的可爱浑然一体地推演出来,成为当时影像世外桃源的经典段落。当摄影机转向城市空间,孙瑜以垂直的升降镜头从一幢居民楼的底层拉到三层,通过菱菱观望的眼睛扫视了城市贫民的艰难生存。在对乡村和城市平行展示时,他镜头中的农民被赋予淳厚的人性,农村被塑造为理想的乐园。

运动感表现在孙瑜的电影里,就是其中充满了别具匠心的生活小情趣,吸引了观众的注意力。

《野玫瑰》中用脚底板搓泥腿的特写、坏蛋掉入泥坑,作势拉了却又一松手令其再次掉进去;排列整齐的队伍中有一小孩子却因过小反应不灵敏而在全队都听号令向前时他却前后,使片中画面生机盎然。男主角来到了穷朋友那里,也没有什么重大冲突,不似左翼或明星公司的张石川郑正秋的刺激性事件,只是使观众将注意力集中在朋友之间善意关切地开玩笑,相互捉弄,设计睡梦中吃报纸的可笑好玩的情细节;即使在监狱里的时候,也不忘逗笑,使自己的生活充满快乐,即上下铺的玩乐。

与《故都春梦》中一样,孙瑜也在《火山情血》中注重前后呼应,使人物的性格发展具有逻辑性,从而使影片的情节充满运动的节奏感。例如里面"不笑的人"的妹妹爱皱眉头,后来的情人也爱皱眉头。

《大路》中设计构思一些表达爱情的动作和行为,设想一些人具有的手艺,借用一些该环境现成的道具，例如"抢茶"、"众人弹奏餐馆的现成东西伴奏"，"让坏蛋坐飞机"。这其实都体现了孙瑜的哲学主张或世界观，即不要被既定规矩束缚，做人做事可以活泼一点——内容与形式在孙瑜影片中得到了完美的协调。

这些小情趣体现出的运动性带有强烈的人情味，因为在孙瑜道家的文化理想中，没有被理念所左右的人性本来也是活泼的、充满生机的，换言之，是运动的。这里，孙瑜的作者性的追求与电影的本性很好地合而为一。

为了表达自己理想中的人性，孙瑜的特点还包括惯用夸张的手法，以渲染片中人物的不被外在理念所粘着，告诉观众：人生虽然有苦难，其实人生也可以很有趣味。这使得影片洋溢着轻倩和飘逸的情调。例如《小玩意》珠儿在给士兵缝裤子，而士兵的神情却像怕被扎了屁股。开场时是清晨，叶大还没有起床，为了免得惊醒她，她的丈夫老叶和女孩珠儿，走路都是蹑手蹑脚的；屋外的行人，也是蹑着脚用舞蹈化的步子轻轻走路，连跑路本来不会出声的哈巴狗，四脚也包了棉花。叶大嫂吃臭豆腐干，是捏着鼻子吃的。叶大嫂鼓励孩子不要哭，说："小傻子才哭呢"，用手指拭去她的泪珠，却弹到了玩具弥勒佛的脸上，使傻笑着的佛像流了泪。

【参考文献】

[1] 石川。孙瑜电影的作者性表征及其内在冲突 [J]. 当代电影，2004，(6).

[2] 陈播主编. 中国左翼电影运动 [M]. 北京：中国电影出版社，1993.

[3] 戴小兰编选. 中国无声电影 [M]. 北京：中国电影出版社，1996.

[4] 席耐芳，黄子布. 火山情血评一 [A]. 见：陈播主编. 三十年代中国电影评论文选 [M]. 北京：中国电影出版社，1993.

论吴永刚导演的电影

郭海燕

【摘 要】 对于人类社会的战争等利害冲突是恐惧的，他想要回到最原初的状态即母体，希望心灵单纯，强调不要在人与人之间造成过渡的区分，歌颂母亲的包容与慈爱。故而其美学风格为平淡，电影空间是如家庭一般的封闭的空间。

【关键词】 吴永刚；母体；平淡

吴永刚原是联华的一名布景师和美工师，据他的回忆录中说，他参加了田汉《三个摩登女性》和《母性之光》的美工师，与之有了接触，也在金焰家里参加过一些党的电影小组的活动，开始接受无产阶级文化思想的教育和影响。1934 年他改行从事编导工作，以摄影机为画笔，银幕为画布，锲而不舍地探索所谓"绚烂之极，归于平淡"[1] 的意境，体现在《神女》、《小天使》、《浪淘沙》、《壮志凌云》中。

《神女》是吴永刚编导的第一部影片，1934 年出品。在女性身体的诱惑与母性的慈爱之间产生张力，是《神女》的特色之一。吴永刚在本片中的主旨是面对让男人产生诱惑与烦恼的妓女，他希望掩饰其诱惑，所以他的策略是舍妓就母，歌颂其美好与善良的一面。弗洛伊德总结男人与女人有三种必然关系：生他的母亲，同床共寝的伴侣，毁灭者。[2] 妓女也是女人，面对容易令自己身陷其中、充满肉体诱惑的妓女（毁灭者），那些具有恋母情结即想要回到安全的母亲子宫中的状态的男人，最安全的办法是将这样的女人——妓女母亲化，具体讲就是美好化、善良化——显然这是吴永刚这种男性幻想中的、希望中的。《神女》就是表现吴永刚这种男性在电影中实现其叙述的目的——为了重新捕捉男性梦中那个逃跑的女人，使其就范，从而令自己解除焦虑。所以本片中就将最多的时间花在表现妓女之所以从事妓女是由于被迫，是由于一个伟大的目的——养活孩子；她杀人也不是出于她的恶，而是因为被章志直扮演的流氓所逼；同时影片强调其母性的温良——多时间展现阮玲玉扮演的母亲与黎铿扮演的儿子之间的交流。结果这个妓女成为了"女神"，通过她的牺牲为男子（儿子）带来了希望。"《神女》将处在被去中心化以及民主化十字路口的 20 世纪中国文化生产的中心议题具体化了，这些议题包括：没有父亲的孩童、女性的牺牲以及从此类牺牲产生的希望。[3]

[1] 吴永刚. 我的探索和追求 [M]. 北京：中国电影出版社，1986：130.

[2] 周蕾. 原初的激情——视觉、性欲、民族志与中国电影 [M]. 台北：远流出版社，2001：44.

[3] 周蕾. 原初的激情——视觉、性欲、民族志与中国电影 [M]. 台北：远流出版社，2001：46.

吴永刚既然说是由于环境不允许多写妓女的实际生活，所以将故事的重心移到母爱上去，这就使《神女》少了很多刺激性的、富有新闻纪实性的戏剧事件。其实吴永刚也不是一个善于驾驭此类反映广阔社会现实影片的导演，这方面，他比不上蔡楚生。

但是吴永刚有自己擅长的地方，那就是在母爱上下功夫，从而避重就轻。

这样就使得影片涉及的场景极其简单：大部分在室内，主要是她的房间里；其他顶多加上少数诸如小学校、街角等场景。影片一开始就是身着粗布家居衣的阮玲玉半开着一边的纽扣（表示刚喂完奶）耐心、慈爱地摇动着怀抱中的孩子，然后把孩子放进摇篮（证明此时孩子尚小）；接着把开水瓶都灌满告诉好心的邻居，让其代为好好照看已经熟睡的孩子，现在已是晚上，她要出门赚钱去了。这样让观众看到的就是一个极其温柔、善良的母亲。

影片的主旨既然是显示母爱，那就需要将此尽力渲染。阮玲玉作为妓女的生活必定有很多卖弄风情的表现，但吴永刚在影片中都省略了，有也是经过过滤、不带有任何不雅感觉的。比如片中只给出阮玲玉的一双脚和她瞄上的嫖客的一双脚并行向前的特写，告知观众交易成功即止。后来阮玲玉因为躲避驱散妓女的警察而不得已敲开了一个人的家门希望获得帮助，对方果然帮她摆脱了警察，但"才离虎口，又入狼窝"，对方是个黑帮性质的流氓。这个流氓就以他的威权剥削着阮玲玉卖身赚来的钱。但是为了孩子，阮玲玉想要逃开他。在搬到另外的房子后，令观众情感激动的是，吴永刚用了一个阮玲玉在穿衣镜前坐着时，突然镜中出现了流氓的脸——这样一个主观镜头，表示她始终不能摆脱这个男人的控制，有效地加强了母亲所受的心理煎熬。有一天回家却找不到孩子了。在流氓告知这是为了警告她而把孩子抱开时，吴永刚又用了一个低角度镜头——从流氓叉开的双腿之间拍摄出在景深处孱弱的阮玲玉，这更让观众义愤填膺。吴永刚在此特别强调孩子在母亲眼中的地位，从而突现她为了孩子而不得已接受这个恶魔的摧残。

阮玲玉的家里既然无处不被流氓所控制，则她连想藏个私房钱供孩子上学的地方都难寻到。突然发现挂衣服的墙面上有个可以移动的砖头处能藏钱，她欣喜万分。这样艰难地攒下来的钱送孩子上了学，令观众多么赞叹她的品德。而且孩子在学校的表现很好，他学了体操回来作小先生教他的母亲——阮玲玉一起一蹲的镜头连缀令观众知悉这是一个其乐融融的家庭（虽然只有母子二人）；他在家长会上的歌唱引得了满场喝采，更给出坐在家长席上的阮玲玉露出欣慰笑容的镜头。

这个时候，观众也为阮玲玉而欣慰。然而情节在丝丝入扣地推进，中间的因果关系绝对合理——那些与阮玲玉同坐在家长席里的其他孩子的家长之一认出阮玲玉就是那个妓女，于是家长们以影响声誉为由要求学校驱逐孩子。老校长对此进行调查时，影片中给了课堂上坐在后排一学生不听课却玩纸飞机的镜头，然后切一个阮玲玉的坐在第一排的孩子如饥似渴地听课的镜头以形成对比——这更突出了母亲的伟大，身份虽然下贱，但给予孩子的却是最好的身教。

前面的情节大都是通过影像直接传达的，但当老校长去阮玲玉家里家访说要取消孩子在学校的就读资格时，吴永刚给主人公说出的话（用字幕显示）也是恰到好处，掷地有声："不错，我的确是像他们所说的，我为的要吃饭，我不要脸的活着，都为的是这孩子，我爱他，他就是我的命。我虽然是个下贱女人，不过我作了这孩子的母亲，难道我要他学好都不许吗？我把卖身体来的钱给他读书，为的是要使他作一个好人，我的孩子为什么不配读书？"其实这也是上面影像传达的所有情节与情绪的总爆发，一泻而出。这也是观众的呼声，因为此前影像的表达已经完全让观众同情于阮玲玉了。所以老校长的话也是水到渠成的："我们不能为了迎合一般人错误的心理戕害了孩子向上的生机。"

到这里，吴永刚在本片的主旨实现了，他的镜头调度与蒙太奇可以说几近完美。吴永刚甚至不使任何一个出现的场景、道具成为多余，都令其完美地为剧情服务。比如影片开头镜头摇向阮玲玉挂在墙上的衣服做为妓女的以引动男人欲望的艳丽"职业装"；到后来流氓翻找阮玲玉藏的钱时这衣服就发挥了它们的作用——一时挡住了后面砖头松动的墙面。这是道具的使用——这就是富于表现力的造型素材。最后在阮玲玉法庭受审和入狱两次用变焦距镜头作为场面转换，又技巧地营造了悲剧的顶点。

再次注意一下吴永刚在《我的探索与追求》中所说的"以摄影机为画笔，银幕为画布，锲而不舍地探索所谓'绚烂之极，归于平淡'的意境"的话，我们想到："平淡"的意思，从认识论上讲，是对生活中的丑恶与斗争清高一点，不焦虑或将焦虑升华，不打算去面对生活中的矛盾与痛处。并不是不了解生活中的邪恶或诱惑，而是主张超越，逃避或逃离父性、刚性规则的束缚。

只有在经历政治经济大动乱或大变化之后才会产生平淡之作，而且空间还不是在大都市中，是在小城中如《小城之春》、《巴山夜雨》、《三峡好人》，或如《神女》一般在家庭封闭的房间里。对此深层意味，张英进分析道："房子、村庄以及城镇本身，都是放大的女人，因为安稳、容纳、封闭、养育——这些都是女性的功能。在这些地方，男主人公哀悼自己认识的女人的逝去青春，深深同情男性朋友们没有实现的理想。在乡村仪式中，男根与女阴都很重要，它们又庄严地进入城市，伪装成纪念碑、柱子、塔、圆顶覆盖的建筑"。[1]

联系吴永刚建国后拍的《巴山夜雨》，可知他对"文革"中非人的丑恶是尽量做到超越，从而把注意力集中到人之间曾有过的些微温情。这在别人看来或许是一种"懦怯"，所以主张激烈阶级斗争的左翼的影评人也肯定认为吴永刚对于社会问题是避重就轻的。比如说他"将章志直的那根线条画得太强，而将求职、娼妓问题等画得太弱，结果使包括在社会体制里面的一种偶尔的不幸和因这不幸而引起的纠纷，代替了全剧的主线，有点喧宾夺主了，使观众的印象似乎压迫阮最厉害最惨酷的，并不是整个的社会体制，而只是个人的章志直这流氓的存在；让观众感到，假若没有这个十恶不赦的流氓或者在最后那流氓不偷窃她所贮藏的金钱，也许她们母子还有重见光明的日子"。[2]

[1] 张英进. 中国现代文学与电影中的城市——空间、时间与性别构形 [M]. 南京：江苏人民出版社，2007：50.

[2] 伊明编选. 三十年代中国电影评论文选 [M]. 北京：中国电影出版社，1993：497.

摄于 1936 年的《浪淘沙》，讲述水手阿龙（金焰饰）于一场大风浪中死里逃生，回到家中，发现妻子与人通奸，于是便杀了那个男人，成了被通缉的罪犯。阿龙逃到一艘船上做了伙夫，但不幸被章志直扮演的警察发现，正在激烈搏斗之中，船触礁了。阿龙漂流到了一个荒岛上，并从海里救上了一人，但没想到那人居然就是那个抓捕他的警察。除了一桶被阿龙从沉船上抢救下来的淡水，这个岛上一无所有。他们先是相互猜疑仇视，后来慢慢成了朋友。最后，当他们看见远处有轮船驶过时，侦探却又拿出镣铐铐住了阿龙。但他们的喊声没有被驶过的轮船上的人们所听到，两人就永远留在岛上。这两个人并没有像鲁滨逊一样获得生存的力量，而是同归于尽。

看过本片，便知道吴永刚是生硬地采用了西方鲁滨逊式的情节，却没有西方人的文化，中国人没有这种经历和经验，即使处在这样的境地，也没有这种性格。二人怎样由敌变友帮助彼此没有具体化，背景只有一个沙滩和一个水桶，只有苍白的对话陈述，只会哈哈干笑，二人的动作与神态的镜像延续时间太长、太拖沓。这是一部生硬宣传、自以为是之作。

作者一开场就告诉观众说："一个善良的人在偶然的不幸遭遇中会犯罪；一个奉公守法的侦探，他永远追求他所要逮捕的罪犯。当他们两个人站在同一的生命线上时，他们会放弃了敌视而变成极高贵的友情。但是一旦遇到利害冲突，他们会马上恢复了敌意；这一类的悲剧，永远在人与人之间产生着。"结尾再次点题："人与人之间不能相互的谅解，永远是彼此的掠夺着，仇杀着，战争着，人与人的仇恨，写成了人类的血的记录"。

"人与人之间本来是无所谓仇恨"的，是因为他们的阶层不同，因为他们的利害冲突，才产生出仇恨来。吴永刚便是基于这点处理影片的。

吴永刚的《浪淘沙》这部片子，很容易令人想到同时期孙瑜编导的一部影片《到自然去》。《到自然去》是讲上流社会的主人和仆人坐游艇遇飓风翻船，漂流到荒岛上，高贵的主人、小姐缺乏真正的生活本领，在大自然中全靠能干的仆人打猎、捕鱼、捉虾、盖茅房才能活下来。三年荒岛上的生活，仆人无形中变成主人，主人要听他的指挥。后来来了一艘过路兵船，又把这些人带回原来的社会。回家后，又恢复了原来的主仆地位，主人还是主人，仆人还是仆人。

这说明，面对日本的侵略，人类之间的利害冲突就活生生地在自己的生活里出现，这就使得很多有独立思考能力的编导思考其原因，表达其喟叹。孙瑜和吴永刚二人都不约而同地设想了一个社会关系单一如鲁滨逊式孤岛的环境，设想当两个有利害冲突的人站在同一的生命线上时会有的反应，但孙瑜跟吴永刚又是有很大不同的：孙瑜一以贯之的强调他的道家反文明的思想，对伤害人、背离他理想中的人性的社会现象是支持反抗的，所以在孙瑜的影片中，反内战、救中国的行为他是赞同的。可以说，孙瑜的道家绝不是"出世"的，是儒道可以互补的。但吴永刚就不同了，他对于人类社会的战争等利害冲突是恐惧的，他想要回到最原初的状态，就像胎儿还在母亲的子宫里那样的安然、和平。

这种价值取向在解放后复出的电影《巴山夜雨》中仍是一以贯之的。吴永刚就希望心灵单纯，单纯之后就不受干扰，可节省力气。如道家所谓"飘风不终朝，骤雨不终日"，天地尚不能久，人活在世上要尽量避免做一些重大的运动。少折腾，也让万物保持自己如此的状态。这就是他追求平淡意境的内在含义。正如老子强调母性，吴永刚也是歌颂母亲的包容与慈爱。在《巴山夜雨》中，他也是强调不要在人与人之间造成过渡的区分，并且女管理员也感动流泪了，打算放了秋石，这说明人性是向善的。

【参考文献】

[1] 吴永刚. 我的探索和追求 ［M］. 北京：中国电影出版社，1986.

[2] 周蕾. 原初的激情——视觉、性欲、民族志与中国电影 ［M］. 台北：远流出版社，2001.

[3] 周蕾. 原初的激情——视觉、性欲、民族志与中国电影 ［M］. 台北：远流出版社，2001.

[4] 张英进. 中国现代文学与电影中的城市——空间、时间与性别构形 ［M］. 南京：江苏人民出版社，2007.

[5] 伊明编选. 三十年代中国电影评论文选 ［M］. 北京：中国电影出版社，1993.

积极借助历代旅游诗词，深度开发旅游文化资源

——以历代歌咏江苏景点的诗词为例

赵丹琦

【摘　要】 历代歌咏旅游景点的旅游诗词，是宝贵的旅游文化资源。未来的中国欲发展为旅游强国，尚可借助历代旅游诗词佳作的神奇魅力。因此，本文将以历代歌咏江苏景点的诗词为例，从深度开发旅游文化资源的视点出发，探讨历代旅游诗词对创新文化旅游景点的积极作用。

【关键词】 历代旅游诗词　旅游文化资源　江苏旅游诗词　江苏景点

在目前中国旅游业大力发展时期，我们应该思考如何把旅游文化资源中的文化内涵尽量挖掘出来，创新旅游文化项目。而单纯的自然旅游资源，不与旅游文化资源结合则会显得十分苍白。历代旅游诗词，比起旅游文赋之类，大多短小精悍、朗朗上口、易于记诵，属于中国旅游文化精品艺术的一部分，也是满蕴着人文精神的一部分，能强烈刺激旅游者有出游的动机。历代诗词作者尽情表现了他们无穷的诗才和他们自由洒脱的坦诚个性，以缤纷多彩的艺术样式再现了自然美和人格美，对中国各区域的景点起到了点题、渲染、美化意境的审美作用，大大丰富了旅游文化资源的内涵。江苏省文化积淀深厚，旅游诗词文化资源更是丰富多彩。如被称为"山水诗鼻祖"的东晋大诗人谢灵运最早歌咏南京（金陵）风光，就使江苏南京成为中国旅游诗的发祥地。下面将以发掘历代歌咏江苏的旅游诗词的为例证，阐述旅游文化资源的合理利用对深度开发旅游景点的积极作用。

一　积极利用历代旅游诗词的精品可以
努力展示景点的历史文化底蕴

历代旅游诗词，遍布全国各地，数量众多，名家精品亦多，并蕴涵了深厚的文化底蕴。而旅游诗词文化的再利用，则又能将旅游者带进历史文化的长河，让来自各方的旅游者对景点拥有一次立体化的文化旅游的深层体验。

比如：江苏山明水秀，名胜古迹遍布大江南北。省内以长江、大运河、太湖、海

滨为主的风光，构成了"以水为主、以山水组合见胜"的独特旅游资源。因此历代旅游诗词精品众多。南京的六朝遗迹、苏州的古典园林、无锡的太湖胜景、常州的陶都古韵、扬州的水城秀色、徐州的秦汉遗迹、连云港的海城山水、淮安的平原风光等等，都是名闻遐迩的旅游胜地。这些旅游盛景，还有泰伯南迁、吴越图霸、楚汉相争、十朝兴废等等历史文化，都给历代诗词名家们提供了丰富多彩的歌咏对象。仅在俞律、冯亦同所主编的《诗人眼中的南京》一书中，就有150位古今诗词大家的精品佳作。他们借景抒情地营造了江苏省会南京世界历史文化名城的特色形象，不仅在文学史上留下了珍贵的遗产，而且还反映出了旅游文化的丰厚底蕴。对历代咏苏诗词文化的发掘和利用给江苏的旅游发展带来了积极的作用，也充分展示了江苏自身的历史文化底蕴，使江苏成为居住享受的乐园、投资与发展的热土，更成为中外游客游览观光的胜地。比如，江苏省省会南京在秦淮河景点的整治中，就充分挖掘秦淮河丰富的文化历史资源，收集了歌咏秦淮河景点的"诗词歌赋"315篇、"典故纪闻"270个、"遗址遗迹"100余处、"民俗民风"400多个，因地制宜，以史为据，结合诗词歌赋等综合开发了"青梅竹马"、《南都繁会图》、"牧童遥指杏花村"、《石头记》四大文化旅游主题景区。甚至，为了丰富秦淮河水上游览线晚间游览内容，使旅游与诗词歌赋等特色文化携手，特别编演了大型水上实景演出——夜泊秦淮。李太白、王献之、朱元璋、曹雪芹等一个个著名的诗词名家与历史文化人物；桃叶渡的传说、李香君的悲情、江南贡院的沧桑等一个个由十里秦淮串联起来的历史文化典故，都借着白鹭洲现成的山、水、亭、林、桥，在自然水光激滟中重现。"夜泊秦淮"试演一个多月以来，每晚都能吸引众多的游客和市民，正逐渐成为南京世界历史文化名城经典旅游的新亮点。来宁考察的马来西亚旅游局长，对秦淮夜游文化产品赞不绝口，表示要组织专线团来宁感受秦淮夜色。由此看来，诗词文化已成为了旅游的重要基石部分，进而变身为提升旅游走向更高品质的"精美拉杆"。秦淮诗词文化为南京赢得了中国最美丽城市之一的美名，秦淮风光带也成为了世界旅游者瞩目的黄金游览线。这说明旅游诗词文化的影响正逐步向世界推广。

历代旅游诗词的名家精品增色于景点，甚至孕育了景点的文化神韵，使后来的旅游者了解到更多的历史文化精髓。据《中国导游十万个为什么——江苏》一书记载，仅唐代在扬州出生和到过扬州的诗人数以百计，知名的就有张若虚、骆宾王、孟浩然、李白、王昌龄、白居易、欧阳修等30多位。唐朝人徐凝写过"天下三分明月夜，二分无赖是扬州"，意思是说如果天下有三分月色那么扬州就占了两分，于是扬州也被称为了"中国的月亮城"，因此中秋之夜来扬州赏月成了明智的选择。杜牧的"二十四桥明月夜，玉人何处教吹箫"更成为千古绝唱，而"十年一觉扬州梦"也留给人们对扬州的无限追往。诗仙李白的"烟花三月下扬州"更精确概括了扬州的阳春繁花似景、人文荟萃的特色。近年来每到春季扬州就举办"烟花三月旅游节"，这已经成了有效利用诗词文化较好的范例。因此，可以认为诗词名家们不仅为景点增色添彩，甚至孕育了景点，为景点旅游提供了深刻的审美文化价值，也使旅游者得到了高品质精神文化的享受。苏州天平山有着枫、泉、石三绝之一的"清泉"一景，位于一线天东侧的云泉精舍内，清泉又称作白云泉。名景的诞生就颇有诗词文化内涵和传奇色彩。相传，唐代宝历元年（825—826 年），白居易任苏州刺史时，常利用公余闲暇，登游天平山。一天，他在山腰忽闻有如鸟鸣琴奏的流水声，上前拔开草丛，见一股清洌甘泉从石罅中顺着陡峭岩壁流向山下。当时，白居易与山民商定，在山腰用石筑坝，挡住泉流。一泓泉水，清澈透明如镜，块块青中带白的石头，似如朵朵白云，与蓝天白云倒影池中，相映生辉。白居易触景生情，即题书"白云泉"三字，并咏诗《白云泉》一首："天平山上白云泉，云本无心水自闲。何必奔冲山下云，更添波浪向人间。"后来他人将泉名和这首诗刻于泉池岩壁上。因泉水味甘洌，唐朝茶圣陆羽评为"吴中第一水"。清乾隆皇帝南巡时，游天平山最喜欢到"白云泉"饮茶，并御题咏："白云泉是白家泉，林色岚光太古闲；不为炫能频叠韵，高人风度缅其间"。今日，我们游天平山，来到白云泉，不仅可以小憩饮茶，消乏提神；而且还可了解"白云泉"诗词文化，"入山思水秀，涉水忆青山"。可以说天平山因为有了诗人白居易，才有了白云泉。而名人名诗又为天平山增添了更多的文化神韵。生动形象的诗歌，最终也能使旅游者加深对景点的美好印象和更高的文化认同。如果苏州天平山旅游也能象扬州旅游那样，开发诸如"游天平山品白云泉文化"之类的项目，则会让"白云泉"诗词文化带来更多的文化效应和文化消费。

当然，全国各地都拥有数量众多的历代旅游诗词佳作，其中都含有无数动人的文化传说和真实的历史文化故事，只要认真挑选出精品佳作，积极开发相关的文化经典品牌，再让旅游者身临其境，就能使旅游的文化历程因此深厚起来。由于今后短期的节假日深度游及文化经典游都急需要开发新项目，因此完全可以充分利用历代旅游诗词的成果，开发出新的旅游文化项目，丰富旅游文化市场，以彰显景点深厚的历史文化底蕴。

二 深入挖掘历代旅游诗词的审美内涵可以
提高观赏景点的文化品位

历代旅游诗词既含有对山水风景、名胜古迹特征的描绘，也包含了作者丰富的审美情感、审美意境和审美创造。它们能以既定的形态进入文化传导过程，引导旅游者对景点作出积极的选择、认识和评价，还能调动旅游者的审美想像，帮助旅游者迅速地把握对象的审美内涵，从而能够提高旅游者观赏景点的文化品位。

仁者乐山，智者乐水。山是诗，水是梦。历代诗词名家性耽山水、情系名胜，他们不但把情感融入山林泉流、名胜古迹，快乐时用以愉悦自己的心灵或失意时用以抚慰自己的灵魂，而且使人性精神之灵杰与山水名胜之灵秀融会贯通、互为表里，一起表现为旅游诗词的意象美和情韵美。丰厚多姿的历代旅游诗词正是这种文以载游、文以绘景传统的完美体现，是精神享受和审美情感的艺术升华，具有极高的旅游审美价值。实际上，历代旅游诗词丰富的文化内涵及其所蕴含的审美本质正是旅游者希望品位的一部分，也是旅游者能够留恋的一部分。它们为旅游者游赏景点提供了直接的对照、比较和参考。也正是这种文化审美活动与旅游活动的结合，可以使中外旅游者在潜移默化中增长文化知识，陶冶性情，提高审美能力。比如，唐朝诗人张继写过一首《枫桥夜泊》："月落乌啼霜满天，江枫渔火对愁眠。姑苏城外寒山寺，夜半钟声到客船。"这首诗寄予了诗人对天堂苏州水城的美好印象，也使苏州阊门外的寒山寺，成为了一个以一首诗而闻名中外的寺庙。寒山寺：在枫桥附近，始建于南朝梁代。相传因唐僧人寒山、拾得住此而得名。愁眠：因愁而未能入睡之人。后人因此诗而将当地一山名为"愁眠"。这首七绝，是大历诗歌中最著名之作。前二句意象密集：落月、啼乌、满天霜、江枫、渔火、不眠人，造成一种意韵浓郁的审美情境。后两句意象疏宕：城、寺、船、钟声，是一种空灵旷远的意境。夜半钟声到客船的"钟"是这首诗的诗眼和诗魂。张继的绝句把游人引领到寒山寺文化历史的联想和品位之中，使自然山水和名胜古迹增添了深层次的审美内涵和情趣。此绝句也曾流传之日本，连寒山寺的青铜钟也曾在明末流传至日本，后不知下落。清末明初，日本友人山田寒山寻钟不果，遂募捐集资铸仿唐青铜钟两只，一留日本馆山寺，一送苏州寒山寺。苏州近年来为宣传寒山寺文化因此兴办了寒山寺新年听钟活动，以至于这个美妙的寒山寺新年听钟活动还吸引了数千日本客人。日本池田市日中友好协会还专门成立了苏州会，每年邀请日本经济界、教育界、文艺界等方面有影响的人士，聚集寒山寺聆听新年钟声，使之成为了一种积极的高尚的审美教育过程和中外文化交流活动。

文因景名，景因文传。如果能把诗词文化与旅游发展紧密地结合起来，则能更加突出景点的特有风貌和审美内涵，进一步优化和提升观赏景点的文化品位。比如，北宋范仲淹歌咏太湖，笔力气势不凡。有《太湖》一诗："有浪即山高，无风还练静。秋宵谁与期，月华三万顷。"这首诗从多角度概括展示了太湖烟波浩淼、气势磅礴、动静皆景、月色无边的审美特性。实际上太湖确实地跨江苏、浙江省，面积有 3.6 万顷，不仅为我国第三大淡水湖，而且堪称吴文化的摇篮。虽然，现在苏州和无锡都有太湖旅游项目，但景点与景点、城市与城市之间缺乏联系。分城市、分景点的太湖旅游，使人无法真正领会到浩瀚如海的太湖胜境的不同美景。如果能把现在苏州与无锡的环太湖旅游的众多项目更好地有机结合起来，创制诸如"三万顷太湖游"之类的新旅游项目，树立新的旅游文化品牌，则不仅使北宋范仲淹歌咏的《太湖》一诗名闻世界，也能使中外旅游者品位更多的审美文化内涵。

目前多姿多彩的全国各省景点众多，而历代旅游诗词对这些山水风景、名胜古迹大都有着丰富的审美创造，可以辅助和启发旅游者获得更深层次、更为理想的美感，有利于培养旅游者健康、高尚的审美趣味，唤起更多的审美愉悦。因此，要开发新的文化经典旅游项目，就可以通过利用历代旅游诗词文化这一重要的文化旅游资源，开展各种文化旅游活动，以品带游，使旅游过程成为缤纷多样也更生动活泼的美育过程，令中外旅游者得到更充分的精神愉悦，同时则在更大程度上推动着全国旅游文化业的繁荣发展。

三 广泛发挥历代旅游诗词的特色效应可以深度开发景点的特色文化项目

现代旅游者大多以精神文化需求为目的，有很强烈的寻求放松的愿望，需求一种独特的个性化旅游文化生活。而历代旅游诗词文化特色鲜明，或因景抒情、或缘情写景，既为风景名胜点睛之笔，又富有文学性和艺术性，同时还包含着很多诗词名家对旅游景点深刻的理性认识，甚至提供了种种人文信息，包括名胜源流、民情风俗、历史文化、自然科学知识以及名人生活趣闻等。这些对于旅游者来说具有着很多的文化滋养作用，它可以帮助旅游者提高观察力、审美力，引领人们游览观赏山水风景、名胜古迹，甚至启迪着旅游者用自己独特的视角去感知山水风景、名胜古迹。因此，广泛发挥历代旅游诗词的文化特色效应，具有深度开发景点文化资源的现实意义。

例如历代歌咏江苏的旅游诗词，由于大多出自诗词名家所为，皆描山绣水，借景抒情，引人遐想，并善于化景物为情思，化平淡为神奇，引领游人达到更高的审美境界，也带来了既鲜明又丰厚的"名人"、"名诗"、"名景"的文化特色效应。清代乾隆皇帝曾五次游览苏州古典园林——狮子林，并题写三块匾额、留诗十首、临摹倪云林《狮子林全景图》三幅。1771年，乾隆下令在颐和园长春园东北角仿建狮子林，建成后名景点匾额均由苏州织造制作，送京悬挂。1774年，承德避暑山庄建成，东部是以假山为主的狮子林，西部是以水池为主的文园，合称"文园狮子林"，乾隆称之"欲傲金阊未有此"。名人名园的特色效应更加彰显。苏州四大园林之一的现存最古老的园林"沧浪亭"的第一任主人就是著名的北宋词人苏舜钦。他所修葺的"沧浪亭"，是表达中国名人隐逸文化的象征性的特色建筑，是失意文人心态的直接表白："沧浪之水清兮，可以濯我缨；沧浪之水浊兮，可以濯我足"。他所作的诗词文章《水调歌头·沧浪亭》和《沧浪亭记》，成为游览者领略文人修造的山水写意之园的最直白的诠释。沧浪亭也因此被历代文人名士题诗咏颂，其中以欧阳修、苏舜钦诗句合而为一的亭联"清风名月本无价，近水远山皆有情"最为有名，真可谓是名士写名诗，引人入名胜。

景以贤称，境缘文胜。历代旅游诗词绘就了中国旅游文化绚丽多姿的风采，成为中国旅游文化宝库中光彩夺目的串串明珠，是取之不尽、用之不竭的文化宝藏，也是极具社会经济效益的旅游文化资源。虽然历代旅游诗词中的一部分已分布在众多的自然风景及名胜古迹的诗词楹联、匾额题刻、景点介绍、项目宣传之中，成为最常见也是极富导游意味的点景艺术，但还有很多散落在各类书刊杂志中不为人识，没被充分利用。我们应当积极发挥历代旅游诗词的文化特色效应，充分利用名人、名诗大力宣传名景的文化特色，以吸引众多的中外游客，使中外旅游者在领略自然景点的雄奇壮美、清新秀雅的同时，寻求人与自然、历史文化的和谐共处，获得文化精神的慰藉和身心放松的满足，从而促进中国旅游业的发展和中外文化的交流。比如以江苏为例，我们可以大力打造知名文化旅游品牌和相关拳头产品，开发诸如"畅游诗人眼中的江苏"、或"神游诗人眼中的南京"或"颂名人、读名诗、看江苏名景"等等系列的文化旅游项目，促使江苏各地的文化旅游资源得到更多利用。又例如：可以结合朱元璋的诗让游人看南京明孝陵这个列入世界遗产名录的雄伟建筑；可以利用欧阳修的《朝中措·平山堂》一词力推他任扬州太守时所建的扬州平山堂；可以介绍秦观与苏轼诗词唱和过程突显扬州高邮"文游台"的文化底蕴；可以品读郑板桥《竹石》诗，让游客参观泰州兴化郑板桥纪念馆、故居及其诗、书、画、印；可以凭借米芾作的《第一山怀古》诗，宣传盱眙"淮安第一山"的迷人风光；可以通过骆宾王的诗让游客拜谒南通狼山上骆宾王的墓并观赏狼山风景；可以联系刘邦的《大风歌》展现徐州沛县汉城的历史景点；可以评价李清照歌颂项羽的诗，教游人观瞻宿迁项王故里；可以解说柳亚子等人在苏州周庄迷楼编结百余首《迷楼集》的原由，号召游人参加"中国第一水乡"之旅；可以比较苏轼、杨万里、赵孟𫖯题咏无锡惠山泉水的诗，使游客去品赏"天下第二泉"；可以吟诵杜荀鹤的《游茅山》弘扬镇江茅山的道教文化。诸如此类，综合利用历代旅游诗词名篇佳作独有的文化效应，揭示旅游景点的文化价值。或者将各景点有机串联，开发具有号召力的旅游新项目。甚至可以依据诗词内涵开发建设新的文化景点。当然还可以为新开发的景点创作新的佳作以增添旅游诗词崭新的篇章，让中国景点闻名于世界。在开发利用过程中可以通过传统的景点装饰、口传笔诵、猜诗谜、赛诗会形式，也可以使用现代的电子多媒体技术，在国内外旅游品牌展销会上、在电视上、在网络上、在手机等媒介上多角度、全方位地对外宣传旅游诗词佳作。我们要让历代旅游诗词精品装点扮靓中国景点，要善于借助文化特色效应，渲染旅游审美情境，竭力开掘名景的文化胜境。

文以地盛，地以文名。尽可能地利用历代旅游诗词深含的文化价值和特色效应，积极发现其中的旅游审美意境，对于开发旅游文化资源，满足中外旅游者的审美需求，具有极其深远的现实意义。古往今来的诗词名家的才气与自然山水、风景名胜的毓秀灵气交相辉映，使旅游审美变得更加愉悦。诗词文化与旅游发展的相互渗透、相互依托已成为旅游文化事业新的经济生长点。今后我们还应该坚持不断地加强对历代旅游诗词文化内涵进行系统化深入研究，综合利用其中的旅游文化资源，为建设旅游强国、文化强国而努力创新。

【参考文献】

[1] 方志远、王健、朱湘辉 . 旅游文化探讨 [M]. 北京：经济管理出版社，2005：98-99.

[2] 俞律、冯亦同 . 诗人眼中的南京 [M]. 江苏：南京出版社，1995：1-7.

[3] 刘维才 . 灵古史话 [M]. 江苏：南京出版社，2003：67-98 页 .

[4] 王焕鑣 . 明孝陵志 [M]. 江苏：南京出版社，2006：附录 1.

[5] 中国导游十万个为什么编写组 . 江苏 [M]. 北京：中国旅游出版社，2003：129-130.

[6] 走遍中国编辑部 . 江苏 [M]. 北京：中国旅游出版社，2007：25-28.

[7] 冯乃康 . 古代旅游文学作品选读 [M]. 北京：旅游教育出版社，2002：37-38.

[8] 潘宝明、朱安平 . 江苏旅游文化 [M]. 北京：中国轻工业出版社，2003：170-172.

[9] 南京辞典编纂委员会 . 南京辞典 [M]. 北京：方志出版社，2005：150-153.

[10] 王颖 . 江苏旅游——创新更添无尽魅力 [N]. 新华日报，2007 ,9 (21):B08.

[11] 潘百齐 . 全唐诗精华分类鉴赏集成 [M]. 江苏：河海大学出版社，1989:28-54.

[12] 余冠英 . 中国古代山水诗鉴赏辞典 [M]. 江苏：江苏古籍出版社，1989:590-591.

[13] 喻学才 . 中国旅游诗话——观 [M]. 北京：中国林业出版社，2002:101.

教学研究

文学教学中的"文"与"学"、"教"与"学"

——以《古代文学》教学为例

刘廷乾

翻开大量的关于《中国古代文学》教学的研究性文章，莫不慨叹当今古代文学课的被边缘化与尴尬化。或在教学理念上进行创新，或在教学内容上进行调整，或在教学方法上进行尝试；或惑于世风将文学教学"新化"、"俗化"，或困于学生将教师"脱胎化"、"换骨化"。且从研究者年龄上、所执教学校的层次上亦看出不同的研究倾向：执教年龄较轻、执教学校层次较低者多注重教学技术层面的探讨；执教年龄较长、学校层次较高者，多注重课程的本质层面的探讨。然大多给人一种自话自圆、隔靴搔痒之感。"术"上的创新固然重要，"质"上的明辨才是根本；一门课程的有理由存在，当然要紧跟时代步伐，但决不是与世风亦步亦趋，成为庸俗的跟风者。

一 关于"文学"之"文"

《中国大百科全书》给"文学"下的定义是："文学是艺术的基本样式之一，亦称语言艺术，它以语言文字为媒介和手段塑造艺术形象，反映现实生活，表现人们的精神世界，通过审美方式发挥其多方面的社会作用。"文学是艺术，是一种语言艺术，这是对它的定性；文学以艺术形象反映人们内在精神层面和外在现实层面的东西，这是它的功用；提供审美作用是文学作品区别于其他语言载体的显著标志。但这个定义并不十分准确，因为并非全部文学作品都以塑造艺术形象为旨归，用以描述小说、戏剧等作品是恰当的；用以描述诗歌、散文等作品则并非皆然。这个定义也告诉了我们开设文学课程的基本内容或基本任务：文学是艺术，是精神产品，精神产品同样具备可操作的工具性，但不以直接的功利为目的；文学的载体是语言，就有学习和运用语言的必然性；文学提供审美作用，审美是作家施于作品、作品施于读者的一种精神活动，要更好地实现审美，就要研究作家、作品，就要形成一门研究的学问。既然是一种精神活动，就必然有创造性和个性化，所以它主要作用于人的内在本体的"素养"，其次才是由本体延伸的"功用"。因而，运用文学知识，进行文学鉴赏与创作（不必然是文学创作，更确切说是语言表达能力），探讨本质与规律的文学研究，依然是文学课程的主要教学任务，也是文学课程的本质。有学者质疑或提出淡化文学知识、文学研究的教学，只突出文学作品的鉴赏，则是对课程本质的一种曲解。

"文学"之"文"即"文采"之义，有文采就提供了审美的可能。有无文采是文学作品与其他实用性语言载体的最明显区别，也可以说，有文采之文就可以称为文学作品，而并非只有虚构与想象的作品才算是文学作品。明确这一点，对于文学教学尤其是古代文学教学是至关重要的。在古代文学教学中，我们必须明确，对文学作品的界定是非常宽泛的，那些纯由虚构与想象所构成的作品还是占了少数。我们姑且把"文学"之"文"放在两个层面上去考察：

一是"纯文学"层面上的"文"。"纯文学"只是现代人所流行的概念，它大体指以虚构与想象为主所创造出来的语言艺术作品，只作用于人的精神层面，只提供给读者审美感受，不具备实用功能。从这一层面出发，在古代文学教学中，就产生了两个判断：一是按今天的这样一种"纯文学"标准去衡量中国古代文学作品，大部分是归纳不进去的，中国的古代文学作品具备纯文学性质的很少。但在教学中，却往往把一切古代文学作品视同为纯文学作品，一味向学生灌输经典纯文学观念；二是既然把一切古代文学作品都视同为纯文学作品，又视纯文学作品为不具备实用功能性的东西，所以又把古代文学教成了"无用之学"、"贵族之学。"这两个判断都是错误的。且不说前一判断，即使是纯文学，它也不是"无用"的。某种东西的"用"，我们往往把它直观化、工具化、功利化，以此来衡量纯文学，它当然是无用的。这实际是一种庸俗化的文学价值观。文学哪怕是纯文学之"用"，首先是施于接受者的内在本体，它的审美性本就是一种功能，但这还不是文学给予人们的终极作用，它最终达到的是形成并提升人们的文学修养、人文修养等，也就是塑造"人"的问题，这不仅是文学之用，而且是文学之大用。文学借助语言的运用事实上塑造了我们的生活，我们通过文学去感知生活，提炼生活，指导人生，丰富人生，这又可以看作是文学作用于人的外部功效，又怎能说文学无用呢？有人小心翼翼地把文学的这种功用定性为"无用之用"，为了维护文学课程存在的合理性，说"无用之用"也是"用"。如此的心虚胆怯，实际还是以庸俗的价值观去衡量文学及文学课程。如果以工具化的直观实用性眼光去看待文学，则不仅文学类课程没有存在的必要，一切人文社科类的课程都得消失，那么人也就不成为人而成为机器了。如此简单的逻辑，可我们很多的局内人却偏偏不敢去为文学课程正名。

二是古人怎样看待"文学"，我们该怎样看待古人的"文学"。"文人"概念是到了明代才成熟起来，我们似乎还找不出一个中国古代的专职文人或专业作家。古人"卖文"，收取润笔之资，是习见的也是较普遍的现象，尤其元明以来。但古人卖的恰恰不是"文学"之文，而是应用性的文章。即如关汉卿一类的专搞杂剧创作的"书会才人"，他们也不认为自己在从事文学创作活动。所以，古人的"文学"观念是宽泛的、模糊的。他们可以用"文"、"文采"去注意一切语言载体，只是程度不同而已。我们今天也只是由文体的区别与文采的轻重去大体分离出哪些属文学作品，哪些属非文学作品，给予的也同样是一个宽泛的尺度。首先，古人是不太注重区分文学作品与非文学作品的，除非是纯虚构想象的作品。既然没有专业作家的出现，也就少有纯文学性的作品以提供世人的纯精神层面的消费；其次，古人的创作基本都从一定的功利性出发的，或从抒发感情的需要，或从实际生活的需要进行创作，反对"无病呻吟"式的舞文弄墨；第三，古人对接近纯文学或纯文学性的作品并不看重，像戏曲、小说等更接近纯文学性的文体在起初的时候地位并不高，即使它们在成为时代文学主流的时候，仍与那些实用性的正统文体有观念上的差别；第四，古人对语言类作品不管是文学的还是非文学的，不管是阅读还是引用，首先注重的是它对"修齐治平"的功用性，一般不注重纯精神层面的审美，所以也就更注重由文品反映出来的人品，甚至因人废文。

明乎以上这些现象，再反观我们的古代文学课，其中所涉及的很多文学作品，在当时其实都是应用性的作品，尤其是在散文领域。吴均的《与朱元思书》，以骈体文形式写出了旅途所见的优美景致，不过是一封书信，却成了一篇著名的写景散文。同样的，王安石的《答司马谏议书》也是一封书信，却成了一篇著名的议论文。桓宽的《盐铁论》是对国家大政方针进行议论的一个整理稿，是一篇政论；诸葛亮的《出师表》是一篇上书帝王的章奏类文体；韩愈的《张中丞传后叙》是一篇传记类文体，写作的目的却是备史官采用的；欧阳修的《五代史伶官传序》是一篇史论，文体上归之于应用性的"序"。我们讲古代散文作品时，本就有哲学、政论、史论等分类，这些严格讲都不是文学类作品。唐宋八大家所提倡的古文运动，最先是出于文章应用性的目的，强调古文的形式，是为了更好地"传道"，所以有人说八大家是写应用文的高手。翻开任何一部古代作家的文集，大量充斥的还是应用文。

诗歌应该看作是纯文学作品，因为它表现的是诗人的内心世界，是传达诗人思想与情感的产物，一首诗歌作品的出现，由诗人看似乎也不求它去产生什么功效，取得什么价值。但翻开中国古代诗人的诗歌集，我们会发现，其酬赠、怀人、抒怀类的占了绝对比重，这些都是出于应用性的目的。酬赠、怀人诗类于书信的功用，其实就是古人的以诗代信；即如抒怀类，也是古人人生、心路历程的一个如实记录。至于诗歌中的大题材，反映社会现实问题的，虽有诗人强烈的个性情感寄予其中，但古人首先是从它的功用性上去考察，所以杜甫安史之乱中的诗歌就被定性为"诗史"，强调它的补于"史"而又高于"史"。

即如戏剧、小说，无论从哪个方面讲，都应归于纯文学范畴。但中国古代戏曲中那么多的宣扬伦理道德的作品及忠臣义士形象的出现，首先是出于"教化"作用的功利性；小说本以虚构的形象去传达思想内涵，但唐人的小说却是伴之以"行卷"、"温卷"的实际功用而发展起来的。即使到了明清小说艺术大繁荣的时代，强调"教化"的功利性仍不容低估，历史小说强调"传史"而忽略了文采，更有教育小说如《歧路灯》、才学小说如《镜花缘》的出现。

中国古人可以将一切文体赋予"文采"，也可使文学作品因重"实"而减少了"文采"。先秦历史散文、司马迁的《史记》是历史著作，却可以当文学作品去读。先秦诸子散文，是借文采性去传播他们的哲学思想；大才子纪昀的《阅微草堂笔记》本可以写成《聊斋志异》式的文采斐然的纯文学作品，却因重"实"而拼命压抑它的"文采"，李汝珍甚至将考据、学问灌注于小说中。

所以，要准确理解中国古人的"文学"及"文学"之用。中国古人的宽泛文学观，既是基于精神的，更是基于实用的。孔子曰："言之无文，行而不远。"这里的"文"就是"文采"，文采不过是使"文"更好地"行"的必要手段，"行"即"用"，这是第一位的。古人从不作"无用"之文，而我们古代文学课的最大能耐，却是把古人的"有用"之文，教到了"无用"之境，这不能不说是古代文学课的最大悲哀。

二 关于"文学"之"学"

作为大学中文专业或类于中文专业的文学课，既是关于文学的学问，自然就有很强的学术研究意义，有的学者有感于当前浮躁的学风和大学生狭隘的功利性学习观，极力贬低文学课教学中的文学知识与文学理论的教学意义，这不只是一种媚俗行为，而是一种对文学课程科学性的一种歪曲。文学课中的"文学知识"、"文学鉴赏"、"文学理论"是不可或缺的科学环节。

"文学知识"既具有工具性，又是构成大学生文学素养的基础。文学知识的工具性对大学生来讲，是一个"善事"必先"利器"的过程。任何一行都有本行的"术"，任何学科也都有本学科的"术"。没有必要的文学知识的累积与运用，又如何做到准确而科学地阅读文学作品、鉴赏文学作品呢？弱化文学知识的教学，尤其对古代文学来讲，岂不是把这门课上成了空中楼阁？此本无须赘言。

根本问题是，我们在运用"文学知识"这一概念时，将它在大学生知识构成的成分上，定性为"死"的知识，是无须探究的不用动脑筋的死记硬背的知识，或纯工具化的知识。既然这么认为，那么，此类知识教师无须讲授而学生就可运用现代化的手段自行获取，教师将它处理在了一个概念化的层面，学生自然也就把它看"死"了。实际上，文学基本知识化的东西本就是文学或文学现象的一些本质属性或共性内容的提炼与积淀，它是形成大学生文学素养的重要基础。例如我们在讲授词中的"词调"、"词牌"知识时，仅把它作为填词时所依据的格范，那就太工具化了，这个知识也就成了"死"的知识。词牌是词的最本质属性的显现，它的出现，不仅蕴含了中国古代丰富而深厚的音乐文化内涵，还昭示着中外文化的交流与融合，对于词中的音乐特质不了解，学生就无从把握这种文体。同样的，像中国古代戏曲中的宫调、曲牌、科范、角色、行当等等这些基本知识，不仅体现着文学、艺术上的意义，还体现着独特的民族文化的个性，这些知识的深层内涵，支撑着中国古代戏曲的独特的民族化风格，学生如果没有对这些知识的充分内化，又何谈对中国古代戏曲的欣赏？把文学知识看"轻"，无论是于"教"于"学"都是非常错误的。

学者在研究文学课教学尤其是古代文学教学时，几乎无一例外地强调文学作品的教学，强化文学鉴赏环节，这是对的。但不能强化至把文学课上成文学作品鉴赏课的一枝独秀局面，文学课是带有一定综合性的课，它不单是个作品鉴赏的问题。更重要的是，任何读者在阅读文学作品时，都会程度不同地进入到鉴赏层面，但作为大学中文专业或类于中文专业的学生来说，文学鉴赏不能仅停留于感性层面，要进入理性感悟、理性探求的深度；另外，鉴赏作品不只是满足审美愉悦的需要，以一定专门理论指导下的深度鉴赏，是大学中文专业学生的本分，鉴赏作品的目的是为了充实、提高文学素养，培养、增强文学批评能力，语言表达与包括文学创作在内的各种写作能力，这才是中文专业开设文学课的最终目标。

要达到这一最终目标，当然离不开文学理论的指导。解构主义批评家米勒认为：每一部作品对于我们都是一个"陌生化"的世界，都具有一种异于我们自己的，让我们感到惊奇的"他性"，而这种与"他性"相遇只有通常说的"细读"，并得到理论反思的支持才会实现。这种阅读对文学学习和研究仍然是最基本的。因此，文学鉴赏离不开文学理论的指导，文学理论则来自于文学研究的结果，文学研究的学术任务是，或积淀为文学知识，或指导于文学鉴赏与批评，或总结为创作规律与艺术。强化文学理论探求的习惯、培养文学学术研究的兴趣，虽是一种高层次的学习要求，但并不外化于中文专业的本科学生，它同时也是形成大学生理性学习观的有效途径。

有很多研究大学文学课教学的学者，特别是研究古代文学课教学的学者，深恶于文学理论的教学。如有人在研究文章中就说："我觉得应该把中国古代文学上成一门文学鉴赏课，一门技艺培养课，一门人文修养课，而不仅仅是一门文学知识课、一门文学理论课。"虽不至于否定文学课中文学理论的教学，但对其有明显的轻视感。对于中国古代文学来讲，文学理论的教学恰恰是不容忽视的。中国古代文学理论成系统的少，大多是评点式的，依附于作品中。随同作品一同讲授，对于培养大学中文系学生的古代文论修养，是最有效的途径。其实淡化、弱化文学课中文学理论的教学，也正迎合了时下大学生的浮躁心态，是教师跟着学生一同浮躁起来了，其结果必然是将古代文学课越教越"浮"，到头来也就只剩下了玩弄具体教学手段的"花架子"了。试想，淡化文学知识、文学理论的教学，淡化文学史的教学，只突出作品鉴赏，而这作品鉴赏又必然成了空中楼阁，那么，古代文学课也就被掏空了，剩下的不过是个"空架子"而已。

三 关于"文学课"之"教"

文学课之"教"，时下的焦点问题是有关"文学史"的教学，是"淡化"还是"强化"？似乎无一例外的声音是"淡化"、"弱化"。在古代文学教学中，有关"文学史"的知识，是依托理性思维和宏大叙事转化成教学内容的。这部分内容既有与文学密切相关的诸如文学发展趋势、作家群体、时代文学思潮等内容，也有与文学间接相关的诸如社会历史发展、时代政治经济背景、文化教育特色等内容。既有文学性因素，也有非文学性因素，有时文学自身的特质也容易被非文学性因素所遮蔽。加之我们过去也的确有将文学课上成文学史课的普遍现象存在，为此，人们提出淡化、弱化文学史的教学。笔者认为，对于中国古代文学来讲，古人所言的"以意逆志"、"知人论世"仍然不过时，文学作品离不开作家，作家离不开时代与社会，文本解读也离不开文本产生的社会文化背景。就当今学生的实际来看，正是由于文史知识的贫乏，古文基本功的贫弱，加之历史的距离，时代的隔膜，对古人的作品茫然不解，或错解、浅解、曲解、俗解古代作品的现象屡屡发生，既闹了不少笑话，又表现出惊人的无知，从这一方面讲，文学史知识的教学不仅不能弱化，反而应该强化。不应该在观念上降低文学史教学的地位，关键是在具体教学中做如何处理，将古代文学课上成古代文学史课当然是不行的，完全忽视文学史教学的作用，上成古代作品鉴赏课也不行。笔者认为，以文学史为辅为纲，以作品鉴赏为主为本，是古代文学课的科学教法。文学史中，有很多浅易直观的知识，或作为背景了解的知识，完全可以指导学生课堂外的自学，这样可解决有限课时的矛盾，但学生自学决不能处理成对文学史的弱化。

作品之"教"。文学作品鉴赏能力的培养是大学中文专业开设文学课的重要目标，具备较强的文学鉴赏能力也是中文专业学生的基本功。近年来，"原典教学"、"重回文本"的呼声日高。文学的载体当然是文学作品，离开作品谈文学就等于无米之炊，强化文学作品的教学无疑是非常正确的。关键是文学作品教学的真正目的是什么，仅仅停留于鉴赏能力的培养，仍然是既"虚"又"空"的。对于古代文学作品来讲，更不能因为它的语言及文体等因素异于当今时代，而仅停留于审美的精神愉悦层面。鉴赏作品的美不是最终目的，要由感性体验上升为理性探索，准确、深刻、锐利、全面的作品鉴赏力的提高，要总括到提高学生的语言表达能力，一定的文学创作能力，和熟练的基本写作能力这个最终目标上来。为此，如上所言，古代文学作品鉴赏，不能完全当作纯文学的鉴赏，要根据不同的文体，不同的作品类别，充分领会古人的"用"，将古人的为文之"用"，转化为今人的为文之"用"，这个"用"并不是学习古人去写古诗、古词、古文，而主要是学习古人的语言表达艺术。

很多学者提出文学课教学的改革，要突出对大学生人文精神的培养。比如有人认为："高校的文学教学有必要进一步转变观念，淡化专业知识的识记，拓展人文精神的传播空间，追求一种科技人文主义价值观的形成和传播。"这是非常错误的。试想，如果将文学课教学的主要目的看成是培养大学生的人文精神，则一切人文学科类的课程都可以这样去做。这样的定性，不仅颠倒了主次，还歪曲了本质，其结果必然是模糊甚至消融了文学课的个性。文学课中的确充满了丰富的人文精神素材，但那只是文学课教学中的附带作用，并生效果，不是文学课程的本质。过去我们也曾经这样偏离过，培养人文精神的提法也不新颖。我们需要做的恰恰相反：文学课必须回归它的文学本位，必须重塑文学应有的魅力，必须强化文学教学中的文学手段，文学课不能没有文学情感、文学意象、文学手法、文学语言。总之，文学课培养的首先是文学素养的人，而不是人文精神的人。

鉴于古代文学课在目前形势下的尴尬局面，也正因为它是"古代"的文学，所以，也有学者疾呼要"增强古代文学课程的现代化色彩"，在教法上要"创新古典文学教学范式，教师应具有当代情怀，自觉创新古典文学教学话语，结合当代审美体验去感悟古典情怀，用当代话语去阐释古典文学。"但当真正谈到所谓的"现代化色彩"时，也无非是提到了古代文学中所蕴含的一些人文精神的东西，诸如爱国主义精神，这是古今皆有的；发愤著书、逆境奋起等的精神，这当然也能引用到今天来。这些内容无非是民族精神中的一些共性因素的提炼，并非是什么"现代化色彩"，且这些内容也不是古代文学课的本质。古代文学就是古代文学，怎能包装成现代化？至于创新"古典文学话语"不知是如何创新法。这些提法，实际上无非是在"古为今用"上做生硬的文章。

笔者认为，用现代眼光去观照古代文学这当然是对的，但不能把古代的东西硬拉到现代化的路上来。古代文学必须置于历史的环境中，但历史的环境中也有一个十分鲜明的历史的时代精神，我们在古代文学教学中，所要特别关注与深刻挖掘的正是这种古代文学中的历史时代精神，这才触及到了古为今用的根本。古代文学的历史时代精神既有时代文学的宏观演进，也有作家等个体的微观体现，我们对时代文学脉搏的宏观把握上已经早就注意到了，但在微观上我们做得还很不够，这恰是今后教学中调整的一个重点。比如，安史之乱中，那么多驰骋于盛唐诗坛上的诗人都保持了沉默，而杜甫唱出了时代最强音；苏轼豪放词风的开创，就站在当时时代文学的最前沿，这些都是文学的历史的时代精神在作家个体上的体现，也正是可以向现代社会延续深化的一种文学精神。相反的例证，如在唐传奇将文言小说发展到一个成熟阶段后，清代的蒲松龄"用传奇法而以志怪"的创作精神，将文言志怪小说发展到一个新的时代高峰，而同题材的纪昀的《阅微草堂笔记》却是"反聊斋"笔法而行，无论作家的文学才华有多高，这样的创作观实际是一种时代文学精神的倒退。

也有学者认为，古代文学在今天的价值，主要在于其艺术表现形式，而非思想内容。于是就有人提出古代文学教材应该增加一些缺少主旋律色彩但文学价值、审美价值高的作品。对于这一点笔者与之有所同，也有所不同。文学作品的思想性是不容忽视的，但思想往往成为历史，或为历史所淘汰，而艺术表现形式却可以永恒存在，甚至日久弥新，然皆不绝对。关键是我们在教学中怎样去对待古代作品的思想内容与表现形式的问题：一，我们不能戴着"主旋律"的有色眼镜去严选古代文学作品；二，我们更不能唯思想而思想，唯内容而内容，或任何情况下都是思想内容第一、表现形式第二；三，至少有占相当比重的古代文学作品，我们可以把思想内容处理成分析、探讨表现形式、表现手法的参照物，亦即，我们要侧重的是"怎样表达的"，而不是"表达了什么"，把"怎样表达"放在第一位。

我们至少要明确以上这些问题，才可谈文学课具体教法的改革。至于具体教法，那就是八仙过海各显神通的事了。

四　关于"文学课"之"学"

有人描述被"糟蹋"后的"文学"现状："文学经过乔装后从各种非文学领域不经意地冒了出来：广告文案成了文学想象和描写的广阔天地，流行歌曲的歌词则成了诗歌的最佳载体，最吸引读者的叙事形式不是小说而是新闻故事、名人传记、新闻背景深度报道，新的文学样式——网络文学也粉墨登场。"也有人从大学生角度描述古代文学教学的困境："与阅读材料图像化相伴的是文化的娱乐化和低俗化：电视剧在'戏说历史'，电影在以床戏为噱头吸引观众，作为青少年偶像的影星、歌星、球星、电视节目主持人、超女、快男们在以奢靡的生活、绯闻、自暴隐私等恶俗的手段炒作自己，电视节目、文艺演出在以坦胸露乳、戏谑、搞怪、抖包袱、插科打诨、自我丑化来吸引观众的眼球、赚取掌声，富商大亨和高官显贵成了一些人最崇拜的成功人士……因而视古代文学为古董，为枯燥、无趣的代名词。"这种一灯灭而全室黑式的断言未必出于公正，却对时下文学及大学生的学风做了一番近实性的"戏说"。

物质层面实，精神层面虚，的确是当今大学生内在品性的普遍写照；严重的"工具性"，狭隘的功利性，的确是当今大学生学习风气的普遍表现。在这一现实面前，文学是跟着世风走，走向世俗化、市侩化，还是坚持一方圣土不动摇；文学课是跟着学风走，走向功利化、游戏化，还是坚持文学本位不放松，似乎是个两难问题，时代的确给文学课教师出了个太大的难题。

一切知识与学问的获取，必以感性开端，以理性深化，而只有深入到理性层面的学习，才是真正的学习。当今浮躁世风影响下的浮躁学风对一切课程都有不同程度的冲击，而相对"虚"多"实"少的人文学科类的课程更是首当其冲。因而遏制浮躁学风是"学"之关键。我们不能把"浮躁"掩盖下的大学生的一切都看成是合理的，从而诚惶诚恐地去适应学生的一切变化。笔者认为，当务之急是要建立、培养大学生的理性化的学习观。大学生与中学生在学习上的最大不同，应该是在获取知识与学问的途径上，要以理性为主宰，要自觉养成理性化的学习意识，而不是感性化的。我们在教学中是有切身体会的，文学课上，学生的兴趣点、兴奋点往往建立在以所谓的"故事"、"笑料"等所包裹成的"生动"上，为此，教师也不遗余力地去搜寻、组织这样的"兴奋剂"；学生印象最深的也往往是课堂上教师花样翻新的教学形式。总之，千教万教，有"趣"则"灵"，千学万学，轻松就行。教师越教越"浮"，学生当然也越学越"浮"。因而，培养学生的理性学习观，教师也难逃其责。

培养理性化的学习观，学生必须摒弃严重的"工具性"和狭隘的功利观，要摒弃这一点，教师必须把知识之"真"和真知识教给学生，这要从课程的本质上去把握"教"、诱导"学"。

必须强化学生的基本功和文学情结的生成，学生没有基本的文学感悟能力，没有基本的文学作品、特别是古代文学作品的研读能力，则一切理念层面的改革，一切技术层面的创新，都是痴人说梦。

对于古代文学，尤其要强化学生的原典阅读，学生必须耐心地坐下来，认真地、广泛地阅读文学原著，必须有一个阅读量的积累，否则，古代文学课就没法教。

透过现象看本质，走出暂时望长远。文学课教学要紧跟时代步伐，但也要鉴别时代迷雾，如今是时代世风对学生学风的负面影响所产生的问题，大于文学课程教学中的自身问题。作为文学课教师，我们还需要一份淡定。

【参考文献】

[1] 冉亚辉，等．从学生创新能力的培养看当前基础教育状况［J］．基础教育参考，2006，（7）．

[2] 肖扬碚．古代文学教学的传统模式与现代错位［J］．柳州师专学报，2008，（5）．

[3] 席建彬．人文精神的跨越与融合［J］．盐城师范学院学报，2009，（1）．

[4] 邓　建．古典文学教学范式的创新［J］．安徽工业大学学报，2010，（6）．

[5] 唐祖敏，刘伟生．从百家讲坛看全球化时代的文学教学［J］．湖南人文科技学院学报，2008，（6）．

[6] 张克锋．高校古代文学教学的困境与对策［J］．龙岩学院学报，2011，（1）．

文学课程"学生参与学习"探析

王 军

文学课程是高校人文素质教育的一个重要载体，它一方面传授基础性的人文知识和专业技能，另一方面担当着向高校学生阐释、传递、培养人文意识的责任。目前高校文学课程面临的主要矛盾之一是：文学在接受层面具有一定的优势，阅读文学作品对于很多学生来说并不难，甚至还有较高的兴趣，但是，要在课堂上对一门文学类课程进行专门性的认真学习，无论对中文类专业，还是其他学科专业的许多学生，都具有一定的逆阻性，不仅参与学习程度不尽如人意，学习投入也与文学接受程度不相符合。这一矛盾的形成，一部分是因为"文学课无用论"的实用价值观发生较为普遍影响以及"灌输式教学"惯性力量形成的惰性，同时也因为文学课程的教学立场、教学方法、教学引导以及教师的个人能力未能产生足够积极的效果，而且，从可观察的教学实践来看，对于一个已经处于文学课堂的学生来说，后者的作用可能体现得更加突出。

文学课程的教学要符合 20 岁左右的高校学生的求知欲望，让他们更主动的投入到学习中，必须要实现教学由"教师讲学生听"的单一模式，向"教师学生双主体性"的模式转变，这不仅是一个教学方法问题，而且是一个教学观念和立场的问题。应该说，这一类似中国传统中所言的"教学相长"的表述，已经得到了教育工作者比较广泛的认同，并且在许多具体方面达到了认识上的一致。"教师学生双主体性"主要是指：一方面，在教学过程中，学生是教学的对象也是学习的主体，是教学活动中认识和实践的主体，是有意识、有目的地认识客体的承担者。学生通过教师引导或者通过主动的方式进入到课程体系，学习主动性和积极性得到较好地调动，把蕴藏在身上的学习潜能开发出来，这是不断提高教学效率和教学质量的关键所在，另一方面，教师也是教学活动的主体，他们通过对教学活动的整体把握、通过科学的教学设计，通过对学生主体性的激发，完成文学课程的目标，并得到教学水平的提升。"教师学生双主体性"的发挥，有赖于一个教学体系的科学建构，在这一体系还在建设的阶段，更需要做的是在"双主体性"立场上的一系列教学探索，"学生参与学习"就是这一探索的组成部分，根据大量的教学实践来看，它对于文学课程目标的实现有着重要的意义。同时它也非常符合文学课程本身的性质，按照阐释学的观点，"理解"是文学作品存在和读者存在的基础，学生在参与学习中展现自己对于文学作品、文学史、作家的理解，正是对这一观点的合理表现。

基于以上立场，对于文学课程"学生参与学习"来说，更细致的研究应该集中在"教学双主体性"如何确立？采取何种方式来达到这一目的？不同方式有何种效果和不足？如何改进和完善各种方法等问题上。

"在教育实践中，遵循和坚持教育的'双主体性'规律与原则，一定要从对教师和学生双方主体性的认识入手，根据学生主体性发展的状况、目标、任务，结合教育内容、教育形式、教育方法、教育途径等因素。设计和确定教师和学生主体性互动的最优化方案，努力使教育活动在双主体性的最优化互动中实现学生主体性发展的教育目标和任务"。"教学双主体性"原则贯穿在教学中，必须首先明确教师这一主体的引导性作用。虽然教学活动的重要目的在于激发学生的主体性，并达到最终的学习效果，但是整个教学活动从一开始就必须在教师的"双主体性"理念、在教师积极的教学设计和安排、在教师对各个环节的统一把握中进行，如果没有教师的引导，学生的主体性很难得到发挥，即使一些已有的主动学习因素，也只能自发式、零散式地存在，甚至可能遭到压制而消失。从高校本科文学课程教学的教学实践来看，教师可以在以下几个方面展现出自身的主体性：

一是因材施教，因课施教。对于不同的学生、不同的课程，应该确定不同的教学目标并作出不同的设计。在文学课程体系中，从教学目标层次上可分为公共基础课、专业必修课、专业选修课和研究性课程等，这些课程的性质具有一定的差异性，专业性和深入程度由浅到深，学生的文学基础、接受能力也各有区别。比如我们把作为大学基础课程的"大学语文"列为一个层次，其主要授课对象是非中文类的财经类、法学类、理工类、外国语言类学生；作为专业必修课程的"中国古代文学"、"中国现当代文学"等属于第二个层次，面对的是中文专业学生；第三个层次是作为专业选修和研究性课程的"唐诗宋词研究"、"诗经左传研究"、"文学批评方法"等，学生是中文专业高年级并有良好专业基础的部分学生。如果我们把教学目标区分为掌握基本的文学常识、对文学作品的自主理解和独立思考、对文学史和文学理论的基础性宏观性掌握、完成语言表达和写作能力的训练、达到一定的研究能力等多个方向，那么不同课程需要达到的目标方向是不同的，需要分别明确，并在教学中进行有针对性的设计，这是教师在教学活动中主体性发扬的首要内容。

二是根据教学目标和任务，进行相应的教学设计。在课堂教学中，教师要选取适当的教学内容，安排学生参与学习的活动。对于基础性课程和专业性课程来说，教师讲授是课堂教学的主要方式，尤其是诸如文学史的梳理、文学基本理论等相对宏观和精深的内容，应由教师采取深入浅出的讲授来进行，但是文学作品部分，则是学生主体性施展手脚的天地，在教学实践中，我们可以看到学生经过独立思考做出的不少精彩理解；而对于研究性课程来说，则可以有更广泛更深入的内容安排来进行学生参与学习，总体上一般课程选择20%左右的课时让学生参与学习可能效果较好，专业选修课和研究性课程可以根据具体情况有一定程度的增加。选取适当的内容之后，教师应根据学生参与学习的范围和程度，安排适当的学习方式。一般而言，教师可以要求学生在某一段时间内阅读与教学内容相关的资料论文，对于一些接受基础较好的内容，比如李白杜甫诗歌和人生的比较，对于《红楼梦》以及一些经典作品，可以采取课堂讨论的方式，让较多的同学进入到参与学习中来；对一些相对较为独特或艰涩的内容，比如诸子百家、白居易《长恨歌》、鲁迅《在酒楼上》等作品，则可以采取主题发言的方式，安排几个学生组成小组，在充分讨论的基础上进行课堂主题发言，从实践和效果来看，经过充分准备之后的讨论发言是学生参与学习非常有效的方式。

讨论或发言的课堂环节是整个教学设计中最重要最复杂的部分，对于教师的课堂控制和把握能力是很大的考验。为了让学生参与学习能够符合教学要求，避免无的放矢和杂乱无章，应预先设定学习方向，较好的方式是以问题为中心，由教师提出一个或几个有价值的问题，要求学生进行深入思考，这样可以较为有效地把学生参与学习集中到教学轨道和重点上来。另外对于一些同学们关注的问题，也应该有一定的包容，并且做出相应的阐释。比如对于《家》中三位女性的命运问题，对于《围城》中苏文纨的分析，我们可以看到学生有许多自己的观点，如果避而不谈，则会消减学生的热情。同时，课堂讨论和发言可能会有各种观点和不同的效果，教师应进行积极引导和区别性评论，有的可以作出展开，有的进行深化，有的则简单给予总结；这种评论对于学生很重要，既可以给予学生指点促使其提高，也可以调节课堂走向和气氛，把部分学生可能分散的注意力集中起来。

第三，虽然教师应掌握全局，但也要尽可能把握住在自己的"有限"作用，不能介入过度，否则学生参与学习就变成了点缀。有的地方教师要有所介入，有的地方则应尽可能交由学生自主进行，尤其是在培养学生独立思考、整理资料、形成观点、自主表达、写作训练及其他方面，教师只要宏观指导，而不必纠缠于细节，尤其不能把观点强加于学生。就学生自主学习而言，大概有以下一些有效的步骤和环节：1、根据课程内容，安排和组织学生以小组或个人为单位，进行资料查找、阅读，并在此基础上完成对教学内容的初步理解；2、选择讨论或发言的方式，让学生把自己对于教学内容的理解做出整理、明确，提出观点、做出论证，如果是小组专题发言，应首先进行小组内部的讨论，学生发言应有充分准备，可以要求其制作好课件、教案；3、学生的发言内容必须以适当的方式给予分析评论，指出其优点和不足，如果能从思维方式或方法上给予指点，则有事半功倍的效果；同时教师在讨论发言完成之后，要做出较为完整的总结，并且把总结落实在教学核心内容上来，这样整个课堂讨论就有了一个合理的发展。4、学生将发言内容在吸收了反馈的各种意见之后，进行再思考和修改完善，形成文章，这也是一种对学生写作能力的训练；5、"学生参与学习"还可以突破传统，进行教学方式的创新。比如网络教学，很多研究者都意识到网络教学是充分体现学习者主体地位，以探究学习作为主要学习方式的教学活动。拿作业这个环节来说，传统的"作业"基本上属于教师和单个学生之间的"双向"交流，优秀的作业和有特色或者典型问题的作业都处于一个封闭的状态中，教师如果要对作业进行讲评，往往没有充分的时间，即使讲评了，也容易挂一漏万。在学生参与学习实践中，如果有条件，应尽可能运用好网络课堂。可以将学生作业进行公开批改和展示；甚至可以对作业批改方式采取更加开放的态度，除了教师的评语之外，学生也对同学的作业进行相互之间的评论，贡献更好更多的意见，并完成相互学习。这种以作业为中心的多向关系，不仅最大限度地展现了作业的效果，扩大了学生参与学习的空间，也增进了学生之间的相互理解。

教师对教学的积极介入一直以来并不是问题，但是何种介入才能体现出"教学双主体性"，这是教师在教学实践中的一个难题。从"学生参与学习"的经验来看，教师的主体性必须明确是有限的而不是无限的、是以激发学生主体性为目的的而不是以灌输为目的的，是"帮助者"而不是"施予者"，同时也是不断自我提高的而不是一成不变的。

学生主体性的发挥贯穿在学习的整个过程，从一开始在教师的引导下参与到课堂教学，到逐渐形成自主学习的观念和习惯，乃至形成与教师的有效互动，互相激发，反过来促成教师的不断提高。在这一过程中，学生要有积极的投入，认真对待每个参与机会，培养独立思考的习惯。

学生参与学习在实施的过程中，也会出现不少问题，比较常见的包括：1、主体性意识缺乏。教师学生都没有意识到主体性在学习中的重要性和核心地位，只是把参与学习活动当作一种形式和点缀，当做一个必须完成的教学任务；2、师生的积极性不够。参与学习活动的每个环节都需要师生双方共同的投入和配合，没有认真的态度，不下功夫做足功课，最后只能是虎头蛇尾；3、教学设计和安排不合理。选择内容不当、组织不严密、目标不明确、发动不充分，都会影响到参与学习的效果；4、形式老套传统。课堂讨论和专题发言相比而言仍然较为传统，所以应该想办法在内容上拓展和深入，让更多学生参与进来，甚至可以尝试由学生来做主持。而网络教学和实践教学更容易形成参与学习的创新，并且可以成为特色型教学形式，比如网络作业形成的多向性关系，比较彻底地打破了传统作业封闭、单一的交流方式，这些新的因素对师生主体性的发挥有非常重要的促进作用。5、推动能力不足。整体设计和组织，场面的操控，学习中问题的解决，有效的引导，气氛的调动，都需要较强的知识储备、组织协作能力和灵活性，师生双方、尤其是教师一方面要不断加强学习，否则极易给活动留下各种的遗憾。

"教学双主体性"的建构是一个丰富的体系，"学生参与学习"是其中一个重要的组成部分，也是目前教育工作者探索较多的一个内容。本文主要根据我们在高校本科文学课程教学实践中的经验，更多从教师的角度出发，对"参与学习"如何有效促进"教学双主体性"的建立做出讨论。这一过程以教师坚持"双主体性"的立场观念开始，经过一系列活动环节的组织、协调、发动，逐渐转化为学生学习主体性的发挥，促进学生对知识、方法、能力的掌握，并最终取得双方的共同提高。

【参考文献】

[1] 顾建军.浅析教育的双主体特征 [J]. 教育科学，2000，（01）

[2] 潘德荣.诠释学：从主客体间性到主体间性 [J]. 安徽师范大学学报（人文社科版）2002，（03）.

[3] 石怀周.刍议历史教学活动中发挥学生主体作用的意义 [J]. 吉林教育 .2011.（10）.

[4] 董志彪，李文光.网络环境下主题式学习的教学设计与实施 [J]. 中国电化教育 .2005，（04）.

[5] 祝智庭.《现代教育技术——走进信息化教育》[M]. 高等教育出版社 . 2001 年 .

[6] 徐丽丽，陆宏.如何设计主题式探究学习活动 [J]. 网络科技时代 .2007，（08）.

[7] 柳栋.目标 目标 目标——关于网络主题探究教学设计的讨论 [J]. 信息技术教育 .2005，（04）.

文学教育的爱与怕

洪　涛

　　在一个功利主义和技术主义盛行的时代，人的心灵空间一方面会因其挤压而日渐萎缩，另一方面，功利主义和技术主义所形成的特定的世界观，因其社会强势将无所不在渗透于其他领域，成为审视和甄别世界普遍的思维方式。对于前者而言，精神世界在退守中至少还在保持其自律性和独立性，表明与物质主义不同的价值立场；但对于后者，功利意识僭越为精神世界的评判尺度，会导致彻底取代审美意识，从而将世界变成铁板一块。和前者相比，这显然是更值得忧虑的事情。对于今天的文学教育，我们一样会感受到这日益逼近的忧虑和阴影，因为我们的文学教育也越来越远离文学自身。

　　文学教育的性质当然要取决于文学的性质。文学是什么？古往今来关于文学及其意义有诸多的表述，但这些众说纷纭的背后总是指向一个共同的东西：情感。尽管文学很多时候被赋予号角、匕首、干禄之具、经国之大业、指引国民精神的灯火等繁复的身份，但文学首先是个体在触摸世界时的感受，是人和世界遭遇时候最原初最鲜活最真实最独特的生命感性体验，是一个人传达出的或痛苦或欢乐的歌吟，以及这种情感背后所显现的对苦难的超越意识与对真善美的想象能力。"诗者，天地之心"，表明的正是文学成为人类在世的灵魂，一个民族的文学史因而被视作是一个民族心灵的历史，一个时代的文学也因而成为一个时代情感的风向标。

　　在情感表达上，文学抒情其实还是有偏袒的。"欢愉之辞难工，穷苦之言易好"、"国家不幸诗人幸，赋到沧桑句便工"之类的感喟，似乎表明，文学更多的不是人类的欢乐颂，而是人类生存困境的苦闷象征。之所以如此，是因为对于人而言，痛苦、焦虑、愤懑、哀伤、绝望等苦难情感是最需要慰籍的，这些情感体验，是个体在世界行走中于肉身或心灵上留下来的一道道伤痕，既表明了个体的不完满状态，同时也标明了整个人类的不完满状态，因而是需要慰籍和超越的状态。文学一方面通过赋予情感以形式来把握苦难，从而升华苦难；另一方面，又通过对当下的超越和对美丽世界的想象来安顿受伤的心灵。在一个不完满的世界中创造出另一个世界，不断扩展人类的生存维度。优秀的文学作品就象在这个世界建造了的一个个温馨的人性小屋，让我们在面临相同的人生境遇和苦难体验时候，有一个可以遮风蔽雨的栖身之所。从这个意义上讲，文学的历史，就是一次次在苦难中寻求爱的历史。

　　文学的情感维度决定了文学教育的情感维度，文学教育的目的首先就是情感教育，更确切地说，是学会爱和传达爱的教育。这里所谓爱，就是个体对人类乃至整个生命深刻的同情和关切，能够为他人的快乐而欢欣、痛苦而哀伤，是个体在缺憾中顽强地对完满的渴望，最终融入到整个生命中的亲昵共在的状态。所以在文学中，我们发现诗人能够通过想象跨越人与人，人与物，物与物之间的隔阂和异在，让大灰狼与小白兔共舞，让爱人成为一朵花，打破自然之间原本的疏远和冷漠，营造一个和谐温馨万物亲昵共在的的人类黄金时代。学会爱的能力就是打破自己封闭的自我、逼仄的观照视野以及对世界漠然的能力。一个人有了爱，才会有表达爱的冲动。我们常强调文学是对审美能力的培养，而审美心境其实就是一种高贵的爱的心境，它为人自由的灵魂提供丰富的驰骋空间，从而也给人类的发展提供无限可能的生机。狭隘的功利主义之所以有害，是因为将人与万物的关系单一化，片面化，使得人类生存空间变得逼仄，人性变得枯槁。当人和世界关系变得单一的时候，人也就成为单面的人、异化的人。所以马克思在《1844 年经济学—哲学手稿》中描述那些被异化了的人曾说："忧心忡忡的穷人甚至对最美丽的景色都无动于中；贩卖矿物的商人只看到矿物的商业价值，而看不到矿物的美和特性；他没有矿物学的感觉。"文学给予的爱虽不是一时之五谷饮食，却是万世之精神养分。王国维先生因此断言"生百政治家，不如生一大文学家。何则？政治家与国民以物质上之利益，而文学家与以精神上之利益。夫精神之于物质，二者孰重？且物质上之利益，一时的也；精神上之利益，永久的也。"

在这个功利主义盛行的时代，文学教育的功能应该是要让一块板结碱化的土地重新变得松软，让一个冷硬空洞的心灵重新变得柔软。但是，随着学院化和体制化过程的日益加剧，我们的文学教育越来越有走向"知识论"和"制度化"的倾向，作品成为可以随意肢解的木乃伊，越来越远离文学自身。

在现今的文学教育中，文学更多被视作知识教育而非情感教育，是智性教育而非德性教育。知识化、技术化的价值中立和科学理性原则取消了文学的与生俱来的人性温度和丰富表情。文学学习的目的更多变成掌握一大堆文学史的知识和烦琐的文献考证，就象广泛流传的北大中文系主任严家炎的一句名言：中文系不是培养作家的，而是培养学者的。文学最原初的东西丢失了，舍本逐末，就象佛教中那个著名的譬喻，本以手指月，却以手为月。在作品的阐释中，习惯于运用将一系列本土的尤其是西方的宏大理论体系，将鲜活的文学变成几条大而化之的原理，使一条原本在水中自由游动的鱼成了一堆被肢解成头、尾、五脏六腑等器官，成为一条死鱼。在经院教育中，一些文学工作者本身也仅将文学视作一种谋生的职业，缺乏对文学真正的理解和热爱，在一种照本宣科式的教学中，加剧了文学的荒漠感和异在感。

更为可怕的是，在关于文学阐释中，我们延续了一套强大的社会历史和阶级斗争分析模式，将文学的感性榨干，只剩下冷冰冰的历史理性，就象薛毅所痛心疾首指责的那样："文学教育在文学之上，建立了一套顽固、强大的阐释体系。它刻板、教条、贫乏、单一，它把我们与文学的联系隔开了，它取代了文学，在我们这个精神已经极度匮乏的社会里发挥着使其更为匮乏的作用。"于是就出现我们在文学课堂常常出现的情形，孙悟空大闹天宫是被剥削阶级对剥削阶级的反抗，白居易的《长恨歌》是讽刺统治阶级的荒淫误国，莫泊桑的《项链》是讽刺资产阶级贪图富贵的虚荣心，诸如此类。文学中那种撕裂的人性，那种挣扎的忧伤，那种满含泪水的同情，那种对人生如影随形的苦难下呻吟统统不见了，到最后只剩下一副干瘪冷漠历史审判的嘴脸。

这样一种文学阐释方式，甚至可以掠过作品本身解读文学，只需要掌握几种大而无当的标签就可以评判文学作品。没有读过《红楼梦》的，可以照样讲《红楼梦》；没有基本文学判断能力的，可以照样讲授文学作品。在这样的文学教育中，文学从血肉丰满鲜活的生命蜕变成一具风干的木乃伊，久而久之我们丧失了对文学的感知能力，也最终丧失了对世界感动与爱的能力。

100年前，鲁迅先生就告诫说："盖使举世惟知识是崇，人生必大归于枯寂，如是既久，则美上之情感漓，明敏之思想失，所谓科学，亦同趋于无有矣。"不幸这样的预言正变成现实。在这个文学教育贫血的时代，我们呼唤文学教育，魂兮归来！

大学语文课外吟诵活动中的德育培养机制研究

韩希明

【摘　要】大学语文课的内容本身就是德育教育体系不可忽略的一种重要精神资源，在教师指导下的大学语文课外吟诵活动更是德育教育的重要一环，贯彻了德育教育的美育原则，通过此类活动，可以有效地培养学生的团队精神，德育教育的渗透与语文教学的有机结合是德育培养的一种有益尝试。

【关键词】大学语文　吟诵活动　德育

在高校普遍开设的大学语文课，尤其是在新生进校之后就开设的大学语文课是高校德育培养机制中极其重要的一环，教学内容的审美性、艺术性具有很强的感染力，给教师有意识地在教学过程中渗透德育内容提供了很大便利，教师通过各个教学环节，灵活采用不同的教学方法，不仅使学生掌握语言文字的基本知识、进行文学作品赏析，不能忽略注重对学生品德的培养。除了在课文教学中进行德育渗透之外，还应利用课外的教学实践活动延伸大学语文课堂教学，比如，在吟诵活动中加强团队精神和社会责任意的培养等等。

最直接、最为明显的作用是培养学生的团队精神

所谓团队精神是指团队成员为团队的利益与目标而相互协作、尽心尽力的意愿与作风。在团队与其成员之间，团队精神表现为团队成员对团队的强烈归属感与一体感，把自己的前途与团队的命运系在一起，愿意为团队的利益与目标尽心尽力；在处理个人利益与团队利益的关系时，要求采取团队利益优先的原则，个人服从团队，为维持公利与大利而自觉舍弃私利与小利；在团队成员之间的关系上，团队精神表现为成员之间的相互协作及共为一体，追求团队的整体绩效与和谐；在团队成员对团队事务的态度上，团队精神表现为团队成员对团队事务的尽心尽力及全方位的投入；团队成员要有团队荣誉感；团队精神要求成员有着与团队共存共荣的意识，有深厚忠诚的情感。

团队精神既是中华民族传统文化的体现，也是知识经济社会的内在要求。知识经济是以知识的生产、经营为基础的经济，而知识只有在与人共享的同时，价值才能体现。也就是说，知识经济社会强调合作、共同发展。为此，大力培养大学生的团队精神是高校德育教育一项必要的重要任务。大学阶段是连接学生由学校步入社会的纽带，他们团队精神的水平如何将直接关系到他们个人成才及整个民族的未来。大学语文的课外吟诵活动是拓展德育内容，理应倡导团队精神。

但是，当前的大学生却普遍缺乏团队精神，其原因之一是，他们大多为独生子女，从小在生活、学习诸方面各个细节已经习惯于不是通过团队努力而是由他们提出，然后由家庭或学校、社会等几个方面来满足个体的需要；原因之二，尤其是从应试教育的个人奋斗走过来的学生，团队意识更为薄弱，他们应具有的团队精神素质与社会对他们应具备的团队精神素质的要求之间有很大距离；原因之三是，在社会转型期，人们的价值观念都发生了相应的变化，我国社会主义市场经济体制的建立，在给高校带来积极的影响的同时，也带来了一些负面影响：市场经济奉行竞争法则、等价交换原则和利益最大化原则，增强了学生对自我价值的过份追求，加之现实社会中存在的种种不道德行为，导致部分学生对集体主义价值观产生疑惑，滋生拜金主义、利己主义、个人主义、本位主义和享乐主义的思想。

作为大学语文课堂教学活动延伸的课外吟诵活动，在活动展示期间要求集体吟诵，实际上就是提倡学生以吟诵活动为载体，尝试团队协作，培养团队精神。让学生在活动中切身体会到，时代的发展，社会的发展，对人际交流与合作的要求大大提高，要求我们倡导团队精神。我们面临的新世纪，具有信息化、科技化、全球化的特点，人们的生产和工作方式将趋向开放化、集团化和网络化，而不再是封闭的、小规模的、分散的方式。个人不可能孤立地工作，而是要与人交流，与人合作，单打独斗很难跻身于竞争日益加剧的社会，缺乏有效的团队协作，不可能获得真正意义的成功。集体吟诵需要组织人选、协调排练过程中的一切问题，教师可以帮助学生借这样的活动学会与他人交流、协商，学会通过各种渠道与他人台作，共享资源，共享成果。在与他人合作的过程中，培养学生对团队的责任感。使他们在活动中体会到，迅速发展的社会特别需要个人对世界、对国家和民族、对人类前途以及对人与自然关系的责任感。对自己、对他人负责，对工作事业负责，对家庭社会负责，对民族国家负责，对人类前途负责，这是一个现代文明人所应该具备的素质。活动环节的设计要让所有的学生都参与这样的能够提高和显示良好的公民意识、服务意识与个人责任心的教育活动。

从实践中我们注意到，参与活动的团队成员彼此把每个成员都视为"自己人"，他们之间有事情一起商量，相互依赖，也学会互相敬重，相互宽容，相互学习，彼此信任；在工作上互相协作，在生活上彼此关怀，在荣誉面前共同争取一起庆祝。虽然没有谁为他们规定一系列的行为规范，但是在教师指点下的计提准备活动中，注意充分调动学生的积极性、主动性、创造性，让成员参与管理、决策和全力行动；当活动开展起来之后，他们和谐相处，互相督促，在处理团队事物时大多能尽职尽责，尽心尽力，充满活力热情，表现出较强的凝聚力。

另外，在教师指导下选择的吟诵材料，内容可选择那些旗帜鲜明地对大学生进行价值观导向的作品。也就是说，大学语文教学中的德育教育也应该正视学生价值观取向多元化的现实，进行以正确处理个人、集体、国家三者关系为核心的集体主义教育。因为传统的集体主义教育过分强调突出政治，抹煞个人的正当利益欲求，一味喊空话、讲大话，脱离现实和学生思想实际，忽视了学生个性的培养，导致大学生对集体主义教育产生抵触情绪，不利于素质教育。在把团队精神融入德育教育的主旋律，给德育内容注入新的活力，使高校德育内容有实实在在的、适应现代环境的拓展和创新。

大学语文课外吟诵活动贯彻了德育教育的美育原则

美育实际上就是按照美的规律来塑造人，其要求集中表现为按照时代的审美意识，借助一定的审美媒介，充分发挥审美媒介的教育功能，使学习者的个性得到全面发展，成为一个审美心理结构完善发展的人，从而达到个性与社会的自然和谐统一。从古希腊柏拉图的美和善统一说到近代席勒通过美育来塑造"完美人格"，从中国古代集道德伦理教育与艺术教育于一体的礼乐文化到现代蔡元培的把美育作为促进德育超越的推动力，这些教育大家们无不注意到了美育与德育的协同，美育和德育都应当紧密联系在一起。大学语文课外吟诵活动性质本身就是一种美育。美育是审美教育，以传播和引导学生领略艺术美、自然美、人性美为综合教育手段，最终目的是培养学生正确高尚的审美观念，提高学生的审美与创造能力，塑造完善人格。美育是高校德育、哲学、文学、社会学、艺术学等众多学科共同的教育任务，大学语文教学由于教学内容的规定性，更是义不容辞。课外吟诵活动所选择的材料生动、形象、感染力强，易于被大学生所接受，在提升学生素质方面能起到其它学科和课程所不能替代的重要作用。吟诵活动设置了一种审美情境，能够让学生在一种有别于其他社会场所的特殊氛围中，进入纯美的意境，引起情感上的共鸣。在这个澄明的心理空间，充满阳光和诗意，在互动中滋养着心灵和人性。互动可以是多种诵读形式，引导学生一心一意融入作品的境界中去，理解作者的境遇及其对天道、人道的体悟，从而实现作品的审美价值、教育价值。

首先，提高道德水平。"美育对培养人的高尚道德情操、陶冶人的心灵、树立正确的世界观和人生观有着特殊的功效……美育既和德育不同，又能辅助道德。我们要培养共产主义的新人，更应该重视美育对培养青少年的道德品质和理想情操方面的作用。[1]"教育者要积极利用教育过程中的各种审美因素来培养学生正确的世界观，陶冶学生高尚的道德情操，从而沿着审美的途径去完成教育所承担的健全人格的任务[2]。大学语文课外吟诵活动经过审美媒介的处理，化严肃的说教为具有审美意义的活动，使教育过程变成审美过程，正如孔子所言："知之者不如好之者，好之者不如乐之者"[3]。寓教于乐，使学生进入"乐学"状态。当思想道德认识与相直的情感相契合时，便会形成道德信念，推动思想道德认识向思想道德行为的转化。这正是德育教育的预期效果。通过美好情感对学生的感染和熏陶，使学生得到愉悦的同时，性情得以陶冶，心灵得以净化，从而提升人生境界。

其次，丰富精神生活。作为一个特殊的群体，大学生思想活跃、充满朝气，对事物的感受极其敏锐，他们有着追求美的强烈愿望，但又对美的认识和实践缺乏成熟的认知。大学语文课外吟诵活动所选的材料要求是古今中外经典作品，从选择吟诵材料到吟诵本身都是对学生进行美与善教育的过程。这些经典作品能塑造和培育大学生的感知、想象、情感、理解等心理能力，比如爱与善的教育，爱心与善心是人性的基础，也是社会和谐、校园和谐、师生和谐、同学和谐的基础，是培育人们爱心的重要内容；同时，选择和吟诵的过程又是情感教育的过程，作品所展示的社会、人生、历史、作者的心灵独白可以生动地启迪大学生对社会、自然、人生的观察与思考，可以作用于学生的情感和意识，潜移默化地影响他们深层的精神世界。大学生精力充沛，思想活跃，如果没有正确的精神支柱，就会失去前进的方向，有的甚至会沉溺于低级庸俗的趣味之中。古今中外经典作品是现实生活的典型化和形象化，集中揭示和反映了现实的、本质的生活；一部优秀的艺术作品就是一面时代的镜子，一个典型的艺术形象对学生具有极大的教育力量和感染力，能极大地充实学生的精神生活。

再次，激发潜能。由大学语文课外吟诵活动贯彻的美育教育对智育的作用首先体现在创造能力的培养上，通过培养人的想象力达到培养人的创造力。可以启迪大学生的智慧和才能，提升思维能力、启观察力、创造力。这种美育教育具有直观、生动、愉悦，有感染力，是其它学科教育所不具有的。在个人成长过程中，对于美的认识能力、鉴赏能力十分重要。美育是一种情感教育，是一种美的形象的教育；它又是一种以情感为中介，感性与理性、情感与理智、情感与意志、主体与客体双向互动建构，从而统一于一身的自由教育；是运用人类社会所创造的一切美，通过陶冶情操，使人具有一颗丰富而充实的心灵，并渗透到整个内心世界与生活中去，形成的一种自由的个性力量的教育[4]。

大学语文课外吟诵活动所选择的多为经典文学作品。从文学（包括诗歌）接受的理论看，文学接受是一项特殊的审美与文化的精神活动，是读者与具体作品碰撞、沟通、契合的双向互动过程。读者对作品有预先估计与期盼，这种估计与期盼的基础是读者由各种经验、情味、素养、理想等综合形成的对文学作品的欣赏水平和接受要求。在吟诵这些作品时，从自己的生活经验与思想情感出发，将抽象的文学符号转换为脑中具体的艺术形象，对具体形象加以补充、丰富与改造，因此，引导学生努力挖掘作品的"情"，由作品的表层进入作品的深层，以获得人生感悟，陶冶性情、纯净心灵尤为重要。

大学语文课外吟诵活动能将德育渗透与语文学科的基本功训练有机结合

作为大学语文课程课堂教学延伸的诵读活动是德育教育的一种有效载体，而强化这个载体功能的一系列实践本身也是实施德育教育的一种渗透。学生是大学语文教学运转的轴心，实践是拓展大学语文教学的关键。大学语文的教学内容主要是对以文学作品为主的艺术美的鉴赏与评论。而一切艺术美都是来自现实生活的。俄国伟大的美学家车尔尼雪夫斯基说，美就是生活。只有深入生活的海洋，才能探求包括文学在内的艺术美的真谛，在朗读中感受抑扬顿挫的节奏和优美的诗歌语青，增强对作品的理解和欣赏。

工欲善其事，必先利其器。语文学科的主要任务是培养学生的听、说、读、写的能力，大学语文课外吟诵活动首先需要让学生具备这方面的能力，而在培养这些能力的过程中，也能有效地贯穿德育渗透。

1.选择吟诵作品的过程实际上就是学生开展自主学习的有益实践。一般说来，现在的很多学生喜欢那种快餐文化，喜爱文字泡沫，追求感官刺激，缺少静静品味雅文化的一种定力。在开展大学语文课外吟诵活动时，由教师引导学生在规定的主旨下去寻觅查找适合吟诵者欣赏品味的作品，或者是吟诵者认为能够产生较好视听效果的作品，这本身就是一种学习。从实践的实际情况来看，学生确定一篇吟诵作品，往往要读很多作品，这种"泛读"是应试教育办不到的，学生一旦投入这种寻觅，往往因此而形成一种良好的定势，即便是吟诵活动结束了，他们还有阅读的激情，阅读所带来的愉悦感仍然使他们陶醉；正由于此，德育教育的预期效果也有望得以实现。

2. 口头表达——朗诵、主持、表演这些过程都是通过语言来表达感情，这个实践过程能增强学生对母语文化的切身体悟，在语言层面激发起学生对祖国的感情。书面的阅读如果没有淡定的清净，不容易产生想象与联想；有时候书面阅读的默读形式也没有语感，在吟诵活动中，教师引导学生根据作者提供的语言符号，调动已有的生活积累和知识经验，再现或再造记忆中的有关表象，进行加工、丰富和补充，并由此及彼地联想到相似相关的内容，产生形象的感知，从而进入作者描绘的艺术境界。更何况，在理解基础上的吟诵，是文学艺术的一种表演形式，要求表演者在背诵纯熟的基础上，用充沛的精力、饱满的精神、优美的音色，逼真的表情，生动的身姿传达作品的内涵，能够引起听众的共鸣，达到一种宣教效果。教师应在继续教给学生基本朗读技巧的同时，对学生的良好身姿体态、生动的表情语音进行专门的训练，引发学生的朗读创作激情，迈向更高的朗读境界。

3. 写作——在大范围的吟诵活动中，作为节目的排练脚本、主持人的串词、对作品的理解都是展示学生的写作能力，在对作品的理解方面，教师应引导学生不再停留在简单的批判评价文本意蕴，满足精神需要，获得内在愉悦，寻找自我存在的欣赏评价阅读阶段，而是试着用生活经验去汇兑文本，用智慧去思考人生，获得创造性的收获。在对吟诵作品内涵的多重把握和整体感知的基础上，用自己的情感体验和理智，富有创意地构建文本的新的意义。

吟诵活动是课外进行的，毫无疑问，与之关系十分密切的，是课内教学活动诸环节的精心安排和设计，比如教学大纲、教材、教法和管理工作、以德育教育工作的贯穿、课程评价标准和评估方式等，都应加强整体衔接。总的来说，教师要善于把握学生的思想脉搏，抓住学生普遍关心的热点、难点问题，开展有针对性的教育，要注意研究形势发展变化对大学生的影响，及时发现新情况，研究和解决新问题，使德育教育机制更为完整和完善。

【参考文献】

[1] 李范：美育与人才培养 [J]，教育研究 1982，2.

[2] 钟以俊：教育美学简论 [J]. 教育研究，1991，6.

[3] 蒋沛昌注释：《论语·雍也》[M]，岳麓书社 1999 年 8 月版，76.

[4] 瞿葆奎，郑金洲：中国教育研究新进展·2004[M]，上海：华东师范大学出版社 2005 年版，297—298.

大学语文课堂教学德育培养机制研究刍议

——以屈原精神与学生人格培养为例

韩希明

【摘　要】 大学语文课程目前在各高校普遍开设，作为文化素质的基础课程，必须承担人格培养的任务。结合教学内容倡导屈原精神，是利用课内教学平台进行德育教育的有效途径。在当前高校语文教学中尤其要倡导屈原的爱国主义精神，关注社会，关注民生，塑造坚忍不拔的人格精神，确立理想，坚持操守，为振兴中华作出自己应有的贡献。

【关键词】 人格　屈原精神　理想

作为文化素质的基础课程，大学语文所承担的人格培养的任务是：在教学中灌注相关内容，树立积极进取的人生态度，磨砺坚忍的意志品质，锤炼吃苦耐劳、勇于进取的精神。所谓人格，指人的能作为权利、义务的主体的资格，或指人的性格、气质、能力等特征的总和，是道德的尺度和做人的尊严，是人的根本之路。在今天的高校学生人格培养教育中，屈原精神尤其值得倡导。

屈原的一生是悲剧性的，他生不逢时，遇到了两位糊涂的国君，以致怀才不遇；又才华过于出众，遭到众小人的嫉恨，所谓"木秀于林，风必摧之"；政治主张和高洁的人格不为楚国小人所容，但始终把"兼济天下"作为自己的毕生追求。当时的屈原如同荒泽中的孤鹤，啼鸣响彻天下，四周却没有回应的声音，这是一种孤独，一种无人理解的至深的孤独。大学语文教学就是要带领学生走近这位精神的先行者、孤独者，一同去感受其高洁的人格精神，并探讨其现实意义。

一　与国同体的爱国情怀

屈原所处的战国时代，是个大混乱、大兼并的时代，也是个群雄并起、逐鹿中原的时代，各诸侯国之间都彼此虎视眈眈。在这种严峻形势下，任何一个希图求存的国家都不能不居安思危，防患于未然。这对于各国君王来讲再自然不过，然而对于屈原所属的"士"这一阶层来讲，则完全不同。在先秦士人的心目中还没有形成后来所谓的"爱国"观念。在本国不如意了，可以到别国高就，而且通常是"危邦不入"、"良臣择主而事"，这是天经地义的事，也决不会受到"叛国"的谴责。但屈原却做不到，他所忧虑的是民族的危亡，国家的覆灭，而非一己的安危荣辱。尽管他的理想无法实现，可他仍然不忘楚王，不离故土，甚至怀石投江，义无返顾。他那以身殉国的爱国精神，正是对儒家"杀身成仁"思想的继承。

几千年来，正是这种宝贵的精神维系着中华民族的团结统一。在当代，中华民族精神的核心仍是爱国主义。今天人们对屈原的颂扬和怀念，在很大程度上是出于对这种爱国情怀的推崇和认同。

大学语文课程的教学要让学生认识到，爱国主义是必备的精神品质。应把忠于祖国、献身祖国作为自己神圣的义务和职责。屈原的诗歌《国殇》就是对爱国精神进行了热情的讴歌，正如诗中所赞美的："诚既勇兮又以武，终刚强兮不可凌。身既死兮神以灵，魂魄毅兮为鬼雄！"楚国勇士为国捐躯的爱国精神以及视死如归的英雄气概，在今天仍然具有激励作用。

作为一名大学生，究竟怎样做才是爱国呢？

（1）爱我中华，首先要知我中华，努力培养爱国主义情操。我们既要为中华民族悠久的历史和灿烂的文化而自豪，又要为中国近代以来的落后和不够发达的状况而痛心疾首，从而转化为发奋图强、振兴中华的动力。

（2）立志成才，为富国强国而努力学习。首先要明确学习目的，端正学习态度，要明白我们今天上大学，不是为了捞文凭，而是为了掌握科学文化知识和过硬的本领，努力使自己成为未来祖国建设的栋梁之材。其次，要热爱所学专业，做到学有所获、学有所成。我们现在所学专业，未必是一己兴趣所在，但我们必须明白这样一个道理，当个人的兴趣爱好与祖国建设的需要发生矛盾时，我们要以现代化建设大局为重，将个人志趣和祖国的需要统一起来，强化素质意识，全方位提高自己。

（3）以身许国，作社会主义祖国的忠诚卫士。"以身许国"可以从两个角度理解：第一，到祖国最需要我们的地方去。第二，在祖国需要的时刻能够挺身而上、奋勇当先。正如陈毅同志所写的："国家若有难，汝要做先锋。"这就是爱国。爱国奉献是人生价值的集中体现。

二 关注百姓的民本思想

春秋战国中后期，民本思想逐步形成，先秦诸子都不同程度地阐述了这一思想。孟子曾说："民为贵。"这一思想对屈原的影响较大。当他被放逐以后，远离宫廷，走向民间。他看到了楚国人民所遭受的苦难，但又无能为力，只能以诗歌的形式来表达他对于芸芸众生的同情与哀叹，如"长太息以掩涕兮，哀民生之多艰"，"怨灵修之浩荡兮，终不察夫民心"，"愿摇起而横奔兮，览民尤以自镇"等。正是由于他忧国忧民之心的深切，才赢得了百姓的仰慕与热爱。

曾有人撰文曰，中国的诗歌界如果要供祖师牌位的话，有三人可当：中立者为屈原，两边为李白和苏轼。理由是：屈原忧国忧民，以死谢天下；李白豪迈俊朗，诗才倾天下；东坡乐观达然，一笑动天下。由此可见，屈原的忧国忧民深受后人的景仰，这也就难怪后代一些著名的文人如司马迁、李清照、辛弃疾、文天祥等都将屈原引为同调。"屈平辞赋悬日月，楚王台榭空山丘"，一生傲岸、一身傲骨的李白，从不向权贵低头折腰，但对于屈原，他却是深深地折服了。李白这两句诗，不仅赞美了屈原辞赋的精妙，更肯定了屈原精神的不朽。"悬日月"，与日月争辉，与日月同在，这是极高的赞美。

当然，古代"民本"思想有一定的阶级局限性，屈原的民本思想也是从封建士大夫的角度去同情百姓，关注百姓，而且主要是楚地的百姓。但是古代民本思想当中所包含的"民为贵"、"民为邦本"等人文主义思想，在一定意义上可以说是现在"以人为本"科学理念的萌芽形态。我们从中看到了古代杰出人物"先天下之忧而忧，后天下之乐而乐"的博大胸怀，这对于激扬我们甘于牺牲、勇于奉献的精神具有重要的意义。

三 独立不迁的品德操守

"独立不迁"这四个字出自屈原早年的作品《橘颂》，在作品中屈原对橘树那"苏世独立，横而不流"、"淑离不淫"，梗然坚挺的高风亮节进行了赞美，这正是屈原一生所遵循的道德和节操。清人林云铭在评论这首诗时说："看来两段中句句是颂橘，句句不是颂橘，但见（屈）原与橘分不得是一是二，彼此互映，有镜花水月之妙"。

古人称操守为"执持"，实际上就是指一个人立身处世所必须坚持的品行。操守重在一个"守"字。中国传统文化所讲的操守，特别看重的是重气节，淡名利，洁身自好，不入俗流。古人所谓"宁可玉碎，不为瓦全"就是这个意思。

如何看待屈原之死？有相当一部分学生持有一下观点：

（1）"龙游浅水遭虾戏，虎落平阳被犬欺"，屈原陷入困境无路可走，只好选择死；

（2）"留得青山在，不怕没柴烧"，屈原应等待雨过天晴那一天，没必要去死；

（3）"识时务者为俊杰"，屈原应当选择与世人相同的道路，他的死是徒劳的、可悲的。

那么，究竟应该如何看待屈原之死？屈原自己为什么要选择死？我们要引导学生从《渔父》一文中去找答案。在与"渔父"的对话中，屈原以决绝的态度表明了自己卓尔不群的人格追求，"举世皆浊我独清，众人皆醉我独醒"，所以"宁赴湘流，葬于江鱼之腹中。安能以皓皓之白，而蒙世俗之尘埃乎？"于是屈原决绝而坦然的选择了死。死，总是悲剧。但屈原之死，不是一般的生活悲剧，而是具有审美意义的悲剧。悲剧是将有价值的东西撕碎了给人看。亚利斯多德告诉我们，悲剧不仅使人看到高尚的人所遭受到的不幸，而且还使人看到了处于不幸之中的人的高尚，从而使人们得到情感的净化。最让人动心的，是苦难中的高贵。所谓"苦难中的高贵"，就是指在逆境中仍然坚持道德操守，在可选择时不选择，可逃避时不逃避。正是这种末路高歌，苦难中的高贵，使我们可能因此产生一种道德上的自我反省。犹如一面镜子，照出了我们习以为常的苟且、缺少责任感的灵魂，从而向一种人格的高度跨越。

屈原不仅仅是诗人，他更是一位忧国忧民的政治家。他"长太息以掩涕，哀民生之多艰"，他向往的"美政"，只能说是超越现实的理想，诗人所服膺的"三王"之政、"尧舜"之治，实际是儒家虚构的产物，他一再提出的以民为本、修明法度、举贤授能等政治主张，在春秋战国时代作为一般原则虽然已经得到普遍赞同，但在实际统治中，还不可能得到真正的实行。而屈原却执着地要求以他理想中的"美政"改造楚国，并以此谴责楚国政治的黑暗，批判楚国君臣的昏庸和贪鄙，当认识到"美政"不可能实现时，他宁可怀抱这理想而死。我们决没有理由指责屈原"偏激"，指责他的理想"不切实际"，而是应当认识到，理想本身是照耀人类前进的光芒，为理想而奋斗是人类不可缺少的、得以摆脱平庸苟生的伟大精神。

人是要有点精神的。有人说，金钱可以买到权势，但买不到威望；可以买到服从，但买不到忠诚；可以买到躯壳，但买不到灵魂。陶铸同志也说过："一个精神生活很充实的人，一定是一个很有理想的人，一定是一个很高尚的人，一定是一个只做物质的主人而不做物质的奴隶的人。反之，一个受物质支配的人，一个个人'物欲'很强的人，一定是缺乏理想、趣味低级、精神生活很空虚的人，也是生活极为可悲的人。"精神的价值是无法用金钱来计量的。因此，不要说屈原的死毫无意义。屈原不能容忍自己的生命只有形式而没有内容，那样生不如死，活着，仅是一具躯壳。因此，他的死实际上是一种坚持，是一种"宁为玉碎，不为瓦全"的坚持。

在教学中，我们还应当提醒学生注意到，屈原对于品德操守的坚持在今天的现实指导意义。在今天市场经济条件下，社会上出现了各种各样的人生观、价值观。其中不乏一些错误的观点，比如说："人为财死，鸟为食亡。"还有人认为，现在是市场经济时代了，讲无私奉献已经过时了，有一份奉献就应当有一份索取，等等。这些观点对人们的影响可以说比以往任何时候都要大的多。在现实生活中，高校不是真空，各种错误的观念和思潮也会对学生产生一定的负面影响。在这种大的环境和背景下，要能够坚定信念，把握住自己，始终坚定不移地保持正确的政治方向，就必须培育起高尚的品德操守。古语云："重莫如国，栋莫如德。"在心灵的天平上，祖国的分量最重；在人才的培养上，德行最重要。我们要在教学中贯彻这样的思想：作为大学生，我们是祖国未来的栋梁之材，所以要注重德行的培养。我们要努力将自己锻炼成为德才兼备、德艺双馨、民之所喜、国之所需的优秀人才。正如古人所说的，要做到"仰不愧于天，俯不愧于地"，我们再加上一句，就是"仰不愧于党，俯不愧于民"。

四　上下求索的执著精神

屈原的政治理想就是实现"美政"。由于他出身的不平凡，一生都负有强烈的使命感和责任感。屈原以国计民生为理想的出发点，故而他的理想就带有了社会性，可以说是远大的理想。而更为可贵的是，他看到了实现这一理想的艰巨性，并表达了坚决追求到底的决心，正如《离骚》中所写的，"路漫漫其修远兮，吾将上下而求索"。《离骚》正可谓是一首求索之歌。

《离骚》是一首带自叙传性质的长诗，屈原分三个部分叙述自己一生。第一部分主要是回顾以往的生活经历，叙述自己因坚持理想而受到打击迫害的不幸遭遇。第二部分写了三次思想斗争：即退与进、降与战、去与留的斗争。第三部分则否定了先前退隐、妥协、远逝等消极想法，最后决定要为理想而奋斗终生。"岂余身之惮殃兮，恐皇舆之败绩"，"指九天以为正兮，夫唯灵修之故也"，"余固知謇謇之为患兮，忍而不能舍也"，这些感天动地的诗句，令我们感受到诗人高贵的品质、宁死不屈的精神。正如司马迁所赞："推此志也，虽与日月争光可也"。而从此，一种永世不曾泯灭的信念——对真理的信仰和对理想的追求，一种千古不变的情愫——对祖国的热爱和对乡土的依恋，深深注入到中华文化中来，成为我们民族文化的光辉传统。屈原在追求理想的过程中，思想深处也曾存在着退隐和进取的犹豫与彷徨。但最终，那种锲而不舍、上下求索的执著精神，使他不能变心以从俗，而只能是坚持理想，积极仕进。尽管他那高洁的人格境界和为之战斗的不屈精神使他在那个时代，只能是孤独不群的，但桃李不言，下自成蹊。屈原以其现实生命的悲剧性换得了一个完满的精神结局。他在自己有限的生命里获得了精神的超越，生命也因此焕发出永远的诗意。这种诗意是超越时空的，它可以抵达任何一个时代，任何一个认真活着的人的心中，至今仍让我们回味不已。

在培养学生人格时我们必须强调屈原对理想的执著追求。所谓理想，我国古代叫做"志"。有志，就是有理想；无志，就是没有理想。诸葛亮说过："志当存高远。"志，是一个人的精神支柱。欲起步的人生贵立志，已起步的人生贵坚持。理想是美好的，而实现美好的理想需要奋斗的精神、执著的精神。可在今天的大学校园中，有一些不谐之音。有的学生没有明确的理想信念，整日浑浑噩噩、碌碌无为，以得过且过的态度应付学业，何谈事业有成？有的学生不敢坚持理想，以致随波逐流、随尘俯仰，人云亦云；还有的学生缺乏为理想而奋斗的进取精神，一味妥协退缩、甘于平庸，在挫折与困难面前驻足不前……这是人生的悲哀。

因此，在这种情形下，我们必须重提屈原精神。因为屈原留给我们的不仅有大量绮靡伤情、朗丽哀志的艺术佳作，还有那独立不徙、爱国忧民的崇高品格，那无私奉献、执著追求的伟大精神。应当让学生明确认识到，我们的一生，应该始终保持旺盛的斗志，充满朝气，立足现实，着眼未来，为实现理想而不懈地追求、不懈奋斗。

首先应当确立以天下为己任、积极入世的"有为"意识。培养高尚的道德品质和以天下为己任的匡世救民的能力，积极入世在于积极参与现实政治，关心国计民生，以国家和民族利益为重。这种"有为"的思想，千百年来，影响并造就了中华民族的无数英雄人物，并在历史进程中不断发扬光大，故而屈原以死报国之后，又有杜甫的"致君尧舜上，再使风俗淳"，范仲淹的"先天下之忧而忧。后天下之乐而乐"，有顾炎武的"天下兴亡、匹夫有责"等等。接受过系统高等教育的当代大学生应当"为天地立心，为生民立命，为往圣继绝学，为万世开太平"，集中体现有为、以天下为己任的人格精神。让自己的一言一行折射出优秀的中华民族传统文化的光芒。

其次是完善自己的道德，抵御外来的物质诱惑，培养浩然正气，培养正义感。以自己的言行体现中国青年的的特有精神，即"居天下之广居，立天下之正位，行天下之大道；得志，与民由之，不得志，独行其道。富贵不能淫，贫贱不能移，威武不能屈，此之谓大丈夫"（《孟子·滕文公下》），体现中华民族的传统美德。

其三是面临义利之辨时自觉体现廉洁思想。中国传统文化历来重义轻利，主张安贫乐道，不慕奢华，克制私欲，以达到成仁成圣的境界。儒学的义利观，是战胜自我贪欲的"内养"，从而达到"外王"——更好地从政，而并非当今某些人所误解的"没有商品意识"。这种重义轻利，不为物欲所累的主张，与共产党人的修养是相通的，正如方志敏烈士所言："清贫、洁白、朴素的生活，正是我们革命者能够战胜许多困难的地方。"树立远大理想并为之努力奋斗，这不正是屈原的执著精神在今天的重要意义吗？

由于屈原所处的时代，正是中华民族的传统文化从发源、交汇到初步形成时期。作为当时的杰出人物，屈原的精神风貌、人格品质不仅代表了他自己，也是我们伟大民族精神的缩影和化身。屈原身上所具有的那种炽烈的爱国情怀、富国强民的人生理想、高洁的品德操守、执著追求的进取精神以及向往完美人格的审美观念，都为今天的人们留下了值得永远珍重和细细品味的文化财富。时至今日，屈原已经成为中华民族文化的偶像和神圣的精神信仰。屈原身上所闪耀的人格的光彩，对于当代大学生来讲仍然是一种激励。

当然，语文教学有自身的学科规律和学科价值，大学语文课堂本身决不能简单地变成德育课堂，语文教学中的德育内容应是一种巧妙地、艺术性的渗透。在传授语文学科的基本知识的同时，教师应凭借自己敏感的心灵和广博知识去打动学生的心灵，开启学生的智慧，提升学生的思想品格和修养，巧妙地达到了教书和育人的双重目的。

高校人文素质课教学和评价目标的探讨

施常州

【摘 要】 在当前市场经济日臻发达完善的新形势下，高校人文素质课的教学目标和评价体系，也理应作出及时的反应和调整，尤其要突出应用环节和对学生实践能力的培养。具体说就是，不但要帮助学生掌握基础知识和理论，还要培养学生的审美能力、学习与研究能力、交际能力、写作能力、口头表达能力、实践和创新能力。

【关键词】 人文素质课；教学目标；能力

当代社会大量需要的人才，是既具有高尚的情操和健康的身心，又具有开拓精神和创新能力的复合型人才。因此，高校的教学改革，各种专业课的教学大纲、目标和方法的改革，首当其冲。同时，高校人文素质课的教学改革，也是任重而道远。在当前市场经济日臻发达完善的新形势下，高校人文素质课的教学目标和评价体系，也理应作出及时的反应和调整。以人为本是当代教育的基本理念，人文素质课教师要以学生为本，以平等的观念和地位对待学生，不能把学生当成被动接受知识的机器。不但要立足于陶冶学生的情操修养、提升学生的文化素质，也要在培养学生的审美能力、学习与研究能力、交际能力、写作能力、口头表达能力、实践和创新能力等方面，做出积极的贡献。

笔者以为，当前高校人文素质课的教学目标和对学生学习效果的考核评价体系的改革，尤其要突出应用环节和对学生实践能力的培养，至少应该包含以下几个方面的内容。

一　基础知识和理论

基础知识和理论是学科的基本点。以《大学语文》为例：了解古今中外著名的文学作品和基本的文学常识，领略中外文学和文化发展的基本脉络，掌握文学史发生、发展的主要规律和鉴赏文学作品的基本方法，就是该学科的基础知识和理论。

这里应注意，着眼于培养现代化、复合型人才的需要，每一门学科的基础知识和理论的内容和范围，不应该是一成不变的，应该是随着社会的发展而有所变化。

二 口头表达与交际能力

提高学生的口头表达与交际能力，也是基于锻炼学生的思维、活跃其身心、引导学生健康成长的需要，更是他们将来就业和工作的必备本领。

目前，大部分高校的绝大部分学生，都是应试教育的指挥棒训导出来的，他们的心理定势和思维定势，已经适应了"填鸭式"的教学方法。部分学生仅满足于毕业时拿到一纸文凭就行，又因为受年龄、生活范围和阅历的限制，不了解市场经济社会对复合型人才的需求。提高学生的口头表达与交际能力，也是基于锻炼思维、活跃身心健康的需要，更是他们将来就业和工作的必备本领。具体操作上，可以通过学生串讲课文、短小的演讲以及小品或话剧表演等形式。

比如，每节课开始的三分钟，可以让一位同学作一个短小的演讲。不但能锻炼学生的口头表达与交际能力，还能陶冶学生高尚的情操、提高学生鉴别美丑善恶的能力、弘扬奋发向上的时代精神。教师可以从以下几个方面考评：演讲者思想观点与主题的深度，语言表达准确、流畅、优美的程度，表情、动作的风采与感染力，普通话水平。

三 学习与研究能力

充满生机和挑战的当代社会，已经成为学习型社会，只有大力培养学生的学习与研究能力，才能增强学生的就业能力，提高就业水平，才能适应社会与经济发展的需要。

遗憾的是，有些人文素质课，学生爱听不听。湖北大学杨建波教授认为"问题不是出在课程上，而是出在教法上"，其失误在于"教师占据了所有的时间、讲授了'所有的'知识，但没有教会孩子如何利用时间，如何自主获取知识。"这种"满堂灌"、"填鸭式"的陈旧教学方式，课堂气氛沉闷，于是，学生往后排就座的居多，教师讲得好就听，讲得不好就低头看自己喜欢看的书、做自己喜欢做的事，追求精神的自由、行为的自由。其实，不能充分发挥学生主观能动作用的教学，即使课堂效果很理想，也会随着时间的推移，学生对大部分内容的遗忘率日渐增加。

反之，如果能教会学生获取知识的方法，则可以达到一举多得的效果。在完成教学大纲规定的教学任务的同时，教师要注意结合素质教育的要求，不但授学生以"鱼"，更注重授之以"渔"，也就是既陶冶学生的情操，又教给学生学习的方法。

但是，教师要注意统筹安排，提前布置任务、设计好教学环节。"工欲善其事，必先利其器"，要达到理想的教学目标，必须给学生充分的准备时间。所以，教师要根据教学大纲的要求，提前给学生分配好任务，才能确保课堂教学的高效率。学期伊始，教师给每个学生布置一个不同的学习任务，让学生对有关资料进行整理、分类、鉴别、筛选、组织。上课时，教师着重于引导课堂讨论、评点学生的发言，并作一些有深度或广度的补充介绍。不但能促进学生大量阅读有关书籍，而且能有效地培养学习与研究的能力。

比如《大学英语》教学，一方面，要培养学生养成良好的学习习惯，如课前预习、上课作笔记、课后复习等；另一方面，要指导学生掌握科学的学习策略，如单词学习与记忆的方法、听力技巧、阅读技巧、写作技巧，以及学习口语、语法、语音语调等方法。学习方法可因学习目标的不同和学习者的个体差异而不同，所以，教师还要指导学生根据自己的学习特点，寻求适合自己的行之有效的学习方法。此外，学生的自我管理能力决定了英语学习的成败，英语学习的成功者大都有很强的自我管理能力。自我管理能力包括学习目标的确立、学习方法的选择、学习过程的监控、学习效果的准确评价和学习过程的情感控制。在教学中，教师要注重培养学生良好的自我管理能力，帮助学生制定计划，让学生自主选材、自己组合进行双人活动或小组活动，还可以让学生自己上讲台当"教师"，最大限度地发挥学生的主观能动性。

四　写作能力

目前高考实行的应试教育模式、文理分科、地区教育水平和学生个体差异等因素，导致大学生人文素养和写作水平差别明显，而他们将来从事的工作以及公务员考试等，都要求他们要具备较高的思考问题与解决问题的能力。写作，不但是这种能力高低的反映，也是锻炼该能力的重要途径。

为此，我们应围绕教学大纲的要求，布置一些有一定深度的题目，锻炼学生的思维和写作能力。以《大学语文》为例，可以是微观的题目，如《我读〈史记〉》、《我看李商隐的"无题诗"》等。但最好是中观或宏观一些的题目。如《〈诗经〉与楚辞的比较》、《〈史记〉与〈汉书〉的异同》、《李、杜诗歌的比较》、《苏、辛词的异同》等，都是具有一定深度与广度的题目，发挥的空间大，学生兴趣浓厚。

五　实践和创新能力

实践和创新能力对学生的未来至关重要。不管学生毕业后选择继续深造还是就业，学习的能力、解决实际问题的能力、创新的能力，对其一生的成功，都起到关键作用，可以说是直接决定了一个人的工作效率和业绩。

遗憾的是，在现行考试制度的影响下，我国的教育从基础教育开始，重视学生对现有知识的掌握，轻视学生探索未知世界能力的培养。这也是我国许多学生能摘取国际奥林匹克竞赛的金牌，但至今无人能获得重视发明与创造的诺贝尔科学奖的主要原因。

应试教育具体表现在平时的课堂教学中，是以教师为中心，教师演独角戏，一个人包揽整个课堂活动，也理所当然地不可能取得好的教学效果。笔者以为，在平时教学中，教师要主动与学生沟通交流，征询学生的意见和建议，倾听学生的呼声。通过对全体学生整体水平与个体差异的了解，及时调整教学方法，因材施教，培养学生的创新能力。

在写作、演讲、小品或话剧表演等环节，都能锻炼、体现学生的实践和创新能力。比如，在《大学生修养》课堂讨论或辩论活动中，当今社会生活中许许多多的正、反面事例，都可以成为教师和学生在课堂上引用、讨论和辨析的对象。通过丰富而生动的活动，培养学生对美丑、善恶的自我识别能力，弘扬中华民族的传统美德和现代社会的正气。学生在大量实践中感觉到自己的进步，油然而生一种成就感，自信心大为增强，进而希望在更多的实践活动中展现自己的进步和能力，激发了学生浓厚的学习兴趣。

六　审美能力

审美能力是人类独有的能力。每个正常的人都能欣赏美，但所获审美享受不尽相同，其中有深有浅，有健康和庸俗。这不仅取决于人的世界观、审美观，还与审美能力有密切关系。具有较强审美能力的人有一种敏锐性，能迅速发现美，准确辨别美丑，区别美的程度，鉴别美的种类，能够以自己独特的感受发现一事物区别于他事物的独特性状，发掘出蕴藏在审美对象深处本质性的东西，并从感性阶段上升到理性阶段。审美能力主要包括审美感知能力、审美鉴赏能力和审美创造能力。它的形成和发展固然与人的生理心理进化有关，但更重要的是人的社会实践。它一方面通过人既改造对象又改造自身的长期劳动实践形成，另一方面则是后天审美实践及审美教育培养的结果，受审美观念、审美理想制约，并随着这些因素的变化而不断变化、发展和提高。"生活中不是缺少美，而是缺少发现"。以《大学语文》为例，通过对名家名作的学习和欣赏，达到陶冶情操、提高学生发现美、欣赏美、创造美的能力，是教学的重要目标之一。

综上所述，考评体制是学生学习的指挥棒，人文素质课要实现上述教学目标，对学生的考评，要以能力测试为主、以对知识掌握的测试为辅；以对学生平时表现的考核为主，提高平时考核和作业成绩在学生总成绩中的占比，以期中和期末的考核为辅。

《＜菜根谭＞与中国文化》选修课教学教法探讨

黄　培

【摘　要】本文从《菜根谭》选修课的上课内容、开课意义和课堂实践等方面，对《＜菜根谭＞与中国文化》的教学教法进行了探讨，认为《菜根谭》选修课的开设，提高了学生的人文素养，传播了中国式的处世智慧，本文将《菜根谭》分为励志篇、智慧篇等十个部分进行探讨，强调该课程的开设可以采用讨论、诵读及视频等形式，提高学生对文本的兴趣，激发其理论联系实际的能力。

【关键词】为人处世　修身养性　授课章节　教学教法

《菜根谭》是一部清言集，以明代习见的格言体写就，作者洪应明，字自诚，号还初道人，明朝万历年间人士，其人其事不见经传。书名的由来说法不一，一种说法认为典出"性定菜根香"，所谓"夫菜根，弃物也，而其香非性定者莫喻"[1]176；也有人称化自宋儒汪信民之语："人能咬得菜根，则百事可做。"而作者朋友于孔兼则在"题词"中称："谭以菜根名，固自清苦历练中来，亦自栽培灌溉里得，其颠颠风波、备尝险阻可想矣。"总之，都暗含在艰苦中历经修炼，达到人生最高境界的寓意。

本学期笔者根据南京审计学院学生的具体情况，开设了一门面向本科生的中国传统哲学选修课——《＜菜根谭＞与中国文化》（以下简称《菜根谭》），开课后学生们普遍反映良好，学校将之确定为通识教育选修课。本课程的开设目的在于纠正本科生教学过于专业的倾向，改善财经类专业大学生的知识结构，提高文化素质，培养独立人格，谋求更好发展。本文根据这门课的开设情况，谈谈对本课程教学的思考。

一　开设《菜根谭》选修课的意义和目的

《菜根谭》选修课的开设目的在于向当代大学生推广一种传统的中国式智慧。当代大学生主要接受的是卡耐基式的西方励志文化，对于人与人之间的相处技巧和原则不能把握，对以中国传统哲学为背景的中国式人生态度不甚了解。本课程的开设就在于介绍《菜根谭》融合儒释道三家思想后，所形成的包括中庸、无为、出世的哲学思想，为当代学生提供是中国式传统的为人处世、修身养性、在世出世和齐家治国的人生法则，以及对方圆处事、有所不为等中国传统文化命题的理解。

通过《菜根谭》选修课的开设，为学生提供了可以借鉴的传统处事技巧。由于大学生中学时代关注较多的是自己的学业，进入高校以后，很多学生陷入人际交往的恐惧，他们感觉进入了一个小社会，无所适从，总感觉与周围人格格不入，有的同学对将来走上社会没有把握，担心社会上的人际关系不够纯净，担心将来在人事上吃亏，还有的同学试图积极踏入社会，但又总是感觉不知所措。《菜根谭》的开设，为他们提供了基本的为人处世的方式。其中包括退步处事、侠义交友、善于变通、方圆并用、宽严互存、忠恕之道等等，通过这学期课程的学习，学生们理解了古人高超的沟通技巧，增强了合作精神，培养了宽容廉洁的道德品质。

通过《菜根谭》选修课的学习，培养了学生源于传统文化的人格底蕴。当代大学生普遍出生于 90 年左右，从总体而言，这一批大学生思想活跃、目标专一，但相当一部分学生面对不断转型的社会和巨烈变动的时代，仍然存在着种种困惑。具体而言，社会转型期的物欲膨胀、人情冷漠、过度拜金等问题，正在影响着很多大学生的人生哲学。笔者经调查发现，很多大学生自曝生活茫然、精神空虚；很多大学生感觉学习无用，热衷于吃喝玩乐；很多大学生上网成瘾，沉溺虚幻世界；此外还有高消费、互相攀比等种种问题……而《菜根谭》选修课则提供了古人的精神资源，如励志苦行、坚忍不拔、以我转物等自圣之道等等，恰恰解决了一些学生的思想困境，培养当代大学生完美的人格。

通过《菜根谭》选修课的学习，培养了当代大学生至高的人生境界。《菜根谭》说："山河大地已属微尘，而况尘中之尘！血肉身驱且归泡影，而况影外之影！非上上智，无了了心。"[1]155《菜根谭》又说："争先的路径窄，退后一步，自宽平一步；浓艳的滋味短，清淡一分，自悠长一分。"[1]158 还有："身如不系之舟，一任流行坎止；心似既灰之术，何妨刀割香涂？"[1]162 人生在世究竟应该怎样度过？这是一个永恒的话题。《菜根谭》是从一个更高的境界讨论人生的成败得失，强调心底无私，境界超越，才是人生真正的制胜之道。通过这些富于哲理的表述，开阔了学生们的眼界广阔和胸怀，能站在一个更高的角度理解成败、进退以及得失等人生问题。

二 《菜根谭》选修课教学内容探讨

《菜根谭》字数不多，但却涉及儒释道三家文化，内容非常丰富，同时这些思想又比较杂乱，没有构成一个全面的系统。经过思考，笔者决定将本选修课定名为《<菜根谭>与中国文化》，旨在以《菜根谭》文本为主要线索，拓展至整个中国传统的儒释道文化。

按照南京审计学院的规定，选修课有两个学分，共 10 次课 (30 课时)。相对于通识教育选修课而言，课时不少，但相对于中国传统哲学而言，课时仍然稍显不足。为了在有限的课时内向财经类大学生传授古代文化，笔者决定将《菜根谭》的主要内容进行归纳与分类，分为十个话题，集中《菜根谭》中的相关文字，进行统一讲解，本课题主要包括"淡泊篇"、"处事篇"、"智慧篇"、"财富篇"等 10 个章节，主要包含以下内容：

1. **概述** 主要论述《菜根谭》的成书、版本，以及在中国和东南亚的影响，同时也介绍《菜根谭》所接受的儒释道的思想。

2. **励志篇**　本专题结合中国文化，从时间、人生意义和人生态度三方面进行论述，重点阐述《菜根谭》的励志哲学："春至时和，花尚铺一段好色，鸟且啭几句好音。士君子幸列头角，复遇温饱，不思立好言、行好事，虽是在世百年，恰似未生一日。"[1]115

3. **淡泊篇**　本专题主要讨论《菜根谭》所提供的人生境界，《菜根谭》认为，淡泊能使人清心寡欲，不过份地执着于财富、权势和名誉等等身外之物，从而超越那些短浅的功名目标，建树起追求更高人生价值的志向。

4. **智慧篇**　本专题主要探讨《菜根谭》所谈论的中国式智慧，即摈弃急功近利的小聪明和小手段，追求人生真正的大智慧，学会包容、朴拙、中庸等中国式的人生哲学。

5. **财富篇**　中西方关于财富的看法是截然不同的，西方经过长期的资本主义发展，逐渐形成了西方式的对财富的尊崇，而东方式的传统中，对财富的理解则另有其因，其中仍然包含着合理因素，如勤俭、施舍等。

6. **处事篇**　当代大学生在学习知识的同时，也要学会基本的处事技巧，本篇章探讨《菜根谭》所包含的处事智慧，如退步处世、藏巧于拙、虚圆融通等等。

7. **立身篇**　《菜根谭》的处事和立身是可以相互参看的，在作者洪应明看来，处事的经验固然重要，如果不能和品德相互映衬，再高的技巧也只能加速祸败。《菜根谭》强调舒卷自如、行止在我，不能因为一时的贪婪、胆怯等，忘记了自己做人的原则。

8. **镇定篇**　在作者看来，人生最为重要的品质就是镇定，《菜根谭》认为悠闲只是镇定之士们的一种外在形态，头脑清醒而又冷静，则是他们的普遍心态，这使他们得以每临大事有静气，使他们有别于一般的惊慌失措者。不论是观古察今，或是论近述远，都不难发现，面对变故而惊慌失措者，只会成事不足、败事有余，身为将帅，就会失去对局势的控制；身为百姓，则会自害其身。

9. **境界篇**　《菜根谭》认为，人生应该活出真我，处逆境时比于下，心怠荒时思于上，既要善于自我调节，又要善于奋发进取，要能经受考验，要明白什么是小快乐，什么是大快乐。

10. **心态篇**　《菜根谭》认为，人生的苦乐都在一念之间，心里忧愁，则最快乐的地方也会变成苦海，如果内心坦然，最痛苦的角落也会化为天堂。所以《菜根谭》认为，"苦乐无二境，迷悟非两心，只在一转念间耳。"[1]84

三　《菜根谭》选修课教学方法探讨

《＜菜根谭＞与中国文化》是在通识教育的理念下培养起来的，其开设目的在于培养学生的人生态度和人生境界。这就决定该课程不能象普通课程一样考核字词章句，重要的是培养学生的处事能力和人生观，在课堂教学中，要避免满堂生灌枯躁的理论，关键是培养学生处理问题和解决问题的方法，具体而言，可以采用以下方式：

1. **鼓励课堂讨论** 中国式的处世哲学产生于特殊的时代背景，放之于当代，则有可能产生不同的理解。在课堂上不能采取整齐划一的方式，可以引导学生对相关问题进行讨论。课堂讨论在笔者看来，对《菜根谭》这样的课程是比较合适的。既调动了学生的积极性，又活跃了课堂气氛。笔者设计了这样的讨论题，如"当代社会是否需要退步处世"，"我对品德的理解"，"人生在世，吃喝玩乐最重要"等等。在讨论中，课堂上往往形成观念的交锋，加深了学生对文本的理解。引导其关注社会热点，深化了课堂教学。

2. **合理运用视频手段** 在电脑教学已经普遍的今天，课堂是否可以播放视频成为关注的焦点。笔者在《菜根谭》课程中，适当选用了一则视频案例，效果良好。在谈及处事专题时，笔者为学生播放了周润发所演的《孔子》片断，并请学生思考，在当代社会，还需不需要杀身成仁的儒家精神？通过视频的观看，学生们更能够接受《菜根谭》所提出的："操存要有真宰，无真宰则遇事便倒，何以植顶天立地之砥柱！应用要有圆机，无圆机则触物有碍，何以成旋转乾坤之经纶！"[1]31 在播放过程中，笔者有这样的体会，首先，视频片断时间不能过长，5 分钟就足够了；其次，要与课堂内容紧密相关，事先要把故事的经过给学生讲解一下。

3. **经典读诵** 由于《菜根谭》的很多语句都是充满诗性的格言警句，本人在课堂尝试过诵读活动，学生反映良好。主要做法为上课前十分钟，把本次课堂所要读诵语句归纳出来，要求全班一起诵读。有时候真正理解经典，并非逐字逐句地解读，而是通过学生的反复诵读，拉近作者与作品的距离，领会作者字里行间所表现出情感，以及附加于该诗句上的文化内涵与作者情感。

4. **情景创设** 《菜根谭》所说的是比较抽象的人生感悟，如果纯粹是课堂解说，其实并不能起到积极的效果。在《菜根谭》的教学中，笔者以"德与才"为题，让一个兴趣小组的同学进行了表演。学生设计了求职小品，某位同学通过弄虚作假获得了某公司的聘任，但在实际工作中，却因为最终的不能胜任而被炒了鱿鱼。全班同学在这样的表演中，更加形象地感悟了《菜根谭》所说"德者才之主，才者德之奴，有才无德，如家无主而奴用事矣。几何不魍魉而猖狂"[1]140 的含义。

总之，对于《菜根谭》这样的格言类小品文，如果仅仅变成文言解读，则会让学生敬而远之，失去其应有的艺术魅力；如果变成了长篇背景介绍，又变成了历史普及课，不能成为带哲理性质的文化教学。因此，对《菜根谭》这样的课文，应该构建一个全面的充满互动性质的课堂体系。

【参考文献】

[1] 洪应明 .《菜根谭》[M]. 郑州：中州古籍出版社，2010.

本文为 2011 年度南京审计学院校级公共选修课程立项资助项目（项目编号：GXK201103025）阶段性成果。

电影文学教育断想

郭海燕

【摘　要】　本文论述电影文学教育的必要性，中国在电影文学教育中急需解决的问题即如何领会电影文学的创新；同时从中国电影文学教育中的偏颇入手，指出应该有的放矢，把握住电影的本性，就能找到最好的电影文学教学的角度和方法。

【关键词】　电影文学　创新　电影的本性

一　电影文学教育在世界范围内日益引起重视

在美国，20世纪40年代后期，有3所大学——洛杉矶大学、南加州大学和纽约大学开设了电影课程。近年来，美国的电影文化教育，更是呈现出一种蓬勃的景象。据美国电影协会1970年代初的统计，1968年美国有205所大学，开设了3000多种不同的电影课程，选修的学生有185000名。据悉，早在20世纪70年代中期，美国就有13所大学可授予毕业生电影文学硕士的学位，有12所大学可授予毕业生电影文学博士的学位。在美国，电影课程不仅作为选修课，有的大学还当作必修课来开设。在他们看来，电影课程并非一定是为着培养从事电影事业的专门人材而开设的，而是为着让一个受过高等教育的学生获得一种必不可少的知识。他们甚至认为，一个连电影艺术的基本观念都一窍不通的人，是不配获得大学毕业生称号的。他们把懂不懂电影知识看成是衡量一个人是否有教养的必要条件之一。[1]

在前苏联，莫斯科的电影学院诞生以后，就得到了革命导师列宁的高度重视。所以，不仅这所专业学校得到了很大的发展，而且在全国范围内，电影文化教育的发展也非常迅速。

在欧洲、亚洲及拉美洲等其它国家中，对影视文化的教育也表现出越来越重视的趋势。如法国的高等电影学院已经面向世界，特别是成为非洲许多法语国家的电影训练中心。在瑞典，政府为了维护自己的荣誉和不断增强学生在国际影坛上的竞争力，他们不惜拿出以培养一个喷气式飞机驾驶员相等的资金来培养一个电影专业的学生。在阿根廷，每年可以从电影的票房价值总收入中抽出10%的税款，作为培养电影人材的教学经费。这一切事实说明，电影文化教育，已在世界范围内突破专业院校的局限，跨进了综合性高等院校文科院系的大门，并迅速向前发展。

---

[1]　连文光.电影艺术与电影教学[J].高教探索，1988（2）.

二　中国当前急需电影文学的健康发展

电影以其成品来说，是一种论说。镜头和摄影物体都是一种摄影的事实，而电影的事实指的是两个层次的东西，在镜头中是从物体到物体；在场景中是从镜头到镜头。镜头引发的是论说，它呈现给观众的是一种未定义的资讯，所以是句子，不是字，字的讯息则是有所定义的。影像可以看成一个或几个句子，而场景则是一段复杂的论说。电影的本质即是将现实世界转换成一种述说。[1] 论说的目的或是让观众深信不疑，或是让观众受到感动，或是让观众采取行动。从符号学的观点看，电影的特点是修辞与文法不可分开，即一切电影手段——不管是长镜头还是蒙太奇——都是为了论说想要达到的"说服"观众的目的。因此，麦茨说：电影比语言更为接近文学，遂有"电影文学"之说。因为文学与语言相比，文学的特征即在于修辞，而广义的修辞即说服。

电影文学剧本和电视剧本，均是文学的一种体裁，学文学的人不应对这两种文学体裁一无所知或知之甚少。文科的学生应该懂得影视艺术是怎样运用它特有的手段来塑造艺术形象，应该象了解文学史那样了解电影史。在我国 20 世纪三四十年代，左翼电影是一个很有成绩的部门，但相当多部《中国现代文学史》却只字未提左翼电影的成就，这是很不正常的。我国三四十年代的电影，早已使外国专家惊叹。正如一位法国朋友看了我国在都灵和巴黎举办的两次中国电影回顾展后，曾经以惊奇的口吻说："多么令人惊叹的电影，和美国电影同样丰富多彩"。他认为"袁牧之的《马路天使》是具有陀思妥耶夫斯基风格的描写社会底层的优秀情节片"。而"赵明的《三毛流浪记》可以堪称为马克·吐温的名作《哈克贝利·芬历险记》的令人惊异的中国版"。[2]

目前相当多的编剧编辑不但不注重对电影市场、电影观众的调查研究，而且不注重对现实社会生活的了解和感受，对我国转型期建设事业的发展缺乏热情和关注，对改革开放的中国的沸腾现实生活缺乏真切的观察和体验。即使编剧、编辑愿意并要求去"深入生活"，制片厂也不愿意或者无力给编剧、编辑提供这笔"深入生活"的经费。因为这笔经费被认为是一笔风险太大、少有回报的无谓开支。在有的人看来，提供剧本创作活动经费（它包括编辑的组稿费用），不能收到立竿见影之效，到头来是有去无来一场空。因此，剧本创作活动经费被认为是没有经济效益的"无底洞"，使用这笔费用的文学部及其附属的电影文学刊物也就被认为是没有经济效益的"亏损单位"，成了包袱和累赘。因此，剧本创作活动经费成了制片厂首先被"节省"的一笔开支，在机构调整中，各制片厂不约而同地首先砍向文学部。

明了此种社会转型期的状况，我们的电影文学教学应该抓住要害，着重考察影片视觉心理的情态和规律，认识银幕镜像显示意义、价值的方式和途径，探寻其掣肘因素及其消解技术。其中一个关键所在，即是对于电影文学创新含义的认识。

---

[1]　麦茨.电影的意义[M].南京：江苏教育出版社，2005：74.

[2]　连文光.电影艺术与电影教学[J].高教探索，1988（2）.

电影对"创新"的要求,即是要有新的具有说服力的电影出现。电影文学因为展现的是人,当人的生存环境变了,人们面对的问题也变了,出现了新问题,所以需要与时俱进,需要电影创新。从电影的本性上看,首先还是个反映现实的、真实的生活的问题,即去除思想上的陈言,对生活表示独特的见解。例如郑正秋的用民间情理解决冲突的见解。然后是考虑学习借鉴世界范围内电影的优秀成果,不论是技术上的还是艺术手段以实现这个目标,比如寻找引人入胜的情境,如蔡楚生电影中用双胞胎、夫妻的前后关系变化的奇特情境。现代新技巧只能起到更充分、更多面地传达信息的作用,但它们本身并不是信息,现代性是影片所传达的信息的现代性。电影所要求的新奇是新观念、真正的新鲜,而全民炼钢、以粮为纲、一大二公、大挖地洞之类这些思想和行为在银幕上确也有反映。但那决不是真正的创新。

如果说真实是最好的宣传武器,那么,将主旋律的想要进行宣传的电影做得具有纪录片特点则有可能使观众深信不疑,从而说服观众,因为纪录片都假定是忠于事实的。画面不一定要直接涉及思想,相反,它们愈是迂回曲折——表现种种仿佛是跟所表达的主题无关的事件和情境,它们就愈有机会触及可能和所宣传的目标有某些联系的下意识固结和各种肉体倾向。[1]

在娱乐片的创作上,要具有创新意识,要对新的环境下的观众创作出具有说服力的电影来,也需要勇气和眼光冲破制约发展的旧观念。比如制约中国情节剧的一个思想上的问题也与中国当代国家意识形态对社会主义中国的人际状况的基本认识有关。贾磊磊认为,中国不会拍娱乐片还在于当代国家意识形态是除掉社会的两极分化,感情上不能相信社会主义阶段也存在贫富对立,或者禁欲主义使人不敢个人致富、不敢谈情说爱。

三 电影文学教学的多种角度和方法

当前,在文科的教学与科研中,借助于影视资料的研究方法,已为不少人所重视和采用,如有一本题名为《从电影看美国史》的著作,就是把电影和历史学的研究结合起来了。

由于电影是大众的艺术,而广大观众都希望在银幕上看到一个构思巧妙的故事,所以故事的好坏与否对电影最终的说服力非常重要。中国第一代导演张石川说一部新片开映,只要打听家庭妇女看了以后,能否把故事向旁人有头有尾地讲清楚,能,那就有希望受观众欢迎,否则就有失败的危险。[2] 基本叙述层面包括一个好的开头、对白的设计等等与一般文学作品相似的技巧方面的考虑。比如蔡楚生十分注意"延宕"技巧的使用,故意把电影时间拉长,使它产生较直叙更大的悬念,如《一江春水向东流》中素

---

[1] 克拉考尔.电影的本性[M].南京:江苏教育出版社,2006:215.

[2] 黄会林.知易行难[M].北京:北京师范大学出版社2001:10.

芬进温公馆当佣人，直接为高潮作了情节上的准备。但电影一方面继续对比两种生活，另又写丽珍回上海，把另一个主要人物也集中到一起来。直到宴会一场，还先安排了一个素芬送水果的场面，四人出现在一个画面里，但是没有认出来。这样来加强戏剧的悬念，使冲突的情势显得更紧张。这种注意安排剧情的开始与结尾之间的各个连续环节的做法，体现了人热衷于揭示细小的动机和次要的元素，这种心情跟探险者的好奇心有某种相似之处。当今第六代著名导演贾樟柯也在其电影艺术的成熟之作《三峡好人》中采用富有动作性的对话引导情节向前发展。

好的结尾也会令人回味无穷。比如洪深所说的《大律师》中男主人公，虽在社会上地位很高，但因出身微贱，不为其夫人所重；后来她竟在他遭遇危难的时候，离开他和她的恋人赴欧洲旅游去了。大律师失望灰心之际几乎自杀，被一个素来忠实于他并且同情于他的女秘书所救。这时候，观众都希望大律师和女秘书结合了，但如果贸然相抱便庸俗，如果她说许多话去安慰他便平凡。在剧中，他把秘书大骂一顿，责她多管闲事；她正在泣不可抑，忽然电话铃声大作，是一件重要的案子要托大律师去办的，那消极的大律师听有此案不觉又是技痒，欣然奔去一把拖了女秘书就走，叫她去一同工作。[1] 这种被称为"最后一扭"式的结尾，便很富有对电影本性的领悟的意识，因为是以一个重新导入生活流的镜头来结束全片。郑正秋一些电影的结尾也有这样开放的生活流式的效果。

要考虑画面空间的信息量，以满足观众想看到新奇事物的求知欲。不同的摄影角度所展示的场景是一种复杂的论说，当一种影像结构比较丰富时，便会带来视觉的丰富和含义的丰富。蒙太奇论者有时忽视了电影空间的表现力，他们更多地使用浅景以限制画面中的信息量，用短镜头以使观众没有充裕的时间去读解画面中更多的信息。我们对电影空间缺乏全面的认识。很多故事片的画面内的运动总是横向运动左右出入画面者居多，不会利用画面的纵深层次而更多用浅景，人物的调度也集中在前景；画面构图的透视经常不出现地平线；许多影片中的开门关门的声音处理仅仅是舞台剧上下场的音响效果，而不是揭示空间；摄影机的正拍、反拍，打来打去只不过是两张人脸，而不是空间的信息变化；对广角镜头的使用大都是求广不求深。[2] 西影著名编剧芦苇也谈到只有熟悉、了解乃至参与了电影拍摄的全部过程，才可能写出真正具有电影感的电影文学剧本。

电影画面与其他画面的不同首先在于它作用于观众的感官。电影会像梦一样地让观众迷醉。电影最像梦的时候，便是当它以自然物象的未经加工的原来面貌深深地吸引了我们的时候。此时，观众摆脱了意识的控制，便会不由自主地被他们眼前的现象所深深吸引。它们在观众心中引起的不是一种深信不疑的感觉，而是一种动摇不定的心情，而这就促使他们去设法探索影片所记录的那些物象的本质。很多电影导演之所以重视细节，是因为细节最符合电影的本性，富于生活的气息，让人为之迷醉。例如侯孝贤《童年往事》里一个让人难忘的细节是奶奶八十岁高龄仍颇富童心地与孙子玩起手抛沙袋的

[1] 洪深.编剧二十八问[M].北京：中国电影出版社2003：156.

[2] 周传基.中国电影中的空间[M].北京：中国电影出版社2003：225.

游戏，让观众深为之感慨不已。电影的本性中有与照相固有的近亲性，而照片必须传达处于原始状态的、不可索解的自然本身。电影偏爱的是未经搬演的现实，摄影机前面的现实应给人的感觉是偶然化，银幕形象要反映出自然物象中含义模糊的本性。[1][8]221 好的电影每一个视觉镜头都要通盘考虑，否则就影响到影片的整体表达效果，即文学性。而任何叙事影片都应当按照电影的本性进行剪辑，即不单纯限于交代情节纠葛，并且还要能抛开它，转而表现某些物象，使它们处于富有暗示性的模糊状态。中国某些电影与世界优秀电影的差距仅从剧照上就能看出来，例如《伤逝》的剧照是两位主人公做前景，两个指指戳戳的路人做后景，以图形成一种含义，可是这含义显得多么浅薄；《阿Q正传》剧照是男主角傻傻的脸，显得滑稽，完全冲淡了原作的国民性批判意识。这就不符合电影的本性，因为剧照所显示的，是太人工的，不够偶然化。

【参考文献】

[1] 连文光.电影艺术与电影教学 [J].高教探索，1988（2）.

[2] 麦茨.电影的意义 [M].南京：江苏教育出版社，2005.

[3] 连文光.电影艺术与电影教学 [J].高教探索，1988（2）.

[4] 克拉考尔.电影的本性 [M].南京：江苏教育出版社，2006.

[5] 黄会林.知易行难 [M].北京：北京师范大学出版社 2001.

[6] 洪深.编剧二十八问 [M].北京：中国电影出版社 2003.

[7] 周传基.中国电影中的空间 [M].北京：中国电影出版社 2003.

[8] 克拉考尔.电影的本性 [M].北京：江苏教育出版社 2006.

---

[1]　周传基.中国电影中的空间[M].北京：中国电影出版社2003：221.

后 记

像全国其他著名高校一样，南京审计学院也有两个校区，一个在主城区，一个在远郊。

在主城区的莫愁校区，因临近的著名景点莫愁湖而命名。校区小巧而紧凑，在林立的高楼中间，有一个"耕园"，耕园里，紫丁香长廊两侧，多姿的假山石、洁白的女神雕塑矗立，桃李松柏桂树环绕，绿荫蔽日，鸟语花香。

在郊区的浦口校区，大气而旷远，有山有水，高低错落；茂密的松林、竹园，秀丽的润泽湖、半霞池；静静的停云湾，水边芦荻萧萧；潺潺的朗溪，溪畔垂柳依依。夏秋两季，校园内这里那里，一塘荷花一塘莲；冬春两季，围墙里山上山下，或是星星点点，或是烂漫无边，花开满园。白天可以看山看树看云看水，夜晚可以伴着月亮数星星听蛙鸣。

南审的风景美，人更美。我们的校园山青水美，我们的老师锦心绣口，除了繁忙的课堂教学工作，他们还笔耕不辍，收获了丰厚的科研成果。

收录在这本论文集里的，是南京审计学院国际文化交流学院负责文学教学的十三位老师各自丰厚成果中的很小一部分作品。从总体内容来看，分成科学研究、文化研究和教学研究；从科学研究的内容看，按照历史的线索，从先秦、两汉、魏晋南北朝、隋唐、元、明、清、近代直至现当代；从研究的对象来看，囊括了《诗经》《楚辞》、诸子散文、南北朝民歌、六朝文、唐诗、宋词、元曲、明清小说、近代诗歌、现当代小说、现代电影作品；从研究的方法来看，有考据，有文化学研究，有纵论，有详析；从写作的风格来看，有的老成持重，有的活泼透着灵气。

南京审计学院是个年轻的学校，国际文化交流学院尤在青春勃发的最好年华。我们完全有理由相信，在这样生机勃勃的土地上，将会有更多的研究成果；国交院老师的科研成果，一定会香飘满园，香出墙外！

韩希明

2012 年春写于沁园竹林边